Dies ist ein Roman des Pazifischen Krieges. Er kennt keinen individuellen Helden, kein traditionelles Heldentum – er kennt nur ein Kollektiv. Und dieses Kollektiv ist die Dritte Kompanie, der im Jahre 1942 bei der Eroberung einer Hügelkette auf der Insel Guadalcanal – des »tanzenden Elefanten« – die schwerste Aufgabe zufällt. Unerbittlich wird der Leser in das Geschehen hineingezogen: Ausschiffung, Anmarsch durch den feuchtheißen Urwald, schließlich die Schlacht selbst. Wir haben teil an ihren Bedrängnissen und Bedürfnissen, ihrer Angst und ihrer Angst vor der Angst, ihrem Töten und ihrem Sterben. James Jones schildert mit äußerster Genauigkeit den Widersinn und den Wahnsinn dieses Kampfes und Krieges.

James Jones wurde 1921 in Robinson, Illinois / USA geboren. Von 1939 bis 1944 war er Berufssoldat. Mit seinem Erstlingswerk ›Verdammt in alle Ewigkeit‹ (1951), das 1954 verfilmt wurde und zum größten Bucherfolg der Nachkriegsjahre wurde, schuf er einen der bedeutendsten Kriegsromane der Weltliteratur. Im Jahre 1957 folgte der Roman ›Die Entwurzelten‹, 1958 erschien der Kurzroman ›Die Pistole‹. James Jones starb am 9. Mai 1977.

James Jones
Insel der Verdammten

Roman

Aus dem Amerikanischen
von Günther Danehl

Fischer Taschenbuch Verlag

Veröffentlicht in der Fischer Taschenbuch Verlag GmbH,
Frankfurt am Main, März 1999

Die amerikanische Originalausgabe erschien
unter dem Titel ›The Thin Red Line‹
im Verlag Charles Scribner's Press, New York, 1962

Druck und Bindung: Clausen & Bosse, Leck
Printed in Germany
ISBN 3-596-14188-5

Then it's Tommy this, an' Tommy that,
An' Tommy, 'ow's your soul?
But it's ›Thin red line of 'eroes‹,
When the drums begin to roll

KIPLING

There's only a thin red line between
the sane and the mad

SPRICHWORT AUS DEM MITTELWESTEN

WIDMUNG

Dieses Buch widme ich heiteren Sinnes der größten und heroischsten aller menschlichen Bemühungen, dem KRIEG;
möge er nie aufhören, uns die so dringend benötigten Vergnügungen, Aufregungen und Kitzel zu bereiten, uns Helden, Präsidenten und Führer zu bescheren, und die Denkmäler und Museen, die wir ihm im Namen des FRIEDENS *errichten*

VORBEMERKUNG DES AUTORS

Wer den Feldzug auf Guadalcanal mitgemacht oder studiert hat, wird sogleich erkennen, daß es das in diesem Buch geschilderte Terrain nicht gibt. »Der tanzende Elefant«, »Die gekochte Riesengarneele«, die Hügel um »Bula-Bula« ebenso wie dieses Dorf selbst sind Erfindungen; das gilt auch für die Kämpfe, die sich in diesem Gelände abgespielt haben sollen. Auch die Personen, die daran teilnehmen, sind erfunden. Es wäre natürlich möglich gewesen, sich eine Phantasieinsel als Schauplatz dieses Buches auszudenken. Doch 1942–1943 hatte Guadalcanal einen ganz besonderen Klang in Amerika, und bei Verwendung einer erdachten Insel wären die ganz speziellen Untertöne, die das Wort Guadalcanal für meine Generation besaß, verlorengegangen. Ich habe mir daher die Freiheit genommen, den Verlauf des Feldzuges anders darzustellen und ihn um ein nicht existierendes Terrain herum anzuordnen. Eine Ähnlichkeit mit anderen Personen oder Sachen ist selbstverständlich nicht beabsichtigt.

›Styron's Acres‹
Roxbury, Conn.
Thanksgiving Day
1961

Kapitel I

Im ersten Morgengrauen hatten sich die beiden Transporter verstohlen von Süden her genähert, grau, wie die graue Dämmerung, die ihnen Schutz gewährte. Ihre schweren Massen zerpflügten lautlos das Wasser, dessen noch gewaltigere Masse die Schiffe stumm trug. Nun, in der frischen Morgenluft eines herrlichen Tropentages, lagen sie reglos vor Anker im tiefen Wasser, nahe der einen Insel und fern von der anderen, die nichts weiter war als eine Wolke am Horizont. Die Besatzungen führten einen Routineauftrag aus, mit dem sie wohlvertraut waren: sie lieferten Verstärkungen an. Für die Männer jedoch, aus denen die Ladung Infanterie bestand, bedeutete die Fahrt kein altbekanntes, wohlvertrautes Unternehmen; sie empfanden dabei vielmehr dumpfe Besorgnis und hochgradige Erregung.

Unterwegs, auf der langen Seereise, hatte die Ladung von Männern sich abgebrüht gegeben – wobei der an den Tag gelegte Zynismus echt war, denn es handelte sich bei ihnen fast ausnahmslos um altgediente Soldaten einer regulären Division, die sich sehr wohl der Tatsache bewußt waren, nichts als Ladung zu sein. Das war schon immer so gewesen: ihr Platz war unten, im Laderaum, niemals auf der Brücke. Und daran waren sie nicht nur gewöhnt, nein, sie erwarteten nichts anderes. Nun aber, da sie hier waren, da sie sich wirklich und wahrhaftig jener Insel gegenübersahen, von der sie alle so viel in den Zeitungen gelesen hatten, sank ihnen vorübergehend ein wenig das Herz. Denn obwohl sie zu einer der regulären Divisionen gehörten, sollten sie doch hier erst die Feuertaufe erhalten.

Als sie sich zur Ausschiffung bereitmachten, zweifelte keiner daran, daß wenigstens eine gewisse Anzahl von ihnen tot auf der Insel zurückbleiben würde. Niemand aber rechnete damit, selbst unter diesen zu sein. Immerhin war das ein recht ernüchternder Gedanke, und als die ersten Abteilungen mühsam in voller Ausrüstung ans Licht gestiegen waren, um auf Deck anzutreten, richteten sich alle Blicke sogleich nach der Insel, auf der man sie absetzen und zurücklassen und die vielleicht zum Grab eines Freundes werden würde.

Es war eine herrliche Aussicht, die sich ihnen vom Deck bot. Die helle, klare tropische Morgensonne blitzte auf dem unbewegten Wasser, und eine frische Seebrise strich über die Blätter der kleinen Kokospalmen hinter dem braunen Sandstrand der zunächst gelegenen Insel. Zu dieser frühen Stunde herrschte noch keine drückende Hitze. Der ungehinderte Ausblick auf das Meer vermittelte das Gefühl von einer unendlichen Weite. Die salzig schmeckende Brise blies über die Aufbauten der Schiffe und streifte die Gesichter der Männer. Nach der erstickenden Atmosphäre in den Laderäumen, die von den Ausdünstungen schwitzender Körper gesättigt war, schien die Brise ihnen doppelt sauber. Hinter den winzigen Palmen auf der Insel zog sich der Dschungel bis zu einer Kette brauner Hügel hin, die ihrerseits dem Gebirge wichen, das in der klaren Luft bläulich schimmernd aufragte.

»Das also ist Guadalcanar«, bemerkte ein Mann, der an der Reling stand, und spuckte einen Strahl Tabaksaft ins Wasser.

»Was hast du denn gedacht – Tahiti vielleicht?« erwiderte ihm ein anderer.

Der erste seufzte und spuckte noch einmal. »Na, wenigstens haben wir gutes Wetter.«

»Jesus Maria«, beklagte sich ein anderer und zerrte an dem Marschgepäck auf seinem Rücken, »dieses Dreckzeug reißt einem ja glatt den Arsch ab.«

»Dir wird bald noch ganz was anderes abgerissen werden«, tröstete ihn der erste Sprecher.

Schon hatten sich kleine Käfer, die sich als Landungsboote entpuppten, vom Strand gelöst. Manche zogen emsige Kreise, andere hielten schnurgerade auf die Schiffe zu.

Die Männer steckten Zigaretten in Brand. Langsam und mit schlurfenden Schritten formierten sie sich zu Kolonnen. Offiziere und Unteroffiziere fuhren mit scharfen Rufen in die nervösen Gespräche und trieben ihre Leute zusammen. Kaum waren sie angetreten, da begannen sie auch schon wie üblich zu warten.

Das zuerst eintreffende Landungsboot, dessen Besatzung aus zwei Männern bestand, die Drillichhüte und ärmellose Hemden trugen, umkreiste den vorderen Transporter im Abstand von etwa dreißig Metern und klatschte dabei schwer auf die von seinem eigenen Kielwasser erzeugten Wellen. Einer von den beiden Männern im Boot hielt sich am Bootsrand, um das Gleichgewicht nicht zu verlieren, und schaute dabei zum Schiff hinauf.
»Na, was haben wir denn da – neues Kanonenfutter für die Japse!« rief er munter.
Der tabakkauende Mann an der Reling mahlte nachdenklich mit den Kiefern und spritzte dann, ohne sich weiter zu rühren, einen braunen Strahl über Bord. Die Männer an Deck fuhren fort zu warten.
Weiter unten, im Laderaum II, drängte sich die Dritte Kompanie des 1. Regimentes im Durchgang und zwischen den Kojen. Sie war als vierte an der Reihe über eines der Landenetze von Bord zu gehen, und die Männer wußten, daß sie noch lange zu warten hatten. Infolgedessen sahen sie der Ausschiffung bei weitem nicht so gelassen ins Auge wie diejenigen, die als erste dran waren und schon an Deck standen.
Überdies war es auch sehr heiß im Laderaum II, und die Dritte befand sich ganz unten. Man konnte sich auch nirgendwo hinsetzen. Die Kojen, zu fünft und manchmal, wo die Decke hoch genug war auch zu sechst übereinander, boten keinen Platz, denn auf ihnen lag griffbereit die volle Gefechtsausrüstung, die anderswo nicht unterzubringen war. Aber selbst eine freie Koje hätte nicht zum Sitzen getaugt Die Kojen waren so knapp übereinander an ihren Stahlrohren befestigt, daß man sich nur darauf ausstrecken konnte. Wer versucht hätte sich aufzurichten, wäre mit dem Hinterteil nach unten weggesackt und mit dem Schädel gegen den Rahmen der Koje über sich gestoßen. Man konnte sich also nur auf dem Fußboden einen Platz suchen, zwischen den Beinen nervöser Raucher und ihren weggeworfenen Zigarettenstummeln, oder man mußte sich auf eine Irrfahrt durch das Labyrinth der Röhren begeben, die allen verfügbaren Raum in Anspruch nahmen, und dabei behutsam über unzählige Beine und Rümpfe steigen. Der Gestank, der von so vielen schwitzenden Körpern aufstieg, die nach ihrer langen Seereise überdies noch an schlechter Verdauung litten, wäre lebensgefährlich gewesen, hätten

die Geruchsorgane nicht aus reiner Barmherzigkeit schon längst ihren Betrieb eingestellt.
In diesem schwach erhellten Höllenloch, in dem die Luft einen außerordentlich hohen Feuchtigkeitsgehalt aufwies, und dessen Stahlwände jedes Geräusch verstärkt zurückwarfen, wischten sich die Männer der Dritten den Schweiß von tropfnassen Stirnen, lösten die Hemden aus verschwitzten Achselhöhlen, fluchten vor sich hin, sahen auf ihre Uhren und warteten geduldig.
»Glaubst du, daß wir die Bomber auf den Hals kriegen?« fragte der kleine Schütze Mazzi den neben ihm sitzenden Schützen Tills. Sie saßen gegen ein Schott gelehnt und hatten die Knie eng an die Körper gezogen; das verlieh ihnen ein Gefühl der Geborgenheit, und außerdem trat ihnen niemand auf die Füße.
»Woher zum Teufel soll ich das wissen?« erwiderte Tills gereizt. Er war Mazzis Kumpel, jedenfalls waren sie mehrmals zusammen ausgegangen. »Ich weiß bloß, was die Besatzung gesagt hat: letztes Mal haben sie keinen Dunst gekriegt, und das Mal davor sind sie beinahe hochgegangen. Was soll ich dir also sagen?«
»Vielen Dank für die Auskunft, Tills. Nichts. Sag mir gar nichts. Aber ich werde dafür dir was sagen: wir sitzen hier draußen in diesen Scheißpötten auf dem Wasser wie ein paar gottverfluchte Lockenten.«
»Das weiß ich selber.«
»So? Dann denk mal ein bißchen drüber nach.« Mazzi zog die Knie noch enger an den Körper und versuchte, sich durch eine unwillkürliche Bewegung Erleichterung zu schaffen: er hob und senkte ruckartig die Brauen, was ihm einen Ausdruck von streitsüchtiger Empörung verlieh.
Dies war die Frage, die jeden Angehörigen der Kompanie am stärksten beschäftigte. Dabei war die Dritte durchaus nicht als letzte an der Reihe. Andere kamen erst an siebenter und achter Stelle. Das war aber kein Trost. Die Dritte verschwendete keinen Gedanken an die, die noch später dran waren als sie, die mochten sehen, wo sie blieben. Die Dritte dachte einzig an die Glücklichen, die vor ihr dran waren, hoffte, daß diese sich beeilten und fragte sich, wie lange sie wohl selbst noch zu warten hatte.
Es gab auch noch mehr Anlaß zur Klage. Nicht nur war die Dritte erst bei der vierten Landepartie, was schon schlimm genug war, son-

dern aus irgendeinem unerfindlichen Grunde war sie auch zwischen lauter Fremde geraten. Abgesehen von einer anderen Kompanie ganz hinten im Heck, war die Dritte die einzige Kompanie des 1. Regimentes, die dem vorderen Transporter zugeteilt worden war, was zur Folge hatte, daß man keine Menschenseele in den benachbarten Kompanien kannte, und auch das wurde übel vermerkt.

»Wenn sie schon Hackfleisch aus mir machen, dann wenigstens in anständiger Gesellschaft und nicht zusammen mit diesen Strolchen, von denen man keinen einzigen kennt. Ich wäre sowieso lieber bei den Leuten von unserem Regiment«, sinnierte Mazzi trübe.

»Rede doch bloß nicht solchen Quatsch, du Armleuchter!« rief Tills.

»Na ...« fuhr Mazzi fort, »wenn ich daran denke, daß die Bomber jetzt vielleicht schon ... du bist kein Realist, Tills.«

Andere Leute der Kompanie mühten sich nach besten Kräften, ihrer Phantasie auf ihre Weise Zügel anzulegen. Von ihrem günstigen Platz am Schott konnten Tills und Mazzi wenigstens die Hälfte von dem sehen, was in der Kompanie vorging. An einer Stelle hatte man begonnen 17 und 4 zu spielen, und die Spieler deuteten jeweils zwischen nervösen Blicken auf die Uhr an, ob sie kaufen oder passen wollten. An anderer Stelle wickelte sich in der gleichen gehetzten Weise ein Würfelspiel ab. An wieder anderer Stelle hatte der Gefreite Nellie Coombs seine stets griffbereiten Pokerkarten hervorgeholt (die jeder – ohne es je beweisen zu können – für gezinkt hielt) und die beinahe niemals abreißende Pokerpartie wiederaufgenommen. Er war zwar selbst nervös, aber doch gewitzt genug, um die Erregung seiner Kameraden finanziell auszubeuten. Anderwärts hatten sich kleine Gruppen gebildet; man saß oder stand in ernste Gespräche vertieft, gab sich Mühe, die weit aufgerissenen Augen nicht umherwandern zu lassen und hörte kaum ein Wort von dem, was gesagt wurde. Einige Einzelgänger überprüften noch einmal jedes Stück ihrer Ausrüstung oder saßen nur einfach in Gedanken versunken davor. Der junge Sergeant McCron, die notorische Glucke, kontrollierte persönlich, als hinge sein Seelenheil davon ab, die Ausrüstung jedes einzelnen Mannes in seiner Gruppe, die fast nur aus Einberufenen bestand. Sergeant Beck, etwas älter als McCron und gefürchteter Ausbilder, veranstaltete mit seiner Gruppe einen Gewehrappell.

Man konnte nichts weiter tun als warten. Den Klettergeräuschen, die

gedämpft durch die geschlossenen Bullaugen an der Treppe hereindrangen, und den Rufen auf Deck, die hier unten kaum vernehmbar waren, ließ sich entnehmen, daß die Ausschiffung im Gange war. Durch das geöffnete Schott drangen der Lärm und das unterdrückte Fluchen einer anderen Kompanie herüber, die die Eisentreppe hinaufstapfte, um den Platz einer schon ausgeschifften Kompanie einzunehmen. Einige Männer, die nahe genug herankonnten und dazu aufgelegt waren, vermochten durch die geschlossenen Bullaugen Teile von den riesigen, schattenhaften Gestalten jener Männer zu sehen, die in voller Ausrüstung am Landenetz vor den Bullaugen herabkletterten; ab und an erblickten sie eines der Landungsboote, das im Begriff war abzulegen. Diese Beobachter versorgten die anderen mit Lageberichten. Gelegentlich wurde ein Landungsboot von einer Welle erwischt und gegen die Schiffsseite geschleudert. Dann erschütterte das Dröhnen des mißhandelten Stahls den ganzen Laderaum.
Der Gefreite Doll, ein schlanker Junge aus Virginia, stand neben Korporal Queen, einem riesigen Texaner, und Korporal Fife, dem Kompanieschreiber.
»Na, nun werden wir ja bald wissen, wie es ist«, bemerkte Queen schüchtern. Dieser gutmütige Riese war einige Jahre älter als die beiden anderen und im allgemeinen alles andere als schüchtern.
»Wie was ist?« fragte Fife.
»Wie es ist, wenn sie auf einen schießen, und zwar im Ernst«, erwiderte Queen.
»Ach was, das weiß ich längst«, versetzte Doll und zog verächtlich grinsend die Oberlippe hoch. »Du etwa nicht, Queen?«
»Ich hoffe nur, daß sie uns keine Bomber auf den Hals schicken«, bemerkte Fife.
»Das hofft wohl jeder«, stimmte Doll etwas weniger arrogant zu.
Doll war noch sehr jung, zwanzig, höchstens einundzwanzig, wie die meisten Mannschaften der Dritten Kompanie. Er war jetzt, wie fast alle Aktiven, länger als zwei Jahre bei der Kompanie. Bislang war Doll ein stiller, recht naiver, frischer Junge gewesen, der wenig redete und sich nie vordrängte, aber im letzten halben Jahr war eine Veränderung mit ihm vorgegangen, und er hatte begonnen, sich etwas mehr in den Vordergrund zu spielen. Das machte ihn nicht gerade liebenswerter.

Nachdem er seine etwas zurückhaltende Bemerkung über die Bomber von sich gegeben hatte, setzte er wieder sein überlegenes Grinsen auf und zog eine Braue in die Höhe. »Übrigens – wenn ich mir noch eine Pistole beschaffen will, dann muß ich das jetzt machen«, sagte er. Er blickte auf die Uhr. »Jetzt schmoren sie wohl schon alle in ihrem eigenen Saft und passen nicht mehr so auf«, fuhr er abschätzig fort und sah wieder auf. »Will einer von euch mitkommen?«

»Das machst du wohl besser allein«, knurrte Queen ablehnend. »Zwei Leute, die es auf zwei Pistolen abgesehen haben, sind gleich zweimal so auffällig.«

»Da hast du wohl recht«, stimmte Doll zu, und schlenderte davon, ein schlanker, schmalhüftiger, durchaus ansehnlicher Bursche. Queen starrte hinter ihm her, und seine texanischen Augen verdüsterten sich vor Abneigung, denn in Dolls Verhalten konnte er nur Prahlerei erblicken; als Doll dann von den Kojen weg und in den Durchgang hinaustrat, wandte er sich wieder dem Schreiber Fife zu.

Am Ende des Durchgangs saßen Mazzi und Tills immer noch mit angezogenen Knien, in ihre Unterhaltung vertieft, gegen das Schott gelehnt. Doll blieb vor ihnen stehen.

»Habt ihr denn keine Lust zuzusehen?« fragte er sie, und deutete auf die mehr oder weniger dicht umlagerten Bullaugen.

»Kein Interesse«, versetzte Mazzi düster.

»Ja, da ist ein ziemliches Gedränge«, sagte Doll und war nun gar nicht mehr so hochnäsig. Er senkte den Kopf und wischte mit dem Handrücken den Schweiß von den Augenbrauen.

»Auch wenn kein Gedränge wäre, hätte ich kein Interesse«, sagte Mazzi und zog die Knie noch enger an sich.

»Ich will mir jetzt die Pistole besorgen«, kündigte Doll an.

»So? Na, viel Vergnügen.«

»Viel Vergnügen«, wünschte auch Tills.

»Weißt du denn nicht mehr? Wir haben doch mal drüber gesprochen, daß wir uns Pistolen verschaffen wollten«, sagte Doll.

»So?« entgegnete Mazzi tonlos und starrte ihn an.

»Na gewiß doch«, versuchte Doll es noch einmal. Dann verstummte er, weil er bemerkte, daß man ihn los sein wollte. Er war beleidigt und lächelte sein unangenehmes, hochnäsiges Lächeln. »Ihr werdet schon noch bedauern, daß ihr keine Pistolen habt, wenn wir

erst mal an Land sind und mit den Samuraisäbeln Bekanntschaft machen.«
»Wenn wir bloß erst mal an Land wären!« sagte Mazzi, »runter von diesem verdammten Kahn, der da groß und dick mitten auf dem Wasser hockt.«
»He, Doll«, fragte Tills, »du weißt doch immer alles. Glaubst du, daß wir einen Fliegerangriff kriegen, ehe wir von diesem verfluchten Kasten runterkommen?«
»Woher soll ich denn das wissen?« versetzte Doll. Er lächelte wieder unangenehm. »Vielleicht, vielleicht auch nicht.«
»Vielen Dank«, sagte Mazzi.
»Wenn sie kommen, kommen sie eben. Was ist denn los mit dir, hast du Angst, Mazzi?«
»Angst? Woher denn! Du etwa?«
»Nein.«
»Na schön, dann halt dein Maul«, knurrte Mazzi, krümmte den Rücken, schob den Unterkiefer vor und runzelte wütend die Brauen. Das wirkte ziemlich lächerlich und machte keinen großen Eindruck. Doll legte den Kopf zurück und lachte.
»Na, bis nachher, ihr Bürschlein«, sagte er und stieg durch das Schott.
»Was meint denn der Affe mit ›Bürschlein‹?« fragte Mazzi.
»Ach, es ist eine Gruppe von australischen Pionieren an Bord«, erklärte Tills, »von denen hat er es wohl aufgeschnappt.«
»Der Kerl hat keine Ahnung«, sagte Mazzi entschieden, »noch weniger Ahnung als ein neugeborenes Schwein. Ich kann solche Leute einfach nicht riechen.«
»Glaubst du, daß er eine Pistole erwischt?« fragte Tills.
»Nie im Leben kriegt der eine Pistole.«
»Vielleicht aber doch.«
»Der nicht«, versicherte Mazzi. »Er ist ein Fatzke.«
»Im Augenblick ist mir das ganz wurscht«, klagte Tills, »es ist mir egal, ob er eine Pistole erwischt oder nicht. Ich will nichts weiter als weg von diesem verfluchten Kahn.«
»Du bist nicht der einzige«, sagte Mazzi, während gerade ein Sturmboot gegen die Schiffsseite krachte. »Sieh mal da rüber.«
Beide Männer wandten die Köpfe und sahen zu den Kojen hinüber. Sie umklammerten nervös ihre Knie und schauten zu, wie die Dritte

Kompanie auf alle erdenkliche Weise versuchte, sich von ihren alptraumhaften Vorstellungen zu befreien.
Mazzi sagte: »Ich weiß bloß eins. Als ich vor dem Krieg zur Armee ging, habe ich mit so was nicht gerechnet. Wie sollte ich wissen, daß dieser Scheißkrieg anfangen würde? Sag mir das mal.«
»Wie kann ich das«, protestierte Tills. »Du bist ja derjenige, der immer alles weiß, Mazzi.«
»Das einzige, was ich weiß, ist, daß die Dritte Kompanie immer angeschissen wird«, versetzte Mazzi. »Immer. Ich kann dir auch sagen, wer schuld dran ist. Bugger Stein ist schuld dran und kein anderer. Zuerst sieht er zu, daß wir hier auf diesen Kahn kommen, wo wir keine Menschenseele kennen und vom Regiment weg sind. Dann sorgt er dafür, daß wir erst als vierte von diesem gottverfluchten Pott herunterkommen. Soviel ist jedenfalls sicher, wenn was schief geht: scherscheh Bugger Stein.«
»Als vierte sind wir noch nicht mal auf dem schlechtesten Platz«, gab Tills zu bedenken. »Wenigstens sind wir nicht an siebenter oder achter Stelle; wenigstens hat er uns nicht an die achte Stelle geschoben.«
»Dafür kann er nichts. Jedenfalls hat er uns nicht an die erste Stelle gebracht. Sieh dir den Mistbock doch an da unten: er tut so, als wäre er einer von uns.« Mazzi machte eine ruckartige Bewegung mit dem Kopf, zum gegenüberliegenden Schott am Ende des Durchganges, wo Hauptmann Stein, sein Adjutant und die vier Zugführer die Köpfe über einer auf dem Fußboden ausgebreiteten Karte zusammensteckten.
»Sie sehen also, meine Herren, wo wir uns befinden werden«, sagte Hauptmann Stein, blickte von seinem Bleistift auf und sah seine Offiziere mit großen, freundlichen, braunen Augen fragend an. »Wir werden selbstverständlich von der Armee oder dem Marinecorps eingewiesen, so daß wir in kürzester Zeit und auf dem bequemsten Wege hinkommen. Die Front verläuft jetzt, wie ich Ihnen gezeigt habe, hier oben.« Er deutete mit dem Bleistift. »Acht und eine halbe Meile entfernt. Wir hingegen werden mit voller Ausrüstung ungefähr sechs Meilen in der anderen Richtung marschieren.« Stein erhob sich und die anderen fünf Offiziere standen ebenfalls auf. »Noch irgendwelche Fragen, meine Herren?«
»Ja, Sir«, sagte Leutnant Whyte vom ersten Zug. »Ich habe eine Frage,

Sir. Besteht schon ein Plan für die Aufstellung der Kompanie am Bestimmungsort? Ich hätte das gerne gewußt, Sir, da Blane vom zweiten Zug und ich vermutlich als erste eintreffen werden.«
»Nun, ich glaube, wir warten damit und sehen uns erst mal das Terrain an, wenn wir da sind, Whyte«, sagte Stein und hob seine gutgepolsterte rechte Hand, um die Brille mit den dicken Gläsern zurecht zu rücken, durch welche er Whyte anstarrte.
»Jawohl, Sir«, sagte der zurechtgewiesene Whyte und errötete ein wenig dabei.
»Sonst noch Fragen, meine Herren?« fragte Stein. »Blane, Culp?« Er sah sich um.
»Keine Fragen, Sir«, sagte Blane.
»Das wäre dann alles, meine Herren«, sagte Stein. »Jedenfalls im Augenblick.« Er beugte sich vor, um die Karte aufzunehmen, und als er sich aufrichtete, stand ein warmes Lächeln hinter seinen dicken Brillengläsern. Dies war das Zeichen dafür, daß der offizielle Teil vorüber war und man es sich nun gemütlich machen konnte. »Na, wie stehts, Bill?« fragte Stein den jungen Whyte und klopfte ihm freundlich auf die Schulter. »Alles in Ordnung?«
»Ein bißchen nervös, Jim«, grinste Whyte.
»Wie stehts mit Ihnen, Tom?« fragte der Hauptmann dann Blane.
»Gut, Jim.«
»Nun, ich glaube, es wäre richtig, wenn Sie sich alle noch mal Ihre Leute ansehen würden«, sagte Stein, blieb mit seinem Adjutanten, dem Oberleutnant Band, zurück und sah zu, wie die vier Zugführer weggingen.
»Ich glaube, es sind alles tüchtige Leute, nicht wahr, George?« fragte er.
»Das finde ich auch, Jim«, bestätigte Band.
»Ist dir aufgefallen, wie mühelos Culp und Gore alles mitbekommen haben?« fragte Stein.
»Ja, sie sind ja auch schon länger in der Kompanie als die beiden anderen.«
Stein nahm die Brille ab und putzte sie sorgfältig mit einem großen Taschentuch, dann setzte er sie wieder fest auf die Nase, rückte allerdings immer wieder mit Daumen und Fingern der rechten Hand das Gestell zurecht, während er durch die Gläser blinzelte. »Es wird wohl

noch eine Stunde dauern«, murmelte er abwesend. »Höchstens ein und eine viertel Stunde.«
»Ich hoffe nur, daß wir bis dahin keinen Fliegerangriff bekommen«, sagte Band.
»Ich auch«, stimmte Stein zu und blinzelte freundlich mit seinen großen, milden, braunen Augen hinter den Gläsern.
Was es nun auch mit der Kritik des Soldaten Mazzi auf sich haben mochte, eine seiner Behauptungen jedenfalls traf zu: es war Hauptmann Stein gewesen, der den Offizieren der Dritten Kompanie befohlen hatte, an diesem Morgen bei ihren Leuten im Laderaum zu bleiben. Stein, dessen Spitzname »Bugger« der viel zitierten Bemerkung eines namenlosen Soldaten zuzuschreiben war, der beim Anblick seines den Exerzierplatz überquerenden Kompaniechefs gesagt hatte »er geht, als hätte er einen Maiskolben im Hintern«, Stein war also der Ansicht, daß Offiziere an einem solchen Tag zu ihren Leuten gehörten, ihre Plagen und ihre Unruhe teilen, nicht aber an Oberdeck in der Kajüte bleiben sollten, in der sie den größten Teil der Reise zurückgelegt hatten. Stein hatte seine Untergebenen entsprechend instruiert. Zwar war keiner von ihnen darüber sehr erfreut gewesen, doch hatten alle geschwiegen, selbst Band. Und Stein war davon überzeugt, daß diese Maßnahme die Moral der Truppe heben müsse. Als er nun in den engen, feuchtheißen Dschungel von Röhren und Kojen spähte, wo seine Männer sich gemächlich und ohne jede Hysterie mit der Prüfung ihrer Ausrüstung befaßten, war er nochmehr von der Richtigkeit dieser Anordnung überzeugt. Stein, Juniorpartner in einer gutgehenden Anwaltskanzlei in Cleveland, hatte auf der Universität zum Spaß den Kurs für Reserveoffiziere absolviert und war schon früh, ein Jahr vor Ausbruch des Krieges, einberufen worden. Zum Glück war er nicht verheiratet. Er hatte voller Staunen sechs Monate bei einer Einheit der Nationalgarde verbracht, ehe man ihn als Oberleutnant und Kompanieführer zu seiner Stammdivision versetzt hatte; hier wurde er zunächst übergangen, und statt seiner erhielt ein alter, ausgedienter Hauptmann eine Kompanie, ehe er selber zum Hauptmann befördert wurde. Das war eine schreckliche Zeit, in der er nur immer und immer wieder zu sich sagte: »Mein Gott, was wird mein Vater dazu sagen«, – sein Vater war nämlich im Ersten Weltkrieg Major gewesen. Er rückte nun noch einmal seine

Brille zurecht und wandte sich an seinen Hauptfeldwebel, der Welsh hieß und auch wirklich Waliser Abstammung war; Welsh hatte während der Lagebesprechung in der Nähe gestanden und dabei ein hinterhältig amüsiertes Gesicht gemacht, was Stein nicht entgangen war.

»Ich finde, die Kompanie macht einen ganz ordentlichen Eindruck, Welsh«, sagte er und legte dabei Autorität in seine Stimme, ohne es jedoch zu übertreiben.

Welsh grinste ihn unverschämt an. »Ja, für eine Bande von Faulenzern, denen jetzt der Arsch aufgerissen werden soll, sehen sie ganz ordentlich aus«, sagte er. Welsh war ein großer, schmalhüftiger, muskulöser Mann Anfang Dreißig, an dem alles von seiner Walliser Abstammung sprach: seine dunkle Hautfarbe und das schwarze Haar; der schwere, bläulich schimmernde Unterkiefer und die irren, kohlschwarzen Augen; der düstere Unheilsblick, der nie aus seinem Gesicht verschwand, selbst wenn er grinste, wie eben jetzt.

Stein antwortete ihm nicht, wich aber seinem Blick nicht aus. Ihm war unbehaglich, und er wußte, daß man ihm das ansehen konnte. Indessen war ihm das ziemlich gleichgültig. Welsh war verrückt. Er war geisteskrank, ein veritabler Irrer, und Stein hatte ihn nie begriffen. Welsh hatte vor nichts und niemandem Achtung. Das machte aber nichts. Stein konnte ihm seine Unverschämtheiten nachsehen, denn Welsh war ein hervorragender Hauptfeldwebel.

»Ich fühle mich jedenfalls für jeden einzelnen verantwortlich«, sagte Stein.

»So?« fragte Welsh sanft und fuhr fort, den Hauptmann mit seinem frechen, heimlich belustigten Blick anzustarren, und mehr wollte er offenbar dazu nicht sagen.

Es fiel Stein auf, daß Band den Hauptfeldwebel mit unverhohlener Abneigung musterte, und er nahm sich vor, mit Band darüber zu sprechen. Band mußte diese etwas merkwürdige Situation mit Welsh begreifen. Stein blickte dabei immer noch Welsh an, der seinerseits grinsend zurückstarrte, und Stein, der zuvor absichtlich den Blick nicht abgewandt hatte, fand sich nun in einer höchst lächerlichen Lage: er war in eine Kraftprobe mit Blicken verwickelt, in diese alte, lächerliche, infantile Auseinandersetzung, in der es darum geht, nicht zuerst den Blick abzuwenden. Das war gleichzeitig strohdumm und

töricht. Gereizt zergrübelte er sich den Kopf, wie er unter Wahrung seiner Würde diesen kindischen Wettstreit abbrechen könnte.
Gerade in diesem Augenblick kam ein Mann von der Dritten Kompanie vorüber. Stein drehte sich unbefangen nach ihm um und nickte ihm kurz zu.
»Na, Doll? Alles in Ordnung mit Ihnen?«
»Jawohl, Sir«, sagte Doll. Er blieb stehen, grüßte und sah unangenehm überrascht aus. Offiziere machten ihn stets befangen.
Stein erwiderte den Gruß. »Rühren«, murmelte er und grinste dann hinter seiner Brille. »Wohl ein bißchen nervös, was?«
»Überhaupt nicht, Sir«, versicherte Doll mit großem Ernst.
»Schön.« Stein nickte und entließ ihn. Doll grüßte wieder und ging durch das Schott hinaus. Stein wandte sich Welsh und Band zu in dem Bewußtsein, den lächerlichen Kampf der Blicke nicht würdelos beendet zu haben. Feldwebel Welsh grinste ihn immer noch frech und schweigend an, nun aber mit einem eselhaften Ausdruck kleinlichen, tückischen Triumphes. Er war wirklich verrückt. Und überdies kindisch. Mit voller Absicht zwinkerte ihm Stein zu. »Kommen Sie, Band«, knurrte er verstimmt, »wir wollen uns mal umsehen.«
Nachdem der Gefreite Doll das Schott durchschritten hatte, wandte er sich nach rechts und begab sich unter der Ladeluke hinweg in den vordersten Laderaum. Doll sah sich immer noch nach einer Pistole um. Seit er Tills und Mazzi verlassen hatte, war er den ganzen langen Weg bis ins Heck des Schiffes gegangen, hatte das gesamte Unterdeck abgesucht und fragte sich nun, ob er sich dabei nicht übereilt habe. Die Schwierigkeit bestand für ihn darin, daß er nicht wußte, wieviel Zeit er zur Verfügung hatte.
Was mochte es wohl bedeuten, daß Bugger Stein ihn anhielt und fragte, ob er nervös sei! Was war das nun wieder für ein Blödsinn? Wußte Bugger, daß er auf der Jagd nach einer Pistole war? War es das? Oder war Bugger vielleicht darauf aus, ihn als einen Feigling oder so etwas Ähnliches hinzustellen? Es sah ganz so aus. Doll fühlte sich gekränkt und wurde wütend.
Nun blieb er in dem ovalen Schott zum vorderen Laderaum stehen, um sein nächstes Jagdrevier zu überblicken. Verglichen mit dem Terrain, das er bereits abgegrast hatte, war dieses Revier sehr klein. Doll hatte ursprünglich gehofft, daß der richtige Augenblick und die

geeignete Situation sich schon anbieten würden, wenn er nur Augen und Ohren offen hielte, und daß er der Mann wäre, die Gelegenheit zu nutzen. So hatte es sich allerdings nicht abgespielt und jetzt gewahrte er verzweifelt, daß die Zeit knapp wurde.
Bei seinem Rundgang durchs Heck war Doll überhaupt nur auf zwei Pistolen gestoßen, die lose umherlagen. Das war nicht gerade viel. In beiden Fällen hatte er vor der Entscheidung gestanden: sollte er? sollte er nicht? Er hätte nichts weiter zu tun gehabt, als die Pistole mitsamt Futteral und Gürtel aufzunehmen, sie umzuschnallen und wegzugehen. In beiden Fällen hatte sich Doll dagegen entschieden. Beide Male waren mehrere Männer in der Nähe gewesen, und Doll hatte das deutliche Gefühl gehabt, daß sich noch bessere Gelegenheiten bieten würden. Bislang allerdings hatten sich keine geboten, und jetzt konnte er sich des ebenfalls recht aufdringlichen Gedankens nicht erwehren, daß die Angst ihn wohl zu vorsichtig gemacht habe. Diesen Gedanken vermochte Doll kaum zu ertragen.
Seine eigene Kompanie konnte nun jeden Augenblick nach oben beordert werden. Andererseits aber quälte ihn der Gedanke an Mazzi und Tills und die übrigen, die ihn jetzt ohne Pistole würden zurückkommen sehen.
Doll wischte sich behutsam den Schweiß von der Stirn und trat in den vorderen Laderaum. Er hielt sich an der Steuerbordseite und zwängte sich suchend durch die Menge der fremden Gesichter, die zu einer anderen Einheit gehörten.
Doll hatte während der vergangenen sechs Monate einiges gelernt. Hauptsächlich hatte er gelernt, daß alle Soldaten Lügen über sich verbreiteten und diese für die Wahrheit ausgaben. Niemand war wirklich der, für den er sich ausgab. Es war, als erfinde jeder für sich eine Lebensgeschichte, die er dann als Wahrheit hinstellte. Und alle glaubten das, akzeptierten wenigstens widerspruchslos das Märchen. Doll wußte nicht, ob jedermann diese Erfahrung in einem bestimmten Alter machte, doch hielt er es für wahrscheinlich. Man sprach nur nicht darüber, und mit Recht. Wer angefangen hätte, Zweifel zu äußern, dessen eigene Erfindungen wären ebenfalls nicht länger mehr geglaubt worden. So mußte also jeder selbst dahinter kommen. Und dann natürlich so tun, als habe er nichts gemerkt.
Doll hatte diese Entdeckung gemacht, als er sich vor einem halben

Jahr mit Korporal Jenks, einem der größten und gröbsten Kerle in der Dritten Kompanie, geprügelt hatte.

Der Kampf war unentschieden ausgegangen, denn keiner von beiden wollte sich geschlagen geben. Schließlich mußten sie vor Erschöpfung aufhören. Was Doll die Augen geöffnet hatte, war aber nicht so sehr der Ausgang des Kampfes gewesen, als vielmehr die plötzliche Erkenntnis, daß Korporal Jenks ebenso nervös gewesen war und ebenso wenig Lust gehabt hatte, sich zu prügeln, wie er selber. Nachdem er das einmal in Jenks erkannt hatte, begann er es überall und in allen zu sehen.

Als Doll jünger gewesen war, hatte er alles geglaubt, was ihm andere über sich erzählt hatten. Nicht nur erzählt übrigens – meistens erzählten sie es gar nicht, sondern ließen es nur merken. Sie handelten so, wie die Personen, die sie gerne gewesen wären, und taten ganz, als seien sie wirklich so. Wenn Doll jemanden gesehen hatte, der für tapfer galt, sozusagen für einen Helden, dann hatte Doll ihn auch dafür gehalten. Und dann war sich Doll selbstverständlich minderwertig vorgekommen, da er genau wußte, daß er selbst niemals so handeln könnte. Es war also kein Wunder, daß er sich stets und ständig mit einem schlechten Platz im Leben begnügt hatte!

Es war merkwürdig – aber wenn man ehrlich zugab, nicht zu wissen, was man darstellte, oder ob man überhaupt was darstellte, dann mochte einen niemand leiden; die anderen fühlten sich unbehaglich und wollten einen nicht in der Nähe haben. Wenn man sich aber seine eigene Geschichte ausdachte, sich als den großen Mann aufspielte und so tat, als sei dies die Wahrheit, dann war man gern gesehen, und die anderen glaubten einem dieses Märchen.

Falls er jemals die Pistole erwischen sollte, beschloß Doll, würde er nicht zugeben, daß er Angst gehabt hatte, daß er unsicher und schwankend gewesen war. Er würde so tun, als sei das ganz einfach gewesen, würde vorgeben, daß es genauso passiert sei, wie er es sich vorgestellt hatte, ehe er auf die Jagd gegangen war.

Zunächst aber mußte er sie bekommen!

Er war schon beinahe ganz am Ende angelangt, als er hier die erste Pistole herumliegen sah. Doll blieb stehen und betrachtete sie gierig, ehe er sich eines besseren besann und erst einmal die Lage peilte. Die Pistole hing am Gestell einer Koje. Drei Kojen weiter hockte eine

Gruppe von Männern eifrig beim Würfelspiel. Im Durchgang selbst standen etwa fünf Meter entfernt vier oder fünf Männer im Gespräch. Keinesfalls war die Lage hier weniger gefährlich als im Heck. Vielleicht sogar gefährlicher.

Andererseits konnte Doll nicht von dem irritierenden Gedanken loskommen, daß die Zeit knapp wurde. Vielleicht war dies die einzige Pistole, die er hier vorne zu sehen bekommen würde? Mit dem Mut der Verzweiflung beschloß er, es zu versuchen. Soweit er es beurteilen konnte, hatte niemand von ihm Notiz genommen. Doll trat lässig an die Koje und lehnte sich gegen den Rahmen, als gehöre er dazu, dann nahm er die Pistole herunter und schnallte sie um. Er widerstand dem Impuls, auf der Stelle umzudrehen und wegzulaufen, brannte eine Zigarette an und machte zwei tiefe Züge, ehe er auf dem gleichen Weg, auf dem er gekommen war, zum Schott zurück schlenderte.

Er hatte den Laderaum halb durchquert und fing gerade an zu glauben, daß er es geschafft habe, als er zwei Stimmen hinter sich her rufen hörte. Kein Zweifel, er war gemeint.

»He, du!«

»He, Soldat!«

Doll wandte sich um und fühlte, wie ein tief schuldiger Blick in seine Augen trat, während ihm das Herz schneller zu klopfen begann; er sah zwei Männer auf sich zukommen, einen Schützen und einen Unteroffizier. Würden sie ihn melden? Würden sie versuchen, ihn zu verprügeln? Diese beiden Möglichkeiten beunruhigten Doll aber nicht halb so sehr wie die Aussicht, mit Verachtung als der heimliche Dieb behandelt zu werden, als der er sich fühlte. Davor fürchtete Doll sich ganz besonders. Es war ihm, als durchlebe er einen der weitverbreiteten Alpträume, in denen man auf frischer Tat ertappt wird.

Die beiden Männer traten drohend auf Doll zu; sie waren rot vor Entrüstung und strahlten verletzte Rechtschaffenheit aus. Doll zwinkerte mehrmals heftig in dem Bemühen, den Ausdruck des Schuldbewußtseins zu vertreiben, den er in seinen Augen vermutete. Hinter den beiden hatten sich, wie er bemerkte, noch andere Köpfe hergewandt, um zuzusehen.

»Das ist meine Pistole, die du da umgeschnallt hast«, sagte der Soldat. Seine Stimme klang gekränkt und anklagend.

Doll erwiderte nichts.

»Er hat gesehen, wie du sie von der Koje genommen hast«, sagte der Unteroffizier, »versuch also bloß nicht, dich rauszuschwindeln.«
Unter Aufbietung aller Energie – oder allen Mutes, was es war, wußte er nicht – verkniff Doll sich jede Antwort und zwang ein breites, hämisches Grinsen auf sein Gesicht, während er die beiden starr anblickte. Langsam schnallte er den Gürtel ab und reichte ihn hinüber.
»Wie lange bist du denn schon dabei, Mac?« grinste er, »du solltest nicht so blöde sein, dein Zeug offen herumliegen zu lassen. Eines Tages ist es weg.« Ohne mit der Wimper zu zucken, starrte er die beiden an.
Beide Männer starrten zurück und ihre Augen wurden etwas größer, während diese neuartige Anschauungsweise an die Stelle ihrer gerechten Empörung trat. Gegenüber diesem Gleichmut und diesem absoluten Mangel an Schuldbewußtsein kamen sich beide lächerlich vor, und so grinsten sie denn schließlich betreten, weil sie glaubten, der in allen Armeen beliebten Märchenfigur des abgebrühten, alten Marschierers gegenüberzustehen, der alles organisiert, was nicht niet- und nagelfest ist.
»Nimm lieber deine klebrigen Finger in Acht, Soldat«, sagte der Unteroffizier, doch klang das nicht mehr sehr bedrohlich. Er versuchte, sein Grinsen zurückzuhalten.
»Alles, was so offen herumliegt, betrachte ich als Beutegut«, sagte Doll munter. »Und jeder alte Soldat macht es genauso. Sag deinem Schützling hier, daß er die Leute nicht so in Versuchung führen soll.«
Die Gesichter hinter den beiden hatten angesichts der Beklommenheit des jungen Soldaten ebenfalls zu grinsen begonnen. Dieser selbst sah äußerst niedergeschlagen aus, so, als sei das Ganze seine Schuld. Der Unteroffizier wandte sich an ihn.
»Hast du gehört, Drake?« grinste er. »Paß besser auf dein Zeug auf.«
»Ja«, bekräftigte Doll. »Sonst hast du es nämlich nicht mehr lange.«
Er drehte sich um, schlenderte dem Ausgang zu, und niemand versuchte, ihn zurückzuhalten.
Als Doll die Ladeluke wieder erreicht hatte, blieb er stehen und gestattete sich einen langen, erleichterten Seufzer. Dann lehnte er sich gegen das Schott, denn die Knie zitterten ihm. Wenn er sein Schuldbewußtsein gezeigt hätte – und er hatte sich weiß Gott schuldig genug gefühlt –, dann hätten sie ihn dran gekriegt. Und wie! Aber er

hatte sie geblufft. Er hatte sie geblufft, und statt seiner war der kleine Soldat als der Schuldige dagestanden. Doll lachte nervös und unsicher. Und alles war eine einzige große Lüge gewesen! Trotz seines Schreckens empfand er großen Stolz. In gewisser Weise war er ja wirklich so ein Kerl, dachte er plötzlich, er war wirklich der, als den er sich da eben produziert hatte. Wenigstens jetzt war er das, früher war das anders gewesen.

Aber er hatte immer noch keine Pistole. Doll sah zweifelnd und beunruhigt über diesen Zeitverlust auf die Uhr. Er hatte dieses Deck nicht verlassen, sich nicht weiter von der Dritten Kompanie entfernen wollen, nun aber begann er auf immer noch zitternden Beinen, aber siegessicher und mit einer ganz anderen Meinung von sich selbst, die Treppe zum nächsten Deck zu erklettern.

Von dem Augenblick an, als Doll zwischen die Kojen im nächsten Deck trat, waren ihm alle Umstände günstig. Er war immer noch etwas mitgenommen, und gewiß ängstlicher als zuvor. Doch machte das nichts. Alles fügte sich ihm und seiner Absicht. Die Dinge hätten sich nicht günstiger anlassen können, wenn er den lieben Gott um seinen persönlichen Beistand gebeten hätte. Doll wußte nicht, wie das kam, er selbst trug nichts dazu bei, und wäre er eine Minute früher oder später gekommen, wäre alles gewiß anders verlaufen. Aber er kam weder zu spät noch zu früh, und er hatte auch nicht die Absicht, sich damit aufzuhalten, sein Glück aufs Spiel zu setzen. Dies war die perfekte Situation, ganz wie er sie sich ursprünglich vorgestellt und von der er angenommen hatte, daß er sie blitzartig erkennen werde. Und so geschah es jetzt auch:

Er hatte noch keine drei Schritt getan, als er vor sich nicht eine, sondern zwei Pistolen nebeneinander auf der gleichen Koje unmittelbar am Durchgang liegen sah. In diesem Teil des Laderaumes war nur ein einziger Mann, und ehe Doll noch einen weiteren Schritt tun konnte, war dieser Mann aufgestanden und ans andere Ende des Raumes gegangen, wo sich offenbar alle übrigen Insassen versammelt hatten.

Das war also alles. Doll hatte nichts weiter zu tun als heranzutreten, eine der Pistolen aufzunehmen und sie umzuschnallen. Die Pistole des Fremden an der Seite, setzte er seinen Weg durch den Laderaum fort. Am anderen Ende trat er einfach durch das Schott, ging die

Treppe hinunter, wandte sich nach links und war in Sicherheit unter seinen Kameraden. Die Kompanie hatte sich noch nicht gerührt, und alles war geradeso wie er es verlassen hatte. Dieses Mal ging er absichtlich nahe an Tills und Mazzi vorüber, was er zuvor, als er erfolglos vom Heck zurückgekommen war, peinlich vermieden hatte.
Tills und Mazzi hatten sich nicht von der Stelle gerührt, saßen immer noch mit angezogenen Knien schwitzend gegen das Schott gelehnt. Doll stellte sich vor sie hin, die Hände in die Hüften gestemmt, die rechte Hand auf der Pistole. Sie war nun nicht zu übersehen.
»Na, Süßling«, sagte Mazzi.
Tills seinerseits grinste. »Wir haben dich vorhin hier vorbeischleichen sehen, als du vom Heck kamst und Bugger dich erwischt hat. Wo warst du denn?«
Selbstverständlich erwähnte keiner von beiden die Pistole. Aber es war Doll ziemlich egal. Er hob das Holster und ließ es mehrmals mit der Pistole darin auf sein Bein klatschen. »Ich hab mich umgesehen«, sagte er und zog die Oberlippe und eine Augenbraue zu seinem hochnäsigen Lächeln in die Höhe. »Na, was meint ihr denn dazu?«
»Wozu?« fragte Mazzi unschuldig.
Wieder grinste Doll sein unangenehmes Grinsen, und seine Augen strahlten. »Nichts. Zum Krieg«, mokierte er sich, machte auf dem Absatz kehrt und gesellte sich zu den anderen. Eine derartige Reaktion hatte er erwartet. Es war ihm aber nach wie vor gleichgültig. Jedenfalls hatte er die Pistole.
»Na, was sagst du jetzt?« fragte Tills und sah Doll nach.
»Genau das, was ich vorher auch gesagt habe«, erwiderte Mazzi ungerührt. »Der Kerl ist ein Fatzke.«
»Er hat aber eine Pistole.«
»Dann ist er eben ein Fatzke mit Pistole.«
»Und du bist ein Klugscheißer ohne Pistole.«
»Ganz recht«, versetzte Mazzi unerschütterlich, »was soll ich schon mit einer Scheißpistole? Ich . . .«
»Ich hätte gerne eine«, sagte Tills.
». . . könnte mir jederzeit eine besorgen, wenn ich wollte«, fuhr Mazzi stur fort. »Der Kerl geht spazieren und sucht sich eine Pistole, während wir hier rumsitzen und darauf warten, daß sie uns Bomben auf den Kürbis schmeißen.«

»Aber wenn wir an Land kommen, hat er wenigstens seine Pistole«, sagte Tills hartnäckig.
»Wenn wir an Land kommen.«
»Wenn nicht, dann ist es sowieso egal«, sagte Tills. »Aber wenigstens hat er was unternommen, und nicht bloß hier rumgesessen und gewartet wie wir.«
»Nu laß schon, Tills, laß schon«, sagte Mazzi fest. »Wenn du was unternehmen willst, dann geh und mach was.«
»Ich glaub, ich tu's«, versetzte Tills ärgerlich und stand auf. Er setzte sich in Bewegung, kam dann aber plötzlich wieder zurück und hatte einen merkwürdigen Ausdruck im Gesicht. »Weißt du eigentlich, daß ich nicht einen einzigen Freund in der Kompanie habe?« sagte er. »Keinen einzigen? Und daß du auch keinen hast?« Tills rollte den Kopf wild im Kreis, um die ganze Kompanie hinter sich einzubegreifen, »daß überhaupt keiner in dieser Einheit einen Freund hat? Nicht einer? Und wenn wir nun eine verpaßt kriegen . . . ?« Tills verstummte plötzlich, und diese Frage blieb laut und unbeantwortet über seinem Kopf in der Luft hängen, ganz ähnlich dem immer wiederkehrenden Dröhnen, wenn eines der Sturmboote gegen den stählernen Schiffsrumpf stieß. »Nicht einer«, endete er unschlüssig.
»Ich habe Freunde«, versetzte Mazzi.
»Du hast Freunde!« rief Tills wild, »du hast Freunde! Haha!« Dann ließ er die Stimme sinken und sagte matt: »Ich gehe da rüber zum Poker.« Er wandte sich ab.
»Ich habe Freunde, solange ich ihnen kein Geld borge oder mir was von ihnen leihe«, sprach Mazzi hinter ihm her. »Willst du Geld? He, willst du Geld, Tills?« rief er dann und brach in ein Gelächter aus. Er zog die Knie wieder an die Brust und lachte laut, mit zurückgeworfenem Kopf. Er genoß seinen eigenen Witz außerordentlich.
Das erste Pokerspiel, auf das Tills stieß, war dasjenige des kleinen Nellie Coombs. Nellie, schmal, blond und zerbrechlich, hielt wie gewöhnlich die Bank. Als Gegenleistung dafür, daß er niemals jemanden die Karten austeilen ließ, traktierte er seine Kunden mit Zigaretten. Tills verstand nicht, warum überhaupt jemand jemals mit ihm spielte. Tills verstand auch nicht, warum er selbst es tat. Um so weniger als Nellie verdächtigt wurde, mit gezinkten Karten zu spielen.

Nur ein paar Schritt weiter war ein normales Spiel im Gange, wo jeder an die Reihe kam, die Karten zu geben, aber Tills nahm die Brieftasche heraus, zog einige Geldscheine hervor und ließ sich von Nellie Karten geben. Wenn nur das verfluchte Warten erst einmal zu Ende wäre!

Doll dachte das gleiche. Die Jagd nach der Pistole hatte ihn so sehr in Anspruch genommen, daß er die Möglichkeit eines Fliegerangriffes ganz vergessen hatte. Nachdem er von Mazzi und Tills weggegangen war, hatte er so lange zwischen den engen Kojen gesucht, bis er Fife und Queen wiedergefunden hatte und ihnen die Pistole zeigen konnte. Anders als Mazzi und Tills waren beide von seiner Leistung gebührend beeindruckt und ebenfalls von der Leichtigkeit, mit der er, wie er ihnen einredete, seine Tat ausgeführt hatte. Das Vergnügen, das Doll hierüber empfand, konnte jedoch den nagenden Gedanken an einen bevorstehenden Fliegerangriff nicht betäuben. Wenn er nun, nachdem er sich gerade die verfluchte Pistole beschafft hatte, trotz allem noch eine Bombe auf die Birne kriegen sollte – diesen Gedanken konnte er kaum ertragen. Es war sogar möglich, daß er nie Gelegenheit haben würde, die Pistole zu benutzen! Das war eine bejammernswerte Vorstellung, die Doll den abgründigen Gedanken von der Nutzlosigkeit allen Tuns nahe brachte.

Sowohl Queen als auch Fife hatten erklärt, daß sie sich beide auf die Pistolenjagd machen wollten, da dies ja höchst einfach zu sein scheine. Doll indessen redete ihnen nicht zu: die Zeit sei zu knapp, meinte er. Er wies sie darauf hin, daß sie früher hätten aufbrechen müssen. Er sagte ihnen auch nichts von der zweiten Pistole, die er gesehen hatte. Schließlich hatte er seine Pistole selbst auftreiben müssen, warum also sollten die beiden anderen es nicht auch tun? Überdies würden die Männer im nächsten Deck jetzt scharf aufpassen, nachdem eine Pistole verschwunden war, und es hätte also für seine Freunde gefährlich werden können. In Wirklichkeit erwies er ihnen geradezu einen Dienst damit, daß er nichts sagte. Nachdem er ihnen abgeraten hatte, trat Doll zu seiner eigenen Koje, um noch einmal einen Blick auf seine Ausrüstung zu werfen, da er weiter nichts zu tun fand. Nun aber sah er sich plötzlich dem wirren Haar, der hochaufragenden Gestalt und dem tückischen, wilden, zergrübelten Gesicht von Hauptfeldwebel Welsh gegenüber.

»Was hast du denn da für eine Pistole, Doll?« verlangte Welsh mit irrem Grinsen zu wissen.
Vor diesem Blick welkte Dolls frisch erworbenes Selbstvertrauen dahin. Es flimmerte ihm vor den Augen. »Welche Pistole?« murmelte er.
»Diese Pistole!« rief Welsh, trat einen Schritt näher und packte das Holster an Dolls Hüfte. Am Holster zog er Doll langsam zu sich heran, bis sie nur noch Zentimeter voneinander entfernt waren, und dabei grinste er sein listiges, unverschämtes Grinsen unmittelbar in Dolls Gesicht hinein. Mit sanfter Gewalt schob er Doll am Holster vor und zurück. »Von dieser Pistole rede ich. Von dieser Pistole.« Sehr langsam verlor sich nun das Grinsen aus Welsh's Gesicht, und er sah nur noch schwarz und drohend und gewalttätig aus; ein durchdringender mörderischer Blick fuhr aus seinen Augen, der indessen nicht nur mörderisch, sondern auch noch verschlagen war.
Doll war ziemlich groß, aber Welsh war größer, und das verlieh ihm einen Vorteil. Und obwohl Doll genau wußte, daß das langsame Verschwinden des Grinsens ein beabsichtigter, theatralischer Effekt war, versetzte es ihn in eine leichte Lähmung.
»Tja, ich . . .«, begann er, wurde aber unterbrochen. Das war ganz gut, denn mehr wäre ihm doch nicht eingefallen.
»Wenn nun jemand zu Bugger Stein geht und dann in der Kompanie nach einer gestohlenen Pistole gesucht wird? Was?« Langsam zog Welsh Doll am Holster zu sich hoch, bis Doll auf den Zehenspitzen stand. »Hast du daran gedacht? Was?« zischte er mit unheimlicher Sanftheit. »Und wenn ich dann gezwungen wäre, Bugger Stein zu sagen, wo sie ist? Was? Hast du daran überhaupt gedacht?«
»Würdest du das denn tun?« stammelte Doll.
»Darauf kannst du dich verlassen!« brüllte Welsh plötzlich los.
»Tja . . . glaubst du denn, daß jemand kommt?« fragte Doll.
»Nein!« brüllte Welsh. »Das glaube ich nicht!« Nun kam, ebenso langsam wie es verschwunden war, das verschlagene, tückische Grinsen in das Gesicht des Feldwebels zurück. Nachdem Welsh dieses Grinsen aufgesetzt hatte, ließ er Doll wieder auf die Füße zurücksinken und schleuderte mit der gleichen Bewegung die Pistole mitsamt der Tasche von sich weg, als sei sie nirgendwo befestigt. Doll wurde dabei einen halben Schritt zurückgeworfen und sah nun Welsh vor sich stehen, der die Hände leicht in die Hüften stützte und sein tücki-

sches, irres Grinsen grinste. »Mach sie sauber«, sagte Welsh. »Wahrscheinlich ist sie dreckig. Wer seine Pistole herumliegen läßt, ist ganz bestimmt ein beschissener Anfänger.« Und immer noch stand er da und grinste Doll an wie ein Verrückter.
Wieder war es Doll unmöglich, den Blick dieser Augen zu ertragen, und kochend vor Zorn ging er zu seiner Koje, die einige Schritte entfernt war. Tatsächlich räumte er das Feld, und sein Selbstbewußtsein war stark erschüttert. Das schlimmste war, daß dieser Vorfall sich mitten im dichtbesetzten Mannschaftslogis ereignet hatte; das war Doll besonders schmerzlich, obwohl alles so unerwartet und schnell vorgegangen war, daß es, mit Ausnahme der in der Nähe befindlichen Männer, kaum jemand bemerkt hatte. Der Teufel sollte Welsh holen, er hatte Augen wie ein Habicht, er bemerkte einfach alles. Doch was Welsh über das Reinigen der Pistole gesagt hatte, beschäftigte Doll mehr als alles andere. Es verblüffte ihn. Er selbst wäre niemals darauf gekommen. Erstaunlicherweise fühlte sich Doll nicht fähig, Zorn gegen Welsh zu empfinden, obwohl er es wollte, und dies versetzte ihn in nur noch größere Wut, in eine Wut, die sich auf kein bestimmtes Objekt richten und daher kein Ventil finden konnte. Wer hätte auch auf einen Verrückten wütend sein können? Jeder wußte, daß Welsh verrückt war, schlicht und einfach geisteskrank. Seine zwölf Dienstjahre hatten ihn um den Verstand gebracht. Warum hatte Welsh, wenn er neidisch auf die Pistole war, sie ihm nicht einfach weggenommen? So hätte jeder normale Unteroffizier gehandelt. Schon dieser Umstand also bewies, daß er verrückt war. Bei seiner Koje angelangt, machte Doll sich daran, seine neue Pistole auseinanderzunehmen und nachzusehen, ob sie wirklich verdreckt war. Er hätte Welsh zu gern bewiesen, daß er im Unrecht war. Triumphierend stellte er fest, daß die Pistole nicht im geringsten verschmutzt war, sondern sauber wie ein abgenagtes Hühnerbein.
Hauptfeldwebel Welsh blieb auch nach Dolls Abgang tückisch grinsend im Durchgang stehen. Er hatte dafür keinen besonderen Grund, denn Doll hatte er abfahren lassen und ihn bereits vergessen, aber es bereitete ihm Vergnügen. Zum einen machte es alle Soldaten in seiner Nähe beklommen, und das gefiel Welsh. Er hielt die Hände noch in die Hüften gestützt, die Schultern etwas nach vorn geneigt und die Beine gespreizt, kurz, er verblieb in der gleichen Stellung, die er ein-

genommen, nachdem er Doll von sich geschoben hatte. Welsh beschloß herauszufinden, wie lange er stehen bleiben könnte, ohne ein Glied zu rühren. Er wollte sich nur gestatten, die Augen zu bewegen. Er durfte den Arm nicht heben, um nach seiner Uhr zu sehen, das hätte geheißen sich zu bewegen, aber über dem Schott hing eine große Uhr, und an der würde er feststellen, wie lange er es aushalten konnte. Unbeweglich dastehend, wie ein Gartenzwerg auf dem Rasen, ließ er nur die Augen über seinem tückischen Grinsen und unter seinen schwarzen, düsteren Brauen hin und her flitzen, und wer von seinem Blick getroffen wurde, wetzte unruhig hin und her, senkte die Augen und machte sich etwas zu schaffen: richtete eine Schnalle, prüfte einen Gurt, polierte den Schaft seines Gewehres. Welsh musterte seine Leute amüsiert. Sie waren ein jämmerlicher Haufen, ganz gleich, wie man es betrachtete. Mit großer Gewißheit würden fast alle von ihnen, er nicht ausgenommen, vor dem Ende dieses Krieges tot sein, und nicht einer von ihnen war gewitzt genug, um sich das klar zu machen. Einige wenige vielleicht. Sie hatten das Pech, praktisch vom ersten Tage an hineingeraten zu sein und würden bis zum Schluß mitmachen müssen. Kaum einer von ihnen war fähig oder willens, zuzugeben oder einzusehen, wie erschreckend ihre Aussichten sich dadurch verminderten. Was Welsh anging, so gönnte er ihnen von Herzen alles, was ihnen bevorstand. Dabei nahm er sich nicht aus, und auch das amüsierte ihn.
Welsh selber hatte keinerlei Kampferfahrung. Er hatte aber ziemlich lange mit alten Soldaten zusammengelebt und dabei seinen Glauben ebenso wie seine Ehrfurcht vor dem Mysterium des von Menschen geführten Krieges verloren. Jahrelang hatte er mit Veteranen des Ersten Weltkrieges, mit Männern, die in China gewesen waren, herumgesoffen und den trunkenen, melancholischen Erzählungen von ihrer Tapferkeit gelauscht. Er hatte gehört, wie diese Erzählungen mit den Jahren und der Zahl der Saufereien gewichtiger wurden und hatte daraus nur einen Schluß ziehen können – daß nämlich jeder Veteran ein Held war. Wie es kam, daß so viele Helden überlebten und so viele Nichthelden ins Gras gebissen hatten, wußte Welsh nicht. Aber jeder Veteran war ein Held. Falls man es nicht glaubte, brauchte man sie nur danach zu fragen, oder noch besser, sie betrunken zu machen und nichts weiter zu fragen. Es gab einfach nur Helden.

Eines der Risiken im Leben des Berufssoldaten war es, daß mit der Regelmäßigkeit eines Uhrwerks alle zwanzig Jahre jener Teil der Menschheit, dem man zugehörte, in einen Krieg verwickelt wurde, ungeachtet politischer Vorstellungen oder humanitärer Ideale, und daß es dann erforderlich war, zu kämpfen. Der wohl einzige Ausweg aus dieser mathematischen Sackgasse war es, unmittelbar nach dem Ende eines Krieges aktiv zu werden, und dann konnte man hoffen, für den nächsten Krieg zu alt zu sein; das konnte gerade noch glücken. Um das fertig zu bringen, mußte man jedoch in einem ganz bestimmten Augenblick ein ganz bestimmtes Alter erreicht haben, und das war selten. Aber etwas anderes gab es nicht, es sei denn, man meldete sich zu einer Versorgungseinheit oder etwas derartigem. Welsh hatte das alles schon begriffen, als er 1930, genau zwischen den Kriegen, im Alter von zwanzig Jahren zum Militär ging, aber er hatte sich durch nichts zurückhalten lassen. Er war aktiv geworden und zwar aktiv bei der Infanterie. Nicht beim Nachschub. Und er war auch bei der Infanterie geblieben. Und auch das amüsierte Welsh.
So wie Welsh die Sache ansah, war es ihm gelungen, der Wirtschaftskrise in seinem Land ein Schnippchen zu schlagen, er hatte Amerika an der Nase herumgeführt, und heute, am 10. November 1942, machte er sich bereit, seine Schulden zu zahlen. Auch das fand Welsh amüsant.
Alles amüsierte Welsh. Wenigstens hoffte Welsh das. Der Umstand, daß er in der Infanterie geblieben war, belustigte ihn – obwohl er, hätte man ihn gefragt, den Grund dafür nicht anzugeben gewußt hätte, außer eben daß es ihn amüsiert hatte zu bleiben. Er glaubte nichts, er glaubte an keines der großen Worte. Hätte man ihn gedrängt, so wie gereizte Freunde ihn oft gedrängt hatten, doch zu sagen, woran er denn glaube, so würde er prompt, wie schon so oft zuvor, geantwortet haben: »Privateigentum«. Diese Antwort versetzte seine Zuhörer regelmäßig in Wut, aber nicht nur darum sagte Welsh das, obwohl es ihm Spaß machte, alle Welt in Wut zu versetzen. Als Kind einer streng protestantischen, bürgerlichen Familie, deren Protestantismus ebenso verlogen war wie ihre Bürgerlichkeit, obwohl sie ziemlich viele Grundstücke besaß, hatte er sein Leben lang das Prinzip des Eigentums am Werk gesehen, und er fühlte sich nicht veranlaßt, wegen irgendeines zimperlichen Menschheitsbeglückers

seine Meinung zu ändern. Das Streben nach Besitz in der einen oder der anderen Form bildete schließlich immer das Grundmotiv aller Handlungen, mit was für Worten die Leute auch darüber hinwegzutäuschen suchten. Das war ihm gewiß. Und doch hatte Welsh nie den Versuch gemacht, selbst Eigentum zu erwerben, sondern sich im Gegenteil von jedem Besitztum, an das er zufällig gelangte, so schnell es nur ging, ja beinahe hastig, getrennt. Auch das amüsierte Welsh, ebenso wie ihn die Hast amüsierte, die er bei solchen Gelegenheiten an sich wahrnahm.
Welsh hörte hinter sich im Gang Schritte herankommen und dann eine Stimme.
»Sergeant, kann ich mal was fragen?« Das klang wie einer der Rekruten. Unterwürfig.
Welsh bewegte sich nicht, sagte auch nichts, sondern sah nur zu der großen Uhr hinauf. Er stand erst etwas mehr als eine Minute da, und das war gewiß nicht lange genug. Er blieb stehen, ohne sich zu rühren. Nach einer Weile entfernten sich die Stimme und die Schritte. Als die Uhr schließlich anzeigte, daß er zwei und eine halbe Minute so gestanden hatte, wurde es ihm langweilig und er beschloß, wegzugehen und seinen Schreiber Fife ein bißchen zu ärgern. Als er sich auf den Weg zum Kompanietrupp machte, entstand um ihn herum so etwas wie ein lautloser Seufzer der Erleichterung. Dies entging Welsh nicht, und er genoß es mit seinem tückischen, frechen, irren Grinsen.
Welsh hatte für Doll nichts übrig, und für Korporal Fife, seinen Schreiber, hatte er ebensowenig übrig. Doll war ein grüner Junge, der sich bis zu der Prügelei mit Jenks vor sechs Monaten wenigstens ziemlich für sich gehalten und sein Maul nicht aufgerissen hatte. Seit seinem sogenannten Sieg hatte er jedoch angefangen, sich für einen Erwachsenen zu halten, war zu einem widerwärtigen Esel geworden und stritt sich mit allen Leuten herum. Fife hingegen, zwar ebenfalls ein grüner Junge und ein Esel, war ein Feigling. Mit Feigling meinte Welsh nicht, daß Fife sich die Hosen vollscheißen und weglaufen würde. Das würde Fife nicht tun; er würde aushalten. Er würde zittern wie ein Hund, der Pfirsichkerne scheißt, und sich zu Tode ängstigen, aber er würde aushalten. Welsh sah darin eine besonders üble Art der Feigheit. Mit dem Wort Feigling wollte Welsh nur ausdrücken, daß Fife noch nicht begriffen hatte – falls er es überhaupt je

begreifen würde –, daß sein Leben und er selber, er, Fife, für die Welt nicht das geringste bedeuteten und nie bedeuten würden. Doll hingegen war einfach zu blöde, um eine solche Idee zu begreifen, ja, überhaupt auf so einen unvorstellbaren Gedanken zu verfallen. Fife war schlau genug, um so etwas zu begreifen, oder jedenfalls, um es begreifen zu lernen, doch war er nicht bereit, es zuzugeben. Und für Welsh war das die übelste Sorte Feigling.

Er traf den kleinen, aber breitschultrigen Fife in Gesellschaft einiger Leute vom Küchenpersonal bei den Kojen des Kompanietrupps und ging mit seinem verschlagenen, listigen und bemerkenswert abscheulichen Grinsen auf ihn zu.

Korporal Fife hatte sich zu den Köchen gesetzt und hörte ihrer Unterhaltung zu, um sich von dem unerfreulichen Gedanken an einen möglichen Bombenangriff abzulenken. Er sah Welsh kommen und erkannte außerdem aus langer Erfahrung an seinem Gesicht, in welche Stimmung der Hauptfeldwebel sich hineinsteigerte. Fife's erste Regung war aufzustehen und davon zu schlendern, ehe Welsh herangekommen war. Fife wußte jedoch, daß dies nichts nützen konnte. Welsh würde ihm nur nachgehen oder, noch schlimmer, ihn zurückrufen. Fife blieb also einfach sitzen. Er fühlte, wie sein Gesicht einen betretenen Ausdruck annahm, als er Welsh auf die Gruppe losgehen sah. Wenn Fife irgend etwas verabscheute, so war es, zur Schau gestellt zu werden; und gerade das tat Welsh stets und ständig, ganz als habe er Fife's Schwäche erkannt.

Fife hatte sich von Doll davon abbringen lassen, auf die Jagd nach einer Pistole zu gehen. Das gleiche hatte Queen getan, der Texaner. Beide glaubten fest, daß nicht mehr genügend Zeit dafür vorhanden sei. Nachdem Queen weggegangen war, hatte Fife in dem Bemühen, seine wachsende Angst vor einem Luftangriff zu beschwichtigen, den Mannschaftsraum auf der Suche nach einem Bekannten durchquert, mit dem er sich unterhalten wollte, einem der beiden einzigen Freunde, die Fife in der Dritten Kompanie zu besitzen glaubte.

Der eine dieser beiden Freunde war versetzt worden und befand sich nicht einmal auf diesem Schiff. Der andere, und soweit Fife in Betracht kam, der sehr viel Bedeutendere, war ein stämmiger, wortkarger Schütze mit riesigen Händen, namens Bell. Fife hatte ihn in Gesellschaft von drei oder vier anderen Soldaten entdeckt, die still dasaßen und warteten, und hatte sich ihnen zugesellt. Das war aber höchst unbefriedigend gewesen. Keiner von ihnen wollte eine Unterhaltung anfangen, und nach einer Weile war Fife weggegangen und dahin zurückgekehrt, wo die Köche nervös schwatzten. Der in Fife's Augen außerordentlich eindrucksvolle Bell hatte ihm wenig Trost bieten können, und Fife war von ihm enttäuscht.

Bell, ein Gezogener, der erst jüngst zur Kompanie gekommen war, sprach sehr wenig und hielt sich zurück; er hatte gewiß nichts an sich, das irgendwie ungewöhnlich hätte erscheinen können. Was Bell jedoch bemerkenswert machte, war, daß er ein Geheimnis hatte; oder wenigstens gehabt hatte; und der zwanzigjährige Fife kannte es. Bell war ein ehemaliger Offizier. Er war vor dem Krieg Oberleutnant im Pioniercorps auf den Philippinen gewesen und hatte sein Offizierspatent zurückgegeben.

Fife würde niemals die anfängliche Scheu und dann das überraschte Entzücken vergessen, mit dem er auf der Schreibstube diese Eintragungen in Bells Personalpapieren entdeckt hatte, als Bell mit einer Gruppe von anderen Eingezogenen vor drei Monaten zur Dritten Kompanie gekommen war. Eine so abenteuerliche Geschichte hätte Fife nach seinen dreißig Monaten Dienstzeit höchstens in einer Illustrierten zu lesen erwartet. Die Fife bekannten Offiziere und Soldaten hatten ein ziemlich alltägliches Vorleben; nur wenige der Mannschaften waren ehemalige Kriminelle oder hatten etwas ähnlich Abenteuerliches aufzuweisen. Selbstverständlich war Fife entzückt, einen Bell gefunden zu haben. Was nun die Scheu anging, so empfand sie Fife allen Offizieren gegenüber. Fife schätzte Offiziere als Klasse nicht, und doch empfand er Scheu vor ihnen, auch wenn er wußte, daß sie keine verdienten, und zwar einfach deshalb, weil sie über ihn die gleiche Autorität ausübten, wie früher seine Eltern und seine Lehrer, und weil sie das in ähnlicher Weise taten. Daß irgend jemand freiwillig solche Autorität aufgeben und sich ihr wieder unterwerfen konnte, schien Fife gleichzeitig sehr romantisch und sehr stupide.

Fife war recht intelligent, obwohl er auf Grund seiner übergroßen Erregbarkeit oft den entgegengesetzten Eindruck machte. Er war später zu dem Schluß gelangt, daß Bell ihm damals im Speisesaal sein Wissen vom Gesicht abgelesen haben mußte. Jedenfalls hatte Bell ihn später am Nachmittag aufgesucht, ihn nach einer stummen, aber ziemlich sorgfältigen Musterung beiseite genommen und ihn gebeten, niemandem etwas von dem zu sagen, was er in den Personalakten gesehen habe. Fife, der bis dahin eigentlich noch nicht daran gedacht hatte, erklärte sich eifrig, wenn auch mit Bedauern, dazu bereit. Vielleicht zu eifrig, wie er später dachte: es hatte so ausgesehen, als brenne er darauf, mit Bell eine Verschwörung einzugehen, und Bell hatte dabei ziemlich angewidert ausgesehen. Fife aber hatte es gar nicht so gemeint, es war eben wieder nur sein verdammter Übereifer gewesen. Aber wie hätte er das Bell erklären sollen!

Nun, nachdem er Bell seine Zusicherung gegeben, hatte Fife sich mutig genug gefühlt, eifrig und aufgeregt in Bell zu dringen, ihm die Geschichte doch zu erzählen. Vielleicht sei das Ganze ein dreckiger Schwindel gewesen? Nachdem ihn Bell noch einmal lange, sorgfältig und prüfend betrachtet hatte, war er offenbar zu dem Entschluß gekommen, daß er es tun müsse, hatte sich auf sein Bett gesetzt, mit merkwürdig verzweifelter Geduld seine großen Hände geknetet, vor sich hin gestarrt und es ihm erzählt. Es sei alles seiner Frau wegen geschehen. Beide hätten an der Universität von Ohio Examen gemacht, er als Ingenieur. Selbstverständlich habe er am Reserveoffizierslehrgang teilgenommen, sei 1940 einberufen und auf die Philippinen geschickt worden. Seine Frau sei natürlich mitgegangen. Nach seiner Ankunft habe man ihn jedoch auf eine andere Insel in den Dschungel geschickt, wo ein Damm errichtet wurde, bei dessen Bau die Armee aus Sicherheitsgründen die Hände im Spiel hatte. Ehefrauen durften des Klimas wegen dorthin nicht mitgenommen werden, und so sei sie allein in Manila geblieben. Er habe den übelsten Posten erwischt, einfach weil er ein Neuer war.

»Du weißt wohl, wie es vor dem Krieg in den Offiziersclubs zuging«, sagte Bell und starrte auf seine Hände. »Sie kannte in Manila keinen Menschen. Wir waren zuvor noch niemals getrennt gewesen, nicht mal für eine Nacht. Vier Monate habe ich es ausgehalten und dann die Arbeit hingeschmissen. Ich bin aus der Armee ausgeschieden.«

»Ah«, sagte Fife eifrig und ermutigend.

»Für uns spielte das Sexuelle immer eine große Rolle«, fügte Bell hinzu.

Fife wartete darauf, daß er fortfahre. »Ah«, lächelte er aufmunternd. Bell sah ihn beinahe zornig an, mit jener merkwürdig verzweifelten, traurigen, bodenlosen Geduld. »Das ist alles.« Es schien, als schicke er sich ergeben darein, daß Fife nicht imstande war, ihn zu begreifen. Das mochte sogar zutreffen, überlegte Fife, da er selbst nie verheiratet gewesen war. Er konnte aber wirklich nicht begreifen, was daran so schrecklich sein sollte.

»Wir sind beide Menschen, die viel physische –« Bell brach ab, vielleicht, um es auf andere Weise zu erklären. »Es ist entwürdigend«, sagte er steif. »Es ist entwürdigend für einen verheirateten Mann meines Alters, von seiner Frau getrennt zu sein.«

»Ah«, sagte Fife teilnahmsvoll.

Wieder starrte Bell ihn nur an. »Nun, ich arbeitete so lange in Manila, bis wir das Geld für die Rückreise zusammen hatten, und dann habe ich meine alte Arbeit wieder aufgenommen.« Er spreizte die Finger. »Weiter war nichts. Man sagte mir noch, daß ich nie wieder Offizier werden würde, daß man dafür sorgen wollte, daß ich eingezogen würde und zwar zur Infanterie. Und hier bin ich nun«, und wieder spreizte er die Finger. »Acht Monate hat es gedauert, bis sie mich eingezogen haben. Acht Monate haben wir gehabt.«

»Die verfluchten Arschlöcher«, sagte Fife loyal.

»Ach, man kann ihnen keinen Vorwurf daraus machen. So sind sie nun mal. Für sie gibt es nichts Besseres als Offizier zu sein, und sie mußten ja denken, daß ich mir nichts daraus machte. Sie können einfach nichts dafür.«

»Die Schweinehunde.«

Bell ließ sich davon nicht beeindrucken. »Nein, ich habe ihnen nichts vorzuwerfen.«

»Wo ist sie denn jetzt?«

Bell sah ihn wieder mit seinem merkwürdigen, befremdlichen Blick an. »Zu Haus, in Columbus, bei ihren Leuten.« Bell hörte nicht auf, ihn anzustarren, und Fife fand, daß vor diesen Augen ein Schleier von seltsam erwachsener Zurückhaltung liege, hinter dem sich jene eindrucksvolle, unvorstellbar tiefe, unvorstellbar schmerzliche, hoffnungslose Geduld barg. »Wie alt bist du, Fife?«

»Zwanzig.«

»So. Ich bin dreiunddreißig. Da hast du deine Geschichte.«

»Aber warum willst du nicht, daß die Kompanie davon erfährt?«
»Nun, einmal deshalb, weil Mannschaften die Offiziere nicht leiden können und weil es darum peinlich wäre, und außerdem«, fuhr Bell scharf fort, »habe ich keine Lust, diese Angelegenheit weiter zu erörtern, Fife.«
»Oh.« Der getadelte Fife lief rot an.
»Ich habe es dir nur deshalb erzählt, damit du weißt, warum ich nicht will, daß darüber gesprochen wird.« Und dabei hatte Bell ihn mit seinem reservierten und nun beinahe befehlenden Blick angesehen.
»Du brauchst keine Angst zu haben, daß ich es weitererzähle«, hatte Fife dann versprochen.
Er hatte dieses Versprechen auch gehalten, hatte niemandem gegenüber etwas angedeutet. Trotzdem nützte es gar nichts. Schließlich war doch alles herausgekommen. Innerhalb einer Woche wußte die ganze Kompanie, daß Bell ein ehemaliger Offizier war. Wie es durchgesickert war, ahnte keiner, aber mit solchen Sachen ging es ja immer so. Reden tat niemand und trotzdem verbreiteten sich Neuigkeiten auf geheimnisvolle Weise. Die Offiziere hatten selbstverständlich davon gewußt, ebenso Welsh und die übrige Schreibstube. Stein hatte Bell auch zu einer längeren Unterredung zu sich befohlen; worum es dabei gegangen war, wußte Fife nicht. Im ganzen gesehen, schlug die Angelegenheit ziemliche Wellen, und eigentlich tat es Fife leid, daß nun jeder Bescheid wußte; er war auch ein wenig eifersüchtig. Solange es ein Geheimnis gewesen war, hatte Fife das Gefühl gehabt, ein Recht auf Bell zu besitzen. Als die Sache bekannt geworden war, hatte er selbstverständlich Bell gegenüber mit aller Deutlichkeit erklärt, daß nicht er geschwatzt habe. Bell hatte ihm nur kurz gedankt und ihn mit dem üblichen reservierten, verzweifelt-geduldigen Blick angesehen.
Als Fife später darüber nachdachte, schien ihm Bells Geschichte gar nicht mehr so abenteuerlich. Eigentlich hatte er etwas Dramatischeres erwartet, eine Prügelei, zum Beispiel, mit einem General. Fife's eigene Erfahrung mit Frauen war selbstverständlich begrenzt. Er hatte zwei Freundinnen in seinem Leben gehabt, eine zu Haus und die andere auf der Universität, welche in einer Garnisonstadt lag, und auf der er schon als Soldat einige Kurse belegt hatte. Es war Fife nicht gelungen,

bei einer dieser beiden Freundinnen zum Zuge zu kommen, dafür hatte er aber gelegentlich an Zahltagen mit Huren verkehrt. Er konnte sich nicht helfen, er fand es denn doch schlapp von Bell, dieses ganze Theater aufzuführen, nur um bei seiner Frau bleiben zu können. Andererseits wieder mußte man doch sehr anerkennen, daß Bell ihr treu war. Fife war mehrere Male zusammen mit Bell ausgegangen, später, nachdem sie schließlich Freunde geworden waren, und niemals hatte er Bell mit einer Frau gesehen oder bemerkt, daß er einer Frau nachgestiegen wäre. Wenn die anderen ins Bordell gingen, blieb Bell allein bei seinem Bier zurück. Bell war dafür zu bewundern, aber Fife fragte sich, ob denn wohl Bell's Frau ihm zu Hause ebenso treu sei? Und er fragte sich weiter, ob Bell sich nicht die gleiche Frage stelle? Vermutlich tat er das.

Was wäre wohl schlimmer, überlegte Fife bei sich: wenn sie ehrlich schriebe, daß sie zwar immer noch ihren Mann liebe, sich unterdessen aber amüsiere und mit irgendwelchen Kerlen herumtreibe – oder wenn sie sich mit einem anderen ins Bett legte und nichts davon verlauten ließe, nach dem Motto: was du nicht weißt, macht dir nicht heiß? Fife wußte nicht, was ihm selbst angenehmer sein würde. Beide Alternativen verursachten ihm Herzklopfen und Übelkeit, ohne daß er den Grund dafür hätte nennen können. Konnte eine Frau wirklich einen Mann lieben und trotzdem ihr Vergnügen mit einem anderen haben, wenn der Alte gerade nicht greifbar war? Fife fand das wahrscheinlich, doch gefiel ihm diese Vorstellung gar nicht. Man fühlte sich da doch recht wehrlos und entblößt, und wenn Fife sich so eine Frau vorstellte, verursachte ihm das Beklemmungen. Und die Frauen waren schließlich zu Hause, wo sie ohne weiteres einen Partner finden konnten, während es hier in dieser gottverfluchten Einöde niemanden und nichts gab. Und hatte Bell nicht auch gesagt, daß seine Frau eine von denen sei, die viel Zärtlichkeit brauchen? Fife war froh, nicht verheiratet zu sein.

Als bekannt wurde, daß Bell früher Offizier gewesen war, erregte das beinahe gar kein Aufsehen, und die Sorge, die alle Beteiligten sich deshalb gemacht hatten, war reine Kraftverschwendung gewesen. Die Männer betrachteten ihn eine Weile neugierig, solange ihnen noch bewußt war, daß sie einen ehemaligen Offizier in ihrer Mitte hatten, doch wurde dieser Umstand anscheinend bald vergessen.

Jedenfalls war es das Verhalten, das Welsh gegenüber Bell an den Tag legte, das Fife und Fife's stark ausgeprägten Sinn für Gerechtigkeit am meisten entrüstet hatte. Welsh hatte einen Blick auf Bells Personalakten getan, sie dann verächtlich auf den Tisch geworfen und eine seiner beißenden, äußerst zynischen Bemerkungen gemacht, die jeden, der so an das Gute im Menschen glaubte wie Fife, ihrer destruktiven Menschenfeindlichkeit wegen empören mußten: »Das ist ja wohl ein richtiger Affenarsch. Ich kann mir genau vorstellen, was er gedacht hat: wahrscheinlich gibt es keinen Krieg, warum also zwei Jahre verlieren! Ich halte jede Wette, Fife, daß er übermorgen schon anfängt, Befehle zu erteilen.« Daß sich seine Voraussage als vollständig falsch erwies, kümmerte Welsh nicht im geringsten. Das also war der Mann, der in diesem Augenblick mit jenem irren, verschlagenen Glitzern in den Augen auf Fife losging. Fife bereitete sich, so gut es gehen wollte, auf die Anpöbelungen vor, die er kommen sah. Er blickte bekümmert auf die Köche, die sich nervös und erwartungsvoll um den Küchenbullen geschart hatten. Fife empfand Befriedigung bei dem Gedanken, daß er diesem Stinktier wenigstens nie ein Wort von Bells Frau erzählt hatte. Dann hätte Welsh wirklich Anlaß gehabt, seine Verachtung zu zeigen. Davon wenigstens wußte Welsh nichts.

Sergeant Storm, der Küchenunteroffizier, der inmitten seiner Köche saß, bemerkte den Ausdruck auf Welshs Gesicht ebenfalls. Storm, der sechsundzwanzig Jahre alt war und zum dritten Male kapituliert hatte, kannte die Stimmungen des Hauptfeldwebels ebensogut wie der Schreiber Fife und wußte ebensowohl, was zu erwarten stand. In seinen acht Dienstjahren hatte Storm eine Reihe von Hauptfeldwebeln kennengelernt, niemals aber einen, der Welsh geähnelt hätte. Die meisten von ihnen waren recht beschränkte, gesetzte Herren, die sich sehr gut in der Schreibstube auskannten, gewöhnt an Befehl und Gehorsam. Einige wenige waren versoffene alte Schurken, die wegen früherer Verdienste ungeschoren blieben, oder von einem tüchtigen Unteroffizier mitgeschleppt wurden, der eines Tages ihre Nachfolge antreten würde. Neben diesen beiden Typen fand man gelegentlich einen, der ein bißchen bescheuert war oder irgendeine merkwürdige Schwäche hatte, aber niemals jemanden wie Welsh.

Dabei kam Storm recht gut mit Welsh aus. Ihr Verhältnis war zwar nicht geradezu als bewaffneter Frieden zu bezeichnen, doch ähnelte es dem zweier mißtrauischer Hunde, die sich auf der Straße aus dem Wege gehen. Storm tat seine Arbeit, tat sie gut, und Welsh ließ ihn in Ruhe. Storm wußte sehr wohl, daß Welsh ihn solange in Ruhe lassen würde, wie er seine Arbeit gut tat. Das reichte Storm. Falls Welsh im übrigen verrückt spielen wollte, so war das seine eigene Sache.

Andererseits vermochte Storm nicht einzusehen, welcher Vorteil für die Kompanie daraus zu ziehen war, daß man ohne jeden Grund einen Schreiber herunterputzte, einfach deshalb, weil man gerade in der Stimmung war. Storm verstand es sehr wohl, im Bedarfsfall Anschisse zu verteilen, und er tat es auch, aber niemals, wenn nicht ein ganz besonderer Grund vorlag. Das einzige, was dadurch gewonnen werden konnte, daß man Fife zur Sau machte, war, daß die Gedanken der Köche auf etwas anderes gerichtet wurden als auf den Fliegerangriff. Dadurch mochte sich ihre Nervosität vermindern, und gerade darum hatte Storm sich ja bemüht. Storm kannte Welsh aber gut genug, um zu wissen, daß dieses nicht Welsh's Beweggrund war. Er hatte ihn dabei zu oft beobachtet. Er war sogar imstande, Welsh's Eröffnungsvers selbst vorzutragen:

»He, Arschgesicht! Wo ist die verfluchte Liste, die du für mich aufstellen solltest?«

Daß die Liste längst aufgestellt und eingereicht und daß Welsh dies sehr wohl bekannt war, machte überhaupt keinen Unterschied.

»Ich habe die Liste ja längst aufgestellt«, versetzte Fife empört. »Ich habe sie aufgestellt und abgegeben.«

»Was! Nichts dergleichen hast du getan, Fife. Ich habe sie nicht, oder? Da soll doch . . .«

Storm saß stumm da und hörte den nicht abreißenden Schimpfreden des Hauptfeldwebels zu. Welsh war tatsächlich ein Meister, wenn es darum ging, sich Beleidigungen auszudenken. Wenn die Inspiration ihn packte, fielen ihm phantastische Vergleiche ein. Wann würde Fife es endlich lernen, sich nicht zu ärgern, nicht mehr wütend zu werden? Das Küchenpersonal amüsierte sich grinsend.

Storm blickte jeden einzelnen von ihnen verstohlen an. Da war Land, der Lange, Dünne, Stille; tüchtig, solange er nüchtern war, aber ohne jede Initiative und unfähig, irgend etwas ohne besonderen Befehl zu tun. Der Erste Koch, Park, war fett, faul und verdrossen; er gab gerne Befehle, mochte aber keine entgegennehmen und beschwerte sich dauernd darüber, daß seine Autorität mißachtet würde. Dale, der kleine Zweite Koch, muskulös und hart wie ein Stein, war ein unermüdlicher Arbeiter, der aber seine Arbeit mit einer finsteren, nervösen und ärgerlichen Gespanntheit verrichtete, die geradezu abnormal war; er war auch immer bereit, nur zu bereit, Autorität zu übernehmen. Das waren die drei Hauptpersonen in Storms Küche.

Storm konnte nicht anders als eine nach außen zwar hart erscheinende, in Wirklichkeit aber schmelzende und fast tränenvoll sentimentale Zuneigung für seine Leute, diese Strolche, zu empfinden. Er hatte gespürt, daß sie nervös waren, hatte sie hier um sich versammelt und zwar nur zum geringsten Teil darum, weil er sie im Auge behalten wollte, und er hatte sie in einen Schwatz verwickelt, hatte angefangen, sie mit lustigen Geschichten aus seinen acht verflossenen Dienstjahren zu unterhalten. Und das alles, um sie, so gut er konnte, vor der hochgradigen Nervosität zu bewahren, unter der nach diesem langen Warten die ganze Kompanie zu leiden begann. Und bis zu einem gewissen Ausmaß war ihm das auch gelungen. Nun jedoch hatte Welsh die Sache in die Hand genommen, indem er Fife vor versammeltem Publikum zur Schnecke machte, und Storm brauchte sich daher zunächst weiter keine Mühe zu geben, sondern hatte Zeit, über sich selber nachzudenken.

Storm hatte alles Erdenkliche getan, um seine Privatangelegenheiten zu ordnen. Im Sammellager, vor der Verladung, hatte er den größten Teil seiner Löhnung auf seine verwitwete Schwester und deren zahlreiche Familie in Texas überschrieben. Sie war seine einzige lebende Verwandte, zu deren Gunsten auch seine Versicherung lautete. Da, wohin er jetzt fuhr, wurde nur wenig Geld benötigt. Vor der Abfahrt hatte er ihr einen langen Brief geschrieben, in dem er ihr mitteilte, daß er im Begriff sei, zur Front abzugehen. Er hatte noch zwei weitere Briefe geschrieben, und sie Bekannten auf dem anderen Transporter mit der Bitte ausgehändigt sie nur abzuschicken, falls das Schiff, auf dem er selber sich befand, versenkt oder bombardiert und er getötet werden würde. Falls einer dieser Briefe seine Schwester erreichte, würde sie darin Anweisungen finden, sich um die Versicherung zu kümmern und dem Staat auf den Hals zu rücken, noch ehe die telegrafische Nachricht von seinem Tod eintraf. Bis zur Auszahlung der Versicherung verging bestimmt eine Menge Zeit, und sobald sie seine Löhnung nicht mehr bekäme, würde sie mit ihren vielen Kindern das Geld bitter nötig haben. Auf diese Weise zu verfahren, war weder besonders befriedigend noch besonders geschickt, aber etwas Besseres war Storm unter diesen Umständen nicht eingefallen. Als er das hinter sich hatte, glaubte er, sein Möglichstes getan zu haben und bereit zu sein. Zu allem bereit. Dieses Gefühl hatte Storm nach wie vor, obwohl er bei dem Gedanken an einen möglichen Luftangriff steigende Besorgnis verspürte. Es belustigte ihn, daß er immer wieder den Wunsch hatte, den Arm zu heben und auf die Uhr zu blicken. Er mußte alle seine Willenskraft aufbieten, um das zu unterlassen.

Welsh schimpfte immer noch auf Fife ein, der inzwischen rot angelaufen und äußerst wütend geworden war. Storm überlegte, ob er etwas sagen, das Thema wechseln sollte. Storm hatte eigentlich nichts für Fife übrig. Er war soweit ein ordentlicher Junge, war nur eben noch nicht lange genug von zu Hause weg gewesen. Und Storm, der schon während der Wirtschaftskrise mit nur vierzehn Jahren angefangen hatte, sich herumzutreiben, konnte an solchen jungen Leuten nichts Anziehendes finden. Aber Welsh gehörte zu den Männern, die sehr oft nicht merken, wann man Schluß machen muß; er fing etwas an, das ganz lustig sein mochte, doch dann wiederholte er es solange, bis es überhaupt nicht mehr lustig war. Und obwohl Storms Leute sich amüsierten und an etwas anderes als an Luftangriffe dachten, fand Storm doch, daß es an der Zeit sei, diesen Auftritt zu beenden. Er wurde indessen der Notwendigkeit, etwas zu unternehmen, dadurch überhoben, daß das dumpf vibrierende Rülpsen des Signalhorns durch den stickigen Laderaum dröhnte und jeden taub machte. Dieser ungeheuere Lärm ließ alle zusammenzucken, sogar Welsh.

Es war das Signal für die Insassen dieses Laderaumes, sich zur Ausschiffung bereitzumachen, und als es ertönte, wurde alles andere unwichtig, ja, hörte auf zu existieren. Würfel- und Kartenspiele wurden unvermittelt beendet, wobei jeder seinen Einsatz, und wenn möglich noch etwas mehr, zurücknahm. Unterhaltungen wurden mitten im Wort abgebrochen, die Themen versanken; Welsh und Fife glotzten sich einfach nur noch an und hatten ganz vergessen, daß Welsh gerade eben Fife beleidigt hatte, um ihn zur Weißglut zu bringen. Nach der quälenden Wartezeit war es, als habe beim Ertönen des Signalhorns das Leben selbst eine Linie überschritten, und als könnte das, was bislang vorhanden gewesen war, auf keinen Fall irgendeinen Zusammenhang mit dem haben, was sich jetzt ereignen sollte. Alle hatten sich hastig ihrer Ausrüstung zugewandt. »Bewegung, Leute, Bewegung! Nehmt die Finger aus dem Arsch!« ertönte es aus den Kehlen der Unteroffiziere, und hallte es von der stählernen Decke zurück; und in dem einzigen Augenblick vollständiger Stille, der irgendwie mit in dieses Durcheinander von Geräuschen geraten war und dann auf ganz unverständliche Weise aus ihm hervortrat, konnte man eine einzelne, hohe, schrille, anonyme Stimme hören, die einem Nachbarn mit äußerstem Nachdruck versicherte: »Ja, am Arsche des Propheten!« Dann erhob sich der Lärm wieder, während sich die Männer ihre Ausrüstung umhängten.

Da die volle Gefechtsausrüstung nach allen Seiten von ihnen abstand, konnten sie nur mit Mühe die schmalen Schiffstreppen ersteigen, und nachdem sie drei Absätze erklommen hatten, waren sie außer Atem. Als sie nun einer nach dem anderen in die heiße Vormittagssonne und die frische Seebrise traten, die über das Deck strich, starrte Hauptmann Bugger Stein, ihr Kompaniechef, in jedes der vom Helmrand beschatteten, gespannten Gesichter. Stein stand mit dem Wäschebeutel, der Kartentasche, seiner Brille, mit Karabiner, Pistole und Feldflaschen behangen neben der Luke, fühlte erstickende Rührung in die Kehle und Tränen in die Augen steigen, Tränen, die er als Offizier und Kompaniechef selbstverständlich zurückhalten mußte und niemals zeigen durfte. Sein Verantwortungsgefühl war geradezu monumental, beinahe heilig. Er hütete es wie einen Schatz und nicht nur das –, er war auch sehr mit sich zufrieden, weil er es empfand. Wenn sein Vater ihn nur jetzt hätte sehen können!

Neben ihm wartete sein Hauptfeldwebel und sah nicht länger mehr wie das Individium Welsh aus, als er nun schwer bepackt und mit dem Helm auf dem Kopf dastand. Auch er beobachtete die Gesichter, aber auf andere Weise, auf verschlagene, schlaue, berechnende Weise, als wisse er etwas, was außer ihm niemand wußte.

Gruppen- und zugweise stiegen sie über die Reling, kletterten die vier Stockwerke hohe Schiffsseite am Landenetz herab und in die endlose Kette der Landungsboote hinein, die immer noch zwischen Küste und

Schiffen hin und her fuhren. Nur einer der Männer fiel herunter, und der verstauchte sich bloß die Schulter, denn er fiel auf zwei andere, die schon im Boot waren; alle drei knallten laut fluchend und ächzend mit ihrer ganzen Ausrüstung gegen den stählernen Boden des Bootes. Sie hörten jedoch von den Steuerleuten, daß die Anzahl der Verletzten von diesem Schiff bereits fünfzehn erreicht habe; guter Durchschnitt bemerkten die Steuerleute, die Erfahrung hatten, mit trockenem, fröhlichem Zynismus. Die Dritte Kompanie vernahm diese Neuigkeit und begriff scheu, daß dies die ersten Ausfälle gewesen waren: die ersten Verluste der Division im Kampfgebiet. Sie hatten Ausfälle durch Bombentreffer oder Maschinengewehrfeuer erwartet, nicht aber durch den Sturz in ein Landungsboot. Während sie diese Nachricht noch verdauten, erhoben sie sich, denn im Stehen konnten sie die Küste erblicken, konnten den Sandstrand und die Kokospalmen langsam näher rücken sehen. Als sie nahe genug waren, erkannten sie, daß die Spitzen einiger Palmen weggeschossen waren.

Dolls Gruppe wurde in ihrem Landungsboot vom Steuermann im feinsten Marinejargon begrüßt: »Herzlich willkommen an Bord, meine Herren.« Dann fügte er mit munterer Sachlichkeit hinzu: »Ihr habt Glück, die Japse werden ungefähr –« und dabei sah er auf seine wasserdichte Uhr – »in einer Viertelstunde kommen.«

»Woher weißt du das?« erkundigte sich Dolls Gruppenführer, der Field hieß.

»Wir haben gerade vom Flugplatz Bescheid bekommen«, lächelte der Steuermann.

»Ja, versucht man dann denn nicht, die Schiffe in Sicherheit zu bringen?«

»Es geht nicht, dazu reicht die Zeit nicht. Wir werden einfach weiter entladen.« Die Neuigkeit schien den Steuermann wenig zu beeindrucken, doch Doll, der stolz seine neue Pistole trug, packte den Bootsrand, um sein Gleichgewicht in dem schlingernden, tanzenden Fahrzeug zu halten, und sah mit der größten Erleichterung, die er je im Leben verspürt hatte, auf das in der Ferne kleiner werdende Schiff zurück. Er wünschte von Herzen, weder diese alte Badewanne noch irgendeinen anderen Kahn je im Leben wiederzusehen – ausgenommen einen: den nämlich, der ihn von der Insel abholen würde.

»Wir können uns um so was nicht kümmern«, sagte der Steuermann.
»Aber die Jäger werden doch –« setzte Field an.
»Sie werden es versuchen, und sie erwischen auch schon ein paar. Aber von den Bombern kommen doch immer welche durch.« Darauf ging der Steuermann nach vorne.
Vor dem Landungsboot wurde die Insel immer größer, und man unterschied bereits einzelne Gestalten, die zwischen riesigen Stapeln von Nachschubgütern hin und her flitzten. Doll starrte sie an. Langsam wurden sie größer, und Doll konnte seinen Blick nicht abwenden. Etwas, das er nicht zu benennen vermochte, faszinierte ihn außerordentlich. Wie kommen diese Menschen nur dazu? überlegte er plötzlich ganz erschreckt. Warum bleiben sie dort? Warum stehen sie nicht einfach auf und hauen allesamt ab? Er wußte nichts weiter, als daß er Angst hatte, größere Angst und eine andere Angst als je zuvor im Leben. Und das gefiel ihm ganz und gar nicht.
»Festhalten und fertigmachen zum Landen!« brüllte der Steuermann. Doll gehorchte. Nach einigen Augenblicken lief das Boot knirschend auf, kam wieder frei und schoß voran, lief knirschend von neuem auf, schwankte, schob sich ächzend noch etwas weiter vor, blieb stehen, und Doll befand sich auf Guadalcanar. Die übrigen Männer seines Bootes natürlich auch, doch beachtete Doll das nicht weiter. Die Rampe am Bug hatte sich bereits gesenkt, noch ehe das Boot ganz zum Stehen gekommen war.
»Alle aussteigen!« brüllte der Steuermann. »Keine Umsteiger, keine Rückfahrkarten!«
Hinter der Rampe war noch ein schmaler Wasserstreifen, doch konnte man ihn leicht überspringen; und nur einer, der auf der stählernen Rampe ausglitt, trat ins Wasser und bekam nasse Füße. Doll war es nicht. Die Rampe hob sich bereits, als sich das Landungsboot im Rückwärtsgang vom Strand löste, um die nächste Fahrt anzutreten. Gleich darauf stolperten sie durch den Sand den breiten Strand hinauf und versuchten, sich durch das Gewimmel einen Weg dorthin zu bahnen, wo Bugger Stein und Oberleutnant Band die Kompanie sammelten.
Korporal Fife war selbstverständlich in dem Boot gewesen, das den Kompanietrupp befördert hatte. Der Steuermann dieses Bootes hatte

etwa das gleiche gesagt, wie der von Dolls Boot: »Euer Haufen hat Schwein, die Japse sind schon unterwegs.« Offenbar seien die Transporter entdeckt worden. Die Dritte Kompanie entwische gerade noch im rechten Moment, und es werde ihr nichts passieren. Fife war am meisten davon beeindruckt, daß alles so gut organisiert war und so sachlich abgewickelt wurde. Wie eine geschäftliche Transaktion. Und doch ging es im Grunde um Blut: Blut, Verstümmelung und Tod. Das erschien Fife verrückt, gespenstisch. Der Flugplatz war offenbar durch ein Flugzeug informiert worden, hatte den Bescheid zum Strand weitergeleitet und hier die Besatzungen der Landungsboote unterrichtet – oder diese hatten die Neuigkeit unter sich verbreitet –, und augenscheinlich waren auch die Besatzungen und die Offiziere auf den Transportern ins Bild gesetzt worden, vielleicht sogar die an Bord befindlichen Truppen. Und trotz allem konnte niemand etwas anderes tun als zu warten, abzuwarten und zu sehen, was passierte. Fife hatte die Gesichter im Landungsboot verstohlen gemustert. Bugger Stein zeigte seine Nervosität, indem er unablässig mit Daumen und Zeigefinger der rechten Hand sein Brillengestell zurechtrückte. Oberleutnant Band verriet sich dadurch, daß er immer wieder mit der Zunge über die Lippen fuhr. Storms Gesicht war zu gefaßt, zu gleichgültig. Die Augen des Zweiten Koches Dale dagegen glitzerten zu stark, und er mußte immer wieder blinzeln. In den Augen von Welsh, die sich nun in der grellen Sonne zu schmalen Schlitzen verengt hatten, war nicht der geringste Ausdruck, weder Belustigung noch Zynismus zu sehen gewesen, gar nichts. Fife hoffte, daß er selbst passabel aussähe, hatte aber den Verdacht, daß seine Brauen zu hoch in die Stirn gezogen sein könnten. Nachdem man an Land gegangen und von einem Melder zum vorbestimmten Sammelplatz am Rande des Palmenwäldchens geführt worden war, das bis zum Strand herunter reichte, wiederholte Fife ununterbrochen die Worte, die der Steuermann auf dem Weg zur Insel gesagt hatte: »Euer Haufen hat Schwein, ihr kommt noch rechtzeitig weg hier.«

Das stimmte auch. Als die Bomber eintrafen, hatten sie es auf die Schiffe abgesehen, nicht auf den Strand. Fife und der Rest der Dritten Kompanie hatten infolgedessen als Zuschauer bei diesem Spektakel die günstigsten Plätze. Allerdings verspürte Fife, dieser Menschenfreund, später doch Bedauern darüber, daß er überhaupt einen Platz

gehabt hatte. Er mußte aber zugeben, daß von dem Schauspiel eine morbide Faszination ausgegangen war.
Am Strand zeigte man sich über den bevorstehenden Bombenangriff nicht besonders beunruhigt. Landungsboote und eine Unzahl von Leichtern drängten sich knatternd von allen Seiten heran, um Männer und Vorräte zu entladen, während andere im Begriff standen, sich rückwärts aus dem Gedränge herauszuarbeiten, um wieder zu den Schiffen zurückzugelangen. Das Ufer wimmelte buchstäblich von Männern, die alle in Bewegung waren, und es schien, als lebe und atme es unter diesem Gewimmel wie ein Strand, der von Krebsen überlaufen wird. Ganze Schwärme von Männern ergossen sich eilig und anscheinend ohne Ordnung nach allen Seiten. Manche trugen ärmellose Hemden, andere Hosen, deren Beine abgeschnitten waren, manche gar keine Hemden und einige, besonders jene, die nahe am Wasser oder im Wasser arbeiteten, waren splitternackt, oder trugen einzig kurze weiße Unterhosen, durch die sich ihre dunklen Schamhaare deutlich abzeichneten. Es waren ja keine Frauen in der Nähe, und es würden wohl auch noch eine ganze Weile keine kommen. Die Männer trugen phantastische Kopfbedeckungen, Militärmützen, Zivilhüte und selbstgemachte Kappen, und man konnte welche erblicken, die splitternackt im Wasser standen, nur mit der Erkennungsmarke um den Hals und einem kleinen, roten Drillichhut oder einer Kappe aus Bananenblättern auf dem Kopf. Die Boote mit dem Material wurden unmittelbar am Wasser von Arbeitskommandos entladen, sodaß sie sofort zurückfahren konnten. Dann schleppten andere Männer die Kisten, Behälter und Kanister den Strand hinauf unter die Bäume, oder reichten sie von Hand zu Hand, immer darauf bedacht, den Platz unmittelbar am Wasser frei zu halten. Etwas weiter weg wurde schweres Material entladen, Lastwagen, Panzerabwehrkanonen, Artillerie, wobei entweder die Fahrer die Fahrzeuge selbst fuhren oder sich von Traktoren ziehen ließen. Und noch weiter weg wurde diese ganze Operation ein zweites Mal für den zweiten Transporter ausgeführt, der etliche hundert Meter hinter dem ersten vor Anker lag.
Diese Tätigkeit war anscheinend schon seit den frühen Morgenstunden im Gange und es sah nicht so aus, als werde sie durch die Nachricht von dem bevorstehenden Fliegerangriff irgendwie beeinflußt.

Doch als die Minuten dahinschlichen, machte sich in der Stimmung unten am Strand eine unübersehbare Veränderung bemerkbar. Die Dritte Kompanie konnte von ihrer vorteilhaften Position am Rande des Wäldchens aus deutlich spüren, wie eine Gespanntheit Platz griff. Sie beobachtete, wie eine Anzahl von Männern, die bis dahin inmitten des Gewimmels seelenruhig bis zu den Hüften im Wasser gestanden hatten, auf die Uhren blickten, aus dem Wasser stiegen und nackt zu ihren Kleidern am Waldrand gingen. Dann, nur wenige Augenblicke später, deutete jemand am Wasser mit dem Arm und rief: »Da sind sie!« und dieser Schrei wurde überall am Strand wiederholt.
Hoch oben im sonnenhellen Himmel schwebte eine Anzahl kleiner Punkte heiter auf die Fahrrinne zu, in welcher die beiden Schiffe ankerten. Als sie nach zwei Minuten näher heran gekommen waren, erschienen eine Reihe von anderen Punkten über ihnen, die aufeinander losrasten. Hier unten am Strand waren die Arbeitskommandos schon wieder an der Arbeit. Die anderen jedoch, einschließlich der Dritten Kompanie, sahen zu, wie etwa die Hälfte der Jagdflugzeuge das Gefecht abbrach und nach Norden zurückflog – offenbar ging ihr Treibstoff zu Ende. Nur zwei der zurückgebliebenen Jäger setzten zur Verfolgung an, brachen sie aber fast sogleich ab, kehrten zurück und machten sich mit den anderen daran, die Bomber anzugreifen. So kamen sie alle näher und wurden langsam größer. Die winzigen Moskitos kreisten und kurvten in einem irren, wirbelnden Tanz um die schweren, stumpfsinnigen Pferdebremsen, die trotz allem gelassen und unbeirrt ihren Kurs hielten. Nun begannen Bomber abzustürzen, erst hier einer, der eine große Rauchwolke hinter sich herzog, die bald vor den Winden in den oberen Luftschichten zerstob, dann dort ein anderer, der überhaupt nicht qualmte, sondern nur abtrudelte. Aus keinem sah man Fallschirme schweben. Doch kamen die Bomber näher. Nun stürzte einer der kleinen Moskitos, gleich darauf noch einer. Von beiden lösten sich Fallschirme und schwebten durch die helle Luft. Immer noch kurvten und kreisten die Moskitos. Wieder stürzte eine verletzte Pferdebremse. Doch war es, wenigstens für die Dritte, und auch für die anderen Neulinge, überraschend zu sehen, wie viele nicht abstürzten. In Anbetracht der Heftigkeit des Angriffes und der Zahl der Angreifer hätten doch eigentlich alle Bomber abge-

schossen werden müssen. Das geschah jedoch nicht, und der ganze Komplex aus Jägern und Bombern bewegte sich langsam auf die Schiffe in der Fahrrinne zu, und man hörte nun auch deutlich den Unterschied im Motorenlärm, wenn die Jäger im Sturzflug herunterbrausten oder wieder stiegen.

Unten am Strand vertropften die Minuten, dann die Sekunden. Der Absturz der Bomber wurde nicht von Bravorufen begleitet. Als der erste abgeschossen worden war, hatte eine andere, neu eingetroffene Kompanie neben der Dritten einen schwachen Versuch gemacht, in ein Jubelgeheul auszubrechen, und einige wenige Leute der Dritten hatten sich angeschlossen. Nur zu bald versickerte der Beifall jedoch, und es wurde kein ähnlicher Versuch mehr unternommen. Jeder beobachtete schweigend und hingerissen das Schauspiel, und die Männer am Strand fuhren unaufhaltsam, wenn auch nervöser, in ihrer Arbeit fort.

Korporal Fife stand gespannt inmitten des schweigenden Kompanietrupps, und das Fehlen von Beifallskundgebungen verstärkte in ihm noch den Eindruck, daß es sich hier um die sachliche Abwickelung eines Geschäftsvorganges handele. Eine simple Transaktion, durchaus kein Krieg. Dieser Gedanke entsetzte Fife. Es war irr und gespenstisch, irgendwie aberwitzig. Das Ganze war geradezu unmoralisch. Es war, als habe man das Risiko in einer mathematischen Gleichung ausgedrückt: auf der einen Seite zwei große, teure Schiffe, auf der anderen etwa fünfundzwanzig große Flugzeuge, die auf sie losgelassen worden waren. Diese Flugzeuge waren solange wie möglich von kleineren, billigeren Flugzeugen geschützt und dann alleine weiter geschickt worden nach der Theorie, daß sämtliche fünfundzwanzig Flugzeuge den gleichen Wert verkörperten wie zwei große Schiffe oder auch nur Teile davon. Die zur Verteidigung aufgestiegenen Jäger gingen nach demselben Grundsatz vor, und versuchten den Preis so hoch wie möglich zu halten, wobei sie hofften, schließlich alle fünfundzwanzig Bomber zu erwischen, ohne dafür mit den Schiffen, sei es ganz, sei es teilweise, bezahlen zu müssen. Daß in diesen kostspieligen Maschinen, die da gegeneinander kämpften, Menschen saßen, war unwichtig – abgesehen davon, daß diese Menschen gebraucht wurden, um die Maschinen zu bedienen. Der bloße Gedanke daran und an das, was dies bedeutete, fuhr Fife wie eine kalte Messer-

klinge ins Mark: Entsetzen angesichts der Unwichtigkeit – seiner eigenen Unwichtigkeit, vor der Hilflosigkeit – seiner eigenen Hilflosigkeit. Er hatte keinen Einfluß, hatte nichts dazu zu sagen, nicht einmal da, wo es ihn selbst betraf, ihn, der eben auch nur Teilchen war. Das war grauenhaft. Er hatte nichts dagegen, im Krieg zu fallen, in einem wirklichen Krieg – das jedenfalls glaubte er –, er wollte aber nicht einfach einem Betriebsunfall anläßlich eines Geschäftsvorganges zum Opfer fallen.
Langsam und unerbittlich kam die kämpfende Masse hoch oben am Himmel näher. Die Arbeit am Strand wurde nicht unterbrochen, und auch die Landungsboote und die Leichter machten weiter. Als die Flugzeuge die Schiffe beinahe erreicht hatten, stürzte wieder ein Bomber ab, prallte vor aller Augen aufs Wasser und explodierte in Rauch und Flammen. Dann flogen die Bomber über die Schiffe hinweg. Ein sanftes Pfeifen ließ sich in der Luft vernehmen, dann stand eine Wassersäule auf, wieder eine und noch eine. Sekunden später verbreitete sich der Lärm der Explosionen, welche das Wasser aufgewirbelt hatten, über den Strand, strich über die Männer hin und fuhr raschelnd zwischen den Palmen hindurch. Das sanfte Pfeifen wurde lauter, ein flatternder Ton schwirrte mit, und andere Wassersäulen begannen rund um das erste Schiff aus dem Meer zu steigen und gleich darauf auch um das zweite. Man konnte nicht länger mehr zwischen den einzelnen Bomben unterscheiden, doch beobachtete jeder das Bündel von drei Bomben, das den Treffer erzielte. Wie ein tastender Finger grub sich die erste kurz vor dem vorderen Schiff ein, die zweite lag noch näher, und die dritte schlug unmittelbar neben dem Transporter auf. Ein Landungsboot, das gerade im Begriff gewesen war abzulegen, und erst wenige Meter entfernt sein konnte, erhielt anscheinend einen Volltreffer. Aus der Entfernung, die etwa einen Kilometer betrug, vernahmen die Männer einen schwachen aber deutlichen Schrei, hoch und schrill, der sie in Wirklichkeit erst erreichte, nachdem die Wassersäule aufgebrodelt war, und der sogleich vom Lärm der Explosion übertönt wurde. Es war der instinktive, nutzlose Protest eines namenlosen Einzelnen dagegen, daß ihm das Leben geraubt werden sollte, gegen sein Pech, das ihn gerade an diesen und keinen anderen Platz gestellt hatte; der Schrei war lächerlich, witzlos, aber nicht ohne eine gewisse Würde, wenn er

auch, ironisch genug, erst gehört und verstanden wurde, als der Mann selbst schon nicht mehr lebte. Sein letzter Schrei hatte ihn überdauert.

Als das brodelnde Wasser sich soweit geglättet hatte, daß man wieder etwas sehen konnte, war vom Landungsboot allerdings nichts mehr übrig. Dort, wo es sich befunden hatte, trieben einige Gestalten im Wasser, deren Anzahl sich rasch verminderte. Die beiden in der Nähe befindlichen Leichter eilten zu Hilfe und waren zur Stelle, ehe das kleine Rettungsboot, das in Bereitschaft gehalten wurde, herankommen konnte. Die Leichter schaukelten in der Dünung, während Infanteristen ihr Zeug abstreiften und ins Wasser sprangen, um den Verletzten und auch den Nichtverletzten zu helfen, die keine Zeit gefunden hatten, ihre Ausrüstung abzuwerfen und nun von ihr heruntergezogen wurden. Man half den Unverletzten und den Leichtverwundeten über kleine Strickleitern in die Landungsboote, während man die Schwerverletzten solange über Wasser hielt, bis das Rettungsboot, das Bergungsgerät an Bord hatte und auch schon losgemacht worden war, eintraf.

Die Zuschauer am Strand – die Glücklichen, wie die Steuerleute sie genannt hatten, da sie nicht betroffen waren – versuchten ihre Aufmerksamkeit gleichmäßig auf die Rettungsoperationen und die Bomber zu verteilen. Die Flugzeuge, die ihren Angriff geflogen hatten, beschrieben nun einen Bogen über dem Meer und gingen auf Nordkurs. Sie machten nicht den Versuch, die Schiffe mit Bordwaffen zu beschießen; sie waren zu sehr damit beschäftigt, die Jäger abzuwehren. Die Flak auf den Schiffen und an der Küste konnte nicht schießen, da man befürchten mußte, die eigenen Jäger zu treffen. Das ganze Unternehmen, mit Ausnahme der geworfenen Bomben, hatte dort oben stattgefunden, hoch in der Luft. Gemächlich wandten sich die Bomber zurück nach Norden, wo der Schutz der eigenen Jäger sie erwartete, und sie wurden ebenso langsam und stetig kleiner, wie sie zuvor langsam und stetig größer geworden waren. Die Jäger brummten immer noch zornig um sie herum, und ehe sie außer Sicht gerieten, stürzten auch noch einige ab. Während der ganzen Unternehmung waren die verteidigenden Jäger dadurch gehindert gewesen, daß sie den Kampf immer wieder abbrechen, zur Landebahn zurückkehren, auftanken und munitionieren mußten. Frisch versorgt kehrten sie in den Kampf zurück. Doch war die Zahl der tatsächlich im Kampf begriffenen Jäger niemals so groß, wie sie hätte sein können, und die Bomber bezogen das offenbar in ihre Rechnung ein. Wie dem auch sein mochte, langsam wurden sie wieder zu Punkten und dann ganz unsichtbar. Und nun kehrten endlich auch die Jäger zurück. Es war vorbei. Am Strand ging die Entladearbeit, die während des Angriffes nicht gestockt hatte, weiter.

Männer, die schon länger auf der Insel waren und sich nahe bei der Dritten Kompanie befanden – welche immer noch beobachtend am Rande des Wäldchens stand –, gaben zu verstehen, daß im Laufe des Tages wahrscheinlich noch zwei weitere Angriffe erfolgen würden. Die Hauptsache sei, die verfluchten Schiffe so schnell wie möglich zu entladen, damit sie endlich abdampfen könnten und das Leben hier wieder seinen geregelten, friedlichen Gang ginge. Das Entladen sei das wichtigste. Und man müsse es bis zum Abend beenden. Die Schiffe müßten bei Einbruch der Dunkelheit abdampfen, seien sie nun entladen oder nicht, denn einen nächtlichen Luftangriff könnten sie nicht riskieren. Auch wenn sie nicht ganz entladen wären, würden sie in jedem Fall abfahren.

Noch ehe die abziehenden Bomber verschwunden waren, hatte sich am Strand die Nachricht verbreitet, daß jene Bombe, die das vollbesetzte Landungsboot vernichtet hatte, auch den ersten Transporter beschädigt habe. Nun hatten die Schiffe noch einen weiteren wichtigen Grund, so schnell wie möglich abzufahren. Der angerichtete Schaden war gering, doch waren einige Wandplatten aufgerissen und das Schiff machte Wasser, wenn auch nicht so viel, daß die Pumpen damit nicht fertig geworden wären. Auch an Bord hatte es Verluste gegeben, Bombensplitter und vom Landungsboot abgerissene Metallfetzen waren zwischen die an Deck zusammengedrängten Männer geflogen. Es wurde behauptet, daß einem Mann das ganze Gesicht eingedrückt worden sei, und zwar von dem Helm eines der Soldaten im Landungsboot, einem völlig unbeschädigten, nagelneuen Helm. So spielte das Leben, hieß es. Fleischfetzen und Brocken von der Ausrüstung waren ebenfalls vom Landungsboot hochgeschleudert worden, wobei zersplitterte Gewehrschäfte weitere Verletzungen hervorgerufen hatten. Es schien, so hieß es, daß die Bombe nicht unmittelbar

auf das Landungsboot gefallen war, sondern daneben, zwischen Boot und Schiff. Daher war auch das Schiff beschädigt worden. Wäre hingegen die Bombe auf die andere Seite des Landungsbootes gefallen oder unmittelbar hinein, dann wäre ein noch größerer Regen von Splittern und Fleischfetzen auf die Männer an Deck heruntergeprasselt. So jedoch war die größte Wirkung der Bombe vom Schiff weggegangen. Wie es hieß, betrugen die Verluste an Bord des Transporters sieben Tote und zweiundzwanzig Verletzte, unter welchen sich auch jener Mann befand, der den Helm ins Gesicht bekommen hatte. Alle diese Verwundeten wurden im Schiffslazarett versorgt.
Die Dritte Kompanie vernahm diese Neuigkeiten mit gemischten Gefühlen. Der Transporter war ihr Schiff, die Toten und Verwundeten waren ihre Reisegefährten gewesen. Der Ort, wo die Bombe eingeschlagen war, lag gar nicht weit entfernt von ihrer eigenen Ausschiffungsstation. Sie lauschten den Berichten mit einer Mischung von Scheu und phantasievoller Angst, deren sie ganz und gar nicht Herr werden konnten: wenn nun die Bomber einige Minuten früher gekommen, wenn sie selbst etwas später an Deck gegangen wären? Angenommen, eine der vor ihnen ausgeladenen Kompanien hätte getrödelt? Und weiter angenommen, die Bombe wäre nicht neben dem Schiff ins Wasser gefallen, sondern statt dessen einige Meter weiter links eingeschlagen? Derartige Spekulationen waren natürlich nicht nur nutzlos, sondern auch geradezu peinigend. Aber wenn man sich auch über die Sinnlosigkeit des Spekulierens im klaren war, so unterließ man es deshalb doch nicht.
Die Überlebenden aus dem getroffenen Landungsboot wurden nicht weit vom Sammelplatz der Dritten Kompanie aus den beiden Leichtern und dem Rettungsboot geladen; die Dritte Kompanie fand also Gelegenheit, auch diesen Vorgang aus der Nähe zu sehen. Während ihnen die sachlichen Bemerkungen, welche die alteingesessenen Männer neben ihnen über die Art der Verwundungen machten, in den Ohren klangen, sahen die Leute der Dritten Kompanie mit aufgerissenen Augen zu, wie die Verwundeten behutsam vom Strand dorthin geführt oder getragen wurden, wo im Morgengrauen ein Verbandplatz eingerichtet worden war. Manche der Verwundeten erbrachen immer noch Salzwasser. Einige wenige waren imstande, allein zu gehen. Alle aber litten an den Folgen des Schocks und der Explosion,

und die außerordentliche Behutsamkeit, mit der sie zunächst von ihren Rettern und später von den Sanitätern behandelt wurden, machte auf sie keinen Eindruck, da sie nichts zur Kenntnis nahmen. Blutbefleckt, humpelnd und mit verdrehten Augen stolperte die kleine Gruppe den Strand hinauf, um sich dann hinzusetzen oder zu legen und sich gleichgültig, benommen und fügsam den Ärzten auszuliefern.

Diese Männer hatten eine seltsame Linie überquert: sie waren nun Verwundete, und ebenso wie alle anderen begriffen sie, wenn auch undeutlich, daß sie dadurch zu anderen geworden waren. Das erschreckende Erlebnis der Explosion, von der sie verwundet und die anderen getötet worden, war ihnen ebenso zuteil geworden wie jenen, die daran gestorben waren. Der einzige Unterschied war, daß die hier Anwesenden sich unerwartet und wider jede Vernunft am Leben fanden. Sie hatten die Explosion nicht herbeigewünscht und hatten nicht verlangt, daß man sie zurückbringe. Tatsächlich hatten sie überhaupt nichts getan, als in das Landungsboot zu klettern und sich dort den Anweisungen gemäß hinzusetzen. Und dann war ihnen dieses zugestoßen, ohne vorherige Ankündigung, ohne jede Erklärung, und hatte sie vielleicht fürs Leben verkrüppelt; und nun waren sie Verwundete; und alles blieb unerklärt. Sie waren in eine fremdartige, verrückte, zwielichtige Bruderschaft aufgenommen worden, in der es bis zum jüngsten Tag keine Erklärungen geben würde. Das begriff jeder, und auch sie selbst ahnten es. Es brauchte nicht erwähnt zu werden. Alle empfanden Bedauern, auch die Verwundeten selber. Doch war nichts daran zu ändern. Man konnte ihnen nichts weiter bieten als Mitgefühl, und wie die meisten derartigen Gefühlsäußerungen bedeutete es gar nichts, verglichen mit der Intensität ihres eigenen Erlebens.

Während die Bomber, die ihnen das angetan hatten, immer noch über dem Meer zu sehen waren, machten sich die Ärzte eilig daran, zu flicken, zusammenzufügen und zu retten, was die Bomber beschädigt hatten. Einige der Verwundeten waren schwer verletzt, andere weniger schwer. Manche würden noch sterben, das war deutlich zu sehen, und es hatte keinen Zweck, wertvolle Zeit an diese zu verschwenden, Zeit, die den Lebensfähigen gewidmet werden konnte. Diejenigen, die sterben sollten, akzeptierten das fachmännische Urteil

der Ärzte ebenso schweigend wie sie das freundliche Schulterklopfen akzeptierten, mit dem diese sie im Vorübergehen bedachten, während sie stumm aus der grundlosen, feuchten Tiefe ihrer noch lebendigen Augen in die schuldbewußten Gesichter der Ärzte starrten.
Die Dritte Kompanie, die sich in der Nähe befand und schon wieder zugweise geordnet war, beobachtete hingerissen die Vorgänge auf dem Verbandplatz. Die Männer in den Zügen und im Kompanietrupp drängten sich instinktiv aneinander, als suchten sie Wärme vor einem Frost, suchten Trost in der Nähe der anderen, einen Trost, der sich nicht einstellen wollte – fünf getrennte, kleine Gruppen von staunenden Zuschauern, die von einer beinahe sinnlichen, krankhaften Neugier verzehrt wurden. Dort drüben lagen Männer, die sterben sollten, einige unmittelbar vor ihren Augen. Wie würden sie darauf reagieren? Würden jene Männer dort sich wütend gegen den Tod wehren, mit der gleichen Wut, die sie hier selber empfanden? Oder würden jene dort einfach stillschweigend verlöschen, aufhören zu atmen und zu sehen? Die Dritte Kompanie war ausnahmslos begierig zu sehen, wie der Mensch stirbt. Die Männer zeigten eine rastlose und doch gedämpfte Neugier. Sie konnten sich nicht helfen: frisches Blut war so rot, und klaffende Wunden in nacktem Fleisch waren ein so ungewohntes, befremdliches Bild. Irgendwie war das alles obszön, es war ein Anblick von dem sie wohl wußten, daß sie ihn meiden müßten, ein Anblick, dem sie aber irgendwie nicht widerstehen konnten, zu dem sie sich drängten, um alles noch genauer zu sehen. Der menschliche Körper war wirklich ein sehr empfindlicher, ungeschützter Organismus, erkannte die Dritte Kompanie plötzlich. Und sie selbst hätten leicht an Stelle dieser Verwundeten sein können. Oder an Stelle jener anderen, die da draußen im Wasser versunken waren, auf dem immer noch die Landungsboote umherflitzten und nach denen man nicht eher suchen würde, bis nach Beendigung des Entladens Zeit und Gelegenheit dafür sein mochte.
Die Verwundeten, sowohl die Moribunden als die anderen, nahmen die zudringlichen Blicke ebenso gleichgültig hin, wie die Behutsamkeit, mit der man sie behandelte. Sie starrten ihr Publikum aus stumpfen Augen an, aus Augen, die zwar ihren Glanz verloren hatten, die aber doch durch die vom Schock herbeigeführte Vergrößerung der Pupillen feucht wirkten. Falls sie überhaupt etwas aufnahmen,

was jedoch zweifelhaft war, dann drang es nicht in ihr Bewußtsein. Das hatte zur Folge, daß die gesamte Dritte Kompanie empfand, was die alten Soldaten schon wußten: diese Männer hatten eine Linie überschritten und es war nutzlos den Versuch zu unternehmen, sie zu erreichen. Die Verwundeten hatten eine Erfahrung gemacht, die den anderen fehlte, und die diese anderen sich auch gar nicht wünschten. Aber solange ihnen diese Erfahrung fehlte, gab es eben keine Verständigung. Vor einer Stunde waren jene gewesen wie diese: nervös, gereizt, auf die Ausschiffung wartend, ungewiß, welche Haltung sie dabei zeigen würden. Jetzt hatten sie sich jenen seltsam aussehenden, wild blickenden, bärtigen, verrückt gekleideten Marineinfanteristen und den anderen Soldaten zugesellt, die hier schon seit August im Kampf gegen die Japaner lagen und die nun ganz unbeeindruckt herumstanden und sachkundig erörterten, welche der Verwundungen tödlich sein mochten und welche nicht.

Selbst die Armee begriff die Lage der Verwundeten und hatte besondere Erleichterungen für sie in ihrem noch so ungewohnten Ehrenstand getroffen. Diejenigen, die nicht starben, würden wiederum der Prozession der Leichter anvertraut werden, und zwar dieses Mal in umgekehrter Richtung; so, wie sie kurz zuvor vorwärts transportiert worden waren, würde man sie nun zurückbringen, zurück, weiter und weiter zurück, bis zu dem gedachten Punkt absoluter Sicherheit. Wenn man das Leben des Soldaten in der Armee mit Hilfe einer Kurve darstellen wollte, die bei seiner Einberufung unten begann und dann ständig stieg, so war jetzt der höchste Punkt erreicht, hinter dem die Kurve fallen mußte bis zum Ende, zur Entlassung: dem geheimen Ziel des Soldaten. Je nach der Schwere der Verwundung und der Frist, die bis zur Heilung verstreichen mußte, würde seine Kurve sich teilweise oder ganz dem Nullpunkt nähern. Die Leichtverwundeten mochten nicht einmal bis nach Neuseeland oder Australien zurückgebracht werden, sondern den tiefsten Punkt ihrer Kurve in einem Kriegslazarett auf den Neu-Hebriden erreichen und von dort zur Front zurückgeschickt werden. Wer schwerer verwundet war, mochte bis nach Neuseeland gelangen oder nach Australien, nicht aber zurück in die Staaten, und also von dort wieder zur Front zurückkehren müssen. Noch schwerer Verwundete mochten zwar in die Staaten zurückgebracht, aber doch ausgeheilt und wiederum an die Front versetzt werden, entweder hierher oder nach Europa. Alle diese Kurven würden wieder ansteigen, vielleicht einen noch höheren Scheitelpunkt erreichen. Die Toten würden selbstverständlich bemerken müssen, daß ihre Kurve zu Ende war. Und zwar auf dem Scheitelpunkt abgebrochen wie die Kurve der Männer, die nun draußen im Wasser trieben, oder kurz unter dem Scheitelpunkt, wie diejenigen der Verwundeten, die nebenan starben.

Alles das ist errechenbar, überlegte Korporal Fife, als er merkte, daß ihm diese Gedanken durch den Kopf gingen, und irgend jemand sollte es auch errechnen. Das würde allerdings erhebliche Arbeit kosten bei all den vielen Soldaten in allen Armeen der Welt. Vielleicht konnte man aber auch ein Elektronengehirn konstruieren, das imstande wäre, diese Aufgabe zu lösen.

Auf alle Fälle sollte man, wenn es denn nicht zu vermeiden war, eine Verwundung erhalten, die einen fast das Leben kostete, für die Kriegsdauer ins Lazarett brachte, aber nicht für immer zum Krüppel machte. Entweder so eine, oder eine leichtere Verwundung, die aber eine geringe permanente Verkrüppelung zur Folge haben müßte. Fife wußte nicht, was von beiden ihm lieber wäre, es hätte ihn wohl beides nicht gefreut.

Die Dritte Kompanie bekam schließlich noch den Tod von drei Soldaten auf dem Verbandplatz zu sehen, ehe der Jeep mit dem Melder vom Regimentsstab eintraf, um sie in ihr Lager einzuweisen. Von den dreien starben zwei sehr still, versanken langsam tiefer und tiefer in jene Bewußtlosigkeit, die durch den Schock und das Nachlassen der Funktionen herbeigeführt wird und die den Verletzten gnädig davor bewahrt, zu begreifen, was ihm geschieht. Nur einer der Männer wütete gegen den Tod, und auch er nur ganz kurz; er schüttelte die immer schneller aufeinanderfolgenden Halluzinationen ab und verfluchte sein Unglück, verfluchte alles, was damit zusammenhing, die Ärzte, die Bombe, den Krieg, die Generale und die Völker, ehe er sich in den dumpfen Schlaf zurückfallen ließ, der fast ohne Übergang zum Tod führt. Auch andere würden gewiß hier noch sterben – sicherlich auch noch welche im Flugzeug oder im Kriegslazarett –, aber die Dritte Kompanie sah das nicht mehr. Sie befand sich bereits auf dem Marsch in ihr neues Lager, das etwa zehn Kilometer entfernt war.

Es war ein Marsch, wie ihn keiner von ihnen je zuvor erlebt und auf den sie niemand vorbereitet hatte, obwohl sie in der Zeitung Berichte von den Kämpfen im Dschungel gelesen hatten. Als sie sich durch die Palmenhaine landeinwärts bewegten, verloren sie den Verbandplatz am Strand schnell aus den Augen, wenn auch nicht aus dem Gedächtnis, und sie sahen sich unvermittelt jener tropischen Welt gegenüber, von der sie so viel gehört hatten. Hier, wo die am Strand wehende Seebrise sie nicht mehr erreichte, war der Feuchtigkeitsgehalt der Luft so schwer und übermächtig, daß er mehr ein greifbarer Gegenstand als ein atmosphärischer Zustand zu sein schien. Schon bei der geringsten Anstrengung wurde ihnen der Schweiß herausgetrieben, und da er in der Feuchtigkeit nicht verdunsten konnte, rann er an ihren Körpern herunter und durchweichte alles. Als ihre Kleidung völlig durchnäßt war, troff ihnen der Schweiß in die Stiefel und füllte sie, so daß sie in ihrem eigenen Schweiß planschten, als hätten sie gerade einen Fluß durchwatet. Es war nun beinahe Mittag, und zwischen weit auseinander stehenden Bäumen brannte die Sonne und erhitzte ihre Stahlhelme so stark, daß sie sie abnehmen und auf ihr Gepäck schnallen mußten. Sie stapften durch eine merkwürdig schwere Stille, die von der Feuchtigkeit herrührte, welche die Luft so gesättigt hatte, daß die Schallwellen sich nicht ausbreiten konnten, sondern einfach erstickt herabfielen. Soviel Wasser war in der lastenden Luft, daß die marschierenden Männer nach Atem rangen, aber trotz dieser besonderen Anstrengung nur wenig Sauerstoff aufnahmen. Alles war naß. Die von den Autos zerwühlte Straße war ein Schlammsee, in dem die großen Lastwagen bis zu den Achsen versanken. Es war ausgeschlossen, darauf oder darin zu marschieren. Zu Fuß konnte man sich überhaupt nur hintereinander bewegen; auf jeder Seite der Straße kämpfte sich eine Reihe von Männern mühsam durch Matschrinnen, die von den Rädern wie von Pflügen ausgehoben worden waren, und zwischen denen hohe, grasbewachsene Ränder stehengeblieben waren. Schwärme von Moskitos erhoben sich und fielen in der stickigen Luft über sie her. Mehrere Male stießen sie auf Jeeps, die bis zur Ölwanne im Matsch steckten und sich vergeblich herauszuarbeiten suchten. Ihr eigener Jeep, der ihnen den Weg wies, suchte mit größter Behutsamkeit eine Bahn durch die übelsten Schlammlöcher.

Überall am Weg waren Nachschubgüter jeder Art zu zehn Meter hohen Stapeln geschichtet, zwischen denen schwere Lastwagen unablässig hin und her fuhren. Sie mußten ziemlich lange marschieren, bis sie die Versorgungslager hinter sich gelassen hatten.

Hauptfeldwebel Welsh, der auf diesem unglaublichen Marsch am Rande der Straße unmittelbar hinter Hauptmann Stein und Oberleutnant Band dahinstapfte und sich den Schweiß aus den Augen wischte, mußte immer wieder an das Häuflein verwundeter Tiere denken – dazu waren sie nämlich herabgesunken –, die er da hinten auf dem Verbandplatz gesehen hatte, und während er Fife verschlagen angrinste, murmelte er leise vor sich hin: »Privateigentum. Privateigentum. Alles nur um Privateigentum.« Denn darum handelte es sich, darum drehte sich alles, um den Besitz des einen oder des anderen, der einen Nation oder einer anderen Nation. Alles war geschehen und geschah noch um des Besitzes willen. Eine Nation mochte sich gedrängt fühlen, vielleicht auch wirklich gezwungen sein, ihren Besitzstand zu erweitern, und zu diesem Zwecke mußte sie notgedrungen einer anderen Nation etwas wegnehmen, worauf diese ihre Hand schon gelegt hatte. Es gab einfach kein herrenloses Land mehr auf dem Planeten, das war alles. Mehr war dazu nicht zu sagen. Welsh fand das hoch amüsant. »Eigentum«, murmelte er so leise vor sich hin, daß niemand ihn hören konnte, »alles für Eigentum.« Und zwischendurch nahm er aus seiner Packtasche, in der er auch sein Dienstbuch aufbewahrte, eine große, mit unverdünntem Gin gefüllte Mundwasserflasche, setzte sie an und tat dann, als gurgele er. Er hatte noch drei weitere volle Flaschen sorgsam in Decken gewickelt im Marschgepäck, das schwer auf seinem Rücken lastete. Dieser Gin war kostbar, denn in neuem, unbekanntem Terrain würde er wahrscheinlich zwei, möglicherweise drei ganze Tage benötigen, um eine neue Ginquelle anzuschlagen.

Hinter Welsh und Fife stapften Storm und seine Köche, suchten sich stumm und mit gesenkten Köpfen ihren Weg. Auch sie dachten an die Verwundeten, doch hatte keiner von ihnen eine so plausible Theorie entwickelt wie Welsh. Wohl deshalb marschierten sie schweigend. Jedenfalls machte nur der drahtige, erregte kleine Zweite Koch Dale, der immerzu mit den Augen plinkerte, eine Bemerkung.

»Warum hat die Flak von den Schiffen nicht geschossen!« sagte er plötzlich nach längerem Brüten zornig zu dem langen, dünnen Land, der neben ihm marschierte. »Scheiß doch auf die Jäger! Sie hätten viel mehr von den Bombern erwischen müssen. Ich hätte geschossen. Mit einer Vierzentimeterflak in den Fingern hätte ich geschossen, mit oder ohne Feuerbefehl.«

»Vollgeschissen hättest du dich«, warf Storm kurz über die Schulter zurück, und Dale verstummte mit jenem Ausdruck gekränkten Stolzes, den der Untergebene annimmt, wenn er sich zu Unrecht von seinem Vorgesetzten beschuldigt fühlt.

Nicht nur die Mannschaften dachten an die ersten Verwundeten der Division. Unmittelbar vor Welsh waren Hauptmann Bugger Stein und Oberleutnant Band ziemlich lange schweigend marschiert. Ja, nachdem die Kompanie sich in Marsch gesetzt hatte, war zwischen ihnen kein einziges Wort gefallen. Sie hatten im Augenblick nichts weiter zu tun als dem Jeep zu folgen, der vor ihnen herfuhr, und es war daher nichts zu sagen. Der wirkliche Grund für ihr Schweigen war aber, daß auch sie an das benommene, blutige kleine Häuflein von Verwundeten dachten.

»Ein paar von den Burschen hat es ziemlich übel erwischt«, sagte Band schließlich und brach das lange Schweigen, während er über eine grasbewachsene Bodenwelle stieg.

»Ja«, stimmte Stein zu, und wich einem großen Matschloch aus.

»Jim«, sagte Band gleich darauf, »weißt du, wie viele Offiziere in dem Landungsboot waren?«

»Zwei, soviel ich gehört habe.«

»Das hab ich auch gehört«, versetzte Band. »Hast du gesehen, daß beide bei den Verwundeten waren?«

»Ja, das habe ich.«

»Ist dir aufgefallen, daß keiner von beiden besonders schwer verwundet war?«

»Den Eindruck hatte ich auch.«

Band wühlte in seiner Tasche und sagte dann: »Hier, Jim, nimm einen Kaugummi, ich habe noch zwei.«

»Ja, gerne, George«, sagte Stein. »Ich habe keine mehr.«

Weiter hinten in der Reihe und auf der anderen Straßenseite marschierte der Gefreite Doll – ebenso erschöpft und keuchend wie die anderen –, die rechte Hand auf die neue Pistole gestützt und doch nichts anderes empfindend als eine ungeheuere Niedergeschlagenheit. Auch ihn hatte der Anblick der Verwundeten beeindruckt, und die Folge davon war gewesen, daß er in seiner jüngsten Erwerbung, seiner Pistole, nun nichts, rein garnichts mehr zu erblicken vermochte. Ganz offenbar spielte es überhaupt keine Rolle, ob man eine Pistole besaß oder nicht, wenn man in die Nähe einer explodierenden Bombe geriet. Selbstverständlich mochte es später, an der Front, wo die Kämpfe großenteils mit Infanteriewaffen ausgetragen wurden, anders sein; aber selbst dort würde man sich dem Feuer der schweren Granatwerfer und der Artillerie gegenübersehen. Doll fühlte sich völlig wehrlos und überdies erschöpft. Wie weit, zum Kuckuck, sollte denn nun noch marschiert werden?

In diesem Augenblick hatte man von den fast zehn Kilometern erst zwei zurückgelegt, doch hätte das weder Doll noch irgend jemand anderes in der Dritten Kompanie geglaubt. Es waren Männer in der Kompanie, die in Friedenszeiten bei der regulären Armee an Gewaltmärschen teilgenommen hatten, die sich über mehr als 80 Kilometer erstreckten und länger als vierundzwanzig Stunden dauerten, aber keiner von ihnen hatte je etwas Ähnliches wie diesen Marsch erlebt. Ganz allmählich, während sie sich am Rande dieser Straße genannten Schlammbäche entlang mühten, begann die Gegend sich zu verändern. Ausläufer von verfilztem Dschungel wurden sichtbar, reichten jetzt bis in die Palmenwäldchen, und gelegentlich sah man weit entfernt, noch hinter dem Dschungel, gelbe, mit Kunaigras bewachsene Hügel. Müde und erschöpft stolperten sie weiter.

Für diese zehn Kilometer brauchten sie den ganzen Nachmittag, und als sie endlich den ihnen zugewiesenen Lagerplatz erreichten, hatte ein Drittel der Kompanie schlapp gemacht und lag irgendwo am Weg. Diejenigen, die es geschafft hatten, torkelten nach Luft schnappend umher und waren vor Erschöpfung völlig benommen. Das Küchengerät, die Packtaschen der Mannschaften und einer der Jeeps waren bereits angelangt, aber niemand konnte sich während der nächsten halben Stunde damit beschäftigen, denn als sie erfahren hatten, daß dies der Lagerplatz sei, hatten sich die Männer völlig erledigt niedergeworfen. Später wurde dann der Jeep ausgeschickt, um die Nachzügler einzusammeln, und Sergeant Storm machte sich mit einem ziemlich müden Arbeitskommando daran, das Küchenzelt aufzustellen und seine Herde herzurichten, damit er noch am gleichen Abend eine warme Mahlzeit ausgeben konnte. Andere Arbeitskommandos gingen schlapp und abgekämpft daran, das Zelt der Waffenkammer und das für die Schreibstube aufzurichten. Noch ehe eine dieser Aufgaben erledigt war, fing es an zu regnen.

Kapitel II

Etwa hundertfünfzig Meter vom Lagerplatz entfernt zog sich ein langer Dschungelstreifen hin. Durch die Kokospalmen und den dampfenden, kalten Vorhang des tropischen Regens betrachtet, glich dieser Dschungelstreifen mehr einer Mauer als irgend etwas anderem. Diese feste, dreißig Meter hohe Mauer, die sich bis zu den Vorbergen hinzog, sah aus wie ein erkalteter Strom grüner Lava, den ein Vulkan vor Jahrhunderten ausgespien hatte, um ein flaches Plateau zu bilden, dessen steil abfallende Seiten ersteigbar aussahen und dessen Oberfläche mindestens so festen Halt zu bieten schien wie der schlammige Grund, auf dem man jetzt stand. Fast unsichtbar im Regen ragte der Dschungel dort hinten fremdartig und drohend auf, drängte sich in das Bewußtsein der Männer, auch wenn sie ihn garnicht sehen konnten – ein Stück Natur wie ein Berg oder ein Meer, und ebenso bedrohlich wie das menschliche Ego.

Die Männer im Palmenwäldchen arbeiteten verbissen an der Errichtung ihres Biwaks. Der Regen fiel senkrecht herab, es rührte sich kein Lüftchen. Einen halben Kilometer weiter weg konnten sie die feuchte Sonne hell auf offenbar endlose Reihen von Kokospalmen scheinen sehen, aber hier schüttete es wie aus Eimern – regnete dicke, fette Tropfen, die so dicht fielen, daß es aussah, als würden ganze Kübel voll Wasser ausgeschüttet. Alles, was nicht zufällig irgendwie zugedeckt gewesen war, wurde innerhalb von Sekunden durchnäßt. Minuten später stand die ganze Gegend bereits unter Wasser. Der Gedanke an Regenmäntel war lächerlich, dieser Regen wäre sogleich durchgegangen. Naß bis auf die Haut und noch erschöpft von dem Marsch, planschte die Kompanie auf ihrem Biwakplatz umher, verwandelte den Boden in einen brodelnden Schlammsee und tat alles, um das Lager herzurichten. Eine andere Möglichkeit gab es ja auch nicht.

Das alles war so schlimm und wirkte so trostlos, daß die ganze Affaire sich plötzlich in einen Heidenspaß verkehrte. In einen hohlen und mitleiderregenden Spaß selbstverständlich, wenn man ihn neben den Toten, den Sterbenden und Verwundeten sah, die der Luftangriff gefordert hatte und die sie nicht vergessen konnten – aber vielleicht aus eben diesem Grunde wurden das Gelächter und die Späße immer schriller, bis sie schließlich geradezu hysterisch wirkten. Einige der Männer, gedankenlos und nur zu bereit zu vergessen, daß auch der Kampfanzug einmal gewaschen werden muß, setzten sich sogar hin und wälzten sich im Schlamm wie Kinder, die im Schnee spielen. Am Ende jedoch kamen sie dahinter, daß selbst diese Tollheiten ihre Beklommenheit nicht verminderten. Als sie mit ihren Faxen aufhörten, waren sie nicht weniger nervös als zuvor. Weder ihr Gebrüll noch ihr Gelächter hatten an ihrer nervösen Abgespanntheit etwas ändern können. Unterdessen regnete es ununterbrochen weiter.

Im Küchenzelt, mit dessen Einrichtung zu Beginn des Regens schon begonnen worden war, versuchte der fluchende Storm, seine Herde mit nassen Streichhölzern anzuzünden. Niemand hatte trockene Streichhölzer, und wenn er die Herde nicht zum Brennen brachte, würde es heute Abend kein warmes Essen geben. Storm war aber entschlossen, eine warme Mahlzeit bereit zu haben. Schließlich gelang es ihm, mit einem geliehenen Feuerzeug den Herd anzumachen, wobei er sehr wohl wußte, daß er sich im Fall des Gelingens die Hand ziemlich übel verbrennen würde, was er denn auch tat. Er wickelte stoisch einen Fetzen um die Hand, und nachdem er befohlen hatte, einige Streichhölzer auf dem Herd zu trocknen, setzte er seine Arbeit fort, erheblich stolzer, als er zuzugeben bereit gewesen wäre. Er würde den Strolchen schon zeigen, wer hier der Ernährer war. Niemand sollte sagen können, daß Storm nicht für seine Leute sorge.

Mittlerweile ergab eine genauere Inspektion im Regen, daß die großen Mannschaftszelte der Kompanie noch nicht eingetroffen waren, und daß auch die Feldbetten fehlten, die in den Achterzelten aufgestellt werden sollten. Als Welsh dem Hauptmann diese Nachricht genüßlich grinsend überbrachte, war Stein ratlos. Es handelte sich hier um eine der kleinen Unachtsamkeiten, die immer dort unterlaufen, wo größere Gruppen den Versuch machen, gemeinsam ein verwickeltes Unternehmen auszuführen. Stein empfand die Folgen die-

ses Versehens gerade an diesem Tag als besonders schmerzlich. Es gab keine andere Möglichkeit als den Männern zu befehlen, ihr Gepäck aufzumachen und die Zeltbahnen herauszuholen, und diesen Befehl gab Stein denn auch. Der Befehl mochte unerläßlich sein, war aber nichtsdestoweniger idiotisch, und Stein wußte das nur zu gut. Er saß durchnäßt, frierend und barhaupt in dem soeben errichteten, verhältnismäßig trockenen Schreibstubenzelt und suchte in seinem Kleiderbeutel nach einer frischen Uniform, als Welsh hereinkam; und als er sah, daß Welsh den Befehl mit verächtlichem Grinsen aufnahm, wurde er so wütend, daß er ganz vergaß, sich an seine Taktik der väterlichen Güte gegenüber seinem verrückten Hauptfeldwebel zu halten. – »Ja, zum Teufel, Welsh, ich weiß sehr wohl, daß das ein blödsinniger Befehl ist«, brüllte er. »Jetzt machen Sie, daß Sie rauskommen und geben Sie den Befehl weiter.«
»Jawohl, Sir!« grinste Welsh und machte eine beleidigende Ehrenbezeugung. Dann instruierte er mit hämischer Freude seine Leute.
Die Mannschaften vernahmen den Befehl ungerührt und sagten kaum etwas dazu. Sie standen mit hochgezogenen Schultern im Regen und machten sich gleich darauf an die Arbeit.
»Er ist ja verrückt!« schnarrte der Schütze Mazzi den Schützen Tills an und wischte sich das Wasser aus dem Gesicht, während er versuchte, die Zeltstäbe ineinander zu stecken, »ganz einfach verrückt!« Sie sollten ein Zelt miteinander teilen, und Tills hockte auf einem Wasserkanister und knöpfte die beiden Zeltbahnen aneinander. Er gab keine Antwort.
»Oder etwa nicht?« wollte Mazzi wissen, als er die Stäbe zusammengesteckt hatte und anfing, die Schnur abzuwickeln, »findest du das nicht auch? He! Tills!«
»Ich weiß nicht«, sagte Tills und versank wieder in Schweigen. Tills gehörte zu denen, die sich im Schlamm gewälzt hatten, und das bedauerte er jetzt. Auf dem Höhepunkt seines Vergnügens hatte er sich, im Schlamm sitzend, den Schmutz sogar noch ins Gesicht geschmiert. Nun hatte der Regen den größten Teil des Schlammes von seinen Händen und seinem Gesicht gewaschen, doch war er im übrigen eigentlich nur ein fauliger, übelriechender Kloß aus tropischem Matsch. »Was soll er denn sonst befehlen?« setzte er lustlos nach einem Augenblick hinzu.

»Wie soll ich wissen, was er befehlen soll? Ich bin schließlich nicht der Kompaniechef.« Mazzi sammelte die zehn Pflöcke, nachdem er, so gut es gehen wollte, die nasse Schnur gespannt hatte, und verteilte sie. »Glaubst du vielleicht, daß diese lächerlichen kleinen Pflöcke das Zelt im Matsch halten werden?« verlangte er zu wissen. »Wenn ich der Kompaniechef wäre, würde ich hier mal für ein paar Veränderungen sorgen, und zwar schnell. Bist du nun endlich fertig da?«
»Das kann ich mir denken«, sagte Tills. »Ja, ich bin fertig.« Er stand auf, ließ die Zeltbahnen aus seinem Schoß in den Morast fallen und rieb sich den Regen aus dem Gesicht.
»Na, dann los.« Mazzi legte die beiden letzten Pflöcke hin. »Er ist ein Waschlappen, ein Waschlappen und Muttersöhnchen. Weiter gar nichts. Er kann seinen Arsch nicht von seinem Kopf unterscheiden und wird es auch nie lernen. Los jetzt, verflucht noch mal.«
»Alle sind Waschlappen«, sagte Tills. Doch rührte er sich nicht von der Stelle. Er wischte sich ein paar Mal verstohlen und ohne Erfolg über das Gesicht, rang dann die Hände und rieb sie aneinander. Das nützte gar nichts. Der feine, klebrige Matsch haftete in den Falten und Rillen seiner Hände, saß als dicke Kruste unter seinen Fingernägeln und auf den Nagelhäuten, nur die Fingerspitzen waren sauber, so daß die Hände eine Art zweifarbigen Anstrich hatten und es so aussah, als versuche er, seine eigenen Fingerabdrücke zu nehmen. Er rührte sich immer noch nicht. »Wenn man dich reden hört.«
Im Gegensatz zu Tills wirkte Mazzi ganz ungewöhnlich sauber, obwohl auch er bis auf die Haut durchnäßt war. Er hatte sich nicht an den Spielereien im Schlamm beteiligt, wenn er auch bereitwillig mit den übrigen gelacht und geschrien und jene angefeuert hatte, die sich im Morast wälzten.
»Ganz recht«, stimmte er zu. »Alle außer mir und ein oder zwei guten Bekannten von mir, die wissen, was gespielt wird. Und jetzt los, zum Teufel. Laß uns endlich das beschissene Zelt aufstellen.«
»Hör mal, Mazzi.« Tills rührte sich immer noch nicht. »Ich will dich mal was fragen. Glaubst du, daß in diesem Dreck hier Bakterien sind?«
Mazzi blickte aus seiner hockenden Stellung neben dem Zeltrand hoch und war im Augenblick vor Überraschung sprachlos. »Bak-

terien?« fragte er schließlich. »Bakterien.« Er wischte sich nachdenklich das Wasser aus dem Gesicht. »Klar sind da Bakterien drin, alle möglichen Bakterien.«

»Glaubst du wirklich?« fragte Tills beunruhigt. Er sah an sich herunter. Seine Einbildungskraft machte ihn vorübergehend vollständig wehrlos.

Mazzi, der ihn immer noch anstarrte, ahnte das, und sein Gesicht fing an, einen vergnügten Ausdruck zu zeigen. Er grinste boshaft. »Na, und wie noch. Liest du denn gar keine Zeitung? Die Insel wimmelt geradezu von Bakterien. Du findest hier jede erdenkliche Bakterie. Und wo? Natürlich im Matsch, du Affe. Was für Bakterien wünschst du dir?« Er hob die Hand und begann an den Fingern abzuzählen: »Malariabakterien –«

»Malariabakterien sind in den Moskitos«, unterbrach Tills ihn verdrossen.

»Ja schon, aber wo kriegen sie sie her? Aus dem Dreck, mein Lieber. Weiter –«

»Nein«, unterbrach Tills wieder. »Sie kriegen sie von anderen Leuten, die Malaria haben.«

»Na schön, aber wo kriegen die sie her? Das weiß ja jeder. Bakterien kommen vom Dreck und davon, daß man dreckig ist.« Er zählte an den Fingern. »Dann gibt es Dschungelfieberbakterien, und Gelbsuchtbakterien. Schwarzwasserfieberbakterien, Ruhrbakterien – « Mazzi war im Begriff, die andere Hand zur Hilfe zu nehmen; immer noch grinsend, hielt er ein und warf beide Hände ausdrucksvoll in die Luft. »Was für Bakterien möchtest du denn noch? Du brauchst es nur zu sagen, hier gibt es bestimmt jede Sorte in jeder Menge.« Er verstummte.

»Na«, sagte er dann sehr selbstzufrieden, »morgen jedenfalls wirst du schon todkrank sein, Tills.«

Tills betrachtete ihn hilflos. »Was bist du doch für ein Miststück, Mazzi«, sagte er gleich darauf.

Mazzi hob seine beweglichen Augenbrauen und gleichzeitig die Schultern. »Wer? Ich? Wieso ich? Du hast mich was gefragt, und ich habe dir geantwortet, so gut ich kann.«

Tills erwiderte nichts, sondern stand still da und blickte Mazzi hilflos und aufmerksam an; die nassen, schlammigen Zeltbahnen lagen zu seinen Füßen. Immer noch über den Pflöcken hockend, grinste Mazzi ihn an.

»Hast du gesehen, daß ich mich im Dreck gewälzt habe? Schön, ich habe gelacht und den anderen noch zugeredet. Das kostet mich nichts. Das schlimme mit dir ist, Tills, daß du ein Waschlappen bist. Der geborene Waschlappen. Du trittst ständig in die Scheiße. Nimm dir mal ein Beispiel an mir. Siehst du vielleicht, daß ich oder meine Freunde in die Scheiße treten, Bubi?«

Seine Lippen troffen geradezu vor Selbstzufriedenheit, als er das Wort ›Bubi‹ aussprach. Mazzi war einige Jahre jünger als Tills. Tills antwortete ihm nicht.

»Los jetzt, laß uns das Zelt aufstellen«, sagte Mazzi. Und wieder blinzelnd: »Ehe du so krank wirst, daß du mir nicht mehr helfen kannst. Ein Zweierzelt kann man nicht alleine aufstellen. Wenn du wirklich krank wirst, habe ich das ganze Zelt für mich alleine. Vielleicht wirst du ja sogar so krank, daß sie dich zurückschaffen – falls du nicht sogar stirbst.«

Wortlos beugte sich Tills vor, ergriff die steife, feuchte Zeltbahn und ging damit hinüber zu Mazzi, der, immer noch behaglich grinsend, aufstand, um ihm zu helfen.

»Sieh dir mal diese elenden Decken an«, und Mazzi deutete mit der Hand darauf. Sie hatten die Decken unter eine Persenning gestopft, mit der irgendwelches Gerät zugedeckt worden war. »Kannst du mir vielleicht sagen, Tills, wie man unter solchen Decken schlafen soll?« fragte er. Aber als Tills stumm blieb, machte er sich nicht die Mühe, die Frage zu wiederholen, sondern zog statt dessen das Zelt über den ersten Stab.

Um sie herum arbeiteten andere Männer im Regen, und weitere Zweimannzelte wuchsen eines neben dem anderen aus dem Boden. Jeder bemühte sich, nicht dort zu gehen, wo die Zelte stehen sollten, aber das nützte nichts. Allein die Kraft des Regens reichte hin, um den Boden in einen Sumpf zu verwandeln. Da keine Feldbetten vorhanden waren, würden sie die triefend nassen Decken in diesem Matsch ausbreiten und darauf dann das übrige Zeug verstauen müssen. Allen stand eine jämmerliche Nacht bevor, mit Ausnahme der Offiziere, deren Zelte, Feldbetten und Decken stets bei der Kompanie mitgeführt wurden.

Das Aufstellen der Zelte war die letzte Arbeit, die zu verrichten war, und da es noch nicht dunkelte, verspürten einige unternehmungslustige Leute natürlich den Wunsch, sich den Dschungel anzusehen. Sie hatten nichts mehr zu verlieren, nasser konnten sie nicht werden. Einer dieser Männer war Queen, der riesenhafte Texaner. Ein weiterer war Schütze Bell, der ehemalige Pionieroffizier. Ein dritter war der Gefreite Doll, der stolze Pistolendieb. Insgesamt waren es zwanzig. Doll stolzierte hinüber zu seinem Busenfreund Korporal Fife, den Daumen am Riemen des über die linke Schulter gehängten Gewehres, die rechte Hand am Griff der Pistole. Er war bereit, aufzubrechen. Helm und Patronengürtel vervollständigten seine Ausrüstung. Jeder hatte die lästige Gasmaske beiseite gelegt und hätte sie ganz weggeworfen, wäre nicht die Furcht gewesen, dafür bezahlen zu müssen.

»Kommst du mit, dir den Dschungel ansehen, Fife?« Fife war gerade mit der Errichtung des Zeltes fertig, in dem er zusammen mit seinem Hilfsschreiber wohnte, dem achtzehnjährigen Bead aus Iowa. Bead war kleiner als Fife, hatte große Augen, schmale Schultern, breite Hüften, kleine Hände und war eingezogen worden.

Fife zögerte. »Ich weiß nicht, ob ich gehen soll. Vielleicht braucht mich Welsh für irgendwas, wir sind noch nicht mit allem fertig.« Er sah auf die ferne grüne Mauer. In diesem Regen würde es bis dahin ein langer, schlammiger Weg sein. Er war müde und niedergeschlagen. Seine Zehen bewegten sich schmatzend in den nassen Stiefeln. Und was sollte da schon sein? Bloß ein Haufen Bäume. »Ich glaube, ich bleibe lieber hier.«

»Ich komme mit, Doll! Ich komme mit!« Das war Bead, und seine Augen waren noch größer als sonst.

»Dich hat keiner eingeladen«, schnarrte Doll.

»Was soll das denn heißen, nicht eingeladen? Schließlich kann doch jeder gehen, der Lust hat, und ich gehe!«

»Nichts da«, versetzte Fife kurz angebunden. »Du wälzt deinen fetten Arsch gefälligst in die Schreibstube und arbeitest mal ein bißchen. Was glaubst du wohl, wofür ich dich bezahle?« Er wies mit dem Kopf nach der Schreibstube. »Und ein bißchen dalli!«

Bead sagte nichts, stapfte aber verdrossen in der ihm eigenen, krummen Haltung davon.

»Die Leute vertragen keine anständige Behandlung«, bemerkte Fife.
»Komm doch mit«, drängte Doll. Er zog die Lippe hoch und eine Augenbraue. »Wer weiß, was wir finden.«
»Nein, besser nicht«, grinste Fife. »Ich habe Dienst.« Er war froh, so leichten Kaufs davon zu kommen.
Doll zog die Braue und die Lippe noch höher. »Scheiß auf deinen Dienst«, sagte er aus dem Mundwinkel und tat dabei sehr zynisch und abgebrüht. Damit marschierte er ab.
»Amüsier dich gut!« rief Fife höhnisch hinter ihm her. Obwohl er sich zum Bleiben entschlossen hatte, bedauerte er diesen Entschluß sofort, als er die Gruppe im Regen abrücken sah.
Die Kokospalmen hörten gleich hinter dem Lagerplatz auf. Dahinter war nichts als eine leere Ebene, die sich bis zum Dschungel hinzog. Über diese Fläche gesehen, wirkte die ferne grüne Mauer noch drohender als vom Palmenwäldchen her. Am Rande des Wäldchens blieben die Männer stehen und sahen hinüber. Dann näherten sie sich, immer noch ohne Regenmäntel, aber nun so durchnäßt, daß sie gar nicht mehr an Regen dachten, neugierig und vorsichtig dem Dschungel. Matsch klebte an ihren Stiefeln und sie schlenkerten immer wieder die Füße, um ihn loszuwerden.
Seit Monaten hatten sie alle in den Zeitungen von diesem Dschungel gelesen. Nun sahen sie ihn mit eigenen Augen.
Zunächst bewegten sie sich behutsam an seinem Rande entlang. Aus der Entfernung gesehen, boten sie einen lächerlichen Anblick: nasse Männer im Regen, die grüppchenweise am Rande des Dschungels auf und ab liefen, sich bückten, und hier und dort hineinzusehen versuchten. Es war wirklich eine Mauer; eine Mauer aus Blättern; aus dickfleischigen, grünen Blättern, die sich gegenseitig aus dem Wege drängten und kaum einmal eine Öffnung ließen. Queen sah sie an, und es hätte ihn nicht gewundert, wenn er von ihnen in die Hand gebissen worden wäre. Als die Männer dann die Blätter auseinanderschoben und sich schließlich hindurchzwängten, sich sozusagen hineinstürzten, waren sie sogleich von tiefer Dämmerung umgeben.
Hierher drang der Regen nicht. Er wurde hoch oben durch das Dach von grünen Schindeln abgehalten, tropfte gemächlich von Blatt zu Blatt und rann schließlich an Zweigen und Blattstielen auf den Boden. Obwohl es wolkenbruchartig schüttete und das Trommeln der

Regentropfen noch von außen her zu ihnen drang, war hier drinnen doch nur ein leichtes Tröpfeln zu hören. Im übrigen blieb es ganz unheimlich still.

Als sich ihre Augen an die Dunkelheit gewöhnt hatten, erblickten sie riesige Ranken und Schlingpflanzen, die wie große Girlanden zwischen Bäumen hingen, und viele davon waren stärker als die jungen Stämme bei ihnen daheim. Gigantische Baumstämme ragten steil auf und stießen hoch über ihnen durch das Blätterdach, und ihre dünnen, messergleichen Wurzeln waren oft übermannshoch. Alles war naß, der Boden entweder blanker, schlüpfriger Schmutz oder von einer undurchdringlichen Schicht faulender Pflanzenreste bedeckt. Hier und dort fristeten verkümmerte Büsche mühsam ihr lichtloses Leben. Triebe ohne Äste, mit nur ganz wenigen Blättern an der Spitze und kaum dicker als ein Taschenmesser, zwängten sich in die Höhe, immer höher hinauf zu dem dichten Dach, dieser geschlossenen Gesellschaft dreißig Meter über ihnen, wo sie vielleicht noch am Kampf ums Dasein teilnehmen durften, ehe sie hier unten ersticken mußten. Manche dieser Triebe, die nicht dicker waren als ein Schnapsglas, waren schon vier Meter hoch aufgeschossen. Zwischen all diesen Pflanzen bewegte sich nichts, und man hörte auch nichts, außer der tropfenden Feuchtigkeit.

Die Männer, die sich durch die schützende Mauer gedrängt hatten, um hier etwas zu sehen, standen wie angenagelt vor diesem grünen Gewimmel, nachdem ihre Augen sich an die hier herrschende Dämmerung gewöhnt hatten. Das war mehr als sie erwartet hatten. Man mochte diese wildwuchernde Vegetation nennen wie man wollte, zivilisiert jedenfalls war sie nicht. Und als zivilisierten Menschen machte ihnen das angst. Selbst der hartgesottenste Streithahn unter ihnen empfand Furcht. Während sie unbeweglich so stehen blieben, wurden nach und nach wieder schwache Geräusche hörbar. Hoch oben im Blätterdach raschelte es, ein Ast erbebte, und wo ein unsichtbarer Vogel sich bewegte, vernahm man ein Zwitschern oder ein rauhes Krächzen. Gelegentlich zitterte ein Busch, wenn sich ein erschrecktes kleines Lebewesen davonstahl. Aber zu sehen vermochten sie nichts davon.

Indem sie den Dschungel betraten, waren sie so unvermittelt und vollständig vom Lager und von der Kompanie abgeschnitten, als hätten sie eine Tür hinter sich zugemacht. Dieses plötzliche und vollständige Ausgeschlossensein bedrückte sie. Wenn sie aber zwischen den Blättern hindurch spähten, konnten sie die hohen braunen Zelte noch zwischen den weißen Stämmen der Palmen im Regen stehen sehen, konnten sie die fernen grüngekleideten Gestalten erkennen, die sich lässig und ungefährdet dazwischen bewegten. Dieser Anblick gab ihnen ihre Sicherheit zurück, und sie beschlossen, weiter zu gehen. Der riesige Korporal Queen bewegte sich unter ihnen, ohne etwas zu sagen. Queen empfand große Scheu davor, von den anderen getrennt zu werden. Dieser Dschungel gefiel ihm gar nicht. Da hinten im Lager, im strömenden Regen, war Queen in seinem Element gewesen und munter wie ein Fisch im Wasser. Er hatte geschnauft und gegrinst und sich den Regen über Brust und Kleider laufen lassen und laut über die anderen gelacht, die verzagt waren und wie ertrunkene Katzen aussahen. Auf Regen verstand er sich. Er hatte früher einmal bei einem Viehzüchter gearbeitet, war oft genug in sommerliche Platzregen geraten und manchen Tag im Regen umhergeritten. Das hatte ihm damals keinen Spaß gemacht, aber als er sich jetzt daran erinnerte, kam es ihm vor, als habe es ihm gefallen, als sei das etwas Männliches gewesen, ein Beweis für seine große Ausdauer und Kraft. Dieser Dschungel jedoch war etwas ganz anderes. Er dachte immer wieder empört, daß ein Amerikaner jedenfalls seinen Wald niemals in einen solchen Zustand geraten lassen würde.

Queen hätte niemandem seine Beklommenheit eingestanden, nicht einmal sich selber. Statt dessen formte er sie um und machte sie dadurch für sich annehmbar, daß er sich einredete, er sei hier in unbekanntem Gelände und Vorsicht daher etwas Selbstverständliches, solange er sich noch nicht auskannte. Mit Angst durfte das nichts zu tun haben, denn Queen hatte einen Ruf zu wahren.

Queen war fast zwei Meter groß, besaß einen Brustkasten wie ein Faß und die dazu passenden Gliedmaßen. Selbst für seine Größe war er ungewöhnlich stark und eine der Sehenswürdigkeiten der Kompanie. Es hatten sich schon einige Sagen um ihn gebildet. Als Queen das erst einmal erkannt hatte, (gewisse Dinge, die ihn betrafen, begriff er nur sehr langsam), hatte er – mit dem angenehmen Empfinden, endlich seine Identität gefunden zu haben – alles getan, was in seinen Kräften stand, um diese Legenden zu rechtfertigen. Hätte man nach der Quelle dieser Mythen geforscht, so hätte man sie zweifellos in einer losen Verbindung kurz gewachsener Angehöriger der Kompanie entdeckt, Männer, die sich nach einem Körpermaß und nach körperlichen Kräften sehnten, die sie niemals besitzen konnten und in ihrer Bewunderung für Queen einfach ihrer schöpferischen Phantasie die Zügel hatten schießen lassen. Aber was nun auch immer die Quellen gewesen sein mochten, es galt nun nicht länger mehr als eine Sage, sondern als eine Tatsache, daß Queen an Mut und Körperkräften unübertrefflich war, und fast jeder, einschließlich Queen, glaubte das. Dieser Ruf erlegte Queen gewisse Verpflichtungen auf. Zum Beispiel durfte er nichts unternehmen, was auch nur im entferntesten an die Unterdrückung Schwächerer erinnerte. Er wurde nie mehr in einen Streit verwickelt, hauptsächlich deshalb, weil es niemand mehr darauf anlegte, sich mit ihm zu zanken. Aber das war nicht alles – er selbst durfte auch keinen Streit mehr anfangen, denn dann hätte es so ausgesehen, als versuche er, anderen gewaltsam seine Meinung aufzudrängen. Er sprach seine Ansichten in der Unterhaltung also niemals mehr aus, wenn es sich nicht gerade um etwas handelte, was für ihn von größter Bedeutung war. Zum Beispiel um Präsident Roosevelt, den er anbetete, oder um die Katholiken, die er haßte und fürchtete. Bei solchen Gelegenheiten sagte er seine Meinung ganz friedlich und ohne jeden Nachdruck.

Queen verwandte also einen großen Teil seiner Zeit und Kraft darauf, sich immer korrekt zu benehmen. Er bemerkte, daß er unablässig denken mußte. Das ermüdete ihn. Nur wenn es darum ging, Taten zu vollführen, die besondere Kraft oder Ausdauer verlangten, durfte er sich einmal gehenlassen und einfach handeln, ohne zu denken. Manchmal sehnte er sich danach.

Im Augenblick stand er einer weiteren Schwierigkeit gegenüber. Sein Ruf verpflichtete ihn nämlich auch noch zur Furchtlosigkeit. Er sah sich also gezwungen, durch dieses verfluchte wuchernde Gestrüpp voranzugehen und dabei den anderen zu Gefallen ein gleichgültiges Gesicht zu machen, während doch gleichzeitig seine Phantasie ihm die entsetzlichsten Folgen eines jeden seiner Schritte ausmalte. Einen Ruf zu bewahren war manchmal schwerer, als die Leute glaubten. Er sah schreckliche Dinge.

Zum Beispiel Schlangen. Man hatte ihnen zwar gesagt, daß es auf

Guadalcanar keine Giftschlangen gebe, aber Queen hatte während seiner beiden Jahre im Nordwesten von Texas eine höchst bekömmliche Hochachtung vor Klapperschlangen entwickelt. Seine Angst vor Schlangen war geradezu ungesund, denn sie war begleitet von dem fast unbeherrschbaren Drang, vor Schreck zu einem perfekten Angriffsobjekt zu erstarren. Und hier im Dschungel zauberte seine Phantasie ihm wieder und wieder ein Bild seines eigenen Fußes in Stiefel und Gamasche vor, der kräftig auf ein aufgerolltes, vibrierendes Muskelbündel trat, das sich seinerseits in eine zischende, klappernde, kiefernschnappende, bösartig sich unter seinem Stiefel krümmende Masse verwandelte, die sehr wohl fähig war, durch seine Segeltuchgamasche zu stoßen oder auch durch das Leder des Stiefels. Er kannte sie. Er hatte während der zwei Jahre auf der Ranch wenigstens hundert Klapperschlangen getötet, von denen die meisten ihn gar nicht belästigt hatten. Nur zweimal war er nahe genug an Schlangen herangekommen, um von ihnen angegriffen zu werden. Die anderen hatten nur aufgerollt und mißtrauisch dagelegen, ihn mit kalten Augen angesehen und die gespaltene Zunge gegen ihn ausgestreckt, während er die Pistole zog. Er haßte sie. Der Umstand, daß die Armee versichert hatte, es gebe hier keine Schlangen, bewies gar nichts; er hatte noch nie einen Ort gesehen, der so nach Schlangen aussah wie dieser hier.

Unter solchen Qualen stapfte Queen dahin, umging das verrottete Laub und hoffte, daß niemand auf seinem Gesicht seine Gedanken lesen konnte. Stumm verfluchte er seine Einbildungskraft, während er an die Schlangen aus seiner Vergangenheit dachte.

Etwa hier, zwanzig Meter im Dschungel, entdeckte jemand das blutbefleckte Hemd. Der Entdecker stieß einen Ruf aus und blieb stehen. Instinktiv hatten die Männer etwa fünf Schritte Abstand voneinander gehalten und gingen in Schützenkette vor, obwohl keiner das Gewehr von der Schulter genommen hatte. Nun rückten sie zusammen, und während sie den Finder umringten, stand dieser einfach mit überraschtem Gesichtsausdruck da und deutete auf eine Stelle zwischen zwei schmalen, schulterhohen Baumwurzeln. Die anderen drängten sich heran und ließen die Blicke erregt umherwandern. Queen, der am äußersten rechten Flügel der Kette gegangen war, kam als einer der Letzten.

Unter diesen Spätkömmlingen war auch Schütze Bell, der ehemalige Pionieroffizier von den Philippinen. Er war in der Nähe von Queen am rechten Flügel gewesen. Obwohl er selbst sehr muskulös war, wirkte Bell doch neben Queen geradezu zerbrechlich. Bell war aber nicht zum ersten Mal im Dschungel. Nachdem er (ohne Frau) vier Monate im Dschungel auf den Philippinen verbracht hatte, bedeutete der gespenstische, außerweltliche Anblick, den alle Dschungel bieten, für Bell keine neue Erfahrung. Er hatte sich den Spaziergängern eigentlich nur angeschlossen, um einige botanische Vergleiche anzustellen, war schweigsam und in sich gekehrt mitgegangen und hatte sich wie gewöhnlich nicht an der Unterhaltung beteiligt. Er empfand weder die Schüchternheit, noch fühlte er den Zwang zu sehen und anzustaunen, der die anderen beherrschte. Eine interessante Eigenheit der amerikanischen Soldaten, eine Eigenheit, die Bell schon früher bemerkt hatte, bestand darin, sich in jedem Fall alles anzusehen, sich nichts entgehen zu lassen und möglichst alles im Bilde festzuhalten, ganz gleich welchen Gefahren man entgegenging. Wenigstens ein Drittel der Leute jeder Einheit schleppten Fotoapparate, Gelbfilter und Belichtungsmesser mit sich herum; kämpfende Touristen nannte Bell sie. Sie waren immer bereit, ihre Erfahrungen für ihre Kinder im Bild festzuhalten, wenngleich sie sehr wohl zu Tode kommen konnten, bevor sie noch Kinder gezeugt hatten. Bell wünschte, so schmerzlich ihm diese Erinnerung auch war, und vielleicht aus eben diesem Grunde, zu sehen, wie weit dieser Dschungel dem anderen ähnelte, an den er sich von den Philippinen her (ohne Frau) so gut erinnerte. Die Ähnlichkeit war vorauszusehen, und auch seine Erinnerungen schmerzten genauso, wie er es erwartet hatte. Als er aber an die Gruppe herantrat und die Ursache der Aufregung sah, befand er sich ebenso wie alle anderen auf unbekanntem Terrain. Ebensowenig wie die anderen hatte er jemals die Überbleibsel eines im Gefecht gefallenen Menschen erblickt.

Nur scharfe Augen hatten diesen Gegenstand entdecken können. Ein zusammengedrehter Fetzen aus schmutzigfarbenem Khakizeug hing zwischen den Wurzeln. Es sah nicht so aus, als habe jemand ihn dort absichtlich hingelegt, sondern mehr so, als habe ihn jemand vom Leib gerissen, zusammengeknüllt und weggeworfen – entweder der Eigentümer des Hemdes selber oder jemand, der ihm geholfen hatte –

und als sei das Hemd zufällig dorthin gefallen. Ein verkrusteter schwarzer Fleck machte es dem Boden noch ähnlicher.
Es folgte eine Reihe von witzlosen und ziemlich unsinnigen Kommentaren, die alle merkwürdig atemlos und erregt ausgestoßen wurden.
»Wo hat's ihn wohl erwischt?«
»Ist das denn ein amerikanisches Hemd?«
»Na klar, die Japse tragen doch kein solches Khaki.«
In allen Stimmen war ein merkwürdiger Unterton von sexueller Erregung, von krankhafter Sexualität – ganz so, als seien die Männer *voyeurs*, die hinter einem Spiegel ein Paar beim Coitus beobachten; als trügen sie durch die schamlose Betrachtung des Zeugnisses der Schmerzen und Angst dieses Unbekannten zu seiner Verführung bei – vielleicht nur zaudernd, aber doch unfähig, sich Einhalt zu gebieten.
»Das Zeug stammt aus Heeresbeständen, das ist gar kein Marinehemd!«
»Vielleicht hat er zur Division Amerika gehört, die ist hier irgendwo.«
»Nun, auf alle Fälle hat er ganz schön was abgekriegt«, bemerkte Queen. Er sprach jetzt zum erstenmal. Queen empfand ein merkwürdiges Schamgefühl, weil er das Hemd eines Verwundeten betrachtete, und weil ihn dabei eine nervöse Erregung überkam.
»Wo hat es ihn wohl erwischt?« fragte eine schuldbewußte Stimme, die sich mühte, gleichgültig zu klingen.
Diese Frage wurde nun schon zum zweitenmal gestellt. Einer der Männer, die am nächsten standen – nicht der Finder – beugte sich stumm herab und faßte das Hemd zwischen Daumen und Zeigefinger, als fürchte er, sich daran eine schreckliche Krankheit zu holen.
»He«, sagte er und sah dabei bittend seinen Nebenmann an.
Die beiden breiteten nun das Hemd aus, drehten es hin und her – ganz wie zwei Verkäuferinnen in einem Modegeschäft, die ein neues Modell vorführen. Unter den Zuschauern ließ sich plötzlich ein schrilles, verkrampftes Kichern vernehmen.
»Das ist ein Modell aus unserer Frühjahrskollektion 1943, ganz neu. Paßt für jede Figur. Möchten Sie's mal anprobieren?«
Niemand nahm diese Bemerkung zur Kenntnis, und der Kicherer verstummte. Die beiden Männer wandten das Hemd noch einige Male um und um, während die anderen schweigend zusahen.
Wie so viele Hemden, die sie hier auf der Insel gesehen hatten, war es

ärmellos. Es war jedoch nicht ganz so ärmellos wie einige andere Hemden. Die Ärmel waren in halber Höhe des Oberarmes abgeschnitten und dann bis zur Schulternaht sorgfältig zu Fransen aufgeschlitzt worden, entweder mit einem sehr scharfen Messer oder mit einer Rasierklinge, so daß es aussah wie die altmodischen, lederbefransten Trapperhemden. Dieser Anblick versetzte Queen, der während seiner zwei Jahre auf der Ranch ein solches Fransenhemd getragen hatte, einen besonders schmerzhaften Stich. Er verspürte Heimweh und noch etwas anderes: die amerikanische Liebe zu den Cowboyfransen. Sie brachte ihn diesem anderen Mann näher, ließ ihn diesen Unbekannten verstehen, der Queen wohl ähnlich gewesen war. Das Zerschneiden des Ärmels war eine lächerliche, jungenhafte Geste, die Queen ganz instinktiv nur zu gut verstand, die er viel besser verstand als er wollte. Die Geste hatte sich nämlich als nutzlos erwiesen, sie hatte keinen Schutz gewährt, das war nur zu ersichtlich. Die Kugel war gerade oberhalb der Brustwarze in den Brustmuskel eingedrungen, auf einen Knochen gestoßen, nach unten abgelenkt worden und unterhalb des linken Schulterblattes wieder ausgetreten. Um den säuberlichen Einschuß war kaum Blut zu sehen. Das meiste war am Rücken. Der Fransenträger hatte wirklich Pech gehabt. Wäre die Kugel vom Knochen nach oben abgelenkt worden, hätte sie vielleicht die Lunge verfehlt. Tatsächlich aber war sie mitten durch den Lungenflügel gegangen, und da sie sich nicht mehr mit der Spitze voran, sondern querstehend bewegte, hatte sie noch viel mehr Gewebe zerrissen.

Noch einmal drehten die beiden Männer das Hemd hin und her, wobei die feuchten, selbstgemachten Fransen sich schwerfällig bewegten. Immer noch sagte niemand etwas.

Bell, der zwischen den behelmten Köpfen der vor ihm Stehenden hindurch spähte, blinzelte plötzlich, als sei während des Schwimmens eine Welle über ihm zusammen geschlagen. Ganz unvorbereitet erblickte er vor sich ein gräßliches, von seiner Einbildung heraufbeschworenes Doppelbild, in dem er selbst das Hemd trug. Er sah sich einmal aufrecht in dem durchlöcherten, bluttriefenden Hemd stehen, und sah sich gleichzeitig durchlöchert und bluttriefend auf der Erde liegen, nachdem er das Hemd fortgeworfen hatte, und außerhalb seines Blickwinkels gewahrte er überdies vor dem düsteren Grün der

Bäume ein gespenstisches, übersinnliches Abbild von Kopf und Schultern seiner Frau Marty, die traurig auf die beiden Bells schaute. Alles Blinzeln nützte nichts, die beiden Doppelgänger wollten nicht verschwinden. *Ach, es tut mir ja so leid,* hörte er Marty deutlich sagen, in einem unendlich entzückenden, traurigen Ton. *Es tut mir so leid um dich.* Das wurde mit jener Lebhaftigkeit und Lebenslust gesagt, von der Marty soviel besaß. *Geh weg!* wollte er ihr zurufen. *Das ist ja alles eine Täuschung! Geh weg! Mach keine Wirklichkeit daraus! Sieh nicht hin! Geh nicht vorbei, geh zurück! Hol dir mein Sterbegeld nicht ab!* Aber er konnte nicht einmal mehr blinzeln, viel weniger rufen. *Ach, es tut mir so leid,* rief sie ihm zu, *wirklich, aufrichtig leid.* Und Bell wußte, ohne darüber nachzudenken, ja, ohne auch nur zu wagen, daran zu denken, daß ihr Kummer zur Hälfte aus der Gewißheit rührte, daß ihr starker, sich immer wieder bestätigender weiblicher Lebensdrang sie zwingen würde, weiter zu leben, auch wenn sie vielleicht keine Lust mehr dazu hatte; sie dazu zwingen würde, von einem Mann geliebt werden zu wollen, von einem anderen Mann, selbst wenn sie es eigentlich gar nicht wünschte. Das war in ihr, dieser weibliche Drang war ihre Natur, der man so wenig Einhalt gebieten konnte wie dem Wasser, das vom Berge rinnt. *Es tut mir so leid, George, es tut mir wirklich leid.* Die Stimme verlor sich nach und nach im feuchten Düster des Dschungels, verklang unbeschreiblich traurig. Bei dem Gedanken, dieser bleichen Angst ausgeliefert zu sein, mühte sich Bell aus Leibeskräften, das Bild zu vertreiben. Er blinzelte immer wieder. Vielleicht lag es daran, daß er nach so langer Zeit zum erstenmal seit seinem Aufenthalt auf den Philippinen wieder den Dschungel sah?... Aber das schlimmste von allem war, daß Bell, wiederum ohne zu wagen, bei diesem Gedanken zu verweilen, genau wußte: wenn er in diesem Augenblick allein gewesen wäre, hätte er eine Erektion gehabt. Seine Qual, sein schmerzhaftes Wissen und seine unfehlbare Intuition hätten sich zu einer perfekten Erektion verdichtet. Diese Gewißheit verdreifachte geradezu seinen Schrecken. Wieder blinzelte er, diesmal verzweifelt. Die beiden Männer hielten immer noch das Hemd, das Totenhemd, und immer noch hatte niemand ein Wort gesagt.

»Na also, was soll ich nun damit machen?« sagte der, der es aufgehoben hatte.

Als sei er durch diese ersten, in das sich ausdehnende Schweigen gesprochenen Worte von seiner Verantwortung befreit, ließ der zweite Mann sogleich das Hemd los und trat zurück. Seine Hälfte des feuchten schmutzigen Hemdes fiel schlapp zu dem ersten hinüber. Der erste streckte den Arm weg, damit das Hemd ihn nicht berühre, und hielt es weiterhin in die Luft. Da baumelte es nun wie eine Flagge, die nie vom Wind bewegt wird, ein Symbol der trüben Kehrseite des Patriotismus.

»Ja, ich finde es nicht richtig ...« begann er und verstummte dann. Das Ende des Satzes mochten sich die anderen denken.

»Was heißt, du findest es nicht richtig?« verlangte Queen plötzlich wütend, mit beinahe quietschender Stimme zu wissen. Es gelang ihm allerdings wieder in seine normale tiefe Tonlage zurückzufinden, ehe er den Satz zu Ende sprach. »Was findest du nicht richtig?«

Niemand antwortete.

»Schließlich ist es bloß ein Hemd, oder? Es ist ja doch nicht der Kerl, der drin gesteckt hat! Was willst du denn damit machen? Mitnehmen zur Kompanie? Und dann? Willst du es da begraben, oder es Storm geben als Putzlumpen?«

Für Queen war das eine sehr lange Rede, aber wenigstens gewann er dabei die Herrschaft über seine Stimme zurück und sprach in dem tiefen Ton, den jedermann von ihm erwartete. Wieder äußerte sich keiner.

»Schmeiß es hin, wo du es gefunden hast«, sagte er mit gewichtiger Autorität.

Wortlos ließ der Mann (der das Hemd immer noch mit Daumen und Zeigefinger hielt, als fürchte er, sich anzustecken) das Hemd zu Boden fallen. Es flatterte zurück zwischen die Baumwurzeln, nun nicht länger mehr zusammengeknüllt.

»Ja, mögen sie liegen, wo der HERR sie hingeworfen hat«, sagte jemand. Auch dazu äußerte sich niemand.

Der atemlose, merkwürdig sexuell erregte Ausdruck war von den Gesichtern verschwunden, und an seine Stelle war der Ausdruck sexuellen Schuldbewußtseins getreten. Keiner mochte den anderen ansehen. Sie glichen auf merkwürdige Weise einer Gruppe von Knaben, die beim gemeinsamen Masturbieren ertappt worden sind.

»Ja. Sehen wir uns noch etwas um«, sagte einer. »Vielleicht können wir ja feststellen, was hier vorgegangen ist.«

Keiner wollte mehr dableiben.
Und in dieser Stimmung entdeckten sie das Schlachtfeld, und bald darauf das in der Nähe gelegene Massengrab.
Mit der Entdeckung des Hemdes hatte sich ein Gefühl des Unwirklichen jedes Einzelnen bemächtigt. Der tropfende, düstere, luftlose Dschungel mit dem gewölbten domähnlichen Dach hoch über ihnen tat nichts, um diesen Eindruck zu mildern. Kampf und Tod, die Verwundung durch tödliche Kugeln, die den Körper durchlöchern – das waren Tatsachen, nicht wegzuleugnende Tatsachen. Aber sie waren nicht fähig, diese Tatsachen zu verarbeiten, und sie standen ihnen gegenüber wie einem Alptraum, unfähig ihre Bedrückung abzuschütteln.
Schweigend (denn niemand lag daran, diese im Grunde unmännliche Reaktion jemand anderen erkennen zu lassen) bewegten sie sich durch die grüne Luft dieses Dschungelstreifens in einer Verschwörung des Schweigens. Ihr Verstand war außer Funktion getreten, und als das geschah, wurde ihnen die Wirklichkeit noch traumhafter als der Alptraum. Jeder einzelne versuchte, sich seinen eigenen Tod vorzustellen, versuchte sich zu vergegenwärtigen, wie es wohl sei, wenn eine Kugel seine eigene Lunge durchbohre, und fand sich dabei von seiner Phantasie im Stich gelassen. Niemand konnte sich etwas anderes vorstellen als die heldenhafte, tapfere Geste, die er noch im Tode ausführen würde. Das übrige blieb unvorstellbar. Und gleichzeitig hörte jeder irgendwo eine leise Stimme hartnäckig und unüberhörbar wie das Kratzen eines Fingernagels auf einer verschorften Wunde, und die Stimme sagte: »Ist es das auch wert? Lohnt es wirklich zu sterben, tot zu sein, um zu beweisen, daß man kein Feigling ist?«
Stumm hatten sie fast die gleichen Plätze in der Kette eingenommen wie zuvor. Instinktiv und anscheinend grundlos drängten sich alle nach links und überließen Queen den rechten Flügel. Und hier, am äußersten linken Ende der Kette war es auch, daß sie die ersten verlassenen, zerfallenen Feldstellungen entdeckten. Sie waren etwa dreißig Meter zu weit rechts in den Dschungel eingedrungen, um sie sogleich zu bemerken. Hätten sie das Hemd nicht gefunden und sich dann nicht grundlos weiter nach links gezogen, hätten sie die Stellungen vielleicht nie entdeckt.
Die Stellung war unverkennbar eine japanische Stellung. Irgendwann

einmal war die Front hier am Rande des Dschungels verlaufen, und die Männer der Dritten Kompanie standen gerade an der Stelle, wo der Graben vom Rande des Dschungels zurückwich und sich in qualvollen Windungen in der Tiefe des Waldes verlor. Die Stellung war in sehr schlechtem Zustand. Brustwehren, Gräben, Löcher und Wälle, die früher einmal Schützenstände, Laufgräben und MG-Stellungen gewesen waren, bildeten eine fortgesetzte Zickzacklinie aus roher Erde zwischen riesigen Baumstümpfen und dichtem Gestrüpp, bis sie schließlich in der fahlen Dämmerung des Dschungels verschwand. Mit Ausnahme gelegentlicher Vogelschreie lastete überall tiefe Stille auf der Stellung. Im trüben Licht eilten die Männer eifrig herzu, mehr als glücklich, das Hemd zu vergessen, und begannen die Verschanzungen zu ersteigen, um – mit einer Art peinigendem, beinahe wollüstigem Masochismus – zu betrachten, was eines nicht mehr fernen Tages auch vor ihnen liegen würde. Hinter diesen Verschanzungen, die es auch ihren Blicken bis dahin verborgen hatten, lag das Massengrab.

Wenn man auf den Befestigungen stand, war mit einem Blick zu sehen, daß die Marineinfanterie und (wie durch das Hemd bewiesen) Teile der Division Amerika diese Stellung angegriffen hatten. Die Angreifer waren vielleicht sogar mehrere Male über das gleiche Gelände vorgegangen, das die Männer der Dritten gerade eben durchquert hatten. Baumstümpfe, zerfetztes Unterholz, abgerissene Schlingpflanzen, Löcher – alles zeigte, wie sehr das Gelände unter Granatwerfer- und Maschinengewehrfeuer gelegen hatte. Schon waren die meisten dieser Narben von neuem Pflanzenwuchs verdeckt worden; man mußte nach ihnen suchen, aber sie waren noch vorhanden. Nur die zerschrammten, von Granaten aufgerissenen Giganten des Waldes, die gleichgültig und wie fest verwurzelte Säulen dastanden, schienen diese neue Art des tropischen Gewittersturms ohne ernsten Schaden überlebt zu haben.

Wie eine Schar tatkräftiger Ameisen schwärmten die Männer aus, stocherten hier, suchten dort und betrachteten alles. Sie wünschten jetzt einzig, Andenken zu finden. Aber wie gierig sie auch suchten, es war für sie nichts mehr übrig geblieben. Die Aufräumungskommandos der Nachschubeinheiten hatten bereits gründliche Arbeit geleistet. Kein Stück Ausrüstung, kein Fetzen Stacheldraht, nicht einmal eine

japanische Patronenhülse oder ein alter Stiefel waren übrig geblieben. Nachdem sie sich das enttäuscht klar gemacht hatten, wandten sie wie in stillschweigendem Einverständnis ihre aufgestachelte und noch etwas scheue Aufmerksamkeit dem langen Massengrab zu.
Hier endlich machte sich die verzögerte Reaktion auf den Anblick des Hemdes des Toten bemerkbar und äußerte sich als verwegenes Rüpelspiel. Queen war dabei der Anführer. Das Grab mochte vierzig Meter lang sein und lag unmittelbar am Rande des Dschungels, eben noch von den dichten Blättern geschützt. Um es auszuheben, hatte man den ehemaligen japanischen Graben erweitert. Dieser war nun entweder sehr flach, oder die Leichen lagen übereinander geschichtet, jedenfalls sah man hier und dort unverweste Gliedmaßen, wie Knie oder Ellenbogen, aus der lockeren Erde herausragen, mit der die Leichen bedeckt worden waren.
Offenbar hatte man das Grab hauptsächlich aus sanitären Gründen angelegt. Das war auch durchaus zu verstehen – man brauchte nur an den säuerlichen, bronzegrünen Geruch zu denken, der über der Stellung lag und langsam stärker wurde, je näher man dem Grab kam. Ehe die Leichen zugedeckt worden waren, mußte es gräßlich gewesen sein. Selbstverständlich waren es nur tote Japaner. Ein früherer Bestattungsunternehmer prüfte eine grünliche, halbverkrampfte Hand, die er aus der Erde aufragen sah, und äußerte darauf die Ansicht, daß die Leichen etwa vier Wochen alt seien.
An den Rand dieses Grabes, nicht weit von der Stelle entfernt, wo ein kräftiges uniformiertes japanisches Bein schräg in die Luft ragte, trat Queen nun heran und blieb stehen. Schon vor ihm waren einige Männer in ihrem Eifer unvorsichtig auf das Grab getreten und dabei bis zum Knie langsam in Erde und Leichen versunken. Für Männer, deren Füße immer noch einsanken und nichts Festes unter sich fanden, waren sie alle mit erstaunlicher Behendigkeit herausgehüpft. Wild fluchend und übelriechend konnten sie, zum Gelächter der anderen, als warnendes Beispiel dienen. Queen wagte sich also nicht weiter vor.
Mit den Stiefelspitzen genau am Rande des Grabes stehend, schwitzend und ein merkwürdig gespanntes, breites Grinsen auf dem Gesicht, das seine großen Zähne in diesem grünen Licht einer blendend weißen Klaviatur ähneln ließ, blickte sich Queen herausfordernd

nach den anderen um. Sein Gesicht schien zu sagen, er habe heute bereits genügend persönliche Erniedrigungen ertragen und wolle nun seinerseits die Rechnung begleichen.

»Dieser hier sieht ja ganz gesund aus, und man sollte ihn vielleicht mit nach Haus nehmen«, sagte er einleitend, lehnte sich vor und packte den bestiefelten Fuß. Er bewegte ihn zunächst einmal hin und her um zu sehen, wie fest er saß, und dann zog er kräftig.

Die Oberfläche des Grabes erbebte ein wenig und verschlafene Fliegen erhoben sich erschreckt brummend, nur um sich in der darauffolgenden Stille wieder niederzulassen. Alle sahen im späten Nachmittagslicht des Dschungels zu. Queen hielt das Bein noch gepackt, das seinerseits im Graben verblieb. Nach einer zeitlosen Sekunde, in der nichts atmete und sich nichts bewegte, zog Queen wieder kräftig an dem Bein, und wieder erhoben sich die Fliegen brummend und verstört. Das Bein hielt immer noch.

Um sich nicht beschämen zu lassen, trat ein anderer, der neben dem früheren Leichenbestatter stand, vor und ergriff die grünliche, halbgeschlossene Hand. Es war dies der Gefreite Hoff, ein Bauernjunge aus Indiana, vom zweiten Zug. Hoff ergriff die Hand, als wolle er sie schütteln, ihrem früheren Besitzer eine gute Reise wünschen, packte sogar mit der anderen Hand das Gelenk und zerrte blöde grinsend daran. Auch in seinem Fall geschah gar nichts.

Wie auf ein Stichwort hin begannen die anderen, sich am Rande des Grabens zu verteilen. Sie schienen von einer unverständlichen Arroganz befallen. Sie stießen gegen die entblößten Gliedmaßen, schlugen mit Gewehrkolben auf Knie und Ellenbogen toter Japaner. Sie stolzierten unverschämt umher. Eine erstaunliche, rabelaisische Stimmung ließ sie in ein liederliches, grölendes Lachen ausbrechen. Lärmend schändeten sie die Reste der Japaner, sie lachten schallend und versuchten, einer den anderen an Verwegenheit zu übertreffen.

Dann wurde das erste Andenken gefunden, ein verrostetes japanisches Bajonett samt Scheide. Gefreiter Doll war der Finder. Er hatte etwas Hartes unter dem Fuß gespürt und sich gebückt, um nachzusehen. Während der Entdeckung des blutverschmierten Hemdes hatte Doll sich im Hintergrund gehalten und kein Wort gesagt. Er begriff nicht genau, mit welchen Empfindungen dieses Ereignis ihn erfüllte, keinesfalls aber mit angenehmen. Er war im Gegenteil so niedergeschlagen, daß er nicht einmal mit den übrigen in der Stellung nach Andenken gesucht hatte. Der Graben voller Leichen bedrückte ihn noch mehr, doch glaubte er, das nicht zeigen zu dürfen, und war deshalb zu den anderen getreten; sein Herz hatte aber keinen Spaß daran und sein Magen schon gar nicht. Daß er ganz zufällig das Bajonett gefunden hatte, machte ihm wieder etwas Mut. Gereinigt und verkürzt würde es ihm bessere Dienste leisten, als das billige Messer, das er jetzt trug. Schon sehr viel munterer, hielt es Doll zur allgemeinen Betrachtung hoch und rief laut seinen Fund aus.

Auf der anderen Seite des Grabens glotzte Queen immer noch fasziniert auf sein japanisches Bein. In Wahrheit hatte er überhaupt nicht die Absicht gehabt, das Bein oder den dazu gehörigen Körper zu exhumieren. Er gab einfach nur an. Er wollte den anderen und sich selbst beweisen, daß Leichen – selbst die Leichen von Japanern, die von weiß Gott welch gräßlichen, ansteckenden, orientalischen Krankheiten befallen waren – ihn nicht in Schrecken versetzten. Nachdem sich aber Hoff eingemischt und versucht hatte, ihn zu übertreffen, und nachdem nun auch Doll das japanische Bajonett gefunden hatte ...

Queen bot alle Geistes- und Körperkräfte auf, biß die Zähne hinter dem Klaviaturgrinsen noch fester zusammen, wackelte noch einmal versuchsweise an dem Bein und überreichte ihm sozusagen die entscheidende persönliche Herausforderung. Dann knirschte er mit den gebleckten Zähnen und begann aus Leibeskräften zu ziehen.

Bell stand zwar am Rande dieser Vorgänge und nahm selbst daran nicht teil, doch beobachtete er alles grausig fasziniert. Bell glaubte, immer noch in einem Alptraum gefangen zu sein, glaubte, er werde sogleich neben Marty im Bett erwachen, werde sein Gesicht zwischen ihren weichen Brüsten bergen und alles vergessen. Er erwartete, ihren lebenspendenden, blutwarmen Frauenduft einzuatmen, der ihn immer beschwichtigte und stets sein Selbstvertrauen wieder herstellte. Gleichzeitig wußte Bell, daß er nicht aufwachen würde, und wieder spielte ihm seine Vorstellung einen Streich, indem sie ihm die gespenstische, übersinnliche Gegenwart Martys vorspiegelte, die ihn irgendwo aus der Nähe ansah. Aber anstatt ihn, als das Bein im Grab, zu sehen, stand sie nun irgendwo hinter ihm und beobachtete so wie er den Auftritt. *Bestien! Bestien! Verrohte Bestien!* konnte er sie rufen

hören. *Warum unternimmst du nichts? Bestien! Steh doch nicht bloß da herum! Mach, daß sie aufhören! Sind sie denn von allen menschlichem Anstand verlassen? Bestien!* Das schallte in seinem Schädel, verflüchtigte sich spukhaft im tiefen Düster zwischen den Bäumen, während er immer noch zuschauend dastand.
Queen war ganz in sein Werk vertieft. Sein Gesicht war ziegelrot, die Adern an Hals und Nacken traten dick heraus. Seine nun völlig gebleckten, großen Zähne blinkten weißlich in seinem Gesicht. Ein schrilles, fast unhörbares japsendes Geräusch, so ähnlich wie das aus einer lautlosen Hundepfeife, kam aus seiner Kehle, während er seinen Kräften Übermäßiges abverlangte.
Es war Bell völlig klar, daß das Bein sich nicht vom Körper lösen werde. Es gab daher nur zwei Möglichkeiten. Bell erkannte nicht ganz ohne Anteilnahme, daß Queen sich vor aller Augen festgelegt hatte. Er mußte nun die Leiche entweder *in toto* aus dem Grab zerren oder zugeben, daß er zu schwach dazu war. Bell sah stumm zu, wie Queen darum kämpfte, aus diesem von ihm selbst veranstalteten Wettkampf als Sieger hervorzugehen, und die Spannung, die er dabei empfand, ging nicht nur von dem aus, was er mit den Augen sehen konnte.
Was hätte ich tun sollen, Marty? Ja, du bist eine Frau, du möchtest Leben hervorbringen. Männer verstehst du nicht. Er merkte, daß nicht einmal er selbst ganz von Stolz und Hoffnung frei war: er wünschte nicht, Queen verlieren zu sehen, so übel ihm dieser Auftritt auch machte. Los, Queen! fühlte er plötzlich Lust zu schreien, los, Junge, ich bin auf deiner Seite!
Auf der anderen Seite des Grabens reagierte Doll in sehr anderer Weise. Von ganzem Herzen und ganzer Seele, wütend, eifersüchtig und nachtragend, neidete er Queen den Erfolg. Sein neues Bajonett baumelte vergessen in der Hand, und er hielt den Atem an und spannte die Bauchmuskeln, um instinktiv die Leiche in ihrem Widerstand gegen Queen zu bestärken. Hol' ihn doch der Teufel, dachte Doll mit zusammengebissenen Zähnen. Hol' ihn der Teufel, er ist zwar stärker als wir, aber was soll das alles?
Die Reaktion dieser beiden Männer ließ Queen völlig kalt. Er glotzte aus hervortretenden Augen, seine Zähne waren gebleckt, und sein Atem ging pfeifend, während er sich nach Kräften abmühte. Er war

ganz und gar davon überzeugt, daß das Bein nachgebe. Der sehr muskulöse Unterschenkel in seiner Wollgamasche, noch im Tod O-förmig und überheblich, schien von seiner japanischen Höherwertigkeit ebenso überzeugt, wie sein ehemaliger Besitzer es wohl im Leben gewesen war. Queen nahm undeutlich wahr, daß die anderen in ihren Beschäftigungen eingehalten hatten und ihm zusahen. Er hatte aber bereits alle Kraft verbraucht. Verzweifelt warf er Reserven nach vorn, über die er garnicht verfügte. Er konnte jetzt nicht aufhören, nicht, wenn ihm alle zusahen. Beim Arbeitsdienst hatte er einmal einen ganzen, frisch gefällten Baum auf dem Rücken davongetragen. Er konzentrierte sich jetzt auf diese Erinnerung, und wunderbarerweise setzte sich das Bein in Bewegung.
Langsam, verträumt und gnädig mit Schmutz bedeckt, bewegte sich der Leichnam aus dem Grab heraus. Es war wie eine irre, lästerliche, komische Travestie der Auferstehung. Zuerst kam der Rest des Beines, dann in einem grotesken Winkel abstehend das andere Bein; darauf der Rumpf und schließlich die Schultern mit den steif ausgestreckten Armen, die aussahen, als versuchten sie, sich in der Erde festzukrallen und sich gegen das Hervorgezerrtwerden zu wehren; schließlich der schmutzverkrustete Kopf. Queen lockerte seinen Griff um den Fuß und trat keuchend zurück, wobei er beinahe umgefallen wäre. Dann stand er da und betrachtete sein Werk. Der behelmte Kopf war so mit Erde bedeckt, daß man keine Gesichtszüge zu unterscheiden vermochte. Tatsächlich war der ganze Körper so lehmverschmiert, daß es nicht möglich war festzustellen, ob der Tote außer seiner Uniform noch irgendwelche Ausrüstungsgegenstände am Leibe hatte. Queen hatte auch nicht die Absicht, näher heranzugehen. Er starrte den Leichnam schwer atmend an.
»Da hab ich mich wohl geirrt«, sagte er schließlich, »der hat wohl doch nichts an sich, was nach Hause mitzunehmen lohnen würde.«
Als seien sie durch diese Worte aus ihrer Versunkenheit gerissen worden, brachen die Zuschauer in ein schwaches Hoch-Queen-Geschrei aus. Über ihnen stiegen Vögel flatternd auf, kreischten erschreckt und flohen. Von Bescheidenheit überkommen, lächelte der stark schwitzende Queen scheu zurück. Die Hochrufe wurden jedoch von einer ungeahnten Entwicklung ebenso schnell erstickt, wie jede weitere Tätigkeit an Ort und Stelle. Vom Grab her wälzte sich ein

neuer Geruch – so anders als der frühere, grünliche Geruch, als entstammten sie ganz verschiedenen Quellen – und begann sich wie ein öliger Nebel von der erdverkrusteten Leiche her auszubreiten. Verwundert, fluchend, unter verblüfften Verwünschungen, zogen sich die Männer zurück, drehten sich dann schließlich um und liefen ganz einfach davon, ohne Rücksicht auf ihre Würde. Wer eine Nase hatte, mußte sich vor diesem Gestank flüchten.

Bell, der mit den anderen floh, und ebenso sinnlos lachte wie diese, stürzte atemlos davon.

Er erreichte zusammen mit den anderen die Verschanzungen, pfiff lautlos eine kleine Melodie zwischen den Zähnen und sah leer vor sich hin. Dann warf er einen Blick zurück. Der schmutzbedeckte Japaner lag noch immer steif ausgestreckt quer über dem Grab, das durch die Exhumierung bis in seine Tiefen aufgerissen worden war. Nahebei erblickte er Doll, der mit dem Bajonett in der Hand dastand und ebenfalls mit einem merkwürdig abwesenden Ausdruck im Gesicht zurücksah.

Doll kämpfte mit allen Kräften gegen einen Brechreiz. Deshalb sah er so abwesend aus; sein Ausdruck war der einer äußersten Konzentration. Er fühlte in der Kehle den Drang, immer wieder zu schlucken, und er versuchte ihn zu beherrschen. Es war nicht genug, den Brechreiz zu unterdrücken; wenn er weiter so schluckte, würde das jemand bemerken, und das wäre dann genauso schlimm, als hätte er sich erbrochen. Das durfte nicht sein, das konnte er nicht zulassen, ganz besonders nicht, solange Queen in seiner Nähe stand.

Als Queen von seinem Werk zurückgetreten war, hatte er mit dem Absatz einen metallenen Gegenstand berührt. Die wilde Hoffnung war in ihm aufgestiegen, er könne im Matsch vergraben ein japanisches sMG oder etwas Ähnliches finden. Stattdessen fand er einen schmutzverkrusteten Helm. Er holte ihn heraus und zog sich mit den anderen nach der Stellung zurück.

Hier fand er aber keine Gelegenheit, seinen Fund zu betrachten. Es wurde sehr schnell deutlich, daß die Stellung immer noch zu nahe beim Grab war. Als der letzte Flüchtling die Verschanzung erreicht hatte, war der Gestank wie eine unsichtbare Wolke zugleich mit ihm angelangt. Man hatte keine Wahl; es hieß, noch weiter zurückgehen. Gegen den Gestank war man machtlos. Seiner Natur, seiner Zusammensetzung und seinem Geruch nach war er das ganze Gegenteil des ersten Geruches. Der erste Geruch war schwach, grünspanähnlich, säuerlich, trocken und nicht übermäßig unangenehm. Der zweite jedoch war feucht und gelblichweiß. Er war durchaus nicht milde. Niemand, der über Vernunft und Bewegungsfreiheit verfügte, würde sich ihm aussetzen.

Sie kehrten nicht zum Ort des Hemdes zurück, sondern schritten auf den Rand des Dschungels zu. Jeder hatte jetzt genug vom Herumstöbern. An der dichten Blätterwand machten sie halt. Sie lachten immer noch idiotisch und sahen zurück wie täppische Bauernlümmel, die soeben das Kackhäuschen auf einem fremden Hof umgestürzt haben. Jetzt endlich fand Queen Gelegenheit, den Helm zu untersuchen.

Der war nun freilich ein recht ärmliches Andenken. Alle hatten davon gehört, daß die japanischen Offiziere goldene oder silberne Sterne auf ihren Helmen trugen, und zwar Sterne aus massivem Gold und massivem Silber. Falls sich das so verhielt, so war dieser Helm Eigentum eines ganz jungen Rekruten. Der Stern war aus Eisen – noch dazu aus sehr dünnem Eisenblech und ganz verbogen. Die Außenseite des Helmes war dreckverkrustet, die Innenseite jedoch merkwürdig sauber, wenn auch schweißfleckig.

Bei diesem Anblick durchzuckte Queen wiederum eine Inspiration. Nachdem er die verdreckte Leiche dieses armseligen Japaners aus ihrer letzten Ruhestätte gezerrt, hatte Queen sich seltsam bedrückt gefühlt – als wisse er, daß er etwas Böses getan habe, daß man ihn entdecken und dafür bestrafen werde. Diese Niedergeschlagenheit war während des stolpernden, lachenden, atemlosen Rückzuges an den Rand des Dschungels ein wenig gewichen, und instinktiv, ohne daß er den Grund dafür hätte angeben können, ahnte Queen, daß er über das Mittel verfügte, diese Niedergeschlagenheit völlig abzustreifen. Indem er sich selbst lächerlich machte, würde er gleichzeitig sühnen und es vermeiden, die Notwendigkeit einer Sühne einzugestehen. Queen nahm also seinen eigenen Helm ab, setzte den japanischen Helm auf und nahm eine Pose ein, indem er seine breite Brust vorstreckte und läppisch griente.

Die anderen begrüßten das mit ungeheuerem Gelächter. Queens Kopf war schon für seinen amerikanischen Helm zu groß, der ihm

wie ein Hut ziemlich hoch auf dem Kopf saß. Der japanische Helm, für die Köpfe kleiner Männer gedacht, paßte überhaupt nicht über seinen Schädel, sondern saß einfach oben drauf. Der Kinnriemen reichte ihm nicht einmal bis zur Nase, sondern baumelte vor seinen Augen, und Queen blinzelte den anderen über diesen Riemen hinweg zu. Er begann einige Tanzschrittchen.
Selbst Doll lachte, und nur Bell lachte nicht. Er grinste und bellte kurz auf, doch dann ernüchterte sich sein Gesicht und er betrachtete Queen wissend. Eine Sekunde lang trafen sich ihre Blicke, doch Queen vermied Bells Augen, er sah weg und weigerte sich von da an, Bell anzusehen, während er fortfuhr, für die anderen seine Possen zu reißen.
Während ihres Aufenthaltes im Dschungel hatte es zu regnen aufgehört, sie hatten es aber nicht bemerkt. Die Feuchtigkeit, die hoch über ihnen aufgefangen und am Abfließen gehindert wurde, tropfte nach wie vor herab und würde auch noch lange herabtropfen, ganz als regne es draußen immer noch. Überrascht stellten sie fest, daß draußen der Himmel blau war und die reingewaschene Luft ganz klar. Fast sogleich, ganz als habe Storm mit dem Fernglas in der Hand auf ihre Rückkehr durch die grüne Mauer gewartet, pfiff die Signalpfeife klar und schrill zum Essen. Es war ein wohlbekanntes, seltsam herzzerbrechendes Geräusch, voll von Erinnerungen an Abende in der Geborgenheit. Es wurde laut und verstummte dann allmählich in der späten, klaren Inselluft, die nach dem Meer schmeckte. Das Geräusch erschreckte die Forschungsreisenden. Sie starrten einander an und begriffen nun, daß jene toten Japaner wirklich tot waren. Von den Hügeln her drang der Lärm von Granatwerfern und Infanteriewaffen schwach, aber deutlich zu ihnen und unterstrich noch die Richtigkeit dieser Erkenntnis.
Sie gingen zum Lager zurück, Queen voran, der unter seinem winzigen Helm wie ein Clown dahinhüpfte. Doll schlenkerte sein neues Bajonett, zeigte es erst diesem, dann jenem. Die anderen folgten lachend und nach dem überstandenen Schrecken wieder munter schwatzend. Es drängte sie, der Kompanie von ihrem Abenteuer zu erzählen. Noch vor dem Morgen war die von Queen bewerkstelligte Exhumierung des Japaners Bestandteil der Kompaniegeschichte wie auch der Legenden um Queen geworden.

An diesem Abend erhielt die Dritte Kompanie bei der Essenausgabe die erste Dosis Atebrin. Weiter oben war beschlossen worden, den frisch eintreffenden Truppen erst nach ihrer Ankunft Atebrin zu verabreichen, weil das Medikament viele Fälle von Gelbsucht hervorgerufen hatte. Die Pillen wurden in großen Behältern vom Bataillonsverbandplatz herüber gebracht.

Storm übernahm es selbst, die Verabreichung der Pillen zu überwachen, wobei ihn der Sanitäter der Kompanie, dessen Aufgabe dies eigentlich gewesen wäre, schwächlich und zögernd unterstützte. Storm stellte sich an den Anfang der Schlange neben den Wasserbehälter, aus dem die Männer Trinkwasser schöpfen konnten, und verteilte die gelben Pillen, während der sanft blickende, bebrillte, hilflose Sanitäter hinter ihm stand. Storm zog die Männer gutmütig auf, sorgte aber mit wilder Entschlossenheit dafür, daß es niemand unterließ, die Pille zu nehmen. Wenn einer der Männer mit dramatischer Geste den Kopf zurückwarf und dann die geschlossene Hand senkte, ließ Storm ihn die Hand öffnen und sah nach, was er darin hatte. Nur wenige versuchten es ein zweites oder drittes Mal, ihn zu bemogeln. Schließlich hatten alle den bitteren, würgenden Geschmack der Pillen kennengelernt, der ihnen Brechreiz erzeugte, ehe sie ihre heiße Mahlzeit bekamen.

Es gab nämlich wirklich eine warme Mahlzeit. Storm, der seine verbrannte, umwickelte Hand offen zur Schau stellte, hatte es geschafft – die Mahlzeit selbst allerdings war ärmlich. Er hatte nichts weiter anzubieten als gebratenes Büchsenfleisch, Trockenkartoffeln und getrocknete Apfelscheiben zum Nachtisch. Doch waren die Männer wegen der kühlen Feuchtigkeit dankbar dafür, wenn auch nur der Kaffee wirklich genießbar war. Der Kaffee und das Atebrin.

»Wozu gibst du dir denn solche Mühe?« ließ sich der große, schwarzhaarige Welsh unmittelbar hinter Storms Ellbogen kühl vernehmen, als der letzte Mann seine Pille verabreicht bekommen hatte und durch den Schlamm davonstapfte. Storm wußte nicht, wie lange Welsh schon da gestanden haben mochte. Er hatte sich herangeschlichen und den bescheidenen Sanitäter beiseite geschoben. Storm weigerte sich, Überraschung zu zeigen oder sich umzudrehen.

»Weil sie alle nur verfügbare Hilfe brauchen«, sagte er ebenso kühl.

»Sie werden noch was ganz anderes brauchen«, versetzte Welsh.

»Ich weiß.«
»Und der Scheiß da . . .« sagte Welsh.
»Ist wenigstens etwas.« Storm betrachtete die Pillenschachtel und schüttelte sie. Er hatte die Pillen sorgfältig gezählt, um sicher zu sein, daß auch jeder eine bekommen hatte. Einige Pillen waren noch übrig.
Der letzte Mann war stehengeblieben und blickte lauschend zu ihnen zurück. Er war einer der Gezogenen, und er machte große Augen. Welsh sah zu ihm hin.
»Hau ab, Freundchen«, sagte er. Der Mann ging weiter. »Er macht ganz schön lange Ohren«, bemerkte Welsh mit dünnem Lächeln.
»Manche sind so dumm, daß sie die Pillen nicht nehmen wollten«, bemerkte Storm, »ich mußte sie zwingen.«
Welsh starrte ihn ausdrucklos an. »Na und? Wenn sie die Pillen nicht nehmen, dann kriegen sie vielleicht die Malaria so übel, daß sie evakuiert werden und ihr beschissenes, nutzloses Leben retten.«
»Sie sind noch nicht dahinter gekommen, aber das werden sie wohl bald.«
»Aber wir werden ihnen einen Strich durch die Rechnung machen, nicht wahr? Wir werden dafür sorgen, daß sie ihre Pillen schlucken, du und ich, nicht wahr?« Welsh grinste sein unvermitteltes, verrücktes, bösartiges Grinsen, wischte es dann aber ebenso plötzlich wieder vom Gesicht. Er starrte Storm düster an.
»Ich nicht«, versicherte Storm. »Wenn es erst mal dahin kommt, sollen die Offiziere es selbst machen.«
»Was bist du denn, ein verdammter Anarchist? Liebst du etwa dein Vaterland nicht?«
Storm, ein Demokrat aus Texas, liebte Präsident Roosevelt beinahe ebensosehr wie Queen und machte sich daher nicht die Mühe, eine derartige blöde Frage zu beantworten. Und da Welsh nichts weiter sagte, standen die beiden Männer stumm da und starrten einander an.
»Aber wir kennen das Geheimnis, nicht wahr? Du und ich«, sagte Welsh sanft. »Wir wissen schon, daß man die Pillen nicht unbedingt zu nehmen braucht.«
Wieder antwortete Storm nicht. Welsh schien ihn eine Ewigkeit lang anzustarren.
»Gib mir eine«, sagte Welsh schließlich.

Storm hielt ihm die Schachtel hin. Ohne Storms Gesicht aus den Augen zu lassen, faßte Welsh in die Schachtel, nahm eine Pille, steckte sie in den Mund und schluckte trocken herunter. Er hörte nicht auf, Storm anzustarren.
Um sich nicht übertrumpfen zu lassen, nahm auch Storm eine Pille, schluckte sie ebenso trocken herunter wie Welsh es getan hatte, und starrte zurück. Er spürte, wie sich der gelbe, gallige Geschmack unglaublich bitter in seiner Kehle ausbreitete. Glücklicherweise hatte er gleichzeitig mit dem Whiskytrinken auch den Trick gelernt, die Zunge gegen den Gaumen zu drücken und keine Luft in die Kehle zu lassen. Er hatte auch den der Pille anhaftenden Staub vorher abgewischt, wie er es den gewitzten Welsh hatte tun sehen.
Mit der ganzen Ausdrucksfülle eines Steins glotzte Welsh ihn noch weitere zwanzig Sekunden lang an, offensichtlich in der Hoffnung, ihn die Pille herauswürgen zu sehen. Dann machte er auf dem Absatz kehrt und ging mit großen Schritten davon. Aber ehe er noch dreißig Schritte zurückgelegt hatte, führte er eine korrekte Schwenkung aus und stelzte zurück. Die Kompanie war nun beim Essen, und die beiden waren allein.
»Du weißt doch wohl, was los ist, wie? Du begreifst hoffentlich, was gespielt wird!« Welsh sah Storm finster an. »Wir haben jetzt keine Wahl mehr, es hat überhaupt niemand mehr eine Wahl. Und das gilt nicht nur für uns hier, sondern für alle, überall. Es wird auch nicht besser werden. Dieser Krieg ist erst der Anfang. Du verstehst das hoffentlich.«
»Jaaa . . .« entgegnete Storm.
»Dann vergiß es nicht, Storm, vergiß es nicht.« Das alles war höchst rätselhaft. Welsh wandte sich um und schritt von dannen.
Storm starrte hinter ihm her. Er hatte begriffen. Wenigstens hoffte er das. Aber was sollte das eigentlich? Wenn man von der Regierung in den Krieg geschickt wurde, hatte man zu kämpfen, weiter nichts. Die Regierung war stärker als er, und sie konnte ihn zwingen. Es drehte sich hier nicht einmal um Pflicht – er mußte einfach. Und wenn er zu der richtigen Sorte von Männern gehörte, dann würde er auch gehen wollen, ganz gleich, wie wenig Lust er in Wahrheit dazu verspüren mochte. Mit Freiheit hatte das weiß Gott nichts zu tun. Oder etwa doch? Storm sah auf die Schachtel in seiner Hand. Er spürte

immer noch den unglaublich bitteren Geschmack der Pille und unterdrückte den Drang, sie herauszuwürgen. Neun waren noch übrig – drei für die Köche, die Dienst hatten, und sechs für die Offiziere. Wenn es nur nicht so gräßlich geregnet hätte! Und ausgerechnet gleich am Anfang! Storm erschlug eine Mücke auf seinem nackten Arm, wohl die fünfzigste innerhalb der letzten Stunde. Wenigstens hatte der Regen aufgehört.

Storm bemühte sich, optimistisch zu sein. Daß es tatsächlich aufgehört hatte zu regnen, machte kaum einen Unterschied. Es war vielleicht angenehmer, beim Essen nicht im Regen stehen zu müssen, doch der größte Schaden war bereits angerichtet. In der von Feuchtigkeit gesättigten Luft hatten die durchnäßten Uniformen gerade eben erst angefangen, den Leuten auf dem Leibe zu trocknen. Es war so gut wie unmöglich, in diesem Schlamm ein Gewehr zu reinigen. Nach dem Essen gab es für die Leute, deren Decken naß waren und deren Zelte beinahe unter Wasser standen, nichts zu unternehmen und keinen trockenen Platz, an dem sie sich hätten aufhalten können. Dann fiel die Nacht ein. Eben noch hatte die Helle des Tages zwischen den Palmen gestanden – ein spätes Tageslicht, zugegeben – und im Augenblick darauf herrschte tiefe, schwarze Nacht, und alle Welt tastete überrascht umher, wie mit Blindheit geschlagen. Bald nach diesem ungewohnten Erlebnis hatten sie bereits ein anderes: es wurde ihnen ein Vorgeschmack der nächtlichen Fliegerangriffe zuteil.

In dem Augenblick, als die Nacht wie eine riesige flache Schüssel über sie gestülpt wurde, saß der junge Korporal Fife in einer Ecke des Schreibstubenzeltes. Er versuchte seine Akten und seine kleine Schreibmaschine so unterzubringen, daß sie nicht in den Schlamm gerieten. Um dies zu bewerkstelligen, stand ihm ein kleiner Klapptisch zur Verfügung. Seine Aufgabe gestaltete sich deshalb doppelt schwer, weil der unbekannte Konstrukteur des Tisches nicht vorausgesehen hatte, daß dieser im Schlamm stehen sollte. Das eine oder andere Bein war ständig im Begriff, im Morast zu versinken, wodurch die Platte aus der Horizontalen geriet und alles ins Rutschen zu kommen drohte. Als die schnell einfallende Dunkelheit Fife blind machte, gab er verzweifelt auf. Er blieb einfach sitzen, die verschmutzten Hände flach zu beiden Seiten der kleinen Schreibmaschine auf der geneigten Tischplatte ausgestreckt wie abgelegte Werkzeuge.

Und während der fünf Minuten, die man brauchte, um eine abgeschirmte Lampe anzuzünden, während andere um ihn herum sich zu diesem Zwecke mühsam durch die Gegend tasteten, rührte er sich überhaupt nicht. Ab und an strich er mit den Spitzen seiner beschmutzten Finger über die Maserung des Holzes.

Fife wurde von einer Niedergeschlagenheit gequält, wie er sie so tief niemals empfunden hatte. Es schien, als hinderte ihn das Bewußtsein von seiner völligen Unfähigkeit sogar daran, die Lider zu bewegen. All die kleinen Niederträchtigkeiten des Lebens attackierten ihn *en masse*, drohten ihn zu überwältigen, und das entsetzte ihn, weil er sich keinen Rat wußte. Nicht einmal seine Akten vermochte er in sauberem Zustand zu erhalten. Er war durchnäßt und geradezu ekelhaft schmutzig. Seine Zehen planschten in nassen Socken in den Stiefeln, und er hatte weder Lust noch Energie genug, trockene anzuziehen. Morgen würde er vermutlich krank sein. Mücken umschwärmten ihn in der Dunkelheit, zerstachen sein Gesicht, seinen Hals und seine Handrücken. Er machte keinen Versuch, sie zu verjagen. Er saß einfach da und hatte vorübergehend den Betrieb eingestellt. Er stagnierte in dieser dumpfen Dunkelheit, er fühlte, wie er einem ungewissen Tode entgegenfaulte, und der peinigendste Gedanke von allem war, daß er sich irgendwann von neuem in Bewegung würde setzen müssen. Er fuhr fort, seine vom Schlamm klebrigen Fingerspitzen gegen die Tischplatte zu pressen.

Ein Teil von Fifes Kummer rührte zweifellos daher, daß er es unterlassen hatte, Dolls Aufforderung, an dem Ausflug in den Dschungel teilzunehmen, nachzukommen. Wäre er mitgegangen, so hätte sehr wohl er es sein können und nicht Doll, der das japanische Bajonett fand. Aber er hatte sich von diesem Ausflug keine Anregung versprochen. Es schien Fife, als verpasse er alle aufregenden Ereignisse nur deshalb, weil er nicht im voraus zu sagen vermochte, ob etwas Aufregendes zu erwarten stand oder nicht. Aber natürlich, er hatte so tun müssen, als werde er von Welsh gebraucht. Er hatte nicht den Mumm gehabt, war einfach zu träge gewesen. Und so hatte er nicht nur nicht das Bajonett gefunden, sondern auch Queens unglaubliche Vorstellung verpaßt – die nach dessen Rückkehr das Gesprächsthema aller Unterhaltungen gebildet hatte.

Fife hatte sich an seinen Freund Bell gewandt, der dabei gewesen war und alles gesehen hatte, und war ihn um einen detaillierten Augenzeugenbericht angegangen. Bell jedoch hatte ihn nur abwesend angeblickt, als kenne er ihn nicht, hatte irgendwas Unverständliches vor sich hin gemurmelt und sich abgewandt. Nach allem, was Fife, wie er glaubte, für Bell getan hatte, kränkte ihn das sehr. Alle anderen indessen vermochten von nichts anderem zu reden. Selbst in der Schreibstube war es bis zum unerwarteten Einfall der Dunkelheit das Gesprächsthema der Offiziere gewesen, die sämtlich dort herumstanden, als sei die Schreibstube das Offizierskasino. Und als die Lampe schließlich angezündet war und brannte, kehrten sie sogleich wieder zu diesem Gegenstand zurück. Ganz so, als sei in der von Dunkelheit gefüllten Zwischenzeit dem Schreiber Fife, der immer noch in seiner Ecke saß, gar nichts geschehen.

»Fife, du verfluchtes Aas«, brüllte Welsh ihn wütend an, da es gerade wieder hell geworden war, »hab ich nicht gesagt, daß du herkommen und mir mit diesem Scheißkram hier helfen sollst! Und dabei tust du nichts weiter als faul dasitzen! Jetzt lupf endlich deinen Arsch ein bißchen an, und mach dich an die Arbeit!«

»Jawohl, Sergeant«, sagte Fife tonlos. Er rührte sich aber nicht und blickte auch nicht auf.

Über die Mitte des Zeltes hinweg warf Welsh ihm einen scharfen Blick zu, der den Tabakrauch und die wiederaufgenommene Konversation durchdrang und Fife voll traf. Fife fühlte diesen Blick, auch wenn er nicht aufsah. Er versuchte, sich auf einen Anpfiff gefaßt zu machen. Aber seltsam genug – Welsh wandte sich, ohne ein Wort zu verlieren, der Lampe zu. Fife blieb dankerfüllt sitzen, doch war er in seinem, wie ihm schien, schlammverkrusteten Herzen zu stumpf, um darüber nachzudenken, sondern hörte zu, wie die Offiziere die Heldentat Queens erörterten.

Es war überflüssig, auf die Worte zu achten, die da fielen. Es reichte, den Ausdruck der Gesichter zu beobachten und den Tonfall zu hören. Alle ohne Ausnahme lachten ein wenig krampfhaft und verlegen, wenn sie darüber sprachen. Alle ohne Ausnahme waren stolz auf Queen – aber diesem Stolz konnten sie nicht so lärmend und abgebrüht Ausdruck verleihen wie die Mannschaften, und daher lag in ihrer angeregten Lustigkeit ein Unterton von Geniertheit. Aber stolz waren sie doch auf ihn. Korporal Queen wird es bald genug zum

Sergeanten bringen, dachte Fife, paß mal auf. Nun, er hatte nichts dagegen. Wenn einer es verdient hatte, dann Queen. Und gerade in diesem Augenblick begannen in der Ferne, zwischen den langen Reihen der Palmen, die dröhnenden Signalhörner mit ihrer hartnäckigen, trauervollen Warnung.

Fife wurde von Panik und einem unbestimmten Schrecken ergriffen, und er sprang blindlings von seinem Wasserkanister auf. Als er den Ausgang des Zeltes erreicht hatte, war aus der Panik eine ganz normale, angstvolle Erwartung und eine krankhafte Neugier geworden. Als er sich gefaßt hatte, bemerkte er, daß er nicht allein am Zelteingang stand. Alle anderen hatten den gleichen Weg genommen, und er befand sich mitten in einem Gedränge.

»Halt!« brüllte Welsh im Hintergrund. »Wartet gefälligst, bis ich die verfluchte Lampe ausgemacht habe, verdammt nochmal! Halt!«

Der Mann vor Fife – Fife bekam niemals heraus, wer es gewesen war – stand zögernd vor der Zeltverschnürung wie vor einer weltbewegenden Entscheidung. Dann versank das Zelt in Dunkelheit. Vor Fife fummelte und fluchte jemand. Danach quollen alle, Soldaten und Offiziere, durch den geöffneten Eingang an dem Vorhang aus Decken vorüber in die klare, frische, bestirnte Nacht hinaus. Fife wurde im Gedränge mitgeschoben. Selbst wenn er gewollt hätte, hätte er nicht drinnen bleiben können. Alle sahen zum Himmel auf.

Sie waren nicht die einzigen. Die gesamte Dritte Kompanie war aus all den Ecken und Winkeln hervorgekommen, in die sie sich verzogen hatte, um die naßkalten Körper zu wärmen. Es war befohlen worden, Splittergräben auszuheben, aber tatsächlich waren im gesamten Kompaniebereich nur sechs Deckungslöcher gegraben worden – die sechs Löcher für die Offiziere, die ein Arbeitskommando ausgehoben hatte. Falls das jetzt bedauert wurde (und Fife z. B. bedauerte es), so verlautete davon nichts. Sie drängelten sich im Schlamm zwischen den drei großen Zelten, die neben der Reihe der kleinen Zweierzelte standen, sprachen wenig und verrenkten sich die Hälse um etwas, irgendwas, zu sehen.

Was sie erblickten, waren zwei oder drei Suchscheinwerfer, die mit ihren schwachen Strahlen unsicher den Himmel abtasteten, ohne etwas zu finden, und gelegentlich das rasche Aufblitzen, mit dem eine vereinzelte Flakgranate krepierte.

Sie hörten viel mehr als sie sahen, doch was sie hörten, sagte ihnen ganz und gar nichts. Zuerst die Hörner, die ihre langen, eintönigen, irre blökenden Proteste während der ganzen Dauer des Angriffes ausstießen. Dann waren da die maschinengleichen, nicht abreißenden Abschüsse von Flak aller Kaliber, die ihre Granaten nutzlos in den Nachthimmel pumpten. Und endlich war da noch das stotternde, dünne Geräusch von einem oder mehreren Motoren in der Dunkelheit. Man konnte unmöglich am Geräusch erkennen, ob es sich um ein einziges Flugzeug oder um mehrere handelte.

Jeder versuchte – nicht sehr erfolgreich – seine Nervosität zu verbergen. Dies war der Auftritt von Waschmaschinen-Karl, auch Egon das Ekel genannt. Alle hatten natürlich schon von ihm gehört: von dem einzelnen Flugzeug, das jede Nacht diesen Störangriff flog, und das von den unerschrockenen amerikanischen Truppen mit diesem Spitznamen bedacht worden war. So jedenfalls hieß es in den Nachrichtensendungen. Und aus der großen Höhe, in der das Flugzeug flog, machte es wirklich ein Geräusch, das dem einer veralteten Waschmaschine glich. Sein Spitzname jedoch wurde sehr bald zum Gattungsnamen; man verwandte ihn unterschiedslos für alle derartigen Angriffe, ganz gleich, wieviele Flugzeuge daran beteiligt waren und wie oft in der Nacht sie wiederholt wurden. Die Nachrichtensendungen übergingen diesen Umstand gerne. Immerhin war es sehr viel komischer, von Waschmaschinen-Karl in der Zeitung zu lesen, als hier über ihn zu reden, während man zu den unbekannten Sternbildern des tropischen Himmels aufsah, wartete und lauschte und zerstreut Schwärme von prassenden Mücken verscheuchte.

Schließlich wurde das fast unhörbare Seufzen vernehmbar, das sich den Männern schon am Morgen eingeprägt hatte. Alle duckten sich instinktiv, und es sah aus, als ginge der Wind über ein Kornfeld, doch warf sich niemand zu Boden. Ihre Ohren hatten schon genug gelernt um zu wissen, daß diese Bomben zu weit entfernt fielen, und schließlich war der Boden schlammig. Von weit her, von dem Palmenwäldchen beim Flugplatz, dröhnten die Explosionen herauf und näherten sich ihnen langsam mit gigantischen Schritten. Sie zählten zwei Würfe zu je fünf Bomben und einmal einen mit vieren (vielleicht war ein Blindgänger dabei). War Karl wirklich nur *ein* Flugzeug, so mußte er ein großes Flugzeug sein. In der tiefen Stille, die auf die Explosionen folgte, fuhren die lächerlichen Flak fort, minutenlang kühn ihre nutzlosen Granaten in den Himmel zu jagen. Dann begannen alle Signalhörner ein abgerissenes, trauriges, bellendes Rülpsen, das die Entwarnung bedeutete.

Die Dritte Kompanie lachte und prustete, und man schlug sich gegenseitig auf den Rücken. Zwischen den langen Reihen der Palmen hörte man immer noch das kurze, irre Bellen der Hörner. Es machte den Eindruck als beglückwünschten sich Offiziere und Mannschaften gegenseitig dazu, persönlich dem Angriff ein Ende gesetzt zu haben. Das dauerte beinahe eine Minute, dann entsannen die Offiziere sich ihrer Würde und zogen sich zurück. Die Hörner verstummten; innerhalb der beiden Gruppen gingen das Gelächter und das beglückwünschende Schulterklopfen noch eine Weile weiter. Schließlich wurde es langweilig, und die Kompanie tappte durch die Dunkelheit zu den Schlafplätzen. Man machte beschämte Gesichter und hoffte, daß dieser heftige Ausbruch nicht von wirklichen Veteranen beobachtet worden war. Dann mühte man sich wieder einmal um Schutz vor Kälte und Nässe.

So verging die Nacht. Niemand schlief. Es folgten noch fünf weitere Angriffe, und falls Karl ein einzelner Mann war, so war er höchst energisch. Außerdem litt er wohl an Schlaflosigkeit. Das galt auch für die Dritte. Während eines Angriffes landete die letzte Bombe hundert Meter vor ihnen, beschädigte eine Flakstellung und tötete zwei Kanoniere – alles selbstverständlich ganz zufällig. Die Explosion war nahe genug (das gigantische, ohrenfüllende, unpersönliche, flatternde Rauschen stieß wie ein Schnellzug auf sie herab), um sie alle zu Boden zu zwingen, wieder hinein in Schmutz und Nässe, und am nächsten Tag entdeckte man etwa in Brusthöhe zwei Risse im Kammerzelt. Alle stellten Spekulationen darüber an, daß die nächste Bombe aus diesem Reihenwurf, falls noch eine drin gewesen wäre, sehr wohl in der Mitte ihres Biwaks hätte einschlagen können. Als sie am Morgen in die warme, belebende Sicherheit des Sonnenscheins hinauskrochen und einander in die stoppelbärtigen, verdreckten Gesichter blinzelten, stellten sie fest, daß sie verändert waren.

Während der nächsten zwei Wochen veränderten sie sich noch mehr. Diese Zeitspanne wurde von der Division als »Akklimatisierungsperiode« bezeichnet und verlief in einem sonderbaren Doppelrhythmus. Einerseits waren da die sonnigen, verhältnismäßig ungefährdeten Tage, andererseits die Nächte mit ihrer feuchten Kühle, den Mückenschwärmen, den Signalhörnern und dem Schrecken. Und beide hatten eigentlich nichts miteinander gemein, waren durch nichts miteinander verbunden. Während des Tages wurden lärmende Witze über die nächtliche Angst gemacht, denn im Sonnenschein wurden die Nächte einfach unglaubhaft. Wenn die Dämmerung aber kam, jene rasche, purpurne, tropische Dämmerung, dann wurde alles, was während des Tages geschehen war, bis zum nächsten Morgen beiseite geschoben, und man bereitete sich auf die Nacht vor. Am Tage wechselten Arbeit, Ausbildung und Untätigkeit miteinander ab. Nachts war es immer das gleiche.

Man badete täglich im nahen Fluß, der offiziell der Gavaga hieß, wie man erfuhr. Jeden Abend rasierten sich die Männer mit dem Wasser aus diesem Fluß, das sie über kleinen Feuern in ihren Helmen erhitzten. Während des Tages wurden noch weitere Ausflüge in den Dschungel und auch zu der Stelle unternommen, an der Queen seine Heldentat vollführt hatte. Der schnell verwesende Japaner lag immer noch quer über dem Graben. Vor der Stellung, die sie hier im Dschungel entdeckt hatten, war die letzte Phase der Schlacht um Kap Koli abgerollt. Starke japanische Kräfte waren hier eingeschlossen und vernichtet worden, und man konnte dem gesamten Stellungsverlauf im Gebiet des Gavaga innerhalb und außerhalb des Dschungels nachgehen. Das taten sie. Das hatte auf ihre Nächte keinen Einfluß. Auch andere sehenswerte Orte wurden besucht. Sie gingen an den Strand, erstiegen das Kap Koli, besahen sich das große Haus des Plantagenbesitzers, das nun verlassen und von Granaten durchlöchert war. Zweimal wagte sich eine Gruppe sogar bis zum Flugplatz hinüber, der mehrere Meilen entfernt war, wobei sich die Männer von Lastwagen mitnehmen ließen, die sie über schlammige Straßen durch endlose Kokosnußplantagen führten. Am Flugplatz sahen sie Bomber in der heißen, trägen Sonne starten und landen. Mechaniker arbeiteten halb nackt im Schatten der Palmen. Die Gruppen trampten zurück. Wohin sie auch sahen überall am Wege waren Männer und Fahrzeuge dabei, enorme Vorräte für die kommende Offensive aufzustapeln. Jene Offensive, an der auch sie teilnehmen sollten. Dieses alles blieb jedoch ohne Einfluß auf ihre Nächte.

Nach einer solchen Nacht war es wundervoll, sich in die tropische Sonne zu setzen und ihre Wärme in sich einzusaugen. Sie verjüngte und erfrischte; Wärme und Tageslicht bewerkstelligten die tägliche Rückkehr zur Vernunft. Stets strich eine leichte Brise durch die Blätter der Palmen, die schwankende, fleckige Muster auf die Erde warfen. Vom Boden stieg der Geruch des tropischen Morastes auf – warm, feucht, überwältigend.
Es war jedoch nicht alles Spiel. Beinahe täglich trafen Transporter ein, entluden Truppen und löschten Vorräte. Arbeitskommandos in Zugstärke halfen unter dem Kommando der eigenen Sergeanten beim Entladen. Es war dies die gleiche Tätigkeit, die sie an ihrem Ankunftstag so ehrfürchtig bestaunt hatten; sie wurden bald selbst erfahren und auch geübt im Ertragen der gelegentlichen Tagesangriffe japanischer Flugzeuge. Kamen keine Schiffe an, so benötigte man die gleichen Arbeitskommandos, um Nachschubgüter vom Strand weg zu den riesigen Lagern in den Palmenwäldchen zu bringen. Jeden Morgen gab es eine Stunde lang Freiübungen, was jedermann lächerlich vorkam und von der Division befohlen worden war. Sie machten ein paar kurze Übungsmärsche, eigentlich nicht mehr als Spaziergänge. Ein ganzer Tag verging auf dem improvisierten Schießstand mit der Erprobung der Waffen. Dies alles hatte keinen Einfluß auf die Nächte.
Nichts hatte Einfluß auf die Nächte.
Es war immer das gleiche. Es gab Abendbrot. Dann vielleicht noch eine halbe Stunde Gnadenfrist. Dann kam die Dämmerung, während die Männer dasaßen und hilflos zusahen, unfähig, sie abzuwenden. Dann war es Nacht. Am Morgen des zweiten Tages hatten sich alle ohne weitere Aufforderung daran gemacht, Splittergräben auszuheben. Seitdem waren sie stets bereit mit immer wachsender Behendigkeit beim Klang der Hörner in diese Gräben zu springen, sei es nun draußen naß oder nicht. Noch halb schlafend erhoben sie sich taumelnd und kämpften sich aus ihren Moskitonetzen (man durfte überhaupt nie fest einschlafen, sondern höchstens in einen Halbschlaf fallen), tasteten sich aus dem Zelt heraus und in den Graben. Dort lagen sie stumpf und benommen, nervös, ängstlich, Ziel für Millionen von Mücken, wenn schon nicht von Bomben. Dann tasteten sie sich in der Dunkelheit wieder zurück und versuchten über das Ganze zu

lachen, während sie doch in Wirklichkeit höchst verlegen waren. So verliefen die Nächte. Nichts an ihnen war heldenhaft, alles war würdelos. Von Nacht zu Nacht ähnelten sie mehr mißtrauischen, verdrossenen Katzen. Die Gesichter waren finster, und die Augen funkelten. Schließlich kam dann der Tag, und sie begannen von neuem zu leben.

Dieses sonderbar schizophrene Leben, diese Trennung von Tagen und Nächten wurde noch auffälliger, als der Befehl kam, den Lagerplatz zu wechseln. Drei Tage waren damit vergangen, die abhanden gekommenen Zelte, Feldbetten und Moskitonetze aufzufinden, am vierten Tage hatte man alles eingerichtet und ganze zwei Tage darin gewohnt. Nun wurde verlegt, und alles mußte von neuem gemacht werden, das Verpacken der Zelte, der mühsame Transport, das Ausheben der Splittergräben. Alles wurde dadurch noch erschwert, daß wenigstens ein Zug, meistens aber zwei Züge täglich zur Arbeit am Strand abrückten. Die Verlegung war offenbar angeordnet worden, um die Kompanie ihrem Arbeitsplatz näher zu bringen. Das wußten die Männer aber nicht, da niemand es ihnen sagte. Das ganze wurde von irgendeinem Planer auf dem Papier arrangiert. Im Endergebnis fanden sie sich viel näher am Flugplatz, und jetzt krepierte nicht nur gelegentlich eine Bombe in der Nähe, sondern sie waren mitten drin, und die Splitterbomben explodierten Nacht für Nacht in nächster Nähe. Und wenn daher die Verlegung von einem gewissen Standpunkt her gesehen als köstlicher Spaß erscheinen mochte, so wurde in der Dritten Kompanie doch nicht viel darüber gelacht.

Auf dem alten Lagerplatz hatte es noch so etwas wie eine persönliche Entscheidungsfreiheit gegeben. Da hatte man noch wählen können, ob man hinaus in den Graben gehen oder statt dessen tapfer sein und im Bett bleiben wollte. Für gewöhnlich ging man. Die meisten gingen. Aber man konnte es sich doch wenigstens überlegen. Am neuen Lagerplatz gab es diese Wahl nicht. Da sprang man hinaus und warf sich ins Loch und war glücklich, drin zu sein.

Merkwürdigerweise wurde nur ein Mann verwundet. Ganz entschieden hatte man mit mehr Ausfällen gerechnet, und selbstverständlich waren auch größere Verluste zu verzeichnen – bei anderen Einheiten, die in der Nähe lagen. Das Opfer in der Dritten Kompanie wurde der Gefreite Marl, ein Bauerntölpel aus Nebraska, der von einem ärm-

lichen Hof stammte. Dieser hochaufgeschossene, von der Arbeit gekrümmte Mann hatte um keinen Preis den Hof seines Vaters verlassen wollen und nicht das geringste für die Armee übrig. Ein Bombensplitter kam sirrend in sein Loch, als er dort während eines Fliegerangriffes lag, und trennte ihm die rechte Hand ebenso säuberlich ab, wie ein Chirurg es mit einem Messer hätte tun können. Als Marl zu brüllen begann, sprangen seine Nachbarn zu ihm ins Loch und banden ihm den Arm ab, bis der Sanitäter eintraf. Die Bombe war dreißig Meter entfernt eingeschlagen, und die Explosionen waren bereits mit großen Schritten über sie hinweggegangen.
Marl wurde auf diese Weise zum ersten echten Verwundeten der Kompanie. Für ihn war es ein großes Pech. Man behandelte ihn mit dem gleichen, aufwallenden Mitgefühl, das damals den Verwundeten am Strand zuteil geworden war, aber es gefiel ihm ebensowenig wie jenen. Man tat das menschenmögliche für ihn, doch Marl wurde hysterisch und begann zu schluchzen. Er war nie besonders schlau gewesen und konnte einfach nicht begreifen, daß er trotz allem wieder imstande sein würde zu arbeiten.
»Was soll ich denn jetzt machen, was?« rief er verzweifelt seinen Helfern zu. »Wie soll ich denn jetzt arbeiten? Wie soll ich pflügen, wie denn! Was soll ich denn nur machen?«
Hauptfeldwebel Welsh tröstete ihn damit, daß er nun alles hinter sich habe und nach Hause dürfe, aber Marl wollte nichts davon hören. »Weg damit«, schrie er sie an. »Nehmt das verfluchte Ding weg. Ich will es nicht mehr ansehen, verflucht noch mal. Es ist schließlich meine Hand.«
Die Hand wurde von einem der beiden Sanitäter entfernt, der angeblich an diese Art Arbeit gewöhnt war: das war er aber durchaus nicht. Vielmehr trat er hinter den nächsten Baum und erbrach sich. Da niemand wußte, was mit der Hand anzufangen war, und da man immerhin eine gewisse Achtung für sie empfand, wurde sie später von Storm hinter dem Küchenzelt begraben. Daß er sie nicht mehr sehen mußte, half Marl aber nicht, sein Mißgeschick zu ertragen. Er ließ sich auch nicht durch die Beschreibung der wundervollen künstlichen Hände beruhigen, die man neuerdings herstellen konnte.
»Verflucht noch mal, ihr habt gut reden!« schrie er. »Wie soll ich jemals wieder arbeiten?«

»Kannst du gehen?« fragte ihn der Sanitäter.
»Klar kann ich gehen, natürlich kann ich gehen. Aber wie soll ich arbeiten? Darum handelt es sich nämlich.«
Er wurde durch die Dunkelheit zum Verbandplatz geleitet, und die Kompanie sah ihn niemals wieder.
Die verstärkte Bombardierung wirkte sich unterschiedlich aus. Fife zum Beispiel entdeckte, daß er ein Feigling war. Fife hatte immer geglaubt, er werde mindestens so tapfer wie alle anderen sein, wenn nicht sogar noch ein bißchen tapferer. Nach zwei Angriffen kam er überrascht und niedergeschmettert zu der Erkenntnis, daß er nicht tapferer, sondern weniger tapfer war als die anderen. Das war eine böse Überraschung, aber man mußte ihr ins Auge blicken. Wenn er nach einem Angriff lachte und Witze riß, dann merkte er selbst jedenfalls deutlich, daß sein Lachen hohler und weniger aufrichtig klang als das der anderen. Als das Lachen von Doll zum Beispiel. Offenbar kauerten die anderen nicht so zitternd und bebend in ihren Löchern wie er, verkrochen sie sich nicht so würdelos im Schlamm. Augenscheinlich fürchteten sie sich nur, während er geradezu entsetzt war und alles, was er in dieser Welt besaß – auch alles, was er nicht besaß, vielleicht aber hätte erwerben können –, darum zu geben bereit war, nicht zur Verteidigung seines Vaterlandes hier sein zu müssen. Sein Vaterland mochte der Teufel holen. Sollten doch andere es verteidigen. So empfand Fife.
Fife hätte nie für möglich gehalten, daß er so reagieren könnte, und er schämte sich dessen. Das beeinflußte seine ganze Art, das Leben zu sehen – sich selbst zu sehen, das Sonnenlicht, den blauen Himmel, die Bäume, die Hochhäuser und die Mädchen. Nichts war schön. Das Verlangen, woanders zu sein, überlief ständig seinen Rücken in Form von schwachen Muskelkontraktionen, selbst am Tage. Schlimmer noch war, daß er wußte: diese heftigen, aufreibenden Anfälle nützten ihm gar nichts, hatten keinen Einfluß, konnten nichts ändern. Es war schrecklich, zugeben zu müssen, daß man ein Feigling war. Es bedeutete, daß er mehr Kraft als die anderen aufbringen mußte, um nicht wegzulaufen. Es würde schwer sein, damit zu leben, und er fühlte, daß es besser sei, nichts davon zu erwähnen und zu versuchen, es zu verbergen.
Der Gefreite Doll – er, den Fife beneidete – entdeckte seinerseits zwei

angenehme Dinge an sich, die ihm beide gefielen. Das eine war seine Unverletzbarkeit. Doll hatte diese vermutet, aber nicht gewagt, sich auf seine Intuition zu verlassen, ehe er nicht einen unwiderleglichen Beweis dafür bekommen hatte. Zweimal bereits – einmal in der Nacht, als Marl seine Hand verlor und Doll ganz in seiner Nähe gewesen war – hatte er sich dazu gezwungen, in seinem Loch aufzustehen, als er die Bomben fallen hörte. Seine Rückenmuskeln hatten gezuckt, als versuchten sie einen Reiter abzuwerfen, der ganze Vorgang war aber auch von einer kitzelnden Erregung begleitet. Beide Male blieb er unverletzt – obwohl Marl ganz in seiner Nähe getroffen wurde. Doll glaubte nun, den gewünschten Beweis zu haben, und er fand, daß eine doppelte Bestätigung der Richtigkeit seiner Vermutung ausreichend sei. Um so mehr, als die Bomben beim zweiten Angriff noch näher gefallen waren als die, von denen Marl getroffen worden war. Beide Male war er danach triumphierend, wenn auch erschöpft, in seinem Loch zusammengesackt; seine Knie hatten sonderbar gezittert, und er hatte das nicht mehr wiederholt, weil es ihn zu sehr anstrengte. Er war aber glücklich, den Beweis für seine Unverletzbarkeit erbracht zu haben.
Doll entdeckte auch, daß er die anderen von seiner Furchtlosigkeit überzeugen konnte. Alles dies ging auf die Erkenntnis zurück, die er während seiner Prügelei mit Korporal Jenks gewonnen hatte. Man tat einfach so, als seien die eigenen Behauptungen wahr, und jeder akzeptierte das. So konnte er also über die Fliegerangriffe lachen und spaßen und so tun, als habe er zwar eine gewisse Beklemmung, ganz gewiß aber kein Entsetzen verspürt. Ob das nun stimmte oder nicht, spielte gar keine Rolle. Doll nahm dies mit eben solchem Vergnügen zur Kenntnis wie den Beweis für seine Unverletzbarkeit.
Noch anders erging es Hauptfeldwebel Welsh. Auch er machte eine Entdeckung. Welsh entdeckte nach all diesen Jahren des Zweifels, daß er ein tapferer Mann war. Zu diesem Schluß gelangte er durch folgende Überlegung: wer bei diesen Fliegerangriffen so große Angst ausstehen konnte wie er, ohne auf der Stelle tot umzufallen oder wenigstens aufzustehen und auf Nimmerwiedersehen zu verschwinden, mußte zwangsläufig tapfer sein. Das machte Welsh glücklich, denn er hatte wirklich seine Zweifel gehabt, und wenn es denn schon notwendig war, sich für den Besitzstand der Vereinigten Staaten zu

opfern, so wollte er das wenigstens mit einem hämischen Grinsen im Gesicht tun können. Und jetzt hatte er die Überzeugung, dazu fähig zu sein.

Andere Männer reagierten noch anders. Tatsächlich hätte man bei jedem der dem Bombensegen ausgesetzten Männer eine andere Reaktion feststellen können. So verschieden sie aber auch reagierten, in einem waren sich alle einig – jeder wünschte das Ende dieser nächtlichen Angriffe herbei. Dazu kam es aber nicht.

Innerhalb zweier Wochen genossen sie eine einzige ruhige Nacht. Beim Regimentsstab, der sich nach der Seereise wieder zusammengefunden und den Betrieb aufgenommen hatte, wurde eine Kantine eingerichtet. Die Dritte erfuhr davon durch einen Schreiber, einen aus Boston gebürtigen Italiener namens Dranno, der bei der Personalabteilung saß und ihnen Bericht erstattete, nachdem er davon erfahren hatte. Die Kantine verfügte über Vorräte von zwei Artikeln: Rasiercreme und Rasierwasser. Trotzdem setzte sogleich ein Ansturm auf die Kantine ein. Innerhalb von sieben Stunden war das gesamte Rasierwasser ausverkauft. Allerdings blieb noch genug Rasiercreme für andere Kauflustige zurück. Unglücklicherweise hatten auch die anderen Kompanien davon erfahren, doch gelang es der Dritten Kompanie, so viel Rasierwasser anzukaufen, daß jeder sich einmal anständig betrinken konnte.

Vermischt mit Pampelmusensaft aus Storms Vorräten, verlor das Rasierwasser jeden Geschmack. Der Saft schien den Parfümzusatz zu neutralisieren, und die Mischung schmeckte etwa wie ein Tom Collins. Sie schmeckte allen herrlich. Einige Männer stolperten während der nächtlichen Fliegerangriffe versehentlich in fremde Splittergräben, und es gab mehrere Sehnenzerrungen und angestauchte Gelenke. Wirklich bedenklich war nur, daß ein Betrunkener versehentlich kopfüber in die Latrine sprang, als die Luftwarnung ertönte. Aber während wenigstens einer Nacht, einer wunderbaren, denkwürdigen Nacht, fürchtete man sich nicht vor den Splitterbomben. Die meisten der Männer verschliefen die Angriffe, und wer das nicht tat, machte sich in dieser Nacht nichts aus dem Bombardement, sondern stolzierte lachend und prahlerisch hinaus zu den Splittergräben.

Unterdessen ging das Leben am Tage unaufhaltsam weiter. Zwei

Tage nach dem Rasierwasserfest ereignete sich der für die Kompanie wichtigste Vorfall seit der Ankunft. Es war dies die Entdeckung eines Waffenlagers. Es handelte sich um ein Zelt nahe dem Flugplatz; in diesem Zelt befanden sich Maschinenpistolen, und es gelang der Kompanie, einen kleinen Raubzug zu organisieren und sich die Waffen anzueignen.

Dieser Triumph war großenteils dem kleinen Charlie Dale zu verdanken, Storms streitsüchtigem Zweiten Koch, der nicht nur die Waffen entdeckte, sondern auch der Urheber, wenn schon nicht der Organisator, der Expedition war.

Dale hatte niemals Spaß an der Arbeit in der Küche gefunden. Dies lag hauptsächlich daran, daß Storm sein Vorgesetzter war, den er für einen Diktator hielt. Auch Dale sprang mit seinen Küchenhelfern ziemlich grob um – er war dafür bekannt und insgeheim stolz darauf. Er tat das aber nur, weil sie anderenfalls keine Hand gerührt hätten. Storm indessen – Storm hatte die Angewohnheit, von seinen eigenen Köchen sofortigen und unbedingten Gehorsam zu verlangen, woraus sich nicht nur schließen ließ, daß er kein Vertrauen in ihre Fähigkeiten setzte, sondern daß er auch ihren guten Willen anzweifelte. Das paßte Dale ganz und gar nicht. Außerdem war ihm nun schon seit einiger Zeit so, als könne Storm ihn nicht leiden. Zweimal hatte Storm ihn bei der Beförderung übergangen. Beide Male hätte Dale eigentlich Erster Koch werden müssen, aber Storm hatte kein Wort gesagt. Das hatte ihm Dale nicht vergeben.

Wie viele andere, war Charlie Dale ins Heer eingetreten, nachdem er zuvor zwei Jahre lang Notstandsarbeiten verrichtet hatte. Mit kaum achtzehn Jahren hatte er sich anwerben lassen. Bis dahin hatte er niemals gekocht, es sei denn gelegentlich ein paar Spiegeleier zum eigenen Verzehr. Nach sechs Monaten Grundausbildung hatte er sich im Range eines Schützen zu Storm in die Küche versetzen lassen, denn im Gegensatz zu all seinen Erwartungen war es ihm nicht gelungen, sich bei der Ausbildung unter den unzähligen Nullen in Uniform hervorzutun. Seine Arbeit in der Küche hinzuwerfen, hätte den Verlust seiner Dienststellung, seiner Autorität und die Rückkehr in die anonyme Masse bedeutet. Dale hatte ganz und gar nicht die Absicht, wieder eine Null zu werden. Er blieb in der Küche, was nun aber nicht heißen sollte, daß ihm die Arbeit dort gepaßt hätte.

Da es ihm in der Küche nicht gefiel, und da die Köche auf Guadalcanar selbstverständlich in ihrer dienstfreien Zeit an keinen anderen Arbeiten teilzunehmen brauchten, hatte Dale sich angewöhnt, sogleich nach seiner Ablösung allein auf Entdeckungsfahrten zu gehen. Auf einer dieser Wanderungen fand er eines heißen, stillen Nachmittages am Rande des staubigen Flugplatzes im einschläfernden Sonnenschein das Zelt mit den Waffen.

Dale ahnte zunächst nicht, was er da gefunden hatte, doch fiel ihm auf, daß das Zelt für sich alleine stand. Etwa dreißig Meter entfernt unter den Palmen lag ein verlassener Lagerplatz. Das Zelt selber war mit verknoteten Zeltschnüren geschlossen, aber verschlossen war es eben doch nicht – wie sollte man auch ein Zelt verschließen? Da seine Neugier erwacht war, löste Dale eine der Zeltschlaufen und schlüpfte hinein. Es war erstickend heiß im Zelt, und in dem Licht, das so gedämpft, so besonders angenehm und so besänftigend durch die Zeltleinwand sickerte, sah er, daß das Zeltinnere mit Holzregalen voller Gewehre besetzt war, die reihenweise wie Kirchenbänke angeordnet das Zelt ausfüllten. Sieben der versammelten Andächtigen, die eine Bank für sich einnahmen, waren Maschinenpistolen. Der Altar bestand aus einer erhöhten Plattform, auf der die länglichen und runden Magazine mit der passenden Munition und ihren Leinwandbeuteln aufgehäuft lagen. Magazine und Beutel trugen das Zeichen des Marinecorps.

Der Rest der Kongregation bestand aus den üblichen Infanteriegewehren und einigen der neuen Karabiner, von denen die Dritte Kompanie erst kürzlich welche bekommen hatte. Alle waren in der dämmerigen, heißen Luft unter Dales starrenden Blicken in ihre Andacht versunken. Nähere Prüfung ergab, daß die beweglichen Teile der Waffen kein Zeichen der Abnutzung aufwiesen. Sie waren alle funkelnagelneu. Doch hatte man das Fett aus ihnen entfernt, und frisch geölt waren sie jederzeit gebrauchsfertig. Da lagen sie also. Im Zelt herrschte ebenso wie draußen die heiße Stille einer sonntäglichen Büßerversammlung.

Dale war vor Freude außer sich. Hier endlich war die große Beute zu machen, von der jeder Soldat träumte. Noch dazu auf Kosten der Marineinfanterie! Eine MPi brauchte er natürlich selber, aber die anderen sechs? Und die Karabiner? Gierig und bekümmert sah Dale

ein, daß er alleine nicht einmal die Maschinenpistolen wegschleppen konnte, von der dazugehörigen Munition ganz zu schweigen. Es wäre eine Schande gewesen, sie liegen zu lassen.
Und noch etwas. Wenn er nur für sich selbst eine MPi und die passende Munition stahl, was sollte er dann damit machen? Sobald er damit in der Kompanie auftauchte, würde er riskieren, daß man sie einzog. Und in diesem Augenblick kam ihm der Gedanke, jetzt nichts zu nehmen, sondern später in Gesellschaft zurückzukommen und alles abzuholen. Wenn man genug Leute hätte, könnte man vielleicht sogar einige dieser wunderbaren Karabiner mitnehmen.
Vermochte er einen der Offiziere an der Sache soweit zu interessieren, daß dieser mitkommen und sich eine MPi holen würde, dann brauchte er selbst nicht mehr um seine Waffe zu fürchten. Überdies würde natürlich derjenige, der die Waffen entdeckt und den Gedanken gehabt hatte, zu einem gewissen Ruhm gelangen, und das wäre dann er, Dale. Leutnant Culp vom schweren Zug, ein ehemaliger Fußballspieler, der immer lachte und auf kameradschaftlichem Fuß mit den Mannschaften stand, würde der Richtige sein. Oder vielleicht sollte er lieber zu Welsh gehen? Für solche Sachen war Welsh immer zu haben. Keinesfalls würde er auch nur ein Wort zu dem Schuft Storm sagen, der sich selbst eine MPi suchen mochte, wenn er eine haben wollte.
Nachdem er sich dies alles zurechtgelegt hatte, kroch Dale wieder aus dem Zelt und zog die Schlaufe zu. Dann jedoch blieb er stehen. Er konnte sich nicht helfen – er ließ hier eine Gelegenheit vorübergehen, die nie wiederkehren würde. Vielleicht war doch irgendwo eine Wache – er jedenfalls hätte welche eingeteilt – und der Posten vom Dienst pennte nur gerade. Bei seiner Rückkehr würde er das Zelt vielleicht bewacht und nicht mehr zugänglich finden. Und Dale's Hände juckten förmlich nach einer MPi, besonders seitdem Storm öffentlich erklärt hatte, daß er mit der Kompanie nach vorne gehen und jeden Koch mitnehmen wollte, der Lust dazu hätte. Und wer würde schon wagen, keine Lust zu haben, wenn die Aufforderung so formuliert wurde? Dale gewiß nicht. Auch wenn ihm bei dem Gedanken daran hohl im Bauch wurde.
Nachdem Dale eine Minute lang versonnen in der heißen Nachmittagssonne gestanden hatte, löste er die Schlaufe wieder, kroch ins

Zelt und wählte eine der Maschinenpistolen. Mit der MPi und soviel Magazinen, wie er in zwei Beutel hineinstopfen konnte, schlüpfte er wieder hinaus, befestigte die Schlaufe und verschwand zwischen den Palmen. Er kehrte zum Lager zurück. Die wenigen Soldaten, denen er begegnete, starrten ihn zwar an, schienen aber nichts dabei zu finden, daß er neben der MPi auch noch sein Gewehr trug. Er betrat den Lagerplatz nicht, sondern tauchte statt dessen im Dschungel unter, dort wo er dem Kompaniebereich am nächsten kam. Hier versteckte er seine neue MPi im Unterholz, ging dann ins Lager, um ein Hemd zu holen, kehrte zurück, wickelte die Waffe sorgsam ein, und verbarg sie dann zusammen mit der Munition zwischen den Wurzeln eines großen Baumes. Dann schlenderte er ins Lager, unschuldig pfeifend, die Hände in den Taschen, um sich entweder nach Welsh oder Culp umzusehen.

Culp war der erste, den er antraf. Und als Dale mit heiserer, herausfordernder Stimme von seinem Fund berichtete, verzog sich das fleischige, breite Gesicht des Leutnants mit dem geknickten Nasenbein zu einer strahlenden, gierigen Grimasse.

»Wieviel sind denn da?«

»Sieben. Ich meine, sechs.«

»Sechs Maschinenpistolen«, Culp ließ die Worte genüßlich auf den Lippen zergehen und stieß dann einen Pfiff aus. »Und so viele Magazine, wie wir tragen können?« Er verstummte, und es sah so aus, als lecke er sich die Lefzen. »Da müssen wir mal in Ruhe überlegen, Dale.« Culp rieb seine großen Athletenhände. »Für die Waffen würden drei Männer reichen, aber mit der Munition – die Munition brauchen wir nämlich, Dale«, sagte er nickend; »wir werden jedes Magazin, das wir erwischen können, bitter nötig haben. Denn schließlich kann ich nicht vom Regiment Munition für sechs Maschinenpistolen anfordern, die uns überhaupt nicht zugeteilt worden sind. Also Moment mal«, sagte er, sprach aber gleich weiter. »Ich glaube, wir müssen die Sache Hauptmann Stein vortragen, ja, Hauptmann Stein muß unterrichtet werden.«

»Wird er denn mitmachen?« fragte Dale. Er starrte Culp steinern aus seinen flachen, zusammengekniffenen Augen an. Der Gedanke, Bugger Stein mit der Angelegenheit zu befassen, sagte ihm gar nicht zu.

»Wenn für ihn eine abfällt, warum nicht?« lächelte Culp verschmitzt. »Ich würde es jedenfalls tun. Sie etwa nicht?«
»Ich bestimmt«, sagte Dale trocken.
Culp nickte zerstreut und hatte einen gierigen Blick in den Augen. »Ganz recht. Ganz recht. Außerdem würde er sehr bald dahinterkommen, wenn er uns mit den Dingern umherstolzieren sieht; und was dann? Oh ja, wenn ich darüber zu bestimmen hätte, würden Sie als erster in der Kompanie einen Orden bekommen, Dale. Wir brauchen mehr solche Leute wie Sie.«
Dale lächelte ihn geschmeichelt an. Aber er gab seinen Standpunkt nicht auf. »Wie wäre es denn, wenn man statt dessen den Spieß ins Vertrauen ziehen würde?«
»Den natürlich auch, den auch. Aber der Hauptmann muß davon erfahren. Machen Sie sich keine Sorgen, er wird schon mitmachen. Überlassen Sie das nur mir, ich werde mir schon den Kopf über alles zerbrechen, Dale.« Er patschte mit seiner großen Hand aufs Knie und stand auf. »Los jetzt, Dale, es gibt zu tun. Was halten Sie davon, wenn wir morgen nachmittag gingen? Genau zur gleichen Zeit, zu der Sie dort waren? Nachts ist es zu gefährlich, da kriegt man eines auf den Pelz gebrannt. Abends ist es auch schlecht, weil dann die Leute alle zum Abendessen da sind.« Er ging schon mit großen Schritten auf das Schreibstubenzelt los, und der kurzbeinige Dale mußte beinahe laufen, um nicht den Anschluß zu verlieren.
Schließlich machten sich sieben Männer auf den Weg. Dale vermochte nicht genau zu sagen, wieviel Munition im Zelt war – nur daß es eine ganze Masse war –, und Culp wollte auf alle Fälle den gesamten Vorrat mitnehmen. Es stellte sich dann heraus, daß auch neun oder zehn Männer nicht alles hätten tragen können.
Wenn Culp nicht so begeistert gewesen wäre, hätte Stein seine Zustimmung vielleicht verweigert. Stein schien nicht besonders entzückt von dem Plan, aber Culp war nicht zu bremsen. Culp machte alles, er überredete sogar Stein. Er dachte auch daran, seine Leute mit Pistolen auszurüsten, so daß sie die Gewehre zu Hause lassen und mehr von der Beute schleppen konnten. Er fuchtelte mit seinen dicken Armen wie mit Windmühlenflügeln im Schreibstubenzelt herum. Dale drückte sich stumm an die Wand und hörte sich alles mit ausdruckslosem Gesicht an.

Culp und Welsh wählten die Leute aus. Es verstand sich von selbst, daß bis auf Dale nur Sergeanten genommen wurden. Dale wußte, daß sie auch ihn ausgeschlossen hätten, wäre es auf anständige Weise zu machen gewesen. Aber es war Welsh und nicht Culp, der den Vorschlag machte, Storm mitzunehmen.

Dale war wütend, doch wagte er nicht zu sagen, daß er nur deshalb mit seinem Vorschlag zu Culp und Welsh gegangen war, weil er Storm draußen halten wollte. Er blieb stumm an die Zeltwand gelehnt stehen und sah zu, wie die Hälfte seines eigenen Vergnügens an dem Beutezug zum Teufel ging. Als Storm hereingerufen wurde, machte er keine Bemerkung, warf seinem Zweiten Koch aber einen Blick zu, der erkennen ließ, daß er sehr wohl begriff, was vorging. Und Dale wußte, daß Storm ihm das nicht so bald verzeihen würde.

Die Leute waren also ausgesucht. Es waren Culp, Welsh, Storm, Dale, der junge Waffenunteroffizier MacTae und zwei der Zugführer: ein Offizier, fünf Sergeanten und Dale.

Tatsächlich wären es beinahe sechs Sergeanten und Dale geworden. Bugger Stein hatte das Gefühl, daß er einem Offizier nicht erlauben dürfe mitzugehen – selbst nachdem er den Beutezug gebilligt und eine der Maschinenpistolen beansprucht hatte. Wie würde er vor dem Bataillon dastehen, falls die Sache herauskam? Und erst vor dem Regiment? Ein Offizier als Führer eines organisierten Waffenraubes! Andererseits ging es hier um eine Sache, bei der Stein sich das mutmaßliche Verhalten seines Vaters, des Majors aus dem ersten Weltkrieg, zur Richtschnur nehmen zu können glaubte. Es war ein schwerer Entschluß, und Stein brauchte ziemlich lange dazu, ihn zu fassen.

Auch Stein war von den Luftangriffen ganz konfus und unsicher geworden. Er wußte nicht, ob er als Offizier und Kompaniechef aufrecht im Gelände stehen bleiben oder wie die anderen in Deckung gehen sollte. Jede Nacht und bei jedem Angriff kämpfte er von neuem mit sich. Es wäre zweifellos heldenhafter gewesen, umherzugehen und jede Deckung zu verschmähen, wie es die Offiziere zur Zeit Napoleons gemacht hatten. Er wäre dazu auch imstande gewesen. In diesem Krieg zeugte es jedoch nur von gesundem Menschenverstand, sich in acht zu nehmen, behutsam mit dem Kapital umzugehen, das der Staat in seine Ausbildung investiert hatte, und sich nicht völlig sinnlos während eines Fliegerangriffes töten zu lassen. Bei jedem Angriff überkam ihn eine erschöpfende Unentschlossenheit, ehe er sich endlich in sein Deckungsloch begab, und in dieser Angelegenheit nun fiel es ihm ebenso schwer, sich zu entscheiden. Am Ende ließ er Culp ziehen. Es stimmte zwar, daß man sich Culps kaum erwehren konnte, doch gab schließlich Steins Vater, der Major, den Ausschlag. Stein erinnerte sich noch sehr wohl an die Anekdoten seines Vaters, die oft genug von ähnlichen Beutezügen in Frankreich handelten. Aus diesen Anekdoten destillierte er sich eine Art Leitbild. Er wünschte nicht, für eine alte Jungfer gehalten zu werden, für einen Spielverderber, der alle Beteiligten durch seine übervorsichtigen Ermahnungen um ihr Vergnügen brachte. Für Culp war es natürlich leicht, begeistert die Arme zu schwenken – er war jung und trug keine Verantwortung. Culp führte die Kompanie nicht und brauchte keine Rechenschaft für sie abzulegen. Als Stein den Leutnant ansah, begriff er plötzlich, welchen Preis er nichtsahnend dafür bezahlt hatte, daß er mit der einstmals so heißersehnten Befehlsgewalt über eine Kompanie betraut worden war. Er gab seine Zustimmung kurz und in einer Weise, von der er glaubte, sie sei geeignet, seine eigene Trauer darüber zu verbergen, daß er sich alt und bedrückt fühlte.

»Nur noch eins«, wiederholte er, »offiziell weiß ich nichts davon. Was ihr ohne mein Wissen tut, geht mich nichts an. Wenn ihr jetzt losgeht, tut ihr das auf eigene Gefahr.«

Er hielt das für eine höchst eindrucksvolle Darlegung seines Standpunktes. Er glaubte, seine Bedenken klar und entschieden vorgebracht zu haben, und das freute ihn. Seine Freude war allerdings nur von kurzer Dauer, denn das Bewußtsein, diese lebenslustigen Männer sehr bald in die Schlacht führen zu müssen, verdarb ihm allen Spaß – in die Schlacht, in der einige von ihnen, vielleicht auch er selbst, fallen mochten.

Nachdem er Culp erlaubt hatte mitzugehen, blieb Stein eisern. Keiner der anderen Offiziere durfte sich beteiligen, so lautete Steins unmißverständlicher Befehl, den die anderen drei jungen Zugführer mit langen Gesichtern zur Kenntnis nahmen. Sie hatten sich nämlich allesamt an dem Beutezug beteiligen wollen.

Der einzige Offizier, dem nicht daran gelegen war mitzugehen,

war George Band, der gleichwohl Appetit auf eine Maschinenpistole verspürte und auch eine bekam.
Oberleutnant Band stimmte ganz und gar nicht mit der Art überein, wie sein Vorgesetzter diesen Fall behandelt hatte. Band war ein hochaufgeschossener hagerer Mann, der sich schlecht hielt, Absolvent eines Reserveoffizierslehrganges – dessen Rückgrat nicht durch den Exerzierdienst gesteift worden war –, Besitzer sonderbar vorstehender Augen, die aussahen als sehnten sie sich nach einer Brille, offenbar aber keine benötigten. Band glaubte die Armee aus dem Effeff zu kennen. Wenn man Kompaniechef war, dann war man eben Kompaniechef. Es ging einfach nicht an, den Eindruck aufkommen zu lassen, man ließe sich in seinen Entscheidungen durch Untergebene beeinflussen. Kompaniechef konnte nur sein, wer nicht einmal den Schatten einer solchen Vermutung aufkommen ließ. Und nur, indem man unmißverständlich seine Befehlsgewalt ausübte, konnte man jene wahre Kameradschaft erzeugen und fördern, welche die Seelen der Männer verbinden sollte, die Strapazen und Schrecken des Kampfes miteinander teilten; jene Kameradschaft, die den einzigen menschlichen Wert darstellte, den der Krieg hervorzubringen vermochte. Jeder andere Kurs führte zur Zersplitterung, nicht zur Eintracht, und diese Eintracht war es ja, welche die Menschen von den sonstigen Raubtieren der Erde unterschied.
Band glaubte an eine geheimnisvolle, tiefe Männerfreundschaft zwischen denen, die die Qual, den Tod, die Furcht und die Traurigkeit – und auch die Freude des Kampfes zusammen auskosteten. Denn auch Freude gab es. Freude darüber, seine Sache gut gemacht zu haben; Freude darüber, an der Seite des Freundes zu kämpfen. Band wußte nicht, woher diese machtvolle Männerfreundschaft rührte oder was ihr wirklich zugrunde lag, aber er wußte, daß es sie gab, und zu Zeiten fühlte sich Band den Männern seiner Kompanie näher als jemals seiner Frau.
Band wußte jedoch, daß diese enge Verbindung nicht auf Steins Weise geknüpft werden konnte: nicht, indem man den Männern die Zügel schießen ließ und ihnen alles nachsah. Man mußte sie im Gegenteil stets streng auf ihren Platz verweisen. Sie mußten jederzeit wissen, was sie tun durften und was nicht. Sie selber wünschten nichts anderes. Falls Stein die Absicht hatte, Culp mitzuschicken, dann

hätte er das sogleich sagen müssen, sich nicht überreden lassen dürfen – oder er hätte es unerbittlich verbieten müssen. Und er hätte auch längst diesen unverschämten Welsh rücksichtslos zusammenstauchen müssen.

Band ließ indessen nichts von alledem verlauten. Es war nicht seine Sache, sich einzumischen – schon gar nicht in Gegenwart jüngerer Offiziere und Unteroffiziere. Laut geäußert hatte er einzig den bescheidenen Wunsch nach einer der Maschinenpistolen – und er wußte, daß Stein ihm auf die leiseste Bitte hin eine geben würde. Das tat Stein auch.

Nachdem die hohen Herren schon zwei Maschinenpistolen abgeschöpft hatten, blieben nur noch vier. Man beschloß, sie im voraus zu verteilen, um jeden Streit nach der Rückkehr zu vermeiden. Selbstverständlich bekam Culp eine. Dale, der immer noch sein vorsichtiges Schweigen wahrte und auch nicht erwähnte, daß er eine MPi im Wald versteckt hatte, bekam eine als Finder, die beiden anderen gingen an Welsh und Storm, weil sie die Dienstältesten waren. Der junge MacTae wollte sowieso keine, weil er als Waffenunteroffizier hinten bleiben würde; am Beutezug nahm er nur aus purer Unternehmungslust teil. Die beiden stellvertretenden Zugführer sollten sich mit Karabinern begnügen, doch brannten beide nach wie vor darauf, mitzugehen.

Dies alles wurde am Nachmittag des großen Tages besprochen, während die sieben Schnapphähne, mit ihren geliehenen Pistolen versehen, noch an der Schreibstube herumstanden, ehe sie abrückten.

Dale hatte die siebente MPi nicht erwähnt, weil er sich nicht darauf verlassen wollte, daß das Unternehmen erfolgreich verlief. Mit dem ganzen Mißtrauen des Bauern gegenüber der Obrigkeit sah er seine Waffe bereits in den Händen von Stein oder Band, noch ehe das Unternehmen anlief, und ginge es dann schief, so hätte er das Nachsehen. Als der Beutezug erfolgreich verlaufen war, brachte er die Waffe grinsend zum Vorschein, und sein Grinsen war so ansteckend, daß seine Geriebenheit allgemein belacht wurde. Die nun überzählige MPi ging an MacTae – der es sich anders überlegt und beschlossen hatte, zu gegebener Zeit ebenso wie Storm und alle seine Köche mit an die Front zu gehen. – Dieser Augenblick kam früher als irgendeiner von ihnen erwartet hatte.

Der Lärm des Infanteriefeuers in den Hügeln war stetig lauter und von Tag zu Tag wütender geworden. Die kleinen Jeeps, die mit ihrer Ladung von hohen Offizieren und deren Kartentaschen aufgeregt die schlammige Straße passierten, waren immer zahlreicher geworden und fuhren immer eiliger vorbei. Soviel war bei der Kompanie bekannt. Als der Marschbefehl dann aber eintraf, war jedermann überrascht und verblüfft. Zum Teil natürlich deshalb, weil keiner recht daran geglaubt hatte, daß der Augenblick je kommen würde. Ihr eigener Marschbefehl zerplatzte plötzlich knallend über ihren Köpfen und dröhnte in ihren Ohren wie eine Explosion in einer Höhle.

Korporal Fife saß vor dem Schreibstubenzelt auf einem Wasserkanister in der Sonne, als Bugger Stein samt Fahrer und Kartentasche im Jeep anbrauste. Noch ehe Stein oder sein Fahrer herausgesprungen waren, hatte Fife ihren Gesichtern schon angesehen, was für eine Nachricht sie mitbrachten. Fife begriff nun, daß das dumpfe Pochen, das er vernahm, nicht von der Explosion in einer Höhle herrührte, sondern von dem schweren Klopfen seines eigenen Herzens, das ihm bis in die Kehle gestiegen war. Er wurde zwischen Widerwillen und brennender Erwartung hin und her gerissen. Falls seine Erregung sich noch steigern sollte, fürchtete er, sie in offene, vielleicht nicht mehr zu beherrschende Angst umschlagen zu sehen.

Fife hatte noch vor wenigen Tagen als Zuschauer an der Beratung des Beutezuges teilgenommen. Er war so darauf versessen gewesen, eine der Maschinenpistolen zu bekommen und das Unternehmen mitzumachen, daß er bei der Erinnerung daran das Gesicht zu einer abscheulichen Grimasse verzog.

Er hatte bei dieser Gelegenheit sogar sein feierliches Gelübde gebrochen, Welsh niemals um etwas zu bitten, das er sich selbst gegeben. Er hatte Welsh ganz einfach angebettelt, ihn gehen zu lassen. Selbstverständlich während einer Pause, als niemand in der Nähe war, der es hätte hören können. Er hatte nicht einmal um eine MPi gebeten, er wollte nichts weiter als mitgehen. Der schwarzbrauige Hauptfeldwebel hatte ihn einfach nur angeglotzt, ihn mit hervorragend gespielter Verständnislosigkeit angestarrt, während in seinen schwarzen Augen die Mordlust funkelte.

»Bubi, ich brauche das Krankenbuch mit den drei neuen Malariafällen, und zwar innerhalb von fünf Minuten«, hatte er gesagt.

Nichts weiter. Fife glaubte, er werde die Beschämung für den Rest seines Lebens nicht vergessen. Er glaubte, daß nicht einmal die schrecklichen Anforderungen eines Gefechtes diese brennende Schmach löschen könnten. Beim bloßen Gedanken daran juckte ihm die Haut.

Während dieser beiden Tage, als der für die Kompanie so wichtige Fischzug nach den Waffen vor sich ging, war auch Fife eine bedeutungsvolle Begegnung zuteil geworden. Sein zweiter Freund hatte ihn besucht, sein zweiter, wenn man Bell noch als Fife's Freund bezeichnen konnte; Fife hatte es in letzter Zeit beinahe aufgegeben, Bell dafür zu halten. Dieser andere Freund von Fife hieß Witt, und er war zwei Monate vor der Verschiffung der Kompanie versetzt worden.

Witt war ein kleiner, magerer Bursche aus Kentucky, ein altgedienter Soldat, der in der Boxstaffel des Regimentes gewesen war. Er hatte mehrere Jahre der Dritten Kompanie angehört, und seine Versetzung war für Fife eine sehr anschauliche Lektion über die Arbeitsweise der Armeebürokratie gewesen.

Kurz bevor die Truppe in die Endphase ihrer Ausbildung ging, hatte das Regiment eine neue Kompanie aufgestellt. Diese Kompanie bestand ursprünglich nur in Form einer Anweisung des Kriegsministeriums, wo man sie sich hauptsächlich aus technischen Gründen ausgedacht hatte, die für niemanden interessant waren, der nicht Taktik studierte. Sie wurde die Geschützkompanie genannt. Eine Pakkompanie gab es schon, aber die Geschützkompanie sollte mit ihren neuen Geschützen nicht nur Panzer bekämpfen, sondern auch Steilfeuer schießen und als Regimentsartillerie dienen, denn sie war in der Lage, kleinere Ziele mit Schnellfeuer einzudecken.

Diese auf dem Papier entstandene und auch nur auf dem Papier vorhandene Geschützkompanie brauchte nun vor allem Soldaten, um lebendig zu werden. Es begann daher innerhalb des Regimentes ein merkwürdiger Prozeß, den man eigentlich hätte als »Lumpensammlung« bezeichnen können. Fife beobachtete genau, was vorging. Der Regimentsstab gab Anweisung an alle Kompaniechefs, eine gewisse Anzahl von Männern abzustellen. In Befolgung dieses Befehls versammelten sich die übelsten Trinker, Homosexuellen und Unruhestifter bei der Geschützkompanie. Das Kommando über diese Kompanie wurde dann jenem Offizier des Regimentes über-

tragen, den der Kommandeur am wenigsten leiden konnte. Witt gehörte zu den Leuten, die von der Dritten Kompanie beigesteuert worden waren.
Witt war zwar ein Säufer wie die meisten, doch gab es viel schlimmere als ihn, und er war auch kein Homosexueller. Man hätte ihn vielleicht als Unruhestifter bezeichnen können – er war immerhin mehrere Male degradiert worden. Das machte ihn in Fife's Augen zu einem romantischen Helden (der Bell allerdings kaum das Wasser reichen konnte), doch weder in den Augen von Stein noch in denen von Welsh machte es ihn besonders liebenswert. Immerhin war er kein Unikum, und andere Männer, die nicht zur Geschützkompanie versetzt wurden, hatten eine ähnliche Laufbahn aufzuweisen. Witt scheiterte daran, daß er sich durch seinen Widerspruchsgeist die Feindschaft von Welsh zugezogen hatte. Die beiden konnten sich nun einmal nicht leiden.
Einer hielt den anderen rundheraus und ohne jede Einschränkung für ein Stinktier.
Witt lehnte es zwar ab, um die Rückgängigmachung seiner Versetzung zu bitten, doch war er sehr unglücklich. Alle seine Freunde blieben bei der Dritten, und hier hatte er sich auch bereits einen gewissen Ruf erworben. Witt betrachtete den Fall so: jeder wußte, daß er gerne bei der Kompanie war, und wenn Welsh ihn trotzdem versetzte, dann bewies das nur, daß seine Abneigung gegen Welsh berechtigt war, wodurch es nur noch unmöglicher wurde, Welsh um die Aufhebung des Versetzungsbefehls zu bitten. Er wurde also stillschweigend versetzt, zusammen mit einigen wirklichen Trinkern und zwei Homosexuellen. Nun war er auf Besuch zurückgekommen.
Die Geschützkompanie war zusammen mit einigen anderen Teilen des Regimentes schon etwa einen Monat früher mit der Vorausabteilung der Division eingetroffen. Sie hatte also erheblich länger Gelegenheit gehabt, sich zu akklimatisieren, und Witt war bereits an Malaria erkrankt. Er sah bleich aus, und seine Haut hatte eine gelbliche Tönung. Er war nie dick gewesen, aber jetzt war er geradezu abgezehrt. Er hatte die Ohren offengehalten, um etwas von seiner alten Kompanie zu erfahren, und wenn Truppentransporter anlangten, hatte er sich aufgemacht, um nach ihr zu suchen. Er hatte sich wohl zwanzigmal auf die Suche nach der Dritten begeben, und schließ-

lich war ihm sein Lohn geworden. Am Tage ihrer Ankunft war er mit einem Arbeitskommando am Strand gewesen, doch hatte er sie verpaßt, da er am anderen Ende des Strandes das zweite Schiff entlud. So hatte er sich denn auf ihre Spur gesetzt. Das war gar nicht so einfach. Die Insel barst förmlich vor Soldaten. Nach längeren Erkundigungen hatte er schließlich jemanden gefunden, der wußte, wo das Biwak war – doch als er hinkam (er entfernte sich zu diesem Zweck unerlaubt und legte den weiten Weg zu Fuß zurück) war die Kompanie abgerückt, und er mußte wieder von neuem anfangen. Hieran ließ sich sehr gut Witts hartnäckige Geduld ablesen. Fife wünschte sich selbst mehr davon.

Fife war entzückt, ihn zu sehen, um so mehr, als seine Freundschaft mit Bell in letzter Zeit gelitten hatte. Es war Fife auch nicht entgangen, daß Witt ihn – wenn auch aus anderen Gründen – ebenso bewunderte, wie er Witt bewunderte. Fife bewunderte und heroisierte Witt seiner männlichen Härte wegen; Witt seinerseits bewunderte Fife heimlich seiner Bildung wegen. Fife war dieser Schmeichelei recht zugänglich.

Es geschah nun, daß Witt gerade an jenem Nachmittag auftauchte, als der Beutezug vor sich ging. Noch kurz zuvor hatte Fife zugesehen, wie die sieben ohne ihn abgerückt waren. Vielleicht blieb das nicht ohne Einfluß auf den späteren Verlauf der Unterhaltung zwischen ihm und Witt. Jedenfalls ging er etwa eine halbe Stunde nach dem von ihm in säuerlicher Stimmung beobachteten Abzug der Beutejäger vor das Zelt hinaus, um Luft zu schnappen, und hörte sich von einem Mann angerufen, der nahe beim Kammerzelt gegen eine Palme lehnte. Es war Witt, der beschlossen hatte, nicht in die Nähe des Schreibstubenzeltes und seines Erzfeindes Welsh zu gehen, sondern statt dessen zu warten, bis sein Freund herauskommen würde. Fife konnte auf die Entfernung nicht erkennen, wer da rief, er ging also hinüber.

»Na so was! Witt! Ja was denn! Wie geht es dir denn!« rief er, sobald er ihn erkannte, und stürzte auf ihn zu, um ihm die Hand zu schütteln. Witt grinste triumphierend, sagte aber wie gewöhnlich wenig. Er sah müde und abgekämpft aus. »Tag, Fife.«

Fife kam es ganz so vor, als habe er auf dieser erschreckenden, von Krankheit und Tod verseuchten, jämmerlichen Insel einen verloren geglaubten Bruder gefunden. Witt ließ es zu, daß Fife ihm lange die Hand schüttelte und ihm auf die Schulter klopfte, und währenddessen grinste er stolz. Dann gingen sie zu einer umgestürzten Palme und setzten sich hin.

Es lag Witt am meisten daran zu erfahren, wie es um die Kompanie stand und wann sie zur Front abrücken sollte. Er hatte Queen und seinen Busenfreund Gooch schon begrüßt, außerdem Storm (der ihm etwas zu essen gab, weil Witt sein Mittagessen verpaßt hatte) und auch einige andere Bekannte. Zwar habe es ihm Spaß gemacht, sagte Witt, seine Freunde wiederzusehen, doch sei keiner imstande gewesen, ihm etwas über die Kompanie mitzuteilen. Vielleicht könne Fife das tun? Selbstverständlich sei er in jedem Fall froh, ihn zu Gesicht zu bekommen, habe sogar länger als eine halbe Stunde auf ihn gewartet, und wäre bestimmt nicht umgekehrt, ohne ihn gesprochen zu haben.

»Aber hast du dich denn nicht unerlaubt von der Truppe entfernt?«

Witt zuckte die Achseln und setzte sein zurückhaltendes, aber stolzes Grinsen auf. »Die tun mir nichts in meinem stinkenden Sauhaufen.«

»Aber warum bist du denn nicht hereingekommen und hast mich rausgeholt?« Witts Gesicht verhärtete sich, ganz als habe jemand seine Züge in schnelltrocknendem Zement abgedrückt, den Fife nun starr werden sah. Ein merkwürdig flacher, eisiger Blick trat in seine Augen als er Fife ansah. »Ich gehe nicht hin, wo dieses Arschloch ist.«

Fife überlief es kalt. In solchen Augenblicken hatte Witt etwas Schlangenhaftes an sich – er glich einer aufgerollten Klapperschlange, die bereit ist, zuzustoßen und instinktiv in ihrem kleinen Verstand weiß, daß sie das richtige tut. Es hat keinen Zweck, ihr Vorstellungen zu machen. Fife hatte auch das Empfinden – und zwar weil Witt ihn immer noch anstarrte –, als fühle Witt sich beleidigt, weil Fife angedeutet hatte, Witt könne sich an einen Ort begeben wollen, wo Welsh anwesend war. Fife fühlte eine Beklemmung.

»Hm, ja«, sagte er und rutschte auf dem Baumstamm herum. »Ich möchte fast sagen, daß er sich verändert hat, seitdem wir hier sind.« Das glaubte er selbst nicht.

»Der Lump wird sich nie ändern«, behauptete Witt.

Fife mußte ihm im stillen beipflichten. Außerdem fühlte er sich nie imstande, Behauptungen zu widerlegen. »Es ist eben nicht mehr die gleiche Kompanie, Witt«, erklärte er. »Ich wollte, du wärest dabei, wenn wir jetzt nach vorne kommen. Es ist nicht das richtige ohne dich.« Er wetzte unruhig hin und her. »Deswegen habe ich das wohl vorhin auch über Welsh gesagt.« Er versuchte munterer zu wirken als er war. »Was macht die alte Knarre?« Witt war nämlich Scharfschütze.

Witt überhörte das. »Wenn ich denke, daß die Kompanie ohne mich an die Front geht, dann werde ich ganz verrückt, wirklich, Fife.« Seine Augen verloren den wilden Blick, und er beugte sich vor, um ernsthaft mit Fife zu reden. »Ich bin jetzt seit . . . seit vier Jahren bei der Kompanie. Du weißt, was die Kompanie für mich ist, jeder weiß das. Es ist meine Kompanie. Und es ist einfach eine Schweinerei, daß ich nicht mehr dazugehöre. Es ist eine Schweinerei, Fife!« Plötzlich rutschte er in sich zusammen und starrte mürrisch und bekümmert zu Boden. »Und ich weiß einfach nicht, was ich dabei machen kann. Wahrscheinlich kann man überhaupt nichts dran ändern.«

»Tja . . .« begann Fife behutsam, »ich glaube, wenn du zu Stein gingest und ihm das selber erzähltest, dann würde er dich zurückversetzen lassen. Der Alte weiß ja, daß du ein guter Soldat bist. Das hat nie jemand bezweifelt. Und im Augenblick fließt sein Herz geradezu über für die Kompanie, weil er sie ja nun ins Gefecht führen muß und so.«

Witt hatte sich vorgebeugt und lauschte eifrig. Er strahlte. Als Fife aber verstummte, richtete er sich auf, und sein Gesicht wurde wieder ganz starr.

»Das kann ich nicht machen«, sagte er.

»Warum denn nicht?«

»Ich kann nicht. Und du weißt das auch ganz genau.«

»Aber ich glaube wirklich, daß er dich wieder nimmt«, fühlte Fife vor.

Witts Gesicht verfinsterte sich, und in seinen Augen wetterleuchtete es. »Mich wieder nimmt! Mich nimmt! Sie hätten mich erst gar nicht gehen lassen dürfen! Die haben schuld, nicht ich!« Dann verstummte er, und das Gewitter verzog sich, aber die dunklen, drohenden Wolken blieben. »Nein, ich kann das nicht tun, ich kann nicht darum bitten.« Fife fühlte sich nicht mehr nur unbehaglich, sondern auch gereizt. Witt hatte etwas an sich, das andere leicht in diesen Zustand geraten ließ – ohne daß er das beabsichtigte, selbstverständlich.

»Ja, also . . .« begann Fife.
Witt unterbrach ihn. »Es freut mich aber, daß du mir helfen willst.« Und dabei lächelte er freundlich.
»Soso.«
»Wirklich«, drängte Witt.
»Weiß ich ja«, beruhigte Fife ihn. Fife fürchtete sich, Witt zu widersprechen, weil Witt dann wütend wurde. »Ich wollte dich gerade etwas fragen: Liegt dir wirklich soviel daran, zur Kompanie zurückzukommen?«
»Das weißt du doch.«
»Nun, es gibt keinen anderen Weg als Stein zu bitten, dich anzufordern.«
»Du weißt doch, daß ich das nicht kann!«
»Ja, zum Teufel, Mann«, schrie Fife, »anders geht es eben nicht, und es wird langsam Zeit, daß du das kapierst!«
»Dann bleibe ich eben weg!« brüllte Witt zurück.
Fife hatte genug. Monatelang hatte er Witt nicht gesehen, und schon gab es Streit. Außerdem mußte er an seinen eigenen Krach mit Welsh denken und an die sieben Schnapphähne. Am meisten machte ihm aber eine unbestimmte Gereiztheit zu schaffen.
So sagte er also ein wenig schneidend und provozierend: »Tja, dann mußt du wohl bei der Geschützkompanie bleiben.«
»Muß ich wohl«, erwiderte Witt wütend.
Fife starrte ihn an. Witt blickte vor sich auf den Boden. Düster ließ er nacheinander jeden seiner Knöchel knacken.
»Es ist einfach unanständig«, sagte Witt und sah auf. »Es ist einfach nicht anständig, ganz gleich, wie man die Sache ansieht. Es ist ungerecht, eine Diskrimitierung.«
»Diskriminierung«, verbesserte Fife ihn. Er wußte, wie sehr Witt sich bemühte, Fremdwörter richtig auszusprechen. Witt war sehr empfindlich, wenn es sich um seinen Wortschatz handelte, den er sich durch das Lösen von Kreuzworträtseln erworben hatte. Aber Fife war eben gereizt. »Dis-kri-mi-nie-rung«, wiederholte er, als erteile er einem Kind Sprachunterricht.
»Was?!« Witt starrte ihn ungläubig an. Er war in Gedanken immer noch bei seinem Martyrium.
»Ich sagte, es heißt Diskriminierung.« Immerhin fühlte Fife sich ziem-

lich sicher. Er wußte, daß Witt ihn nicht schlagen würde. Witt würde keinen seiner Freunde verprügeln, ohne ihn vorher unmißverständlich zu warnen. Das wäre gegen sein blödsinniges Ehrgefühl gegangen. Fife erwartete also keine Prügel, aber die Reaktion Witts verblüffte ihn doch.

Witt glotzte ihn an, als habe er ihn noch nie gesehen. Die Gewitterwolken und das Wetterleuchten waren in sein Gesicht zurückgekehrt.

»Hau ab!« brüllte er.

Nun war es an Fife, verblüfft zu fragen: »Was?!«

»Ich habe gesagt, hau ab! Verdrück dich! Mach, daß du wegkommst!«

»Quatsch. Ich kann hier genau so gut sitzen wie du«, erwiderte Fife immer noch höchst verwundert.

Witt regte sich nicht, doch war das bedrohlicher, als wenn er es getan hätte. Sein Gesicht brannte vor Wut. »Fife, ich habe noch nie einen Freund verprügelt, ohne ihm vorher die Freundschaft aufzukündigen. Ich will es jetzt auch nicht tun, aber wenn du nicht machst, daß du verschwindest, dann schlage ich dir sämtliche Zähne ein.«

Fife versuchte zu protestieren. »Was redest du denn da für einen Blödsinn? Was habe ich dir denn getan?«

»Hau ab und rede nicht. Du und ich, wir sind keine Freunde mehr. Ich will dich nicht mehr sehen. Wenn du noch mal versuchst, mich anzuquasseln, dann schlage ich dir die Fresse ein.«

Fife erhob sich, immer noch überrascht, verwirrt und benommen. »Aber hör mal ... ich habe doch bloß Spaß gemacht ... ich ...«

»Hau ab!«

»Na schön. Gegen dich habe ich sowieso keine Aussichten, wenn ich auch größer bin, und das weißt du genau.«

»Schlimme Sache, aber so ist das Leben nun mal«, sagte Witt. »Und jetzt scher dich weg.«

»Ich geh ja schon. Aber du bist verrückt. Ich hab doch bloß Spaß gemacht!« Er entfernte sich einige Schritte. Er wußte nicht genau, ob er sich wie ein Feigling benahm, und ob es nicht ehrenvoller gewesen wäre, seinen Stolz herauszukehren, zurückzugehen und sich verprügeln zu lassen. Nach ein paar weiteren Schritten blieb er stehen und drehte sich um. »Vergiß nicht – entweder machst du es so, wie ich dir gesagt habe, oder du kommst nicht wieder zur Kompanie.«

»Hau ab!«
Das tat Fife denn auch. Er zerbrach sich immer noch den Kopf darüber, ob das feige sei, und fand es schließlich sehr wahrscheinlich. Das verursachte ihm ein Schuldgefühl. Er empfand auch noch aus einem anderen Grunde ein schreckliches Schuldgefühl, aber er konnte nicht dahinter kommen, weshalb. Er war bereit einzugestehen, daß Witt recht hatte und daß er selbst etwas ganz Gemeines, Beleidigendes getan, daß er Witt in seiner Ehre gekränkt hatte. Auf jeden Fall hatte er jetzt das gleiche Gefühl, das er als Kind nach einem ganz besonders schlimmen Streich zu haben pflegte. Allumfassendes Schuldgefühl hüllte ihn ein wie eine senfgelbe Wolke. Auf halbem Weg zum Zelt blieb er noch einmal stehen und blickte sich um. Witt saß immer noch auf dem Baumstamm.
»Geh weiter, los!«
Die Worte drangen gedämpft zu Fife herüber. Er ging weiter. Am Eingang zum Schreibstubenzelt blieb er stehen und sah wieder zurück. Witt war verschwunden.
Nun hatte er den einzigen Freund außer Bell verloren, dem er ja auch etwas angetan haben mußte, obwohl er sich trotz eines gewissen Schuldgefühls beim besten Willen nicht darauf besinnen konnte, was das wohl sein mochte. Unter all diesen Kerlen nur gerade zwei Freunde, dachte Fife, und nun bin ich beide los. Und ausgerechnet jetzt. Blieb nur noch Welsh, und das waren wirklich herrliche Aussichten. Tagelang grübelte er über die Sache mit Witt nach und malte sich aus, wie alles hätte ganz anders verlaufen können. Er tat das auch wieder an jenem Nachmittag, als er, auf dem Kanister in der Sonne sitzend, hinter der umgelegten Windschutzscheibe des Jeep Stein und den Fahrer erblickte und gleich wußte, was sie brachten. Und es war ein im Grunde von allen Freunden verlassener Fife, der sie aus dem Wagen steigen und auf sich zukommen sah – und Neuigkeiten von der Art, wie die beiden sie mitbrachten, sollte man in einem solchen Zustand von Rechts wegen nicht empfangen müssen.
»Korporal Fife«, sagte Stein knapp. Er war heute ganz Chef, ganz kühl und sachlich. Angesichts der Neuigkeiten, fand Fife, gehörte sich das auch so.
»Herr Hauptmann?« sagte Fife und bemühte sich, seine Erregung zu unterdrücken.

»Sämtliche Offiziere und Unteroffiziere zu mir, soweit sie nicht beim Arbeitsdienst sind. Vergessen Sie keinen. Schicken Sie auch Band her.« Stein verstummte und holte tief Luft. »Wir rücken ab, Fife. Wir gehen nach vorn. Abmarsch morgen um diese Zeit. In vierundzwanzig Stunden.«

Der hinter Stein stehende Fahrer bestätigte Fife die Richtigkeit dieser Nachricht mit einem nervösen, vielleicht auch bekümmerten Kopfnicken.

Kapitel III

Überall am Wege waren LKW im Schlamm festgefahren. Alle standen in der Richtung, in der die Dritte Kompanie marschierte. Die meisten waren von ihren Fahrern im Stich gelassen worden, hockten stumm im Schlamm und warteten darauf, von den großen Traktoren herausgezogen zu werden. Gelegentlich stand eine Gruppe von Männern knietief in der schwarzen Brühe und machte hoffnungslose Versuche, einen Wagen herauszuschieben. Die Fahrzeuge hatten Verpflegung und Wasserkanister geladen oder Infanteriemunition, Handgranaten und Granatwerfermunition. Der Nachschub per LKW war offensichtlich zusammengebrochen oder im Begriff, zusammenzubrechen. Die Infanterie suchte sich ihren Weg über verschlammte Radspuren und mückenverseuchte Grasbüschel am Straßenrand. Die festgefahrenen Lastwagen machten keinen Eindruck auf sie. Behangen mit Marschgepäck und Patronengurten hätten sie auch beim besten Willen nicht hinauswaten können, um zu helfen. Die Kompanien marschierten in Reihe, weit auseinandergezogen. An manchen Stellen kam es zu Stauungen und unbeabsichtigten Aufenthalten, an anderen Stellen wieder wurde der Abstand so groß, daß die keuchenden Männer nur laufend wieder aufholen konnten. Die Sonne stand strahlend am Himmel; Hitze und Feuchtigkeit drückten die Männer nieder, trieben ihnen den Schweiß hervor. Naß von Schweiß, mit brennenden Augen rangen sie nach Luft und schluckten doch nur Feuchtigkeit.
In gewisser Weise glich dieser Marsch einem fröhlichen Festzug. Auf beiden Seiten der Straße, soweit das Auge reichte, suchte sich eine Reihe von grungekleideten, überhitzten, schwerbepackten Männern taumelnd ihren Weg am Ufer dieses Schlammflusses. Eine Erregung wie bei einem Volksfest streckte nach allen Seiten ihre elektrisierenden

Fühler aus. Wenn die Arbeitskommandos links und rechts der Straße eine Pause einlegten, um sich zu verschnaufen, schauten sie stets zur Straße. Wer nichts zu tun hatte, verließ das Zelt, um zuzusehen und stand schwätzend im Schatten der Palmen am Weg: nur einige wenige, die abgebrühter und zudringlicher waren als die Mehrheit ihrer Kameraden, traten nahe heran, um sich nichts entgehen zu lassen. Sie starrten in die Gesichter der Marschierenden, als wollten sie sich jede Einzelheit einprägen. Abgesehen von diesen morbiden Gestalten betrachteten die Zuschauer die Marschierenden jedoch mit schweigendem Respekt.

Nur gelegentlich stieß einer von ihnen einen ermunternden Zuruf aus. Seine Antwort, wenn er überhaupt eine bekam, bestand in einem matten Wink, einem schnellen Blick unter gerunzelten Brauen, oder einem erzwungenen Grinsen. Die Marschierenden brauchten ihre gesamte Konzentrationsfähigkeit dazu, den Marsch fortzusetzen. Jeder andere Gedanke mußte unterdrückt werden und verschwand ganz von allein, als der Marsch eine Stunde gedauert hatte. In dem Bestreben anzukommen, vergaß die Infanterie ganz, wohin sie marschierte; es ging einzig darum, weiter zu machen und nicht liegen zu bleiben.

Allen gelang das nicht. Langsam bildete sich auf beiden Seiten zwischen den Zuschauern und der Straße eine neue Reihe. Soldaten verließen die Kolonne, setzten sich hin oder fielen einfach zusammen. Manche wurden ohnmächtig und von denen zur Seite geschleppt, die nach ihnen kamen, nicht selten von denen, die schon erschöpft am Straßenrand saßen.

Dies geschah fast immer schweigend. Gelegentlich rief einer der noch Marschierenden einem kampfunfähig gewordenen Freund eine Ermunterung zu. Das war aber auch alles. Die Zuschauer, die im Schatten der Bäume standen, boten ihre Hilfe nicht an, und den Erschöpften schien das ganz recht zu sein. Nur wenige von ihnen machten überhaupt den Versuch, in den Schatten zu kriechen. Sie lehnten sich benommen gegen ihr Marschgepäck, als säßen sie in einem Sessel; oder aber sie lagen, die Gesichter der Erde zugekehrt, noch mit ihrer Last auf dem Rücken, da. Die, die das Gepäck noch hatten abstreifen können, lagen flach ausgestreckt mit flatternden Lidern auf dem Rücken.

Die Dritte Kompanie hatte sieben und eine halbe Meile zu marschieren. Um elf Uhr morgens war sie, nach einem letzten Blick auf die Splittergräben, die Küchen- und Versorgungszelte, die ihr Zuhause gewesen waren, zum Straßenrand vorgerückt und hatte sich dort in eine Lücke zwischen den vormarschierenden Kolonnen eingeordnet. Sie erreichte ihr Ziel um 19.30 Uhr, fast bei Anbruch der Dunkelheit, und völlig am Ende ihrer Kräfte. Um 20.00 Uhr hatte sie neben der Straße im Dschungel ihr Biwak errichtet. Mehr als 45% der Kompanie waren ausgefallen, und noch nach Mitternacht trafen die letzten Nachzügler ein, diejenigen, die einen Sonnenstich bekommen und die, die ihr Frühstück erbrochen hatten.
Es war ein unglaublicher Marsch. Niemand in der Dritten, einschließlich der ganz alten Marschierer, die schon in Panama und auf den Philippinen gewesen waren, hatte je etwas Ähnliches erlebt. Am frühen Morgen hatte Bugger Stein noch davon geträumt, die Kompanie ohne Ausfälle durchs Ziel führen, hatte gehofft, dem Bataillonskommandeur die Kompanie vollzählig angetreten melden zu können. Als die Spitze der Kolonne, immer noch von Stein wenn auch mit zitternden Knien angeführt, von der Straße abschwenkte, vermochte Stein nur noch bitter über seine Hoffnungen zu lachen.
Müde, zitternd, und immer noch schwitzend, teilte er den Zügen ihre Plätze zu und ging dann allein zum weiter vorne gelegenen Bataillonsgefechtsstand, um seine Meldung zu machen.
Unterwegs hatte er einen höchst sonderbaren Zusammenstoß mit seinem Schreiber Fife gehabt. Stein war deshalb zunächst sehr nervös geworden, dann aber in helle Wut geraten, weil er sich überaus gekränkt fühlte. Die Nachwirkungen färbten auch jetzt noch auf seine niedergedrückte Stimmung ab, als er bei einbrechender Dunkelheit die Straße entlang ging. Das Ganze war sehr merkwürdig gewesen. Allein, daß man acht und eine halbe Stunde dazu brauchte, sieben und eine halbe Meile zurückzulegen, war merkwürdig genug. Wenn man dann noch das Terrain in Betracht zog, den Weg zwischen den Kokoshainen, wo die Zuschauer wie eine Horde beschäftigungsloser Totengräber herumstanden, so wurde es noch sonderbarer. Später waren sie auf einem Pfad landeinwärts marschiert, zwischen zwei bedrohlich grünen, von Vogelgezwitscher erfüllten Dschungelmauern hin. Da waren sie bereits sechs Stunden unterwegs, und die

Männer waren vor Erschöpfung beinahe hysterisch. An der Spitze der Kolonne hatten bereits vier Herren vom Küchenpersonal und zwei vom Kompanietrupp schlappgemacht: der kleine Bead und ein Neuer namens Weld, der seines Alters wegen dem Kompanietrupp als eine Kreuzung von Hilfsschreiber und Melder zugeteilt worden war. Diese Maroden waren zurückgeblieben. Über ihnen krächzten Vögel, stießen schrille Pfiffe aus, als wollten sie die Marschierenden verhöhnen.
Fife hatte schon seit einiger Zeit keuchend und verzweifelt angekündigt, daß er nicht mehr weiter könne. Nach einer kurzen Rast war er nicht sogleich mit den anderen aufgestanden, und Stein hatte sich ihm in der Absicht genähert, ihn zu ermuntern, ihm gut zuzureden.
»Na los doch, Fife, auf mit Ihnen. Sie wollen doch jetzt nicht aufgeben! Sie haben doch schon das meiste hinter sich. Sie werden es schon schaffen!«
Fife's Reaktion darauf war äußerst überraschend. Er stand nicht etwa auf, sondern er sprang förmlich in die Höhe, als hätte man ihn mit einer Nadel gestochen. Am ganzen Leibe zitternd, begann er unflätig zu schimpfen.
»Sie! Sie haben es gerade nötig! Was haben Sie mir schon zu sagen! Ich marschiere noch, wenn Sie schon längst alle Viere von sich strecken! Ich marschiere noch, wenn Sie und alle diese Kerle hier –« und dabei beschrieb er mit zitterndem Kopf einen Kreis –« längst in die Knie gegangen sind! Sie und alle die anderen verfluchten Offiziere!« Mit bebenden Händen streifte er sich sein Gepäck über.
»Halten Sie den Mund, Fife!« hatte Stein scharf befohlen.
»Ich werde marschieren, bis ich tot umfalle, da braucht gar kein Offizier dumm zu quatschen, und wenn ich umfalle, dann bin ich Ihrer Leiche jedenfalls noch zehn Meter voraus! Sorgen Sie sich bloß nicht darüber, daß ich schlappmachen könnte!«
Fife hatte dann noch mehr verworrenes Zeug geredet, während er sich das Gepäck umhängte und auf die Straße taumelte. Er hatte durchaus nicht den Mund gehalten.
Stein hatte nicht gewußt, was er tun sollte. Er konnte die Sache mit Stillschweigen übergehen oder sofort ein Exempel statuieren. Fife kümmerte das nicht mehr. Stein kannte die Theorie, nach der man einen hysterischen Menschen durch Ohrfeigen zur Vernunft bringt, doch hatte er selbst sie niemals ausprobiert. Da er der Wirkung nicht

ganz sicher war, zögerte er, sie anzuwenden. Er hätte Fife ja auch festnehmen lassen und Tatbericht einreichen können. Grund genug hatte er dazu. Stein beschloß, nichts von alledem zu tun. Statt dessen trat er stumm an die Spitze der Kolonne, hob den Arm, und die Kompanie setzte sich in Bewegung.

Auch hier, auf dem schmaleren Weg im Dschungel, marschierten sie in Doppelreihe, eine auf jeder Seite. Stein hörte, wie Fife hinter ihm immer noch schimpfte. Niemand hörte zu, niemand kümmerte sich darum, dazu waren alle viel zu müde. Stein mußte aber damit rechnen, daß er vor der Kompanie an Gesicht verloren hatte, als er Fife's Verhalten einfach ignorierte. Dieser Gedanke quälte ihn, und seine Ohren brannten. Er wahrte weiterhin sein Schweigen, und nach einer Weile verstummte Fife von allein. Die Kolonne marschierte schweigend dahin. Aus dem Augenwinkel konnte Stein Hauptfeldwebel Welsh beobachten (er hatte Band ans Ende der Kolonne geschickt, damit er sich dort der Nachzügler annehme). Welsh marschierte mit gesenktem Kopf, augenscheinlich in Selbstgespräche vertieft; dabei sah er aus wie jemand, der einen kleinen Spaziergang unternimmt, weil er sich mal Bewegung machen möchte. Er setzte häufig die Mundwasserflasche an und gurgelte mit Gin, und das machte Stein wütend. Welsh glaubte offenbar, es sei ihm noch niemand auf die Schliche gekommen! Im dichten Gebüsch neben der Straße ließ sich jetzt ein allem Anschein nach übergeschnappter tropischer Vogel vernehmen, der Stein gereizt ins Ohr kreischte und dann einen schrillen Pfiff ausstieß.

Die Wut überkam ihn erst, nachdem Fife eine Weile verstummt war. Da packte sie ihn aber auch mächtig. Sein Hals schwoll an, und der Kopf brannte ihm unter dem Helm. Er war so wütend, daß ihm alles vor den Augen verschwamm, so wütend, daß er fürchtete, er werde stolpern, hinfallen, liegenbleiben und in ein sinnloses Gebrüll ausbrechen. Er haßte seine Leute, haßte jeden einzelnen von ihnen. Da riß man sich ihretwegen förmlich in Stücke, kümmerte sich um sie wie ein Vater, und dafür erntete man nichts als Haß, weil man Offizier war. Einzig dafür haßten sie einen, mit unerbittlicher, unwissender, verbohrter Hartnäckigkeit.

Fife war nicht zurückgeblieben.

Stein ging in der einfallenden Dämmerung allein die Straße hinauf.

Er war in eine mürrische Melancholie versunken. Wenn er ganz ehrlich sein wollte, mußte er zugeben, daß er sich im Falle Fife nicht ganz schuldlos fühlte. Er hatte ihn immer mit gemischten Gefühlen betrachtet. An seiner Intelligenz zweifelte er keinen Augenblick, und er hatte ihn deshalb, und auch weil Fife seine Arbeit gut tat, schon vor neun Monaten zum Korporal befördert – obwohl das bedeutete, daß ein stellvertretender Gruppenführer deshalb nicht befördert werden konnte. Überdies hatte Stein ihm die Erlaubnis gegeben, zweimal wöchentlich die Universität im Standort der Division zu besuchen, nachdem die neue Verordnung über Gebührenfreiheit für Soldaten herausgekommen war.
Er mochte Fife gerne (er hatte es schließlich bewiesen!), und doch hielt er ihn für einen labilen Menschen. Fife war zerfahren und neigte dazu, seiner Phantasie die Zügel schießen zu lassen. Er ließ sich von seinen Gefühlen leiten, hatte nicht die Fähigkeit, sich zu beherrschen, und daher fehlte es ihm an Urteilsvermögen. Er war natürlich noch ein Junge. Aber schließlich war er auch wieder zwanzig Jahre alt. Stein wußte nichts über Fife's Zuhause, nahm aber an, daß Fife an einer Entwicklungsstörung leide. (Ödipuskomplex usw.) Es gab heutzutage viele solcher Fälle in Amerika. Im Bürgerkrieg hatten Männer von zwanzig Jahren Regimenter, ja, Divisionen geführt. Im täglichen Kompaniebetrieb fiel Fife's Labilität auch nicht weiter auf. Der Junge tat seine Arbeit und hielt den Mund, und nur gelegentlich wurde er ausfallend gegen Welsh (wofür er nun wirklich nicht zu tadeln war). Aus all diesen Gründen aber hatte Stein das Gefühl gehabt, er könne Fife nicht unbedenklich zum Reserveoffiziersanwärter vorschlagen.
Als das Verteidigungsministerium mit allen Mitteln begonnen hatte, jeden irgendwie tauglichen Mann zum Offiziersbewerber zu machen, hatte Stein seine intelligenten Unteroffiziere und die Mannschaften mit abgeschlossener Schulausbildung gedrängt, sich zu bewerben. Sie wurden beinahe alle angenommen, und bis auf zwei auch alle zu Offizieren ernannt. Eines Tages hatte Stein auf der Schreibstube in dem unangebrachten Wunsch, ein gutes Werk zu tun, einen Gedankenblitz gehabt und Fife vorgeschlagen, sich doch für die Verwaltungslaufbahn zu melden (im Unterschied zur Truppenoffizierslaufbahn), denn Stein glaubte, eben auf Grund seiner Kenntnis von Fife's

Charakter, daß Fife keinen guten Infanterieoffizier abgeben würde. Fife sträubte sich zunächst und wollte nicht, und dabei hätte Stein es belassen sollen. Stein aber sah genau, daß Fife nur seinen Helden Welsh imitierte, der immer, wenn man ihm vorschlug, einen Offizierslehrgang zu besuchen, bösartig knurrte und ein Gesicht machte, als wolle er auf den Fußboden spucken. Stein also probierte es dann noch einmal, weil er glaubte, damit der Armee und Fife einen Gefallen zu tun.

Als er es das zweitemal versuchte, beschwor er das Unheil herauf. Immer, wenn er daran dachte, wurde er wütend. Als er Fife noch einmal den Vorschlag machte, erwiderte Fife, er habe es sich überlegt und wolle sich bewerben, aber nicht um Aufnahme in die Verwaltungslaufbahn, sondern auf die Kriegsschule; wenn er schon Offizier werden solle, so sagte er mit einem höchst gefühlvollen, tragischen Ausdruck, den Stein sich nicht erklären konnte, dann wolle er Offizier bei der Infanterie werden. In diese Lage also hatte sich Stein dadurch gebracht, daß er ein gutes Werk tun, daß er sowohl der Armee als auch Fife einen Gefallen erweisen wollte.

Also half er Fife dabei, seine Bewerbung aufzusetzen, unterschrieb sie und leitete sie weiter. Schließlich hatte jeder Soldat das gute Recht, sich zu bewerben. Stein fand aber, daß er selbst nicht moralisch berechtigt sei, eine unaufrichtige Empfehlung abzugeben. Er war daher bei seiner Beurteilung des Bewerbers Fife ganz ehrlich, das heißt also, er gab seinen Zweifeln an Fifes Eignung zum Infanterieoffizier Ausdruck. Eine andere Möglichkeit hatte er nicht gesehen.

Die Bewerbung kam sofort zurück. Es lag ein Begleitschreiben vom Regiment dabei, in dem der Personaloffizier äußerte: *Was soll der Quatsch? Das ganze Für und Wider interessiert mich nicht. Wenn Sie nicht glauben, daß ein Soldat sich zum Offizier eignet, dann schicken Sie gefälligst seine Bewerbung nicht weiter. Ich habe hier genug zu tun.* Dieses Mal war Stein sowohl wütend als auch verlegen. Wenn der Holzkopf von der Personalabteilung, mit dem Stein regelmäßig ein Gläschen im Offiziersklub trank, nicht wußte, daß jeder Soldat das Recht hatte, sich zu bewerben, dann war er blöde; wenn er es aber wußte, dann handelte er unmoralisch. Wiederum wußte Stein nicht, wie er sich verhalten sollte. Er legte die Bewerbung ab, ohne Fife etwas davon zu sagen, und versuchte ihn dann noch einmal zu überreden, sich für die

Verwaltungslaufbahn zu entscheiden. Fife weigerte sich. Er sagte, er ziehe es vor zu warten, bis über seine erste Bewerbung entschieden sei, und das tat er denn auch: er wartete, und dadurch ärgerte er Stein von neuem.

Das schlimmste war, daß Fife seine Bewerbung mitsamt Steins Beurteilung und der Antwort vom Regiment fand. Zwei Wochen vor der Abstellung wurde die Schreibstube aufgeräumt. Als Fife Steins Personalakten durchsah, fand er darin einen Haufen anderer Papiere. Stein, der an seinem Schreibtisch saß, bekam die Akte zu fassen, sagte, es seien persönliche Papiere darin und schloß sie weg. Aber nicht, ehe Fife einen Blick darauf hatte werfen können, dessen war Stein gewiß. Denn Fife hatte ihn sehr sonderbar angesehen. Wie gewöhnlich war auch der grinsende Welsh dabei, dem nichts entging. Und dann hatte Fife sich wieder in einen jener gefühlvollen Zustände gesteigert, die Stein zwar spüren, nicht aber begreifen konnte, und war stumm an seine Arbeit gegangen. Und bis zu diesem Tage hatte er nichts davon erwähnt. Nicht ein Wort. Aber es bedurfte wohl keiner übermäßigen Gehirnarbeit, um herauszubekommen, daß dieser Vorfall die Ursache des heutigen Ausbruches war. So dachten also die Soldaten von ihren Offizieren! Was Stein so wütend machte, war die Ungerechtigkeit, die sich darin ausdrückte.

Im Augenblick jedoch erfüllte ihn nur tiefe Wehmut. Es war immer ein Schock, wenn man entdeckte, wie sehr man von den Mannschaften gehaßt wurde; im allgemeinen versuchte man, diese wohlbekannte Tatsache zu vergessen. Dabei sollte er seine Leute morgen ins Gefecht führen. Er fühlte sich sehr unzulänglich, ganz besonders, wenn er sich daran erinnerte, wie schlecht der heutige Marsch verlaufen war. Was sich dabei zugetragen hatte, hatte ihn entsetzt und schockiert. Von den Offizieren und den Unteroffizieren war keiner umgefallen, sie wußten zu gut, daß sie sich das nicht leisten konnten, aber wenn Stein bedachte, wie viele große, starke Männer aufgegeben oder einfach schlappgemacht hatten, dann ließ ihn das trübe in die Zukunft sehen. Wenn ein durchaus nicht muskulöser und im ganzen eher schwächlicher Mann wie er durchhalten konnte, diese Burschen aber nicht, so warf das kein gutes Licht auf den Zustand der Kompanie, weder auf ihre körperliche noch auf ihre geistige Verfassung. Der Himmel wußte, daß er während der Ausbildung versucht hatte, sein Bestes an ihnen zu tun. Aber welche Folgen mochten sich erst zeigen, wenn die Kompanie der Hitze, der Erschöpfung und der Nervenprobe eines Gefechtes ausgesetzt wurde! Als er sich bei seinem Bataillonskommandeur meldete, erwähnte er natürlich nichts davon; allerdings war er sehr überrascht zu erfahren, daß seine Kompanie mit nur 45% Ausfällen die beste des ganzen Bataillons war! Das machte ihn aber nicht glücklich. Er nahm die etwas säuerlichen Glückwünsche des Kommandeurs mit müde verzerrtem Lächeln entgegen, dann stapfte er über die nun fast dunkle Straße zurück und musterte aufmerksam die hohen Bäume und das dickblättrige Unterholz.

Mit Hilfe von Taschenlampe und Karte hielt er dann vor seinem kleinen Zelt eine Lagebesprechung ab. Er hatte dabei ein merkwürdiges Gefühl. Das Bataillon sollte, wenn es nicht angefordert wurde, den Vormittag über in Reserve bleiben. Am Nachmittag sollte es vorgehen und die Hügelstellungen besetzen, die das zweite Bataillon bis dahin genommen haben würde. Im Widerschein des Lampenlichtes, das die Karte zurückwarf, musterte Stein die Gesichter seiner Offiziere und Zugfeldwebel. Welsh war selbstverständlich anwesend, der Schreiber Fife jedoch, der im Bedarfsfall Welsh hätte zur Verfügung stehen müssen, war nirgends zu erblicken. Wahrscheinlich war er verlegen und hatte sich gedrückt. Nun, es kam nicht darauf an, Welsh brauchte ihn nicht. Es war auch nicht aus taktischen Gründen notwendig, daß Fife der Lagebesprechung beiwohnte. Immer noch trafen Nachzügler der Kompanie ein, und Stein hatte sich bereits damit abgefunden, daß er nicht zum Schlafen kommen würde.

Fife war deshalb bei der Lagebesprechung abwesend, weil er sich auf einen Spaziergang in den Dschungel begeben hatte. Mit Verlegenheit hatte das gar nichts zu schaffen. Fife empfand seines Ausbruches vom Nachmittag wegen nicht nur keine Verlegenheit, sondern war geradezu stolz darauf. Für so mutig hatte er sich gar nicht gehalten. Daß er dann allein in den Dschungel gegangen war, hatte einen anderen Grund. Kaum nämlich hatte er freudig überrascht seinen eigenen Mut konstatiert, als er auch schon entdeckte, daß das alles ohne jede Bedeutung war.

Angesichts der Möglichkeit, daß er morgen um diese Zeit sehr wohl tot sein konnte, war es völlig gleichgültig, ob er heute Mut bewies

oder nicht. Angesichts der Möglichkeit, daß er morgen tot sein konnte, war überhaupt alles sinnlos. Das Leben war sinnlos. Ob er einen Baum betrachtete oder nicht, war gleichgültig, war dem Baum einerlei, war bedeutungslos für die Männer in seiner Kompanie, ohne Bedeutung für irgend jemanden auf der Welt. Wer machte sich schon was daraus? Nur ihm war es nicht gleichgültig, aber wenn er erst tot war, nicht mehr existierte, dann würde es auch ihm gleichgültig sein, und, was noch wichtiger war, es würde nicht nur gleichgültig sein, sondern seit eh und je gleichgültig gewesen sein.
Das war dunkel und nicht leicht verständlich. Mal glaubte er, es zu verstehen, dann wieder stand er ganz und gar hilflos davor. Alles blieb ungewiß, Vergangenheit und Zukunft gerieten ihm durcheinander. In den kurzen Augenblicken, in denen er zu vollem Verständnis durchstieß, befiel ihn Übelkeit.
Denn aus dem hintersten Winkel seines Gehirns hatte sich langsam die Gewißheit vorgedrängt, daß er morgen, spätestens aber in wenigen Tagen, tot sein werde.
Diese Gewißheit hatte Fife in ein solches Meer von Trauer gestürzt, daß er die Lagebesprechung einfach vergaß und ganz allein einen Spaziergang in den Dschungel unternahm, um alles das noch einmal zu betrachten, was fortfahren würde zu leben, lange nachdem er bereits aufgehört haben würde zu atmen. Es war ziemlich viel, was es da zu betrachten gab, und Fife sah sich alles an. Die Dinge ließen sich ungerührt von Fife ansehen und veränderten sich nicht im mindesten.
Er mochte tun, was er wollte, ja, er brauchte überhaupt nichts zu tun – es war alles einerlei. Weder glaubte er an Gott, noch glaubte er nicht an Gott. Gott war etwas, das ihn nichts weiter anging. Er konnte also auch nicht glauben, daß er in diesem Krieg für Gott kämpfte, oder für die Freiheit, für Demokratie oder Menschenwürde. Als er versuchte herauszubekommen, warum er denn überhaupt hier sei, konnte er nur einen einzigen Grund dafür entdecken: er war hier, weil er nicht für einen Feigling gehalten, und weil er nicht eingesperrt werden wollte. Das war die Wahrheit. Warum das die Wahrheit war, da er sich doch gerade bewiesen hatte, daß weder seinen Handlungen noch seinen Unterlassungen die geringste Bedeutung zukam, vermochte er nicht zu sagen. Es war eben so.

Als Fife sich von der Kompanie entfernte, hatte er das Gewehr von der Schulter genommen, da es geheißen hatte, man müsse hier, so nahe an der Front, mit eingesickerten Japanern rechnen. Er hatte nirgends eine verdächtige Bewegung bemerkt, doch begann er unruhig zu werden, als es dämmerte. Er wußte, daß hier in der vergangenen Woche noch gekämpft worden war, aber die Gegend sah so aus, als habe vor Fife noch nie ein Mensch den Fuß hergesetzt. Und doch war vielleicht ein anderer Amerikaner gerade an dieser Stelle gefallen. Fife versuchte, sich das vorzustellen. Er faßte das Gewehr fester. In dem Maße, in dem das Licht schwächer wurde, verdichtete sich die geisterhafte Stille um ihn. Plötzlich fiel ihm ein, daß bei Einbruch der Dunkelheit Posten aufgestellt werden würden. Es war durchaus möglich, daß er bei seiner Rückkehr an einen Mann geriet, den der Abzugfinger juckte. Ohne zu zaudern, und ohne noch einen Gedanken an die Überzeugung zu verschwenden, daß er morgen tot sein werde und daß daher alles einerlei sei, kehrte er auf dem schnellsten Wege ins Biwak zurück, glücklich, wieder bei der Herde zu sein. Die Posten waren noch nicht aufgezogen. Der Wachhabende suchte sie gerade erst zusammen. Fife glotzte sie einen Augenblick entsetzt an, da ihm klar wurde, wie leicht seine Übererregbarkeit dazu hätte führen können, daß einer von diesen Leuten ihm eine Kugel verpaßte, und er ging zu Steins Zelt. Welsh, der im Begriff war, seine Decken auszubreiten, erwischte ihn noch rechtzeitig und schickte ihn fluchend schlafen.
Einen Augenblick lang, nur einen kurzen Augenblick lang, war Fife versucht, Welsh anzusprechen, in seiner Nähe Trost zu suchen. Er wußte aber nicht, was er hätte sagen, wie er sich hätte ausdrücken sollen, ja, er wußte gar nicht, was er eigentlich von Welsh wollte. Und was hätte Welsh ihm schon für einen Trost bieten können? Er wollte nicht für ein nervöses, altes Weib, für einen Feigling gehalten werden. Statt also zu reden, kehrte er Welsh ausdrucksvoll den Rücken und ging weg. Er wußte wohl, daß man ihm die Angst vom Gesicht ablesen konnte.
Welsh, der mit gekreuzten Beinen vor seinem Zelt saß und das Gewehr auf den Knien hielt, sah ihm aus zusammengekniffenen Augen nach, bis der Junge humpelnd zwischen den Bäumen verschwand. Seine Augen funkelten unter den schwarzen Brauen. Der Knabe fing also endlich an einzusehen, wie ungeheuer wichtig er für das Universum

war! Welsh schnaufte. Lange genug hatte es ja gedauert. Das hätte eigentlich jedes mittelkluge Kind begreifen müssen, aber niemand tat das gerne. Es nützte nun aber alles nichts mehr, begriffen werden mußte es. Ganz schön, was? Ganz hübscher Schock, wie? Das schlägt sich auf den Darm! In gewisser Weise hatte Welsh Mitleid mit Fife, aber er konnte ihm nicht helfen. Auch andere konnten das nicht. Man hätte ihm nur raten können, noch mal von vorne anzufangen, diesmal aber dumm geboren zu werden. Es dreht sich alles nur um Besitz, mein Junge. Sterben müssen wir alle, und worum dreht sich das Ganze? Worum dreht sich letzten Endes das Ganze? Was bleibt? Besitz. Welsh machte sich wieder daran, sein Gewehr zu säubern. Seine neue MPi und die Pistole, die er auf der Waffenkammer organisiert hatte, waren schon nachgesehen. Er hätte übrigens auch noch eine abgesägte Schrotflinte genommen, wenn welche ausgegeben worden wären. Er mußte sich beeilen, es war beinahe dunkel. Befriedigt hielt er schließlich das Gewehr hoch und blinzelte durch den Lauf. Dieses Schnellfeuergewehr war doch das einzig wahre. Die anderen mochten sich um die langen Flinten reißen, mit denen man auch auf weite Entfernungen genau treffen konnte, aber er tat es nicht. Die Genauigkeit sollte der Teufel holen. Welsh war es um Feuerkraft zu tun. Er ließ das Gewehr wieder sinken. Dies war das Zeitalter der Feuerkraft, nicht das der umständlichen Genauigkeit. Wenn er doch nur was zu vögeln hätte heute nacht! Eine Ziege. Einen sauberen Greis, ja, auch einen dreckigen Greis. Mit gekreuzten Beinen, das Gewehr im Schoß, saß Welsh da und starrte in die Dunkelheit.

Auch Fife bekam nicht viel Schlaf, doch waren es andere Gründe als die, die Stein und Welsh am Schlafen hinderten. Nachdem er Welsh verlassen hatte, suchte Fife einen Stapel Rationen. Die Überzeugung, daß er morgen oder übermorgen sterben müsse, hinderte ihn nicht daran, Hunger zu fühlen. Er setzte sich vor seinem Zelt auf die Erde und schlang hungrig kaltes Fleisch und Bohnen aus einer Konservendose in sich hinein. Dann kroch er ins Zelt und legte sich nieder, und als er an den folgenden Tag dachte, bekam er Herzklopfen. Sterben? Aber er war doch noch nicht einmal in Nizza und Monte Carlo gewesen! Etwa zwanzig Minuten später kam der kleine Bead ins Zelt gekrochen, der unterwegs schlappgemacht hatte.

Fife sah ihn heute abend nicht zum ersten Mal: Bead hatte vor einer Weile einen seiner Freunde beim 1. Zug besucht. Als Fife ihn jetzt hörte, drehte er sich mit dem Gesicht zur Wand und tat, als schlafe er. Bead schlüpfte unter das Netz und nahm seinerseits von Fife keine Notiz.
So lagen sie lange schweigend, während es um sie herum in den Zelten still wurde. Dann lagen sie noch länger regungslos in der nun eingetretenen Ruhe. Die Luft im Zelt stank geradezu nach vorgetäuschtem Schlaf. Schließlich rührte Bead sich. Er rollte sich herum und sagte heiser:
»Na, was ist?«
Fife antwortete nicht und fuhr fort, so zu tun, als schlafe er.
»Nun, was ist?« wiederholte Bead schließlich rauh.
Fife blieb stumm.
»Ich sehe nicht, was wir noch zu verlieren haben. Jetzt nicht mehr. Vielleicht ist es für uns beide die letzte Gelegenheit.« Beads Stimme kam gequetscht, als ziehe man sie ihm aus der Kehle, und es schwang ein bitterer Unterton darin. Sein Atem ging hörbar.
Fife antwortete weder, noch rührte er sich, und Bead sagte nichts weiter. Er hatte sich herumgerollt und starrte in Fife's Nacken. Er drehte sich nicht wieder weg und fuhr fort zu keuchen.
»Mir steht er und dir doch auch«, sagte der kleine Bead aus Iowa endlich mit wilder Aufrichtigkeit.
Das stimmte, und eigentlich war das eine ausreichende Antwort. Fife rollte sich langsam herum, und sie lagen sich nun gegenüber, etwa einen Viertelmeter auseinander. Fife konnte Beads Gesicht gerade eben erkennen. Beads blaßblaue Augen schienen das wenige vorhandene Licht in sich zu sammeln und damit sein Gesicht zu beleuchten.
»Na?« fragte Bead.
»Na – was?« fragte Fife wütend.
»Einer von uns muß sich rumdrehen.«
Na und? dachte Fife. Bead hatte die Sache angefangen, sollte er sich auch umdrehen. Beads Gesicht verschwand. Gedankenverloren fuhr Fife mit der Zunge über seine ungeputzten Zähne.
Merkwürdigerweise dachte Fife während der folgenden Minuten an seine Freundin in jener Universitätsstadt, an diese Freundin, die er

nicht hatte verführen können. Sie stand ihm lebhaft und fast zum Greifen nahe vor Augen. Sie war ein hochgewachsenes Mädchen mit schweren Brüsten, breiten Oberschenkeln, einem muskulösen Hinterteil und kräftig ausgebildetem Venushügel, was alles er ein einziges Mal in einer leidenschaftlichen Nacht durch ihre Kleider hindurch gefühlt, nicht aber zu sehen bekommen hatte. Es war ihm nicht gelungen, sie zu verführen, aber seitdem die Division ausgerückt war, hatte er vier heiße Liebesbriefe von ihr erhalten. Zwei davon hatte er beantwortet, und zwar so, wie es sich für einen jungen Soldaten, der im Begriff war zu fallen, schickte, doch nach dem dritten hatte er es aufgegeben, die Anstrengung schmerzte ihn zu sehr. Sie hatte leicht schreiben, daß sie es nun bedaure, sich ihm nicht hingegeben zu haben; Fife fand die Lektüre solcher Briefe einfach unerträglich. Mitgefühl auf große Entfernung brachte ihm nichts ein. Gelegentlich jedoch dachte er gerne daran, wie sie sich durch ihre Kleider hindurch angefühlt hatte, besser, blutvoller, saftiger als irgendeine Hure, mit der er je verkehrt hatte.

Nur ungern erinnerte sich Fife daran, wie die Affaire mit Bead begonnen hatte. Es gab Gelegenheiten, wie zum Beispiel heute, wo er dem nicht aus dem Wege gehen konnte. Das Ganze hatte in der zweiten Nacht auf der Insel angefangen. Die vorangegangene Nacht war die, die auf den Platzregen folgte; die Nacht, in der sie zum ersten Mal zusammen in einem Zweierzelt geschlafen hatten. In der zweiten Nacht war es sehr viel trockener und angenehmer gewesen, und Stein hatte die Mannschaftszelte der Kompanie immer noch nicht aufgetrieben. Es war Bead, der das Thema zur Sprache gebracht hatte. Er war gerade in dem Augenblick ins Zelt gekrochen, als Fife in Unterhosen dasaß und ganz in die Gedanken an seine Freundin vertieft war. Bead äußerte nichts, aber Fife wurde verlegen. Als Bead sich dann auszog, fing er an darüber zu klagen, wie schwer es ihm falle, ohne Frauen leben zu müssen. Fife und er seien oft genug zusammen ausgegangen, hätten die Bordelle im Standort besucht, und es müsse Fife ja aufgefallen sein, daß er, Bead, ein außerordentlich geiler Typ sei, der nicht genug kriegen könne. Das hatte Bead oft genug gesagt, und da er achtzehn Jahre alt war, mochte das auch stimmen; Fife hatte jedoch den Verdacht, Bead übertreibe etwas. Kurz und gut, für Bead war, wie er behauptete, diese Entbehrung das schlimmste am ganzen Krieg. Was sollte man da machen? Nichts, es war einfach nichts zu machen, es sei denn, man suchte sich irgendwo einen schwulen Koch oder Bäcker, oder man half sich gegenseitig. Das wäre ja wohl nicht ausgeschlossen, meinte Bead.

»Weißt du, so wie damals, als wir noch klein waren und in die Schule gingen«, grinste er scheu.

Weiter hatte er nichts gesagt, sondern sich ganz ausgezogen und auf seiner Seite des Zeltes niedergelegt, wo er unablässig von Weibern redete, und zwar mit der kindlich hohen Stimme, die er mit achtzehn Jahren noch nicht verloren hatte. Schließlich hörte er auch damit auf, es entstand eine Pause, und er rollte sich zu Fife herum.

»Na, was meinst du?« fragte er munter.

Fife ahnte, was bevorstand. Trotzdem stellte er sich überrascht und verwirrt. Er wußte aber bereits, daß er sich darauf einlassen werde. Und Bead, der sich nicht abgewiesen fand, wurde vertraulicher und zudringlicher. Ganz offenbar begriff er gar nicht, daß er unerlaubten Geschlechtsverkehr vorschlug, und es machte ihm anscheinend auch nichts aus. Da er gerade erst achtzehn und frisch von der Schule war, sah er es vielleicht auch gar nicht so an. Das konnte aber auch nicht stimmen, so hatte Fife später überlegt, denn als er auf Fife's Seite des kleinen Zeltes hinüberkroch, hatte er ausdrücklich gesagt:

»Du brauchst nicht etwa zu denken, daß ich schwul bin.«

»Denkst du vielleicht, ich?« hatte Fife erwidert.

Fife dachte auch dieses Mal wieder an seine Freundin. Er dachte jedesmal an sie. Allerdings waren es ja nicht so viele Male. Einmal war es in jener zweiten Nacht auf der Insel und dann wieder in der Nacht darauf geschehen. Am nächsten Tag tauchten die Mannschaftszelte auf, die Zweierzelte wurden wieder eingepackt, und man zog in die Achterzelte um. Danach hatte sich keine Gelegenheit mehr geboten. Nur ein einziges Mal, an einem Nachmittag, als Welsh fortgegangen und für sie nichts zu tun war, hatten sich die beiden zu einem Spaziergang in den Wald aufgemacht, wobei jeder von ihnen im stillen schon wußte, was passieren sollte; beide stellten sich außerordentlich überrascht, als es dann im Wald dazu gekommen war. Das war aber alles, die dreimal und dieses letzte Mal.

Dadurch hatte sich natürlich die Beziehung zwischen Fife und Bead verändert. Fife entdeckte überrascht, daß er mit seinem kleinen Hilfsschreiber viel diktatorischer umsprang als je zuvor mit irgendeinem anderen Menschen. Er kommandierte ihn herum, beschimpfte ihn wegen des geringsten Vorkommnisses, tadelte ihn unablässig und beleidigte ihn immer öfter – mit einem Wort, er benutzte ihn als Prügelknaben und behandelte Bead immer mehr so, wie er selbst zu seinem Entsetzen von Welsh behandelt wurde. Bead seinerseits schien es zu begreifen, ja er nahm das so bereitwillig hin, als komme es ihm zu. Er hörte Fife's Beleidigungen schweigend an, führte dessen Anweisungen aus, so gut er konnte, und ließ sich unablässig tadeln, ohne zu widersprechen oder in Wut zu geraten. Und doch war Fife im Grunde überhaupt nicht wütend auf ihn. Bead schien das zu wissen, und auch Fife wußte es. Aber seine Reaktion darauf war ganz und gar gefühlsbestimmt, und er konnte sie weder begreifen noch sich beherrschen.

Nachdem Bead entspannt eingeschlafen war, lag Fife noch wach und starrte in die Dunkelheit. Er hatte es aufgegeben, Ordnung in sein Leben zu bringen. Er wußte, daß er wegen seiner Handlungen mit Bead kein Schuldgefühl empfand. Er vermutete, daß er sich hätte schuldig fühlen sollen, aber er tat es eben nicht. Was war schließlich dabei, wenn man jetzt das gleiche tat wie als kleiner Junge und im College? Es war nur, daß man inzwischen soviel von Schwulen hatte reden hören. Fife wußte, daß altgediente Soldaten junge Freunde hatten, mit denen sie regelmäßig schliefen wie mit Ehefrauen. Dafür genossen diese jungen Soldaten gewisse Vergünstigungen, sie verfügten z. B. stets über Geld für Frauen in der Stadt. Niemand sah darin Homosexualität, und die Vorgesetzten drückten beide Augen zu. Daneben gab es die rundheraus Homosexuellen (seit Einführung der Dienstpflicht waren sie viel zahlreicher), die keiner leiden konnte, wenn man sich ihrer auch gelegentlich bediente. Diese Typen waren es, die jeder Kompaniechef loszuwerden suchte, wenn Leute angefordert wurden. Außer diesen beiden Arten kannte Fife keine weiteren. Beim besten Willen konnte er sich weder der einen noch der anderen Sorte zurechnen, doch erschreckte ihn der Gedanke, andere könnten dies tun. In dieser Nacht, ehe seine Kompanie zum ersten Gefecht ausrückte, lag er lange wach und fragte sich, ob er ein Homosexueller sei. Ab und zu, wenn ihm einfiel, daß er weder Nizza noch Monte Carlo je gesehen hatte, bekam er Herzklopfen. Aber er zweifelte keinen Augenblick daran, daß Mädchen ihm das liebste waren.

In der Morgendämmerung war die Kompanie bereits wach. Als das erste Licht verstohlen zwischen den hohen Bäumen hindurch auf die Zelte sickerte, standen die Männer auf, brachen die Zelte ab und rollten ihr Gepäck. Es bedurfte keiner Befehle. Einige, die den amerikanischen Sauberkeitskomplex immer noch nicht losgeworden waren, gossen Wasser aus ihren Feldflaschen auf ihre Zahnbürsten. Die meisten unterließen das. Einige dachten daran, die Füße einzupudern. Es wurde nur sehr wenig Unfug gemacht, und das gedämpfte grüne Licht des Dschungels drückte auf die Stimmung. Das Frühstück war höchst einfach: überall lagen Rationen herum, und wer Appetit hatte, ging einfach hin und nahm sich, was er wollte. Nach dem Frühstück setzten sie sich auf ihr Gepäck und warteten.
Die Dämmerung war kurz vor 5:00 Uhr angebrochen. Erst um 8:30 Uhr erschien ein atemloser Melder und überbrachte den Befehl, abzurücken. Während sie gewartet hatten, konnten sie zwar nicht sehen, aber doch hören, wie andere Einheiten um sie her im Dschungel eintrafen oder abrückten. Infanterie marschierte keuchend die Straße entlang. Von dem Melder geführt (der wieder zu Atem gekommen war) ordneten sie sich hinter einer Kompanie ihres eigenen Dritten Bataillons ein. Keiner ahnte, was vorging.
Der Melder führte sie innerhalb von dreißig Minuten eine halbe Meile weit, blieb dann stehen und deutete auf eine grasige Stelle unter einigen Bäumen am Straßenrand. Dort sollten sie bleiben, ihr Sturmgepäck rollen, sich hinsetzen und warten. Er machte kehrt und wollte zur Front zurückgehen.
»He, hören Sie mal!« rief Stein hinter ihm her. »Sie müssen doch noch andere Befehle haben. Ich kenne doch die Lage, ich weiß, welchen Auftrag wir haben.«
»Davon weiß ich nichts, Sir«, rief der Melder zurück, »ich sollte Sie nur herbringen und Ihnen sagen, daß Sie hier warten müssen.«
»Aber das kann doch unmöglich alles sein!«
»Ich habe weiter keine Befehle. Entschuldigen Sie, Sir, aber ich muß jetzt wieder nach vorne.« Er wandte sich um und ging davon, verschwand um eine Biegung der Straße.
Es war, als sei die Dritte Kompanie plötzlich ganz und gar von der Welt abgeschnitten. Nachdem der Melder verschwunden war, ließ sich keine Menschenseele mehr blicken. Zuvor waren vorne und

hinten andere Kompanien marschiert, jetzt war niemand mehr da. Die vordere Kompanie war weiter marschiert, die hintere offenbar irgendwo abgebogen. Jeeps, hochbeladen mit Nachschub, hatten sich durch den Schlamm gekämpft, aber jetzt war nicht ein einziges Fahrzeug zu erblicken. Die Straße vor ihnen lag vollkommen verlassen. Und auch später zeigte sich nichts auf ihr. Aller Lärm schien verstummt. Wenn man von den Geräuschen des Dschungels absah, schien die Kompanie in ein Vakuum gestürzt zu sein. Das einzige, was zu hören war, ein Geräusch, das ihre Ohren erst nach und nach wahrnahmen, war ein fernes Plätschern und die gedämpften Stimmen von Männern, die irgendwo hinter der schützenden Wand des Dschungels am Fluß beschäftigt waren.

Sie setzten ihr Gerät ab und begannen zu warten. Sie warteten weitere anderthalb Stunden, ehe sie einen Menschen zu Gesicht bekamen. Sie lauschten dem Planschen und den gedämpften Rufen vom Fluß her und starrten dabei ihr sorgfältig gerolltes Sturmgepäck an.

Während des Wartens wurde kaum über die taktische Lage gesprochen, hauptsächlich darum nicht, weil niemand etwas wußte. Sie hätten aber in keinem Fall Lust gehabt, sich darüber zu unterhalten, sie zogen es vor, nicht daran zu denken. In den spärlichen Unterhaltungen darüber tauchte ein neues Wort auf: Elefant. Wann immer in den zwei vorangegangenen Tagen jene baumlose Hügelgruppe erwähnt worden war, die das Regiment angreifen sollte, fiel der Name Elefant. Das Wort wurde von allen sogleich aufgegriffen, doch wußte niemand, woher es kam und was es in diesem Zusammenhang bedeuten sollte.

Die Hügelgruppe war von einem jungen Stabsoffizier, während er eine Luftaufnahme betrachtete, auf den Namen »Der tanzende Elefant« getauft worden. An allen Seiten deutlich von dunklen Dschungeln begrenzt, ähnelten die grasbewachsenen Erhebungen tatsächlich einem Elefanten, der mit ausgestrecktem Rüssel und erhobenen Vorderbeinen auf den Hinterfüßen steht. Die Hinterbeine waren bis zum Bauch bereits im Besitz der Marineinfanterie, und der Angriff des Regimentes (ohne das Dritte Bataillon, das auf ein anderes Ziel angesetzt war) sollte an dieser Stelle beginnen und über die anderen Hügel bis zum Kopf des Elefanten vorgetragen werden. Die Aufklärung hatte ergeben, daß die Japaner mindestens zwei starke

Riegelstellungen auf dem Elefanten besaßen, von denen aus sie vermutlich jedem Angriff heftigen Widerstand entgegensetzen würden. Eine dieser Stellungen war auf einem steilen Höhenrücken, der die Schulter des Elefanten bildete, die andere war der Kopf des Elefanten, der höchste Punkt dieser Hügelgruppe. Von hier aus zog sich der Rüssel des Elefanten in flacheres Dschungelland und bot den Japanern eine gute Nachschublinie oder einen guten Rückzugsweg, falls sie einen brauchen sollten. Das Zweite Bataillon sollte die Elefantenschulter angreifen, die als Höhe 209 bezeichnet worden war. Die Dritte Kompanie, die sich plötzlich allein an der verlassenen Straße befand, hatte aber keine Ahnung davon, ob und mit welchem Erfolg das Zweite Bataillon angriff. Mit Ausnahme der Offiziere und Zugfeldwebel kannte niemand die Nummer der Höhe. Es interessierte sich auch kaum jemand dafür.

John Bell gehörte zu den wenigen, die es doch taten. Bell besaß genügend Kenntnisse, um Interesse an der Lage zu nehmen. Wenn sein Leben schon bei diesem Unternehmen aufs Spiel gesetzt werden sollte, dann wünschte er darüber soviel als möglich zu erfahren. Im übrigen fand Bell es schier unerträglich, an dieser gespensterhaft einsamen Straße herumzusitzen, und er wollte sich unbedingt etwas zu tun machen. Da konnte er auch über das bevorstehende Unternehmen reden.

Bell gehörte zur 2. Gruppe des 2. Zuges, der Gruppe des jungen Sergeanten MacCron, der berüchtigten Glucke. MacCron war in seinem Element, wenn es darum ging, sich der Eingezogenen anzunehmen, aber von Taktik verstand er nichts und interessierte sich auch nicht dafür. Bell ging daher zu seinem Zugfeldwebel Keck. Keck war ein altgedienter Soldat, der seit 1940 in diesem Zug war. Bell erfuhr nichts von ihm. Keck sah ihn nur gereizt an und sagte, das Zweite Bataillon greife heute einen Hügel mit der Nummer 209 in einer Gegend namens Elefant an (Gott allein mochte wissen, woher dieser Name stammte); hinter dem Hügel 209 befinde sich ein Hügel mit der Nummer 210, den die Kompanie vermutlich morgen angreifen müsse, vorausgesetzt, daß das Zweite Bataillon heute nicht stecken bleibe, und warum zum Teufel wolle er das überhaupt wissen, man gehöre doch heute zur Reserve? Dies alles wußte Bell bereits. Keck war einer jener kaltblütigen Unteroffiziere, die den Offizieren die

Planung und das Kartenlesen überlassen und selbst erst im Gelände entscheiden, was zu tun ist, wenn sie wissen, welche Aufgabe ihrem Zug zufällt. Bell schätzte das an Keck, doch es half ihm jetzt nicht weiter.

Sein eigener Zugführer, Leutnant Blane, saß ganz in der Nähe, aber Blane hatte sich immer von Bell ferngehalten. Das lag ohne Zweifel daran, daß Bell selbst früher Offizier gewesen war, und Bell fühlte deshalb keine Neigung, Blane zu befragen. Dann sah er, daß Culp, der Führer des schweren Zuges, gar nicht weit weg auf einem Grashügel saß, und da Culp ihn in seiner hemdsärmeligen, biederen Fußballermanier stets nett behandelt hatte, beschloß Bell, sich an ihn zu wenden.

Es schien, als sei es Culp selber nicht ganz wohl angesichts der sonderbar unbelebten Straße und des langen Wartens, denn er ergriff mit Vergnügen die Gelegenheit zu einer Unterhaltung. Culp war in der Lage, Bell darüber aufzuklären, daß ein junger Stabsoffizier mit Köpfchen (der daraufhin vermutlich zum Oberleutnant befördert werden würde) auf die poetische Bezeichnung Der tanzende Elefant verfallen war, und zeichnete für Bell mit einem Stock eine Skizze des Geländes in den feuchten Sand. Als die beiden das Thema erschöpft hatten, stellte sich zwischen ihnen eine leichte Verlegenheit ein, und Bell ging gedankenverloren zu seiner Gruppe zurück. Er gelangte zu dem Ergebnis, daß sich bei der Einnahme des Elefanten wenigstens zwei ziemlich üble Situationen ergeben würden. Auf diese Weise waren zwanzig Minuten vergangen. Er setzte sich zu den Kameraden und dachte an seine Frau Marty. Was sie wohl gerade tun mochte? In Columbus war es jetzt Nacht. Plötzlich ergriff ihn ein so verzehrendes Verlangen danach, sie zu packen, ihr die Kleider herunterzureißen und sie zu umarmen, daß ihm das Blut in den Kopf stieg; es fieberte ihn förmlich, und dieser Blutandrang war so schmerzhaft, daß er glaubte, schreien zu müssen. Alles verschwamm ihm vor den Augen und er konnte die fiebrige Hitze nicht wieder loswerden. Gleich darauf war ihm entsetzlich kalt. Bells Benommenheit war nicht so stark, daß sie ihn daran gehindert hätte, seinen Zustand zu diagnostizieren. Er war innerhalb dreier Tage bereits das dritte Opfer. Malaria wurde nur in ganz schweren Fällen als lazarettwürdige Krankheit anerkannt, und Bell war nicht der einzige, der unter beginnenden Malariaanfällen litt, als schließlich vor ihnen um die Biegung der Straße eine einsame Gestalt auftauchte. Von dem Platz, an dem die Kompanie rastete, stieg die Straße allmählich zur Biegung hin an, und dahinter führte sie ziemlich steil bergab. Die Gestalt keuchte den Berg herauf und verschnaufte einen Augenblick in der Kurve. Dann setzte sie sich bergab in Bewegung, verharrte aber aufs neue beim Anblick der Kompanie. Nach ein paar tiefen Atemzügen kam sie eilig und schon von ferne rufend heran.

»Wo steckt ihr denn, zum Teufel! Ich suche schon stundenlang die ganze verdammte Gegend nach euch ab! Was macht ihr hier eigentlich? Ihr sollt längst auf dem anderen Ufer sein, nicht hier! Was ist denn bloß passiert?« Er kam immer näher, ohne seine Klagerufe einzustellen.

»Na, denn los, Leute«, rief Stein angewidert. »Antreten, antreten.« Der Melder hörte nicht einmal mit seinem nervösen Geschwätz auf, nachdem die Kompanie sich hinter ihm in Marsch gesetzt hatte.

»Ich habe überall nach Ihnen gesucht, Sir. Die Kompanie sollte längst drüben am anderen Ufer sein, jedenfalls hat man mir gesagt, daß ich Sie dort finden würde.«

»Wir haben genau da haltgemacht, wo der Melder uns hingeführt hat. Ich habe ihn gefragt, aber er hat behauptet, daß wir da warten müßten«, sagte Stein. Seine zahllosen Ausrüstungsgegenstände, die an Riemen und Schnüren baumelten, waren in Bewegung geraten, brachten ihn um sein Gleichgewicht und krachten immer wieder gegeneinander.

»Dann muß er sich geirrt haben«, sagte der Mann.

»Das muß er wohl.«

»Jemand muß ihm einen falschen Befehl gegeben haben, entweder ihm oder mir.« Der Melder dachte nach. »Ich irre mich aber nicht, denn das ganze Bataillon ist drüben.«

Das war nun kein besonders vielversprechender Anfang, aber Stein drückten noch andere Sorgen. Er wartete ganze fünfzehn Sekunden, ehe er fragte:

»Wie sieht es denn vorne aus?« Er konnte nicht ganz verbergen, daß er diese Frage mit schlechtem Gewissen stellte. Dem Melder fiel das aber nicht auf. »Wie ...« er suchte nach Worten, »wie in einem Narrenhaus.«

Damit mußte Stein sich zufriedengeben, denn der Melder ging nicht in Einzelheiten. George Band marschierte neben Stein, und die beiden warfen sich einen Blick zu. Dann grinste Band plötzlich wölfisch. Stein sah ihn verständnislos an, konzentrierte sich dann aber auf seine Aufgabe. Man hatte die Kurve erreicht.

Von der Kurve aus führte die Straße steil zum Fluß hinunter. Die Straße selbst war schlammig und von unzähligen Rädern aufgewühlt, eine Rutschbahn, ein finsterer, steil abwärts führender Tunnel, dessen Wände aus undurchdringlichem Dschungel bestanden. Man konnte nur seitwärts, Schritt vor Schritt hinuntersteigen und mußte sich dabei jedesmal mit den Kanten der Stiefelsohlen Halt verschaffen. Gut die Hälfte der Männer setzte sich in den Schlamm, aber es wurde kaum darüber gelacht. Wenn man überhaupt Gelächter vernahm, so klang es schrill und hysterisch und nicht wirklich heiter.

Die Straße ging unmittelbar in eine Pontonbrücke über, auf die man einen Lattenrost gelegt hatte, damit sie für Jeeps passierbar wurde. Die Männer, die an der Brücke zu tun hatten, sahen teilnahmsvoll zu, wie die Kompanie, noch in vollem Schwung von dem ungeordneten taumelnden Abstieg, über die Brücke torkelte wie Gestalten aus einem frühen Chaplinfilm.

Bei dieser Gelegenheit sahen sie auch, was das Planschen und Rufen bedeutet hatte, das sie zuvor vernommen hatten. Nackte und halbnackte Männer wateten reihenweise flußauf und flußab und stießen dabei Boote vor sich her. Auf diese Weise wurde der Nachschub nach vorne gebracht, seitdem der Lastwagenverkehr zusammengebrochen war. Die stromauf gehenden Boote waren mit Versorgungsgütern beladen, und in den stromab schwimmenden Kähnen erblickte die Dritte Kompanie die ersten im Gefecht verwundeten Soldaten. Die meisten starrten stumpf vor sich hin und lehnten sich schwer gegen den Bootsrand. Die Verbände leuchteten überraschend weiß, und manche der weißen Bandagen waren purpurn von durchgesickertem Blut. Die Dritte Kompanie blickte aus blassen Gesichtern von der Brücke hinunter in die Boote mit den Verwundeten. Es hatten aber nicht alle der zurückkehrenden Boote Verwundete an Bord, nur etwa die Hälfte.

Am anderen Ufer des Flusses ging es ebenso steil hinauf, nur war die Steigung diesmal länger. Man sah nun überall Soldaten, die hin und her rannten oder schwatzend beieinander standen. Dieser Anblick wirkte tröstlich auf die Dritte, die beinahe zwei Stunden niemanden zu Gesicht bekommen hatte. Man sah Bekannte von der schweren Kompanie des Bataillons, die mit ihren Granatwerfern und schweren MG neben der Straße im Dschungel rastete. Man winkte sich zu und tauschte Begrüßungen. Es hieß, daß die Erste Kompanie und die Zweite bereits nach vorne gegangen seien. Dann kamen sie aus dem Dschungel heraus und hatten ansteigendes, grasbewachsenes Gelände vor sich. Ganz als bilde der Dschungel eine Grenze, hörte der Schlamm unvermittelt auf und ging in festgetretenen, harten Sandboden über, aus dem unter ihren Schritten Staub aufstieg. Sie gingen weiter bergauf.

Hier nun stießen sie auf den Stabsfeldwebel Stack. Stack, ein hagerer, gefürchtet scharfer Ausbilder, seit langem stellvertretender Führer des 3. Zuges, saß mit angezogenen Knien am Weg. Er hatte sein Gewehr im Schoß, und als die Kompanie an ihm vorbeimarschierte, rief er wie ein Wahnsinniger: »Geht nicht da rauf, die bringen euch um! Geht nicht rauf, sie bringen euch um!« Die ganze Kompanie mußte Mann für Mann an ihm vorüber, während er so schrie, und die Szene glich der Parade vor einem Gespenst. Die meisten Männer waren selbst so erregt, daß sie Stack gar nicht hörten. Er blieb dort zurück und gelangte niemals näher an die Front. Die Dritte hatte ihn zum letzten Mal gesehen. Zwei Drittel des Weges waren nun geschafft.

Nichts von alledem, was sie unterwegs sahen und hörten, hatte sie auf das Spektakel vorbereitet, das sich ihnen bot, als sie die Kuppe des Hügels erreichten. Da sie den Wind im Rücken hatten, war bis dahin von den Geräuschen der Schlacht nichts zu hören gewesen, doch als sie nun um die letzte Wegbiegung kamen und auf die Kuppe hinaustraten, gerieten sie in einen wahren Höllenlärm. Wie ein Bach, der sich in einen Sumpf ergießt und nach allen Seiten versickert, verlor sich die marschierende Kolonne in einer Masse von rennenden, brüllenden, herumstehenden, schwätzenden Männern, die allesamt versuchten, den Lärm zu überschreien.

Granatwerfer, die ganz in der Nähe sein mußten, aber nicht zu sehen waren, feuerten dumpf. Aus etwas größerer Entfernung drangen die krachenden Abschüsse der Geschütze herüber, die in unregelmäßigen

Abständen Salven feuerten. Die Pausen wurden vom Rattern der schweren MG gefüllt. Und außerdem hörte man gedämpft, aber deutlich das Feuern der Infanterie, die Detonationen von Handgranaten und die Einschläge der Geschosse von Artillerie und Granatwerfern. Dies alles bewirkte zusammen mit der Aufregung, dem Gebrüll, dem erregten Hin und Her einen so aberwitzigen Aufruhr, daß das Ergebnis nichts anderes als ein unheilbares Durcheinander sein konnte. Die Dritte Kompanie war angelangt. Es war einige Minuten nach elf.

Die Kompanie befand sich auf einem Hügel und hatte vor sich eine Reihe weiterer grasbewachsener Hügel und Senken, die an allen Seiten von Dschungel eingefaßt wurden. Unmittelbar vor ihnen senkte sich das Gelände zu einer niedrigen Anhöhe, deren Flanken vom Dschungel überwuchert waren, so daß nur ein schmaler, baumloser Streifen die Verbindung zu dem weiter vorne wieder ansteigenden und sich öffnenden Gelände bildete. Auch auf diesem Hügel sah man amerikanische Soldaten in ihren grünen Kampfanzügen, allerdings weniger als hier, insgesamt vielleicht dreißig. Hinter dieser zweiten Erhebung fiel das Gelände wieder ab, nicht so steil diesmal, aber länger, und endete in einer spärlich mit Gras bewachsenen Schlucht. Hinter der Schlucht stieg das Terrain dann steil an bis zu einem Sattel, der die ganze Gegend beherrschte und auch das Blickfeld begrenzte. Am Aufgang zu diesem Sattel, in einer Entfernung von etwa tausend Metern Luftlinie, kämpfte jetzt die Infanterie.

Denjenigen, die wie Bell wenigstens schon von der Karte her mit dem tanzenden Elefanten bekannt waren, wurde klar, daß die Kuppe, die sie erreicht hatten, ein Hinterfuß des Elefanten war. Die niedrigere Erhebung vor ihnen, wo sich offenbar der Gefechtsstand des Zweiten Bataillons befand, mußte das Knie des Elefanten sein, das zu dem offenen Gelände weiter vorne führte, das seinerseits den Rumpf bildete. Und der Sattel, auf dem die Infanterie jetzt kämpfte, war die als Höhe 209 bezeichnete Schulter des Elefanten, auf der die japanische Riegelstellung vermutet wurde.

Anscheinend war ein Feuergefecht im Gang. Mehrere Grüppchen in Zug- oder Gruppenstärke, und aus dieser Entfernung gesehen sehr klein, aber doch deutlich sichtbar, mühten sich, den Sattel zu nehmen. Die Angreifer waren noch zu weit unten am Hang, um Handgranaten hinaufzuwerfen, und mußten sich daher mit Gewehrfeuer begnügen. Die Japaner, die von Zeit zu Zeit ebenfalls deutlich zwischen den Bäumen auf der bewaldeten, abgekehrten Seite des Sattels zu sehen waren, waren nicht so behindert, sondern konnten ihre Handgranaten einfach herunterfallen lassen, und schwarzqualmende Detonationen sprangen überall am Hang auf. Man sah, wie einer der Amerikaner, auf den eine Handgranate zukam, sich einfach vom Hang wegstieß wie von einer Leiter, wie er fiel und sich abwärts rollen ließ, wie die Granate hinter ihm krepierte, wie er gleich danach aufstand und wieder den Hügel erklomm.

Die Dritte Kompanie langte gerade an, als das Gefecht auf dem Höhepunkt war. Während sie sich noch in der Menge auf dem Hügel drängte und sich bemühte, diesen Anblick aufzunehmen, erhoben sich die Angreifer, versuchten in Schützenkette vorgehend den Sattel zu stürmen, wobei sie Handgranaten warfen und ihre Gewehre abschossen. Nur fünfzehn Meter vor dem Ziel wurden sie abgeschlagen. Das Feuer der schweren Maschinengewehre, das hier deutlich zu hören war, warf sie zurück. Die Kette löste sich auf, die Männer sprangen und taumelten wieder den Hang hinunter und gingen in Deckung. Sie hatten etwa den zehnten Teil ihrer Leute verloren. Auf der Kuppe, auf der die Dritte Kompanie stand, wurde ein Stöhnen der Enttäuschung und der Verärgerung hörbar.

Das Lamento auf der Kuppe war jedoch nicht das einzige Ergebnis des mißglückten Angriffes. Jüngere Stabsoffiziere bahnten sich, von Meldern begleitet, ihren Weg aus der Menge und verschwanden nach allen möglichen Richtungen. Den Mittelpunkt dieser Aktivität bildeten sieben Männer, die in eindrucksvoller Vereinsamung auf der höchsten Erhebung der Kuppe standen. Sie trugen als einzige Rangabzeichen, und zwar waren es ausnahmslos Generalssterne oder die Adler der Obersten. Außerdem unterschieden sie sich von den anderen durch ihre Sauberkeit. Alle waren schon älter. Von Zeit zu Zeit blickten sie durch Ferngläser, deuteten ins Gelände und redeten miteinander oder in drei Feldtelefone. Ab und an sprach einer von ihnen in ein Funksprechgerät, das auf dem Rücken eines Funkers hing. Die Dritte Kompanie erkannte unter ihnen ihren Bataillonskommandeur, den Regimentskommandeur und, von den Fotografien her, die Kommandeure der Division und des Corps.

Einer brüllte jetzt wutentbrannt in eines der Feldtelefone. Von der Kuppe der zweiten Anhöhe weiter unten brüllte der Kommandeur des Zweiten Bataillons antwortend in sein eigenes Telefon. Der oben, mager und hochgewachsen, lauschte gespannt und nickte mit seinem behelmten Kopf, dann ging er ans Funksprechgerät, und dabei sah er unzufrieden und verärgert aus. Nachdem er seine Meldung durchgegeben hatte, gab er den drei Generalen entschuldigende Erklärungen ab. Auf dem weiter unten gelegenen Hügel sprach der Oberst vom Zweiten Bataillon nun in ein anderes Telefon. Achthundert Meter weiter vorne auf der anderen Seite des Tals befand sich der Gefechtsstand der abgeschlagenen Kompanie auf dem Grund einer Senke, die schräg zum Abhang des Sattels verlief. Neben dem Gefechtsstand oblagen andere Männer einer Tätigkeit, die, den Bewegungen nach zu schließen, nur darin bestehen konnte, daß sie Granatwerfer mit Munition fütterten, die von hier oben nicht zu sehen waren. Während der Oberst noch ins Telefon sprach, löste sich da vorne eine einzelne Gestalt vom Kompanietrupp, kletterte über die Deckung und lief gebückt auf die abgeschlagenen Angreifer zu, die jetzt unregelmäßiges Gewehrfeuer den Hang hinauf unterhielten. Ehe er bei ihnen anlangte, blieb er getroffen liegen. Sogleich sprang ein anderer über die Deckung und jagte nach vorne zur Kompanie. Kaum war er angelangt, als diese auch schon gruppenweise und sich wechselseitig Feuerschutz gebend bis zum Kompaniegefechtsstand zurückwich, und hier eilig in Deckung ging. Einer der alten Männer auf der Kuppe fing an, wütend mit den Armen zu schlenkern und sich auf die Schenkel zu schlagen. Unter ihm tat der Kommandeur des Zweiten Bataillons das gleiche. Sekunden später begannen Granaten auf dem von den Japanern besetzten Sattel einzuschlagen und große Dreckfontänen aufzuwirbeln.

Was immer nun auch noch im Zusammenhang mit dieser Operation auf der Kuppe vorgehen mochte, sah die Kompanie nicht mehr. Sie war zu sehr mit sich selbst und ihrer künftigen Rolle in diesem Drama beschäftigt, als daß sie noch Lust gehabt hätte, dieser Ansammlung von berühmten Strategen länger zuzusehen. Bugger Stein war inzwischen beim Bataillonskommandeur gewesen, der eigentlich mehr ein stiller Beobachter als ein Mitglied der Gruppe war und nun zurückkehrte. Das Erste Bataillon ohne die Vierte Kompanie war zur

Regimentsreserve bestimmt und sollte sich links vom Gefechtsstand der Sechsten Kompanie eingraben, jenem Gefechtsstand, den man eben erst beobachtet hatte. Die Reservestellung zog sich über einen Hügel, der niedriger war als die Höhe 209 rechts von ihm, deshalb Höhe 208 hieß und, wenn man wollte, als mittlerer und unterer Teil des Rückgrates des Elefanten bezeichnet werden konnte. Die Japaner hatten die Höhe 208 niemals besetzt gehabt, man rechnete jedoch mit einem Gegenangriff von der Flanke her. Die Erste und die Dritte Kompanie sollten die Stellung besetzen, die Zweite Kompanie hinter ihnen in Reserve bleiben. So lauteten die Befehle von Oberst Tall. Da die Erste und Zweite Kompanie sich schon auf dem Marsch befanden, bedeutete das, daß die Dritte durch die Zweite hindurch marschieren mußte, immer ein schwieriges Manöver, bei dem Vorsicht geboten war. Während Bugger diese Befehle bekanntgab, blinzelten seine Augen besorgt hinter den dicken Gläsern. Er selbst traf folgende Anordnungen: 1. und 2. Zug besetzen die Stellung, 3. Zug bleibt in Reserve; Culp stellt an geeigneten Punkten zwei MGs auf. Die Granatwerfer bleiben beim Kompaniegefechtsstand. Die Kompanie marschiert in der Reihenfolge 1. Zug, 2. Zug, Kompanietrupp, schwerer Zug, 3. Zug. Abmarsch sofort.
Nachdem die Kompanie angetreten war, stellte sich heraus, daß es unmöglich war abzurücken. Die Fünfte Kompanie marschierte quer vor ihr vorüber. Die Fünfte war Bataillonsreserve, und sollte jetzt auf dem rechten Flügel des Zweiten Bataillons angreifen, wo die Siebente Kompanie, von hier aus unsichtbar, ebenfalls zum Stehen gekommen war. Die Leute von der Dritten hatten viele Bekannte in der Fünften, und manche riefen Grußworte hinüber. Die Fünfte Kompanie jedoch, die nicht auf dem Weg in eine sichere Reservestellung war, sondern zum Angriff antrat, starrte nervös, gehässig und neiderfüllt zurück. Langsam zog die Fünfte vor der Dritten Kompanie vorüber und verschwand rechter Hand auf dem bewachsenen Hang des Hügels. Sie brauchte fünfzehn Minuten, um vor der Dritten Kompanie zu passieren, und dann erst konnte sich die Dritte, geführt vom 1. Zug, auf den Weg machen.
Während dieser Wartezeit von fünfzehn Minuten war es, daß Hauptfeldwebel Welsh plötzlich in den Mittelpunkt der Aufmerksamkeit geriet. Bis dahin hatte sich Welsh behutsam zurückgehalten. Er hatte

nicht die Absicht, in irgendeiner Weise aufzufallen oder sich festzulegen, bevor er nicht wußte, wie er daran war. Er hatte sich nach besten Kräften vorbereitet, und zwei der drei Feldflaschen, die an seinem Koppel hingen, waren mit Gin gefüllt. Außerdem führte er noch seine Mundwasserflasche mit sich. Er hatte noch nicht herausbekommen, welche Wirkung die Erfahrungen des heutigen Tages auf ihn gehabt hatten. Welsh wußte nur, daß ihm der Arsch mit Grundeis ging, und gleichzeitig empfand er eine erstickende Wut darüber, daß die menschliche Gesellschaft imstande war, solchen Zwang auf ihn auszuüben, daß er sich hier wiederfand. Überdies hatte die Aufregung auf der Kuppe großen Eindruck auf ihn gemacht. Es bestand da eine gewisse Ähnlichkeit mit der Atmosphäre, die von den gedrängt sitzenden Zuschauern bei einem wichtigen Fußballspiel erzeugt wird. Und gerade dieser blödsinnige Vergleich war es, der ihn zu seiner Aktion veranlaßte.
Welsh, der neben Stein beim Kompanietrupp stand, während die Fünfte Kompanie vorüberzog, entdeckte irgendwo im Gelände einen ganzen Stapel von ungeöffneten Handgranatenkästen und erkannte gleichzeitig, daß irgendwo irgend jemand geschlafen und vergessen hatte, Handgranaten an die Kompanie auszugeben. Er setzte sein verschlagenes, irres Grinsen auf und beschloß, die Handgranaten selber zu verteilen, aber so, daß die Atmosphäre eines Wettspiels gewahrt bliebe. Ohne jemandem etwas zu sagen, brüllte er plötzlich mit seiner schönsten Kommandostimme: »Kompanie fertigmachen zum Handgranatenempfang!« wirbelte herum, rannte auf den Kistenstapel zu, zog sein Seitengewehr und brach damit die aus weichem Holz bestehenden Kistendeckel auf. Die Handgranaten waren in schwarze Pappzylinder eingepackt, die mit gelben Klebestreifen zusammengehalten wurden. Welsh fing an, sie herauszunehmen und brüllte dabei:
»Eier! Frische Eier! Schöne frische, Eier! Wer will Eier kaufen?«
Die dröhnende Kommandostimme war mühelos über dem Lärm zu vernehmen. Die Leute seiner Kompanie drehten sich um und sahen zu ihm hinüber. Dann reckten sich die Hände aus der Menge, und Welsh, der immer noch wie ein Verrückter grinste, begann unter lautem Geschrei seinen Leuten Handgranaten zuzuwerfen.
Sein Gebrüll war auf der ganzen Hügelkuppe zu vernehmen, und

auch einer der Herren, der zu der isolierten Gruppe der Strategen gehörte, vernahm Welshs Stimme. Er sah sich um und grinste dann zustimmend. Er stieß seinen Nebenmann an, damit auch der das Schauspiel sehe. Nicht lange, und die ganze Gruppe betrachtete Welsh grinsend. Welsh war der Typ Soldat, den die Generale liebten. Und Welsh sah sie über fünfzehn Meter Entfernung hinweg mordlustig, unverschämt und mit tückisch zusammengekniffenen Augen an und fuhr fort, zu brüllen und Granaten auszuteilen.

Vermutlich verstand, wenn überhaupt einer, dann nur Storm den Vorgang. Auf seinem zynischen Gesicht mit der gebrochenen Nase breitete sich ein ironisches Grinsen aus, er zog sein eigenes Seitengewehr, erbrach eine neue Kiste und reichte Welsh die Handgranaten zu, der sie seinerseits den Leuten hinwarf.

In sehr kurzer Zeit waren sämtliche Kisten leer. Nun war auch die Fünfte Kompanie vorüber, und Storm und Welsh, die einträchtig und wie zwei Schwachsinnige lachten, traten wieder zum Kompanietrupp. Die Dritte marschierte ab, und unterwegs befestigten die Männer die gesicherten Handgranaten an den Verschlüssen ihrer Patronentaschen, wie sie es von den Marineinfanteristen gesehen hatten.

Falls Bugger Stein gehofft hatte, die Kompanie werde in guter Ordnung vorrücken, so erwartete ihn eine Enttäuschung. Der 1. Zug führte, die Männer in Doppelreihe, Sicherungen rechts und links. Ehe sie jedoch zehn Meter zurückgelegt hatten, war jede Ordnung beim Teufel. Auf diesem Hang, auf dem sich unzählige Soldaten umhertrieben, konnte man nicht in Formation marschieren. Zum Teil waren es einfach Zuschauer, die sich da aufhielten, um etwas zu erleben. Andere schleppten keuchend Nachschub nach vorne. Alle machten einen weiten Bogen um einige gehfähige Verwundete. Wieder andere plagten sich damit, Schwerverwundete zurückzuschaffen, die jedesmal, wenn die Tragbahren abgesetzt oder aufgenommen wurden, ächzten und winselten. Als die Kompanie den Gefechtsstand des Zweiten Bataillons erreicht hatte, sah sie bereits wie eine Räuberbande aus, und der letzte Rest von Ordnung ging zum Teufel, als man sich zwischen dem Bataillonsstab hindurchquetschte.

Hinter dem Gefechtsstand war es weniger belebt, aber der Schaden war schon angerichtet. Die Kompanie war zu sehr durcheinander geraten, als daß man ohne langen Aufenthalt die Ordnung hätte wiederherstellen können. Stein fluchte verzweifelt und versuchte, den Schweiß von seiner Brille zu wischen. Er fühlte nur zu gut die Augen der hohen Herren auf sich gerichtet. Sein einziger Trost war, daß die Erste und Zweite Kompanie, die jetzt die mit Büschen bestandene Senke durchquerten, in keiner besseren Verfassung waren. Um ihn herum bewegten sich seine Leute stetig vorwärts; sie sahen sonderbar verschlossen aus und gaben sich Mühe, sich nicht das geringste anmerken zu lassen. Die Männer an der Spitze wandten sich ohne weitere Anweisung befehlsgemäß hinter der Ersten und Zweiten Kompanie nach links. Stein war erleichtert.

An der Spitze marschierte der Gefreite Doll, der eigentlich zur 2. Gruppe des 1. Zuges gehörte. Doll wußte nicht recht, wie er eigentlich an die Spitze gelangt war, ihm war etwas unheimlich, und er fühlte sich besonders exponiert, gleichzeitig aber war er stolz auf seinen Platz und hütete ihn eifersüchtig. Wenn jemand hinter ihm aufzuschließen schien, dann ging Doll schneller, um seinen Abstand zu halten. Er war es auch, der sich an Steins Befehle erinnerte und nach dem Verschwinden der Ersten und Zweiten Kompanie nach links einschwenkte. Doll schleppte alles an Waffen mit, was er hatte erwischen können. Die gestohlene Pistole baumelte durchgeladen und gesichert an seiner Hüfte, zwei Messer hingen ihm im Gürtel: sein eigenes von Zuhause und das neue Jagdmesser, das er aus dem japanischen Seitengewehr gemacht hatte. Zwei Handgranaten hingen an seinen Patronentaschen, und zwei trug er in der Jacke. Er hatte nicht wie Dale eine Maschinenpistole erwischt, hoffte aber später eine zu bekommen, vielleicht von einem Toten oder Verwundeten. Er marschierte stetig voran, blickte nach rechts und links, um zu verhindern, daß jemand ihn einholte, und empfand die ganze Zeit leichte Übelkeit.

Sie erhielten nur wenig Feuer. Gelegentlich schlug ein Geschoß zwischen ihnen in den Boden. Niemand wußte genau, ob das nun verirrte Kugeln waren oder gezieltes Feuer. Keiner wurde verletzt, aber die Männer versuchten doch, den Geschossen blinzelnd auszuweichen. Gelegentlich warf sich einer hin, wenn eine Kugel in der Nähe einschlug, und fing an zu kriechen, bis der Umstand, daß die anderen aufrecht weitergingen, ihn so verlegen machte, daß auch er sich wieder erhob.

Als sie sich der ausgetrockneten, baumlosen Schlucht näherten, konnten sie um den Bauch des Elefanten herumsehen. Von hier aus versuchte die Siebente Kompanie soeben die rechte Flanke der Höhe 209 zu nehmen. Ebenso wie die Sechste auf der linken Seite, hatte die Siebente einen Kompaniegefechtsstand und Feuerstellungen hinter einer tiefer gelegenen Bodenwelle errichtet, von wo aus Granatwerfer und Maschinengewehre den Sattel unter Feuer nahmen, während sie selbst von oben aus Granatwerfern beschossen wurden. Unter dem Schutz des eigenen Feuers hatten sich zwei Züge der Siebenten schon an ihren eigenen Toten und Verwundeten vorüber ziemlich weit hinauf gearbeitet. Die Dritte Kompanie ging langsamer, um zuzusehen, und blieb dann ganz stehen, da gerade in diesem Augenblick die beiden Züge dort oben aufsprangen und mit aufgepflanzten Seitengewehren, die deutlich vor dem bräunlichen Hang zu sehen waren, den Sattel stürmten. Dieses Mal schafften sie es beinahe. Einige der vordersten, ein halbes Dutzend vielleicht, gelangten wirklich bis in die japanischen Stellungen, wo sie von den Japanern, ebenfalls mit aufgepflanzten Seitengewehren, erwartet wurden. Hier an der rechten Flanke des Sattels, auf dessen rückwärtigem Hang keine Bäume wuchsen, war der Kampf deutlich zu verfolgen. Noch einmal erwies sich das konzentrierte Feuer der geschickt plazierten japanischen Maschinengewehre als zu stark. Die beiden Züge lösten sich auf und flohen. Die kleine Gruppe, die bereits zum Nahkampf übergegangen war, versuchte ebenfalls den Kampf abzubrechen und zu entkommen und stürzte Hals über Kopf hinter den Kameraden her den Hang hinunter. Zweien jedoch gelang das nicht, man konnte sehen, wie sie lebend und trotz heftiger Gegenwehr von den Japanern in die Stellung hineingezerrt wurden.

In der trockenen engen Schlucht stand die Dritte Kompanie und beobachtete die Vorgänge mit offenem Mund. Der Gefreite Doll fühlte, wie ihm das Herz schwer in der Kehle pochte. Mit einer Aufrichtigkeit, die beinahe unerträglich war, stellte Doll sich die Frage, wie man so etwas überhaupt fertigbringen könne und was man wohl dabei empfände, wenn man einem brüllenden, zu allem entschlossenen Japaner Auge in Auge mit dem blanken Seitengewehr gegenüberstünde. Das da oben war die Siebente Kompanie, in der Doll viele gute Bekannte besaß, mit denen er oft einen gehoben hatte.

Aber wenn man nun selber mitten unter diese sabbernden, Tenno-anbetenden Wilden gezerrt wurde! Verstohlen tastete er nach seiner Pistole. Er beschloß, stets eine Kugel für sich aufzuheben. Aber die Burschen da oben hätten gar keine Zeit gefunden, von ihrer Pistole Gebrauch zu machen, auch wenn sie eine gehabt hätten! Wenn er mit dem Gewehr oder dem Seitengewehr kämpfte, wie konnte er da eine Pistole schußbereit in der Hand halten? Das konnte er eben nicht. Doll beschloß, sehr ernstlich über diese Frage nachzudenken.
Am Hang über ihnen waren die Reste der beiden Gruppen in Dekkung gegangen und preßten sich an den Boden, während Granatwerfer- und Maschinengewehrfeuer auf sie herunterprasselte.
Die Kompanie hörte hinter sich lautes Rufen. Als sie sich umwandte, sah sie einen Mann, der ihr vom Hügel des Zweiten Bataillons etwas zurief und dabei wild gestikulierte. Zunächst glotzten sie ihn einfach an, als der Mann aber nicht aufhörte zu rufen und die Arme zu schwenken, erwachten sie langsam aus ihrer Versunkenheit. Bugger Stein, der an diesem unvorhergesehenen Halt ebensoviel Schuld trug wie alle anderen, räusperte sich und befahl: »Los, Leute, vorwärts.«
Die Männer warfen einander verstohlene Blicke zu, denn niemand war daran gelegen, die anderen ahnen zu lassen, welche Gefühle ihn bewegten, und setzten sich langsam in Marsch. Doll, der immer noch die Spitze hielt, tat einen mächtigen Satz, um seinen Platz nicht an einen anderen zu verlieren.
Über ihnen zogen die Geschosse der Artillerie unverdrossen jaulend ihre Bahn und krepierten auf der Höhe 209. Pausenlos schlugen die 10,5- und 15-cm-Geschosse auf dem Sattel ein. Die Dritte zog nervös unter diesem Gejaule dahin. Heute war die Luft wirklich eisenhaltig.
Zu denen, die bereits bedenklich aus der Fassung geraten waren, gehörte Korporal Fife. Fife hatte sich verspätet und marschierte ganz am Ende, denn Stein hatte ihn zum Bataillon geschickt, um dort anzugeben, welchen Ort er für seinen Gefechtsstand ausgesucht hatte. Wenn man von zwei Fernsprechern absah, die hinter der Kompanie hergingen und ihr Kabel verlegten, dann war Fife der Schlußmann. Da er nur langsam vorwärts kam, blieb er auch der Letzte. Vor sich sah er Storm, der in Gesellschaft von Dale und den anderen Köchen dahinstapfte. Storm und Dale trugen ihre MPi in der Hand und das

Gewehr umgehängt. Nicht weit vor ihnen gingen Welsh, Stein und Band mit den beiden Schreibern Bead und Weld. Fife bemühte sich, sie einzuholen, doch fiel es ihm schwer, schneller zu gehen, da er sich unablässig nach allen Seiten umblickte, um zu sehen, ob irgendwer auf ihn schieße.
Als Fife die Kuppe des Hügels hinter sich gelassen und auf den Hang hinausgetreten war, hatte er sich geradezu ausgesetzt gefühlt. Nur einmal zuvor in seinem Leben hatte er ein ähnliches Gefühl gehabt. Damals war er bei einem Manöver mit einem Spähtrupp auf einen Berg geraten und hatte sich ganz nahe an einen Abgrund gestellt, um zu sehen, wie tief er fallen werde, wenn er sich zu weit vorbeugte. Heute trat zu diesem Gefühl aber noch das einer vollständigen Verlassenheit und Hilflosigkeit. Es gab zu viele Dinge, auf die man achten mußte. Ein einzelner Mann war einfach nicht in der Lage, sich vor allen Gefahren zu schützen. Es war ebensogut möglich, einem Unfall wie der Feindeinwirkung zum Opfer zu fallen. Da er versuchte, alles gleichzeitig im Auge zu behalten, stolperte er immer wieder über Steine und über die langen, harten Gräser. Als erst ein Geschoß und gleich darauf ein zweites vor ihm den Boden aufwühlten, nahm er volle Deckung und begann dann zu kriechen, fest davon überzeugt, das Ziel eines japanischen Scharfschützen zu sein. Es war recht mühsam zu kriechen. Das kniehohe Gras machte es ihm überdies unmöglich, festzustellen, in welcher Richtung er sich bewegte. Schweiß rann ihm von der Stirn und über seine Brillengläser. Er mußte immer wieder haltmachen, um sie abzuwischen. Schließlich wickelte er sein schmutziges Taschentuch um den Kopf. Das half ein wenig. Nun hinderte ihn aber etwas anderes: die Handgranaten. Fife hatte zwei der Granaten erwischt, die Welsh unters Volk geworfen hatte, und sie an den Patronentaschen befestigt. Als er nun dahinkroch, verfingen sie sich immer wieder im Gras und waren überhaupt recht hinderlich. Fife empfand Entsetzen bei dem Gedanken, daß die Sicherungsstifte herausrutschen und die Dreisekundenzünder auslösen könnten. Er schämte sich deshalb, weil er diesen Gedanken für Feigheit hielt, aber seine Scham war nicht stark genug, um das bedrohliche Bild der entsicherten Handgranaten zu vertreiben. Fife löste also die Handgranaten von den Taschenverschlüssen, rollte sie von sich weg und kroch weiter. Als er nun aber den Kopf hob, um

sich zu orientieren, sah er, daß die Kompanie, die aufrecht dahinmarschierte, schon bedrohlich weit weg war und sich schnell entfernte.

Fife hatte nun einen heldenhaften Entschluß zu fassen. Zwar fürchtete er sich davor, aufzustehen und von einem unsichtbaren Feind erschossen zu werden, noch mehr fürchtete er sich aber davor, von den anderen für feige gehalten zu werden. Er erhob sich mit zuckenden Rückenmuskeln, tat behutsam einen Schritt, dann noch einen. Es geschah ihm nichts. Er begann, gebückt hinter der Kompanie herzulaufen. Als wieder eine Kugel den Dreck vor ihm aufstiegen ließ, kniff er die Augen zu und rannte weiter.

Gerade in diesem Augenblick war die Kompanie stehengeblieben, um der Siebenten bei ihrem Angriff zuzusehen, und Fife konnte sie einholen. Auch er sah nun den Angriff. Er stand mit weit aufgerissenen Augen und hängendem Mund ungläubig bei den anderen, bis der armeschwenkende Rufer vom Hügel des Zweiten Bataillons daran erinnerte, daß sie nicht als Zuschauer hier waren. Nun drängte er sich zwischen die Leute vom Kompanietrupp und hielt sich zu ihnen, da es ihm in der Nähe der anderen wohler war. Der mit Büschen bestandene Boden der Schlucht lag unmittelbar vor ihnen.

Als sie die Büsche hinter sich hatten und wieder zu steigen begannen, waren sie schon beinahe im Schutz des Kammes, hinter dem sich der Gefechtsstand der Sechsten befand. Nur noch wenige Minuten, und sie würden hinter dem Kamm geborgen und aus dem Blickfeld der Stellungen auf Höhe 209 heraus sein. Und gerade hier verlor die Kompanie ihren ersten Mann. Ob das nun Zufall war oder nicht, vermochte niemand zu sagen, da man nicht wußte, ob es sich um gezieltes Feuer oder verirrte Kugeln handelte.

Der Name des Mannes war Peale, und er war einer von den älteren, eingezogenen Leuten. Er mochte fünfunddreißig sein. Er marschierte inmitten einer Gruppe, zu der auch John Bell, Fife und der übrige Kompanietrupp gehörten, als er plötzlich die Hand gegen den Schenkel preßte, stehenblieb, sich dann mit bebenden Lippen und bleichem Gesicht hinsetzte und sein Bein umklammerte. Bell ging zu ihm und suchte dabei nach seinem Verbandspäckchen.

»Na, was ist, Peale?«

»Mich hat's erwischt«, sagte Peale mühsam. »Hier, am Bein.«

Ehe Bell noch sein Verbandspäckchen öffnen konnte, war schon einer der Sanitäter zur Stelle und machte ein ernstes Gesicht, denn es war das erstemal, daß er seine Fertigkeit unter Beweis stellen sollte. Bell und Peale sahen zu, wie er das Hosenbein aufschnitt und die Wunde musterte, die nur schwach blutete. Ein Faden dunklen Blutes rann an dem weißen Bein herab. Der Sanitäter streute Sulfonamid auf einen Gazebausch und band ihn um das Bein. Die Kugel war zwar eingedrungen, aber nicht herausgekommen.

Peale hatte ein steifes Grinsen aufgesetzt. Zwar war sein Gesicht noch fahl und seine Lippen zitterten, doch verzog er seinen Mund zu einem kläglichen Lächeln. – »Kannst du gehen?« fragte der Sanitäter.

»Glaub ich nicht«, versetzte Peale. »Mein Bein tut ziemlich weh. Ich brauche Hilfe. Ich kann nicht allein gehen, und es wird bestimmt sehr lange dauern, bis ich wieder richtig gehen kann.«

»Na, denn los«, knurrte der Sanitäter und half ihm, sich auf das unverletzte Bein zu stellen. »Ich bringe dich zurück.«

Jetzt tauchte Bugger Stein auf und rief ihnen zu, weiterzugehen und nicht stehen zu bleiben. Langsam machten die Umstehenden sich wieder an den Aufstieg.

»Wiedersehen, Peale!«

»Halt die Ohren steif!«

»Schwein gehabt, Peale!«

»Wiedersehen, Leute«, rief Peale zurück, und seine Stimme wurde immer lauter, je weiter sie sich von ihm entfernten. »Machts gut, Leute, viel Spaß! Macht euch keine Sorgen um mich, bis ich wieder gehen kann, dauert es noch Jahre. Mit diesem Bein schicken sie mich nicht so bald wieder raus!«

Die Kompanie war unterdessen an ihm vorüber, und nun verstummte er plötzlich und sah ihnen nach, und das Grinsen verlor sich von seinem Gesicht. Dann legte er den Arm über die Schulter des Sanitäters und begann den Abstieg. Fife, der als einer der letzten an ihm vorübergegangen war, hörte ihn sagen:

»Jetzt kriege ich das Verwundetenabzeichen. Ich war an der Front. Ich habe zwar keinen Japs gesehen, aber das ist mir scheißegal. Mit diesem Bein können sie mich so bald nicht wieder rausschicken. Na, los, hauen wir ab, ehe sie mir noch eine verplätten, diesmal aber richtig. Das wäre nämlich eine Riesenschweinerei.«

Fife, der von den Ereignissen des Tages immer noch zu verwirrt war und sich geradezu in einem Zustand des Schocks befand, wußte nicht, was er davon halten sollte. Denken konnte er nicht. Seine Ohren nahmen einfach nur die Worte auf.

John Bell, der weiter vorne ging, hatte hinsichtlich Peales ein recht zwiespältiges Gefühl: einmal beneidete er ihn glühend, und dann wieder empfand er große Erleichterung darüber, daß nicht er selbst verwundet worden war.

Ob es Peale gelang, mit seiner Beinverwundung für den Rest des Krieges zu Hause zu bleiben, erfuhr niemand, denn die Kompanie sah ihn nicht wieder.

Sie befanden sich nun im Schutze des Hügelrückens und fühlten sich unwahrscheinlich erleichtert. Ihren Gesichtern nach zu urteilen, fühlten sie sich gerade so sicher, als wären sie in Australien. Die Zweite Kompanie (Bataillonsreserve) hatte sich auf dem einzig vorhandenen ebenen Geländestreifen niedergelassen und war dabei, Deckungslöcher für die Nacht zu graben. Die Dritte drängte sich durch die Leute von der Zweiten, und die Begrüßungen klangen geradezu übermütig, so erleichtert waren alle, endlich aus dem Feuerbereich heraus zu sein. Höhe 209 lag nun in ihrem Rücken, war nicht mehr zu sehen, aber man konnte hören, daß der Kampf dort weiterging.

Der Ort, den Bugger Stein für den Kompaniegefechtsstand ausgesucht hatte, war ein kleiner Vorsprung, etwa hundert Meter unterhalb des Kammes. Hier blieben der Kompanietrupp und die Granatwerfer zurück, während Culp weiter hinaufstieg, um seine beiden sMG einzuweisen und die Schützengruppen zu verteilen. Während die Bedienungen der Granatwerfer auf Culps Rückkehr warteten, um ihrerseits Stellung zu beziehen, begannen Mazzi und Tills, die dem gleichen Werfertrupp angehörten, mit Fife und Bead eine Unterhaltung über die Ereignisse des Tages und den ersten Marsch, den die Kompanie unter feindlichem Feuer zurückgelegt hatte.

Alle waren noch in der übertrieben gelockerten Stimmung, die die Gewißheit, in Sicherheit zu sein, in ihnen ausgelöst hatte. Darunter aber lauerte das Wissen darum, daß der heutige Tag ganz und gar nicht übel gewesen war, daß sie sich nur vorübergehend in Sicherheit befanden, daß ihr Glück einfach nicht vorhalten konnte und daß

schließlich doch einmal der eine oder andere von ihnen fallen würde. Das war deutlich in aller Augen zu lesen.
Mazzi hockte sich auf die Bodenplatte des Granatwerfers, die er bislang auf dem Rücken getragen hatte, und sagte verächtlich: »Dieser Kerl, dieser Tills, ist die meiste Zeit auf der Erde herumgekrochen. Ich möchte mal wissen, wie es kommt, daß er nicht überhaupt den Anschluß verloren hat.«
Tills sah verlegen vor sich hin und schwieg.
»Es stimmt doch, Tills, oder etwa nicht?«
»Du hast dich wohl überhaupt nicht hingeschmissen, was?«
»Hast du das etwa gesehen?«
»Nee, hab ich nicht«, gab Tills zögernd zu.
»Na also! Was hat das auch für einen Wert? Jeder konnte schließlich sehen, daß das kein gezieltes Feuer war. Das Zeug kam bloß so von oben runtergeflogen und hätte jeden treffen können, ganz gleich ob man auf dem Bauch liegt oder aufrecht geht.«
»Du hast wohl überhaupt keinen Schiß gehabt, was?« fragte Tills wütend.
Mazzi grinste ihn nur an, wobei er die Augen zusammenkniff und den Kopf auf die Seite legte.
»Na, ich habe jedenfalls Schiß gehabt«, sagte Fife klar und deutlich. »Die ganze Zeit ist mir die Muffe gegangen, vom ersten bis zum letzten Augenblick. Wie eine Schlange bin ich auf dem Bauch gekrochen. Im ganzen Leben hab ich nicht soviel Schiß gehabt.«
Es half Fife nichts, daß er dies aussprach. Er mochte noch so sehr übertreiben, er konnte doch nicht deutlich machen, wie sehr er sich gefürchtet hatte. Wenn man es aussprach, klang es nur komisch. In Wirklichkeit war alles ganz anders gewesen.
»Ich habe auch entsetzliche Angst gehabt«, ließ sich der kleine Bead mit seiner Kinderstimme vernehmen.
Bugger Stein stand zufällig mit Oberleutnant Band und einem der Zugführer, der heruntergekommen war, in der Nähe, und Fife sah, wie Bugger sich in seiner Rede unterbrach und ihn, Fife, überrascht und anerkennend ansah. Es war, als habe Bugger Stein das gleiche sagen wollen wie Fife und habe sich nur nicht getraut, und als habe er nicht erwartet, von Fife eine so aufrichtige Schilderung zu hören. Das kränkte Fife ein wenig. Dann aber nahm er Buggers Blick auf

wie ein Stichwort und begann in aller Ausführlichkeit darzustellen, wie er sich im Feuer fortbewegt hatte. Ursprünglich hatte er niemandem erzählen wollen, daß er seine Handgranaten weggeworfen hatte, aber nun tat er es und spielte den Clown. Nicht lange, und er hatte alle zum Lachen gebracht, sogar die drei Offiziere und Mazzi, den neunmalklugen New Yorker. Er war der ›ehrliche Feigling‹. Wenn man sich bei den Leuten beliebt machen wollte, brauchte man nur den Clown zu mimen, über den sie alle lachen konnten, ohne zugeben zu müssen, daß sie nicht viel besser waren. Und doch half ihm das alles nichts – weder verflüchtigte sich seine Scham noch verließ ihn die jämmerliche Angst, die ihn immer noch bedrückte. Und indem er sich auch das noch zunutze machte, sagte er: »Mir geht der Arsch nämlich immer noch mit Grundeis.«

Und ganz, als solle sich die Berechtigung dieses Satzes auf der Stelle erweisen, hörte man ein Flattern, nicht unähnlich dem, das entsteht, wenn man durch ein Schlüsselloch pustet, und gute dreißig Meter entfernt wurde der Dreck aufgewirbelt, während gleichzeitig ein bedeutendes Krachen vernehmbar wurde. Die Männer auf dem kleinen Vorsprung suchten Deckung am Hang. Mazzi war zwar nicht der erste, gewiß aber auch nicht der letzte, der die Nase in den Dreck steckte, und so hatte Tills denn das letzte Wort.

»Schiß hast du nicht, was?« fragte er laut, als alle sich wieder mit verlegenen Gesichtern erhoben, da keine weiteren Granaten mehr einschlugen. Alle waren froh, über Mazzi lachen und die Aufmerksamkeit von ihrer eigenen Beklommenheit ablenken zu können. Mazzi jedoch lachte nicht. »Du bist wohl stehen geblieben wie ein Held, was? Du Arschgesicht!« raunzte er Tills wütend an.

Man fluchte auf die eigenen Werfer, die angeblich zu kurz geschossen hätten, aber Stein machte dem schnell ein Ende. Man wußte, daß die Japaner, während sie selbst unter Beschuß lagen, gerne die gegnerischen Stellungen mit ihren schweren Werfern abstreuten, um Verwirrung zu stiften. Man konnte getrost jede Diskussion unterlassen und stattdessen das Schanzzeug losmachen und sich eingraben. Diese mühevolle Arbeit hatte man bis jetzt aufgeschoben, aber nun war es so weit. Bead und Weld erhielten Befehl, auch die Löcher für Stein und Band zu graben, die nun die Zeit für gekommen hielten, die Stellungen weiter oben am Kamm zu inspizieren.

Es war Fife aufgefallen, daß Welsh als einziger nicht gelacht hatte, als er seine kleine Vorstellung als ehrlicher Feigling gab. Statt dessen hatte ihn der Hauptfeldwebel, der bei dem vor Lachen brüllenden Storm stand, nur aus zusammengekniffenen, wissenden Äuglein durchdringend angestarrt. Als Fife nun seinen Hilfsschreibern gezeigt hatte, wo sie die Löcher für die Offiziere graben sollten, trat er zu Welsh und Storm, die sich nach einer längeren Unterhaltung über nächtliche japanische Patrouillen gerade für einen Platz entschieden hatten, an dem sie ihre Löcher graben wollten.

Fife erkundigte sich munter: »Wollt ihr hier eure Löcher graben?«

Welsh, der gerade dabei war, sein Schanzzeug abzuschnallen, gönnte ihm weder einen Blick noch eine Antwort.

»Dann bleibe ich nämlich auch hier«, fuhr Fife fort.

Welsh ignorierte ihn.

»Es sieht hier schließlich ganz gut aus«, sagte Fife. »Ihr grabt euch doch hier ein, oder?«

Welsh weigerte sich immer noch, Fifes Anwesenheit zur Kenntnis zu nehmen.

»Oder habt ihr was dagegen?« wollte Fife wissen. Er machte nun sein Gepäck auf.

Welsh ließ die Hände sinken und sah Fife steinern an. Sein Gesicht war so ausdruckslos wie ein Klotz. »Scher dich weg«, knurrte er. »Scher dich weg und bleib mir vom Halse, Bubi.«

Storm hatte mit der Arbeit aufgehört und sah zu.

Fife wich vor der puren Bösartigkeit dieser Antwort zurück. »Ja sooooo!« Er versuchte Ironie in seine Stimme zu legen, doch gelang ihm das nicht. »Ich möchte mich keineswegs aufdrängen.«

Welsh starrte ihn schweigend an. Es war zu sehen, daß er keinen Streit heraufbeschwören wollte.

»Na, ich merke es schon, wenn ich nicht gerne gesehen bin«, sagte Fife lahm. Er war sehr getroffen und konnte es nicht verbergen. Nun trottete er davon und schleifte sein Gepäck hinter sich her.

»Warum behandelst du den Jungen niemals anständig?« fragte Storm ohne sonderliches Interesse.

»Weil ich keine Lust habe, Kinderfrau zu spielen. Ich habe so schon genug Sorgen.« Welsh richtete sich auf. »Hier, nimm die Schaufel, du hast lockere Erde, und gib mir die Hacke.«

Storm tauschte schweigend das Gerät. Leutnant Culp kam jetzt in großen Sprüngen wie ein Fußballer auf Urlaub den Hang herunter. Förmlich im Vorbeilaufen sammelte er seine Granatwerfertrupps am Gefechtsstand und führte sie noch hundert Meter weiter nach unten, in beinahe ebenes Gelände. Von hier aus konnten sie ihre Granaten über den Kamm auf die bewaldeten Steilhänge schießen. Nachdem sie die Werfer in Stellung gebracht hatten, fingen sie an, ihre Löcher zu graben.

Lange Zeit waren alle mit dem Ausheben der Deckungslöcher beschäftigt.

Der Schütze Mazzi war immer noch wütend auf Tills, weil dieser ihn beim letzten Feuerüberfall blamiert hatte. Das war nicht anständig, denn schließlich hatten sich alle hingeworfen. Während des Marsches jedoch war Mazzi nicht einmal in Deckung gegangen, hatte aber Tills bei mindestens drei Gelegenheiten auf dem Bauch liegen sehen. Mazzi hatte also jede Berechtigung, Tills zu verhöhnen, Tills hatte aber kein Recht, Mazzi zu verhöhnen. Er und Tills waren ja eigentlich Kumpel, aber Tills machte immer irgendwelchen Mist.

Mazzi hatte sich Tills nicht ausgesucht. Es machte ihm keinen Spaß, einen ahnungslosen Klutentreter aus der tiefsten Provinz zum Kumpel zu haben. Im Granatwerfertrupp hatte es aber weiter keine Wahl gegeben. Tills war eigentlich nur Munitionsträger, während Mazzi als Schütze 2 eingeteilt war und die Bodenplatte schleppte. Aber er war im Grunde auch nichts Besseres als ein Munitionsträger, denn Sergeant Wick und der Schütze 1, der das Rohr trug, erledigten alles unter sich. Mazzi bekam kaum jemals die Zielvorrichtung in die Finger. Der andere Munitionsträger, Tind, war nur ein grüner Junge frisch aus der Kaserne. Es blieb ihm also nur Tills. Mazzi behandelte Tills sehr wohlwollend, gab ihm immer gute Ratschläge, aber Tills hörte nie darauf, tat, was ihm einfiel, und stets das Verkehrte. Trotzdem wollte er einfach nichts lernen und nicht zugeben, daß Mazzi recht hatte. Das kam dabei heraus, wenn man sich mit einem Bauern einließ.

Dieses Mal war Tills aber zu weit gegangen. Mazzi beschloß, von nun an mit Tills nichts mehr zu tun haben zu wollen. Culp hatte befohlen, Zweimannlöcher zu graben und sich auf Posten abzulösen, und Mazzi hätte normalerweise mit Tills zusammen gegraben. Statt dessen forderte er dieses Mal laut Tind dazu auf, ohne Tills etwas zu sagen. Tills mußte also alleine graben. Nachdem Mazzi fertig war, holte er sich bei Culp die Erlaubnis, ein Weilchen hinauf zum Kamm zu gehen. Alle seine gewitzten Freunde aus der Bronx und aus Brooklyn, die Carni, Suss, Gluk und Tassi, gehörten zum 2. Zug. Er merkte, daß Tills hinter ihm hersah, aber er achtete nicht darauf. Sollte er doch von nun an sein eigenes Hirn in Bewegung setzen. Er würde schon sehen, wie ihm das gefiele. Daß er vorhin auf dem Marsch Angst gehabt hatte, spielte gar keine Rolle. Wenigstens war er nicht in Deckung gegangen. Angst hatten alle.

Als Mazzi auf seinem Weg hinauf am Kompaniegefechtsstand vorüber kam, drang lautes Gelächter vom Kamm her herab. Wenn die Leute vom Kompanietrupp sich auf die Zehenspitzen stellten und den Kopf zurückbogen, konnten sie über sich am Kamm die beiden Züge deutlich gegen das helle Sonnenlicht erkennen.

»Was ist denn los, da oben?« schrie einer hinauf.

»Nellie Coombs hat einen Steifen!« kam die Antwort von oben. »Schön, was?«

»Lüge!« brüllte der Mann unten.

»Denkste! Es ist die Wahrheit! Ich hab es selbst gesehen!«

Mazzi lachte im Weitergehen. Nellie Coombs unmäßiger Sexualtrieb war ebenso sprichwörtlich wie sein betrügerisches Kartenspiel. Da oben beim 2. Zug waren Mazzis Freunde: er würde schon hören, wer von ihnen auf dem Marsch in Deckung gegangen war.

Der enge Graben zog sich einige Meter vor dem eigentlichen Hügelkamm entlang. Auf der anderen Seite des Kammes ragten hohe Dschungelbäume auf, zwischen denen Schlingpflanzen hingen. Von hier aus, wo man nur wenig niedriger war als die Höhe 209, konnte man die gesamte Senke einsehen, die das heutige Schlachtfeld bildete. Die Offiziere waren heraufgekommen, um die Stellungen zu besichtigen, und Hauptmann Stein hatte lange dagestanden und das militärische Panorama betrachtet. Nun, da der Graben ausgehoben war, konnten sich die Leute auf den Rand setzen und die Aussicht genießen.

Dazu hatte allerdings nicht jeder Lust, und schon bald war ein Kartenspiel im Gange, an dem sich Mazzi und seine New Yorker Freunde beteiligten. Sie saßen auf dem Rand von Nellie Coombs'

Schützenloch und ihr ›noch eine!‹ und ›nicht mehr!‹ waren ebenso laut zu hören wie der Gefechtslärm vom Zweiten Bataillon. John Bell, den man aufgefordert hatte mitzuspielen, zog es vor, sich auf den Rand des Grabens zu setzen und in die Senke hinunter zu sehen.
Es war ein eindrucksvoller Anblick. Mit Ausnahme des Vorderhanges der Höhe 209, der noch unter japanischem Feuer lag, wimmelte es überall von amerikanischen Truppen, die Verwundete bargen und Nachschub transportierten. Das Zweite Bataillon sammelte wieder zum Angriff auf die Höhe. Solange Stein das Panorama betrachtet hatte, war keine Veränderung vorgegangen. Jetzt aber, als die ersten Schatten des Nachmittages sich über die tiefsten Punkte des Tales legten, begann die Artillerie, von neuem den rechten Teil des Sattels zu beschießen, wo die Siebente Kompanie zuvor angegriffen hatte. Minuten später hörte man vom Westen her ein Dröhnen, das schnell lauter wurde, bis schließlich sieben Schlachtflugzeuge mit ohrenzerreißendem Pfeifen erschienen und auch schon vorüber waren. Die Flugzeuge flogen zweimal über die japanische Stellung, um sich das Gelände anzusehen, und beim dritten Mal ließen sie die großen schwarzen Tonnen fallen, aus denen ölig qualmende Flammen schossen, als sie entlang des Kammes einschlugen. Nicht eine landete in der japanischen Vorderhangstellung, die vom Zweiten Bataillon angegriffen wurde. Die Flugzeuge wackelten mit den Tragflächen und verschwanden. Die Infanterie sah sehnsüchtig hinterher, und die Artillerie schoß unablässig weiter.
Die Japaner, die weder Flugzeug- noch Artillerieunterstützung hatten, verteidigten sich hartnäckig. Bell, der immer wieder nachdenklich mit der Hacke gegen seinen Stiefel klopfte, konnte nicht anders, als ein wenig Mitleid für sie zu empfinden, obwohl er nach wie vor Angst vor ihnen hatte. Dieses Mitleid war denn auch weniger ein Gefühl als eine Regung seines Intellektes. Die Japaner jedenfalls würden mit ihm kein Mitleid haben, sollte sie also der Teufel holen. Immerhin war er froh, nicht auf ihrer Seite zu sein. Er war auch froh, hier zu sein und nicht drüben beim Zweiten Bataillon. Rein verstandesmäßig bedauerte er beinahe alle Beteiligten. Zum Beispiel auch seine Frau Marty. In gewisser Weise war dieser Krieg schlimmer für sie als für ihn. Bell wußte, wie nötig sie körperliche Zärtlichkeit hatte, die Bestätigung, die Erneuerung des Lebens und der Persön-

lichkeit, welche sie bewirkte. In gewisser Weise war es für sie, die sie zu Hause den Lichtern, den Nachtlokalen und dem Alkohol ausgesetzt war, viel schlimmer als für ihn, der ja hier durch nichts in Versuchung geführt wurde. Viel schlimmer. Doch das alles sagte ihm nur sein Verstand. Sein Gefühl sagte, daß er, Bell, von allen am meisten zu bedauern sei.

Als Peale heute verwundet worden war, hatte das auf Bell eine gewisse Wirkung geübt. Vielleicht lag es an der Zufälligkeit des Ereignisses. Es war nicht einzusehen, warum diese Kugel gerade Peale und nicht jemanden anderen getroffen hatte. Aber was es nun auch gewesen sein mochte – als er das kleine Loch in Peale's Bein und den Faden dunklen Blutes auf dem weißlichen Schenkel erblickt hatte, war es Bell mit einemmal klargeworden, daß er, vielleicht bald schon, vielleicht erst später, mit seinem eigenen Tod zu rechnen hatte. Das entsetzte ihn. Bell begriff nun die abergläubische Furcht, die ihn daran gehindert hatte, seit seiner Einberufung etwas mit einer anderen Frau anzufangen; um jedes Begehren in sich zu unterdrücken, hatte er sich nicht einmal mit Frauen unterhalten. Nun fügte er diesem ersten abergläubischen Pakt noch einen zweiten hinzu: falls er und Marty einander treu blieben, würde er mit unversehrten Genitalien aus dem Krieg zurückkommen. Immer noch mit der Hacke gegen den Stiefel klopfend, fuhr er fort, die Senke zu betrachten und wartete darauf, daß der erste leichte Malariaanfall von heute morgen sich wiederhole. Alle, die Malaria hatten, behaupteten, daß die Anfälle abends am schlimmsten seien.

Die Flugzeuge hatten die Aufmerksamkeit aller, selbst der Kartenspieler auf sich gelenkt, und als sich der Qualm verzog, blickten sie hinüber. Von hier aus war die Entfernung zur rechten Seite der Höhe 209 größer, und die winzigen, grün gekleideten Gestalten waren kaum zu erkennen. Während sie den Hang hinauf krabbelten, verschwanden sie immer wieder aus dem Blickfeld. Die Männer vom Granatwerferzug der Sechsten Kompanie waren zwar auch ziemlich weit weg, aber doch näher, und man erkannte deutlich, wie sie von ihrer verdeckten Hinterhangstellung aus wie die Wilden ihre Werfer fütterten. Überall in der Senke sah man im schwindenden Licht Männer ihre Waffen bedienen und den Sattel mit Feuer eindecken.

Dieses Mal gelang der Einbruch. Die winzigen, grün gekleideten

Amerikaner trafen Brust an Brust auf die winzigen Japaner, drängten sie zurück und verschwanden hinter der Höhe. Andere folgten. Als sie nicht gleich wieder zurückgelaufen kamen, brach überall in der Senke ein schwaches Hurrageschrei auf, das allerdings weniger einem Gefühl des Triumphes als einem gewissen Pflichtgefühl zu entstammen schien. Diesen Rufern ging es wohl ebenso wie der Dritten Kompanie: sie dachten gewiß mehr an das, was sie tags darauf erwartete als an das, was das Zweite Bataillon heute zustande gebracht hatte.

Der nächste Morgen ließ sich aber gar nicht so übel an. Das Zweite Bataillon war neuerlich zum Angriff befohlen worden, dieses Mal auf die Höhe 210, den Kopf des Elefanten und das eigentliche Angriffsziel des Regimentes. Diese gute Nachricht traf zusammen mit Einzelheiten über den Verlauf des heutigen Gefechtes gegen Abend bei der Dritten Kompanie ein. Der Regimentskommandeur hatte einen Tagesbefehl erlassen, den die Schreiber an Ort und Stelle vervielfältigten und allen Kompanien zugehen ließen. Es war darin die Rede vom Sieg der amerikanischen Waffen. Die gesamte Höhe 209 sei nun in amerikanischen Händen. Die Fünfte Kompanie (die so schweigsam und hölzern an der Spitze der Dritten vorübergezogen war) sei über tausend Meter im Kreuzfeuer am Rande des Dschungels entlang marschiert, sie habe 25% Verluste gehabt und mit Hilfe der Siebenten Kompanie den Ring um die japanische Stellung geschlossen. Fünfzig Japaner seien getötet, siebzehn MGs, acht schwere Granatwerfer und eine Menge Handfeuerwaffen erbeutet worden. Gefangene habe man nicht gemacht, die Japaner, die sich nicht auf die Höhe 210 abgesetzt hätten, hätten bis zum Ende gekämpft. Das Zweite Bataillon habe siebenundzwanzig Tote und achtzig Verwundete zu beklagen, von denen viele erst nach dem Gefecht im Gelände gefunden worden seien. Die Mehrheit der toten Japaner sei in schlechtem körperlichen Zustand und ganz offenbar unterernährt.

Dies war der offizielle Bericht, der so auch in die Regimentsgeschichte eingehen würde. Der Dritten Kompanie war das vollständig einerlei. Man freute sich selbstverständlich darüber, daß das Zweite Bataillon die Höhe genommen hatte, doch mehr noch freute man sich darüber, daß das Zweite Bataillon morgen den Angriff weiterführen sollte. Daß die Japaner nichts zu essen hatten, ließ die Männer gleichgültig. Die

Verlustziffern wiederum interessierten sie, wenn sie ihnen auch erstaunlich niedrig vorkamen angesichts dessen, was man heute beobachtet hatte. Das schien zu Hoffnungen zu berechtigen. Immer vorausgesetzt, daß diese Zahlen nicht gefälscht waren.

Die Nachricht, die von größtem Interesse für sie war, wurde nicht offiziell mitgeteilt. Sie stand nicht im Tagesbefehl des Regimentes, doch wußte jeder Melder, der den Tagesbefehl ablieferte, davon zu erzählen. Es war der Bericht über das Schicksal, das die beiden Männer der Siebenten Kompanie ereilt hatte, welche, wie man beobachtet hatte, bei einem der früheren Angriffe in die japanische Stellung hineingezerrt worden waren. Ihre Leichen waren nach dem Rückzug der Japaner hinter der Stellung entdeckt worden. Beide wiesen viele Bajonettstiche auf, und einer war mit einem Säbel geköpft worden. Die vorgehende Fünfte Kompanie fand ihn, die Hände auf dem Rücken gebunden und den Kopf auf der Brust. Um ihrem Abscheu, ihrem Haß oder was auch immer, Ausdruck zu geben, hatten die Japaner ihm nach seiner Enthauptung auch noch die Genitalien abgeschnitten und diese dem abgeschnittenen Kopf in den Mund gesteckt. Daß dieser Akt nach Eintritt des Todes stattgefunden hatte, war daran zu sehen, daß aus der Wunde am Unterleib kaum Blut geflossen war. Daß der Mann lebendig geköpft worden war, bewies ebenso deutlich die Menge des Blutes, die neben dem Rumpf in den Boden eingesickert war.

Die Barbarei dieses Vorgehens wirkte auf die Dritte Kompanie wie ein Strahl kalten Wassers. Kochende Wut folgte auf eisigen Schrekken. Die Japaner, die ihnen gegenüber lagen, waren kampferprobte Truppen, die schon in Burma, in China und Sumatra gefochten hatten. Ihr Haß gegen alle Weißen war bekannt, und es war auch bekannt, daß sie derartige Grausamkeiten an ihren Rassegenossen in China und den Philippinen verübt hatten. Daß sie es aber wagten, der zivilisierten weißen, amerikanischen Infanterie und ganz besonders dem . . . Regiment der . . . Division etwas derartiges anzutun, das war einfach nicht zu glauben und jedenfalls nicht zu ertragen. Man verschwor sich, nicht einen Gefangenen zu machen. Viele beteuerten, daß sie von nun an kaltblütig jeden Japaner in den Bauch schießen würden, den sie zu sehen bekämen.

Offiziell bemühte man sich darum, diesen Vorfall zu vertuschen, vielleicht weil man befürchtete, daß er die Truppe verängstigen könnte. Mit größerer Wahrscheinlichkeit jedoch verschwieg man ihn, um jede menschliche Regung von einem Unternehmen fernzuhalten, das man als eine simple, unkomplizierte, militärische Aufgabe sehen wollte. Bugger Stein neigte zu dieser Vermutung und war anderer Ansicht. Man bemühte sich darum, säuberlich einen Feldzug herauszupräparieren, der leicht verständlich und mühelos darzustellen sein würde, und über den die Generale saubere Abhandlungen schreiben könnten, und solche Vorfälle paßten einfach nicht in das gewünschte Bild. Trotz allem jedoch hatte sich die Geschichte mit Windeseile an der Front verbreitet, und Stein dachte gar nicht daran, sich an der Unterdrückung dieser Nachricht zu beteiligen. Die Leute mußten wissen, was sie erwartete. Vielleicht hatten die armen Kerle nicht viel gemerkt. Das Adrenalin, die Wut und die Benommenheit des Nahkampfes hatten sie wahrscheinlich halb verrückt gemacht. Das war jedenfalls Steins einzige Hoffnung.

Als der Melder, der den Tagesbefehl überbrachte, auf dem Kompaniegefechtsstand auch die nichtoffiziellen Nachrichten bekanntgab, führte das zu einer fürchterlichen Reaktion. Storm, Bead, Culp und Doll, der mit einer Meldung vom 1. Zug gekommen war, und auch Oberleutnant Band schworen blutige Rache. Storm sah besonders mordlustig aus. Nur Welsh blieb stumm und verzog keine Miene. Dale, der Zweite Koch, war beinahe außer sich und verschwor sich, jeden Japaner in den Bauch zu schießen, der sich ihm ergeben würde, aber vorher würde er sich ihn erst noch vornehmen. Korporal Fife hingegen sagte nichts, sondern verspürte Angst, Ungläubigkeit und schließlich ein furchtbares Entsetzen darüber, daß Wesen, die sprechen, aufrecht auf zwei Beinen gehen, Kleider tragen, Städte bauen und von sich behaupteten, Menschen zu sein, einander wirklich mit solch aberwitziger Grausamkeit behandeln konnten. Ganz offenbar bestand die einzige Möglichkeit, in dieser sogenannten Kulturwelt zu überleben, die unser Werk ist und auf die wir so stolz sind, darin, noch niederträchtiger, gemeiner und grausamer zu sein als die anderen. Und zum ersten Mal in seinem Leben beschlich Fife die Ahnung, daß er nicht über die dafür notwendige Härte verfüge.

Doll war es, der die Neuigkeit in der Stellung verbreitete. John Bell stand mit seinem Gruppenführer Mama McCron, mit Queen und einem anderen Mann namens Cash zusammen. Queen und Cash gehörten zur 2. Gruppe. Nachdem Stack ausgefallen war, war Queen Unteroffizier geworden. Die Gruppen von Queen und McCron bildeten die Verbindung zwischen den beiden Zügen, und die Schützenlöcher von Bell und Cash waren die Nahtstelle. Die beiden Unteroffiziere teilten gerade die Wachen ein, als Doll keuchend mit seiner Neuigkeit eintraf.

Bell hatte noch niemals auf menschlichen Gesichtern eine derartige Reaktion gesehen. Queen wurde puterrot vor Wut, ballte die Hände und murmelte etwas von Schädeleinschlagen. McCrons Augen nahmen einen ganz leeren Ausdruck an, und er sah ungläubig und beschämt aus, als wolle er nichts hören, und dabei murmelte er traurig »oh, die dreckigen Schweine«. Cash hingegen, ein Riese, der in Toledo Taxifahrer gewesen, ehe er eingezogen worden war, und den die Kompanie nur »Großer« nannte, grinste. Er sah meistens kaltschnäuzig und spöttisch drein, und sein Gesicht ähnelte in jeder Beziehung einer unaufgeknackten Walnuß, und wenn er so wie jetzt grinste und sich die Lippen leckte und dabei die blauen Augen zusammenkniff, sah er tatsächlich wie ein Mörder aus. Er sagte weiter nichts als »sehr schön«, und wiederholte das leise mehrere Male. Bell wiederum wurde übel. Es wurde ihm ganz einfach schlecht. Er sagte nichts, aber er dachte. Er dachte an den abergläubischen Pakt, den er gerade heute geschlossen hatte, und er dachte an seine Frau Marty. Er hoffte, daß sie niemals etwas davon erfahren würde, wenn es ihm jemals ebenso ergehen sollte.

Im Gegensatz zu diesen Neuigkeiten war der Abend besonders lieblich. Hier oben brach die Nacht nicht so übergangslos herein wie unten zwischen den Bäumen. Die Dämmerung verhielt etwas und färbte alles, einschließlich der Luft, rosig. Nur zögernd schien sie Abschied nehmen und die Männer der Schwärze ihrer ersten Nacht an der Front überlassen zu wollen. Sie verschwand nicht, bevor sie ihnen Gelegenheit gegeben hatte, im Westen einen herrlichen, tropischen Sonnenuntergang zu betrachten. Es war nun Zeit, an friedliche Dinge und an Frauen zu denken.

Als kurz vor Einbruch der Dunkelheit Essen gefaßt werden sollte, stellte sich heraus, daß es kein Wasser gab. Zu essen war reichlich vorhanden, aber die Essenholer, die aus der Stellung nach unten kamen, verlangten mehr nach Wasser als nach Essen. Die Sonne, die Hitze und das fortgesetzte Schwitzen hatten dafür gesorgt, daß alle Feldflaschen leer waren.

Die Männer erinnerten sich, ganze Jeeps voller Wasserkanister auf dem Wege vom Fluß zur Front gesehen zu haben. Ob das Wasser nun aber hinten geblieben oder einfach ausgeschüttet worden war – hier vorne gab es jedenfalls keines. Nachdem Stein immer wieder in sein Feldtelefon gesprochen und Melder abgeschickt hatte, bekam er schließlich so viel Wasser, daß jeder seine Feldflasche halb füllen konnte. Das sollte für den ganzen morgigen Tag reichen. Das Abendbrot war trocken und kalt und man würgte es mühsam herunter.

In der Nacht regnete es zweimal. Niemand kam recht zum Schlafen, und es wurden nutzlos viele Handgranaten geworfen. Gelegentlich erleuchtete auch das Mündungsfeuer der Gewehre die Nacht. Auf diese Weise wurde die Stellung verraten und nichts getroffen.

Als die Dritte im Morgengrauen schmutzig und unrasiert aus ihren Löchern kroch, um zuzusehen, wie das Zweite Bataillon von der Höhe 209 aus zum Angriff vorging, sah sie aus, als habe sie schon monatelang hier gehaust.

Es war schwierig, im kalten Morgennebel aus dieser Entfernung die vornübergebeugten Gestalten zu erkennen, die mit dem Gewehr in der Hand über den Kamm stiegen und verschwanden. Ein rauhes Hurra ertönte und erstarb gleich darauf. Danach beobachteten die Zurückgebliebenen schweigend. Da die Schulter des Elefanten und die Höhe 209 in eigener Hand waren, verlief die Front etwa tausend Meter entlang der höckrigen Kammlinie, die das Rückgrat des Elefanten bildete. Als die Kompanien des Zweiten Bataillons zum Angriff vorgingen, entstand zwischen dem Ersten und Dritten Bataillon eine Lücke, und im Laufe des Vormittages mußte die Dritte Kompanie zweimal die Stellung wechseln.

Auch das Frühstück hatte man trocken heruntergewürgt. Danach konnte man nur noch warten. Die befohlenen Stellungswechsel konnten mühelos vollzogen werden. Der linke Zug verlegte hinter dem 2. Zug vorbei nach rechts bis zur angegebenen Stelle, dann schloß sich der Zug, der vorher rechts gewesen und jetzt links war, wieder an. Links von der Dritten Kompanie führte die Erste Kompanie das gleiche Manöver aus, und links von der Ersten Kompanie ging ein Bataillon vom Reserveregiment in Stellung.

Aber auch nach diesen beiden Stellungswechseln waren sie noch nicht weit genug nach rechts gelangt, um das umkämpfte Gelände zu überblicken. Sie hatten nun beinahe die Schulter des Elefanten erreicht und konnten das Feuer der Granatwerfer und der Maschinengewehre hören. Aber gerade hier, ganz als habe Der tanzende Elefant seine große Schulter hochgezogen, um das Gleichgewicht zu halten, wich der Hang im Bogen zurück, und ein Streifen Dschungel begrenzte das Blickfeld. Sie befanden sich jetzt auf dem gleichen Hang, von dem aus gestern die Sechste Kompanie die Höhe zu stürmen versucht hatte und abgeschlagen worden war. Als sie das bemerkten, wurden sie gereizt und ließen sich wieder nieder, um zu warten. Es entging ihnen nicht, daß jeder Stellungswechsel sie näher an den Feind brachte.

Während des Stellungswechsels glaubte Culp eine Bewegung in den Büschen bemerkt zu haben. Er befand sich gerade oberhalb der Bodenwelle, hinter der die Sechste Kompanie ihren Gefechtsstand hatte, und von da aus führte ein bewachsener Steilhang in die Schlucht hinunter. Culp blieb stehen, pfiff leise und deutete mit der Hand nach unten. Am Grunde der Schlucht, die noch vor kurzem in Feindeshand gewesen war, wimmelte es von Männern, die Nachschub nach vorne brachten, aber hier oben sah man niemanden. Außer Culp hatte zwar keiner etwas in den Büschen bemerkt, doch ging man eifrig daran, eine kleine Menschenjagd zu veranstalten. Seit gestern hatten sich die sieben Besitzer der Maschinenpistolen ungeachtet des Rangunterschiedes mehr und mehr zu einem Klub zusammengeschlossen. Welsh, Storm, Dale, MacTae, die Offiziere Stein und Band, also alle bis auf Culp, gehörten sowieso zum Kompanietrupp, und als Führer des schweren Zuges hielt Culp sich die meiste Zeit beim Gefechtsstand auf. Dieser Klub nun begab sich auf die Jagd. Man schwärmte aus und stellte sich so auf, daß niemand vorüber konnte, ohne einem von ihnen in die Schußlinie zu laufen. Der Rest des Kompanietrupps und der Reservezug blieben stehen, um zuzusehen, wie Culp und MacTae als Treiber durchs Gebüsch gingen. Als sie halb hindurch waren, hatte sich noch nichts gerührt.

»Vorsicht, Leute!« grinste Culp, »ich halte da jetzt mal ein bißchen

rein, um zu sehen, ob wer drin ist.« Er gab zwei kurze Feuerstöße ins Dickicht ab. Dann ließ er überrascht den Abzug los. »Das Ding hat einen ganz schönen Rückstoß!«
Es rührte sich noch immer nichts im Gebüsch, und MacTae sagte: »Na, sehen wir mal nach.« Die beiden verschwanden, und die Büsche gerieten über ihnen ins Schwanken. Verlegen kamen sie wieder zum Vorschein.
»Nichts«, sagte Culp. »Man kann aber nie wissen, es hätten versprengte Japaner sein können.«
Er hatte damit ganz recht. In der vergangenen Nacht hatten sich im Bereich des Zweiten Bataillons mehrere Japaner durch die Linie geschlichen. Trotzdem lachte man auf seine Kosten, während alle wieder nach oben kletterten. Auch dort hatte eine gewisse nervöse Spannung geherrscht, die sich jetzt in einem Gelächter über Culp löste. Überrascht stellten sie fest, daß keiner von ihnen schon ganz mechanisch und ohne nachzudenken mit der Waffe hantierte. Sie alle waren zu lange in den auf dem Schießstand herrschenden Sicherheitsvorschriften gedrillt worden, um ohne weiteres über die Köpfe ihrer Kameraden hinwegzufeuern.
Am frühen Nachmittag schlugen sie einen Gegenangriff zurück. Nachdem alles vorüber war, tauschte man seine Erlebnisse aus, und es stellte sich heraus, daß niemand von ihnen einen Japaner zu Gesicht bekommen hatte. Es ergab sich dann später, daß die Vierte Kompanie rechts neben ihnen das Feuer auf einen starken Spähtrupp eröffnet und etliche Japaner getötet hatte. Als die Vierte Kompanie zu schießen begann, hatten sich auch die anderen daran beteiligt, bis schließlich die ganze Linie einschließlich des Reservebataillons am linken Flügel Handgranaten warf und in den Dschungel feuerte, ganz gleich, ob Japaner zu sehen waren oder nicht. Selbst als alles vorbei war, blieb die Hälfte dieser Schützen immer noch davon überzeugt, einen groß angelegten japanischen Angriff abgeschlagen zu haben. Die anderen, die es besser wußten, sahen zunächst etwas töricht drein, doch beteiligten sie sich dann an der Siegesfeier. Manche fragten sich vielleicht, was der japanische Spähtrupp gedacht haben mochte, als plötzlich auf einem Kilometer Länge die ganze Front das Feuer ins Blaue hinein eröffnet hatte; sie mochten wohl herzlich gelacht haben. Zu diesen, die so dachten, gehörte merkwürdigerweise auch Korporal

Fife. Ebenso wie die anderen Leute des Kompanietrupps war er nach vorne gerannt, als die Schießerei begonnen hatte. Er hatte einen ganzen Ladestreifen verschossen und in der Absicht, noch weiter zu schießen, sein Gewehr von neuem geladen, ehe sein gesunder Menschenverstand sich bemerkbar machte und die Sinnlosigkeit des Ganzen ihn niederdrückte. Um ihn herum war alle Welt dabei, munter loszuknallen und Handgranaten zu werfen. Links von ihm ging Welsh fröhlich fluchend und glücklich grinsend daran, aus seiner Maschinenpistole in die Gegend zu feuern. Vor der Front raschelte es wie von einem Platzregen im Gebüsch, und Holz und Rindenstücke flogen umher. Der deprimierte Fife legte den Sicherungsflügel herum, entfernte sich verstohlen aus der Stellung, setzte sich hin und stützte die Ellenbogen auf das Gewehr, das über seinen Knien lag. Was war nur mit ihm los? Nicht mal an einem harmlosen Schützenfest mochte er sich beteiligen? Am meisten bedrückte ihn das Wissen darum, daß er sich in der neuen Situation nicht zurechtfinden konnte. Es war, als sei er blind.

Eben während dieses »Gegenangriffes« warf der Gefreite Doll zum ersten Mal eine scharfe Handgranate, und das war eine traumatische Erfahrung. Doll verließ der Mut. Wo Doll stand, wies der Kamm einen leichten Einschnitt auf, und vor ihm verlief in Brusthöhe eine Lehmböschung (unmöglich zu sagen, ob von Menschenhand angelegt oder nicht), hinter der er wie in einem Graben stehen konnte. Allerdings fehlte die Rückwand. Das Feuer war zunächst unregelmäßig und schwach und breitete sich nur langsam aus, als es aber auflebte und zwischen dem ratternden Gewehrfeuer auch das Krachen von Handgranaten zu hören war, löste Doll, der bereits einen Ladestreifen verschossen hatte, von einer seiner vier Handgranaten den Sicherungsstift. Um jeder unangenehmen Überraschung vorzubeugen, hatte er die beiden Enden des Stiftes so weit auseinandergebogen, daß er sie mit den Zähnen zusammendrücken mußte, ehe er ihn herausziehen konnte. Dabei empfand er einen scharfen Schmerz in einem faulen Zahn. Vielleicht war es dieser Schmerz, der ihm den Mut nahm. Er erinnerte sich, im Kino gesehen zu haben, wie kühne Männer Handgranaten mit den Zähnen entsicherten, und wurde sich entsetzt darüber klar, daß sein Gebiß das jedenfalls nicht aushalten würde. Wie dem auch sein mochte, er hatte schon zu lange gezögert.

Der Stift war heraus und Doll stand da und glotzte dieses schwere, gußeiserne, orangefarbene Ding an, das er da in der Hand hielt. Solange er den Hebel fest an die Granate preßte, bestand keine Gefahr, aber seine Hand war feucht und verschwitzt. Er wußte, daß es gefährlich, ja unsinnig gewesen wäre, zu versuchen, den Stift wieder hineinzustecken, selbst wenn dieser nicht schon irgendwo auf dem Boden verschwunden gewesen wäre. Die Handgranate war scharf, und nun stand er damit da, und wenn er sie nicht in alle Ewigkeit mit sich herumtragen wollte, während seine Hand langsam die Kraft verlor oder einen Krampf bekam und losließ, so mußte er sie werfen. In Wirklichkeit jedoch verspürte er nur den Wunsch, sie fallen zu lassen und wegzulaufen. Das wäre natürlich Blödsinn, eine Wahnsinnstat. Wenn er dabei nicht selbst ums Leben kam, so aber gewiß die Männer in seiner Nähe. Warum nur hatte er die Handgranate entsichert? Er biß die Zähne zusammen bis der Kiefer schmerzte, stellte die Füße auseinander und glotzte, ohne auf den Lärm und das Feuer um ihn her zu achten, aus vorquellenden Augen auf das Ding in seiner Hand, als sei es eine schwelende Bombe, was es ja auch war. Dann warf er es aus Leibeskräften von sich weg in den Dschungel und ging hinter der Böschung in Deckung. Das Zischen des Zünders klang dabei in seinen Ohren ebenso laut wie eine Detonation. Als er die Handgranate vorhin in die Hand genommen hatte, war es seine Absicht gewesen, zu beobachten, wohin sie fiele und wie sie explodierte. Dazu war ihm die Lust vergangen. Er vermochte ebensowenig stehenzubleiben und der Handgranate zuzusehen, wie er es vermocht hätte, hinter ihr her zu fliegen. Er vernahm ein dumpfes Krachen und gleich darauf zwei weitere Detonationen. Er würde also niemals wissen, welches seine Granate gewesen war, und es war ihm auch egal. Erschüttert kauerte er sich noch einige Augenblicke gegen die Böschung, dann errötete er vor Zorn, stand auf und begann wütend in den leeren Dschungel zu schießen, wobei er hoffte, daß niemand ihn beobachtet hatte. Er feuerte drei Magazine hintereinander leer, warf aber keine Handgranate mehr. Als alles vorüber war, drehte er sich einfach um, setzte sich hin, zog die Knie an und lehnte sich mit dem Rücken an die Böschung. Dabei keuchte er und starrte stumpfsinnig ins Leere.

Während dieses Schützenfestes war im Rücken der Dritten Kompanie ein Toter aufgetaucht. In der Aufregung bemerkte ihn zunächst

niemand, und dann entdeckten ihn alle gleichzeitig. Ganze Gruppen sahen sich überrascht nach ihm um. Keiner wußte, wie er dahin gelangt, woher er gekommen und wer er war. Zur Dritten Kompanie konnte er nicht gehören, denn niemand war dort getroffen worden. Er konnte auch nicht im Verlauf des »Gegenangriffes« gefallen sein, weil er schon steif war. Er war eben einfach da. Zehn Meter unterhalb des Kammes, am Hang, der hier nicht so steil war wie anderwärts, lag er, beinahe in der Position eines Fötus, die Knie an die Brust gezogen, die halbgeballten Hände rechts und links neben dem Gesicht, ohne es zu berühren. Mit dem Helm auf dem Kopf und dem Patronengürtel noch über der grünen Feldjacke, schien er sich vor dem verbergen zu wollen, was ihn doch schon ereilt hatte. Gerade unterhalb von ihm fiel der Hang steil ab, und wenn er sich nur einmal herumgerollt hätte, wäre er hinunter in die Senke gekollert. Bei der Dritten Kompanie wünschte man sehr, daß er das täte.
Es ergab sich dann später, daß er zum Zweiten Bataillon gehörte und am Tage vorher gefallen, aber noch nicht gefunden worden war. Die Vierte Kompanie hatte ihn entdeckt, als sie der japanischen Patrouille nachsetzte, und ihn hinter der Dritten Kompanie abgelegt, während diese zu beschäftigt war, um etwas zu bemerken; und nun lag er hier. Das erregte Geschwätz und Gelächter verstummte nach und nach, und statt dessen begann man ärgerlich die Stirn zu runzeln. Es wurde gemurrt. Die Dritte Kompanie war der Ansicht, daß sie dies nicht verdient habe und betrachtete den Leichnam mit Mißfallen. Mehrere Männer, die sich bis auf sechs oder sieben Meter an ihn herangewagt hatten, behaupteten, daß er rieche. Vielleicht nicht gerade stark, aber doch beunruhigend. Bald hörte man Rufe »Sanitäter! Sanitäter! Wo stecken denn die verfluchten Sanitäter?« »Die Sanitäter sollen den Toten da wegschaffen!« Alle waren empört.
Man holte den Toten ab. Ob nun, weil die Dritte sich beschwert hatte oder aus anderen Gründen, war nicht festzustellen. Zwei abgehetzt aussehende Männer kamen mit einer zusammenlegbaren Tragbahre heraufgeklettert. Sie waren offenbar erschöpft und nicht bei guter Laune. Sie packten den Toten an einem Arm und einem Bein wie an Griffen und legten ihn rücklings auf die Bahre; als sie die Bahre aufnahmen, drohte er herabzufallen. Sie setzten ab und legten ihn auf die Seite. Als sie nun anhoben, rollte er wirklich herunter. Die Männer

setzten die Trage ab, stemmten die Hände in die Hüften und machten Gesichter, denen sich entnehmen ließ, daß es ihnen nun reichte. Dann bückten sie sich, packten den Mann an einem Arm und einem Bein und schleiften ihn so den Hang hinunter. Einer zog die Trage hinter sich her. Sie hatten dabei kein Wort verloren.

Die Dritte hatte diesen Vorgängen mit großen Augen und verlegenen Gesichtern zugesehen. Es kam ihnen vor, als gingen die beiden Männer mit dem jüngst Verstorbenen doch etwas respektlos um; gleichzeitig bemerkten sie, daß auch ihre eigene Reaktion nicht gerade sehr fein gewesen war. Niemand wollte jetzt mit dem armen Hund etwas zu tun haben. Nun, es schien nicht so, als habe er in den letzten Augenblicken seines Lebens viel zum Ruhm des Zweiten Bataillons beigetragen, aber immerhin hatte er nach seinem Tod eine bedeutende Tat vollbracht: er hatte dem kurzlebigen, lachenden Selbstvertrauen der Dritten Kompanie schnell und gründlich ein Ende gemacht.

Es war nun etwa 14:30 Uhr. Während die Dritte Kompanie sich auf ihre Art beschäftigte, war das Gefecht, hinter der Bergschulter verborgen, unablässig weiter gegangen. Zum ersten Mal sah man nun ganze Gruppen zurückfluten. Der Angriff war fehlgeschlagen. Soldaten stürzten sich keuchend über den Kamm und blieben nach Luft schnappend liegen. Ihre Augen klafften wie ausgebohrte dunkle Löcher in den empörten, wütenden, ungläubigen Gesichtern. Immer mehr Leute kamen zurück, einzeln, die meisten nicht einmal von Kameraden der eigenen Gruppe begleitet. Ächzend behaupteten sie, es gehe alles schief. Die Dritte war nun ziemlich nahe an der Schulter des Elefanten, wo der Kamm des Hauptzuges einen Bogen machte und weiter in Richtung auf die Vorderbeine verlief. Die zurücklaufenden Soldaten gerieten jetzt auch in den Bereich der Dritten Kompanie, einige wenige erschienen sogar am rechten Flügel, wobei sie brüllten »nicht schießen, nicht schießen!« Sobald sie die Stellung erreicht hatten, brachen sie einfach zusammen. Einer, der mit fünf oder sechs anderen zusammensaß, schluchzte wie ein Kind, wobei er Kopf und Arme auf die Schulter seines Nebenmannes stützte, der ihn zerstreut streichelte und selbst mit glühenden Augen geradeaus ins Leere starrte. Niemand hatte eine Vorstellung von dem, was rechts oder links von ihnen vorgegangen war. Die Dritte Kompanie sah mit weit aufgerissenen Augen stumm zu.

Ihre eigenen Empfindungen fanden Ausdruck in einem Vorgang, dessen Zeuge fast die ganze Kompanie wurde. Es handelte sich nicht um einen wohlbedachten Ausbruch, noch um die Reaktion eines unbeteiligten Beobachters. Der Divisionskommandeur hatte von der Höhe 209 aus die Kämpfe verfolgt. Selbstverständlich hatte der Verlauf dieser Offensive Einfluß auf seine Karriere. Als die Truppen entmutigt und aufgelöst zurückzufluten begannen, war er dazwischengetreten und hatte versucht, ihnen Mut zu machen. »Wir werden uns doch nicht von diesen Japanern unterkriegen lassen, Jungens, was? Sie sind zwar Draufgänger, aber doch keine solchen Draufgänger wie wir, was?« Einer, jung genug, um der Sohn, wenn nicht sogar der Enkel des Generals zu sein, sah ihn aus verstörten Augen an. »Gehen Sie doch selbst nach vorn, General, gehen Sie doch selber nach vorn!« Der General lächelte ihn mitleidig an und ging weiter. Der Junge sah ihm nicht einmal nach.

Der Hauptverbandplatz, der sich auf halber Höhe des Vorderhanges befand, war überfüllt. Die Straße war seit gestern bis zur Höhe 208 herangeführt worden, und Jeeps fuhren soweit als möglich an den Verbandplatz heran, um die Tragen zu übernehmen, und Verwundete in blutbefleckten Verbänden gingen, sich gegenseitig stützend, zurück.

Schließlich erhielt die Dritte Kompanie, ebenso wie alle anderen, einen zusammenhängenden Bericht. Es war geplant gewesen, den Angriff nach Artillerievorbereitung durch zwei Kompanien vortragen zu lassen. Die Sechste und Siebente, die sich auch gestern schon redlich geschunden hatten, bekamen dabei die übelsten Aufgaben zugewiesen. Sie sollten die Höhe 210 angreifen. Und zwar von links. Die Fünfte Kompanie sollte rechts angreifen, dort wo die Vorderbeine des Elefanten die Höhe 214 bildeten. Hinter Höhe 209 stieg links der fette Hals des Elefanten langsam zur Höhe 210 an und bildete dabei ein U, dessen Öffnung den Angreifern gegenüberlag. Dort hinauf vorzugehen war genauso, als ginge man eine Kegelbahn in Richtung auf die Kegler entlang, und bevor das Gefecht vorüber war, war dieser Abschnitt denn auch auf den Namen Kegelbahn getauft worden. Dieser Streifen war, ebenso wie das offene Gelände unmittelbar davor, von zahllosen kleinen Erhebungen und Mulden durchzogen, die einem Angreifer Schutz bieten mochten. Rechts davon, vom

Kopf des Elefanten durch einen tiefer gelegenen Dschungelausläufer getrennt, breitete sich der flache, ziemlich ebene Bereich der Vorderbeine des Elefanten aus. Dieses Gelände, das die Dritte Kompanie noch nicht gesehen hatte, war vom Zweiten Bataillon angegriffen worden.

Von Anfang an war alles schiefgegangen. Zunächst einmal gab es nur sehr wenig Wasser, die Leute hatten die Feldflaschen kaum halb gefüllt. Die Sechste hielt die Spitze, dahinter kam die Siebente, die dann später auf gleicher Front mit der Sechsten die Kegelbahn hinauf angreifen sollte. Die Sechste jedoch geriet beim Durchqueren einer schmalen Senke in feindliches Feuer und blieb stecken. Auf kleinem Raum zusammengedrängt erhielt sie mehrere Volltreffer von japanischen Granatwerfern, die offenbar nach einem genau ausgemessenen Feuerplan schossen. Als die Sechste versuchte, sich da heraus zu winden, erhielt sie Flankenfeuer von schweren Maschinengewehren, die aus getarnten Stellungen schossen. Die Siebente, die unmittelbar folgte, konnte auch nichts unternehmen und hatte ebenfalls Verluste durch Granatwerfer zu beklagen. Beide Kompanien hatten den Vormittag und auch den frühen Nachmittag dort verbracht. Der Kompaniechef der Sechsten war gegen Mittag von Granatsplittern getroffen und zurückgebracht worden, doch schon auf dem Transport gestorben. Zahlreiche Männer, die noch von gestern erschöpft waren und unter dem Wassermangel litten, wurden in der heißen Tropensonne ohnmächtig. Als der Bataillonskommandeur den Rückzug befahl, waren die Kompanien ohne jede Ordnung zurückgeflutet.

Auch der Angriff der Fünften war mißlungen. Der Spitzenzug, der sich auf das breitere, ebenere Terrain der Vorderbeine des Elefanten zu bewegte, war in ein vernichtendes Kreuzfeuer aus dem sich zu beiden Seiten hinziehenden Dschungel geraten. Der Kompaniechef der Fünften forderte schwere Maschinengewehre von der Achten an, und unterdessen wäre die Kompanie beinahe völlig aufgerieben worden. Nach diesen Ereignissen hatte der Rest der Kompanie sich nicht mehr gerührt, und lag nur wenige Meter hinter dem Kamm, am Vorderhang der Höhe 209.

So standen die Dinge also. Gegen 15:30 Uhr waren alle, die dazu noch imstande waren, zurückgekommen. Gruppen von Sanitätern suchten das Gelände nach Verwundeten ab. An diesem Abend setzte der Regimentskommandeur keinen Tagesbefehl auf. Im Laufe des Tages waren 34 Männer gefallen und 102 verwundet worden. Man zerbrach sich ergebnislos den Kopf darüber, wie es möglich war, daß die Verluste nach den heutigen, viel schwereren Kämpfen nur wenig höher als die gestrigen waren. Die einzig vernünftige Erklärung war die, daß die Kämpfe gestern länger gedauert hatten. Wichtiger aber als alle diese Neuigkeiten war die Nachricht, daß der Regimentskommandeur das erschöpfte Zweite Bataillon hinter die Höhen 207 und 208 als Regimentsreserve zurückbeorderte. Dies bedeutete, daß das Erste Bataillon morgen angreifen und das Bataillon der Divisionsreserve die Stellungen auf der Höhe 209 übernehmen würde.

Genau dies geschah, und der Befehl dazu traf bald genug ein. Es hatte eine schwache Hoffnung darauf bestanden, daß der Regimentskommandeur das Bataillon der Divisionsreserve zum Angriff befehlen würde, und die Dritte Kompanie hatte sich daran geklammert, wenn auch nur mit halbem Herzen. Die Befehle, die gegen 18:00 Uhr eintrafen, bestätigten die bösen Ahnungen.

Oberst Talls Plan wich nicht sehr von dem Plan des Kommandeurs des Zweiten Bataillons ab. Zwei Kompanien sollten auf gleicher Höhe angreifen; die Dritte, auf dem linken Flügel, sollte die Höhe 210, den Kopf des Elefanten nehmen, während die Erste rechts auf Höhe 214 vorgehen, die Vorderbeine des Elefanten besetzen und dort mit dem Dritten Bataillon Verbindung aufnehmen sollte, das heute auf geringeren Widerstand gestoßen war. Die Zweite Kompanie sollte hinter der Dritten in Reserve bleiben. Dieser Plan war praktisch der gleiche wie der vom heutigen Tage, nur sollte es morgen Wasser geben, und der Feind würde möglicherweise, falls das Zweite Bataillon ihm wirklich Verluste beigebracht hatte, etwas schwächer sein.

Die Dritte Kompanie hatte die übelste Aufgabe erwischt: den Angriff die Kegelbahn hinauf. Die Dritte glaubte, daß es ihr vom Schicksal verordnet sei, immer auf den schlechtesten Platz zu geraten. Als sie am Abend von einer Kompanie des Reservebataillons abgelöst wurde, um sich für den morgigen Tag auszuruhen, betrachtete sie ihre Ablösung höchst unfreundlich. Die Ablösung verhielt sich nett und geschwätzig und geradezu ehrerbietig, weil sie nämlich die Dritte Kompanie für alte Soldaten und sich selbst für Neulinge hielt. Und die Dritte behandelte sie mit der gleichen mürrischen Einsilbigkeit, mit

der sie tags zuvor von der zum Angriff vorgehenden Fünften Kompanie behandelt worden war.
Ehe es dazu kam, hatte aber der kleine Gefreite Bead seinen ersten Japaner getötet, den ersten Japaner der Kompanie, ja sogar des Bataillons.
Der ganze Vorfall, so überlegte Bead, als er wieder soweit zu sich gekommen war, daß er überhaupt denken konnte – und das dauerte seine Zeit –, der ganze Vorfall war typisch für ihn. Typisch für seine törichte Unzulänglichkeit, seine Blödheit, für die grobe Ungeschicklichkeit, mit der er alles verdarb, was er in die Hand nahm. Der Erfolg war, daß keine seiner Handlungen, die er unfehlbar schlecht und ohne jede Anmut erledigte, ihm je Befriedigung verschaffte. Immer waren es ruhmlose Taten, Bemühungen, die keine Anerkennung fanden. Ein Mann von anderem Temperament hätte darüber gelacht, Bead aber konnte das nicht. Gegen 17:00 Uhr hatte er abprotzen gehen müssen. Er hatte seit zwei Tagen nicht mehr abgeprotzt. Um diese Zeit hatte sich die Front beruhigt und unterhalb der Stellung, auf dem Verbandplatz, war man bei den letzten Verwundeten angelangt. Bead hatte andere Leute hier am Hang verschwinden sehen und wußte, wie es gemacht wurde. Da man seit fast zwei Tagen in dieser Hangstellung lag, hatte sich schon eine allgemein befolgte Prozedur dafür ergeben. Da jedes auch nur einigermaßen ebene Fleckchen belegt war, mußten sich die Kandidaten etwas weiter den Hang hinunter bemühen. Man nahm einen Spaten mit, grub ein kleines Loch, hockte sich darüber und hielt sich mühsam genug im Gleichgewicht. Unten, in der Schlucht, in der ein reger Verkehr herrschte, war der Eindruck ebenso, als sehe man einen Hintern aus dem neunten Stockwerk eines Hochhauses über eine belebte Straße hinaushängen. Milde ausgedrückt, war dies eine peinliche Position, und die Männer in der Schlucht entblödeten sich nicht, gelegentlich einen solchen Anblick mit Zurufen, Pfiffen oder neidischen Seufzern zu begleiten.
Bead war etwas scheu. Wenn es nicht anders möglich gewesen wäre, hätte er sich ebenfalls dieser Prozedur gefügt, aber da es nach dem Lärm, dem Schrecken und der Gefahr des Nachmittages so still und friedlich, und da er so scheu war, beschloß Bead, einen dem Abendfrieden gemäßen, gemütvollen Naturkaktus hinzusetzen. Ohne ir-

gend jemandem ein Wort zu sagen, schnallte er ab, legte sein Gewehr neben das Loch, ergriff eine Rolle Klosettpapier und kletterte die zwanzig Meter bis zum Kamm hinauf. Er nahm nicht einmal einen Spaten mit, da keine Notwendigkeit bestand, seine Fäkalien auf der anderen Seite des Hanges zu vergraben. Er wußte, daß das mit Bäumen bestandene Gelände hinter dem Kamm nicht steil abfiel wie weiter links, sondern sich mäßig neigte, ehe es etwa fünfzig Meter weiter senkrecht zum Fluß abfiel. Hier oben hatte die Vierte Kompanie am Vormittag den japanischen Spähtrupp festgestellt.

»He, Freundchen, wo willst du denn hin?« rief ihn jemand vom 2. Zug im Vorbeigehen an.

»Scheißen«, erwiderte Bead, ohne sich umzudrehen, und verschwand über dem Kamm.

Die Bäume begannen drei Meter unterhalb des Kammes. Da der Dschungel hier an seinem Saum nicht so dicht war und weniger Unterholz aufwies, ähnelte er mehr den säulenähnlichen, glattbödigen Wäldern in Beads Heimat, und Bead wurde an seine Kinderzeit erinnert. In Gedanken an zwei Fahrten, die er als Pfadfinder in Iowa unternommen hatte und bei denen er ebenfalls gemütlich im sommerlichen Wald gekackt hatte, legte Bead das Klosettpapier in Reichweite, streifte die Hosen herunter und hockte sich hin. Halbwegs fertig blickte er auf und sah einen Japaner, der sich mit aufgepflanztem Seitengewehr behutsam zehn Meter entfernt durchs Gebüsch zwängte.

Als fühle er Beads Blick auf sich, drehte sich der Japaner herum und sah ihn an. Aber da hatte sich sein Bild schon mit der ganzen Kraft des herzerkältenden Grauens in Beads Netzhaut eingebrannt.

Der Japaner war klein und dünn, sehr dünn. Die lehmverschmierte, senffarbene Uniform mitsamt den lächerlichen Wickelgamaschen umschlotterte ihn in dschungelfeuchten, schmutzstarrenden Falten. Nicht nur fehlte ihm jede Tarnung, die Bead nach häufigem Kinobesuch an ihm zu sehen erwartet hatte, sondern er trug nicht einmal einen Helm. Statt dessen hatte er eine verdreckte Feldmütze auf dem Kopf. Das gelbliche Gesicht darunter wirkte so mager, daß es schien, die stark vortretenden Backenknochen müßten gleich durch die Haut stoßen. Er war seit vielleicht vierzehn Tagen unrasiert, aber sein Bart war ebenso spärlich wie der des neunzehnjährigen Bead. Wie alt

dieser Japaner sein mochte, konnte Bead nicht vermuten. Es konnten ebensogut zwanzig wie vierzig Jahre sein.
Diese Eindrücke sammelte Bead in einem einzigen Augenblick, der allerdings sehr lange zu dauern schien, so lange nämlich, bis der Japaner ihn ebenfalls sah, sich umwandte und ohne zu zögern, mit geräuschlosen Schritten und vorgehaltenem Seitengewehr auf ihn zurannte.
Bead hockte mit ungesäubertem Hinterteil und heruntergelassenen Hosen da. Er wußte, daß er sich zur Seite werfen mußte und spannte die Muskeln. Aber nach welcher Seite? Muß ich jetzt sterben? Muß ich wirklich sterben? Nicht einmal sein Messer hatte er bei sich. Schrecken und Zweifel, Ungläubigkeit und Abwehr zerrissen ihn förmlich. Warum schoß der Japaner nicht einfach sein Gewehr auf ihn ab? Vielleicht fürchtete er, von den Amerikanern hinter dem Kamm gehört zu werden. Statt dessen näherte er sich schnell, ganz offenbar mit der Absicht, Bead aufzuspießen. Seine Augen blickten entschlossen. Seine Zähne waren entblößt und groß, aber gut geformt und standen ganz und gar nicht so vor, wie die Zähne der Japaner auf den Plakaten. Geschah dies alles denn wirklich? Verzweifelt und immer noch unschlüssig, nach welcher Seite er ausweichen sollte, zog Bead die Hosen herauf und warf sich, als der Japaner ihn fast erreicht hatte, diesem wie ein Rugbyspieler entgegen, packte ihn an den Unterschenkeln und stemmte dabei die Füße fest in den Boden. Der überraschte Japaner senkte hurtig das Bajonett, aber Bead hatte es bereits unterlaufen. Da Bead die Unterschenkel des Japaners fest umklammert hielt, und außerdem seinen Kopf gegen ihn drängte, fiel der Japaner hintenüber, und er hatte noch nicht einmal den Boden berührt, als Bead auch schon auf ihm lag. Im Fallen verlor der Japaner sein Gewehr, und Beads Anprall benahm ihm vorübergehend die Luft. Dies gab Bead die Gelegenheit, aufzuspringen und nochmals die Hosen hochzuziehen, ehe er sich auf Brust und Oberarme des Japaners kniete und begann, ihn mit den Fäusten ins Gesicht zu schlagen. Der Japaner wehrte sich nur schwach.
Bead hörte ein gellendes, durchdringendes Geschrei und glaubte, der Japaner flehe um Gnade, bis er schließlich dahinterkam, daß der Japaner das Bewußtsein verloren hatte und daß er selbst es war, der dieses tierische Gebrüll ausstieß. Er war aber nicht imstande, damit

aufzuhören. Das Gesicht des Japaners blutete, und es fehlten ihm jetzt mehrere Zähne. Bead jedoch konnte nicht einhalten. Schluchzend und stöhnend fuhr er fort, mit Fäusten und Fingernägeln das Gesicht seines bewußtlosen Feindes zu bearbeiten. Er wollte ihm mit bloßen Händen das Gesicht zerreißen, doch war das nicht so einfach. Dann packte er ihn an der Kehle und versuchte, ihm den Schädel zu zertrümmern, indem er den Kopf immer wieder gegen den Boden hieb, doch der Boden war weich und es entstand nur eine kleine Mulde unter dem Kopf des Japaners. Schließlich sank Bead erschöpft über dem blutigen, bewußtlosen Mann zusammen, spürte aber sogleich, wie der Körper unter ihm sich regte.

Empört von diesem Anzeichen immer noch vorhandenen Lebens, ließ er sich schluchzend und stöhnend zur Seite rollen, packte das Gewehr des Gegners, hob es kniend über seinen Kopf und trieb das Bajonett ganz in die Brust des Feindes. Der Japaner bäumte sich auf, starrte gräßlich ins Leere, hob die Hände und schloß sie um die Klinge, die in seiner Brust stak.

Bead starrte voller Entsetzen auf die Finger, die bei dem Versuch, das Bajonett herauszuziehen, zerschnitten wurden, er sprang auf und verlor die Hosen. Er riß die Hosen wieder hoch, stellte sich breitbeinig hin, um sie am Rutschen zu hindern, packte das Gewehr und versuchte, es herauszuziehen, um es von neuem in die Brust des Japaners zu stoßen. Das Bajonett wollte sich indessen nicht lösen. Bead erinnerte sich undeutlich an den Drill beim Bajonettfechten, suchte den Abzug und drückte ab. Nichts geschah. Das Gewehr war gesichert. Bead fummelte an dem ihm unbekannten Verschluß, fand den Sicherungsflügel, legte ihn um und drückte noch einmal ab. Es erfolgte eine gedämpfte Explosion und das Bajonett löste sich. Aber der verfluchte Japaner mit seinen blöden, offenen Glotzaugen, fuhr fort, mit blutigen Fingern auf seiner Brust umherzutasten, als könne er nicht begreifen, daß das Bajonett heraus war. Was mußte man denn um Gotteswillen noch alles tun, um diesen Narren umzubringen? Bead hatte ihn geschlagen, getreten, gekratzt, gewürgt, aufgespießt und erschossen. Er sah sich plötzlich, sich, den Sieger, dazu verdammt, in alle Ewigkeit denselben Japaner zu töten. Dieses Mal hatte er nicht die Absicht, wieder in die gleiche Falle zu gehen; er drehte das Gewehr um und schlug den Kolben mit aller Kraft in das Gesicht auf dem Boden. Breitbeinig dastehend, um die Hosen nicht zu verlieren, schlug er wieder und wieder mit dem Kolben in das zerquetschte Gesicht, bis schließlich der ganze Kopf eine breiige, mit Lehm vermischte Masse war. Dann warf er das Gewehr fort, ließ sich auf Hände und Knie nieder und erbrach sich.

Bead verlor zwar nicht das Bewußtsein, aber er verlor völlig das Zeitgefühl. Als er wieder denken konnte, fand er sich immer noch auf Händen und Knien. Er keuchte, schüttelte den Kopf und entdeckte, daß er sich mit der Hand auf das Knie des Toten stützte. Bead riß die Hand weg, als hätte er sie auf einer glühenden Herdplatte liegen sehen. Er hatte das dumpfe Gefühl, daß man ihn für nichts verantwortlich machen würde, solange er nur sein Opfer nicht anrührte oder betrachtete. Unter solchen Gedanken kroch er ächzend einige Meter davon.

Im Wald herrschte Stille. Bead wußte nicht, wann er je solche Stille gehört hatte. Dann vernahm er Stimmen, amerikanische Stimmen, und das Kratzen eines Spaten auf Stein, das gedämpft durch die Stille zu ihm drang. Die anderen konnten doch unmöglich so nahe sein! Er erhob sich zitternd und hielt die Hosen fest. Er erwartete nicht, je wieder ein so beiläufiges Geräusch zu hören wie das Kratzen dieses Spatens. Er wußte, daß er zur Stellung zurückkehren mußte, aber erst einmal wollte er sich säubern. Die Lust zum Abprotzen war ihm gründlich vergangen.

Zunächst mußte er also dahin zurückkehren, wo der Tote lag, und sein Klosettpapier holen. Das gefiel ihm gar nicht, aber etwas anderes blieb ihm nicht übrig. Seine Hosen und sein ungesäubertes Hinterteil machten ihm im Augenblick den größten Kummer. Der Abscheu davor lag ihm geradezu im Blut; überdies dachte er mit Entsetzen daran, daß man annehmen könnte, er habe vor Angst in die Hosen gemacht. Er verbrauchte die ganze Rolle und opferte auch noch eines seiner Taschentücher, die er eigentlich aufbewahren wollte, um seine Brille damit zu putzen. Er reinigte sich auch vom Blut und von den Resten des Erbrochenen. Alles bekam er nicht weg, aber er säuberte sich immerhin so, daß er niemandem auffallen würde. Er hatte nämlich bereits beschlossen, nichts von diesem Erlebnis zu sagen.

Überdies hatte er seine Brille verloren. Diese fand er, wunderbarer-

weise unbeschädigt, neben dem Toten. Auf der Suche nach der Brille hatte er nahe an die Leiche herangehen und genau hinschauen müssen. Der gesichtslose – beinahe kopflose – Rumpf mit den blutigen Fingern und der klaffenden Brustwunde, dieser Körper, der vorhin noch ein lebender, atmender Mensch gewesen war, machte ihm so übel und schwindelig, daß er glaubte, ohnmächtig zu werden. Andererseits erinnerte er sich noch gut des entschlossenen Ausdruckes auf dem Gesicht des Mannes, als der mit dem Bajonett auf ihn losgegangen war. Es gab hier viele Fragen, aber keine Antworten.
Die Füße boten den traurigsten Anblick. In ihren Nagelstiefeln lagen sie da, nach außen gekehrt und locker, wie die Füße eines Schlafenden. Von einer perversen Faszination getrieben, konnte Bead nicht widerstehen – er gab einem dieser Füße einen leichten Tritt. Der Fuß richtete sich unter der Berührung auf und fiel dann zurück. Bead verspürte den Wunsch wegzulaufen. Er konnte das Gefühl nicht loswerden, daß irgendeine rächende Vorsehung ihn zur Verantwortung ziehen würde, nun, da er den Toten angeschaut und berührt hatte. Er wünschte, den Toten um Verzeihung zu bitten, da er damit die Strafe von sich abzuwenden hoffte. Er hatte kein so drückendes Schuldgefühl mehr gehabt, seitdem seine Mutter ihn das letzte Mal beim Masturbieren erwischt und verprügelt hatte.
Wenn er ihn schon töten mußte, und das hatte sich offenbar nicht vermeiden lassen, dann hätte er es wenigstens geschickter und schneller tun und dem bedauernswerten Menschen weniger Pein und Schmerz zufügen sollen. Hätte er nicht den Kopf verloren, wäre er nicht vor Angst übergeschnappt, dann hätte er den Mann vielleicht sogar gefangennehmen und wichtige Informationen von ihm erhalten können. Aber er hatte an nichts anderes gedacht als daran, das Töten endlich hinter sich zu haben, ganz als hätte der Mann, solange noch Atem in ihm war, aufstehen und ihn anklagen können. Plötzlich sah Bead sich in der Rolle des anderen: er sah sich da liegen und er fühlte, wie ihm das Bajonett in die Brust drang; er blickte auf und sah den Gewehrkolben auf sich zukommen, der mit einem letzten, brennenden Schmerz das Ende bewirkte. Das machte ihn so schwach, daß er sich setzen mußte. Wenn der andere nun das Bajonett schneller gesenkt hätte? Was, wenn er direkt in das Bajonett hineingesprungen wäre? Bead sah, wie die Klinge an der Schulter eindrang und sich ab-

wärts in die Brusthöhle bohrte. Es war nicht zu fassen. Nun setzte er die Brille auf, holte tief Luft, warf einen letzten Blick auf den vernichteten Feind und tappte zwischen den Bäumen hindurch zum Kamm zurück. Die Wahrheit lautete, daß Bead sich der ganzen Angelegenheit schämte, daß sie ihm peinlich war, und deshalb wollte er nicht, daß jemand davon erfuhr.

Er gelangte glatt durch die Stellung, ohne aufgehalten zu werden. »Schön geschissen?« rief ihm der Mann vom 2. Zug nach, und er brummte nur: »Soso . . .«, dann stapfte er den Hang hinunter zum Gefechtsstand. Unterwegs aber bekam er Gesellschaft von Doll, der seinerseits vom 1. Zug heruntergeschickt worden war, um Wasser zu besorgen. Doll ging neben ihm her und bemerkte sogleich die Blutspuren und die Kratzer an seinen Händen.

»Nanu, warum sind denn deine Knöchel so zerschrammt! Hast du dich geprügelt?«

Bead sank das Herz. Ausgerechnet Doll! »Nein«, murmelte er, »ich bin gerutscht und hingefallen.« Er fühlte sich so wund und steif, als habe er sich wirklich geprügelt. Bei diesem Gedanken schlug die Angst wie eine große Welle wieder über ihm zusammen. Er atmete mehrmals tief, und das schmerzte ihn in der Brust.

Doll grinste ihn zweifelnd, aber freundlich an. »Und das ganze Blut stammt wohl von deinen geschundenen Knöcheln, was?«

»Laß mich in Ruhe, Doll«, explodierte Bead. »Ich habe keine Lust mich zu unterhalten, also laß mich gehn.« Er versuchte in seine Augen die ganze Wildheit des Mannes zu legen, der soeben seinen Todfeind erschlagen hat. Er hoffte, das würde Doll die Sprache verschlagen, und so war es auch. Schweigend stiegen sie hinab.

Doll schwieg allerdings nicht lange. Er war von Beads Heftigkeit ein wenig verblüfft, einer Heftigkeit, die er bei Bead nicht anzutreffen gewohnt war. Hier war etwas faul, das roch er. Nachdem er seine Meldung überbracht und die erwartete Antwort bekommen hatte (daß nämlich Stein alles menschenmögliche tue, um Wasser zu beschaffen), griff er die Sache wieder auf, diesmal aber, indem er Welshs Aufmerksamkeit darauf lenkte. Welsh und Storm saßen nebeneinander auf dem Rand ihrer Deckungslöcher und knobelten um Zigaretten, die schon anfingen, knapp zu werden. Um das Spiel in die Länge zu ziehen, knobelten sie jeweils siebenmal, und der Verlierer brachte dann sein Plastiketui mit den sorgfältig gesammelten Kippen zum Vorschein und entnahm ihm die letzte Aktive. Doll stellte sich grinsend und mit hochgezogenen Brauen zu ihnen.

»Was ist denn deinem Bead passiert, Spieß? Wen hat der denn verprügelt? Ganz voll Blut, und die Knöchel verschrammt. Da habe ich wohl was verpaßt?«

Welsh sah ihn mit jenem scharfen Blick an, der so durchdringend sein konnte, wenn Welsh nicht gerade verrückt spielte. Doll merkte schon, daß er einen Fehler gemacht hatte, und fühlte sich schuldig. Ohne ihm zu antworten, blickte Welsh zu Bead hinüber, der zusammengekauert auf einem Stein hockte. Er hatte inzwischen wieder umgeschnallt.

»He, Bead, komm mal her.«

Bead stand auf, er ging etwas krumm und sah müde aus. Doll grinste ihn mit hochgezogenen Brauen an. Welsh musterte ihn eingehend.

»Was ist los mit dir?«

»Mit mir?«

Welsh wartete schweigend.

»Ja . . . also ich bin ausgerutscht und gefallen und habe mich aufgeschrammt. Nichts weiter.«

Welsh betrachtete ihn nachdenklich. Offenbar beachtete er diese Erklärung gar nicht. »Wo warst du vorhin? Du warst doch eine Weile weg. Wo warst du da?«

»Scheißen bin ich gegangen.«

»Moment mal«, unterbrach Doll grinsend. »Ich hab dich doch vorhin von oben runterkommen sehen.«

Welsh warf Doll einen mörderischen Blick zu. Doll verstummte. Welsh sah wieder zu Bead hinüber. Stein, der in der Nähe war, kam heran und hörte zu, ebenso Band und mehrere andere.

»Hör mal, mein Junge«, sagte Welsh. »Ich habe schon genug Ärger, ohne daß ich mich auf deine Kindereien einlasse. Ich will wissen, was mit dir los ist, aber die Wahrheit. Sieh dich doch mal an! Also, was war los!«

Bead hatte den Eindruck, daß Welsh ahne, was geschehen war, daß er jedenfalls näher an der Wahrheit sei als Doll oder irgend jemand sonst. Er holte also tief Luft.

»Na schön . . . ich bin über den Kamm und in die Büsche gegangen, weil ich endlich mal in Ruhe scheißen wollte. Wie ich noch dabei war, kam ein Japs und wollte mich mit dem Bajonett aufspießen Da . . . hab' ich ihn erledigt.« Bead ließ die Luft mit einem langen Seufzer aus der Brust und atmete dann zischend tief ein.
Alle starrten ihn ungläubig und verblüfft an. »Himmel Donnerwetter!« brüllte Welsh nach einem Augenblick. »Du sollst die Wahrheit sagen, Junge, ich will keine Märchen hören!«
Bead war gar nicht auf den Gedanken verfallen, daß man ihm nicht glauben könnte. Nun mußte er entweder den Mund halten und für einen Lügner gelten, oder er mußte reden, und alle würden sehen, was für eine ungeschickte Schweinerei er da angerichtet hatte. Aber es dauerte nicht lange, bis er seinen Entschluß faßte, wenn auch nicht leichten Herzens.
»Dann geh doch selbst hin und sieh nach, zum Teufel!« schrie er Welsh an. »Du brauchst mir nicht zu glauben, geh doch selbst!«
»Ich werde gehen«, erklärte Doll sich bereit.
Welsh funkelte ihn wild an. »Du bleibst hier, du Schnüffler«, sagte er, und zu Bead: »Ich gehe selber.«
Doll war ganz weiß geworden. Es war ihm gar nicht in den Sinn gekommen, daß man sein Verhalten so auffassen könnte, aber er hatte ja auch nicht geahnt, welches Ergebnis seine Intervention haben würde! Bead hatte einen Japaner erledigt! Er hatte Bead durchaus nicht nachschnüffeln wollen, er fühlte nicht die geringste Schuld und beschloß, auf alle Fälle mitzugehen, und wenn er kriechen müßte.
»Und wehe, du hast gelogen, Freundchen.« Welsh nahm seine MPi auf und stülpte den Helm über. »Na los. Wo war das? Zeig den Weg.«
»Ich nicht!« weigerte sich Bead. »Wenn du gehen willst, geh, aber mich kriegen da keine zehn Pferde wieder rauf.«
Welsh starrte ihn scharf an. Dann blickte er zu Storm hinüber. Storm nickte und stand auf. »Na gut«, sagte Welsh, »wo war es also?«
»Nur ein paar Meter auf der anderen Seite vom Kamm, vor der Stellung vom 2. Zug, beinahe genau vor dem Loch von Krim.« Und damit zog Bead ab.
Storm hatte ebenfalls seinen Helm aufgesetzt und die MPi zur Hand genommen. Und nun, da Bead und seine Erregung vom Schauplatz verschwunden waren, wurde aus der ganzen Sache ein neues, aus-

gelassenes Unternehmen des »Tommygun-Clubs«, der ja schon heute vormittag auf die Jagd nach Versprengten gegangen war. Stein, der den ganzen Auftritt schweigend aus der Nähe angesehen hatte, schüttete etwas Wasser in den Wein, indem er allen Offizieren verbot, den Gefechtsstand zu verlassen. MacTae jedoch war abkömmlich, und so machten sich die drei Feldwebel und Dale auf den Weg nach oben. Bead konnte eine bittere Bemerkung nicht unterdrücken und rief von dem Felsen, auf dem er saß: »Ihr braucht gar nicht so viele Kanonen mit euch rumschleppen, Welsh! Jetzt ist bloß noch eine Leiche da oben!« Doch achtete niemand auf ihn.

Kurz vor dem Aufbruch hatte Doll sich etwas beklommen aber mannhaft vor dem Hauptfeldwebel aufgebaut, und ihm mutig ins Auge geblickt.

»Du hast doch nicht wirklich was dagegen, daß ich mitkomme, Spieß?« fragte er. Das war kein Betteln, es lag auch nichts Bedrohliches in seinen Worten, es war nur eine frisch von der Leber weg gestellte, ehrliche Frage.

Welsh starrte ihn an und wandte sich dann ohne jede Veränderung des Gesichtsausdruckes wortlos ab. Er wollte damit offensichtlich seine Mißbilligung ausdrücken, doch nahm Doll das als stillschweigende Zustimmung. So stiegen die fünf denn den Hang hinauf, Doll als letzter. Welsh befahl ihm nicht, umzukehren.

Während sie fort waren, ließ man Bead in Ruhe. Er saß für sich allein mit gesenktem Kopf auf seinem Stein, preßte die Hände gegeneinander und strich über seine Knöchel. Alle gingen ihm aus dem Wege, als wollten sie ihn vorsätzlich sich selber überlassen. In Wirklichkeit verhielt es sich so, daß niemand recht wußte, was von der Sache zu halten sei. Was nun Bead betraf, so konnte er nur daran denken, daß es nun an den Tag kommen würde, wie plump, hysterisch und ungeschickt er den Japaner getötet hatte. Wenn er daran dachte und an das entschlossen auf ihn losgehende Gesicht, schauderte es ihn, und er fühlte Brechreiz. Immer wieder wünschte er, er hätte den Mund gehalten, mochten die anderen ihn doch ruhig für einen verrückten Lügner halten. Das wäre gewiß sehr viel besser gewesen.

Als der kleine Spähtrupp zurückkam, machten alle seine Mitglieder seltsame Gesichter. »Ja, er liegt da oben«, sagte Welsh. »Das tut er«, bemerkte MacTae. Alle waren merkwürdig wortkarg, und mehr wurde darüber nicht gesprochen, jedenfalls nicht soweit Bead hörte. Was sie in seiner Abwesenheit sagten, konnte Bead nicht wissen. Er las in ihren Blicken aber nichts von dem Schrecken und dem Ekel, den er darin zu sehen erwartet hatte, sondern, ganz im Gegenteil, eher schon so etwas wie Bewunderung.

Doll hatte das Gewehr des Japaners für Bead mit zurückgebracht. Er hatte den Kolben mit Blättern gesäubert und auch das Bajonett abgewischt. Er schleppte das Ganze nun an und bot es Bead wie ein Versöhnungsopfer dar. – »Hier, das gehört dir.«

Bead sah das Gewehr ungerührt an. »Ich will's nicht haben.«

»Aber es gehört dir, es ist deins.«

»Ich will es nicht. Was soll ich damit . . .«

»Vielleicht kannst du es gegen ein paar Flaschen Whisky eintauschen.« Doll legte das Gewehr auf den Boden. »Hier ist auch seine Brieftasche. Welsh hat gesagt, du sollst sie haben. Da ist ein Bild von seiner Frau drin.«

»Ja, Herr im Himmel, was denn noch!«

Doll lächelte. »Es sind auch noch andere Mädchenbilder drin«, beeilte er sich fortzufahren. »Philippinische Mädchen wohl. Vielleicht ist er dort gewesen. Welsh sagt jedenfalls, daß die Schrift auf der Rückseite philippinisch ist.«

»Trotzdem will ich nichts davon. Behalt es.« Doch nahm er trotz aller Proteste die Brieftasche, da er inzwischen neugierig geworden war. »Ja, also . . .«, er betrachtete sie. Das Leder war dunkel, fettig und durchgeschwitzt. »Mir ist das nicht recht, Doll«, sagte er aufblickend und hatte plötzlich das Bedürfnis, mit jemandem darüber zu sprechen. »Ich fühle mich schuldig.«

»Schuldig? Weshalb denn? Was solltest du denn machen? Was glaubst du wohl, wie viele der auf den Philippinen mit seinem Bajonett abgestochen hat? Auf dem Todesmarsch nach Baatan! Und hast du die beiden Burschen von gestern vergessen?«

»Das weiß ich ja alles, aber es ist nun mal so, ich fühle mich schuldig.«

»Aber weshalb denn?«

»Weshalb! Weshalb! Woher soll denn ich das wissen!« rief Bead. »Vielleicht, weil meine Mutter mich zu oft dabei erwischt und verprügelt hat!« klagte er in einer plötzlichen Anwandlung von jämmerlicher Hellsichtigkeit. »Woher soll ich das wissen!«

Doll starrte ihn verständnislos an.
»Na, ist ja auch egal«, sagte Bead.
»Ja, also wenn du wirklich die Brieftasche nicht willst . . .«
Bead wurde plötzlich von Gier gepackt. Er steckte schnell die Brieftasche ein. »Nein, nein, ich behalte sie schon. Nun kann ich sie ebensogut auch behalten.«
»Ich muß jetzt wieder zurück«, sagte Doll bekümmert.
»Vielen Dank auch, Doll.«
»Eins muß ich ja sagen«, und dabei erhob sich Doll, »wenn du einen totschlägst, dann machst du es richtig«, meinte er bewundernd.
Bead blickte forschend auf. »Findest du?« fragte er, und langsam verbreitete sich ein scheues Grinsen über sein Gesicht.
Doll nickte anerkennend. »Nicht nur ich finde das.« Und damit wandte er sich ab und begann den Hang hinaufzusteigen.
Bead starrte hinter ihm her, immer noch im Zweifel über seine eigenen Empfindungen. Doll hatte gesagt, er stehe mit seiner Ansicht nicht allein da. Wenn auch die anderen nicht fanden, daß er sich blamiert hatte, dann brauchte er sich doch wirklich nicht zu schämen. Versuchsweise grinste er etwas breiter und merkte dabei, wie steif sich sein Gesicht anfühlte.
Etwas später kam Bugger Stein zu ihm. Stein hatte sich bis jetzt im Hintergrund gehalten. Selbstverständlich hatte sich die Nachricht von Beads Japaner sofort in der ganzen Kompanie verbreitet, und wer zum Gefechtsstand kam, sah Bead im Vorübergehen an, als sehe er ihn zum ersten Mal. Bead wußte nicht recht, ob ihn das freute oder nicht, entschied dann aber, daß es ihn freute. Er war daher nicht überrascht, als Stein zu ihm trat.
Bead saß am Rande seines Deckungsloches, und Stein ließ sich neben ihm nieder. Es war sonst niemand in der Nähe. Stein rückte in seiner nervösen Art die Brille zurecht, wobei er vier Finger von oben, den Daumen von unten gegen den Rahmen preßte. Dann legte er Bead väterlich die Hand aufs Knie und blickte ihn an. Er sah ernst und bekümmert aus.
»Hören Sie mal, Bead, dieser Vorfall heute hat Sie vermutlich sehr mitgenommen. Das ist unvermeidlich, und jedem anderen würde es genauso gehen. Ich dachte aber, daß es Ihnen vielleicht gut tun würde, wenn Sie sich darüber aussprechen könnten. Ich weiß nicht,

ob es Ihnen nützen kann, was ich dazu zu sagen habe, aber ich habe mir gedacht, ich will es jedenfalls versuchen.«
Bead starrte ihn verwundert an; Stein gab ihm zwei leichte Klapse auf das Knie, wandte sich ab und sah traurig über die Senke hin zur Höhe 207, wo gestern sein Gefechtsstand gewesen war.
»Unsere Gesellschaft stellt gewisse Anforderungen an uns und verlangt, daß wir bestimmte Opfer bringen, wenn wir in ihr leben und von ihren Einrichtungen profitieren wollen. Ich gebe damit kein Urteil darüber ab, ob ich das für richtig oder für falsch halte. In Wirklichkeit haben wir keine Wahl, wir müssen tun, was die Gesellschaft von uns fordert. Eine dieser Forderungen lautet, daß wir in Kriegszeiten andere Menschen töten, also dann, wenn unsere Gesellschaft angegriffen wird und sich verteidigen muß. Sie haben heute ein praktisches Beispiel dafür erlebt. Nun haben die meisten Männer, die in diese Lage kommen, mehr Glück als Sie, da sie im allgemeinen zum ersten Mal aus der Entfernung töten und Gelegenheit haben, sich langsam an diesen Gedanken zu gewöhnen, ehe sie dem Feind Auge in Auge gegenüberstehen. Ich kann mir gut vorstellen, wie Ihnen zumute gewesen ist.«
Stein verstummte. Bead wußte überhaupt nicht, wovon die Rede war, und er sagte deshalb nichts. Als Stein ihn ansah, als erwarte er eine Antwort, bemerkte Bead nur: »Jawohl, Sir.«
»Nun, ich wollte Ihnen nur sagen, daß Ihre Tat moralisch gerechtfertigt war. Sie hatten keine Wahl und dürfen deshalb keine Schuld empfinden. Sie haben nichts anderes getan, als was jeder gute Soldat für sein Vaterland getan hätte.« Bead lauschte ungläubig. Als Stein neuerlich verstummte, war ihm immer noch nichts eingefallen, und er schwieg daher. Stein blickte ins Tal hinaus.
»Ich weiß, es ist schlimm. Wir haben gelegentlich unsere kleinen Schwierigkeiten miteinander gehabt, Bead, aber Sie sollen wissen ...« und dabei klang seine Stimme etwas erstickt – »Sie sollen wissen, daß Sie sich nach dem Krieg jederzeit an mich wenden können, wenn ich Ihnen helfen kann. Ich will dann alles für Sie tun, was in meinen Kräften steht.«
Ohne Bead anzusehen, stand er auf, klopfte ihm auf die Schulter und ging weg.
Bead starrte ihm ebenso zweifelnd nach, wie er Doll nachgeschaut

hatte. Er war sich immer noch nicht über seine Gefühle im klaren. Bislang hatte noch niemand ein vernünftiges Wort zu ihm gesagt. Es wurde ihm nun aber unvermittelt klar, daß er das Töten vieler Menschen überleben würde, denn die Nachwirkungen seiner Tat, die er noch vor Minuten so peinigend empfunden hatte, begannen sich zu verwischen. Er konnte diesen Vorfall nun schon ohne Qual, ja sogar mit Stolz betrachten; er glich jetzt mehr einer Idee, einer Szene in einem Theaterstück, die niemandem Schmerz zufügte.
Er hatte allerdings nicht viel Gelegenheit, über diesen Gesichtspunkt nachzudenken. Als Stein wieder im Gefechtsstand eintraf, erwartete ihn dort schon der Melder mit den Befehlen für den folgenden Tag. Die Kompanie sollte sofort nach der Ablösung durch das Reservebataillon in die Senke abrücken.
Es war selbstverständlich schon bekannt, daß das Zweite Bataillon herausgenommen wurde. Die Kompanie hatte zugesehen, wie das erschöpfte, zerschlagene Bataillon sich auf die Höhe 207 zurückgezogen hatte. Daraus ergab sich mit zielklarer Logik, daß die Dritte Kompanie nun dran war, so sehr sie sich auch gegen diesen Gedanken gesträubt hatte.
Eine Viertelstunde später kam die Ablösung zugweise nach vorn. Die Dritte hatte bereits gepackt und war froh, jede Berührung mit der Ablösung vermeiden zu können. Es hatte keinen Zweck, zu reden. Die Gruppen kamen eine nach der anderen vom Kamm herunter, am Gefechtsstand vorbei und gingen weiter bis in die Schlucht. Am Eingang zur Senke, die von der Höhe 209 wie von einem Damm abgeschlossen wurde, sammelte sich die Kompanie. Der Kompanietrupp und die Granatwerfer waren die letzten. Man hatte nur wenig zu packen gehabt. Die Ablösung besaß noch das komplette Marschgepäck samt Kochgeschirr, Schanzzeug, Regenmantel usw., lauter Dinge, mit denen sich die Dritte nicht mehr plagte. Hier trug jeder einen Löffel in der Tasche und das Schanzzeug am Gürtel. Nur einige hatten den Regenmantel über die Schulter geworfen.
Bugger Stein und der Führer der Ablösung betrugen sich bei der Übergabe im Gefechtsstand genau wie ihre Leute. Der andere Hauptmann, ebenfalls in Steins Alter, lächelte schuldbewußt und reichte Stein die Hand, die dieser kaum berührte. »Viel Glück!« rief er leise hinter Stein her. Stein, dem die Aufregung wie ein Klotz in der

Kehle saß, wollte sich nicht die Mühe machen, umständlich zu husten, nur um eine blödsinnige Antwort zu geben, und so nickte er nur mehrere Male mit dem Kopf, ohne sich umzudrehen. Ebenso wie seine Leute wünschte er einzig, schnell und ohne langes Gerede wegzukommen.

In der Senke stießen sie aber noch auf weitere Neugierige und Redelustige. Man drängte ihnen Schokolade auf, und sie konnten sich die Rationen zum Abendessen auswählen. Man bot ihnen die besten Schlafplätze an. Es war nun beinahe dunkel, und mehr als eine Stunde ging damit hin, an jeden einzelnen zwei Feldflaschen voll Wasser zu verteilen. Stein und seine Offiziere hielten derweil beim Schein von Taschenlampen im Graben eine Lagebesprechung mit Oberst Tall (einem schlanken, jugendlich aussehenden Mann mit kurzgeschnittenem Haar, aktivem Offizier und Absolventen der Militärakademie Westpoint). Tall hatte sich sein ganzes Leben lang auf diesen Augenblick vorbereitet. Die Offiziere kehrten mit ernsten Gesichtern zurück. Tall hatte ihnen mitgeteilt, daß nicht nur der Divisionskommandeur, sondern auch der Corpskommandeur morgen zusehen würden. Die Männer legten sich in Löcher nieder, die andere gegraben hatten, oder sie kauerten sich in kleinen Mulden zusammen und versuchten, ihren Körpern, deren gespannte Nerven immer wieder zuckten, den Schlaf aufzuzwingen.

In der Nacht regnete es nur einmal, doch war es ein schwerer Platzregen, der jeden bis auf die Haut durchnäßte und auch jene weckte, die es fertig gebracht hatten, einzunicken.

Kapitel IV

Die Dämmerung kam und ging vorüber und immer noch warteten sie. Das rosige und bläuliche Licht wich dem perlmuttgrauen Nebel des frühen Morgens. Selbstverständlich waren alle schon lange vor der Dämmerung wach gewesen. Oberst Tall hatte für eine besondere Überraschung gesorgt. Wegen des hartnäckigen Widerstandes, auf den das Zweite Bataillon gestoßen war, hatte Tall einen konzentrierten Feuerüberfall der Artillerie verlangt. Es war dies eine Methode, die noch aus dem Ersten Weltkrieg stammte und die darin bestand, alle Batterien gleichzeitig auf ihre Ziele feuern zu lassen. Wer zu Beginn des Feuerüberfalles nicht in der Stellung war, wurde von einem mörderischen Feuer überrascht, ohne durch vorangehende, vereinzelte Einschläge gewarnt zu sein. Man mußte nur den richtigen Augenblick abpassen, und in Erwartung dieses Augenblickes lagen die Männer in ihren Deckungen gerade unterhalb des Kammes, starrten schweigend über die schweigende Hügelkuppe, und der schweigende Hügel starrte zurück.

Die Dritte Kompanie, die weiter unten zum Angriff sammelte, sah nicht einmal das. Es wäre den Leuten auch gleichgültig gewesen. Sie kauerten über ihren Waffen in unaussprechlicher Vereinsamung wie ebenso viele Inseln. Rechts und links von ihnen taten die Erste und Zweite Kompanie das gleiche.

Genau zweiundzwanzig Minuten nach Sonnenaufgang ging der von Oberst Tall angeforderte Feuerüberfall auf die Höhe 210 als ein kompakter, nicht abreißender, erdbebengleicher Donner nieder.

Die Artillerie legte in unregelmäßigen Abständen immer wieder für drei Minuten konzentriertes Feuer auf die Höhe. Zwanzig Minuten später, noch ehe das Artilleriefeuer aufgehört hatte, schrillten entlang der Höhe 209 die Pfeifen.

Den zum Angriff bestimmten Kompanien blieb nichts übrig als vorzugehen. Man suchte verzweifelt einen Ausweg in letzter Minute, fand aber keinen. Die nervöse Angst und die Spannung, welche die Männer solange vor den Augen der anderen verborgen gehalten hatten, äußerten sich nun in Gebrüll und in den Schreien aufrichtiger Begeisterung. Die angreifenden Kompanien kletterten die wenigen Meter bis zum Kamm hinauf, sprangen dann, vornübergebeugt und dicht aneinander gedrängt, die Gewehre in der Hand, den kurzen Vorderhang hinunter und gerieten in flaches, mit Felsbrocken bestreutes Gelände. Während sie die Kammstellungen durchquerten, riefen ihnen die Kameraden aufmunternd zu. Ein schwaches Hurra, das im Angesicht der fernen Berge noch jämmerlicher wirkte, klang auf und verstummte. Manche klopften den Angreifern ermutigend auf die Schulter. Männer, die heute nicht sterben sollten, winkten anderen Männern lustig zu, von denen einige bald tot sein würden. Rechts von der Dritten Kompanie erlebte die Erste Kompanie ähnliches.
Sie waren ausgeruht oder immerhin verhältnismäßig ausgeruht. Sie hatten in der letzten Nacht keine Wache gehabt, waren nicht oben in der Stellung gewesen, wo einen die Unruhe nicht schlafen ließ, sondern unten und geschützt. Sie hatten zu essen und zu trinken bekommen. Einige hatten auch fest geschlafen, und so waren sie denn im ganzen gesehen in besserem Zustand als die Männer in den Stellungen.
Korporal Fife gehörte zu denen, die den wenigsten Schlaf gefunden hatten. Er konnte sich immer noch nicht darüber beruhigen, daß der kleine Bead einen Japaner erledigt hatte. Zu diesen Gedanken kamen dann noch der Regen, der völlige Mangel an Schutz vor der Nässe und eine nervöse Erregung wegen der bevorstehenden Ereignisse; alles das bewirkte, daß er nur einmal für etwa fünf Minuten eingenickt war. Der Mangel an Schlaf machte ihm indessen nichts aus, denn er war jung, gesund und ziemlich kräftig. Ja, er hatte sich noch nie im Leben so gesund gefühlt wie jetzt. Schon zuvor, im ersten grauen Morgenlicht, hatte er vor Kraft und Lebenslust bebend vorn am Hang gestanden und lange in die Schlucht gestarrt, bis er schließlich, von Liebe für die Menschheit und von Opferbereitschaft erfüllt, den Wunsch verspürt hatte, die Arme weit auszubreiten – was er

selbstverständlich unterließ. Schließlich war er nicht allein. Als er nun vom Kamm herabsprang und dem Gefecht entgegeneilte, warf er noch einen letzten Blick über die Schulter und sah unmittelbar in die braunen, von Brillengläsern geschützten Augen von Bugger Stein, der gerade hinter ihm war. Ein schöner Abschiedsblick! ging es Fife durch den Kopf.

Stein glaubte, nie im Leben einen so finsteren, wütenden, gehetzten Blick gesehen zu haben als jenen, den Fife ihm zuwarf, als er vom Kamm herabsprang. Stein glaubte, daß dieser Blick ihm ganz persönlich gegolten habe. Stein und Fife waren beinahe die letzten, nur Welsh und Bead kamen noch hinter ihnen. Und als Stein sich umwandte, sah er sie gebückt durch den Dreck herangelaufen kommen.

Stein hatte die übliche Marschordnung nicht geändert, da er dafür keinen Grund sah. Der 1. Zug hielt die Spitze, es folgte der 2., und der 3. blieb in Reserve. Die beiden sMG waren bei den vorderen Zügen, die Werfer blieben beim Kompanietrupp und dem Reservezug. So war die Kompanie angetreten, und als Stein am Fuße des kurzen Hinterhanges der Höhe 209 angelangt war, sah er noch, wie der 1. Zug hinter einer der Bodenwellen verschwand, die quer zur Angriffsrichtung das Gelände durchschnitten. Der Zug war etwa hundert Meter voraus und schien gut entwickelt zu sein.

Im ganzen waren drei Bodenwellen vorhanden, die parallel zueinander verliefen, und Stein wollte sie beim Angriff als Deckung benutzen. Tall und er hatten das Gelände angesehen, ihren Plan gemacht, und Stein hatte dann seine Offiziere instruiert.

Im schwindenden Licht unmittelbar am Rande des Kammes kauernd, hatte er ihnen jede Einzelheit gezeigt und ihnen den Angriffsplan genau erklärt. Irgendwo hatte das Gewehr eines Scharfschützen ärgerlich geknallt. Jeder der Offiziere betrachtete das Gelände durchs Glas. Die am weitesten vorgeschobene Bodenwelle war noch etwa 150 Meter vom gegenüberliegenden Vorderhang entfernt, der immer steiler anstieg und endlich den U-förmigen Kopf des Elefanten bildete, der, etwa 500 Meter entfernt, finster über der Landschaft drohte. Der cirka 150 Meter lange, flache Geländestreifen bis zum Beginn des Vorderhanges wurde, ebenso wie die am weitesten vorne gelegene Bodenwelle, von zwei Ausläufern des gegenüberliegenden Hanges beherrscht, die den flachen Geländestreifen auf beiden Seiten einfaßten und gut 200 Meter voneinander entfernt waren. Diese beiden grasbewachsenen Ausläufer des Hügels zogen sich parallel zur Angriffsrichtung und also im rechten Winkel zu den schützenden Bodenwellen hin. Von diesen tribünenähnlichen Erhebungen und vom Kopf des Elefanten aus konnten die Japaner ihr gesamtes Vorfeld unter gezieltes Feuer nehmen. Tall wollte nun die linke und auch die rechte dieser Tribünen besetzen, die dort befindlichen MG-Nester eliminieren lassen, an denen das Zweite Bataillon gestern zuschanden geworden war, dann mit der Reservekompanie nachstoßen, den Nacken des Elefanten aufrollen und den Kopf nehmen. Das Vorfeld also war die Kegelbahn und sie war nicht zu umgehen, da das Gelände links steil zum Fluß abfiel und rechts in Dschungel überging, der von den Japanern gehalten wurde. Es blieb also nur ein Frontalangriff die Kegelbahn hinauf. Dies alles hatte Stein seinen Offizieren am vergangenen Abend erklärt, und nun machten sie sich daran, den Plan auszuführen.

Stein, der sich gerade am Fuße der ersten Bodenwelle befand, konnte so gut wie nichts sehen. Inzwischen hatte ein wahrer Höllenlärm begonnen, der überall in der Luft hing, ohne einen ersichtlichen Ursprung zu haben. Der Lärm rührte zum Teil daher, daß die Stellung in Steins Rücken auf ganzer Breite das Feuer eröffnet hatte, an dem sich auch die Granatwerfer beteiligten. Außerdem schoß die Artillerie noch immer. Vielleicht feuerten unterdessen auch die Japaner? Er sah aber keine Wirkung dieses Beschusses. Wie spät war es überhaupt? Stein blickte auf seine Uhr, und das kleine Zifferblatt starrte mit einer kaum je gespürten Intensität zurück. 6:45 Uhr. Dreiviertelsieben. Zuhause würde er jetzt . . . Es wurde Stein klar, daß er seine Uhr noch nie wirklich gesehen hatte. Er zwang sich dazu, den Arm zu senken. Unmittelbar vor ihm lag der Reservezug gerade unterhalb des Randes der Bodenwelle, daneben der Kompanietrupp und die Granatwerfer. Die meisten Männer sahen ihn ebenso intensiv an wie sein Zifferblatt. Stein rannte gebückt zu ihnen, und seine Ausrüstung hüpfte und baumelte bei jedem Schritt um ihn herum. Er befahl, die Granatwerfer in Stellung zu bringen, und deutete mit der Hand auf den gewünschten Ort. Es wurde ihm klar, daß er bei all diesem unsinnigen Lärm, diesem unheilvollen Dröhnen, das überall in der Luft hing, kaum die eigene Stimme vernehmen konnte.

Wie sollte er sich nur verständlich machen? Und wie mochte es dem 1. und dem 2. Zuge ergehen? Und überhaupt – er mußte endlich etwas sehen!

Unterdessen lag der 1. Zug hinter der mittleren Bodenwelle, und der 2. Zug lag in der Mulde zwischen der ersten und der zweiten Welle. Niemand hatte Lust, sich zu bewegen oder weiter vorzugehen. Leutnant Whyte hatte bereits das Gelände zwischen der zweiten und der dritten Bodenwelle abgesucht, nichts Verdächtiges entdecken können und seinen zwei Sicherungen durch Zeichen bedeutet, weiter vorzugehen. Jetzt machte er ihnen wieder das gleiche Zeichen, wobei er diesmal mehrere Male hintereinander den Arm senkrecht in die Luft stieß, was heißen sollte: marsch, marsch. Auch Whyte war durch das fortgesetzte Krachen und Knallen etwas verstört. Es schien aus keiner bestimmten Richtung, von keinem bestimmten Ort herzukommen, sondern überall zugleich in der Luft zu sein. Auch ihm war es nicht möglich, sichtbare Ergebnisse dieser Schießerei zu bemerken. Da seine beiden Leute sich immer noch nicht gerührt hatten, wurde Whyte böse und brüllte sie an. Selbstverständlich konnten sie ihn nicht hören, das wußte er, aber sie konnten das schwarze Loch seines aufgerissenen Mundes sehen. Beide starrten sie ihn an, als hielten sie ihn für verrückt, weil er überhaupt einen derartigen Vorschlag machen konnte, dann aber rührten sie sich. Beinahe gleichzeitig sprangen sie auf, setzten über den Rand der kleinen Erhebung, liefen auf der anderen Seite geduckt bis in die Mulde zwischen den beiden Bodenwellen und warfen sich hin. Nach einem Weilchen sprangen sie von neuem auf, rannten wieder geduckt nach vorne, bis sie sich im Schutz der dritten und letzten Welle an den Boden preßten. Nachdem sie über den Rand hinweggesehen hatten, winkten sie Whyte, ihnen zu folgen. Whyte sprang auf, machte eine große, voranweisende Geste mit dem Arm und lief seinem Zug voran. Gleichzeitig erhob sich hinter ihm der 2. Zug, und während Whyte mit seinen Leuten in zwei Sprüngen die dritte Welle erreichte, langte der 2. Zug auf der zweiten Welle an.

Stein hatte diese Bewegungen von der ersten Bodenwelle her verfolgt, und der Anblick hatte ihn etwas zuversichtlicher gestimmt. Er kroch bis zum Rand der Deckung, kniete sich hin und konnte nun auch etwas sehen. Alle seine Reflexe protestierten zwar gegen einen derartigen Wahnsinn, doch als er nicht sogleich getroffen wurde, blieb er weiter in kniender Haltung und beobachtete, wie der 1. Zug von der zweiten zur dritten Welle vorrückte. Soweit war man jedenfalls schon gekommen. Vielleicht würde es gar nicht so schlimm werden. Er ließ sich erleichtert nieder und bemerkte dabei, daß seine in voller Deckung liegenden Leute ihn die ganze Zeit gespannt beobachtet hatten. Das machte ihn ein bißchen stolz. In der Mulde hinter ihm gingen jetzt die Granatwerfer in Stellung. Stein kroch durch den nicht nachlassenden Lärm zurück und brüllte Culp ins Ohr, daß er die grasbewachsene Tribüne links vor ihnen unter Feuer nehmen sollte. Mazzi, der kleine Italiener aus der Bronx, starrte ihn aus weitaufgerissenen, angstgeweiteten Augen an, und die übrigen Werferbedienungen taten es ihm gleich. Stein kroch wieder zum Rand der Deckung empor und richtete sich dort auf. Er kam gerade recht um zu sehen, wie der 1. und der 2. Zug angriffen. Er war hier hinten der einzige, der den Angriff mit ansah, denn er war der einzige, der nicht mit dem Kopf im Dreck lag. Er biß sich in die Unterlippe. Selbst von hier aus konnte er sehen, daß der Angriff von Übel, daß er ein schwerer, taktischer Fehler war.

Schuld an diesem taktischen Fehler war in erster Linie Whyte, und beinahe ebenso schuldig war Leutnant Tom Blane vom 2. Zug. Whyte hatte seinen Zug ohne Verluste bis zur dritten Bodenwelle geführt. Das kam ihm bemerkenswert vor und erfüllte ihn mit ungerechtfertigtem Optimismus. Er kannte seinen Auftrag: er sollte die MG-Nester auf den beiden grasbewachsenen Tribünen ausmachen und vernichten. Die rechte Tribüne, die ihm am nächsten lag, begann etwa achtzig Meter vor ihm merklich anzusteigen. Während die neben ihm liegenden Männer ihn mit gespannten, schwitzenden Gesichtern beobachteten, hob er sich langsam auf die Ellenbogen, so daß er gerade über den Rand seiner Deckung sehen konnte, und musterte das Gelände vor sich. Vor ihm senkte sich der spärlich mit Gras bewachsene, steinige Boden ein wenig, bis er an den Fuß der Tribüne grenzte, wo der Grund kurz und steil bis zu dem kleinen Plateau anstieg, das die Tribüne bildete. Dort wuchs auch wieder hüfthohes, bräunliches Gras. Whyte erblickte weder Japaner noch japanische Feldstellungen. Er fühlte Angst, doch war sein Verlangen, sich heute hervorzutun, stärker. Er glaubte nicht daran, daß er in diesem Krieg fallen könnte. Whyte warf schnell einen Blick über die Schulter zurück nach der Höhe 209, wo er eine Gruppe von halb verdeckt stehenden Beobachtern erkannte. Einer davon war der kommandierende General. Das Jaulen und Krachen hatte etwas nachgelassen, die Granaten heulten nicht mehr so dicht über seinem Kopf dahin, seitdem das Wirkungsfeuer auf den Kopf des Elefanten eingestellt worden war. Whyte warf noch einen Blick nach vorn und winkte dann seinen beiden Spähern, vorzugehen.

Wieder blickten ihn die beiden an, als hielten sie ihn für irre, als hätten sie ihm die ganze Sache nur zu gerne ausgeredet, wenn sie nicht um ihren guten Ruf besorgt gewesen wären. Wieder bedeutete Whyte ihnen, vorzugehen, und wieder gab er ihnen das Zeichen marsch, marsch. Die Männer sahen einander an, stützten sich auf Hände und Knie und sprangen dann mit einem Satz auf. Sie rannten aus Leibeskräften 25 Meter weit bis zu einer Mulde und ließen sich fallen. Nachdem sie sich einen Augenblick verschnauft und festgestellt hatten, daß sie heil waren, sammelten sie sich zum nächsten Sprung. Im Aufspringen fiel der eine plötzlich vorne über; der andere kam etwas höher, und als er fiel, rollte er über die Schulter ab und blieb auf dem Rücken liegen. So lagen sie da, beide Opfer gutgezielter Gewehrschüsse von unsichtbaren Schützen. Keiner von beiden rührte sich mehr, beide waren offenbar tot. Whyte starrte sie verblüfft an. Er kannte sie seit vier Monaten. Er hatte keinen Schuß gehört und keine Bewegung gesehen. Nirgends waren Geschosse staubaufwirbelnd in den Boden gefahren. Wieder starrte er das unbewegliche, maskenhafte Gesicht der leeren kleinen Tribüne an.

Was sollte er nun tun? Das Krachen und Dröhnen in der Luft schien wieder zugenommen zu haben. Whyte, ein muskulöser, schwerer junger Mann, war Boxmeister und Judomeister seiner Universität gewesen und überdies der beste Schwimmer weit und breit. Schließlich können sie nicht jeden erwischen, überlegte er (mit »jeden« meinte er in erster Linie sich selber) und faßte seinen Entschluß.

»Los, Jungens, auf sie!« brüllte er, sprang auf und trieb mit einer großen Geste den Zug vorwärts. Er machte zwei Sätze, stürzte kopfüber zu Boden, von einer MG-Garbe quer über die Brust und genau ins Herz getroffen. Er konnte gerade noch denken, daß irgendwas ihm schrecklich weh tue, aber nicht einmal mehr, daß er jetzt sterbe. Da war er schon tot. Vielleicht hat er geschrien. Hinter ihm stürzte sich der Zug über die Deckung, in der Hand das Gewehr mit dem seit dem frühen Morgen aufgepflanzten Bajonett.

Fünf weitere Männer des Zuges fielen gleichzeitig mit Whyte, manche tot, manche nur angekratzt. Der Schwung, den Whyte dem Zug vermittelt hatte, hielt aber noch vor, und die Männer stürzten blindlings voran. Es bedurfte eines neuen Anstoßes, um den Zug anzuhalten oder seinem Lauf eine andere Richtung zu geben. Es fielen noch einige. Unsichtbare Gewehre und Maschinengewehre schienen aus allen Himmelsrichtungen auf sie einzuhämmern. Bei den beiden toten Spähern angekommen, befanden sie sich im Schußfeld der linken Tribüne, die sie ins Kreuzfeuer nahm. Queen, der brüllend mit den anderen voranstürmte, und erst vor zwei Tagen anstelle des ausgefallenen Stack zum Unteroffizier befördert worden war, sah, wie der Gruppenführer, Sergeant Grove, sein Gewehr fortwarf, als fürchte er sich davor, und sich aufschreiend an die Brust griff. Queen verschwendete keinen Gedanken an diesen Vorfall. Neben ihm rannte der Gefreite Doll und plinkerte unablässig mit den Augen, als könne dies ihn schützen. Sein Verstand hatte vor Schreck ausgesetzt, und er konnte nicht denken. Dolls Überzeugung, unverwundbar zu sein, wurde einer harten Probe unterworfen, war aber, im Gegensatz zu der von Whyte, noch nicht widerlegt worden. Jetzt hatten sie die beiden toten Späher hinter sich, und am linken Flügel gab es immer mehr Verluste. Und hinter ihnen waren plötzlich die Männer vom 2. Zug zu erkennen, die heiser brüllend gegen die letzte Bodenwelle herangestürmt kamen.

Hierfür trug Leutnant Blane die Verantwortung. Seine Beweggründe waren recht simpel und hatten weder mit Neid, Eifersucht, Verfolgungswahn noch mit einem geheimen Todeswunsch zu tun. Auch er kannte seinen Auftrag und hatte überdies Bill Whyte versprochen, ihm zu Hilfe zu kommen und ihn, wenn nötig, tatkräftig zu unterstützen. Auch er wußte, daß der Kommandierende General zusah, und auch er wünschte, sich in einem vorteilhaften Licht zu zeigen. Er war zwar kein solcher Sportsmann wie Whyte und eher phantasievoll und empfindsam, aber als er den 1. Zug hatte vorgehen sehen, war auch er aufgesprungen und hatte seine Leute vorgetrieben. Er sah das Ende bereits deutlich: Er und Whyte standen mit dem

Lächeln der Sieger auf den geknackten Bunkern, und die feindliche Stellung war erobert. Auch er starb vor der dritten Bodenwelle, aber ein wenig weiter vorne, denn die Japaner brauchten einen Augenblick, um ihr Feuer wieder vorzuverlegen, und der 2. Zug war schon etwa zehn Meter weit gelaufen, ehe er hinein geriet. Neun Männer fielen sogleich. Zwei davon starben, einer war Blane. Zwar hatte ihn keine MG-Garbe erwischt, aber unglücklicherweise hatten drei feindliche Schützen ihn unabhängig voneinander aufs Korn genommen, obwohl keiner wissen konnte, daß er auf einen Offizier zielte, und alle drei trafen. Er taumelte noch ein paar Schritte weiter und starb nicht sogleich, obwohl er drei Kugeln in der Brust hatte. Er lag auf dem Rücken und starrte verträumt und benommen in den kühlen, blauen, sonnigen, tropischen Himmel, durch den reine weiße Kumuluswolken segelten wie stattliche Schiffe. Das Atmen war ein wenig schmerzhaft. Als er das Bewußtsein verlor, ahnte er, daß er sterben müsse.

Der 2. Zug war gerade bei den toten Spähern angekommen, als 25 Meter weiter vorne, beim 1. Zug, Werfergranaten zu krepieren begannen. Erst an einer, dann an einer zweiten und schließlich an drei Stellen gleichzeitig stiegen Fontänen aus Dreck und Steinen auf. Splitter und Erdklumpen sausten und winselten durch die Gegend. Dies war der Anstoß, der benötigt wurde, die Laufrichtung zu ändern oder den Angriff aufzuhalten. Er tat beides. Sergeant Keck, der nach dem Tod von Leutnant Blane den 2. Zug führte, blieb stehen und brüllte so laut er konnte mit seiner Zehnmännerstimme: »Volle Deckung, volle Deckung!« Niemand ließ sich nötigen, die Leute verschmolzen mit der Erde wie trockene Garben, die der Wind umwirft.

Im 1. Zug kam es zu unterschiedlichen Reaktionen. Der rechte Flügel hatte den Fuß der Tribüne fast erreicht, und ein paar Mann – eine Gruppe etwa – verschwanden mit wenigen Sätzen durch hohes Gras im toten Winkel unmittelbar unterhalb des Plateaus. Am linken Flügel betrug die Entfernung noch etwa 70 Meter bis zum toten Winkel unterhalb der linken Tribüne. Mehrere Leute versuchten es trotzdem, aber keiner gelangte hin. Sie wurden von MGs niedergemäht oder von den Granaten der Werfer außer Gefecht gesetzt, ehe sie im toten Winkel Schutz vor den MGs fanden oder das Granatwerferfeuer unterlaufen konnten. Etwa im Zentrum der vorgehen-

den Kette war ein sMG samt Bedienung, das eigentlich Culp gehörte, sich aber aus unerfindlichen Gründen hier vorne befand (vermutlich hatte man es vergessen, oder Whyte hatte irgendeine düstere taktische Absicht damit verfolgt). Die fünf in einer Gruppe zusammenlaufenden Männer wurden samt MG, Lafette und Munitionskästen von einer einzigen Granate durcheinandergewirbelt, allerdings wurde niemand verwundet. Hier kam der Angriff zum Stehen, das sMG markierte den vordersten Punkt. Am linken Flügel gelang es einer Handvoll Gewehrschützen, sich in eine von Büschen verdeckte Rinne zu flüchten, die sich später zu jener Schlucht verbreiterte, in der gestern die Sechste und Siebente Kompanie festgesessen hatten. Diese Leute also begannen, gegen die beiden grasbewachsenen Plateaus (die Tribünen) zu feuern, obwohl sie kein Ziel erkennen konnten.
Das Zentrum der vom 1. Zug gebildeten Kette hatte weder die Möglichkeit, in einen toten Winkel zu gelangen, noch die, in einer Rinne in Deckung zu gehen. Die Mitte war, ehe sie von den Werfern zum Halten gebracht wurde, schnurstracks in das flache, offene Gelände hinausgerannt, wo sie nicht nur im Feuerbereich der MGs auf den Tribünen war, sondern auch von der Höhe 210 unter Feuer genommen werden konnte. Folglich hatten diese Männer keine andere Möglichkeit, als sich so schnell wie möglich ein Loch zu suchen. Glücklicherweise hatte das Artilleriefeuer vom frühen Morgen auch diese Gegend bestreut, und es waren genug Trichter vorhanden, in die man sich teilte, soweit nicht jeder einen fand. Die von dem gefallenen Leutnant Whyte angeführte friderizianische Attacke war vorüber. In unregelmäßigen Abständen krepierten Werfergranaten, schnüffelten nach Fleisch und Bein.
Schütze John Bell vom 2. Zug lag, alle viere von sich gestreckt, genau an der Stelle, wo er schlitternd zum Stehen gekommen war. Er rührte keinen Muskel. Er konnte nichts sehen, denn er hielt die Augen fest geschlossen, doch lauschte er. Das unablässige Geschwätz der Maschinengewehre von den beiden kleinen Plateaus her war verstummt; sie gaben nur noch gelegentlich auf erkannte Ziele kurze Feuerstöße ab. Hier und dort im Gelände hörte man das Brüllen oder Winseln von Verwundeten. Bells Gesicht war nach links gedreht, er preßte die Wange gegen den Boden und hätte am liebsten den Atem angehalten, um noch weniger aufzufallen. Er öffnete sehr behutsam die

Augen, denn er fürchtete, die Bewegung seiner Lider könne von einem hundert Meter entfernten Schützen bemerkt werden, und blickte unmittelbar in die aufgerissenen Augen des Spähers vom 1. Zug, der tot neben ihm lag. Es war dies, oder vielmehr es war dies gewesen, ein junger Soldat griechisch-türkischer Abkunft namens Kral. Kral war zweier Dinge wegen berühmt: er hatte das häßlichste, krummnasigste Gesicht im Regiment, und die dicksten Brillengläser in der Dritten Kompanie. Daß er bei solcher Kurzsichtigkeit zum Späher gemacht werden konnte, war ein ungeheuerlicher Witz. Kral jedoch hatte sich zu dieser Aufgabe förmlich gedrängt; er wollte was erleben, wie er sagte, sei es nun im Krieg oder im Frieden. Er war zwar ein heller Bursche aus Jersey, aber doch auf die im Vierfarbendruck hergestellten Werbeplakate der Armee hereingefallen. Er hatte nicht geahnt, daß die Funktion des Spähers in einem Schützenzug der Vergangenheit angehörte, daß sie eine Sache der Indianerkriege gewesen war und nicht mehr zur heutigen Kampfweise paßte, wo nur noch in Divisionen und mit überlegener Feuerkraft gerechnet wurde. Statt Erster Späher hätte die Bezeichnung Erste Zielscheibe lauten müssen, und jetzt saß ihm die Brille immer noch auf der Nase. Sie war nicht heruntergerutscht, aber sie hatte ihren Sitz so verändert, daß die geöffneten Augen dahinter die ganze Linse ausfüllten. Bell konnte den Blick nicht abwenden, und die Augen starrten ihrerseits außerordentlich weise und mild amüsiert zurück. Je länger Bell hineinstarrte, um so mehr bekam er das Gefühl, daß es sich hier um Schächte handele, die direkt in den Mittelpunkt der Erde führten; er glaubte, daß er hineinfallen und dann durch bestirnte Räume zwischen Milchstraßen und Spiralnebeln und ganz fremden Planeten dahintreiben werde. Er zwang sich, die Augen zu schließen, doch hatte er Angst davor, den Kopf zu drehen, und jedesmal wenn er die Augen wieder öffnete, blickte er in Krals Augen, die ihn auf drollige Weise ihres guten Willens versicherten und ihn in sich einsogen, bis ihm schwindelte. Und wohin er auch sah, die Augen folgten ihm freundlich, aber hartnäckig. Die unsichtbare Sonne über ihm heizte seinen Helm und darunter seinen Kopf, bis seine Seele schlaff wurde. Bell hatte eine so entnervende Angst niemals erlebt. Außerhalb seines Blickfeldes krepierte wieder eine Werfergranate, im übrigen jedoch war es recht still geworden. Er merkte, daß er, ohne sich zu rühren, seine Uhr ansehen konnte. Mein Gott! War es wirklich erst 7:45 Uhr? Geschlagen ließ er seine Blicke wieder dorthin wandern, wohin es sie zog: zu Krals Augen. *Hier liegt der vieräugige Kral gefallen für ich weiß nicht was.* Als er Kral neckisch blinzeln sah, wußte er, daß er etwas unternehmen mußte, obgleich er erst seit einer halben Minute dagelegen hatte. Ohne sich zu bewegen, die Wange immer noch fest an den Boden gepreßt, brüllte er:

»He, Keck!« Er wartete. »He, Keck! Wir müssen hier weg!«

»Weiß ich«, kam die gedämpfte Antwort. Keck hatte offenbar das Gesicht nach der anderen Seite gekehrt und nicht die Absicht, den Kopf zu drehen.

»Was sollen wir machen?«

»Tja . . .« Während Keck nachdachte, trat wieder Stille ein, die aber von einer schrillen, quäkenden, aus weiter Entfernung herdringenden Stimme unterbrochen wurde.

»Wissen wo seid, Yank! Yank, wir wissen ihr da!«

»Tojo frißt Scheiße!« brüllte Keck zurück und erhielt seine Antwort in Gestalt eines wütenden Feuerstoßes. Als das vorüber war, rief Bell wieder:

»Was sollen wir machen, Keck?«

»Hört alle zu«, kam die gedämpfte Antwort. »Zuhören und weitersagen.«

Er wartete einen Augenblick, bis das Gemurmel um ihn her verstummt war und fuhr fort: »Wenn ich brülle, gehen die 2. und 4. Gruppe zurück, während die 1. und 3. auf die Tribünen rechts und links schießen. Die Stellungen sind irgendwo auf halber Höhe, ihr müßt eben streuen. Sobald die 2. und 4. hinter der Bodenwelle in Deckung sind, geben sie Feuerschutz und die 1. und 3. kommen zurück. Klar?« Er wartete bis der Befehl weitergegeben war und fragte dann noch einmal »Wissen alle Bescheid?« und als keine Antwort erfolgte, brüllte er »Los!«

Das Terrain belebte sich. Bell, der zur 2. Gruppe gehörte, sah sich nicht einmal um, um sich zu vergewissern, daß die anderen mitkämen, sondern sprang mit einem Satz auf, machte kehrt und rannte wie nie zuvor im Leben. Hinter der kleinen Bodenwelle angelangt, die in seinen Augen nun geradezu schon das beruhigende Format eines Berges angenommen hatte, stützte er sich auf die Ellenbogen

und begann, Feuerschutz zu geben, wobei er schreckliche Angst davor hatte, ebenso durch die Brust geschossen zu werden wie Leutnant Whyte, der nur wenige Meter entfernt lag. Methodisch jagte er seine Schüsse in das bräunliche Gras der Tribüne, das immer noch die ratternden Maschinengewehre verbarg, einen Schuß nach rechts einen nach links, einen in die Mitte, einen nach links . . . er konnte nicht glauben, daß jemand tatsächlich davon getroffen werden könnte, und wenn, dann wäre es wirklich eine blödsinnige Manier zu sterben: vom Zufall getötet; nicht als Individuum gefallen, sondern von der Wahrscheinlichkeitsrechnung umgebracht, ein Opfer des ungezielten Störungsfeuers, dessen Beute auch er jederzeit werden konnte. Mathematik! Mathematik! Algebra! Geometrie! Als die 1. und die 3. Gruppe über die Deckung sprangen, ließ Bell sich ganz zusammenfallen, preßte die Wange gegen den Boden, schloß die Augen und blieb einfach liegen. Gott, o Gott! Was mache ich bloß hier? Warum bin ich überhaupt hier? Gleich darauf beschloß er, statt dessen lieber zu sagen: warum sind wir hier. Nun würde ihm keine rächende Vorsehung seinen Egoismus vorwerfen können.
Kecks Plan hatte gut funktioniert. Die 2. und 4. Gruppe, die den Vorteil der Überraschung auf ihrer Seite gehabt hatten, waren ohne Verluste zurückgekommen; von der 1. und 3. Gruppe waren nur zwei Leute getroffen worden. Einen davon hatte Bell dabei gerade angeblickt. Dieser Mann (er hieß Kline) war mit gesenktem Kopf und tief gebückt herangelaufen, hatte dann aber plötzlich den Kopf hochgeworfen, erschreckt die Augen aufgerissen »Oh!« gerufen, wobei sein Mund wie ein großes Loch in seinem Gesicht zu sehen gewesen war, und war hingefallen. Zu seinem Entsetzen hatte Bell ein Lachen in sich aufsteigen gefühlt. Er wußte nicht, ob Kline tot oder verwundet war. Die MGs waren nun verstummt, und es blieb ziemlich still. Fünfzig Meter weiter vorn war der 1. Zug in den Trichtern und im Gras unsichtbar geworden. Hier und da ertönten angstvolle Rufe »Sanitäter! Sanitäter!«, und der 2. Zug, der sich in Sicherheit wähnte, stellte fest, daß es mit der Sicherheit nicht besonders weit her war.
Weiter hinten, am Kompaniegefechtsstand im Schutz der ersten Bodenwelle, war Stein nicht der einzige, der den ungeordneten, überstürzten Rückzug des 2. Zuges zur dritten Bodenwelle mit

angesehen hatte. Steins Beispiel war von einigen nachgeahmt worden, die sich inzwischen davon überzeugt hatten, daß man sich hinter der Deckung wenigstens auf die Knie erheben konnte, ohne gleich durchlöchert zu werden wie ein Sieb. Er hatte da ein ganz gutes Beispiel geboten, fand Stein, der über seine eigene Tapferkeit einigermaßen erstaunt war. Es schien ihm, daß vorne Hilfe gebraucht wurde, und er winkte daher seine beiden Sanitäter zu sich.

»Ihr beiden geht besser nach vorn«, rief Stein ihnen durch den Lärm zu. »Ihr werdet da gebraucht.« Das klang gefaßt und gut.

»Jawohl, Sir«, erwiderte der eine, der gelehrt aussehende mit der Brille, der Dienstältere von beiden. Er und Stein blickten einander ernst an.

»Ich will sehen, daß ich Träger mit Tragbahren hier vor uns in die Mulde dirigieren kann, damit ihr Hilfe habt«, rief Stein. »Seht zu, daß ihr die Verwundeten so weit zurückbringen könnt.« Er erhob sich wieder auf die Knie, um nach vorne zu sehen, wo vor der dritten Bodenwelle gelegentlich Werfergranaten einschlugen und Dreck hochwirbelten. »Ihr könnt ja einzeln laufen.« Die beiden Sanitäter verschwanden.

»Ich brauche einen Melder!« rief Stein nun und sah sich unter denjenigen seiner Leute um, die Mut und Verstand genug besessen hatten, sich ebenfalls auf die Knie zu erheben, um sehen zu können. Aber nicht ein einziger meldete sich. Stein starrte sie ungläubig an. Es wurde ihm klar, daß er sie völlig falsch eingeschätzt hatte, und er verfluchte seine Dummheit. Er hatte erwartet, sich vor Freiwilligen gar nicht retten zu können, und nun packte ihn ein lähmender Schrecken: wenn er sich in diesem Fall so irren konnte, welche Irrtümer mochte er dann noch begehen? Seine Schwärmerei hatte ihn getäuscht. Um sein Gesicht zu wahren, sah er weg und tat so, als habe er gar nichts anderes erwartet. Das geschah aber nicht schnell genug, und er wußte es auch. Im unklaren darüber, was nun zu beginnen sei, wurde ihm der Entschluß indessen abgenommen: eine gespenstische, koboldhafte Gestalt erschien nahe seinem Ellenbogen.

»Ich gehe, Sir.«

Es war Charlie Dale, der Zweite Koch, der erregt, finster und mit gerunzelten Brauen zu Stein aufsah.

Stein gab ihm den Auftrag für die Krankenträger und sah ihm dann nach, wie er vornübergebeugt auf den Hang der Höhe 209 zutrottete, den er hinauf mußte. Stein ahnte nicht, wo Dale bislang gewesen oder woher er so plötzlich gekommen war. Er konnte sich nicht erinnern, ihn heute überhaupt schon gesehen zu haben. Gewiß jedenfalls war er nicht unter den Knienden gewesen. Stein hatte einigermaßen die Fassung zurückgewonnen. Dale. Das durfte er nicht vergessen.

Im ganzen knieten nun zwölf Männer hinter der Bodenwelle und beobachteten, was vorne vorging. Der junge Korporal Fife gehörte allerdings nicht dazu. Fife war einer von denen, die flach ausgestreckt liegen blieben und zwar so flach wie irgend möglich. Während Stein neben ihm kniete und beobachtete, lag Fife mit angezogenen Knien am Hörer des Telefons, das Stein ihm zu halten gegeben hatte, und es war ihm gleichgültig, ob er je im Leben wieder aufstehen oder etwas sehen würde. Als Stein sich zuvor hingekniet und dabei sein dümmlich stolzes Lächeln gelächelt hatte, hatte auch Fife sich gezwungen, mehrere Sekunden lang aufrecht zu knien, um zu vermeiden, daß man ihn der Feigheit bezichtige. Das hatte er aber für ausreichend gehalten; seine Neugier war durchaus nicht unbeherrschbar. Als er sich aufgerichtet hatte, war nichts weiter zu sehen gewesen als der obere Teil einer Dreckfontäne, die eine hinter der dritten Welle krepierende Werfergranate aufgewirbelt hatte. Was, zum Teufel, war daran so sehenswert? Plötzlich packte Fife die Verzweiflung wie ein Krampf. Er fühlte sich hilflos, völlig hilflos. Er war so hilflos, als hätten ihn Agenten seiner Regierung an Händen und Füßen gefesselt, hier abgesetzt und sich dann dorthin zurückgezogen, wohin solche Agenten sich zurückzuziehen pflegen. Vielleicht in eine Cocktailbar in Washington, wo rund herum lauter Nutten sitzen. Und er lag derweil hier, von seinen eigenen Denkprozessen und seiner Erziehung so gefesselt, als seien es Stricke; und alles das nur, weil er zwar vor sich selbst zugeben konnte, ein Feigling zu sein, ihm aber der Mut fehlte, das öffentlich zuzugeben. Das war grauenhaft. Er reagierte genauso wie die großen Denker der Gesellschaft erwartet hatten, daß er reagieren werde. Sie waren ihm in jeder Weise überlegen, und er besaß nicht die Kraft, sich zu ändern. Es war, um toll zu werden, es machte alles zunichte, er fühlte sich von einer Ziegelmauer eingesperrt, die so hoch war, daß er sie nicht überspringen und so dick, daß er sie nicht einrennen konnte, und zu gleicher Zeit – das war das schlimmste – hatte er die Gewißheit, daß überhaupt keine Mauer vorhanden sei. Wenn er sich heute in den frühen Morgenstunden opferwillig gefühlt hatte, so war das jetzt vorüber. Er wünschte nicht, hier zu sein, wünschte es ganz und gar nicht. Er wünschte statt dessen, drüben auf dem Hügel zu sein, zusammen mit den Generälen, die völlig ungefährdet zusahen. Vor Angst schwitzend sah Fife zu ihnen hinüber, und wenn Blicke töten könnten, dann wären diese Herren tot umgefallen, und bis zum Eintreffen neuer Generäle hätte man den Feldzug unterbrechen müssen. Wenn er doch nur verrückt werden könnte! Dann könnte ihn keiner verantwortlich machen. Warum nur konnte er nicht verrückt werden? Er konnte einfach nicht. Das Unsteinerne der Steinmauer erstand unmittelbar um ihn und verwehrte ihm den Ausgang. Er konnte nur hier liegen und sich auf der Folter seines doppelbödigen Denkens zerreißen lassen. Fifes Augen nahmen für ihn das Bild der Sergeanten Welsh und Storm auf, die einige Meter rechts vom letzten Mann des Reservezuges hinter einem niedrigen Fels hockten. Während er noch hinsah, hob Storm den Arm und zeigte ins Gelände. Welsh legte sein Gewehr auf den Felsklotz und feuerte fünfmal. Beide spähten nach vorn, blickten sich dann an und zuckten die Achseln. Diese kleine Pantomime war leicht genug zu verstehen. Fife wurde wahnsinnig wütend. Da spielten sie nun Trapper und Indianer! Alle spielten Trapper und Indianer! Ganz als flögen hier nicht wirkliche Kugeln umher und als könnte man nicht wirklich getötet werden. Fifes Hirn kochte derartig vor Wut, daß er befürchtete, es würden ihm sämtliche Sicherungen qualmend durchbrennen. Seine Wut wurde unterbrochen, sozusagen mitten entzwei gebrochen, durch den Summerton des Telefons.

Fife räusperte sich erschreckt. Zum ersten Mal nach so langer Zeit sollte er nun versuchen, ob er noch sprechen könne. Zum ersten Mal seit dem Aufbruch von heute morgen sollte er wieder Worte bilden. Es war auch das erstemal, daß er mit diesem verfluchten Telefon zu tun hatte. Er drückte die Taste nieder und hielt den Hörer ans Ohr.

»Ja, bitte?« sagte er behutsam.

»Was heißt ja bitte?« sagte eine kühle, ruhige Stimme.

Fife hing wie über einem schwarzen Abgrund und versuchte zu denken. Was hatte er nur sagen wollen? »Ich wollte sagen hier ist

Charlie Katze sieben«, sagte er, denn ihm fiel die Tarnbezeichnung ein. »Kommen.«

»Schon besser«, sagte die ruhige Stimme. »Hier ist sieben Katze Ass.« Das war der Stab vom Ersten Bataillon. »Oberst Tall hier. Geben Sie mir Hauptmann Stein. Kommen.«

»Jawohl, Sir«, sagte Fife. »Hier ist er gerade.« Er hob einen Arm und zupfte Stein an der Jacke. Stein sah hinunter und glotzte Fife an, als habe er ihn noch nie zuvor gesehen.

»Oberst Tall am Apparat.«

Stein legte sich nieder (Fife vermerkte befriedigt, daß Stein erleichtert war, in Deckung gehen zu können) und übernahm das Telefon. Trotz des Lärmes in der Luft konnten sowohl er als auch Fife neben ihm den Oberst deutlich hören.

Als er das Telefon übernahm und die Taste drückte, legte Bugger Stein sich schon eine Entschuldigung zurecht. Er hatte nicht erwartet, schon so früh Bericht erstatten zu müssen, und hatte seine Schularbeiten noch nicht gemacht. Selbstverständlich würde es von Talls Bereitschaft zuzuhören abhängen, inwieweit er überhaupt Erklärungen abgeben durfte. Er konnte sich nicht helfen, er fühlte sich wie ein fauler Schüler, der eine Tracht Prügel erhalten soll. »Charlie Katze sieben, Stein«, sagte er. »Kommen.« Er ließ die Taste los.

Was er nun hörte, versetzte ihn in sprachloses Erstaunen.

»Großartig, Stein, großartig.« Talls klare, kühle, jungenhafte Stimme drang geradezu begeistert zu Fife und Stein. »Bei weitem das Beste, was ich seit langem gesehen habe.« Stein sah Talls kurzgeschorenen, jungenhaften, angelsächsischen Kopf und sein faltenloses, angelsächsisches Gesicht deutlich vor sich. Tall war knapp zwei Jahre älter als Stein, und seine unschuldigen, klaren, jungenhaften Augen waren die jugendlichsten, die Stein je gesehen hatte. »Blendender Einfall und blendend ausgeführt. Sie werden im Tagesbefehl erwähnt, Stein, Ihre Leute haben sich prächtig geschlagen. Kommen.«

Stein drückte seinerseits die Taste, brachte ein schwaches »Jawohl, Sir. Kommen.« heraus und ließ die Taste wieder los. Etwas anderes fiel ihm nicht ein.

»Sehr schneidig von Leutnant Whyte, so das Feuer auf sich zu ziehen, damit die anderen die japanischen MG-Nester erkennen konnten! Ich werde auch Whyte im Tagesbefehl erwähnen. Ich habe ihn gleich am Anfang fallen sehen. Ist er schwer verwundet? Übrigens hervorragend von Ihnen, auch den 2. Zug hinterher zu schicken. Mit etwas Glück hätten sie die Tribüne nehmen können. Ihre Ausfälle sind wohl nicht übermäßig groß. Blane hat sich auch gut geschlagen, seine Absetzbewegung war geradezu gekonnt. Wie viele Feuerstellungen sind jetzt erkannt? Haben sie welche erledigt? Bis Mittag müssen wir die Tribünen besetzt haben. Kommen.«

Stein lauschte hingerissen und schaute dabei Fife an, der ebenfalls zuhörte und seinerseits Stein anstarrte. Fife fand den freundlichen Konversationston, in dem Tall sprach, unerträglich und grauenerregend. Stein wiederum war es, als höre er am Radio einen Bericht über die Kämpfe in Afrika, von denen er gar nichts verstand. Als er noch auf der Schule war, hatte sein Vater ihn einmal von unterwegs angerufen und ihn zu einem Zeugnis beglückwünscht, von dem Stein angenommen hatte, es wäre schlecht ausgefallen. Keiner der beiden am Telefon ließ verlauten, was er dachte, und die Stille zog sich in die Länge.

»Hören Sie, Stein? Hören Sie mich? Kommen.«

Stein drückte die Taste. »Jawohl, Sir, ich höre Sie. Kommen.« Und Stein ließ die Taste wieder los.

»Ich dachte, Sie hätten was abbekommen«, sagte Tall kühl. »Ich möchte jetzt wissen, wie viele Stellungen Sie erkannt und ob Sie welche außer Gefecht gesetzt haben. Kommen.«

Stein drückte die Taste und starrte Fife an, als sehe er den Oberst am anderen Ende der Leitung. »Weiß ich nicht, kommen.« Er ließ die Taste los.

»Was soll das heißen? Wie ist denn das möglich?« erkundigte sich Talls kühle gleichmütige Stimme. »Kommen.«

Stein war in einer Zwickmühle. Er konnte zugeben, was er und Fife wußten (Fife allerdings nicht unbedingt), daß er nämlich keine Ahnung von Whyte's Angriff gehabt, daß er ihn nicht befohlen und ihn bislang für einen bösen Mißgriff gehalten hatte. Oder aber er konnte das Lob dafür einstecken und versuchen, seine Unkenntnis hinsichtlich der Ergebnisse des Angriffes wegzuerklären. Eines konnte er allerdings nicht: er konnte nicht wissen, daß Tall später seine Ansicht über diesen Angriff radikal ändern würde. Mit einem Takt und einer Delikatesse, wie Stein sie niemals in der Armee und schon gar nicht im Gefecht und unter Beschuß zu sehen erwartet hatte, senkte Fife plötzlich den Blick und sah weg. Er hörte zwar immer noch zu, gab aber doch vor, es nicht zu tun.

Stein drückte die Taste, was leider notwendig war, jedoch anfing, ihn verrückt zu machen. »Ich befinde mich hier hinten, hinter der ersten Bodenwelle. Soll ich aufstehen und ein Taschentuch schwenken, damit Sie mich sehen können?« fügte er ärgerlich hinzu. »Kommen.«

»Nein«, sagte Tall ruhig und schien die Ironie Steins nicht bemerkt zu haben. »Ich sehe Sie. Ich möchte nun aber, daß Sie was unternehmen. Gehen Sie nach vorne und prüfen Sie die Lage. Ich will die Höhe 210 bis heute abend genommen haben, und zu diesem Zweck müssen wir bis Mittag im Besitz der kleinen Plateaus sein. Sie wissen ja wohl, daß der Kommandierende hier ist. Er hat auch noch Admiral Barr mitgebracht, und der Admiral ist schon bei Tagesanbruch aufgestanden, um den Angriff zu sehen. Nun regen Sie sich mal ein bißchen da unten, Stein«, schloß er knapp, »Ende.«

Stein hielt noch immer wütend den Hörer umklammert, obwohl er wußte, daß nichts mehr kommen würde. Schließlich tippte er Fife auf die Schulter und übergab ihm das Telefon. Fife übernahm es schweigend. Stein rannte gebückt hinüber zu den Werfern, die regelmäßig wie tiefe Gongs das gespenstische Dröhnen ihrer Abschüsse hören ließen. – »Fleckt es?« brüllte er Culp ins Ohr.

»Wir erzielen Treffer auf beiden Plateaus«, brüllte Culp in seiner umgänglichen Art zurück. »Ich lasse aus einem Rohr auf die rechte Tribüne feuern«, fuhr er achselzuckend fort, »ich weiß aber nicht, ob wir Wirkung erzielen. Wenn sie eingegraben sind . . .« Wieder zuckte er mit den Achseln.

»Ich verlege nach vorne, hinter die nächste Welle«, brüllte Stein. »Seid ihr da zu nahe?«

Culp ging mit drei großen Schritten zum Rand der Deckung und sah hinüber. Dann kam er zurück und sagte: »Nein. Es ist zwar ziemlich dicht dran, doch wir treffen wohl auch von da noch was. Aber die Munition wird knapp. Wenn wir so weiter feuern . . .«

Wieder zuckte er die Achseln.

»Schicken Sie alle außer den beiden Sergeanten nach Munition und kommen Sie dann nach.«

»Es will aber keiner von den Jungens Munition schleppen! Sie sagen, wenn es sie erwischt, während sie die Kisten mit Munition schleppen . . .«

»Ja, zum Kuckuck, Bob, laß mich doch jetzt mit diesem Quatsch in Ruhe! Die Leute wissen doch, daß sie Munition vorschaffen müssen!«

»Ja, ja«, zuckte Culp die Achseln. »Wo sollen wir in Stellung gehen?«

Stein überlegte. »Wohl rechts. Haltet euch weg vom Reservezug, denn sobald ihr anfangt zu schießen, werden sie euch bepflastern. Ich gebe Ihnen noch ein paar Gewehrschützen mit, für den Fall, daß die Japse eine Patrouille gegen unsere Flanke ansetzen. Wenn Sie stärkere Feindkräfte zu Gesicht bekommen, melden Sie das sofort.«

»Jawohl, mache ich«, versicherte Culp und wandte sich seinen Leuten zu. Stein trottete nach rechts, wo er Al Gore, den Leutnant vom 3. Zug gesehen hatte, und gleichzeitig winkte er Welsh zu sich. Welsh kam, gefolgt von Storm, zur Lagebesprechung. Selbst Welsh sah erschöpft und zugeknöpft aus, bemerkte Stein.

Während der 3. Zug und der Kompanietrupp in zwei Schützenreihen zur zweiten Bodenwelle vorrückten, lag der 1. Zug immer noch in den Granattrichtern. Als die Granatwerfer angefangen hatten, sie einzudecken, hatte keiner der Leute dieses Zuges geglaubt, mit dem Leben davonzukommen. Es schien unfaßlich, aber sie lebten immer noch, und die Japaner konnten sie offenbar nicht richtig sehen. Gelegentlich sirrte eine Kugel oder zischte ein Feuerstoß über sie hin, und von Zeit zu Zeit senkte sich das fauchende Flattern der anfliegenden Werfergranaten auf sie herunter, die Säulen aus Dreck und Angst aufwirbelten. Im übrigen aber schien es, als warteten die Japaner ab. Der 1. Zug war nur zu gerne bereit, ebenfalls zu warten. Führerlos, an den Boden gepreßt, Hände und schwitzende Gesichter in den Dreck gegraben, war der 1. Zug willens, in alle Ewigkeit zu warten und sich nie wieder zu regen. Viele beteten und gelobten, jeden Sonntag zur Kirche zu gehen. Langsam jedoch kamen sie dahinter, daß ihr Tod keine ausgemachte Sache war.

Die Sanitäter taten das ihre dazu. Die beiden Sanitäter der Kompanie waren in Befolgung des Befehls von Stein bis zum 2. Zug hinter der dritten Welle vorgegangen und hatten von dort aus immer wieder Vorstöße ins offene Gelände gemacht, um die Verwundeten einzubringen. Insgesamt lagen dort fünfzehn Verwundete und sechs Tote.

Die Sanitäter verschwendeten keine Zeit an die Toten, doch sammelten sie im Laufe der Zeit alle Verwundeten ein, um sie den Krankenträgern zu übergeben. Unerschrocken, nüchtern, ernst und bebrillt bewegten sich die beiden im Gelände, legten Verbände an, streuten Sulfonamidpulver, zerrten und schleppten die Verwundeten ab, während die Werfergranaten um sie her einschlugen und die Geschoßgarben der MG sie mit Dreck bespritzten. Sie wurden nicht getroffen. Beide sollten noch vor Ende der Woche fallen (und durch zwei Neue ersetzt werden, die von der Kompanie sehr viel weniger bewundert wurden), heute aber schienen sie unverwundbar und machten sich immer wieder von neuem auf, um die schluchzenden, hilflosen Gestalten zu retten, wie ihre Pflicht es ihnen vorschrieb. Schließlich wurden sie von den Leuten des 1. Zuges dabei beobachtet, die nun ihrerseits zu dem Schluß gelangten, daß man sich wirklich bewegen könne – jedenfalls solange nicht alle gleichzeitig aufstanden, einen geschlossenen Haufen bildeten und aus Leibeskräften grölten »Hier sind wir!«. Nicht einer von ihnen hatte bislang einen einzigen Japaner zu Gesicht bekommen.

Doll war es, der die ersten erblickte. Als er hörte, daß sich in seiner Nachbarschaft etwas rührte und Männer sich gedämpft unterhielten, nahm er all seinen Mut zusammen und steckte den Kopf heraus, bis er über den Rand der kleinen Vertiefung sehen konnte, in der er Deckung gesucht hatte. Zufällig blickte er gerade auf den hinteren Teil der linken Tribüne, dorthin, wo sie in die Höhe 210 überging. Er sah drei Gestalten, die offensichtlich ein MG samt Lafette schleppten und ebenso gebückt, wie er selbst zuvor gerannt war, zur Höhe 210 liefen. Sie waren etwa 200 Meter entfernt, und die beiden hinteren Männer trugen das MG, während der dritte, ohne etwas zu tragen, vorneweg rannte. Doll holte sein Gewehr herauf, legte es auf den Rand der Deckung, verschob die Kimme um vier Strich, zielte auf den vorderen Mann, gab etwas vor und drückte ab. Der Rückstoß fuhr ihm in die Schulter, und der Mann fiel um. Die beiden anderen sprangen gleichzeitig zur Seite wie ein Gespann scheuender Pferde und rannten dann weiter. Sie ließen weder das MG fallen, noch gerieten sie aus dem Schritt oder machten eine Pause. Doll feuerte wieder, traf aber nichts. Jetzt sah er seinen Fehler ein: hätte er einen der Träger abgeschossen, so hätten sie das MG liegenlassen, oder stehenbleiben müssen, um es aufzuheben. Ehe er ein drittes Mal feuern konnte, waren die beiden zwischen den Felsen untergetaucht. Doll konnte immer wieder ihre Köpfe oder Rücken auftauchen sehen, aber nie lange genug, um ihnen eins aufzubrennen. Der andere blieb liegen, wo er gefallen war.

So hatte Doll denn seinen ersten Japaner getötet, oder, vielmehr seinen ersten Menschen überhaupt. Doll hatte oft gejagt, und er konnte sich noch gut an seinen ersten Rehbock erinnern. Dies aber war eine Erfahrung, die gemacht sein wollte, um verstanden zu werden. Wie der erste Geschlechtsverkehr. Es war nicht damit getan, daß man Stolz auf eine gute Leistung empfand. Das Schießen war als solches bereits ein Vergnügen. Außerdem haßte Doll die Japaner und hätte gar zu gerne jeden einzelnen erschossen, falls ihm nur die Armee und die Marine dazu die Gelegenheit und die Munition verschafft und dafür garantiert hätten, daß ihm selbst nichts dabei geschah. Daneben aber fühlte Doll sich angenehm schuldig. Er hatte einen Menschen getötet, hatte das schlimmste einem Menschen mögliche Verbrechen begangen, schlimmer noch als eine Vergewaltigung, und doch konnte niemand auf der ganzen Welt ihn deshalb zur Rede stellen. Das war das angenehme an der Sache. Niemand konnte ihm dafür etwas tun. Er war ein Mörder, der nicht bestraft werden konnte.

Er beobachtete die Gestalt da drüben am Hang. Er hätte so gerne gewußt, wo er ihn getroffen hatte (er hatte auf die Brust gezielt) und ob er gleich tot gewesen war oder ob er noch lebte und langsam zugrunde ging. Doll fühlte sich versucht zu grinsen und albern zu kichern. Er fand sich blöde und gemein und grausam und unerhört überlegen. Seinem Selbstvertrauen hatte dieser Vorfall sehr gedient, das war mal sicher.

In diesem Augenblick rauschte eine Granate heran und wirbelte zehn Meter entfernt den Staub hoch, und Doll entdeckte, daß es mit seinem Selbstbewußtsein doch nicht so weit her war. Instinktiv hatte er sich mitsamt seiner Donnerbüchse wieder in die Mulde zurückgezogen und kauerte da hilflos und verängstigt, und die Furcht rann durch alle seine Blutgefäße wie Quecksilber durch ein Thermometer. Gleich darauf wollte er wieder hinaufkriechen und Umschau halten, aber er brachte es nicht fertig. Wenn nun gerade in dem Augenblick,

da er den Kopf herausstreckte, eine Granate einschlagen und die Splitter ihm die Augen herausreißen, sich in sein Gesicht fressen, seinen Helm durchschlagen und ihm den Schädel aufreißen würden? Diese Aussicht überwältigte ihn. Nachdem er sich etwas gefaßt hatte, steckte er den Kopf behutsam heraus. Dieses Mal sah er vier Japaner, die sich bereit machten, die Tribüne zu räumen und auf die Höhe 210 zurückzugehen. Als er sie erblickte, waren sie bereits in vollem Lauf. Zwei trugen das MG, einer schleppte eine Kiste, und der vierte trug nichts. Doll legte das Gewehr auf und zielte auf die Leute mit dem MG. Als die Träger ins Freie kamen, schoß er viermal daneben. Die Japaner verschwanden zwischen den Felsen.
Doll war so wütend, daß er sich am liebsten in den Arm gebissen hätte. Während er noch vor sich hin fluchte, fiel ihm ein, daß er bereits sechs Schuß verschossen hatte. Er nahm den Ladestreifen heraus, setzte einen neuen ein und ließ die beiden nicht verschossenen Patronen in die Tasche gleiten. Dann machte er sich bereit, auf weitere Japaner zu schießen. Jetzt erst kam er auf den Gedanken, daß das, was er da beobachtet hatte, von größerer Wichtigkeit und Tragweite sein mochte als die Chance, noch einen Japaner abzuschießen.
Was sollte er nur machen? Ihm fiel ein, daß Queen neben ihm gewesen war, ehe sie sich hingeworfen hatten.
»He! Queen!«
Nach einem Weilchen hörte er ein ersticktes »Haa?«
»Hast du gesehen, daß die Japse abhauen?«
»Gar nichts hab' ich gesehen«, antwortete Queen gedämpft, aber aufrichtig.
»Warum steckst du denn nicht mal deinen verdammten Nüschel raus und siehst dich um in der Welt?« konnte sich Doll nicht verkneifen, ihn zu ärgern. Er war plötzlich sehr selbstbewußt und fühlte sich mächtig stark. – »Leck mich doch am Arsch, Doll«, war Queens undeutliche Antwort.
»Nein, Herr Unteroffizier« (dies um Queen zu reizen) »Ich meine es ganz ernst. Ich habe gesehen, daß sieben Japse da vorne von der Tribüne abgehauen sind. Einen habe ich erwischt«, fügte er bescheiden hinzu, ohne allerdings zu erwähnen, daß er die anderen verfehlt hatte.

»Na und?«
»Ich glaube, sie ziehen Leine. Das müßte man doch Stein melden, oder?«
»Willst du das vielleicht machen?« rief Queen sarkastisch. Auf diese Idee war Doll noch nicht verfallen, aber nun tat er es. Er hatte bereits bemerkt, daß sich die Sanitäter im Gelände bewegten, ohne daß ihnen etwas passierte, und er konnte sie auch jetzt wieder sehen, wenn er den Kopf ein wenig drehte. »Warum nicht?« rief er also munter. »Klar, wenn du willst, gehe ich mit der Meldung zur Kompanie zurück.« Plötzlich fühlte er sein Herz im Halse klopfen.
»Gar nichts wirst du machen. Du bleibst, wo du bist und rührst dich nicht.«
Doll antwortete nicht. Langsam beruhigte sich sein Herzschlag. Er hatte sich erboten und war zurückgewiesen worden. Er hatte sich festgelegt und war freigegeben worden. Und doch nagte etwas an ihm, ließ ihm keine Ruhe, und er wußte nicht, was es war. »Schön, in Ordnung«, rief er zurück.
»Die holen uns hier schon irgendwie raus. Also bleib liegen, dienstlicher Befehl.«
»Ja, ist ja schon gut«, rief Doll. Aber das, was ihn anstachelte, was an ihm nagte, wollte sich nicht zufriedengeben. Er verspürte einen merkwürdigen Kitzel im Bauch. Von rechts eröffnete plötzlich ein japanisches MG das Feuer, und gleich darauf ertönte ein Schrei. Dann rief jemand: »Sanitäter, Sanitäter!« Das klang, als sei es Stearns. Nein, so leicht war das alles gar nicht, auch wenn die beiden Sanitäter sich ununterbrochen im Gelände umhertrieben. Der Kitzel wurde stärker, und sein Herz begann wieder zu trommeln. So erregt war er im ganzen Leben nicht gewesen. Irgend jemand mußte Bugger Bescheid sagen, irgend jemand mußte – ein Held sein. Er hatte bereits einen Menschen getötet – wenn man einen Japaner als Menschen bezeichnen konnte. Und niemand, nicht ein einziger Mensch auf der ganzen Welt, konnte ihm daraus einen Vorwurf machen. Doll hob die linke Braue und setzte sein ganz spezielles Grinsen auf.
Er kümmerte sich nun nicht mehr um Queen oder dessen Verbot. Nachdem er sich in seiner Mulde umgedreht hatte, und nach rückwärts blicken konnte, verharrte er einen Augenblick um seine Kräfte zu sammeln. Sein Herz trommelte, und er konnte sich nicht zum Sprung

entschließen. Aber er wußte, daß er es tun würde. Es spielte dabei auch noch etwas anderes mit, etwas anderes, das ihn ebenfalls vorantrieb. Es war, als stehe man Gott gegenüber, als spiele man um sein Glück, als fordere man das gesamte Universum heraus. Es regte ihn mehr auf als alles Jagen, Spielen und Vögeln zusammen, das er in seinem Leben hinter sich gebracht hatte. Als er schließlich aufsprang und losrannte, verfiel er sogleich in einen Hundetrab, er rannte nicht etwa los, so schnell er konnte. So hatte man sich besser in der Gewalt. Er lief gebückt, das Gewehr in der Hand, genau wie der Japaner, den er vorhin erlegt hatte. Eine Kugel schlug vor ihm in den Boden, und er machte einen Haken nach links; zehn Meter weiter schlug er einen Haken nach rechts. Dann setzte er über die dritte Bodenwelle und landete zwischen den Leuten des 2. Zuges, die ihn verständnislos ansahen. Doll kicherte. Er fand Hauptmann Stein hinter der nächsten Bodenwelle, wo er gerade eben angelangt war. Er brauchte ihn nicht erst zu suchen, er hätte ihn um ein Haar umgerannt. Und dabei war Doll nicht einmal außer Atem.

Hauptfeldwebel Welsh, Stein und Band lagen hinter der zweiten Bodenwelle, als Doll gebückt, kichernd und grinsend angetrottet kam und kaum reden konnte. Welsh, der in Doll immer nur einen prahlerischen Halbstarken gesehen hatte, war auch jetzt noch der gleichen Ansicht und betrachtete ihn wie einen Rekruten, der kichernd zum ersten Mal aus dem Puff kommt. Er sah ihn scharf an und hätte gern den Grund von Dolls Übermut erfahren.

»Was gibt es denn zu lachen?« bellte Stein.

»Ich lache bloß, weil ich diese gelben Hunde an der Nase herumgeführt habe«, antwortete Doll kichernd, wurde aber unter Steins Blick ernst.

Welsh hörte ebenso wie die anderen Dolls Bericht vom Abzug der sieben Japaner samt der beiden Maschinengewehre von der linken Tribüne. »Ich glaube, sie setzen sich da ganz ab, Sir.«

»Wer hat Sie hergeschickt?« fragte Stein.

»Niemand, Sir. Ich bin von alleine gekommen. Ich habe gedacht, Sie würden das wissen wollen.«

»Da haben Sie recht«. Stein nickte streng mit dem Kopf. Welsh, der den ganzen Auftritt beobachtete, hatte Lust zu kotzen. Bugger spielte heute den Kompaniechef.

»Ich werde bei Gelegenheit an Sie denken, Doll.«
Doll antwortete nicht, sondern grinste nur. Stein, der immer noch kniete, strich sich über sein unrasiertes Kinn und blinzelte hinter seiner Brille. Doll stand nach wie vor aufrecht da.
»Nehmen Sie doch Deckung, verdammt noch mal«, sagte Stein gereizt.
Doll blickte sich gemächlich um, ließ sich dann aber herbei, sich hinzuhocken, da das offenbar ein Befehl gewesen war.
»George«, sagte Stein, »laß jemanden durch das Fernglas den hinteren Teil des linken Plateaus beobachten. Sobald sich da was rührt, Meldung an mich. Hier«, und dabei streifte er sein eigenes Fernglas ab, »nimm meins.«
»Ich werde das selbst tun«, sagte Band, entblößte seine strahlenden Zähne und lächelte hinterhältig. Dann verschwand er.
Stein sah ihm lange nach, und Welsh fühlte den Drang zu lachen. Nun wandte sich Stein wieder an Doll und befragte ihn über den Angriff, Verluste, die augenblickliche Lage und den Zustand des Zuges. Doll wußte nicht gerade viel. Er hatte gesehen, daß Leutnant Whyte gefallen war, er wußte, daß auch Feldwebel Grove etwas abbekommen hatte, aber nicht, ob er tot war. Als die erste Lage Werfergranaten auf sie heruntergeprasselt war, hatten sie alle Hände voll zu tun gehabt, sich Deckungslöcher zu suchen. Er glaubte, ungefähr eine Gruppe im hohen Gras am Fuß der rechten Tribüne verschwinden gesehen zu haben, konnte das aber nicht beschwören. Er hatte jedoch gesehen, wie die Bedienung des sMG weit vorausgelaufen und von einem Volltreffer durcheinander gewirbelt worden war. Stein fluchte und wollte wissen, was die sMG Bedienung dort überhaupt zu tun gehabt habe. Das ahnte Doll selbstverständlich nicht. Soweit er wisse, sei die Mitte des Zuges in Granattrichtern und Mulden im Augenblick ganz gut aufgehoben, vorausgesetzt, daß die Japaner nicht wieder anfingen, mit Granatwerfern zu schießen. Er selbst habe keine besondere Angst verspürt, warum, wisse er auch nicht.
Welsh hörte kaum hin. Er betrachtete statt dessen über den Rand hinweg den 2. Zug, der im Schutz der dritten Bodenwelle lang ausgestreckt lag, und hatte dabei so seine Gedanken. Der 2. Zug lag also da vorne in Deckung, aber verkehrt herum, er blickte nach rückwärts und betrachtete erschreckten Auges den Kompaniechef,

der möglicherweise den Befehl geben konnte, von neuem über die Deckung vorzugehen. Welsh sah, daß der 2. Zug sich hervorragend für eine Gruppenaufnahme geeignet hätte, die allerdings, wenn sie erst mal durch die Zensur gegangen und Life in die Hände gefallen sein würde, nur mit einer passenden Bildunterschrift in Umlauf gesetzt werden konnte: *Müde Infanteristen ruhen nach heldenhafter Einnahme feindlicher Stellung. Zeichnet Kriegsanleihe bis euch der Arsch platzt.* Alle diese Bilder, die da vor Welsh auftauchten, hinderten nicht, daß er auf einer anderen Ebene andere Gedanken dachte. Er dachte hauptsächlich an sich selber. Er empfand Genugtuung, wenn er sich die Tatsache ins Gedächtnis rief, daß im Fall seines Heldentodes der Staat niemandem sein Beileid aussprechen konnte. Er wußte sehr wohl, wie diese arschgesichtigen Bürohengste von der Verwaltung an ihren Stühlen klebten und ihre Kompetenzen liebten. Als er in die Armee eingetreten war, hatte er einen falschen Vornamen angegeben, und seitdem hatten er und seine Familie nichts mehr voneinander gehört. Wenn er nun zum Krüppel geschossen werden sollte, dann würden seine Todfeinde in der Bürokratie gezwungen sein, ihn sein Leben lang zu versorgen, da sie nämlich nichts von seinen Verwandten wußten. Er hatte die Bürokratie düpiert. Vor das Bild des 2. Zuges trat langsam ein anderes: Welsh, in einem der gräßlichen Versehrtenhospitäler, die es überall im Lande gab, ein alternder Mann im Rollstuhl, der eine Ginflasche in seinem dürftigen, billigen Schlafrock versteckt hielt, ein Schwätzchen mit den lesbischen Schwestern, den kessen Vätern machte, und höflich die dämlichen, größenwahnsinnigen Ärzte begrüßte. Er wollte es ihnen schon zeigen . . .

»Der Zug liegt also durchaus nicht fest«, hörte er Stein sagen. »Ich habe angenommen . . .«

»In gewisser Weise schon, Sir«, sagte Doll. »Aber Sie sehen ja, daß ich zurückgekommen bin. Natürlich können wir nicht alle gleichzeitig losrennen.«

Stein nickte.

»Aber wenn immer zwei oder drei zur Zeit laufen, während der 2. Zug Feuerschutz gibt . . .« schlug Doll vor.

»Die wissen ja nicht mal, wo die Stellungen sind, auf die sie schießen sollen«, sagte Stein säuerlich.

»Sie könnten aber Störfeuer schießen, nicht wahr?« schlug Doll wie ein altgedienter Krieger vor.
Stein funkelte ihn an, Welsh desgleichen. Welsh wünschte sehr, diesem frischgebackenen Helden in den Arsch treten zu können: schon fing er an, dem Kompaniechef Ratschläge zu geben – ausgerechnet über Störfeuer.
Welsh unterbrach. »Wenn Sie wollen, Sir«, grunzte er, »dann geh ich hin und hol' Ihnen die Leute zurück!« Dabei starrte er Doll mordlustig an, der seinerseits unschuldig die Brauen in die Höhe zog.
»Nein«, und dabei strich Stein wieder über sein Stoppelkinn, »ich kann Sie nicht entbehren, Welsh. Außerdem kann der 1. Zug auch noch ein bißchen da bleiben. Im Augenblick passiert ihnen ja nichts, und falls wir die rechte Tribüne frontal angreifen sollten, können sie uns von der Flanke unterstützen.« Er machte eine Pause. »Mich interessiert besonders die Gruppe, die da rechts im hohen Gras verschwunden ist. Die . . .«
Hier unterbrach ihn George Band, der gebückt herangelaufen kam. »Eben sind fünf Mann mit zwei MGs zurückgegangen. Ich glaube wirklich, sie räumen die linke Tribüne.«
»Wirklich?« sagte Stein. »Wirklich?« Es klang so erleichtert, als habe er soeben erfahren, daß das Gefecht abgeblasen und auf einen anderen Termin verlegt worden sei. Jetzt konnte er wenigstens etwas unternehmen. »Gore! Gore!« bellte er. »Leutnant Gore!«
Es dauerte eine Viertelstunde, bis Gore herbeigerufen, instruiert, mit seinem 3. Zug marschbereit und endlich abgerückt war.
»Es ist ziemlich gewiß, Gore, daß die Japaner sich da vorne absetzen. Seien Sie aber nicht so unvorsichtig wie Whyte. Es kann sein, daß sie eine Nachhut zurückgelassen haben. Am besten gehen Sie die Schlucht vor der Höhe 209 entlang. Falls Sie Granatwerferfeuer kriegen, so wie gestern die anderen, bleiben Sie nicht liegen, sondern laufen Sie durch. Sagen Sie mir Bescheid, falls Sie dort unten irgendwo auf Wasser stoßen. Das Wasser wird bei uns schon knapp. Die Hauptsache aber, Gore, die Hauptsache ist, daß Sie nicht mehr Verluste haben als unbedingt notwendig.« Dieser Aspekt der Kriegführung drängte sich Stein immer mehr auf, wurde fast zur fixen Idee bei ihm. Und wenn er nicht gerade mit einer bestimmten Aufgabe beschäftigt

war, begann er darüber nachzugrübeln. »Also nun los, und viel Glück.« Er verlor ja alle seine Leute; die Leute, mit denen er so lange zusammen gewesen, für die er verantwortlich war.
Es verging eine weitere halbe Stunde, ehe Gores Reservezug seine Ausgangsstellung am Fuße des grasbewachsenen Plateaus erreichte. Er nimmt die Befehle wörtlich und läßt sich Zeit, dachte Stein ungeduldig. Es war nun schon nach neun Uhr. Inzwischen war Bead mit der Meldung gekommen, daß Gore drei kleine MG-Abteilungen die linke Tribüne hatte verlassen sehen, daß sich aber in der letzten Viertelstunde nichts mehr ereignet habe. Auch Charlie Dale, der Zweite Koch, war unterdessen zurückgekehrt, und seine eng zusammenstehenden Augen funkelten finster. Er zeigte Stein die Krankenträger, die er in die Senke zwischen den ersten beiden Bodenwellen dirigiert hatte. Es waren insgesamt sechzehn Leute, je vier mit einer Trage, und sie waren schon damit beschäftigt, die ersten Verwundeten wegzutragen. Dann fragte er, ob noch etwas für ihn zu tun sei.
Korporal Fife, der nicht weit von Stein entfernt lag, neben sich das Feldtelefon, für das er nun offenbar in alle Ewigkeit verantwortlich sein sollte, glaubte noch niemals einen so teuflischen Ausdruck auf dem Gesicht eines Menschen erblickt zu haben. Vielleicht war Fife eifersüchtig, weil er selbst so große Angst hatte und Charlie Dale jedenfalls frei von Furcht war. Seine Unterlippe hing schlaff herunter, was ihm einen läppisch grinsenden Ausdruck verlieh, die glänzenden, flachen, unsteten Augen schossen hin und her und ließen unmißverständlich die Selbstzufriedenheit erkennen, die Dale angesichts der von ihm erregten Aufmerksamkeit empfand. Fife sah ihn an, und es wurde ihm übel. Er wandte den Kopf weg und beugte sich mit geschlossenen Augen über das Telefon. Das Telefon war ihm übergeben worden, und er würde sich damit befassen, aber er wollte verdammt sein, wenn er irgendwas täte ohne den ausdrücklichen Befehl dazu. Das konnte er einfach nicht, er hatte zuviel Angst.
»Ja«, sagte Bugger Stein gerade zu Dale, »Sie –«
Er wurde durch die Detonation einer Werfergranate unterbrochen, die mitten zwischen dem 2. Zug die Erde aufwirbelte. Dem Einschlag folgte unmittelbar ein lauter Angstschrei, der erst abriß, als der Schreier keine Luft mehr bekam. Einer der Männer hatte sich

aus der Deckung entfernt und wälzte sich umher, wobei er die Hände auf den Rücken preßte. Als er wieder zu Atem kam, begann er von neuem zu schreien. Alle anderen preßten sich gegen die behütende Erde, die allerdings nicht genügend Schutz bot, und warteten auf den nächsten Einschlag. Es geschah jedoch nichts, und die Männer streckten die Köpfe heraus und betrachteten den Verwundeten, der sich immer noch schreiend umherwälzte.
»Ich glaube nicht, daß die uns besser sehen können als wir sie«, murmelte Welsh.
»Ich glaube fast, es ist der Schütze Jacques«, sagte Oberleutnant Band interessiert.
Das Geschrei hatte einen neuen Klang angenommen, es zeugte nun weniger von Überraschung und Angst als vielmehr von Begreifen. Einer der Sanitäter gelangte zu ihm, riß ihm mit Hilfe zweier Leute vom 2. Zug das Hemd auf und gab ihm eine Morphiuminjektion. Gleich darauf wurde er still. Nachdem er verstummt war, lockerte der Sanitäter die verkrampften Hände und rollte ihn auf den Bauch. Man sah, wie der Sanitäter ihn untersuchte, dann verzweifelt die Achseln zuckte und Sulfonamidpulver streute.
Bugger Stein beobachtete dies alles blaß, mit zusammengepreßten Lippen und blinzelte heftig hinter seiner Brille. Dies war das erstemal, daß er mit ansah, wie einer seiner Leute verwundet wurde. Neben ihm betrachtete Band den Vorfall mit liebevollem Interesse. Neben Band hatte Fife sich einmal aufgerichtet und einen Blick hinüber getan, als der Mann sich noch schreiend wälzte, und sich dann am ganzen Leibe zitternd wieder hingeworfen. Dabei konnte er nur denken: wenn ich das nun gewesen wäre?
»Krankenträger! Krankenträger!« Stein hatte sich plötzlich zu den Trägern umgewandt, die mit ihren Bahren noch nicht abgerückt waren. »Krankenträger!« brüllte er aus Leibeskräften. Eine der Gruppen kam mit der Trage angelaufen.
»Aber Jim«, mahnte Oberleutnant Band. »Wirklich, Jim, findest du . . .«
»Verdammt noch mal, George, halt den Mund und laß mich in Ruhe!« Die Träger kamen atemlos an. »Holen Sie den Verwundeten dort«, sagte Stein und deutete dahin, wo der Sanitäter noch neben dem Getroffenen kniete.

Der vorderste Krankenträger, der geglaubt hatte, jemand vom Kompanietrupp sei verwundet worden, erkannte nun seinen Irrtum und protestierte: »Aber, Sir, wir haben jetzt schon acht oder neun Verwundete da hinten, die wir . . .«
»Himmeldonnerwetter, widersprechen Sie nicht! Ich bin Hauptmann Stein! Holen Sie den Verwundeten, habe ich gesagt!« brüllte Stein ihn an.
Der Mann wich überrascht zurück. Selbstverständlich trug keiner der Anwesenden Rangabzeichen.
»Aber wirklich, Jim«, sagte Band, »er ist doch nicht . . .«
»Seid ihr denn alle wahnsinnig? Schließlich habe ich hier zu befehlen!« Stein heulte vor Wut, fast kamen ihm die Tränen. »Bin ich der Kompaniechef oder nicht? Bin ich Hauptmann Stein oder Schütze Arsch? Gebe ich hier die Befehle oder wer sonst? Ich habe befohlen, daß der Mann da geholt wird!«
»Jawohl, Sir«, sagte der Truppführer, »sofort, Sir.«
»Der Mann stirbt vielleicht«, sagte Stein etwas gefaßter. »Er ist schwer verwundet. Bringen Sie ihn zum Verbandplatz, vielleicht kann man ihn noch retten.«
»Jawohl, Sir«, sagte der Krankenträger. Er spreizte die Finger und streckte die Handflächen gegen Stein aus, um sich von aller Schuld reinzuwaschen. »Wir haben noch andere Schwerverwundete, das wollte ich vorhin sagen. Wir haben drei, die jeden Augenblick sterben können.«
Stein starrte ihn verständnislos an.
»Das meine ich ja, Jim«, sagte Band besänftigend zu ihm. »Verstehst du denn nicht? Er muß warten, bis er an der Reihe ist, das geht nicht anders.«
»An der Reihe? Bis er an der Reihe ist? Mein Gott!« sagte Stein, und starrte die beiden mit käsigem Gesicht an.
»Gewiß doch«, sagte Band. »Warum soll man ihn vor einem anderen drannehmen?«
Stein antwortete nicht, sondern wandte sich einen Augenblick später an den Träger. »Holen Sie ihn«, sagte er steif. »Bringen Sie ihn zum Verbandplatz.«
»Jawohl, Sir«, sagte der Träger mit steinernem Gesicht. Er wandte sich seinen Leuten zu. »Los, wir holen den Mann da vorne.«

»Worauf warten wir noch?« schnarrte einer der Männer rauh. »Oder hast du Angst, daß es schießt?« Das war eine lächerliche Bemerkung, der erste Träger hatte offensichtlich keine Angst.
»Halt die Fresse, Witt«, sagte er, »und laß mich in Ruhe.«
Alle vier kauerten am Boden. Der Mann, der eben angeredet worden war, stand nun aber unerwartet auf. Er war klein und sah geradezu zerbrechlich aus, und der Helm, der auf dem Kopf von Queen so klein wirkte, sah auf diesem Kopf wie ein riesiger umgedrehter Topf aus und rutschte ihm fast über die Augen. Dieser Mann also marschierte dorthin, wo Welsh zusammengerollt lag.
»Schönen guten Tag, Spieß«, sagte der Mann hungrig grinsend.
Nun erst bemerkten Stein und die übrigen, daß dieser Witt ihr eigener Witt war, der gleiche, den Stein und Welsh gemeinsam vor der Abstellung aus der Kompanie manipuliert hatten. Alle waren verwundert, ganz wie Witt es offenbar geplant hatte. Besonders Korporal Fife. Fife, der bislang flach neben dem Telefon am Boden gelegen hatte, setzte sich plötzlich grinsend auf.
»Hallo, Witt!« rief er entzückt.
Witt hielt sich an sein vor einigen Tagen abgegebenes Versprechen und ließ seine Äuglein über Fife wandern, als sei dieser nicht vorhanden. Dann sah er wieder Welsh an.
»Tag, Witt«, sagte Welsh. »Haben sie dich jetzt zu den Krankenträgern gesteckt? Geh lieber runter.« Stein sagte nichts. Er hatte wegen der Versetzung Witts ein Schuldgefühl empfunden, da er wußte, wie sehr Witt daran lag, in der Kompanie zu bleiben, doch hatte er es damals für richtig gehalten, ihn zu versetzen.
Witt überhörte Welshs Aufforderung. Er blieb aufrecht stehen. »Nein, Spieß«, grinste er, »ich bin noch in der Geschützkompanie, bloß haben wir ja keine Geschütze, und da haben sie uns angestellt, Boote auf dem Fluß zu schieben und diese Dinger hier zu schleppen.« Er senkte den Kopf. »Wen sollen wir denn holen, Spieß?«
»Jacques«, erwiderte Welsh.
»Den alten Jacques?« sagte Witt, »so eine Scheiße.«
Seine drei Genossen waren bereits über die Deckung gesprungen und auf dem Wege zu dem Verwundeten. Witt war im Begriff, hinter ihnen herzulaufen, drehte sich aber noch einmal um und redete Stein unmittelbar an: »Kann ich wieder zur Kompanie kommen, Sir?

Nachdem wir Jacques zum Verbandsplatz gebracht haben? Ich kann ohne weiteres weg, Sir, die finden schon einen anderen für mich.«
Stein fühlte sich geschmeichelt, war aber auch verwirrt. Diese ganze Angelegenheit mit Jacques und den Krankenträgern gewann geradezu lächerliche Proportionen und lenkte seine Aufmerksamkeit ganz von dem Plan ab, den zu entwerfen er im Begriff gewesen war. »Tja...« und damit verstummte er ratlos. »Sie müssen sich erst die Genehmigung verschaffen.«
Witt grinste zynisch. »Na klar«, sagte er, »und auch mein Gewehr. Vielen Dank, Sir.« Er wandte sich um und lief hinter seinen Kollegen her.
Stein versuchte, seine zerstreuten Gedanken zu sammeln. Einen Moment starrte er Witt nach. Es war ihm unfaßbar, wie irgend jemand während eines Angriffes den Wunsch verspüren konnte, in eine Schützenkompanie zurückzukehren. In gewisser Weise war das ja sehr romantisch, wie irgendwas von Kipling oder wie Beau Geste . . . was hatte er sich doch gerade eben ausgedacht?
Dicht neben Stein, so wie Stein es angeordnet hatte, lag Korporal Fife mit dem Telefon und hielt die Augen geschlossen. Obwohl er wußte, daß Witts verächtliche Geste mit dem Streit vor ein paar Tagen zusammenhing, konnte er es doch nicht lassen, darin den Ausdruck des Abscheues und Ekels wegen seiner augenblicklichen Feigheit zu sehen – als hätte Witt ihn mit einem Blick durchschauen können. Als er die Augen wieder aufschlug, blickte er aus nächster Nähe in das weiße Gesicht des kleinen Bead, dessen Augen angstvoll hervorquollen und dessen Lider fast hörbar wie die eines übergroßen Karnickels unablässig auf und zu klappten.
»Dale!« rief Bugger. »Passen Sie mal auf«, und dabei nahm er seine Gedanken zusammen, so gut es ging.
Charlie Dale kroch näher heran. Als er von seinem Auftrag zurückgekehrt war, hatte er sich zunächst dazu gezwungen, aufrecht stehen zu bleiben, als aber die Granate einschlug, die Jacques verwundete, hatte er sich niedergeworfen. Nun hatte er im Wege des Kompromisses eine kauernde Hockstellung eingenommen. Bugger war gerade im Begriff gewesen, ihm etwas zu erklären, ihm vielleicht einen neuen Auftrag zu geben, als Jacques getroffen wurde und die Träger an-

langten. Dale fühlte sich deshalb etwas beleidigt, natürlich nicht von Jacques, dem konnte er so leicht nichts übelnehmen. Aber der hätte sich auch einen passenderen Moment aussuchen können, um sich verwunden zu lassen. Und die verfluchten Krankenträger von der Geschützkompanie und der gottverdammte Bolschewist Witt hätten nicht so viel von der kostbaren Zeit des Kompaniechefs in Anspruch nehmen dürfen, schon gar nicht, wenn er vielleicht im Begriff war, dem Gefreiten Dale eine wichtige Mitteilung zu machen. Dale hatte zum ersten Mal seit langer Zeit Gelegenheit, ganz persönlich mit dem Kompaniechef zu sprechen, ohne daß die verfluchte Befehlsmaschine Storm oder einer der betrügerischen Köche sich einmischten; es war das erstemal seit langem, daß Dale nicht in der fettigen, dampfenden Küche angebunden war, das erstemal seit langem, daß er nicht große Mengen von Nahrung zubereiten mußte, die von anderen Männern stumpfsinnig hinuntergeschlungen wurden. Und Dale fühlte sich wohl. Man schenkte ihm jetzt mehr Beachtung als je zuvor, endlich fingen die anderen an, ihn mit der ihm gebührenden Achtung zu behandeln, und es hatte weiter nichts dazu bedurft, als mit ein paar Meldungen durch leichtes MG-Feuer zu laufen, das ihm sowieso nichts anhaben konnte. Das war die Masche. Er sah Storm neben Welsh lang hingestreckt hinter der Deckung liegen und zu ihm her sehen. Der hockende Dale machte ein ehrerbietiges Gesicht und hörte seinem Kompaniechef aufmerksam zu. Dabei wurde er von einer nicht näher bestimmbaren angenehmen Erregung durchpulst.

»Ich muß wissen, was der 3. Zug macht«, sagte Stein. »Gehen Sie rüber und sehen Sie nach.« Er erklärte Dale, wo er den 3. Zug antreffen würde. »Melden Sie sich bei Leutnant Gore. Ich muß wissen, ob sie dieses Plateau da drüben besetzt haben oder nicht. Kommen Sie gleich zurück.«

»Jawohl, Sir«, sagte Dale erfreut.

»Sie und Doll werden zukünftig als Kompaniemelder in meiner Nähe bleiben. Sie haben sich heute beide ausgezeichnet gehalten«, sagte Stein.

»Jawohl, Sir«, lächelte Dale. Dann sah er ohne zu lächeln Doll an, der seinerseits ihn anstarrte.

»Und jetzt los!«

»Sofort, Sir«, Dale deutete eine Ehrenbezeigung an und rannte gebückt los, das Gewehr umgehängt, die MPi in der Hand. Weit brauchte er nicht zu laufen. Schon am Eingang zur Schlucht begegnete er einem Mann vom 3. Zug, der unterwegs zu Stein war, um zu melden, daß der Zug das linke, grasbewachsene Plateau kampflos besetzt habe und dabei sei, sich einzugraben. Beide gingen zu Stein, und Dale fühlte sich geradezu betrogen.
Stein hatte Dales Rückkehr nicht abgewartet. Während er mit Dale sprach, hatte sein Plan in ihm Gestalt angenommen. Es war Stein jetzt ziemlich gleichgültig, ob es dem 3. Zug geglückt war, die linke Tribüne zu besetzen. War es gelungen, so konnte er von dort her Feuerunterstützung erhalten, das wäre eine Hilfe, aber nicht entscheidend. Steins Plan gründete auf dem Umstand, daß Leute des 1. Zuges in Stärke einer Gruppe am Fuße der rechten Tribüne lagen. Hier war offenbar der größte Widerstand zu erwarten. Wenn er nun ein Umfassungsmanöver durchführen ließe, könnte die befestigte Stellung auf der rechten Tribüne abgeschnitten und genommen werden. Der Rest des 2. Zuges konnte dabei Feuerunterstützung geben und der 1. Zug, der ja weit genug vorne lag, konnte Flankenfeuer geben. So hatte er Doll bereits wieder nach vorne zum 1. Zug geschickt, der sich immer noch schwitzend in den Trichtern und Mulden an den Boden preßte. Doll war gerade weg, als die Träger mit Jacques zurückkamen. Stein konnte sich nicht bezwingen – er mußte ihn ansehen, und den anderen erging es ebenso.
Jacques lag bäuchlings auf der Bahre. Der Sanitäter hatte ihm einen Verband angelegt, aber es war deutlich zu sehen, daß er eine breite, klaffende Rückenwunde hatte. Sein Gesicht hing seitlich über die Trage herab, und in seinen Augen, deren Blick vom Schrecken und vom Morphium stumpf war, stand einzig eine matte Frage. Er schien zu fragen: Warum? Warum ausgerechnet ich, John Jacques? Irgendwo in der Ferne hatte ein Fremder eine Granate ins Rohr fallen lassen, ohne eine Vorstellung davon, wo genau sie landen würde, ja vielleicht sogar mit dem Wunsche, sie möge nie ankommen. Die Granate war aufgestiegen und herabgefallen, und wo? Ausgerechnet bei John Jacques. Als sie detonierte, waren tausende von kleinen und großen messerscharfen Splittern umhergesaust, aber wer als einziger war von einem solchen Splitter getroffen worden? John Jacques.

Warum? Warum gerade er? Kein Feind hatte es auf John Jacques persönlich abgesehen, keiner der Feinde wußte überhaupt, daß es ihn gab, ebensowenig wie er selber den Namen, den Charakter und die Persönlichkeit jenes Japaners kannte, der die Granate ins Rohr hatte fallen lassen. Warum also? Warum er? Warum John Jacques? Warum nicht jemand anderes, warum nicht einer seiner Freunde? Aber jetzt war es geschehen, bald würde er tot sein.
Stein zwang sich dazu, den Blick abzuwenden. Er sah Witt, der einen der hinteren Griffe der Bahre hielt und sich besonders anstrengen mußte, sie gerade zu halten, weil er so klein war. In Gedanken an Doll und den 1. Zug war Stein gerade im Begriff, jemanden zu Sergeant Keck, dem neuen Zugführer vom 2. Zug, zu schicken, als Dale und der Melder vom 3. Zug erschienen.
Doll war nur zögernd wieder nach vorne gegangen. Es war nämlich nicht seine Absicht gewesen, sich Bugger Stein als Melder in kritischen Situationen zur Verfügung zu stellen. Er wußte nicht einmal genau, warum er überhaupt zurückgegangen war. Aber jetzt saß er fest. Er ärgerte sich auch darüber, daß Dales Auftrag im Vergleich zu seinem eigenen so viel einfacher war. Jeder Affe konnte nach hinten gehen, um Krankenträger herbeizuschaffen, selbst vorgehen konnte man mühelos, wenn man den ganzen Weg über in Deckung bleiben konnte. Wie er seinen Auftrag ausführen sollte, ahnte er nicht einmal. Whyte war tot, Grove war entweder tot oder schwer verwundet, und die Führung des Zuges war mithin an Skinny Culn gefallen, den Zugspäher. Wenn der nicht auch schon verwundet oder tot war. Unteroffizier Culn war ein rundlicher, rotgesichtiger, stupsnasiger Ire, achtundzwanzig Jahre alt, ein altgedienter Mann, der eigentlich einen guten Zugführer abgeben müßte. Doll hatte aber keine Ahnung, wo er ihn suchen sollte. Doll wußte überhaupt nur von einem seiner Kameraden, wo er sich befand: Queen. Das bedeutete, daß er von einem Loch zum anderen rennen und nachsehen müßte, und dieser Gedanke sagte Doll nicht sehr zu. Er hätte statt dessen gerne Dale da vorne herumrennen sehen mögen.
Ehe er den letzten Rest des Weges unter die Füße nahm, blieb Doll beim 2. Zug hinter der vordersten Bodenwelle liegen und spähte nach vorn ins flache Gelände, wohin er gleich vorlaufen sollte. Die Leute vom 2. Zug, die verdrossen, den Kopf gegen den Boden ge-

preßt, neben ihm lagen, betrachteten ihn mißmutig. Er wußte sehr wohl, daß seine Augen scharf zusammengekniffen waren, seine Nasenflügel gebläht, daß sein Kinn vorgestreckt war. Den Leuten vom 2. Zug mußte er wie das Bild eines schneidigen Soldaten erscheinen, und sie betrachteten ihn mit Abneigung. Da vorne half einer der Sanitäter einem fetten Menschen nach rückwärts, der durchs Bein geschossen worden war und hörbar ächzte. Doll empfand amüsierte Verachtung für diesen Burschen – warum konnte er nicht sein Maul halten? Die krankhafte Erregung hatte sich von neuem seiner bemächtigt, hielt seinen Bauch umklammert und kitzelte ihn, ließ sein Herz poltern und lähmte sein Zwerchfell, so daß er langsam und immer langsamer atmete, bis schließlich alle seine Funktionen aufhörten und nur noch eine ungeheuerliche Konzentration übrigblieb. Dann war er auf und davon. Er rannte mit halber Geschwindigkeit, deutlich sichtbar, wenn auch gebückt, genauso, wie er vorhin zurückgelaufen war. Er schlug einen Haken nach rechts, einen nach links, und schon lag er wieder in seiner kleinen Mulde, rief Queen an und verspürte den Wunsch, laut herauszulachen. Er hatte es ja gewußt, daß er es schaffen würde. Der Feuerstoß aus einem MG fuhr gegen den Rand seiner Deckung, wirbelte Dreck auf und zog jaulend vorüber.

Allerdings hatte er nur den ersten Teil geschafft. Jetzt kam es darauf an, Culn zu finden. Und die undeutliche Auskunft, die Queen ihm zurief, besagte, daß Culn irgendwo rechts sei, jedenfalls hatte Queen ihn dort vor Beginn des Angriffes gesehen. Als Doll sich herumrollte und die Leute anrief, die rechts von ihm lagen, liegen mußten, erhielt er keine Antwort. Ein weicher Klumpen Angst stieg in Dolls Kehle, während er noch einmal rief. Er konnte die Angst nicht herunterschlucken, sie blieb da. Gerade davor hatte er sich gefürchtet, als er hinter der letzten Bodenwelle gekauert und beobachtet hatte. Jetzt mußte er an der ganzen Front entlanglaufen und Culn suchen.

Nun schön, mochte es der Teufel holen, er wollte es ihnen schon zeigen. Er würde es schon schaffen, mit der linken Hand! Und dann wollen wir doch mal sehen, was der Kümmerling Dale fertiggebracht hat. Er war immerhin Doll, und in diesem Krieg würde ihn keiner abschießen, ihn nicht. Arschlöcher, die sie waren, allesamt. Wieder legte sich die große Ruhe über Doll, die alles zudeckte, seinen Atem beeinflußte und alles um ihn auslöschte, während er zum Sprung ansetzte. Es kitzelte ihn bis in die Hoden, ganz das gleiche Gefühl, da er als Junge gehabt hatte, wenn etwas Aufregendes stattfand. Man würde ja sehen, was sie für Gesichter machten, wenn er von diesem kleinen Ausflug zurückkam, besonders Stein!

Stein hatte allerdings beinahe vergessen, daß er einen Melder zum 1. Zug geschickt hatte. Neue, aufregende Entwicklungen beanspruchten seine Aufmerksamkeit. Nach dem Eintreffen der guten Neuigkeiten vom 3. Zug beschloß er, Keck nicht holen zu lassen, sondern selbst zu ihm zu gehen. Dort, hinter der Bodenwelle des 2. Zuges, konnte er den Angriff, den er geplant hatte, leiten und beobachten. In dieser Absicht hatte er Band bereits mit Feldwebel Storm und seinen Köchen durch die Schlucht zum 3. Zug in Marsch gesetzt. Band sollte dort das Kommando übernehmen und im Falle eines Erfolges von Steins Frontalangriff ebenfalls die rechte Tribüne angreifen. Mit seinem blutdürstigen Grinsen, seinen guten Ratschlägen und seinem ungesunden Interesse an den Verwundeten war Band dem Kompaniechef mehr und mehr auf die Nerven gefallen, und so wurde er ihn auf gute Art los. Nun verlangte er Oberst Tall am Telefon.

Die Anforderungen an Steins Nerven hatten ständig zugenommen. Zunächst einmal konnte er keine Gewißheit darüber bekommen, ob er richtig handelte, und ob nicht jemand anderes das gleiche mit weniger Verlusten auf andere Weise hätte zustande bringen können. Dieses Gefühl hatte er besonders im Hinblick auf den von ihm geplanten Angriff. Dazu kam seine persönliche Angst und eine furchtsame Erwartung, verwundet zu werden, die mehr und mehr an seiner Nervenkraft zehrte. Gefahr blinkte und blitzte in der Luft wie eine schadhafte Neonleuchte. Jedesmal, wenn er sich erhob, konnte ihn eine Kugel treffen. Wenn er einen Schritt nach links oder einen nach rechts machte, konnte er direkt in den Einschlag einer Granate laufen. Daß er seine Angst vor seinen Leuten verbergen mußte, machte die Sache nicht leichter. Sodann hatte er bereits eine seiner beiden Feldflaschen ganz und die zweite zu einem Drittel geleert, ohne doch seinen Durst wirklich gestillt zu haben. Und zu all diesen Dingen, die ihn niederdrückten, bemerkte er immer deutlicher eine gewisse Ermattung an sich. Seine Leute waren willens, Befehle auszuführen, wenn er sie ihnen klipp und klar erteilte; anderenfalls lagen sie einfach herum und glotzten ihn an, ausgenommen einige wenige wie Doll und Dale. Den Bürgerkrieg hatte man durch die Worte Begeisterung und Initiative kennzeichnen können; diesen Krieg kennzeichnete indessen das Wort Abgestumpftheit am besten. Stein hatte dem Oberst bereits telefonisch gemeldet, daß die linke Tribüne von den Japanern geräumt und von seinen eigenen Leuten besetzt worden sei; er war also sprachlos vor Staunen, als der Oberst ihm nun über das Telefon zubrüllte, seine Leute seien viel zu weit *rechts*! Er bekam nicht einmal Gelegenheit, seinen Angriffsplan vorzutragen. Das Feldtelefon war eine glänzende Erfindung für einseitige Gespräche, denn der Hörende konnte seinerseits nicht sprechen, ehe der Sprechende nicht die Taste losließ und ihm ebenfalls Gelegenheit zu ein paar Bemerkungen gab. Tall war auf geheimnisvolle Weise imstande, sich diesen Mechanismus zunutze zu machen, Stein dagegen nicht.

»Ich verstehe nicht, was meinen Sie denn mit zu weit rechts? Ich habe doch schon gemeldet, daß die linke Tribüne geräumt ist und von meinem 3. Zug besetzt worden ist. Wie kann ich da zu weit rechts sein? Kommen.«

»Verdammt noch mal, Stein!« rief die kalte, scharfe Stimme des Obersten, »ich sage Ihnen, daß Sie ihre linke Flanke entblößt haben!«

Der Mechanismus des Telefons hinderte Stein daran, darauf hinzuweisen, daß dies nicht der Fall war, und der Oberst hielt ihm einen Vortrag. »Verstehen Sie, was es bedeutet, die linke Flanke zu entblößen? Haben Sie je in einem Lehrbuch über Taktik nachgelesen, welche Bedeutung der Entblößung der linken Flanke zukommt? Ihre linke Flanke ist entblößt! Und nun machen Sie endlich mal ein bißchen Dampf da unten, verdammt noch mal, rühren Sie sich. Kommen.«

Der Augenblick, einen Protest anzubringen, war vorbei, verloren, während Tall die Taste losließ. Stein konnte sich nur verteidigen, und dabei zerriß ihn seine Wut beinahe. »Himmel Herrgott noch mal, Sir, deshalb habe ich Sie ja angerufen! Ich will ja vorgehen! Ich will jetzt sofort das rechte Plateau angreifen!« Er verstummte und vergaß ganz, die Taste loszulassen und es ergab sich eine längere Pause. Schließlich sagte er »Kommen« und ließ sie los.

»Ich habe Ihnen doch schon mal gesagt, daß Sie zu weit rechts sind, Stein«, drang die Stimme des Obersten vom sicheren Port herüber.

»Sie rutschen die ganze Zeit über immer mehr nach rechts! Kommen.«
»Was soll ich denn dann machen? Soll ich etwa den Rest der Kompanie auch noch nach links auf die Tribüne ziehen? Kommen.« Das wäre nun wirklich der reine Wahnsinn.
»Nein. Ich setze die Reservekompanie links von Ihnen an. Bleiben Sie, wo Sie sind. Der Kompaniechef der Zweiten wird Ihnen Ihren Zug zurückschicken. Kommen.«
»Wollen Sie, daß ich den Angriff fortsetze?« fragte Stein, denn aus dem Gesagten war ihm das nicht eindeutig klargeworden. »Kommen.«
»Na, was denn sonst?« pfiff der erboste Oberst ihn an. »Was denn sonst, Stein? Sie sind ja nicht da unten, um sich in die Sonne zu legen und zu schlafen! Los, machen Sie endlich, daß sie hochkommen!«
Es entstand eine Pause, und Stein konnte ein Summen und höfliches Murmeln hören. Dann ein deutliches, sehr devotes »Jawohl, Sir« – das mußte von Tall gekommen sein. Nun ließ sich der Oberst wieder am Telefon hören, geradezu freundlich und höchst jovial. »Also nun mal los, Stein, ja? Bißchen Dampf aufmachen. Ende.«
Als Stein die Fassung wiedererlangt hatte, sah er Fife in die nervös aufgerissenen Augen. Er übergab ihm das Telefon. Na, das war es also. Nicht einmal erklären können hatte er seinen Angriffsplan, und er hätte es so gerne getan, da er auch diesmal nicht genau wußte, ob er richtig handelte. Aber ganz offenbar war gerade eben die Generalität eingetroffen und es hatte keinen Sinn zurückzurufen, solange Tall diese Meute auf dem Hals hatte.
Jawohl, die Herren Generale. Die Zuschauer. Heute war sogar ein Admiral darunter. Stein sah plötzlich das Bild vor sich, das er zwei Tage zuvor auf der Höhe 207 erblickt hatte, und das wirkte auf ihn wie ein tückischer Tiefschlag, ließ ihn erstarren, trieb ihm die Augen fast aus dem Kopf. Da stand er wieder, der gleiche gehetzte Bataillonskommandeur mit dem Fernglas; die gleiche Versammlung von Obersten und Generalen, die ihm über die Schulter sahen; die gleiche Menge von Schachfiguren, die den Hals verrenkten, um etwas zu sehen, ganz wie Zuschauer in einem Stadion. Da waren sie alle wieder und machten dieselben Klimmzüge, die ihre Vorgänger dort vor zwei Tagen gemacht hatten, während unter ihnen die gleichen Kompaniechefs mit ihren Leuten ihrerseits ihre Klimmzüge machten. Nur

gehörte diesmal auch Stein dazu, auch Stein war einer von denen, die so taten, als ließen sie kühle Überlegung und die Gesetze der Taktik walten. Morgen würde es wieder jemand anders sein. Das war eine schreckenerregende Vision: alle taten das gleiche, alle waren unfähig, diesem Treiben Einhalt zu gebieten, und alle glaubten von sich, stolz und aufrecht als freie Individuen zu handeln. Und das gleiche spielte sich in Dutzenden von Nationen ab, Millionen von Menschen taten das gleiche auf tausenden von Hügeln überall in der Welt. Und dabei blieb es nicht, es ging weiter. Es war die Idee – Idee? Nein, das Faktum, die Wirklichkeit, der moderne Staat in Aktion. Dieses Bild war so gräßlich, daß Stein es nicht ertragen, sich nicht damit abfinden konnte. Er verscheuchte es und blinzelte hinter seinen Gläsern. Jetzt ging es darum, den Kompaniegefechtsstand nach vorne zu Keck und seinen Leuten hinter die letzte Bodenwelle zu verlegen.

Es war nicht viel zu sehen von dort aus. Stein lag mit seinen Sergeanten hinter der kleinen Böschung. Sie beobachteten das Vorfeld und tauschten dabei ihre Meinungen aus. Etwa hundert Meter vor ihnen begann der grasüberwachsene Hügel anzusteigen, lauernd, anscheinend von allem Leben verlassen. Dahinter ragte der Kopf des Elefanten auf, das eigentliche Angriffsziel. Das steinige, dürftig bewachsene Gelände vor ihnen neigte sich ein wenig und wurde dann nach ungefähr fünfzig Metern eben.

Leutnant Whyte (dessen Leiche nicht weit weg vor der Bodenwelle lag) hatte mit seinem Angriff kein taktisch nützliches Ergebnis erzielt, das sah Stein auf den ersten Blick. Whytes Zug war von dort, wo die schwitzenden Gesichter des 2. Zuges jetzt zu Stein herüberstarrten, in breiter Front vorgegangen. Der Stoß war unmittelbar ins Zentrum des Vorfeldes gerichtet gewesen, wo der Zug in das Feuer von beiden Tribünen geraten mußte, die ihrerseits bestenfalls von den äußersten Flügeln der angreifenden Schützenkette gestreift worden wären. Verkehrter hätte man es gar nicht machen können.

Das war nun aber erledigt, und Stein hatte seine eigenen Probleme. Zunächst einmal handelte es sich darum, seine Leute von diesem verhältnismäßig sicheren Platz über das gottverfluchte freie Gelände vor ihm bis an den Fuß des rechten Plateaus zu bringen, wo sie wiederum im toten Winkel sein würden. Aber erst einmal mußte man sie dort hinbekommen . . .

Stein hatte bereits beschlossen, nur zwei Gruppen des 2. Zuges einzusetzen und sie durch jene Männer verstärken zu lassen, die bereits dort vorne im Gras unterhalb des Plateaus lagen. Er war sich nicht darüber im klaren, ob das genügen würde und hatte ja auch nicht Gelegenheit gehabt, mit Oberst Tall darüber zu sprechen, aber er wollte nicht mehr von seinen Leuten dem aussetzen, ehe er nicht wußte, wie stark der Feind vor ihm war. Er hatte auch beschlossen, wie er die Leute auswählen wollte, ja, gerade darüber hatte er sich die meisten Gedanken gemacht. Er war von der Vorstellung besessen, daß er eine moralische Schuld auf sich lade, wenn er selbst die Männer auswählte, die vorgehen sollten. Einige würden mit Sicherheit fallen, und er wollte nicht derjenige sein, der ihnen dieses Los bereitete. Lieber wollte er aufs Geratewohl zwei Gruppen bestimmen und dann das Glück oder das Schicksal, oder was immer das Geschick der Menschen bestimmte, entscheiden lassen. Auf diese Weise könnte ihn die rächende Vorsehung nicht zur Verantwortung ziehen. Er sagte also Keck, daß er die beiden Gruppen angreifen lassen wolle, die dem Plateau am nächsten gegenüber lagen. Keck, der selbstverständlich wußte, wie seine Leute verteilt waren, sagte, daß das die Gruppen von McCron und Beck seien, die 2. und die 3. Stein nickte – er bedauerte sie. McCron, die Glucke, und Milly Beck, der große Ausbilder. John Bell befand sich bei der Gruppe von McCron.
Ehe er aber diese beiden Gruppen vorschicken konnte, mußte er, wie ihm schien, Bericht über die Verfassung der schon vorn liegenden Leute haben. Sie waren ja bereits an Ort und Stelle und würden nicht durchs Feuer zu laufen haben, aber in was für einem Zustand waren sie? Waren Verwundete bei ihnen? Hatten sie einen Unteroffizier? War ihre Moral noch ungebrochen? Stein fand, daß er dies wissen müsse, und erfahren konnte er es nur, indem er jemanden hinschickte, sich zu erkundigen, und so schickte er Charlie Dale.
Dale gab eine höchst bemerkenswerte Vorstellung. Der kleine Mann leckte seine gemein und stumpf grinsenden Lippen, hängte sein Gewehr um, ergriff die MPi und nickte. Er war bereit zu gehen. Stein, der noch nie etwas für ihn übriggehabt hatte und ihn auch jetzt nicht leiden konnte, sah ihm mit wachsender Bewunderung nach, was seine Abneigung allerdings noch erhöhte. Dale trottete schnurgerade über das freie Feld auf den überwachsenen Fuß des rechten Plateaus los.

Er rannte gebückt, in der merkwürdigen Haltung, die jeder hier draußen instinktiv einnahm, aber er schlug nicht einen einzigen Haken. Er erhielt nicht einmal einen Kratzer. Am Fuße des Plateaus angelangt, verschwand er kopfüber im hohen Gras. Drei Minuten später erschien er wieder und zockelte schnurgerade im Hundetrab zurück. Stein fragte sich, was Dale wohl dabei dächte, enthielt sich aber jeder diesbezüglichen Frage.

Charlie Dale wäre gerne gefragt worden, obwohl er unterwegs gar nichts Besonderes gedacht hatte. Man hatte ihm versichert, daß alle Japaner schlechte Augen hätten, Brillen trügen und von Geburt aus schlechte Schützen seien. Er wußte, daß nichts ihn treffen konnte. Auf dem Hinweg blickte er stur auf den Fuß des Plateaus, und auf dem Rückweg faßte er einen bestimmten Punkt der Deckung ins Auge, hinter der der 2. Zug lag. Das einzige, woran er dachte, oder besser, was er empfand, war eine nörgelnde Gereiztheit darüber, daß Storm und die anderen Köche beim 3. Zug waren und daher seinem Auftritt nicht beiwohnen konnten. Außerdem dachte er daran, daß er nach zwei oder drei weiteren derartigen Heldentaten wohl doch als Korporal oder Unteroffizier zu einem Schützenzug versetzt werden und so endlich der verhaßten Küche entfliehen könnte, ohne dabei seinen Rang zu verlieren. Dies war von Anfang an sein geheimer Plan gewesen, und es war ihm auch nicht entgangen, daß die Verluste unter den Unteroffizieren erheblich gewesen waren.

Dale kehrte als Held zur vordersten Bodenwelle zurück. Was er vollbracht hatte, war ja wirklich in gewisser Weise eine außerordentliche Leistung. Man sah von der Deckung her sehr wohl, wie um ihn herum Gewehr- und MG-Feuer die Erde aufriß. Alle, die keine Lust verspürt hatten, selber zu gehen und auch nicht gegangen wären, empfanden großes Wohlwollen für Dale, und Dale gefiel sich selbst ebenfalls außerordentlich. Alle, an denen er auf seinem Weg zu Stein vorbeikroch, klopften ihm auf die Schulter. Er meldete Stein, daß sich dort vorne alles gut anlasse, daß die Moral der Leute ungebrochen sei, daß sie aber keine Unteroffiziere bei sich hätten. Es seien lauter Schützen.

»Gut«, sagte Stein, der immer noch neben Keck lag, »hören Sie zu. Ich kann keinen Unteroffizier entbehren. Wenn Sie mit den beiden Gruppen vorgehen wollen, dann befördere ich Sie zum Unteroffizier

und übergebe Ihnen das Kommando über die Gruppe, bei der Sie eben waren. Wollen Sie das?«
»Klar«, sagte Dale sogleich. Er grinste bösartig und leckte sich die Lippen. »Klar, Sir.« Er nickte mit dem Kopf und bemühte sich, das passende Gesicht zu machen. Das Grinsen verschwand, und an seine Stelle trat ein Ausdruck unverkennbar falscher Bescheidenheit. »Wenn Sie glauben, daß ich dazu fähig bin, Sir, wenn Sie mich für geeignet halten . . .«
Stein sah ihn mit schlecht verhohlener Abneigung an. Doch bemerkte Dale das nicht (oder vielleicht doch?). »Gut«, sagte Stein. »Ich befördere Sie zum Unteroffizier. Gehen Sie mit den beiden anderen Gruppen vor.«
»Jawohl, Sir«, sagte Dale. »Aber müssen Sie nicht sagen ›hiermit‹?«
»Was?«
»Ich meine, müssen Sie nicht sagen, hiermit befördere ich Sie . . . ? Damit es auch seine Gültigkeit hat?« In irgendeinem finsteren Winkel seines träge arbeitenden Hirns schien Dales Mißtrauen gegen Stein erwacht zu sein.
»Nein. Ich brauche nicht zu sagen ›hiermit‹. Hiermit was? Ich brauche nichts weiter zu sagen, als ich schon gesagt habe. Sie sind Unteroffizier, und Sie gehen mit den anderen nach vorne.«
»Jawohl, Sir«, sagte Dale und kroch davon.
Stein und Keck blickten sich an. »Ich glaube, es ist besser, wenn ich mit vorgehe, Sir«, sagte Keck. »Jemand muß da vorne für Ordnung sorgen.«
Stein nickte nachdenklich. »Ja, Sie haben wohl recht. Aber geben Sie acht, ich brauche Sie noch.«
»Ich werde so gut achtgeben, wie das hier überhaupt möglich ist«, erwiderte Keck humorlos.
Die Spannung, die jeder wegen des Angriffs empfand, nahm immer mehr zu. Sie zeigte sich deutlich in den Gesichtern der Leute des 2. Zuges, die sich schwitzend und mit weißglänzenden Augäpfeln der kleinen Gruppe der Führer zugewendet hatten wie Sonnenblumen dem Licht. Unterdessen waren die ersten Leute des 3. Zuges zwischen der zweiten und dritten Bodenwelle aufgetaucht und kamen gebückt zu Stein gerannt, gefolgt von den anderen, die in lang auseinandergezogener Reihe heranliefen. Über die zweite Bodenwelle kam

jetzt noch eine einzelne Gestalt, ebenfalls gebückt, angelaufen. Dies war der heimkehrende Witt, versehen mit Gewehr und einigen überzähligen Patronengürteln. Alles schien bereit. Der Augenblick der Entscheidung, dachte Stein und sah auf die Uhr, die 12:02 Uhr zeigte. Augenblick der Entscheidung, Scheiße. Konnte wirklich schon soviel Zeit vergangen sein? Einerseits kam es ihm vor, als seien erst Sekunden vergangen, andererseits schienen es ihm Jahre zu sein. Gerade diesen Augenblick hatte sich der Gefreite Doll – oder sein Schicksal für ihn – ausgesucht, um von seinem gefährlichen Gang zum 1. Zug zurückzukehren.

Doll sprang etwa in der Mitte des 2. Zuges in die Deckung, fiel hin und kroch dann zu Stein, um Meldung zu machen. Er hatte Sergeant Culn gefunden. Als er Stein erreichte, brach er jedoch zusammen und rang zunächst einmal nach Luft. Dieses Mal dachte er nicht daran, zu kichern oder sich übermütig zu gebärden. Sein Gesicht war verzerrt und erschöpft, neben dem offenstehenden Mund hatten sich tiefe Falten eingegraben. Er war unter Beschuß die ganze Reihe der Löcher entlanggelaufen und hatte nach Culn gerufen. Aus ihren Trichtern hatten ihn die Männer mit ungläubigen Gesichtern angestarrt. Unter den Einflüsterungen seiner Phantasie hatte sein Körper sehr bald damit gedroht, ihm den Dienst aufzusagen. Schließlich hatte sich vor ihm ein Arm aus der Erde erhoben und eine Hand hatte das Zeichen ›sammeln‹ gemacht. Doll war herangelaufen und hatte Culn gemütlich auf der Seite in seinem Loch liegen sehen. Er hatte das Gewehr an die Brust gedrückt und grinste Doll reumütig zu. »Komm rein«, hatte Culn gesagt, doch war Doll bereits hinuntergesprungen. Das Loch war zu klein, als daß sich beide darin hätten ausstrecken können, und so kauerten sie nebeneinander, während Doll Culn die letzten Neuigkeiten mitteilte, ihn über die Zahl der Ausfälle und über Steins Angriffsplan unterrichtete und ihm erklärte, welche Rolle der 1. Zug dabei zu spielen habe. Culn hatte seinen rötlichen Stoppelbart dabei gekratzt. »Dann bin ich jetzt also Zugführer? Na schön, ich will sehen, was ich tun kann. Aber sag dem Alten, daß wir hier etwas de-mo-ra-li-siert sind, wie es in der Felddienstordnung heißt. Ich will mir aber alle Mühe geben.« Sekunden später schon war Doll in der, wie ihm schien, wunderbaren Geborgenheit hinter der dritten Bodenwelle und machte Stein stolz seine Meldung.

Doll wußte nicht genau, was für einen Empfang er sich versprochen hatte, jedenfalls aber nicht den, der ihm zuteil wurde. Charlie Dale war schon vor ihm und ohne jedes Zeichen von Nervosität von einem gefährlichen Auftrag zurückgekehrt. Der 3. Zug traf gerade ein, und Stein mußte sich um ihn kümmern. Überdies waren alle von dem Gedanken an den bevorstehenden Angriff in Anspruch genommen. Bugger hörte sich seine Meldung an, nickte und klopfte ihm auf die Schulter, so wie man einem dressierten Seehund nach seinem Auftritt einen Fisch zuwirft, und damit war er entlassen. Es blieb Doll nichts übrig als wegzukriechen und sich damit abzufinden, daß niemand seine Tapferkeit und seinen Heldenmut zur Kenntnis nahm. Erstaunt darüber, sich noch am Leben zu finden, drängte es ihn außerordentlich, jemandem zu erzählen, wie haarscharf er dem Tode entgangen war. Und als er sich nun niedergesetzt hatte und aufblickte, empfand er den Anblick von Charlie Dale wie Salz auf seine Wunden: Dale, der in der Nähe saß und ihn gierig und überlegen angrinste. Während er zurückstarrte, war Doll überdies auch noch gezwungen zuzuhören, wie der Schütze Bead neben ihm das hohe Lied von Charlie Dale sang.

Das war aber noch nicht alles. Während Doll seine Meldung machte, hatte hinter ihm der Verrückte, der blödsinnig sentimentale Mensch aus Kenntucky gehockt, der darauf versessen war, während des Gefechtes einer Schützenkompanie zugeteilt zu werden – mit einem Wort, der irrsinnige Witt hatte hinter Doll darauf gewartet, sich bei Stein zu melden. Das tat er nun gerade, und als Stein ihm kurz den bevorstehenden Angriff auseinandersetzte, meldete er sich sofort zu einer der beiden Gruppen. Stein, der nicht imstande war, seine grenzenlose Verblüffung vollständig zu verbergen, nickte zustimmend und schickte Witt zu Becks Gruppe. Dies war sozusagen der Strohhalm, der das Kamel zusammenbrechen ließ. Förmlich niedergedrückt von dem Bewußtsein, daß außerdem auch Charlie Dale, noch dazu als Unteroffizier, vorgehen würde, war Doll nicht länger mehr imstande, den Mund zu halten. Doll hörte seine eigene Stimme so unbeabsichtigt laut werden wie den Schrei eines Menschen, den man gestochen hat. Schreckerfüllt hörte er sich in einem klaren, glockenreinen, entschlossenen, zuversichtlichen Ton fragen, ob nicht auch er mitgehen dürfe? Als Stein ja sagte, und ihn der Gruppe von McCron zuteilte, biß er sich vor Wut über sich selbst im Wegkriechen so sehr in die Lippen, daß ihm die Tränen in die Augen schossen. Er hätte sich am liebsten noch ganz andere Mißhandlungen zugefügt, den Kopf gegen einen Stein geschmettert, sich einen ganzen Fetzen Fleisch aus dem Arm gebissen. Warum tat er sich nur so etwas an? Warum nur?

Jetzt hielt nichts mehr den Angriff auf. Alles war vorbereitet, er konnte jederzeit beginnen. Stein und Keck lagen Seite an Seite hinter der Deckung, und daneben Hauptfeldwebel Welsh mit ausdruckslosem Gesicht, ablehnend, schweigend. Sie gingen den Plan noch einmal durch. Stein hatte den 3. Zug etwas weiter nach rückwärts gelegt. Er sollte sich dort bereit halten, jeden Vorteil auszunutzen, der sich im Laufe des Angriffes ergeben mochte. Stein hatte seine Granatwerfer angewiesen, ihr Feuer vorzuverlegen, und das eine ihm verbliebene MG nicht weit entfernt plaziert. Vorne links auf dem grasüberwachsenen Plateau wurde ein wahrer Feuerzauber veranstaltet, doch konnte Stein nichts von der 2. Kompanie erblicken. Noch während er hinsah, schlugen zwei japanische Werfergranaten dort ein, es ließ sich aber nicht sagen, ob sie etwas getroffen hatten.

»Am besten lassen wir die Leute in kleinen Abteilungen vorgehen«, sagte er zu Keck. »Was Sie dann weiter machen, bleibt Ihnen überlassen.«

»Ich werde gleich mit der ersten Gruppe vorgehen«, sagte Keck heiser und starrte ins Vorfeld. »Übrigens noch etwas, Sir«, setzte er zu Stein und auch zu Band gewandt hinzu, der eben herangekommen war. »Ich wollte noch sagen: Bell ist ein ordentlicher Mann. Ein ruhiger und überlegter Bursche. Er hat mir geholfen, nach dem Angriff den Zug hierher zurückzubringen.« Er verstummte. »Ich wollte Ihnen das bloß noch gesagt haben.«

»Gut, ich werde es nicht vergessen.« Stein fühlte, wie sich ihm das Herz zusammenzog, und war gezwungen, zur Seite zu blicken. Keck entfernte sich kriechend.

»Heizen Sie ihnen tüchtig ein, Sergeant«, rief Band ihm munter nach. »Heizen Sie ihnen tüchtig ein!«

Keck blieb lange genug stehen, um einen Blick über die Schulter zurückzuwerfen. »Jaja«, sagte er.

Die beiden Gruppen samt den neu zugeteilten drei Leuten hatten sich mehr oder weniger von der anderen Hälfte des Zuges separiert. Ihrer

Haltung und ihren Gesichtern nach glich die Mehrzahl der Leute Schafen, die zu den Schlachtbänken von Chicago getrieben werden. Sie warteten. Keck kroch zu ihnen und sagte: »Wir gehen in Gruppen zu vieren vor, es hat keinen Wert, sich unterwegs hinzuschmeißen, da sind wir bloß bessere Ziele. Also den ganzen Weg durchlaufen. Ich nehme die ersten drei und zeige euch, wie einfach es ist. Dale geht mit mir. Dale, du übernimmst die Gruppe, die vorne liegt. Los jetzt.«

Er kroch zu der Stelle neben dem Kompaniegefechtsstand, von wo die Gruppen vorgehen sollten, und hier ereignete sich, wenn man das so nennen wollte, und wenn man den Stabsfeldwebel Stack nicht zählte, der erste Fall offenkundiger Feigheit in der Dritten Kompanie. Ein hochgewachsener, wunderbar gebauter, muskulöser Mann namens Sico, der fünf Monate zuvor in Philadelphia eingezogen worden war, fing plötzlich an, sich ächzend den Bauch zu halten. Er hielt die Leute auf, die hinter ihm kamen und alle blieben liegen. Keck kroch zu ihm hin. Auch Beck, sein Gruppenführer, der tüchtigste Ausbilder der Kompanie, kam herangekrochen. Für einen Ausbilder war Beck sehr jung, aber er eignete sich hervorragend dazu. Seitdem er zur Kompanie versetzt worden war, waren die Gewehrappelle in seiner Gruppe immer vorbildlich ausgefallen, und er war sogleich befördert worden. Er war durchaus nicht tückisch, aber streng. Das Soldatsein war seine Leidenschaft, und in anderen Dingen bewies er weder große Kenntnisse noch übermäßige Intelligenz. In diesem Augenblick schämte er sich zutiefst darüber, daß ein Mann aus seiner Gruppe sich so benehmen konnte, und das machte ihn rasend.

»Los, auf, Sico«, sagte er mit seiner strengen Kommandostimme, »oder ich trete dir so in den Bauch, daß du wirklich krank bist.«

»Ich kann ja nicht«, sagte Sico. Sein Gesicht war gräßlich verzerrt, die Augen Tümpel des Schreckens, grundlos, verängstigt und ein wenig schuldbewußt. »Ich würde ja, wenn ich könnte, das weißt du doch. Ich bin krank.«

»Krank, daß ich nicht lache«, versetzte Beck, der niemals fluchte und für den ein Wort wie verdammt schon ein außergewöhnlich starkes Schimpfwort war.

»Moment mal, Beck«, sagte Keck. »Was ist denn los, Sico?«

»Ich weiß auch nicht, mein Magen, ich habe Krämpfe, und es tut weh. Ich kann nicht aufrecht gehen, ich bin krank«, sagte er und sah Keck aus dunklen, gequälten Augen flehend an. »Ich bin krank«, wiederholte er, und wie zum Beweis dafür begann er sich plötzlich zu übergeben. Er versuchte nicht einmal, den Kopf zur Seite zu drehen und erbrach sich über sein Hemd und die Hände, mit denen er sich den Bauch hielt. Er sah Keck hoffnungsvoll an, schien aber bereit, seine Vorstellung notfalls zu wiederholen.
Keck betrachtete ihn einen Augenblick lang. »Laß ihn«, sagte er zu Beck. »Gehen wir. Die Sanitäter kümmern sich schon um dich, Sico«, sagte er zu Sico.
»Aber . . .« begann Beck.
»Keine Widerrede«, sagte Keck und folgte ihm.
Sico blieb sitzen und sah zu, wie die anderen an ihm vorbeikrochen. Die Sanitäter kümmerten sich wirklich um ihn. Einer der beiden, der dienstjüngere, der allerdings beinahe genauso aussah wie sein scheuer, bebrillter Vorgesetzter, kam und führte Sico nach hinten, wobei dieser schmerzgekrümmt dahin wandelte und sich den Bauch hielt. Von Zeit zu Zeit ließ er ein Stöhnen hören, würgte auch gelegentlich, schien es aber nicht für notwendig zu halten, sich noch einmal zu erbrechen. Er sah gehetzt und gepeinigt aus. Niemand würde ihn je davon überzeugen können, daß er in Wirklichkeit gar nicht krank war. Jeden, an dem er vorüberkam, blickte er flehend mit der Bitte um Verständnis an. Die anderen sahen gleichgültig zurück, doch auf keinem Gesicht war Verachtung zu lesen, vielmehr konnte man in den weißäugigen, schwitzenden, ängstlich verkrampften Gesichtern unterdrückten Neid sehen, so, als hätten auch die anderen gerne das gleiche getan wie Sico, jedoch befürchtet, es nicht fertig zu bringen. Sico, der diesen Gesichtsausdruck zweifellos zu lesen verstand, schöpfte daraus offenbar keinen Trost. Er taumelte weiter, vom Sanitäter gestützt, und die Dritte Kompanie sah ihn zum letzten Mal, als er hinter der zweiten Bodenwelle ihren Blicken entschwand.
Unterdessen waren Kecks Leute losgelaufen. Keck ging mit Dale und zwei anderen als erster. Die beiden Gruppenführer, Milly Beck und McCron, beaufsichtigten den Start ihrer Leute in Vierergruppen. Alle schafften es bis auf zwei. Einer davon wurde auf der Stelle getötet, ein Bauern»junge« aus Mississippi von beinahe vierzig Jahren namens

Catt, von dem niemand in der Kompanie Näheres wußte, und zwar deshalb nicht, weil er niemals den Mund aufmachte. Mit dem anderen jedoch passierte etwas sehr Schlimmes, etwas, was sich an diesem Tag noch nicht ereignet hatte.
Zunächst glaubten alle, auch dieser sei tot. Im Lauf getroffen, war er niedergestürzt, hatte sich aufgebäumt und war dann ebenso reglos liegengeblieben wie der Mann aus Mississippi. Damit war er erledigt, denn wenn jemand so getroffen wurde, war nichts zu machen. Der Mann hatte einfach aufgehört, vorhanden zu sein. Die Lebenden fuhren fort weiterzuleben, ohne ihn. Die Verwundeten wiederum wurden geborgen, sie würden irgendwoanders weiterleben oder sterben. Also hörten auch diese für die Zurückbleibenden auf, vorhanden zu sein und durften vergessen werden. Da man nicht mehr an Walhalla glaubte, war diese Methode, mit der Angelegenheit fertig zu werden, so gut wie eine andere und erleichterte allen das Leben. Mit dem Schützen Alfredo Tella aus Cambridge, Massachusetts, sollten sich die Dinge jedoch nicht so leicht anlassen.
Tella begann allerdings nicht eher zu schreien, oder jedenfalls nicht laut genug, um im Kompaniegefechtsstand gehört zu werden, bis Keck seinen Angriff geplant und größtenteils ausgeführt hatte. Und zu diesem Zeitpunkt geschahen bereits eine Unzahl anderer Dinge.
Zunächst einmal war von der dritten Bodenwelle her noch nicht viel zu sehen. Im Vorfeld lagen zwei frische Leichen, nichts weiter. Keck und seine Leute hatten sich kopfüber in das brusthohe Gras am Fuße des rechten Plateaus geworfen und waren praktisch vom Erdboden verschwunden. Das geschwätzige Abwehrfeuer der Japaner war verstummt. Stille herrschte über dem Plateau, wenn man vom Jaulen der Granaten und ihren Einschlägen auf dem Kopf des Elefanten absehen wollte. Der Rest der Kompanie lag hinter der dritten Bodenwelle und beobachtete schweigend.
Unglücklicherweise war den japanischen Granatwerfern auf dem Elefantenkopf die Vorwärtsbewegung der Amerikaner nicht entgangen. Die erste Granate schlug zwischen den Bodenwellen ein. Sie richtete keinen Schaden an, es folgten ihr aber weitere. Überall begannen jetzt die Dreckfontänen aufzusteigen, als die japanischen Richtschützen auf der Suche nach amerikanischem Fleisch das Gelände abtasteten. Es war keine systematische Beschießung, aber sie

war trotzdem enervierend, und es wurden auch etliche Leute verwundet. Dieses Feuers wegen sahen sich nur sehr wenige Leute Kecks Angriff an, darunter Stein, Band und Welsh. Die meisten drückten sich nach bestem Vermögen gegen den Boden.
Stein hielt es für seine Pflicht, zu beobachten, zuzusehen. Übrigens war auch weiter keine Deckung vorhanden. Löcher gab es nicht, und eine Stelle war ebensogut wie die andere. So lag er denn, den Kopf bis in Augenhöhe über den Rand der Deckung geschoben, sah zu und wartete. Er vermochte sich des deutlichen Vorgefühls nicht zu erwehren, daß eine Granate demnächst genau auf seinem Rücken krepieren werde. Er konnte sich nicht denken, warum auch Band den Kopf heraussteckte und zusah, und wenn er auch wußte, daß eine solche Vermutung unanständig war, so glaubte er doch, daß Band die Hoffnung hege, wieder ein paar Verwundete zu sehen zu bekommen. Was nun Welsh betraf, so fiel Stein nicht der geringste Grund ein, der Welsh, diesen schweigenden Menschen mit dem ausdruckslosen Gesicht, veranlassen konnte, sich so zu exponieren, insbesondere, da er nicht ein einziges Wort mehr gesagt hatte, nachdem er Keck seine MPi übergeben hatte. Die drei lagen reglos da, während hinter ihnen erst eine, dann kurz hintereinander noch zwei Granaten einschlugen. Diese Einschläge waren nicht von Schreien begleitet.
Als sie schließlich ihre Leute zu Gesicht bekamen, hatten diese etwa ein Drittel des Aufstieges zum Plateau hinter sich. Soweit hatte Keck seine Gruppen ungesehen heranrobben lassen. Nun standen sie auf und bildeten eine Kette, die sich in ihrem mittleren Teil etwas ausbeulte, und begannen feuernd weiter hinaufzusteigen. Beinahe sogleich setzte das japanische Feuer ein, und die ersten Gestalten fielen.
Falls der Schütze Alfredo Tella aus Cambridge schon früher geschrien hatte, so hatte doch niemand etwas davon gehört. Und in der Erregung des Handelns und Beobachtens hörte ihn niemand, bis alles vorüber war.
Es dauerte auch gar nicht lange, aber während es andauerte, geschahen eine Menge Dinge. Nachdem Keck den toten Winkel unterhalb des Plateaus erreicht hatte, ging er daran, Ordnung in die dort befindliche Schützengruppe zu bringen, und schickte zu diesem Zwecke Dale hin. Dann legte er sich ins Gras und wies die Eintreffen-

den an ihre Plätze. Als eine zusammenhängende Kette gebildet worden war, gab er Befehl, vorwärts zu robben. Das Gras war hier etwa brusthoch, stark verfilzt und mit Resten vorjährigen Grases durchsetzt. Staub erstickte die Männer beinahe, das Gras behinderte Arme und Beine in der Bewegung und versperrte die Sicht. Sie krochen eine halbe Ewigkeit lang, und das Kriechen war ungemein anstrengend. Die meisten hatten längst kein Wasser mehr, und dieses Faktum war es wohl vor allem, was Keck veranlaßte, eine Pause einzulegen. Er vermutete, daß sie etwa halb hinauf gelangt seien und wollte nicht, daß ihm seine Leute auf dem letzten Stück des Weges zusammenbrächen. Während Keck so verschnaufte und seine Kräfte sammelte, erschienen die Gesichter der Männer wieder vor ihm, wie sie ausgesehen hatten, als einer nach dem anderen keuchend da unten angelangt war – die weißleuchtenden Augäpfel, die offenen, verzerrten Münder, die Haut, die sich an den Augenwinkeln spannte. Alle waren sie schreckerfüllt und widerstrebend gekommen. Keck hatte mit ihnen ebensowenig Mitgefühl wie mit sich selber. Auch er hatte Angst. Nachdem er tief Luft geholt hatte, richtete er sich im hohen Gras auf und brüllte: »Sprung auf – marsch, marsch!«

Vom Kompaniegefechtsstand konnte man der Operation mühelos folgen. Da vorne war es nicht so einfach, einen Überblick zu gewinnen. John Bell indessen, der aufrecht dastand, das Gewehr in der Hand, und gleichzeitig zu schießen und im hohen Gras zu rennen versuchte, vermochte mehrere bedeutsame Vorfälle zu beobachten. Er war zum Beispiel der einzige, der sah, wie McCron die Hände vors Gesicht schlug und sich weinend ins Gras setzte. In dem Augenblick, als sie aufgesprungen waren, war das japanische Feuer auf sie heruntergeprasselt wie ein Hagelsturm. Die Japaner waren so schlau gewesen, ihr Feuer erst zu eröffnen, als sie wirklich Ziele vor dem Visier hatten. Vier Leute von McCrons Gruppe gingen im gleichen Augenblick zu Boden. Weiter rechts wurde ein Junge namens Wynn durch die Kehle geschossen und brüllte erschreckt und ungläubig »Oh, mein Gott!«, als ihm ein wahrer Blutgeysir aus dem Hals schoß. Er sank in sich zusammen und verschwand im Gras, lächerlich anzusehen, wie eine Stoffpuppe. Neben ihm wurde der etwas kleinere Gefreite Earl vermutlich von der gleichen Garbe durchs Gesicht geschossen, ging lautlos zu Boden und sah dabei aus, als habe man ihm eine Tomate

auf die Nase geworfen. Links neben Bell torkelten zwei andere umher und brüllten dabei, daß sie tödlich verwundet seien. Alles dies war offenbar für McCron zuviel, der ja monatelang wie eine Mutter um seine Leute besorgt gewesen war, und so warf er denn sein Gewehr weg und setzte sich weinend hin. Bell selbst fühlte Verwunderung darüber, daß er nicht ebenfalls tot war. Er konnte überhaupt nur einen Gedanken fassen: Wenn er je wieder zu seiner Frau Marty zurückkommen wollte, dann durfte er nicht stehenbleiben, dann mußte er weiter. Und das hieß, daß er die anderen vorantreiben mußte, denn allein weitervorzugehen wäre ja Blödsinn gewesen. Es mußte nun mal ein Punkt gemacht werden, so konnte es nicht weiter gehen. Heiser brüllend begann er die Gruppe McCrons voranzutreiben. Weiter zur Mitte hin erblickte er Milly Beck, der seine Gruppe mit einem so haßverzerrten Gesicht und so wütend verkrampften Kiefermuskeln anführte, daß Bell bei seinem Anblick einen Schock bekam. Beck, der doch stets so beherrscht war und niemals brüllte! Dahinter folgte Keck, der aus vollem Halse schrie und Welshs MPi abfeuerte. Bell fuhr eine blödsinnige Parole durch den Kopf, und die begann er nun den anderen zuzubrüllen: »Weihnachten sind wir zu Hause! Weihnachten sind wir zu Hause!«
Weiter, nur weiter! Das war fürwahr ein blöder Gedanke, ein lächerlicher Einfall, und später fragte er sich oft, wie er nur darauf hatte verfallen können. Ganz offenbar wäre es doch das Beste gewesen, sich hier im Gras zu verstecken und liegen zu bleiben, wenn er je wieder nach Haus wollte.
Charlie Dale, ganz am linken Flügel, war es, der das erste MG-Nest entdeckte, das einer von ihnen bis dahin zu Gesicht bekommen hatte. Es war dies eine simple Schützenstellung, darüber Gras und Gestrüpp, und es lag so weit links, daß es schon in ihrer Flanke war. Dale sah, wie die Mündung aus dem dunklen Loch Feuer spie. Dale war wohl der ruhigste von allen. Ohne jede Phantasie hatte er seine Gruppe übernommen und begriffen, daß die Leute nur zu bereit waren, seine Autorität anzuerkennen, solange er sie nicht darüber im Zweifel ließ, was er von ihnen wollte. Jetzt trieb er sie voran, aber nicht brüllend wie Keck und Bell. Dale fand, es sehe viel besser aus und sei erheblich schicklicher für einen Unteroffizier, alles Gebrüll zu vermeiden. Bislang hatte er noch keinen Schuß abgegeben. Warum auch, da doch

überhaupt kein Ziel zu sehen war? Als er die MG-Stellung entdeckte, legte er bedächtig den Sicherungsflügel seiner MPi um und feuerte einen langen Stoß auf das 20 Meter entfernte Loch. Noch ehe er den Abzug losließ, hatte die MPi eine handfeste Ladehemmung. Der Feuerstoß hatte aber ausgereicht, um das MG vorübergehend zum Schweigen zu bringen, und Dale lief los und entsicherte im Laufen eine Handgranate. Er schleuderte sie aus zehn Meter Entfernung wie einen Schlagball, und das riß ihm beinahe den Arm aus der Schulter. Die Handgranate verschwand im Loch, krepierte und wirbelte Gras, Gezweig, drei Stoffpuppen und ein MG hoch. Dale wandte sich wieder seiner Gruppe zu, leckte sich die Lippen und grinste stolz. »Los, Freunde, los, auf, keine Müdigkeit vorschützen.«
Die Sache war beinahe erledigt. Am rechten Flügel entdeckten Doll und ein anderer noch eine kleine MG-Stellung. Jeder feuerte ein Magazin leer, und dann warf Doll eine Handgranate, wobei er seinen stillschweigenden Wettkampf mit Dale fortführte, wenn auch nicht als Unteroffizier. Na, warte, dachte er, wenn er das hört! Er wußte noch nicht, daß Dale eine MG-Stellung erledigt hatte. Dieses Vergnügen war aber sowohl für Doll als auch für alle anderen nur von kurzer Dauer. Die Liquidierung von zwei MG-Nestern tat der Feuerkraft der Japaner keinen merklichen Abbruch. MG-Feuer zwitscherte immer noch aus allen Himmelsrichtungen heran. Es fielen immer noch Leute. Auch eine Bunkerstellung hatten sie noch nicht entdeckt. Unmittelbar vor ihnen zog sich jetzt eine etwa anderthalb Meter hohe Böschung aus Fels quer durchs Gelände. Instinktiv begann jeder auf diese Böschung loszurennen, und Keck brüllte hinter ihnen mit letzter Kraft ganz überflüssigerweise: »Los, an die Böschung, an die Böschung!«
Sie versammelten sich keuchend im Schutz dieser Steinmauer, jeder einzelne am Ende seiner Kräfte. Die Anstrengung war in dieser Hitze einfach zuviel gewesen. Mehrere Männer erbrachen sich, einer erreichte gerade eben noch die Böschung, verdrehte die Augen und stürzte bewußtlos zusammen. Hitzschlag. Es war nichts da, um ihn zuzudecken, ihn vor der Sonne zu schützen. Beck löste sein Koppel und knöpfte Hemd und Hosen auf. Dann lehnten sie sich in der Mittagssonne gegen die Böschung und atmeten den heißen Sommerduft des Grases ein. Die Japaner hatten das Feuer eingestellt.

»Na, und was machen wir jetzt, Keck?« fragte schließlich jemand.
»Jetzt bleiben wir hier, bis wir Verstärkung bekommen.«
»Wozu denn das?«
»Um die Scheißbunkerstellung hier herum aufzurollen«, rief Keck gereizt. »Wozu wohl sonst?«
»Was denn, willst du wirklich noch weitermachen?«
»Ich weiß nicht. Bergauf jedenfalls nicht mehr. Aber wenn wir Verstärkung bekommen, können wir uns hier umsehen und feststellen, wo die verfluchten MG-Nester sitzen. Das ist jedenfalls besser, als wieder durchs Feuer zurückzugehen. Oder will vielleicht jemand zurück?«
Darauf bekam Keck keine Antwort, und er hielt es auch nicht für nötig, weitere Erläuterungen zu geben.
Sie zählten ab und stellten fest, daß sie zwölf Leute beim Angriff den Hang hinauf verloren hatten, entweder tot oder verwundet. Das war beinahe eine ganze Schützengruppe, ein Drittel ihrer Gesamtstärke. Dazu zählte auch McCron. Als Bell Keck über McCron unterrichtete, ernannte Keck ihn zum Gruppenführer. Bell war das absolut gleichgültig. »Er muß schon sehen, wie er fertig wird, genau wie die anderen Verwundeten«, sagte Keck. Sie lagen in der heißen Sonne. Ameisen krochen über den Boden.
»Und wenn die Japse einen Gegenstoß machen und uns hier runterschmeißen?« fragte jemand.
»Werden sie schon nicht«, meinte Keck, »die sind noch schlechter dran als wir. Aber wir stellen besser einen Posten aus. Doll, geh du.«
Bell lehnte den Kopf an den Felsen und betrachtete Witt. Witt lehnte ihm gegenüber und starrte zurück. So sahen sie einander in der insektendurchsummten Stille an. Bell dachte, daß Witt, ebenso wie er selber, alles unversehrt überstanden hatte. Welche Macht entschied eigentlich darüber, wer getroffen werden sollte und wer nicht? Buggers kleiner Stoßtrupp war also vorbei. Wenn dies ein Film wäre, dann wäre er jetzt zu Ende und irgendeine Entscheidung wäre gefallen. In einem Film oder einem Roman wäre der Angriff der Höhepunkt gewesen. Der Angriff hätte dem Betrachter oder dem Leser Befriedigung verschafft, denn er würde eine Entscheidung herbeigeführt haben. Es würde ein bestimmter Sinn und eine bestimmte Gefühlslage vorgespiegelt worden sein. Und gleich danach wäre es

zu Ende. Die Zuschauer dürften nach Hause gehen und über den vorgespiegelten Sinn nachdenken und jenes Gefühl noch verspüren. Selbst wenn der Held gefallen wäre, würde das Ganze immer noch sinnvoll erscheinen. Kunst, so entschied Bell bei sich, kreative Kunst ist Scheiße. Hinter ihm erhob sich Witt, den alle diese Fragen ganz offenbar kalt ließen, und steckte behutsam den Kopf über die Böschung. Bell setzte seine Überlegungen fort.

Hier gab es keinen Sinn, und die Gefühle waren so zahlreich und verworren, daß sie unentzifferbar blieben und nicht entwirrt werden konnten. Nichts war entschieden worden, niemand hatte wirklich etwas profitiert. Das Entscheidende blieb, daß nichts zu Ende war. Selbst wenn sie das ganze Plateau besetzt hätten, wäre das nicht das Ende gewesen. Denn morgen oder übermorgen oder den Tag darauf würde man von ihnen verlangen, das alles noch einmal zu machen – vielleicht unter noch ärgeren Bedingungen. Diese Vorstellung war so niederschmetternd, daß es Bell den Atem verschlug. Insel um Insel, Hügel um Hügel, Strand um Strand, Jahr um Jahr. Das war phantastisch.

Irgendwann einmal würde es enden, und gewiß – der überlegenen Industrieproduktion wegen – mit einem Sieg enden. Aber dieser ferne Zeitpunkt blieb unwirklich für jeden, der jetzt am Kampf beteiligt war. Einige würden das Ende sehen, aber nicht einer konnte fest darauf bauen, bis dahin zu überleben. Es gab da zwei verschiedene Arten zu rechnen. Das Ganze war so riesenhaft, so kompliziert, daß der einzelne darin einfach unterging. Nur Massen von Menschen zählten, nur große Gruppen, nur der Mensch als Ziffer.

Die Last einer solchen Vorstellung war erdrückend, unerträglich, und Bell wollte sie abschütteln. Freie Individuen? Haha! Von der Landung der ersten Marineinfanteristen auf dieser Insel bis zum heutigen Gefecht hatte sich die Art der amerikanischen Kampfesweise geändert: von der individuellen zur kollektiven Kriegführung. Oder war das eine Illusion, schien es ihm nur so, weil er selbst jetzt beteiligt war? Aber freie Individuen? Was für ein Blech! Massen von freien Individuen vielleicht; Kollektive von freien Individuen. Und damit war Bell beim Ergebnis seiner schwermütigen Grübeleien angelangt.

Irgendwann zwischen gestern und heute war Bell gegen seinen Willen

zu der Überzeugung gelangt, daß er, John Bell, diesen Krieg nicht überleben konnte, ganz gleich auf welche Weise man die Sache betrachtete, statistisch, mathematisch, arithmetisch – wie auch immer. Er konnte auf gar keinen Fall zu seiner Frau Marty zurückkehren. Es war also ganz einerlei, was Marty unterdessen tat, ob sie fremd ging oder nicht, denn er würde gar nicht mehr vorhanden sein, um ihr Vorwürfe zu machen. Diese Erkenntnis bewirkte in Bell weder Opferfreude noch Resignation, weder Gemütsruhe noch friedfertige Hinnahme des Schicksals. Statt dessen erfüllte sie ihn mit einer unerträglichen Gereiztheit und mit dem Wunsche, umherzukriechen und sich an den Felsen zu scheuern, um diesen Reiz zu stillen. Er hielt den Kopf derweil immer noch gegen die Steine gepreßt.
Witt, der neben ihm über den Rand spähte, rief plötzlich etwas, und auch Doll, am anderen Ende, begann zu rufen.
»Da kommt was!«
»Da kommen welche!«
Alle fuhren in die Höhe, das Gewehr in der Hand, und starrten über die Böschung. Vierzig Meter weiter vorne erschienen sieben O-beinige, rundköpfige, verhungert aussehende Japaner. Sie näherten sich laufend durch kahles, gestrüpploses Gelände, in der rechten Hand Handgranaten, das Gewehr mit dem aufgepflanzten Bajonett in der Linken. Kecks MPi, deren Magazin er auf den Herweg beinahe leergeschossen hatte, hatte nun auch eine irreparable Ladehemmung. Das massierte Gewehrfeuer von der Böschung her räumte aber sehr schnell unter den Japanern auf. Nur einer kam überhaupt zum Wurf, und seine Handgranate, ein Blindgänger, fiel zu kurz. In dem Augenblick, da dieser Blindgänger eigentlich hätte krepieren sollen, ertönte im Rücken der Männer eine gedämpfte Explosion. In der Aufregung achteten sie aber nicht darauf, sondern feuerten weiter in die sieben Körper, die da im Vorfeld lagen. Schließlich bewegten sich nur noch zwei der Japaner dort vorne. Witt versetzte ihnen bedachtsam den Fangschuß und bemerkte dann: »Man kann den selbstmörderischen Burschen nicht trauen, nicht mal, wenn sie verwundet sind.«
Bell war es, der als erster an die Detonation hinter ihnen dachte, und er wandte sich um, weil er die Ursache feststellen wollte. Was er sah, war Sergeant Keck, der merkwürdig verkrümmt und mit geschlossenen Augen auf dem Rücken lag, in der Rechten Ring und Sicherungs-

stift einer Handgranate. Bell stieß einen Schrei aus, rannte zu Keck und mit Hilfe der anderen rollte er Keck vorsichtig herum. Die rechte Gesäßhälfte und der untere Teil des Rückens waren weit aufgerissen. Man sah eine Niere, die munter arbeitete, als sei überhaupt nichts geschehen. Blut quoll stetig pulsend aus der Öffnung. Sie legten ihn behutsam zurück.

Was geschehen war, bedurfte weiter keiner Erklärung. Während des Angriffes hatte Keck, dessen MPi nicht funktionierte und der kein Gewehr hatte, in die Tasche nach einer Handgranate gegriffen. Und in der Aufregung hatte er sie am Sicherungsstift erwischt. Als Bell sich Keck vorstellte, wie er da mit dem Sicherungsstift in der Hand stand, verspürte er vorübergehend eine schwindelerregende Angst. Keck war aus der Front heraus und zurückgesprungen und hatte sich über die scharfe Handgranate in seiner Tasche niedergeworfen, um die anderen zu schützen. Dann war das Ding losgegangen.

Keck klagte nicht, als sie ihn umdrehten. Er war bei Bewußtsein, zog es aber offenbar vor zu schweigen und die Augen geschlossen zu halten. Zwei der Männer blieben bei ihm und versuchten, ihm Mut zu machen, während die anderen zurück an die Böschung gingen, aber Keck antwortete nicht und öffnete auch nicht die Augen. Die kleinen Muskeln an seinen Mundwinkeln zuckten immer wieder. Er sprach nur einmal. Ohne die Augen zu öffnen, sagte er: »Wie ein verdammter Rekrut.« Minuten später hörte er auf zu atmen. Die Männer gingen zurück. Milly Beck, als der älteste Unteroffizier, führte nun das Kommando.

Stein hatte von seinem Platz aus den lächerlichen japanischen Gegenstoß mitangesehen. Die sieben Japaner waren laufend hinter einem Felsen hervorgekommen und schon zu nahe an den Amerikanern, als daß Stein wagen konnte, seinem MG das Feuer freizugeben. Der Gegenstoß war ohnedies zum Scheitern verurteilt. Warum machten sie nur so was? Warum griffen sie nicht mit ausreichenden Kräften an, wenn sie Steins Zug da oben vertreiben wollten? Warum kamen nur sieben Männlein? Und warum kamen sie durch offenes Gelände? Sie hätten sich durch das Gras an der Seite heranschleichen können, bis sie, ohne gesehen zu werden, Kecks Leuten ihre Handgranaten auf den Kopf fallen lassen konnten! Taten diese sieben das auf eigene Initiative hin, ohne besonderen Befehl? Waren sie verrückte Sektierer,

fromme Irre, die auf dem schnellsten Weg ins Nirvana wollten, oder wie das schon hieß? Stein begriff diese Menschen nicht, hatte sie nie begriffen. Ihr unglaublich delikates Teeritual, die bezaubernde, feinfühlige Malerei und Dichtkunst; die unglaublich grausamen, sadistischen Hinrichtungen und Folterungen. Stein war ein friedlicher Mann. Sie jagten ihm Angst ein. Als die Gewehrschützen da oben so mühelos mit dem Gegenstoß fertig wurden, sah er noch ein Weilchen hin, ob ein zweiter Angriff erfolge, aber intuitiv wußte er, daß es nicht dazu kommen würde, und er behielt recht.
Stein hatte angenommen, daß im Verlauf dieser kleinen Operation niemand verwundet worden sei und war deshalb erstaunt zu sehen, daß sich alle um einen einzelnen Mann drängten, der auf dem Boden lag. Die Männer dort vorne befanden sich etwa auf gleicher Höhe wie er hier, waren aber gut 200 Meter entfernt, und es war daher unmöglich zu sehen, wer der Verwundete war. In der Hoffnung, daß es nicht Keck sei, verlangte er von Band sein Fernglas zurück, stellte es ein, schaute hindurch und sah, daß es eben Keck war, der da lag. Und im nächsten Augenblick sirrte eine Gewehrkugel an ihm vorbei. Mit weit aufgerissenen, entsetzten Augen ließ er sich hinunterrollen. Er hatte vergessen, das Fernglas abzuschirmen, und die Linsen hatten gefunkelt. Nun verdeckte er sie mit der Hand, überzeugte sich davon, daß der Tote Keck war und bemerkte, daß Sergeant Beck da vorne zu ihm hersah, oder doch jedenfalls in seine Richtung, und daß er mit der Hand das Signal »Alles zu mir« gab. Er wollte also Verstärkungen? Fünfunddreißig Meter hinter Stein krepierte eine Granate, und jemand schrie auf. Stein duckte sich.
Die Anstrengung, die nervliche Erregung und die Angst höhlten Stein aus. Als er auf die Uhr blickte, wollte er nicht glauben, daß es bereits eins vorüber war. Plötzlich packte ihn rasenden Hunger. Er legte das Fernglas weg, zog einen Riegel Schokolade hervor und begann daran zu kauen. Er brachte aber nichts herunter, weil es ihm an Wasser fehlte. Er spuckte die Schokolade wieder aus. Als er wiederum einen Blick durchs Fernglas warf, sah er, daß Beck erneut das gleiche Signal gab. Noch während er hinsah, drehte Beck sich weg und ging zur Böschung. Stein fluchte. Seine kleine Operation in Zugstärke war gescheitert, festgefahren. Es waren bei weitem nicht genug Leute gewesen. Stein bezweifelte ganz ernsthaft, daß er überhaupt genügend

Leute für einen solchen Angriff zur Verfügung hatte. Soeben erst hatte er gesehen, wie zwei Gruppen der Zweiten Kompanie, die versucht hatten, von der linken Tribüne aus einen Angriff die Kegelbahn hinauf vorzutragen, in voller Auflösung zurückliefen. Und da verlangte Beck Verstärkung!

Die ganze verfluchte Höhe da vorne war der reinste Bienenstock und wimmelte von MG-Stellungen. Er war eine richtige Festung. Stein näherte sich mit bedrohlicher Geschwindigkeit der völligen geistigen Erschöpfung. Es war schwer genug, den Tapferen vor den Leuten zu spielen, wenn man in Wirklichkeit vor Angst schlotterte. Und da verlangte Beck Verstärkung!

Stein hatte dagelegen und mit Tränen in den Augen zugesehen, wie Keck sein armseliges Häuflein da vorne zum Angriff geführt hatte. Band hingegen hatte alles gespannt durchs Glas beobachtet und dabei kühl amüsiert vor sich hingelächelt. Stein aber waren die Tränen hochgekommen, das Schluchzen hatte ihn gewürgt und er hatte schnell die Brille absetzen und die Augen trocknen müssen. Es schwamm ihm alles vor den Blicken. Er hatte mitgezählt, als die zwölf Männer da vorne gefallen waren. Das waren seine Leute, und jedem einzelnen gegenüber hatte er sich ein Pflichtversäumnis vorzuwerfen. Und jetzt verlangte man von ihm, daß er noch weitere Leute da vorne hinschickte!

Nun, er konnte die beiden Gruppen vom 2. Zug schicken, die noch hier lagen. Statt ihrer konnte der Reservezug hier Stellung beziehen und Feuerschutz geben. Das könnte gehen. Aber ehe er das tat, wollte er mit Oberst Tall sprechen, seine Meinung und Zustimmung einholen. Stein wollte diese Verantwortung einfach nicht alleine tragen. Er rollte sich herum und bedeutete Fife, ihm das Telefon zu übergeben. Mein Gott, wie erledigt er war! In diesem Augenblick vernahm Stein zum ersten Mal die schrillen, dünnen Schreie aus dem Vorfeld.

Sie klangen ganz irre. Was ihnen an Stärke fehlte, und es fehlte eine Menge, das glichen sie durch Ausdauer und Penetranz aus. Die Schreie kamen in Serien, jeder Schrei hielt fünf Sekunden an, und das ganze dauerte insgesamt eine halbe Minute. Dann herrschte Schweigen unter dem Himmel, den unablässig die Granaten durchpflügten.

»Herr des Himmels«, sagte Stein wild. Er sah Bead an und bemerkte dabei, daß Band ihn bereits aus verengten Pupillen betrachtete.
». . . und der Erden«, ergänzte Band.
Wieder ertönten die Schreie.
Stein konnte den Verwundeten mühelos ins Glas bekommen, ja, er bekam ihn viel zu nahe vor die Augen. Er war nicht weit entfernt, etwa 70 Meter, und lag nahe bei dem anderen, dem Mann aus Mississippi, Catt, der, wie durchs Glas ohne weiteres festzustellen, tot war. Der andere versuchte zurückzukriechen. Eine MG-Garbe hatte ihm den ganzen Leib aufgerissen. Er lag auf dem Rücken, hielt die Hände gegen den Leib gepreßt, um zu verhindern, daß ihm die Gedärme herausrutschten, und schob sich mit den Absätzen Zentimeter um Zentimeter heran. Durchs Glas konnte Stein die bläulichen Eingeweide zwischen den blutverschmierten Fingern erkennen. Außerdem kam er jetzt doch langsamer voran, als es zunächst geschienen hatte. Sein Helm war verlorengegangen, er hatte den Kopf zurückgeworfen und starrte mit aufgerissenem Mund und weit geöffneten Augen auf Stein wie ins gelobte Land. Während Stein noch hinsah, blieb er liegen, schloß die Augen und stieß wieder seine Schreie aus. Sie drangen schwach an Steins Ohren, geradeso wie zuvor. Dann, nach einer kleinen Pause, rief der Mann da vorne etwas anderes.
»Hilfe! Hilfe!« hörte Stein. Ihm war entsetzlich übel; er ließ das Glas sinken und reichte es Band.
Band schaute lange durchs Glas. Dann ließ er es sinken, und als er Stein ansah, stand Angst in seinen Augen. »Was sollen wir machen?« fragte Band.
Während er sich noch um eine Antwort auf diese Frage bemühte, fühlte Stein eine leichte Berührung am Bein. Er sprang kreischend in die Luft, und die Angst rann durch alle seine Adern wie Quecksilber. Er wirbelte herum und erkannte den verängstigten Fife, der ihm das Telefon hinhielt. Zu aufgeregt und erschüttert, um Ärger oder Verlegenheit zu zeigen, winkte Stein ungeduldig ab. »Jetzt nicht, jetzt nicht!« Er rief nach einem Sanitäter, der auch bereits auf dem Weg war. Von vorne drang wieder das gleiche, unveränderte Schreien herüber.
Stein und Band waren nicht die einzigen, die diese Rufe vernommen hatten. Der gesamte Rest des 2. Zuges, der hinter der Bodenwelle in

Deckung lag, hatte sie gehört. Auch der Sanitäter, der jetzt gebückt zu Stein lief, und auch Fife.

Nachdem sein Chef ihn mit dem Telefon weggewinkt hatte, war Fife an Ort und Stelle hingesunken und hatte sich so klein gemacht wie er konnte. In Abständen von etwa einer Minute fielen nach wie vor Werfergranaten. Manchmal hörte man sie vor dem Einschlag heranflattern und zischen, und Fife hatte eine geradezu grauenhafte Angst vor ihnen. Er hatte die Fähigkeit, vernünftig zu denken, völlig verloren und war zu einem Stück Protoplasma geworden, das zwar in Bewegung gebracht werden konnte, aber nur durch die passenden Reize. Nachdem er sich dazu entschlossen hatte, alles zu tun, was befohlen wurde, aber nicht das mindeste darüber hinaus, hatte er sich nicht von der Stelle gerührt, bis Stein das Telefon verlangt hatte. Nun lag er da, wo Stein ihm abgewinkt hatte, und wartete auf den nächsten Befehl. Dies bot keinen Trost, aber er verspürte nicht den Wunsch, etwas anderes zu sehen oder zu tun. Sein Körper gehorchte ihm zwar nicht sehr gut, aber sein Begriffsvermögen war doch noch genügend intakt, um Fife erkennen zu lassen, daß es der großen Mehrheit der Kompanie ebenso erging wie ihm. Immerhin gab es da aber auch noch die anderen, die aufstanden, umhergingen und sich erboten, Aufträge auszuführen, ohne daß man es ihnen erst befehlen mußte. Fife wußte das deshalb, weil er es mit angesehen hatte. Geglaubt hätte er es sonst nicht. Er reagierte darauf mit intensiver Heldenverehrung, die zu zwei Dritteln aus knirschendem Haß und aus Scham bestand. Wenn er aber versuchte, seinen eigenen Körper zu zwingen, aufzustehen und umherzugehen, dann hatte das nicht den geringsten Erfolg. Er war froh, ein Schreiber zu sein, der sich ums Telefon zu kümmern hatte, und nicht ein Unteroffizier da vorne mit Keck, Beck, McCron und den anderen: am liebsten jedoch wäre er ein Stabsschreiber beim Bataillon auf Höhe 209 gewesen, lieber noch Schreiber beim Regiment unter den Kokospalmen, am allerliebsten jedoch Schreiber beim Armeestab in Australien oder in den USA.

Jetzt hörte er, daß Stein mit dem Sanitäter sprach und er fing einen Satzfetzen auf . . . »Bauch aufgerissen . . .« Dann verstand er »Tella«. Also war es Tella, der da vorne so schrecklich jammerte. Das war die erste korrekte Personalnachricht, die Fife seit der Meldung vom Verlust der beiden Leutnants und Groves erhalten hatte. Von Übelkeit be-

nommen, preßte er das Gesicht in die Erde, während Bugger und der Sanitäter einige Schritte weiter krochen, um besser sehen zu können. Tella und er waren, eine Weile wenigstens, Kumpel gewesen. Tella hatte den Körper eines griechischen Gottes, war zwar nicht gerade intelligent, aber liebenswürdig und umgänglich, obwohl er im Zivilberuf Scheißefahrer in Cambridge war. Und nun durchlitt Tella aufs Haar genau jenes Schicksal, von dem Fife den ganzen Morgen über geglaubt hatte, es sei ihm zugedacht. Fife wurde übel. Alles war so anders als in den Büchern, die er gelesen hatte, so viel endgültiger. Mit Mühe und Not überwand er seine Furcht so weit, daß er wagte, zu den beiden Gestalten mit dem Fernglas hinüberzublicken.
Sie besprachen sich immer noch.
»Können Sie das von hier aus sagen?« fragte Stein drängend.
»Jawohl, Sir. Ich sehe genug«, sagte der Sanitäter. Es war der dienstältere von beiden, der, der noch gelehrter aussah als der andere. Er gab Stein das Glas zurück und setzte die Brille wieder auf. »Dem ist nicht mehr zu helfen. Er stirbt, ehe wir ihn auf den Tisch kriegen. Seine Eingeweide sind völlig verdreckt, und da hilft auch Sulfonamid nicht mehr. Jedenfalls nicht hier, im Dschungel.«
Es trat eine Pause ein, und dann fragte Stein: »Wie lange wird es noch dauern?«
»Vielleicht zwei Stunden oder auch vier. Vielleicht auch nur eine oder noch weniger.«
»Aber hören Sie, Mann, das hält keiner von uns solange aus!« brach es aus Stein heraus. »Von dem da vorne gar nicht zu reden – aber ich kann Ihnen nicht den Befehl geben, hinzugehen.«
Der Sanitäter prüfte das Gelände. Er plinkerte mehrmals stark hinter seiner Brille. »Vielleicht sollte ich es versuchen.«
»Aber Sie haben ja selbst gesagt, daß man ihm nicht helfen kann!«
»Ich könnte ihm Morphium geben.«
»Würde denn eine Syrette reichen?« fragte Stein, »ich meine – um ihn ruhig zu halten?«
Der Sanitäter schüttelte den Kopf. »Nicht für lange. Aber ich könnte ihm zwei geben, und ihm noch ein paar dalassen.«
»Er wird sie aber vielleicht nicht nehmen, er ist ja im Delirium! Könnten Sie ihm nicht alle auf einmal geben?«
Der Sanitäter blickte Stein an. »Das würde ihn umbringen, Sir.«

»Oh«, machte Stein.
»Das könnte ich nicht«, fuhr der Sanitäter fort, »wirklich nicht.«
»Schön«, sagte Stein grimmig. »Also – wollen Sie es versuchen?«
Vor ihnen stieg wieder das merkwürdige mechanisch regulierte Geschrei des Mannes auf, über den sie gerade sprachen, unverändert, durchdringend, dieses Mal gegen Schluß hin etwas unsicherer.
»Mein Gott«, rief Stein verzweifelt und ballte die Fäuste. »Wenn das so weitergeht, laufen mir noch alle meine Leute weg! Wir müssen was unternehmen!«
»Ich gehe, Sir«, beantwortete der Sanitäter die zuvor gestellte Frage. »Schließlich ist das meine Arbeit, und man muß es jedenfalls versuchen.« Er nickte nach der Stelle hin, wo die Schreie nun verstummt waren.
Stein zauderte. »Oh, Gott, ich weiß nicht ...«
»Ich gehe freiwillig, Sir. Ich war schon mal da vorne. Sie werden mich schon nicht erwischen, Sir.«
»Aber vorhin waren Sie weiter links, da ist es nicht so schlimm.«
»Ich sage ja, ich gehe freiwillig, Sir«, wiederholte der Sanitäter und blickte seinen Hauptmann an wie eine Eule.
Stein blieb einige Sekunden stumm. Dann: »Wann wollen Sie gehen?«
»Jetzt. Jetzt gleich.« Er machte sich daran aufzustehen.
»Moment«, hielt ihn Stein am Arm zurück, »ich kann Ihnen wenigstens Feuerschutz geben!«
»Ich möchte lieber gleich gehen, Sir, dann habe ich es hinter mir.«
Sie hatten Seite an Seite gelegen, ihre Helme hatten sich beinahe berührt. Nun blickte Stein den Jungen an und fragte sich, ob er ihn dazu überredet habe, freiwillig zu gehen. Vielleicht war es so. Er seufzte. »Gut. Gehen Sie.« Der Sanitäter nickte, ohne den Blick vom Vorfeld zu lassen und sprang gebückt über die Deckung.
Alles war vorüber, noch ehe es richtig begonnen hatte. Der Sanitäter, der wie ein flüchtendes Tier des Waldes durchs Vorfeld rannte, erreichte den verwundeten Tella, legte ihn herum, mit dem Kopf nach oben, kniete hin und suchte bereits in seinen Taschen nach der Syrette. Ehe er noch die schützende Kappe von der Nadel entfernen konnte, eröffnete ein einziges MG das Feuer und suchte das Gelände ab. Durch das Glas sah Stein, wie der Sanitäter mit offenem Mund und

verzerrtem Gesicht in die Höhe sprang, und es war nicht so sehr Ungläubigkeit oder Schock, was sein Gesicht ausdrückte, sondern ganz einfach Überraschung. Eines der Geschosse, das ihn getroffen hatte, war nicht auf Knochen gestoßen und kam auf seiner Brust wieder zum Vorschein, riß das grüne Tuch auf, nahm einen Knopf mit und öffnete die Bluse auf diese Weise etwas weiter. Stein sah, wie der Mann die nun entblößte Nadel in seinen rechten Unterarm unterhalb des aufgerollten Ärmels stach, ob absichtlich oder in einem Reflex, war nicht zu erkennen. Dann rollte er vornüber und die Hände mit der Syrette lagen unter seinem Leib. Er regte sich nicht mehr.
Stein hielt das Glas auf ihn gerichtet und wartete. Er konnte den Verdacht nicht loswerden, daß etwas noch Schlimmeres, noch Erschütternderes geschehen würde. Vor Sekunden noch war der Mann am Leben gewesen, Stein hatte mit ihm gesprochen; jetzt war er tot, einfach tot. Steins Aufmerksamkeit wurde aber von zwei anderen Dingen in Anspruch genommen, ehe er seine Grübeleien fortsetzen konnte. Einmal hatte Tella von neuem zu schreien begonnen, diesmal aber in einem schrillen zitternden Falsett, ein hysterisches Gebrüll, das ganz anders als zuvor klang. Als Stein ihn nun durchs Glas betrachtete – über dem Sanitäter hatte er ihn beinahe vergessen –, sah er, daß Tella auf der Seite lag und sein Gesicht in die Erde preßte. Ganz offenbar war er wiederum getroffen worden, und während er mit einer blutverschmierten Hand versuchte seine Eingeweide festzuhalten, bedeckte die andere den neuen Einschuß in der Brust. Stein wünschte, sie hätten ihn wenigstens getötet, wenn sie schon von neuem auf ihn schießen mußten. Dieses Gebrüll, das nur aufhörte, wenn Tella gurgelnd nach Luft schnappte, war unvergleichlich viel schlimmer als alles, was vorhergegangen war. Aber die Japaner schossen nun nicht mehr. Und wie zum Beweis dafür, daß dies die Absicht war, hörte man eine Stimme aus der Ferne herüberdringen, die in orientalischem Tonfall rief: »Weine, Yank, weine!«
Das andere, das Steins Aufmerksamkeit beanspruchte und ihn daran hinderte, darüber nachzudenken, was jetzt mit Tella zu geschehen habe, war eine Gestalt, die er aus dem Augenwinkel von rechts her durchs Vorfeld auf sich zukommen sah. Mit stampfenden, schwerfälligen Schritten verließ da ein Mann den Fuß des Plateaus und kam heran. Stein erkannte ihn im Glas. Es war sein Sergeant McCron,

weinend, mit gerungenen Händen. In seinem schmutzigen Gesicht standen zwei Streifen sauberer, weißer Haut, von den Lidern bis zum Kinn, die die Augen stark akzentuierten und den Eindruck erweckten, McCron habe die gespenstische Maske des Tragöden in einem griechischen Drama aufgesetzt. Und er stapfte unaufhaltsam heran, während die Japaner aus allen Rohren auf ihn feuerten und der Dreck um ihn aufstob. Mit verzerrtem Gesicht, gerungenen Händen, vornübergebeugt, mehr einer alten Frau bei einer Beerdigung als einem Infanteristen gleichend, schritt McCron ohne nach links oder rechts auszuweichen, unbeirrt dahin. Stein betrachtete ihn mit ungläubiger Wut durchs Glas. Nichts traf ihn. Als er die Deckung erreichte, setzte er sich, immer noch weinend und die Hände ringend, neben seinen Hauptmann.

»Tot«, sagte er. »Alle tot, Sir. Jeder einzelne. Ich bin allein noch übrig. Alle zwölf. Zwölf junge Leute. Ich habe mich um sie gekümmert. Ihnen alles beigebracht, was ich wußte, ihnen geholfen. Aber es hat nichts genützt, sie sind alle tot.«

Ganz offenbar sprach er nur von seiner eigenen, zwölf Mann starken Gruppe, und Stein wußte, daß davon unmöglich alle tot sein konnte.

Da McCron immer noch in voller Lebensgröße auf dem Rande der Deckung saß, zerrte ihn jemand am Fuß herunter. Korporal Fife, der zugesehen hatte, wie der sich erbrechende Sico zurückgegangen war, und der jetzt aus angstvollen Augen McCron musterte, glaubte, in dessen Gesicht einen Ausdruck zu sehen, der nicht gerade verschlagen war, aber doch zu sagen schien, daß er zwar die Wahrheit spreche, aber eben nicht die ganze Wahrheit, und der Fife die Überzeugung eingab, daß auch McCron ebenso wie Sico einen eigenen, akzeptablen Ausweg gefunden habe. Fife ärgerte sich darüber nicht, sondern empfand im Gegenteil Neid und wünschte dringend, ebenfalls auf einen solchen Trick zu verfallen, den er mit Erfolg anwenden könnte.

Stein hatte offenbar ähnliche Empfindungen. Er warf einen einzigen Blick auf den händeringenden und immer noch weinenden, sich jetzt aber in Sicherheit befindenden McCron und rief dann nach dem Sanitäter.

»Hier, Sir«, sagte eine Stimme direkt neben ihm. Der Sanitäter war schon von allein herangekrochen.

»Nehmen Sie ihn mit zurück, und sagen Sie hinten gleich Bescheid, daß wir jetzt mindestens noch einen Sanitäter brauchen.«

»Jawohl, Sir«, erwiderte der junge Sanitäter ernst. »Na los, Mac, gehen wir, es wird schon alles wieder in Ordnung kommen.«

»Du hast wohl nicht begriffen, daß alle tot sind?« sagte McCron düster. »Wie soll das je wieder gutgemacht werden?« Er ließ sich aber am Arm fortführen. Die Kompanie sah ihn zum letzten Mal, als er mit dem Sanitäter hinter der zweiten Bodenwelle verschwand, also etwa achtzig Meter weiter hinten. Einige von ihnen erblickten sein verstörtes Gesicht noch einmal im Kriegslazarett, aber die Kompanie als Ganzes hatte ihn zum letzten Mal gesehen.

Stein seufzte. Nachdem diese neueste und letzte Krise aus dem Weg geräumt war, konnte er sich wieder Tella zuwenden. Der Italiener schrie immer noch durchdringend und jammernd, und es sprach nichts dafür, daß er je damit aufhören würde. Falls das so weiterging, würde die ganze Kompanie die Nerven verlieren. Für eine Sekunde sah Stein ein grausig romantisches Bild: er packte seinen Karabiner und schoß eigenhändig den Sterbenden durch den Kopf. So sah man es in Filmen, und so las man es in Büchern. Das Bild verschwand jedoch wieder. Er war nicht der Mann dazu, und er wußte es sehr gut. Hinter ihm starrten die weißen, angstverdrehten Augäpfel des Reservezuges aus schmutzigen, leeren, verzerrten Gesichtern zu ihm her. Die Schreie schienen die Luft zu zerreißen: sie glichen einer riesigen Kreissäge, die sich durch dicke Eichenklötze frißt und brachten die Wirbelsäulen zum Schwingen. Stein wußte aber nicht, was zu tun war. Er konnte nicht noch einen Mann hinschicken. Er mußte es aufgeben. Heiße Wut packte ihn bei dem Gedanken daran, daß McCron ohne jeden Kratzer ganz gemächlich durchs Feuer gestapft war. Er bedeutete Fife wütend, ihm das Telefon zu reichen, denn er wollte das Gespräch mit Oberst Tall führen, in dem Tellas erste Schreie ihn unterbrochen hatten. Gerade als er im Begriff war zu sprechen, erhob sich neben ihm brüllend und armeschwenkend ein großes, grünes Objekt mit einem metallfarbenen Klotz oben drauf. Entschlossen, den Lauf der Dinge nunmehr selbst zu bestimmen, sprang es, Obszönitäten kreischend, über den Rand der Deckung, und ehe Stein das eine Wort »Welsh« herausgebracht hatte, galloppierte der Hauptfeldwebel bereits ins Vorfeld hinaus.

Welsh sah alles mit außerordentlicher, kristallener Klarheit: das steinige, nur stellenweise mit Gras bewachsene, von Trichtern übersäte Vorfeld, das heiße, grelle Sonnenlicht und den hohen, blauen Himmel, die unglaublich weißen Wolken, die sich über dem drohend aufragenden, hufeisenförmigen Kopf des Elefanten türmten, die heitere Helligkeit des vor ihm liegenden Plateaus. Er verstand nicht, was ihn zu seiner Handlung bewogen hatte. Er war nur einfach wütend, voll von einem brennenden, schwarzen, bitteren Haß gegen alles und jedes, gegen die ganze verfluchte Welt. Er fühlte nichts. Ohne zu denken, lief er dahin. Neugierig, aber auch gleichgültig und ohne Anteilnahme, betrachtete er die kleinen Staubfontänen, die jetzt vor und hinter ihm aufgewirbelt wurden. Er war einfach wütend. Da vorne lagen drei Körper, zwei schon tot, einer noch lebendig und schreiend. Tella mußte einfach aufhören zu schreien, sein Benehmen war würdelos. Der Dreck spritzte jetzt überall um ihn herum auf. Das Rumpeln, das den ganzen Tag über den Himmel durchzogen hatte, fand nun beinahe in Bodenhöhe statt und schien unmittelbar gegen ihn persönlich gerichtet. Welsh lief weiter und unterdrückte den Drang zu kichern. Eine merkwürdige Euphorie hatte von ihm Besitz ergriffen. Er war das Ziel, das einzige Ziel. Endlich waren die Karten aufgedeckt, die Wahrheit war zum Vorschein gekommen. Er hatte sie seit je gekannt. Aus voller Lunge auf die ganze Welt fluchend, rannte Welsh selig dahin. Fangt mich doch! Fangt mich doch!

Geschickt Haken schlagend, erreichte er sein Ziel. Wenn ein Schwachkopf wie McCron einfach stur geradeaus zurückgehen konnte, dann mußte ein heller Kopf wie er, ein Mann im Vollbesitz seiner Kräfte, mühelos den Hin- und auch den Rückweg schaffen. Da er nun aber erneut neben dem Italiener lag, wurde ihm klar, daß er sich gar nicht überlegt hatte, was er hier eigentlich tun wollte. Er war plötzlich ratlos und verwirrt, und als er Tella ansah, empfand er eine Güte, die ihn verlegen machte. Er berührte ihn vorsichtig an der Schulter und brüllte töricht: »Wie gehts denn, Junge?«

Der schreiende Tella verdrehte die Augen wie ein scheuendes Pferd, bis er Welsh erkannte. Er hörte aber nicht auf zu schreien.

»Sei jetzt ruhig«, rief Welsh und starrte ihn dabei finster an. »Ich bin hier, um dir zu helfen.«

Für Welsh war dieser Vorgang ganz und gar unwirklich. Tella war im Begriff zu sterben, und für Tella mochte dies alles wirklich genug sein, aber Welsh empfand es als unwirklich: die blau geäderten Eingeweide, die Fliegen, die blutverschmierten Hände, das Blut, das bei jedem Atemzug aus der frischen Brustwunde sickerte – dies war für Welsh nicht wirklicher als ein Film. Er fühlte sich als John Wayne und sah in Tella John Agar.

Schließlich hörte das Geschrei aus Mangel an Luft auf, Tella atmete tief ein und dadurch verstärkte sich die Blutung in seiner Brustwunde. Als er sprach, tat er das beinahe mit derselben Lautstärke mit der er geschrien hatte. »Ich sterbe, Spieß! Ich sterbe! Sieh mich doch an! An mir ist ja alles kaputt! Hau ab! Ich sterbe!« Wieder holte er Luft, und wieder strömte das Blut aus seiner Brustwunde.

»Na schön«, brüllte Welsh, »aber dann mach dabei gefälligst weniger Krach.« Jedes Mal, wenn eine Kugel in der Nähe den Staub aufwirbelte, blinzelte Welsh nun, und es kribbelte ihn im Rücken.

»Wie willst du mir helfen?«

»Ich bringe dich zurück.«

»Du kannst mich nicht zurückbringen! Wenn du mir hier helfen willst, dann erschieß mich!« schrie Tella mit weitaufgerissenen, rollenden Augen.

»Du bist ja bescheuert«, krächzte Welsh. »Du weißt, daß ich das nicht machen kann.«

»Klar kannst du! Du hast doch deine Pistole mit! Hol sie raus und erschieß mich, wenn du mir helfen willst! Ich halte es nicht mehr aus!«

»Tut es weh?«

»Klar tut es weh, du dummer Hund!« brüllte Tella. Dann hielt er ein, um Atem zu holen und zu bluten, und schluckte mit geschlossenen Augen. »Du kannst mich nicht zurückbringen.«

»Das werden wir ja sehen«, rief Welsh wütend. »Verlaß dich nur auf deinen alten Spieß. Hab' ich dich jemals reingelegt?« Er war sich nun darüber im klaren, daß er es hier im Feuer nicht mehr lange würde aushalten können. Bei jedem Einschlag zuckte er zusammen und machte unbeherrschte Ausweichbewegungen. Gebückt arbeitete er sich so weit vor, daß er Tella unter den Achselhöhlen packen konnte, und zog. Noch ehe Tella zu schreien begann, hatte Welsh gefühlt, wie der Körper in seinen Händen nachgab.

»Eiiiiiiii!« Der Schrei war gräßlich. »Du bringst mich um! Du reißt mich in Stücke! Laß mich los, du Schwein, laß mich los!«
Welsh ließ ihn viel zu hastig los und Tella schlug wimmernd schwer auf. »Du Schwein! Du Schwein! Laß mich los! Laß mich in Ruhe, rühr mich nicht an!«
»Hör auf zu schreien«, brüllte Welsh, der sich ungeheuer blöde vorkam. »Das gehört sich nicht.« Mit den Augen plinkernd, einem Nervenzusammenbruch nahe, kroch er so weit herum, daß er Tella von der Seite angehen konnte. »Schön, machen wir es eben so.« Er schlang einen Arm unter die Schulter des Italieners, den anderen unter seine Kniekehlen und hob ihn auf. Tella war ziemlich groß, doch Welsh war kräftiger und im Augenblick besaß er zudem übermenschliche Kräfte. Als er ihn aber aufhob und versuchte, ihn wie ein Kind in seinen Armen zurückzutragen, knickte Tella ein, wie ein Taschenmesser, und wieder ertönte der gräßliche Schrei.
»Eiiiiiiii! Laß mich los! Laß mich los! Du brichst mich kaputt, setz mich ab!«
Dieses Mal gelang es Welsh, ihn langsam niederzulegen.
Tella lag schluchzend da und überschüttete ihn mit Schimpfreden. »Du Arschgeige! Du Mistvieh! Du Schweinehund! Ich hab dir doch gesagt, du sollst mich in Ruhe lassen! Hab ich dich etwa gebeten herzukommen! Hau ab! Laß mich in Ruhe! Du Scheißefresser! Bleib mir vom Leib!« Dann wandte er den Kopf ab, schloß die Augen und begann wieder, sein verzweifeltes, klagendes, durchdringendes Geheul auszustoßen.
Fünf Meter vor ihnen wanderte eine Maschinengewehrgarbe von links nach rechts. Welsh sah zufällig hin. Er dachte nicht einmal daran, daß der MG-Schütze das Gewehr nur um einen Strich zu senken brauchte, sondern einzig daran, wie er hier wegkommen könnte. Aber wie sollte er das anstellen? Er hatte den ganzen Weg hierher gemacht, und es war ihm weder gelungen, Tella zu helfen, noch hatte er dem Geschrei Einhalt getan. Er hatte nichts weiter fertiggebracht, als noch größere Schmerzen zu verursachen. Schmerzen. Plötzlich kam ihm ein Einfall, er sprang über den lang hingestreckten Tella weg und fing an, die Taschen des gefallenen Sanitäters zu durchwühlen.
»Hier!« brüllte er. »Hier, Tella, nimm!«

Tella unterbrach sein Geheul und öffnete die Augen. Welsh warf ihm zwei Morphiumsyretten zu, die er gefunden hatte und machte sich dann über die anderen Taschen her.
Tella ergriff eine der Syretten und als er sah, was er da in der Hand hielt, rief er: »Mehr! Gib mir noch welche!«
»Hier«, keuchte Welsh und warf ihm eine ganze Handvoll zu, die er noch gefunden hatte, und drehte sich dann um, um zurückzulaufen. Doch hielt ihn noch etwas auf. Wie ein Wettläufer im Startloch zusammengekauert, drehte er den Kopf und blickte noch einmal auf Tella. Tella, der schon die Kappe von einer der Syretten abschraubte, sah ihn aus weitaufgerissenen, weißen Augen an. Einen Augenblick lang starrten sie einander an.
»Mach's gut«, rief Tella. »Mach's gut, Welsh!«
»Mach's gut, Junge«, schrie Welsh zurück. Etwas anderes fiel ihm nicht ein, für etwas anderes wäre auch gar keine Zeit geblieben, denn schon war er auf und davon. Er wandte sich auch nicht um nach Tella, um zu sehen, ob dieser das ganze Morphium nahm. Als man ihn jedoch am späteren Nachmittag fand, lagen zehn leere Morphiumsyretten um ihn herum verstreut. Die elfte stak noch in seinem Arm. Er hatte eine nach der anderen genommen, und sein totes Gesicht zeigte wenigstens einen friedlichen Ausdruck.
Welsh rannte gebückt mit eingezogenem Kopf und verschmähte es, auch nur einen einzigen Haken zu schlagen. Er fürchtete, daß es ihn jetzt erwischen werde. Nach all dem, was vorangegangen war, dem Lauf nach vorn, dem langen Aufenthalt dort, würde es ihn jetzt auf dem Heimweg erwischen. Das war eben sein ganz persönliches Pech. Er wußte genau, daß es ihn jetzt erwischen mußte, doch tat es das nicht. Er lief und lief, und dann fiel er kopfüber über die kleine Böschung und blieb einfach liegen, halb tot vor Erschöpfung. Und dabei sah er Tellas verzerrtes Gesicht und die herausquellenden blauen Eingeweide deutlich vor sich. Warum, zum Kuckuck, hatte er diesen ganzen Unsinn nur unternommen? Hörbar nach Luft schnappend, schwor er sich feierlich, darauf zu achten, daß seine schwachsinnigen Gefühle nie wieder seinen gesunden Menschenverstand überrumpelten.
Aber erst als Bugger Stein zu ihm kroch, ihm auf die Schulter klopfte, um ihm zu danken und ihn zu beglückwünschen, explodierte Welsh.

»Ich habe durchs Glas gesehen«, vernahm er und fühlte dabei auf der Schulter die freundliche Hand. »Ich werde Sie morgen im Tagesbefehl erwähnen lassen. Ich reiche Sie auch zum Silberstern ein und kann nur sagen . . .«

Welsh öffnete die Augen und blickte in das besorgte jüdische Gesicht seines Chefs. Welshs Blick mußte Stein die Rede verschlagen haben, denn Stein beendete seinen Satz nicht.

»Sir«, sagte Welsh kalt, während er noch immer nach Atem rang, »wenn Sie ein einziges Wort darüber verlieren, schlage ich Ihnen die Nase ein, und zwar hier auf der Stelle. Und wenn Sie mich jemals in Ihrem beschissenen Tagesbefehl erwähnen, dann schmeiße ich auf der Stelle alles hin, und dann können Sie sehen, wie Sie mit diesem jämmerlichen Haufen allein zurechtkommen. Und wenn ich dafür eingesperrt werde.«

Er schloß die Augen, und dann, wie einem Einfall nachgebend, rollte er sich von Stein weg, der stumm blieb. Dann erhob er sich sogar auf alle viere und kroch ganz nach rechts, wo er für sich allein sitzen blieb. Er schloß wieder die Augen, lag in der sonnengefleckten Dunkelheit, hörte, wie alle zwei Minuten die Werfergranaten krepierten, und ächzte leise vor sich hin. Seine Kehle war schrecklich trocken, doch waren seine Feldflaschen leer. Nach einer Weile holte er die Ginflasche heraus und nahm, ohne die Augen zu öffnen, einen köstlichen Schluck von seinem kostbaren Gin.

Alle begannen unter Wassermangel zu leiden. Auch Stein war durstig, und seine Feldflaschen waren ebenso leer wie die von Welsh. Stein hatte auch keinen Gin. Überdies mußte er noch Oberst Tall beim Bataillonsgefechtsstand anrufen. Darauf freute er sich nicht gerade, und Welsh's Reaktion, gerade eben, war nicht besonders ermutigend gewesen. Langsam kroch er zu Fife und dem Feldtelefon zurück. Er begriff, daß sein verrückter Spieß allein gelassen sein wollte. Es mußte ihm schrecklich an die Nerven gegangen sein; immerhin hatte er gerade einem verstümmelten Mann dazu verholfen, Selbstmord zu begehen. Man brauchte da gar nicht einmal an die Gefahr zu denken, der er sich selbst ausgesetzt hatte. Seine Reaktion war eigentlich ganz normal, und trotzdem – als Welsh die Augen aufgemacht und Stein mit diesem Blick angesehen und jene Worte gesprochen hatte, hatte Stein sich des Eindrucks nicht erwehren können, daß

dies alles nur deshalb geschah, weil er, Stein, Jude war. Er hatte geglaubt, diesen ganzen Komplex schon seit Jahren überwunden zu haben, seit vielen, vielen Jahren. Er lächelte grimmig, und zwar sowohl über das, was er gerade eben gedacht hatte, als auch über seinen nächsten Gedanken: daß er es bei Tall eben auch wieder mit so einem aufreizenden angelsächsischen Typ mit kurzgeschnittenem blondem Haar, mit dem jugendlich alten Gesicht und der hohen, schlanken, soldatischen Gestalt zu tun hatte. Militärakademie Westpoint. Wann immer Stein dienstlich gezwungen gewesen war, mit diesem Herrn zu verhandeln, hatte er hinterher besonders stark das Bewußtsein gehabt, zu den Kindern Jehovas zu gehören, ein Jude zu sein. Er wies Fife an, ihm das Telefon zu reichen.
Als Stein den Hörer aufnahm, hatte er den ungewöhnlichen Eindruck, daß sein Arm, ja sein ganzer Körper zu müde und zu schwach sei, dieses fast gewichtlose kleine Instrument zu heben. Verwundert wartete er. Langsam hob sich sein Arm. Er hatte nicht gewußt, wie erschöpft er bereits war, und merkte erst jetzt, wie sehr ihn Tellas Tod mitgenommen hatte. Wie lange konnte er noch durchhalten? Wie lange noch konnte er zusehen, wie seine Leute einen so qualvollen Tod starben, wie lange noch, ohne selbst ganz und gar den Verstand zu verlieren? Jetzt befürchtete er zum allerersten Mal, nicht befähigt genug zu sein. Diese Befürchtung schien, gekoppelt mit der schweren Last körperlicher Angst, fast unerträglich, und doch erschloß sie irgendwo tief in ihm neue Kräfte. Er rief den Gefechtsstand.
Während er dasaß und wartete, lagen die Reste des Kompanietrupps, die Leute vom 2. und 3. Zug um ihn herum, beobachteten ihn mit weißen Augen und eingefallenen, verschlossenen Gesichtern, ganz als hofften sie, daß er sie auf geheimnisvolle Weise aus ihrer schrecklichen, verhängnisvollen Lage befreien könne, damit sie weiterleben durften. Stein beantwortete die Blicke von Storm und seinen Köchen mit einem Grinsen, denn in diesen Blicken war deutlich zu lesen, daß die Leute es sehr bereuten, sich freiwillig an die Front gemeldet zu haben, und daß sie es auch nie wieder tun würden, wenn sie nur dieses Mal mit heiler Haut davonkämen. Sie waren übrigens nicht die einzigen. Der Kammerunteroffizier MacTae und sein Schreiber sahen genauso aus.

Stein brauchte nicht lange zu warten; sein Anruf wurde fast sogleich beantwortet, und am anderen Ende ließ sich nicht etwa eine Ordonnanz hören, sondern Oberst Tall selber. Es war keine lange Unterhaltung, in gewisser Weise aber eine der bedeutendsten Unterhaltungen in Steins Leben. Jawohl, Tall hatte den kleinen Angriff gesehen, hatte ihn auch recht nett gefunden. Ein ganz hübscher Vorstoß. Ehe Stein aber noch etwas sagen konnte, verlangte Tall zu wissen, warum Stein nicht bereits nachgestoßen sei und den Erfolg ausgenutzt habe? Was mit ihm los sei? Die Leute dort vorne müßten sogleich verstärkt werden. Was die Kompanie überhaupt tue? Tall könne durch das Glas sehr wohl sehen, wie sie es sich da im Schutz der Bodenwelle gemütlich machten. Warum sie nicht längst vorgegangen seien und die japanischen Stellungen genommen hätten?
»Sie verstehen wohl nicht ganz, wie es hier unten aussieht, Sir«, erklärte Stein geduldig. »Wir kriegen hier ziemlich schweres Feuer. Wir haben starke Verluste gehabt. Ich wollte die Gruppen vorne gerade verstärken, aber da ist etwas Übles passiert. Einer unserer Leute hat einen« – er zögerte nicht eigentlich vor dem Wort, hätte es aber lieber nicht ausgesprochen – »Bauchschuß bekommen, und das hat ziemlich viel Unruhe verursacht. Die Sache ist aber erledigt und ich werde jetzt die vorderen Gruppen verstärken.« Stein schluckte. »Kommen.«
»Schön«, Oberst Tall sprach jetzt sehr knapp und ohne jede Begeisterung. »Übrigens – wer war der Mann, der da nach vorn gelaufen ist? Was hat er da gemacht? Admiral Barr hat ihn durchs Glas beobachtet; er weiß es zwar nicht genau, glaubt aber, daß der Mann da jemandem zu Hilfe gekommen ist. Stimmt das? Der Admiral will den Mann für eine Auszeichnung vorschlagen. Kommen.«
Beim Zuhören hatte Stein gegen einen hysterischen Lachanfall anzukämpfen. Ihm geholfen? Ja, er hatte ihm geholfen, hatte ihn mit einem Tritt von diesem herrlichen Planeten befördert. »Es sind zwei Männer vorgegangen, Sir«, sagte er. »Einer war unser Sanitäter, und der ist gefallen. Der andere«, und dabei erinnerte er sich an Welshs Drohung, die ihm nun als eine zwischen ihm und Welsh ausgeheckte Verschwörung erschien, »der andere war einer von unseren Mannschaften. Ich weiß noch gar nicht, wer, aber ich werde es feststellen. Kommen.« Und daß dich der Teufel hole mitsamt deinem Admiral.

Schön, schön, schön. Und wie verhielt es sich nun mit der Verstärkung, wollte Tall wissen. Stein machte sich daran, seinen kleinen Plan vorzutragen, während die Granatwerfer unaufhörlich die Gegend absuchten. Er wollte den Reservezug bis zu seinem jetzigen Standort vorziehen und gleichzeitig die verbliebenen beiden Gruppen des 2. Zuges als Verstärkung zu den drei – angesichts der eingetretenen Verluste waren es wohl nur noch zwei – vorderen Gruppen schicken. »Ich habe auch Keck da oben verloren, Sir. Er war einer meiner besten Leute«, schloß er. »Kommen.«

Die Antwort bestand in einem unerwarteten, außerordentlich scharfen Anpfiff. Zwei Gruppen! Was zum Teufel dächte er sich denn eigentlich! Zwei Gruppen! Wenn Tall von Verstärkungen spreche, dann meine er auch Verstärkungen. Stein solle jeden verfügbaren Mann einsetzen und zwar sofort. Das hätte er schon früher tun müssen, gleich nachdem seine Leute auf dem Plateau Fuß gefaßt hatten. Das hieße, alles einschließlich des Reservezuges einsetzen. Und was denn Steins 1. Zug eigentlich tue? Seine Leute lägen da vorne auf ihren fetten Ärschen herum, ohne sich zu rühren. Stein solle sie gefälligst von der Flanke her das Plateau angreifen lassen, solle einen Melder mit dem Angriffsbefehl vorschicken. Er solle den 1. Zug von links das Plateau angreifen lassen, den Reservezug unterdessen von rechts und den 2. Zug frontal. Eine Einkreisung. »Muß ich Ihnen denn erst Nachhilfeunterricht in Taktik erteilen, während Ihren Leuten der Arsch abgeschossen wird, Stein?« heulte Tall. »Kommen.«

Stein schluckte seinen Zorn herunter. »Ich glaube, Sie verstehen nicht ganz, was hier vorgeht, Sir«, sagte er mit erzwungener Ruhe. »Wir haben eine Menge Gefallene, darunter zwei Offiziere. Ich glaube nicht, daß meine Kompanie die feindliche Stellung ohne Unterstützung nehmen kann. Der Feind ist zu gut eingegraben und verfügt über große Feuerkraft. Ich bitte daher in Gegenwart von Zeugen um die Erlaubnis, einen Spähtrupp durch den Dschungel zur rechten Seite der Höhe 210 schicken zu dürfen. Ich vermute, daß die gesamte Stellung umgangen werden kann.« Aber glaubte er das? Glaubte er das wirklich? Oder klammerte er sich nur an einen Strohhalm? Er hatte eine Ahnung. Das war die Wahrheit. Er hatte eine Eingebung, aber sonst nichts. Den ganzen Tag über hatte es von daher nicht geschossen, aber war das ausreichend? »Kommen«, sagte er und versuchte soviel Würde als möglich in seinen Ton zu legen. Dann blinzelte er und warf sich nieder, als zehn Meter weiter eine Werfergranate einschlug und jemand zu schreien begann.

»*Nein!*« brüllte Tall, als habe er die ganze Zeit mit schäumendem Mund wütend von einem Bein auf das andere getreten, bis er endlich seine Taste drücken und sein Sprüchlein über dieses Einbahntelefon loswerden konnte. »Nein, nein, nein! Ich will, daß die Stellung eingekreist wird! Ich gebe Ihnen den Befehl, Stein, jetzt mit jedem verfügbaren Mann anzugreifen. Ich schicke die Zweite Kompanie links von Ihnen ebenfalls vor! Also greifen Sie jetzt an, Stein! Das ist ein dienstlicher Befehl!« Er schnappte nach Luft. »Kommen!«

Stein hörte sich erstaunt, benommen und ungläubig von »in Gegenwart von Zeugen« und »formeller Protest« reden. Er hatte gar nicht beabsichtigt, so weit zu gehen. Woher wollte er wissen, daß seine Vermutung zutraf? Und doch glaubte er fest daran. Warum hatte es den ganzen Tag von dorther nicht geschossen? Aber wie dem nun auch sein mochte, jetzt ging es darum, den Mund zu halten oder die Folgen zu tragen. Er fühlte, wie ihm das Herz im Halse klopfte, als er mit großer Förmlichkeit sagte: »Sir, ich weigere mich, Ihren Befehl auszuführen. Ich bitte nochmals um die Erlaubnis, einen Spähtrupp in den Dschungel vorschicken zu dürfen. Es ist jetzt 13:21 Uhr und 25 Sekunden. Ich habe hier zwei Zeugen, die alles hören, was ich sage, und ich ersuche Sie darum, Sir, selbst zwei Zeugen ans Telefon zu bitten. Kommen.«

»Stein!« hörte er. Tall schäumte vor Wut. »Probieren Sie bloß nicht, mir mit Ihren blöden Anwaltstricks zu kommen, Stein! Ich weiß wohl, daß Sie ein verfluchter Rechtsverdreher sind! Jetzt halten sie die Fresse und führen Sie meinen Befehl aus! Ich will nicht gehört haben, was Sie da sagen. Ich wiederhole meinen Befehl! Kommen.«

»Ich weigere mich, meine Leute frontal angreifen zu lassen. Sir. Das wäre Selbstmord! Seit zweiundeinhalb Jahren ist dies meine Kompanie, und ich weigere mich ein für allemal, meine Leute in den sicheren Tod zu schicken. Kommen.« Irgend jemand wimmerte in der Nähe, und Stein versuchte vergeblich zu sehen, wer das war. Tall war dumm, ehrgeizig, phantasielos und bösartig. Es lag ihm alles daran, im Angesicht seiner Vorgesetzten Erfolg zu haben, sonst hätte er einen derartigen Befehl niemals gegeben.

Nach einer kleinen Pause ließ Talls Stimme sich kühl und scharf wie ein Rasiermesser vernehmen: »Sie riskieren ziemlich viel, Stein. Wenn Sie so sehr davon überzeugt sind, daß Sie recht haben, liegen vielleicht Gründe dafür vor. Ich komme selbst nach vorne. Verstehen Sie mich recht: ich nehme meinen Befehl nicht zurück, aber wenn ich an Ort und Stelle sehe, daß mildernde Umstände für Ihre Entscheidung vorhanden sind, dann werde ich das berücksichtigen. Halten Sie die Stellung, bis ich komme. Versuchen Sie inzwischen, die Leute da vorne auf dem Plateau in Bewegung zu bringen. Ich werde ...« kleine Pause ... »in etwa zehn bis fünfzehn Minuten bei Ihnen sein. Ende.«

Stein hörte ungläubig zu. Er war wie vor den Kopf geschlagen und empfand Furcht. So weit Stein wußte, war seit Beginn dieses Feldzuges im ganzen Divisionsbereich noch kein einziger Bataillonskommandeur zu seinen Leuten nach vorne gegangen. Talls übermäßiger Ehrgeiz wurde im ganzen Regiment belächelt, und zweifellos hatte er ja heute auch das richtige Publikum, falls ihm daran liegen sollte, eine Vorstellung zu geben, aber dieser Entschluß überraschte Stein denn doch. Was hatte er eigentlich erwartet? Er hatte erwartet, daß man ihm, falls er nur entschlossen genug protestierte, gestatten würde, den rechten Hang der Höhe 210 zu erkunden, ehe er seine Leute frontal angreifen ließ – wenn er auch recht gut wußte, daß es für eine solche Operation eigentlich schon reichlich spät am Tage war. Und nun war er wirklich eingeschüchtert. Da lag er also und wartete angsterfüllt darauf, jeden Augenblick getroffen zu werden, und doch war die Furcht vor einem Tadel des Vorgesetzten, die Furcht, öffentlich bloßgestellt zu werden, noch größer als die körperliche Angst vor dem Tode – oder jedenfalls ebenso groß. Das war geradezu zum Lachen.

Nun, während er auf Tall wartete, gab es zwei Dinge zu erledigen. Er mußte feststellen, wer da eben verwundet worden war, und er mußte die anderen Gruppen des 2. Zuges zu Beck und Dale nach vorne schicken.

Der Verwundete war der kleine Gefreite Bead aus Iowa, Fifes Hilfsschreiber, und er lag bereits im Sterben. Eine Granate war etwa fünf Meter links von ihm krepiert und ein einziger, markstückgroßer Splitter hatte erst seinen Arm durchschlagen und war dann links in seine Brust eingedrungen. Das Loch in seinem Arm hätte ihm weiter nichts getan, ihn schlimmstenfalls ein bißchen verkrüppelt, aber er blutete aus der Seite in eine Kompresse, die jemand auf die Wunde gelegt hatte, und das Blut tropfte aus der vollgesogenen Watte auf den Boden. Als Stein, von dem telefontragenden Fife gefolgt, anlangte, waren Beads Augen ausdruckslos, und er flüsterte nur noch.

»Ich sterbe, Sir«, ächzte er und verdrehte die Augen, um Stein anzusehen. »Ich sterbe! Ich! Ich sterbe. Ich habe solche Angst!« Er schloß die Augen und schluckte.

»Ich habe bloß so dagelegen, und da hat es mich erwischt, es war, als hätte mich jemand getreten, gar nicht schlimm. Auch jetzt ist es nicht schlimm. Oh, Sir!«

»Ruhe, mein Junge, Ruhe«, sagte Stein hilflos und bekümmert.

»Wo ist Fife?« keuchte Bead und verdrehte wieder die Augen. »Wo ist Fife?«

»Hier ist er, hier«, sagte Stein, und dann »Fife!« Er selbst wandte sich weg und fühlte sich alt, alt und unnütz. Opa Stein.

Fife hatte sich hinter dem Hauptmann gehalten, kroch aber jetzt näher heran. Zwei oder drei andere drängten sich ebenfalls um Bead. Fife hatte eigentlich nicht hinsehen wollen; er konnte einfach nicht glauben, daß dies die Wirklichkeit war. Bead war verwundet und starb. Jemand wie Tella oder Jacques – das war etwas anderes. Aber Bead, mit dem er so oft in der Schreibstube gearbeitet hatte, Bead, mit dem – seine Gedanken schreckten zurück. »Hier bin ich«, sagte er.

»Ich sterbe, Fife!« sagte Bead zu ihm.

Dazu fiel Fife nichts ein. »Ich weiß. Reg dich nicht auf, immer mit der Ruhe, Eddie«, wiederholte er Steins Worte. Er fühlte sich verpflichtet, Bead beim Vornamen anzureden, was er bis dahin noch niemals getan hatte.

»Wirst du an meine Eltern schreiben?« fragte Bead.

»Ja, ich schreibe ihnen.«

»Schreib, daß es mir nicht weh getan hat. Schreib ihnen die Wahrheit.«

»Mache ich.«

»Nimm meine Hand, Fife«, krächzte Bead. »Ich fürchte mich.«

Fife zögerte eine Sekunde lang. Homosexualität. Tanten und Schwule. Er dachte das nicht einmal, das Zögern geschah ganz unbewußt. Als er mit Entsetzen bemerkte, was er tat, packte er Beads Hand. Er kroch näher, legte ihm den Arm unter die Schulter und stützte ihn. Er hatte zu weinen begonnen und zwar nicht so sehr, weil Bead starb, sondern weil ihm plötzlich klargeworden war, daß Bead ihn als einzigen in der Kompanie zum Freund hatte.

»Ich halte sie«, sagte Fife.

»Drück meine Hand«, ächzte Bead. »Ich fühle nichts.«

»Ich drücke sie ja.«

»Oh, Fife!« weinte Bead.

Seine Augen schlossen sich nicht, hörten aber auf, etwas wahrzunehmen.

Gleich darauf ließ Fife ihn los. Er kroch davon und weinte vor Schrecken, vor Angst, vor Traurigkeit und haßte sich deswegen.

Kaum fünf Minuten darauf wurde Fife selber verwundet.

Stein war ihm gefolgt, als er davonkroch. Stein begriff offenbar nicht recht, warum Fife weinte. »Legen Sie sich hin und ruhen Sie sich ein bißchen aus«, sagte er und klopfte ihm auf die Schulter. Er hatte Fife bereits das Telefon abgenommen, als er ihn zu Bead geschickt hatte, und jetzt sagte er: »Ich übernehme das Telefon. Es werden sowieso keine Anrufe kommen in nächster Zeit«, setzte er bitter lächelnd hinzu. Fife, der bei den letzten Telefongesprächen anwesend, tatsächlich einer von Steins zwei Zeugen gewesen war, begriff, was Stein sagen wollte, war aber weder in der Verfassung noch in der Laune, die entsprechende Antwort zu geben. Tot. Tot. Alle tot. Alle starben. Keiner blieb übrig. Nichts blieb übrig. Er hatte die Nerven verloren, und das war um so schlimmer, als er sich hilflos fühlte, weder etwas tun noch etwas sagen konnte. Er mußte hier bleiben.

Während der Zeit, die Bead gebraucht hatte, um zu sterben, und auch seither waren Werfergranaten mit großer Regelmäßigkeit überall im Gelände krepiert. Es war außerordentlich überraschend zu sehen, wie wenige Leute wirklich verwundet oder getötet wurden. Doch lag auf allen Gesichtern der gleiche abwesende, erschreckte, verschlossene Ausdruck. Fife hatte zuvor ein verlassenes Deckungsloch gesehen, und da kroch er nun hinein. Es war eigentlich gar kein Loch, sondern jemand hatte mit den Händen, dem Bajonett oder dem Spaten eine flache kleine Mulde ausgehoben. Fife preßte sich

hinein und legte die Wange gegen den Boden. Er hörte langsam auf zu weinen, seine Augen wurden wieder klar, aber während Kummer, Scham und Selbstverachtung sich verflüchtigten, trat an ihre Stelle die Angst, bis er schließlich einem Behälter glich, der bis zum Rand mit Feigheit, Furcht und Elend gefüllt ist. Und in diesem Zustand lag er da. Das sollte der Krieg sein? Hier gab es keine Kraftprobe, kein hurrarufendes Heldentum, es kam nicht auf Geschicklichkeit mit dem Degen oder dem Gewehr an. Hier ging es nur um Zahlen. Er wurde als eine Zahl unter vielen umgebracht. Warum, oh, warum hatte er nicht jenen Schreiberposten beim Stab angenommen, den man ihm angeboten hatte?
Er hörte das Rauschen der Granate fast überhaupt nicht, ehe sie einschlug. Er hatte nicht einmal Zeit, zwischen sich selbst und diesem Fauchen eine Beziehung herzustellen und sich davor zu fürchten, ehe eine grelle, dröhnende Explosion in allernächster Nähe die Erde aufwirbelte, und eine leere schwarze Finsternis über ihn hereinbrach. Er hörte verschwommen, daß jemand schrie, wußte aber nicht, daß er es selbst war. Wie auf einem unterbelichteten Film sah er schattenhaft eine Gestalt, die torkelnd auf die Füße kam und dann wieder mit den Händen vorm Gesicht hinfiel und auf dem Boden rollte. Dann nichts mehr. Tot? Sind wir, ist der andere, bin ich? Ich, er?
Fifes Körper rollte gegen einen Mann vom 3. Zug, der mit dem Gewehr im Schoß dasaß. Er wich zurück, kroch auf Ellenbogen und Knien davon, die Hände immer noch vor das Gesicht gepreßt. Nun kehrte Fife in diesen Körper zurück, öffnete die Augen und bemerkte, daß alles von einem fließenden, roten Schleier verdeckt war. Durch dieses flackernde Rot erkannte er das komisch entsetzte Gesicht des Mannes vom 3. Zug, dessen Name Train war. Nie hatte es einen weniger soldatisch aussehenden Soldaten gegeben. Über einer langen zerbrechlichen Nase, einem kinnlosen Kiefer und einem Kußmäulchen glotzten riesige Brillengläser.
»Bin ich verwundet?«
»Ja«, nuschelte Train. »Du bist verwundet.« Und dann stotternd: »Am Kopf.«
»Schlimm? Sieht es schlimm aus?«
»Kann ich nicht sagen. Du blutest am Kopf.«
»So?« Fife betrachtete seine Hände und stellte fest, daß sie rot und

feucht waren. Er begriff jetzt, was der merkwürdige rote Schleier zu bedeuten hatte. Es war Blut, das ihm über die Stirn und die Augen tropfte. Herr im Himmel, wie rot das war! Dann wuchs in ihm die Angst wie ein Pilz, der aus der Erde schießt, sein Herz klopfte rasend, und alles verschwamm ihm vor den Augen. Vielleicht starb er gerade jetzt, gerade hier. Behutsam tastete er über seinen Schädel, fand aber nichts. Seine Finger waren wieder glänzend rot. Er hatte keinen Helm mehr auf, und seine Brille war verschwunden.
»Weiter hinten«, ließ Train sich vernehmen.
Fife tastete wieder über den Kopf und entdeckte den Riß. Er war mitten auf dem Schädel.
»Wie fühlt es sich denn an?« fragte Train verängstigt.
»Ich weiß nicht. Weh tut es nicht, nur wenn ich es anfasse.« Immer noch auf Händen und Knien senkte Fife nun den Kopf so, daß ihm das Blut nicht mehr in die Augen floß, sondern auf den Boden tropfte. Er blinzelte Train durch diesen roten Sprühregen hindurch an.
»Kannst du gehen?« fragte Train.
»Weiß nicht«, sagte Fife und begriff in diesem Augenblick erst, daß er frei war. Er brauchte hier nicht länger zu bleiben, er war erlöst. Vorausgesetzt, daß er dazu imstande war, durfte er aufstehen und fortgehen, einen ehrenvollen Rückzug antreten, und niemand würde ihn einen Feigling nennen, ihn vor ein Kriegsgericht oder ins Gefängnis bringen können. Seine Erleichterung war so groß, daß er trotz seiner Verwundung außerordentliche Freude empfand.
»Ich gehe wohl lieber zurück«, sagte er. »Oder was meinst du?«
»Ja . . .« stimmte Train etwas bedauernd zu.
»Na . . .« Fife versuchte ein paar Worte zu finden, die diesem bedeutenden Augenblick angemessen wären, doch gelang ihm das nicht.
»Machs' gut, Train«, brachte er schließlich heraus.
»Mach's gut«, erwiderte Train.
Fife erhob sich zögernd. Seine Knie waren schwach, doch die Aussicht, hier herauszukommen, verlieh ihm Kräfte, die ihm unter anderen Umständen versagt geblieben wären. Zunächst ging er sehr langsam, dann immer schneller. Er hielt den Kopf vorgebeugt und die Hände gegen die Stirn gepreßt, um zu verhindern, daß ihm das Blut in die Augen lief. Bei jedem Schritt wuchs seine freudige Erleichterung, doch ebenso wuchs die Angst. Wenn es ihn nun noch

erwischte? Wenn er nun noch einmal verwundet wurde, wo er doch gerade eben erst gerettet worden war? Er lief so schnell er konnte. Er kam an den Leuten des 3. Zuges vorbei, die mit schreckverzerrten Gesichtern an den Boden gepreßt lagen, doch sagten sie nichts, und auch er sagte nichts. Er ging nicht auf dem Weg zurück, auf dem die Kompanie hergekommen war, über die zweite und erste Bodenwelle, sondern er nahm die Abkürzung durch die Senke zum Vorderhang der Höhe 209. Erst als er den steilen Hang der Höhe 209 halb erstiegen hatte, fiel ihm die Kompanie wieder ein. Er blieb stehen, drehte sich um und sah zurück. Er wollte ihnen etwas zurufen, etwas aufmunterndes, wußte aber, daß sie ihn von hier aus nicht hören konnten. Als die Kugeln aus den Gewehren einiger Scharfschützen um ihn herum den Staub aufwirbelten, drehte er sich um, kletterte über den Kamm und auf der anderen Seite hinunter auf den überfüllten Verbandsplatz des Bataillons. Gerade ehe er über den Kamm setzte, traf er auf mehrere Leute, die ihm entgegenkamen, und er erkannte Oberst Tall. »Sachte, sachte«, lächelte der Oberst ihn an, »nur keine Sorge, Sie sind bald wieder vorne bei der Kompanie.« Auf dem Verbandsplatz fiel ihm ein, daß er noch eine Feldflasche voll Wasser hatte, und er trank gierig und mit zitternden Händen. Er war jetzt einigermaßen davon überzeugt, daß er nicht sterben mußte.

Als Fife verwundet wurde, war Bugger Stein gerade von ihm weggekrochen. Fife war nach links gekrochen, Stein nach rechts, um den beiden verbliebenen Gruppen des 2. Zuges den Befehl zu geben vorzugehen, und Beck und Dale auf dem Plateau zu verstärken. Ebensogut hätte er zusammen mit Fife weiterkriechen können und wäre dann dort gewesen, wo die Granate eingeschlagen war. Die Rolle, die der Zufall in diesen Dingen spielte, war geradezu angsterregend. Stein empfand Furcht. Im übrigen aber war er völlig erledigt, deprimiert und eingeschüchtert. Er hatte zugesehen, wie Fife blutüberströmt zurückgetaumelt war, doch hatte er nicht helfen können, denn er war gerade dabei, den Leuten vom 2. Zug zu sagen, was sie zu tun hatten, sobald sie auf dem Plateau ankamen, und was sie Beck sagen sollten – eigentlich nur, daß er sich endlich in Bewegung setzen und versuchen solle, einige der MG-Nester da vorne unschädlich zu machen.

Niemand in den beiden Gruppen, einschließlich der beiden Ser-

geanten, war besonders glücklich über den Auftrag, aber keiner sagte etwas, sondern alle nickten nur krampfhaft. Stein sah sie ernst an und hätte ihnen gerne ein gewichtiges, tröstliches Wort mit auf den Weg gegeben, aber es fiel ihm nichts ein. Er wünschte ihnen also Glück und schickte sie los.
Bugger beobachtete wieder durchs Glas, wie sie vorgingen. Es verblüffte ihn, daß dieses Mal kein einziger verwundet wurde. Noch verblüffter war er, als er durchs Glas sah, wie sie sich durch das hohe Gras bis zu der kleinen Steinböschung vorarbeiteten, ohne daß ein einziger von ihnen getroffen wurde. Und jetzt erst teilten ihm seine Ohren etwas mit, was er längst hätte bemerken müssen: seit Hauptfeldwebel Welsh von seiner Hilfsexpedition ins Vorfeld zurückgekehrt war, hatte das japanische Feuer erheblich nachgelassen. Als er seine Blicke nun auf das Plateau richtete, auf dem die Verstärkung noch gar nicht angekommen war, erkannte Stein auch den Grund dafür. Da vorne war nur etwa die Hälfte von Becks Leuten zu sehen, die anderen waren verschwunden. Offenbar hatte Beck aus eigener Initiative einen Teil seiner Leute zu Stoßtruppunternehmen losgeschickt, augenscheinlich mit Erfolg. Stein ließ das Fernglas sinken und sah George Band an, der sich nun inzwischen selbst irgendwoher ein Glas besorgt hatte (Stein erinnerte sich daran, daß Bill Whytes Vater ihm zum Abschied ein sehr schönes Fernglas geschenkt hatte) und Stein nun mit der gleichen erstaunten Miene ansah, die Stein selber machte. Eine Weile blickten sie einander sprachlos an. Dann, gerade als Stein im Begriff war, den neu eingetroffenen Sanitätern zu befehlen vorzugehen und die Verwundeten zu bergen, sagte hinter ihm eine kühle, ruhige Stimme, »Nun, Stein?« und aufblickend erkannte er Oberst Tall, seinen Bataillonskommandeur, der gemächlich auf ihn zukam, unter dem Arm das Bambusstöckchen, ohne das Stein ihn niemals gesehen hatte.
Bugger Stein und Band konnten nicht wissen, daß Sergeant Beck, der musterhafte Ausbilder, aus eigener Initiative in den vergangenen zwanzig Minuten fünf japanische MG-Nester unschädlich gemacht und dabei nur einen Mann verloren hatte. Der phlegmatische, schwerblütige, langweilige, allgemein unbeliebte, phantasielose, pedantische, hingebungsvolle Berufssoldat, der sich schon zweimal erneut verpflichtet hatte, beherrschte hier die Bühne, wie es vielleicht

niemand, selbst nicht sein gefallener Vorgesetzter Keck, hätte tun können. Als er sah, daß er nicht sogleich mit Verstärkungen rechnen konnte, traf er seine Dispositionen genauso, wie man es ihm auf dem Lehrgang für Taktik in Fort Benning beigebracht hatte. Unter sachkundiger Ausnutzung des Geländes schickte er sechs Leute, jeweils unter dem Kommando der Gruppenführer Dale und Bell, nach rechts und sechs nach links. Mit den übrigen blieb er liegen, bereit, auf jedes Ziel zu schießen, das sich zeigen mochte. Alles ging wie am Schnürchen. Selbst die Leute, die er bei sich behalten hatte, fanden Gelegenheit, zwei Japaner zu erledigen, die vor den Handgranaten flüchteten, welche seine Stoßtrupps warfen. Dale und seine Leute auf der Linken machten ohne eigene Verluste vier MG-Nester unschädlich. Sie stellten fest, daß die felsige Böschung völlig unbewacht war, und konnten sich bis in die Mitte der japanischen Stellung vorarbeiten und Handgranaten auf zwei getarnte MG-Stellungen fallen lassen, die sie weiter unten entdeckten; die beiden anderen Stellungen, die am ansteigenden Hang lagen, boten größere Schwierigkeiten, doch konnten sie umgangen und ebenfalls mit Handgranaten außer Gefecht gesetzt werden. Nicht ein einziger Schuß war auf diesen Stoßtrupp abgegeben worden, und er kehrte unter Führung Dales zurück, der sich grinsend die Lippen leckte und schmatzend seinen Erfolg genoß. Die Bedeutung dieses Unternehmens lag darin, daß wenigstens die Hälfte der MGs liquidiert worden war, die den 1. Zug und das freie Gelände bestreichen konnten, durch das die Verstärkungen nun ziemlich ungefährdet vorzugehen vermochten.

Auf der rechten Seite war Bell weniger glücklich, doch machte er eine besonders wichtige Entdeckung. Rechts ging die Böschung allmählich in einen ansteigenden Hang über, und nachdem Bell und seine Gruppe eine MG-Stellung umgangen und vernichtet hatten, gelangten sie an das eigentliche Zentrum der japanischen Stellung. Die Böschung endete hier vor einer sieben Meter hohen Felswand, die weiter oben in steile Klippen auslief und unpassierbar war. Gerade oberhalb dieser Felsmauer befand sich die feste japanische Bunkerstellung, die Schießscharten nach drei Seiten aufwies. Als der vorderste Mann auf die Böschung kletterte, um einen Weg an der Felswand vorbei zu suchen, wurde er von wenigstens drei Maschinengewehren durchlöchert. Zu Bells Gruppe gehörten sowohl Witt, der

Freiwillige aus Kentucky, als auch der Gefreite Doll, aber keiner von ihnen war der vorderste Mann. Diese Ehre war einem Soldaten namens Catch zuteil geworden, Lemuel C. Catch, einem altgedienten Mann, einem Säufer und früheren Boxfreund von Witt. Er starb auf der Stelle, ohne ein Wort von sich zu geben. Sie zogen seine Leiche herunter und nahmen sie mit zurück, während über ihren Köpfen ein fürchterlicher Feuerzauber losbrach. Da hatte aber der Gruppenführer Bell sich die Befestigung schon so gut angesehen, daß er sie beschreiben konnte.

Warum er das eigentlich getan hatte, konnte Bell sich nie erklären. Vermutlich einfach aus Verbitterung, aus Erschöpfung und in dem Wunsch, das gottverfluchte Gefecht endlich hinter sich zu bringen. Bell wußte jedenfalls, daß die gute Beschreibung eines Augenzeugen sehr wertvoll werden konnte. Was nun auch der Grund sein mochte, es war jedenfalls ein verrücktes Unternehmen. Bell hielt seine Leute vierzig Meter hinter der Stelle, wo Catch gefallen war an, befahl ihnen zu warten und gab seinem verrückten Wunsch, selbst etwas zu sehen, nach. Er ließ das Gewehr zurück, nahm eine Handgranate mit, kletterte die Böschung hinauf und streckte den Kopf heraus. Das japanische Feuer hatte aufgehört. Es wuchsen hier einige Sträucher auf der Böschung, und deshalb hatte er auch diese Stelle gewählt. Behutsam kroch er weiter, von seinem verrückten Einfall getrieben, bis er eine kleine Mulde fand. Hier sah er nichts weiter als endloses Gras, das auf einer Kuppe wuchs, die sich über dem Plateau erhob. Er zog den Sicherungsstift heraus, schleuderte die Handgranate mit äußerster Anstrengung und duckte sich. Die Handgranate explodierte gerade am Fuß der Kuppe und in dem nun einsetzenden, irrsinnigen MG-Feuer stellte Bell fünf MGs fest. Sie schossen aus fünf Scharten, die er zuvor nicht bemerkt hatte. Als das Feuer aufhörte, kroch er merkwürdig befriedigt zu seinen Leuten zurück. Was ihn nun auch zu seiner Handlung veranlaßt haben mochte (und er wußte es immer noch nicht), seine kleine Gruppe jedenfalls betrachtete ihn bewundernd. Er führte sie zurück, an der Böschung entlang, bis er die eigentliche Kompaniestellung hinter der dritten Bodenwelle ins Blickfeld bekam. Von nun an bot der Rückweg keine Schwierigkeiten mehr. Bells Leute sahen ebensowenig einen Japaner in der Nähe der Böschung wie Dales Stoßtrupp. Niemand kam je dahinter, warum die Felsböschung, die der eigentliche Schlüssel zur Stellung auf dem Plateau war, weder von Gewehrschützen noch von MGs gesichert wurde. Für die beiden Gruppen und für Becks kleinen Angriffsplan war es jedenfalls ein Glück, daß nirgends Posten standen. Jetzt waren alle japanischen Feuerstellungen unterhalb der Felsböschung liquidiert, es bestand eine kontinuierliche Front, und die Lage war gänzlich verändert. Daß diese Veränderung gerade in jenem Augenblick eintrat, als Oberst Tall auf der Bildfläche erschien, war einer jener ironischen Zufälle, die sich ganz unerwartet ereignen, und die stets gewissen Leuten namens Stein zum Schaden gereichen.

»Warum liegen Sie denn da herum, wo Sie doch gar nichts sehen können?« war Talls nächste Frage. Er stand aufrecht da, weil er aber noch etwa zehn Meter entfernt war, ragten höchstens sein Kopf und seine Schultern über die Deckung. Stein bemerkte, daß Tall offenbar nicht die Absicht hatte, näher zu kommen.

Stein überlegte, ob er Tall davon unterrichten solle, daß die Lage sich geändert hatte, sich beinahe in den letzten Sekunden vor seiner Ankunft geändert hatte. Er entschied sich indessen dagegen. Jedenfalls vorläufig. Das hätte zu sehr nach einer lahmen Ausrede ausgesehen. Statt dessen antwortete er: »Ich beobachte, Sir. Gerade habe ich die beiden anderen Gruppen des 2. Zuges nach vorne geschickt.«

»Das habe ich auf dem Herweg gesehen«, nickte Tall. Die Begleitung Talls, die aus drei Meldern, einem Feldwebel und dem Adjutanten, einem jungen Hauptmann namens Gaff bestand, hatte sich, wie Stein bemerkte, dafür entschieden, in Deckung zu gehen und lag auf dem Bauch. »Wie viele Verluste haben die beiden Gruppen beim Vorgehen gehabt?« Tall traf neuerlich ins Schwarze.

»Keine, Sir.«

Tall zog die Brauen unter dem tiefsitzenden Helm in die Höhe. »Keine? Überhaupt keine?« Eine Werfergranate wirbelte ziemlich weit entfernt den Dreck auf, und Tall ging nun ein paar Schritte weiter vor und hockte sich neben Stein hin.

»Nein, Sir.«

»Das klingt ja ganz anders als das, was Sie mir da vorhin übers Telefon gesagt haben.« Tall sah ihn aus zusammengekniffenen Augen befremdet an.

»Tut es auch, Sir. Die Situation hat sich grundlegend geändert.« Stein glaubte, sich jetzt mit einer solchen Antwort nichts mehr zu vergeben. »Und zwar in den letzten vier bis fünf Minuten«, fügte er hinzu und verabscheute sich deshalb.
»Und worauf führen Sie diese Veränderung zurück?«
»Auf Sergeant Beck, Sir. Er hat offenbar die Hälfte seiner Leute auf die MG-Stellungen angesetzt und dabei Erfolg gehabt.«
Ein MG begann zu rattern, und 25 Meter vor der Deckung wühlte ein Feuerstoß den Sand auf. Tall änderte weder seine Haltung noch seinen Ton. »Dann haben Sie ihm also meinen Befehl überbringen lassen.«
»Nein, Sir . . . das heißt, ja, Sir. Die beiden Gruppen, die zur Verstärkung vorgingen, haben die Befehle für Beck mitgenommen. Beck hat seine Stoßtrupps aber schon vorher angesetzt.«
»Aha.« Tall blickte eine Weile stumm aus zusammengekniffenen blauen Augen zum Plateau hinüber. Das MG sandte einen neuen Feuerstoß, und diesmal wanderten die Einschläge von links nach rechts und waren nur noch 15 Meter entfernt. Tall rührte sich nicht.
»Sie werden gesehen, Sir«, sagte Stein.
»Stein«, sagte Tall, ohne auf diese Bemerkung zu achten, »wir gehen jetzt allesamt vor, mit sämtlichen verfügbaren Leuten. Haben Sie noch irgendwelche Bedenken vorzubringen oder Einwände zu machen?«
»Nein, Sir«, versetzte Stein lahm, »jetzt nicht mehr. Ich wiederhole jedoch meine Bitte, den Dschungel rechts von der Höhe 210 erkunden zu dürfen. Ich bin davon überzeugt, daß er feindfrei ist. Den ganzen Tag über ist von da nicht ein einziger Schuß gefallen. Eine japanische Patrouille hätte uns von dort her mühelos die Hölle heiß machen können. Ich habe auch damit gerechnet.« Er deutete dahin, wo zwischen den Bodenwellen gerade die Baumwipfel des Dschungelstreifens sichtbar wurden. Tall folgte seiner Hand mit den Augen.
»Es ist viel zu spät, jetzt dort das Gelände zu erkunden.«
»Warum nicht einen Spähtrupp in Zugstärke mit einem MG ansetzen, Sir? Der könnte sich schlimmstenfalls über Nacht einigeln, wenn er nicht vor Dunkelheit zurückkommt.«
»Wollen Sie einen Zug verlieren, Stein? Außerdem schwächen Sie damit das Zentrum zu sehr. Wir haben die Erste Kompanie nicht

mehr in Reserve, sie ist bereits weiter rechts eingesetzt und die Zweite Kompanie liegt links und hat ebenfalls Feindberührung.«

»Das weiß ich, Sir.«

»Also wir greifen an, wie ich gesagt habe. Alle Mann vor zur Böschung, und wir haben das Plateau vor Dunkelheit.«

»Ich glaube kaum, daß das Plateau so leicht zu nehmen ist, Sir«, gab Stein zu bedenken und richtete dabei seine Brille, vier Finger von oben und den Daumen von unten gegen den Rahmen gepreßt.

»Glaube ich nicht. Auf alle Fälle können wir uns nachts einigeln und brauchen nicht zurückzugehen, wie die anderen gestern.« Damit war die Lagebesprechung zu Ende. Tall richtete sich gemächlich zu voller Höhe auf. Sogleich ratterte das MG los und während Stein sich noch duckte, klatschten die Kugeln kurz vor Tall in den Boden, und es schien Stein, als flitzten sie Tall zwischen den Beinen durch und jaulten ihm um die Füße herum. Tall warf dem Plateau einen amüsiert verächtlichen Blick zu und schlenderte, immer noch zu Stein sprechend, durchs Gelände. »Zunächst einmal schicken Sie einen Melder zum 1. Zug. Lassen sie ihn aufschließen und links von Beck an der Böschung in Stellung gehen. Sobald Ihr Melder beim 1. Zug angekommen ist, gebe ich der Zweiten Kompanie telefonisch den Angriffsbefehl durch. Dann gehen wir ebenfalls vor.«

»Jawohl, Sir«, sagte Stein. Er konnte sich nicht beherrschen, er mußte mit den Zähnen knirschen, aber seiner Stimme war nichts anzumerken. Langsam, sehr langsam, erhob auch er sich zu voller Höhe (es widerstrebte ihm) und folgte dem Oberst. Ehe er aber noch einen Befehl geben konnte, war der junge Hauptmann Gaff, der bislang flach auf dem Boden gelegen hatte, herangekrochen.

»Lassen Sie mich gehen, Sir«, sagte er zu Tall. »Ich möchte es wirklich gerne.«

Tall betrachtete ihn liebevoll. »Gut, John. Meinetwegen.« Mit großem, väterlichem Stolz sah er dem jungen Hauptmann nach.

»Sehr guter Mann«, sagte er zu Stein.

Dieses Mal brauchte man keine Ferngläser, denn so weit vorne lag der 1. Zug gar nicht. Aufrecht stehend, die Köpfe gerade über der Deckung, sahen Tall und Stein zu, wie Gaff kunstgerecht seine Haken schlug, bis er in dem Trichterfeld links vom Plateau ankam. Stein hatte ihm beschrieben, wo er Skinny Culn, den neuen Zugführer,

finden würde. Gleich darauf bewegte sich der 1. Zug in Grüppchen zu zweien und zu dreien sprungweise nach rechts.
»Gut so«, bemerkte Tall. »Geben Sie mir das Telefon.«
Er sprach längere Zeit in den Apparat und sagte dann schließlich: »Okay, jetzt werden wir uns auf den Weg machen.«
Die in der Nähe liegenden Männer begannen unruhig zu werden, ganz als fühlten sie, daß sich etwas vorbereite.
Was immer Stein auch gegen Tall vorzubringen haben mochte, und das war nicht gerade wenig, er mußte doch zugeben, daß mit Talls Ankunft hier vorne alles und alle sich zum Besseren verändert hatten. Zum Teil war der Grund für diese Veränderung der Erfolg von Beck, wie der nun auch im einzelnen aussehen mochte. Aber das konnte nicht die ganze Erklärung sein, und Stein war bereit, das einzugestehen. Mit Tall war etwas gekommen, das zuvor nicht dagewesen war, das zeigte sich in den Gesichtern der Leute. Sie sahen nicht mehr so verstört aus. Vielleicht lag es nur daran, daß sich langsam die Gewißheit breitmachte, daß nicht jeder einzelne fallen mußte, sondern daß wenigstens einige überleben würden. Und von da war es nur ein einziger Schritt zu der normalen Reaktion des Ego: ich werde es überstehen. Andere mag es erwischen, meine Freunde werden vielleicht rechts und links von mir fallen, ich aber werde es überleben. Selbst Stein fühlte sich wohler. Tall war angekommen und hatte die Zügel in die Hand genommen, hatte sie fest, selbstbewußt und zuversichtlich ergriffen. Wer am Leben blieb, würde Tall dafür zu danken haben, und die Toten schwiegen sowieso. Die Toten waren zu bedauern, jeder bedauerte sie. Aber wenn sie einmal tot waren, zählten sie nicht mehr, nicht wahr? Das war die einfache Wahrheit, und Tall hatte sie mitgebracht.
Alles das war deutlich an der Art abzulesen, wie Tall die Dinge jetzt vorantrieb. Aufrecht vor den zusammengekauerten Leuten des 3. Zuges auf und ab gehend, den kleinen Bambusstock in der Rechten, mit dem er sich leicht auf die Schulter klopfte, während er konzentriert die Stirn runzelte, erklärte er den Leuten kurz, was er plante, warum er es plante und was sie dabei zu tun hatten. Er feuerte sie nicht an. Seine Haltung drückte im Gegenteil deutlich aus, daß er anfeuernde Redensarten für betrügerisch und verwerflich hielt und nicht gedachte, sich ihrer zu bedienen; seine Soldaten verdienten besseres. Sie

mußten ihre Pflicht tun, und zwar ohne daß er ihnen chauvinistische Reden hielt. Er dachte nicht daran, ihre nationale Begeisterung anzufachen. Als die Bewegung beendet war, der 1. und 3. Zug rechts und links vom 2. Zug an der Böschung Stellung bezogen hatten, gab es nur zwei Leichtverwundete und allen war bewußt, daß man dieses Ergebnis Oberst Tall zu verdanken hatte. Selbst Stein empfand das.
Nachdem er sie aber soweit geführt hatte, wurde es deutlich, daß selbst Tall sie nicht viel weiter voran bringen konnte. Es war nun bereits 15:30 Uhr, die Leute waren seit Sonnenaufgang hier draußen, und seit dem Vormittag hatten die meisten nichts mehr zu trinken gehabt. Mehrere Männer hatten einen Zusammenbruch erlitten. Viele andere, deren Nerven von dem ständigen Beschuß und dem Wassermangel aufs äußerste angegriffen waren, standen kurz vor dem Zusammenbruch. Tall sah das sehr wohl, doch nachdem er die Meldungen von Beck, Dale und Bell entgegengenommen hatte, wollte er vor Einbruch der Dunkelheit noch einen Vorstoß gegen die Bunkerstellung machen.
Die kleine Gruppe der Offiziere und Unteroffiziere um den Oberst schloß nun auch die Chargen der Zweiten Kompanie ein. Als die Dritte vorgegangen war, hatte die Zweite Kompanie auf Talls telefonischen Befehl hin zum dritten Mal an diesem Tag angegriffen. Der Angriff war ebenso fehlgeschlagen, wie die beiden anderen, und in der Verwirrung war die Hälfte der Kompanie in den 1. Zug der Dritten Kompanie geraten, und da auf dem Rückzug der Rest der Zweiten ebenfalls nach rechts abgedrängt worden war, hatte Oberst Tall die Führer der Zweiten Kompanie nun auch zu sich gerufen.
»Die Bunkerstellung bildet offenbar den Schlüssel zum Plateau«, erklärte er ihnen. »Ober . . . Unteroffizier Bell hat damit ganz recht.« Er warf Bell einen scharfen Blick zu und fuhr fort: »Von der Kuppe aus können unsere kleinen gelben Brüder das ganze Gelände hinter dieser Böschung bestreichen. Ich begreife nicht, warum sie die Böschung nicht sichern, aber wir müssen diesen Umstand ausnützen, ehe sie ihren Fehler bemerken. Wenn wir den Bunker nehmen, können wir zweifellos noch vor Einbruch der Dunkelheit das Plateau besetzen. Ich brauche jetzt Freiwillige für einen Stoßtrupp gegen den Bunker.«
Das war das erste, was Stein von einem neuen Angriff hörte, und er war so entsetzt, daß er seinen Ohren nicht traute. Tall mußte doch

sehen, wie erledigt sie alle waren. Doch war Stein die Lust vergangen sich mit Tall zu streiten, schon gar nicht in Gegenwart der Hälfte der Offiziere des Bataillons.

John Bell, der bei den anderen saß, empfand das alles wie die Szene aus einem Film, aus einem sehr schlechten, klischeereichen, drittklassigen Kriegsfilm. Mit dem wirklichen Tod konnte das kaum etwas zu tun haben. Der Oberst stand immer noch aufrecht, ging, während er redete, immer noch mit dem Stöckchen unter dem Arm auf und ab, doch fiel es Bell auf, daß er sich sorgfältig so weit von der Böschung entfernt hielt, daß sein Kopf nicht über den Rand hinaus ragte. Es war Bell auch aufgefallen, wie Tall gezögert hatte, ehe er ihn Unteroffizier nannte. Bell hatte den Oberst noch nie zu Gesicht bekommen, aber es war natürlich Unsinn zu glauben, Tall kenne seine Vergangenheit nicht. Schließlich wußte jeder davon. Vielleicht war dies mehr als alles andere der Grund, der Bell sagen ließ, was er nun sagte.

»Ich bin bereit, einem Stoßtrupp den Weg zum Bunker zu zeigen, Sir.« War er verrückt? Er wußte, daß er wütend war – aber verrückt? Ah, Marty!

Gleich darauf ließ sich rechts von Bell eine Stimme vernehmen. Krummschulterig, klauenfingerig und schiefgesichtig meldete Unteroffizier Dale seine Forderung auf Glück, Beute und endgültige Freiheit von der Küchenfron an.

Bell durchschaute seine geheimen Motive nicht.

»Ich gehe, Sir, ich melde mich freiwillig, Sir!« Charlie Dale erhob sich, machte drei Schritte vorwärts und hockte sich wieder hin. Es war, als könne Dale, der befreite Koch, nicht glauben, daß sein Angebot wirksam sei, ohne daß er die vorgeschriebenen drei Schritte vortrat. Hockend ließ er seine glitzernden Knopfaugen umherwandern, und Bell fand ihn abstoßend und lächerlich.

Kaum hatte Dale sich hingehockt, als zwei weitere Stimmen vernehmbar wurden. Hinter Bell lösten sich aus seiner eigenen kleinen Gruppe der Gefreite Doll und der Schütze Witt. Beide setzten sich näher zu Bell als zu Dale, der abgesondert und allein saß. Bell blinzelte ihnen zu.

Der Gefreite Doll, der immer noch entrüstet war, weil Charlie Dales Patrouille erfolgreicher gewesen war als seine eigene, sah erstaunt,

daß Bell ihn anblinzelte. Was, zum Teufel, sollte das bedeuten? Seitdem er den Mund aufgemacht hatte und vorgetreten war, klopfte Doll wieder das Herz in der Kehle und ließ alles vor seinen Augen verschwimmen. Wenn er die Zunge im Munde bewegte, war es genauso, als riebe man zwei Stücke feuchten Löschpapiers aneinander. Seit mehr als vier Stunden hatte er nichts getrunken, und der Durst hatte so von ihm Besitz ergriffen, daß er sich nicht erinnern konnte, jemals nicht durstig gewesen zu sein. Dies aber war anders, das Löschpapier in seinem Mund war der Durst der Angst. Und Doll begriff das. Machte Bell sich über ihn lustig? Er versuchte, Bell ein kleines, kühles, behutsames Lächeln zuzuwerfen.
Witt hingegen, der ganz gelöst links und etwas näher bei Bell saß, grinste und blinzelte zurück. Witt fühlte sich wohl. Als er sich heute morgen bei der Kompanie zurückgemeldet hatte, war er entschlossen gewesen, alles mitzumachen. Und dazu war er auch jetzt noch entschlossen. Hatte Witt einmal seinen Entschluß gefaßt, dann hatte er ihn gefaßt, und es war kein Wort mehr darüber zu verlieren. Soweit er in Betracht kam, war dieser Stoßtrupp nichts weiter als eine jener kleinen Angelegenheiten, die von den wenigen wirklich begabten Leuten seines Schlages erledigt werden mußten. Er hielt sich für einen guten Soldaten und zweifelte nicht daran, daß er sich aus jeder Klemme geschickt herauswinden werde; was im übrigen Pech oder unglückliche Zufälle betraf, so konnte sich niemand dagegen schützen. Aber er glaubte nicht, daß er Pech haben würde; er war überzeugt, daß er seinen alten Kameraden nützlich werden konnte – seinen alten Kameraden, von denen einige, wie dieser Schnösel Fife, ihn nicht einmal in der Kompanie haben wollten! Witt jedoch war willens, sich auf alle Fälle nützlich zu machen, er wollte sogar Fife behilflich sein, wenn es notwendig werden sollte.
Überdies hegte Witt Achtung und Bewunderung für Bell, und zwar seitdem Bell auf der Patrouille das feindliche Feuer so tollkühn herausgefordert hatte. Witt, der im Lauf seiner Dienstjahre dreimal Korporal und zweimal Sergeant gewesen war, besaß einen Blick für Klugheit und Mut. Und obwohl er im allgemeinen mit seiner Anerkennung sehr sparsam umging, empfand er Zuneigung zu Bell. Witt war der Ansicht, daß Bell, ganz wie er selber, der geborene Führer sei. Zusammen würden sie zum Nutzen der anderen eine ganze Menge

zustande bringen. Er mochte Bell leiden, und es war ihm gleichgültig, daß Bell Offizier gewesen war. Er grinste also und blinzelte Bell vertraulich zu, ehe er Tall seine Aufmerksamkeit schenkte, den er nicht leiden konnte.

Der Oberst war gar nicht zu Worte gekommen, so schnell hatten sich die Freiwilligen gemeldet. Er hatte jetzt vier, und noch ehe er diesen vier ein Wort sagen konnte, hatte er schon drei mehr. Von den Offizieren der Zweiten Kompanie meldete sich ein ältlicher, calvinistisch aussehender Leutnant, der sehr wohl ein Pfarrer hätte sein können, aber keiner war. Ihm folgte ein Feldwebel der Zweiten Kompanie und dann ließ sich auch der junge Hauptmann Gaff, Talls Adjutant, vernehmen und bot seine Dienste an.

»Ich möchte den Stoßtrupp gerne führen, Sir«, sagte er.

Tall hob die Hand. »Das reicht, das reicht. Sieben sind genug. In diesem Gelände wären mehr als sieben nur hinderlich. Ich weiß zwar, daß noch viele von euch gerne mitgingen, aber ihr werdet auf eine andere Gelegenheit warten müssen.« Als Hauptmann Stein diese Worte vernahm, sah er den Oberst scharf durch seine Brille an, und es erstaunte ihn maßlos, feststellen zu müssen, daß Tall nicht etwa Witze machte, sondern ganz im Ernst sprach. Es lag nicht einmal Ironie in seinen Worten.

Zu Gaff gewendet sagte Tall: »Schön, John. Übernehmen Sie die Führung. Und jetzt . . .«

Sachkundig entwarf er den Operationsplan. Geschickt, folgerichtig, ohne das geringste Detail zu übersehen, plante er das Unternehmen. Es war unmöglich, seine Fähigkeiten und seine Geistesgegenwart nicht zu bewundern. Stein jedenfalls zweifelte nicht daran, daß es den anderen ebenso ging; er mußte zugeben, daß Tall über Fähigkeiten und eine Autorität verfügte, die ihm, Stein, ganz einfach fehlten.

»Ihr werdet feststellen, daß um den Bunker herum MG-Schützen postiert sind. Ich halte es aber für besser, daß Ihr euch um diese gar nicht kümmert, sondern wenn möglich auf den Bunker losgeht. Die kleinen MG-Nester fallen von allein, wenn der Bunker erst mal erledigt ist.

»Das ist alles, meine Herren«, schloß Tall unerwartet lächelnd. »Die Unteroffiziere gehen in die Stellung zurück, Offiziere bleiben noch hier. Vergleichen Sie Ihre Uhr mit meiner, John, und lassen Sie der

Vierten Kompanie zwölf Minuten Zeit, ehe Sie den ersten Anruf machen. Solange werden Sie brauchen, um hinzukommen.«

Als der kleine Stoßtrupp sich nach rechts der Böschung entlang entfernte, befand sich der Oberst bereits am Telefon, um mit dem Bataillon zu sprechen. Hauptmann Stein, der mit den übrigen Offizieren zusammenhockte und zu seinen durstigen, erschöpften Männern an der Böschung hinübersah, überlegte, wieweit sie wohl bergauf angreifen könnten, selbst wenn der Bunker gefallen sein sollte. Vielleicht dreißig Meter, ehe sie zusammenbrachen? Der Stoßtrupp verschwand um den Hang herum. Stein wandte seine Aufmerksamkeit wieder Tall und der kleinen Gruppe der Offiziere zu (von anfänglich zehn waren nur noch sechs vorhanden), und während der Stoßtrupp sich der Stelle näherte, an der Bell zuvor das Feuer auf sich gezogen hatte, erklärte Oberst Tall seinen Offizieren bereits den Alternativplan, der im Fall eines Fehlschlagens des Stoßtruppunternehmens ausgeführt werden sollte. Falls der Bunker nicht geknackt werden konnte, wünschte Tall einen überraschenden Nachtangriff auszuführen. Selbstverständlich bedeutet das, daß man zunächst eine Igelstellung beziehen und die Vorbereitungen treffen müßte. Tall hatte jedenfalls nicht die Absicht, bei Dunkelheit den Rückzug anzutreten wie das Zweite Bataillon gestern Abend. Er selbst würde vorne bleiben. Im übrigen bestehe selbstverständlich die Möglichkeit, wenn auch nur eine geringe, daß der Stoßtrupp Erfolg habe.

John Bell, der vor dem kleinen Stoßtrupp herging, dachte nicht darüber nach, ob der Angriff Erfolg haben könnte oder nicht. Er klammerte sich vielmehr an den Gedanken, daß er sich freiwillig gemeldet hatte, um dem Stoßtrupp *den Weg zu zeigen.* Nicht etwa, um an dem Unternehmen selbst teilzunehmen. Aber niemand außer ihm selber hatte auf den sorgfältig gewählten Wortlaut seines Angebotes geachtet. Nun hatte er es also: nicht nur ging er als vorderster Mann, sondern man erwartete auch von ihm, daß er am Stoßtrupp teilnahm, und davon konnte er sich nicht drücken, wenn er nicht als Feigling dastehen wollte. Stolz und Eitelkeit! Welche Torheiten zwangen sie uns nicht, in ihrem Namen zu begehen! Er hielt den Blick eisern auf die Stelle gerichtet, wo die Böschung um die Biegung des Hanges verschwand. Er würde sich nicht wundern, wenn die Japaner endlich auf die Idee gekommen wären, ihren Fehler gutzumachen und ein paar MGs herunter zu schicken, die jetzt ein schönes, großes Ziel haben würden. Gereizt blickte er sich um und bedeutete den anderen aufzurücken; dabei machte er eine merkwürdige Entdeckung. Es war ihm alles ziemlich einerlei, ja, es war ihm alles gänzlich gleichgültig, Erschöpfung, Hunger, Durst, Schmutz, die Ermüdung durch die unablässige Angst, die durch Wassermangel hervorgerufene Schwäche, die Gefahr – das alles hatte so lange an ihm genagt, bis er irgendwann während der letzten Minuten – wann, wußte er nicht genau – aufgehört hatte, wie ein Mensch zu empfinden. Seine Gefühle waren heute so überfordert worden, daß das Reservoir seiner Emotionen leer war. Er empfand immer noch Angst, aber selbst die war durch die Apathie seiner Empfindungen (im Unterschied zu physischer Apathie) so abgestumpft, daß sie eigentlich nur noch als geringe Unannehmlichkeit in Erscheinung trat. Nichts berührte ihn mehr, und dieser Zustand verminderte nicht etwa seine Funktionsfähigkeit, sondern das Bewußtsein, nicht länger mehr wie ein Mensch zu empfinden, ließ ihn viel besser funktionieren. Als die anderen herangekommen waren, kroch er weiter und pfiff bei sich nach der Melodie *Gott schütze Amerika* »Ich bin ein Automat«.

Sie hielten sich alle für Menschen, hielten sich für lebendige, wirkliche Menschen. Das taten sie, wahrhaftig. Wie komisch. Sie glaubten, Entschlüsse zu fassen und ihr eigenes Leben zu arrangieren, und nannten sich stolz freie, menschliche Individuen. In Wahrheit aber befanden sie sich hier und würden so lange hier bleiben, bis der Staat sie durch irgendeinen anderen Automaten anwies, woanders hinzugehen; dann würden sie dorthin gehen. Aber das würden sie freiwillig tun, nach eigener Wahl und nach freiem Willen, denn sie waren freie, menschliche Individuen. Hm, hm.

Als er an die Stelle kam, wo er zuvor über die Böschung hinaufgeklettert war, blieb er stehen, schickte Witt als Posten aus und verständigte Hauptmann Gaff.

Der Witt, der da vorkroch, um Posten zu stehen, hielt sich für einen Menschen, glaubte an sich als an eine wirkliche Person. Tatsächlich waren ihm niemals Zweifel daran aufgestiegen. Er hatte sich dazu entschlossen, freiwillig zu seiner alten Kompanie zurückzukehren, hatte sich bewußt freiwillig zu diesem Stoßtrupp gemeldet, und so hielt er sich denn für ein freies, menschliches Individium. Er war frei, weiß und mündig, hatte sich nie und würde sich nie etwas bieten lassen, und als das Gefecht immer näher rückte, fühlte er, wie er innerlich vor Aufregung ganz starr wurde, so, wie früher beim Streik der Bergarbeiter in Breathitt. Jetzt kam die Gelegenheit, sich nützlich zu machen, die Gelegenheit, so viele seiner Kameraden zu retten wie er konnte, die Gelegenheit, noch mehr von den verfluchten Japanern abzumurksen. Er wollte es diesem Arschloch Stein, der ihn als einen Unruhestifter hatte versetzen lassen, schon zeigen. Er kauerte neben der Böschung auf den Knien und hielt das entsicherte Gewehr in der Hand. Schließlich hatte er nicht sein Leben lang für nichts und wieder nichts Eichhörnchen geschossen, trug nicht seit sechs Jahren umsonst das Scharfschützenabzeichen. Er befürchtete einzig, daß da hinten, wo Hauptmann Gaff sich überlegte, was er tun sollte, etwas passierte und er, der hier auf Posten stand, nicht dabei sein könnte. Nun, das würde sich ja bald genug herausstellen.

Und damit hatte Witt recht, es stellte sich bald genug heraus. Als der junge Hauptmann Gaff, der, falls er nervös war, nichts davon sehen ließ, die Stelle besichtigt hatte, beschloß er, selbst hinauf zu kriechen, und nach seiner Rückkehr meinte er, daß man von hier aus das Feuer sehr gut leiten könnte. Die einzige Schwierigkeit sei, daß die spärlich überwachsene Mulde da oben zu flach sei und man daher nicht ungesehen das Sprechfunkgerät über die Böschung schleifen könne. »Weiß einer von euch, wie man mit so einem Ding umgeht?« fragte er. Bell war der einzige, der das konnte. »Schön, dann bleiben Sie hier unten stehen, und ich rufe Ihnen die Angaben zu«, sagte Gaff. Zunächst wollte er aber selber anrufen und die Koordinaten durchgeben. Dann erklärte er seinen Plan. Sobald die Granatwerfer die Gegend nach Kräften eingedeckt haben würden, wollte er mit seinen Leuten über die Böschung klettern und dann so nahe wie möglich durchs Gras an den Bunker herankriechen, ehe sie ihre Handgranaten warfen. »Klar?« Bells Automaten nickten mit den Köpfen. »Gut. Auf gehts!«

Gaff kletterte über die Böschung und verschwand in der Mulde, ehe die ersten Granaten heranrauschten. Sie konnten das sanfte Fauchen der Geschosse hören, die fast senkrecht herunterkamen, und dann verschwand der Hügel in Rauch und Feuer und Lärm. Da sie nur etwa fünfzig Meter vom Bunker entfernt lagen, ging ein wahrer Platzregen von Dreck, Steinbrocken und heißen Splittern auf sie nieder. Jemand hatte Witt bedeutet, sich gegen die Böschung zu lehnen, und sie alle preßten ihre Gesichter gegen den Fels, schlossen die Augen und fluchten auf die gottverdammten Granatwerfer, die vielleicht zu kurz schießen würden. Das taten sie aber nicht. Als der Beschuß fünfzehn Minuten gedauert und Gaff ununterbrochen andere Entfernungen heruntergebrüllt hatte, schrie er schließlich: »Genug! Feuer einstellen!« Bell gab den Befehl durch. »Es reicht jetzt!« schrie Gaff. »Was jetzt nicht kaputt ist, geht auch nicht mehr kaputt.« Als nun der Befehl, das Feuer einzustellen, hinten befolgt wurde und keine Granaten mehr fielen, war die Stille beinahe ebenso überwältigend wie vorher der Lärm.

»Auf, Leute«, rief Gaff, jetzt aber viel leiser.

Falls der Stoßtrupp sich der Illusion hingegeben haben sollte, daß das Granatwerferfeuer alle Japaner im Bunker außer Gefecht gesetzt hätte, wurde er sogleich eines besseren belehrt. Als der ältliche, mürrische, calvinistisch aussehende Leutnant von der Zweiten Kompanie als erster über die Böschung kletterte und sich dabei wie ein Narr bis zum Bauch sehen ließ, bedachte ihn ein japanischer MG-Schütze mit drei Brustschüssen. Er fiel so flach in die Mulde, wie er es gleich zu Anfang hätte tun sollen, und so hing er da und seine Beine baumelten nach unten über die Böschung und denen vor dem Gesicht herum, die nach ihm kommen sollten. So behutsam es ging, zogen sie ihn herunter. Lang auf dem Rücken ausgestreckt, flach atmend und mit geschlossenen Augen, wirkte er mürrischer denn je. Er öffnete die Augen nicht, legte beide Hände auf der verwundeten Brust zusammen, fuhr fort mit säuerlicher, calvinistischer Miene flach zu atmen, und seine bläulichen Backen schimmerten dunkel in der späten Nachmittagssonne.

»Was machen wir denn jetzt?« knurrte Charlie Dale. »Wir können ihn doch nicht mitnehmen.«

»Wir müssen ihn hier liegen lassen«, sagte Witt. Er war gerade eben herangekommen.

»Ihr könnt ihn doch nicht hier lassen«, protestierte der Sergeant von der Zweiten Kompanie.

»Schön«, knurrte Dale. »Er gehört ja zu deiner Kompanie, dann kannst du bei ihm bleiben.«

»Nee«, sagte der Sergeant. »Ich habe mich schließlich nicht freiwillig zu diesem Stoßtrupp gemeldet, um ihm Händchen zu halten.«
»Ich hätte Feldprediger werden sollen«, sagte der Sterbende, ohne die Augen zu öffnen. »Gekonnt hätte ich es, ich bin nämlich ein geweihter Priester. Ich hätte mich nicht zur Infanterie melden sollen. Meine Frau hat mich gewarnt.«
»Wir können ihn ja hier lassen, bis wir zurückkommen«, schlug Bell vor. »Falls er dann noch lebt.«
»Wollt ihr mit mir beten, Freunde?« fragte der Leutnant, immer noch mit geschlossenen Augen. »Vater unser, der du bist im Himmel, geheiliget werde dein Name.«
»Wir können leider nicht, Sir«, unterbrach ihn Dale höflich. »Der Hauptmann wartet auf uns, wir müssen los.«
»Gut«, versetzte der Leutnant, ohne die Augen zu öffnen. »Dann bete ich allein. Geht vor, Jungens. Dein Reich komme. Dein Wille...«
Während sie, einer hinter dem anderen auf dem Bauch über den Rand der Böschung krochen, um den Fehler des Sterbenden zu vermeiden, hörten sie das schwache, dumpfe Gemurmel. Dale ging als erster, unmittelbar gefolgt von Witt.
»So ein Affe«, flüsterte Witt, als sie in der flachen Mulde unter den Sträuchern lagen. »Wäre er doch bloß Pfarrer geworden! Jetzt haben sie uns gesehen, sie wissen, daß wir da sind. Jetzt reißen sie uns den Arsch auf.«
»Ja, scheiß auf seine blöde Beterei«, stimmte Dale zu, aber ohne rechte Überzeugung. Er war ganz davon in Anspruch genommen, seine kleinen Äugelchen umherwandern zu lassen.
Bell ging als letzter und blieb an der Böschung stehen, da er sich verpflichtet fühlte, irgendwas zu sagen, etwas Ermunterndes, aber was sollte man denn zu einem Sterbenden sagen? »Viel Glück, Sir«, brachte er schließlich heraus.
»Danke, mein Sohn«, antwortete der Leutnant von der Zweiten mit geschlossenen Augen. »Wer sind Sie? Ich möchte nicht gern die Augen aufmachen.«
»Bell, Sir.«
»Richtig. Nun, Bell, wenn Sie gelegentlich mal daran denken, sprechen Sie ein Gebet für meine Seele. Ich will Sie nicht bedrängen, aber es kann meiner Seele gewiß nicht schaden, wie?«

»Gut, Sir«, antwortete Bell. »Auf Wiedersehen.«
Als er über den Rand der Böschung kletterte und dabei Kopf und Oberkörper fest gegen den Boden preßte, hörte er die murmelnde Stimme, die jetzt ein ihm unbekanntes Gebet sprach. Automaten. Religiöse Automaten, gottlose Automaten. Der Club der Automaten. Kaplan Gray erteilt den Segen. Ganz recht. Der Dreck schmeckte äußerst staubig auf den Lippen, die gegen die Erde gepreßt waren.
Hauptmann Gaff war unterdessen ganz ans Ende der Mulde gekrochen, hatte auch bereits die deckenden Sträucher hinter sich gelassen und war jetzt etwa 25 Meter weiter vorne.
»Ist er tot?« fragte er, als die anderen herankamen. Sie lagen einer hinter dem anderen in der flachen Mulde.
»Noch nicht«, flüsterte Dale, der unmittelbar hinter Gaff lag. Das Gelände war hier viel offener. Allerdings bot die flache Mulde noch etwas Schutz, und auch das Gras wuchs viel dichter als hinter ihnen an der Böschung, und daher hatte Gaff sich diese Stelle für seine Operation ausgewählt. Auf sein Zeichen sollten sie aus der Mulde heraus und durch das hohe Gras so nahe wie möglich an den Bunker herankriechen und erst auf seinen Befehl ihre Handgranaten werfen.
»Wir könnten natürlich hier auch weiter vorgehen, sehen Sie? Wenn wir das kleine Stückchen freies Gelände da hinter uns brächten, wären wir schon wieder im Schutz der niedrigen Bodenwelle da vorne, und dann könnten wir vermutlich an der Bunkerstellung vorbeikriechen und sie von hinten angreifen.«
»Jawohl, Sir«, war Dales einzige Bemerkung.
»Aber soviel Zeit haben wir nicht mehr.«
»Jawohl, Sir«, bemerkte Dale wieder.
»Wir müßten dann mindestens noch eine ganze Stunde auf dem Bauch kriechen«, erklärte Gaff ernsthaft. »Und bis dahin wäre es wohl dunkel. Was meinen Sie denn?«
»Jawohl, Sir«, sagte Dale. »Ich bin ganz Ihrer Meinung, Sir.« Keiner dieser beschissenen Offiziere würde Charlie Dale jemals dazu bringen, die Verantwortung für die Entscheidung zu teilen.
»Wissen alle Bescheid?« flüsterte Gaff.
»Jawohl, Sir.«
Gaff seufzte. »Alsdann«, sagte er. »Auf, Leute.«
Behutsam kroch Gaff aus der Mulde und hinaus ins hohe Gras. Dabei

zog er sein Gewehr an der Mündung hinter sich her, um das Gras so wenig wie möglich zu bewegen. Einer nach dem anderen folgten ihm seine Leute.

John Bell fühlte sich wie in einem irren Alptraum, den er nicht zum ersten Mal träumte. Mit Füßen und Ellenbogen brach er durch das vorjährige, verfilzte Gras, das nach ihm griff und ihn festhielt. Staub und Pollen füllten seine Nase und drohten ihn zu ersticken. Scharfe Grashalme peitschten sein Gesicht. Nun fiel es ihm wieder ein: es war wie zuvor, als er mit Keck zur Böschung hinaufgekrochen war. Er hatte dies wirklich schon einmal erlebt. Keck war jetzt tot.

Keiner erfuhr je, wie sie sich verraten hatten. Eben noch krochen sie stumm durchs Gras, jeder ganz für sich allein, ohne jede Verbindung mit den anderen, und im Augenblick darauf peitschte MG-Feuer aus allen Richtungen über sie hin. Keiner von ihnen hatte geschossen oder eine Granate geworfen, keiner hatte sich gezeigt. Vielleicht hatte ein nervöser Japaner gesehen, wie sich das Gras bewegte, losgeballert und damit diesen ganzen Feuerzauber ausgelöst. Was nun auch immer der Grund gewesen sein mochte – jetzt lagen sie jedenfalls im feindlichen Feuer, unfähig zu gemeinsamem Handeln, da keiner mit dem anderen Berührung hatte. Ein jeder preßte sich an die Erde, zog den Kopf ein und betete darum, verschont zu bleiben. Da kein Kontakt von Mann zu Mann bestand, gab es auch keine Kontrolle und keine Befehlsgewalt. Niemand war imstande sich zu rühren. Und in dieser Situation, die leicht ihrer aller Verderben hätte werden können, trat der Gefreite Doll als Held hervor.

Doll, der schwitzend am Boden lag und von seiner Angst, von Schrekken, Panik, Furcht und Feigheit schier in Stücke gerissen wurde, hielt es nicht länger mehr aus. Es war heute einfach zuviel für ihn gewesen. Aus Leibeskräften und im höchsten Falsett unablässig »Mutter, Mutter!« kreischend (was zum Glück niemand hörte, er selber schon gar nicht) sprang er auf und begann auf die japanische Stellung loszulaufen, wobei er von der Hüfte gegen die einzige Schießscharte feuerte, die er sehen konnte. Die Japaner, offenbar über alles Erwarten hinaus verdutzt, stellten ihr Feuer ein. Im gleichen Augenblick sprang Hauptmann Gaff auf, der geistesgegenwärtig genug seinen eigenen Schrecken überwunden hatte, schwenkte die Arme und brüllte: »Alles zurück!« Mit Gaff an der Spitze rannten die übrigen um ihr

Leben zurück zur Mulde. Unterdessen stürmte Doll weiter und heulte unablässig: »Mutter! Mutter!«
Als sein Gewehr leergeschossen war, warf er es gegen den Bunker, zog die Pistole und feuerte weiter. Mit der Linken zerrte er eine Handgranate aus dem Koppel, hörte lange genug auf zu schießen, um den Sicherungsstift zu ziehen, und warf die Handgranate auf das getarnte Dach der Bunkerstellung, das er jetzt sehen konnte, wo sie ohne Schaden anzurichten krepierte. Immer noch feuernd, setzte er seinen Amoklauf fort, und erst als das Magazin leer war, kam er zur Besinnung und sah, wo er war. Nun drehte er ab und rannte davon. Glücklicherweise versuchte er nicht, den anderen zu folgen, sondern schlug sich blindlings nach rechts – dies pflegte er später allerdings zu bestreiten. Hier war die im Bogen verlaufende Böschung nur zehn Schritte entfernt, und er erreichte sie, ehe das japanische Feuer, das zögernd und wie eben erst zur Besinnung gekommen, wieder auflebte, seine volle Stärke erreichen, ihn finden und durchlöchern konnte.
Während er diese zehn Sprünge machte, kam von rückwärts ein zischender, schwarzer Gegenstand über seinen Kopf gesegelt und fiel ihm vor die Füße. Ohne zu überlegen, trat Doll das Ding weg wie einen Fußball. Es hüpfte davon und explodierte knallend in einer schwarzen Qualmwolke, die Doll umwarf. Als er stürzte, merkte er jedoch, daß nichts mehr unter ihm war: er war über die Böschung gefallen. Er traf fast genau an der gleichen Stelle auf, wo der Schütze Catch gefallen war. Der Aufprall rüttelte ihn durcheinander, er verspürte einen stechenden Schmerz im Knöchel, dann rollte er noch ein Stück weiter und blieb liegen. Eine Weile lag er keuchend im Gras, rang nach Luft, halb blind, zerschrammt, außer Atem, und dachte an gar nichts. Dieser Auftritt war nun wieder etwas ganz anderes gewesen, als der Zickzacklauf zurück vom 1. Zug, dann der Weg nach vorne und die Suche nach Culn, ganz anders auch als der Angriff unter Feldwebel Keck. Dies war unbeschreiblich gräßlich gewesen, ganz einfach grauenhaft, ohne jede Einschränkung. Er wünschte innig, nie wieder daran erinnert zu werden. Als er auf seine Füße blickte, gewahrte er einen schmalen Schlitz gerade über seinem Knöchel. Wo war er überhaupt? Er wußte schon, wo er war, aber war er allein hier? Was war mit den anderen los? Wo steckten sie? Im Augenblick wünschte er nichts anderes als Gesichter um sich zu

sehen, sich trostsuchend jemandem an den Hals werfen zu können. Auf der Suche nach Gesellschaft erkletterte er die Böschung und hinkte darauf entlang, bis er keuchend an die Stelle kam, wo die Mulde begann, und hier hätte er die anderen beinahe über den Haufen gerannt, die gegen den Fels gelehnt dasaßen und verschnauften. Nur einer von ihnen war verwundet, und zwar war das der Feldwebel von der Zweiten Kompanie. Ihm hatte ein MG-Geschoß die Schulter zerschmettert.

»Doll!!« keuchte Hauptmann Gaff, noch ehe Doll sich entschuldigen oder versuchen konnte, sein merkwürdiges Betragen zu rechtfertigen, »Doll, ich reiche Sie persönlich zur großen Tapferkeitsmedaille ein. Sie haben uns allen das Leben gerettet. Eine solche Tollkühnheit ist mir noch nie vorgekommen. Ich werde selber die Begründung schreiben und sehen, daß der Antrag durchgeht. Das verspreche ich Ihnen.«

Doll traute seinen Ohren nicht. »Ach was, Sir«, krächzte er bescheiden, »das war doch gar nichts. Ich hatte bloß Angst.« Er sah deutlich, daß ihn Charlie Dale, der nach Luft schnappend gegen den Fels lehnte, mit neidzerfressenem Gesicht anstarrte. Ha, ha, alter Hurenbock! dachte Doll mit plötzlichem Entzücken.

»Und daß es Ihnen eingefallen ist, nach rechts zu laufen, wo die Böschung so nahe war! Das ist wirklich fabelhaft!« keuchte Gaff.

»Naja, Sir«, sagte Doll und lächelte Dale an, »schließlich war ich ja bei der ersten Patrouille dabei.«

»Das waren einige andere auch«, versetzte der junge Hauptmann Gaff. Er keuchte immer noch schwer, kam aber langsam wieder zu Atem. »Und es ist Ihnen nichts passiert? Sie sind nicht verwundet?«

»Tja, Sir, ich weiß nicht recht«, lächelte Doll und wies auf den winzigen Schlitz in seinem Stiefel.

»Wo kommt denn der her?«

»Von einer japanischen Handgranate. Ich habe sie weggetreten.« Er bückte sich, um den Stiefel aufzuschnüren. »Ich will doch lieber mal nachsehen.« In seinem Stiefel fand er einen kleinen Splitter, der wie ein Kiesel hineingerutscht war. Beim Laufen hatte er tatsächlich gar nichts davon bemerkt. »Hm«, log er grinsend, »ich dachte, ich hätte einen Stein im Schuh.« Der Splitter hatte den Knöchel ein wenig geritzt und ein paar Blutstropfen waren in den schweißfeuchten Strumpf gesickert.

»Beim Himmel«, rief Gaff, »das ist zwar nur ein Kratzer, aber ich werde Sie außerdem fürs Verwundetenabzeichen einreichen. Warum sollen Sie es schließlich nicht auch bekommen? Aber sonst ist alles in Ordnung, was?«
»Ich habe mein Gewehr verloren«, sagte Doll.
»Nehmen Sie das von Leutnant Gray.« Gaff sah sich nach den anderen um. »Wir hauen lieber ab und melden, daß wir den Bunker nicht nehmen können. Zwei Leute nehmen Leutnant Gray mit.« Dann fragte er den Sergeanten von der Zweiten: »Können Sie es allein schaffen?«
»Klar«, sagte der und grinste, aber es war eigentlich mehr ein schmerzliches Verziehen des Gesichtes. »Es tut nur weh, wenn ich lache.« Und zu Doll: »Das war ganz große Klasse, mein Lieber.«
»Ach was«, entgegnete Doll mit strahlenden Augen und schüchternem Lachen. Die allgemeine Anerkennung stimmte ihn außergewöhnlich großmütig. Er hatte ganz vergessen, daß er sich eben noch nach Trost gesehnt hatte. »Aber was ist mit dir?« und er sah auf die Hand, von der Blut troff, und auf den Arm, der nutzlos und schlaff von der zerschmetterten Schulter hing, und fühlte wieder Angst.
»Ach, das geht schon«, sagte der Sergeant glücklich. »Ich habe es hinter mir. Ich gehe zurück. Hoffentlich bin ich ein bißchen verkrüppelt.«
»Los, Leute«, drängte Hauptmann Gaff, »laßt uns abhauen. Quatschen könnt ihr später immer noch. Dale und Witt nehmen den Leutnant, Bell, Sie helfen dem Sergeanten. Ich nehme das Funkgerät, und Doll macht den Schluß. Unsere kleinen gelben Brüder, wie der Oberst sich auszudrücken beliebt, könnten nämlich auf die Idee kommen, ein paar Figuren hinter uns her zu schicken.«
Und in dieser Ordnung trat der kleine Trupp seinen Rückweg an. Die Japaner schickten ihnen niemanden nach. Als sie ins Blickfeld des Kommandeurs kamen, boten sie nicht gerade einen besonders vielversprechenden Anblick: Gaff mit dem Funkgerät, Bell mit dem Verwundeten, dann Dale und Witt mit der Leiche des Leutnants, die sie an den Füßen hinter sich herschleiften, und Doll in der Nachhut. Aber Gaff hatte auf dem Rückweg bereits mit dem Bataillon gesprochen.
»Wenn wir es morgen noch mal versuchen können«, hatte er gesagt,

»dann könnte es klappen, und ich will gerne noch einmal einen Stoßtrupp führen. Wenn wir durch das kurze Stück freies Gelände kriechen und hinter die Kuppe kommen, können wir sie von hinten angehen und von oben Handgranaten werfen. Das hätten wir schon heute tun sollen. Von oben her können wir sie kinderleicht eindecken, und das werde ich dem Oberst auch sagen.«
Merkwürdig genug, es war nicht einer, der nicht wieder hätte dabei sein wollen – ausgenommen selbstverständlich der Sergeant von der Zweiten, der dazu nicht mehr imstande war. Selbst John Bell wollte, ebenso wie die anderen, wieder mitgehen. Alle waren sie Automaten. Woran lag das nur? Bell wußte es nicht. Was bedeutete dieser merkwürdig masochistische Selbstzerstörungstrieb, der ihn dazu drängte, sich der Gefahr und dem feindlichen Feuer auszusetzen, wie er es dahinten an der Mulde zum ersten Mal getan hatte? Als Kind hatte er sich einmal (einmal? oft und auf verschiedene Weise, aber er erinnerte sich jetzt ganz besonders deutlich an eine Gelegenheit, als er fünfzehn war, erinnerte sich so deutlich, als erlebte er diesen Augenblick jetzt und hier von neuem) – hatte er sich einmal im Wald vor der Stadt herumgetrieben. In diesem Wald gab es eine Klippe und eine Höhle (wenn man ein zwei Meter tiefes Loch im Fels eine Höhle nennen konnte), und oberhalb der Klippe erstreckte sich der Wald noch etwa fünfzig Meter weit, ehe er an einer Schotterstraße endete. Jenseits der Straße arbeiteten Bauern auf den Feldern. Als er ihre Stimmen, das Schnauben der Pferde und das Knirschen des Geschirrs vernahm, überkam ihn eine unbekannte, süße, geheime Erregung. Er spähte durch den Vorhang von Blättern am Waldrand und sah die vier Männer in Arbeitsanzügen und Gummistiefeln am Rain des Feldes stehen. Sie jedoch konnten ihn nicht sehen. Die Schotterstraße wurde auch viel von Automobilen befahren. Jetzt hielt ein Wagen, in dem ein Mann und drei Frauen saßen, die nun eine Unterhaltung mit den vier Bauern begannen. Bell wußte plötzlich, was er tun wollte. Von einer heißen, süßen, kitzelnden Welle der Erregung überrieselt, lief er durch den Wald bis zu der Klippe zurück und begann sich auszuziehen. Nackt wie am Tag seiner Geburt kroch er in der warmen, weichen Juniluft wie ein Indianer zurück zum Waldrand. Zweige und alte Blätter zertrat er lautlos unter seinen bloßen Füßen, seine Kleider und sein Frühstücksbrot hatte er weit

hinter sich gelassen, denn alles das gehörte dazu: seine Kleider mußten so weit weg sein, daß er sie, falls er ertappt werden sollte, nicht rechtzeitig wieder anziehen konnte, sonst wäre es Mogelei gewesen. Und während er von den Blättern verborgen unmittelbar am Rande des Waldes stand, so daß er die Leute auf der Straße und ihre Gesichter deutlich sehen konnte, masturbierte er, vor Erregung heftig zitternd.

Als John Bell hinter Hauptmann Gaff auf der Insel Guadalcanar die Böschung entlang kroch, und dem verwundeten Sergeanten beistand, hielt er plötzlich ein, von dieser Offenbarung wie vom Donner gerührt. Und diese Offenbarung, die ihm sein Gedächtnis bereitet hatte, und der er ins Gesicht sehen mußte, besagte, daß hinter seiner freiwilligen Teilnahme am Stoßtrupp, seinem Aufstieg zur Mulde und selbst seinem Eifer bei dem fehlgeschlagenen Angriff ein sexuelles Motiv steckte, und zwar das gleiche, das ihn damals bei jenem Vorfall an der Straße angetrieben hatte.

»Au!« sagte der Sergeant neben ihm. »Verdammt noch mal!«

»Oh, entschuldige!« versetzte Bell.

An diese Episode hatte er lange nicht mehr gedacht. Als er seiner Frau Marty davon erzählt hatte, war auch sie in Erregung geraten, und sie waren gemeinsam ins Schlafzimmer gerannt, um sich zu begatten. Ahhhhhhhhhh, Marty! Der stumme Schrei war wie eine Explosion, die gegen seinen Willen in seinen Eingeweiden ausgelöst wurde.

Im Besitz dieser neuen Erkenntnis betrachtete Bell verstohlen die anderen. Lag auch ihrem Verhalten ein sexuelles Motiv zugrunde? Wie konnte man das feststellen? Er hätte es nicht sagen können. Er wußte aber, daß er sich ebenso wie die anderen morgen freiwillig zum Stoßtrupp melden würde, falls sich die Gelegenheit dazu ergeben sollte. Zum Teil war das Corpsgeist und ein Gefühl der Kameradschaft, das in dem Bewußtsein wurzelte, gemeinsam ein gefährlicheres Erlebnis bestanden zu haben als alle übrigen. Zum anderen Teil lag es daran, daß er Hauptmann Gaff mehr und mehr schätzte. Und schließlich spielte jedenfalls bei ihm auch noch diese andere Sache hinein, die er gar nicht recht bezeichnen konnte und die mit seiner Sexualität zusammenhing. Ob das auch auf die anderen zutraf? Konnte es denn sein, daß jeder Krieg im Grunde eine Betätigung der Sexualität war? Nicht nur in der Theorie der Psychiater, sondern wirklich? Der Krieg als sexuelle Perversion? Oder als ein Komplex

sexueller Perversionen? Das wäre wirklich eine lustige These, und Gott helfe der Menschheit!
Bell konnte zwar nicht herausbekommen, wie weit die Sexualität im Verhalten seiner Kameraden eine Rolle spielte, dafür konnte er aber etwas anderes in ihren Gesichtern lesen. Die Benommenheit, und die Gewißheit, nicht länger mehr wie ein Mensch zu empfinden, die er auf dem Weg nach oben an sich selbst festgestellt hatte, ergriff immer mehr Besitz von ihren Gesichtern. Selbst an Gaff, der doch erst seit zwei Stunden bei ihnen war, ließ sich davon etwas bemerken. Bell war also nicht der einzige. Und als sie, ihre Wunden leckend, in den Schoß des Bataillons zurückkehrten, das im Begriff war, Stellung für die Nacht zu beziehen, konnte er in vielen Gesichtern diesen gleichen, nicht mehr menschlichen Ausdruck erkennen. In manchen Gesichtern mehr als in anderen, je nachdem, wie sehr der einzelne seit dem Morgengrauen gelitten hatte. Neben seinen eigenen Leuten sah man es jenen am meisten an, die am ersten Angriff mit Keck teilgenommen hatten.
Es wurde jetzt dunkel. Die Leute vom Stoßtrupp entdeckten, daß der größte Teil der Dritten Kompanie sich auf Oberst Talls Befehl einige Meter vor der Böschung eingegraben hatte. Es stellte sich heraus, daß das kleine Gefecht gehört und richtig als Fehlschlag gewertet worden war, und deshalb hatte die Zweite Kompanie die Anweisung erhalten, den Verteidigungsring zu schließen, und war nun dabei, sich einzugraben. Von einem Rückzug war nicht die Rede. Auf Befehl vom Oberst wurden auch schon für die Leute des Stoßtrupps Löcher gegraben.
Sie erfuhren auch gleich, daß sie Gelegenheit bekommen würden, den Bunker morgen noch einmal anzugreifen. Der Oberst ließ sie, nachdem er Hauptmann Gaffs Meldung entgegengenommen hatte, darüber nicht im unklaren. Der von Tall geplante Nachtangriff, von dem man noch nichts gehört hatte und über den man nur staunen konnte, war vom Divisionskommandeur nicht genehmigt worden. Immerhin, so sagte Oberst Tall, haben wir uns aber dazu erboten. Im übrigen stimme er mit der Beurteilung der Lage, so wie Hauptmann Gaff sie vorgetragen hatte, völlig überein. Er schüttelte allen die Hände, zuerst Doll, weil dieser zur Tapferkeitsmedaille eingereicht war, und natürlich dem Leutnant Gray, der bereits auf einer Bahre den Weg zur Höhe 209 angetreten hatte. Dann klemmte er

das Stöckchen unter den Arm, ließ die Mannschaft wegtreten und begab sich zu einer Lagebesprechung mit den Offizieren.
Oberst Talls Plan, den er nach der Ablehnung des von ihm vorgeschlagenen Nachtangriffes entworfen hatte, zog jede Möglichkeit in Betracht und machte auch Gebrauch – wie Bugger Stein sogleich feststellte – von Steins heutigem Vorschlag, das Gelände weiter rechts auf die Möglichkeit einer Umgehung hin zu erkunden. Stein sollte die Dritte Kompanie (mit Ausnahme des Stoßtrupps unter Gaff) noch vor Morgengrauen bis hinter die dritte Bodenwelle zurücknehmen und rechts durch die Senke in den Dschungel vorrücken, der heute so still gewesen war. Er sollte versuchen, von hinten her zum Kopf des Elefanten vorzudringen, es sei denn, er stieße auf wirklich harten Widerstand. »Der Rüssel des Elefanten stellt einen wunderbaren Rückzugsweg für unsere kleinen gelben Brüder dar«, lächelte Oberst Tall. Falls Stein weiter oben, wo die Hänge steiler wurden, den Rüssel abriegeln könnte, hätte man vielleicht die gesamten japanischen Kräfte eingeschlossen. Hauptmann Task sollte unterdessen die Zweite Kompanie zur Böschung heranführen, auf die Erstürmung der Bunkerstellung durch Gaffs Stoßtrupp warten und dann frontal angreifen. »Ich beauftrage Sie mit dem Umgehungsmanöver, Stein, weil das ursprünglich Ihre Idee war«, bemerkte Oberst Tall. Vielleicht, aber nur vielleicht, und dann auch nur für Stein vernehmbar, war eine verschleierte Drohung aus dem etwas knappen Ton herauszuhören, in dem Tall diese Worte sprach.
»Dieser Bell«, bemerkte Oberst Tall, nachdem die Diskussion seines Angriffsplanes beendet war. Er sah dorthin, wo er den Leuten vom Stoßtrupp in voller Absicht ihre Löcher in der Nähe des eigenen und des Deckungsloches von Gaff angewiesen hatte. »Ein sehr guter Mann.« Dieses Mal war es allen anwesenden Offizieren klar, was zwischen den Zeilen gemeint war, denn alle waren ebenso wie Tall darüber informiert, daß Bell ein ehemaliger Offizier war.
»Das ist er wirklich!« stimmte Hauptmann Gaff ohne jede Einschränkung und mit jungenhafter Begeisterung zu.
Als Stein Talls Blick auf sich fühlte, sagte er: »Seitdem er bei der Kompanie ist, hat er sich immer tadellos geführt.«
Tall sagte nichts weiter und deshalb schwieg auch Stein. Je weniger gesagt wurde, desto lieber war es ihm. Stein fühlte sich mehr und

mehr wie ein schuldbeladener Schüler, der durch die Prüfung gefallen ist, und Tall bestärkte ihn darin, obwohl noch kein einziges Wort über Steins Verhalten gefallen war. Während die Offiziere in der Mitte der Stellung beisammen saßen, wandte sich das Gespräch langsam den Aussichten des morgigen Tages zu. Es war nun fast ganz still; das Jaulen der Granaten, die den ganzen Tag durch den Himmel gezogen waren, hatte schon vor einiger Zeit aufgehört, und jetzt vernahm man nur noch gelegentlich in der Ferne einen Gewehrschuß. Beide Seiten lagen abwartend.

Als die Dunkelheit einfiel, hatte das Bataillon seine Plätze für die Nacht eingenommen: in der Mitte der Stellung saßen die Offiziere zusammen und erörterten die Aussichten des kommenden Tages. In den Löchern reinigten die Soldaten ihre Waffen; das Bataillon am Ende des ersten wirklichen Kampftages weder siegreich noch geschlagen, erschöpft, in wachsender Benommenheit und in einer unentschiedenen Lage. Ehe es ganz dunkel wurde, trennten sich die Offiziere und suchten ihre Löcher auf, um zusammen mit ihren Leuten den japanischen Nachtangriff zu erwarten. Das schlimmste war vielleicht, daß man jetzt nicht mehr rauchen durfte. Das – und der Wassermangel. Es waren im Laufe des Nachmittages noch einige Soldaten zusammengebrochen und fortgetragen worden wie Verwundete, und eine ganze Menge von ihnen stand immer noch kurz vor dem Zusammenbruch. Auch die Angst blieb ein Problem, bei einigen mehr, bei anderen weniger, je nach dem, wie weit die entmenschende Benommenheit in jedem einzelnen fortgeschritten war. John Bell stellte fest, daß er jetzt überhaupt keine Angst mehr verspürte, aber sie würde schon wieder kommen, sobald die Knallerei einsetzte.

Die Männer standen umschichtig Wache, und keiner kam recht zum Schlafen. Mehrere, die zum ersten Mal vor der eigenen Front die Nacht verbrachten, schossen auf Schatten, schossen auf alles und nichts, und verrieten ihre Stellung; der erwartete japanische Nachtangriff blieb jedoch aus, und die Japaner begnügten sich damit, die Telefonkabel zu durchschneiden. Wahrscheinlich waren sie für einen Angriff zu schwach und zu krank. So lag denn das Bataillon und wartete auf die Morgendämmerung. Gegen zwei Uhr früh erlitt John Bell einen Malariaanfall mit Fieber und Schüttelfrost, wie er ihn vor zwei Tagen an der Straße gepackt hatte, nur war es dieses Mal viel schlimmer. Auf dem Höhepunkt des Anfalls zitterte er so hilflos, daß er im Fall eines japanischen Angriffes niemandem hätte von Nutzen sein können. Und er war nicht der einzige. Hauptfeldwebel Welsh bekam seinen ersten Malariaanfall, der noch schlimmer war als Bells zweiter; krampfhaft drückte er seinen Kleiderbeutel an sich, in dem das kostbare, in Leder gebundene Dienstbuch lag, in dem er schon vermerkt hatte, wer heute gefallen, verwundet oder krank geworden war. Auch andere hatten unter Malaria zu leiden. Einer, der scheißen gehen mußte, erleichterte sich wild fluchend in einer Ecke seines Deckungsloches und verbrachte den Rest der Nacht mit dem Versuch, nicht hineinzutreten. Es hätte einem ja das Leben kosten können, den Kopf aus dem Loch zu stecken.

Kapitel V

Milliarden harter, glitzernder Sterne schimmerten mitleidlos am tropischen Nachthimmel. Unter diesem glänzenden Baldachin des Universums lagen die Männer hellwach und warteten. Von Zeit zu Zeit segelten die gleichen großen Wolken, jetzt als schwarze Kleckse, majestätisch durch den hellen Himmel und verdeckten ihn teilweise, doch fiel kein Regen auf die durstenden Männer. Zum ersten Mal, seit sie in diesen Hügeln waren, regnete es nicht in der Nacht. Die Nacht mußte ertragen werden, sie mußte in ihrer prächtigen Schönheit durstig ertragen werden. Vielleicht war Oberst Tall von allen der einzige, der diese Nacht genoß.

Schließlich ging der Befehl »Fertigmachen!« von Loch zu Loch, obwohl es noch ganz dunkel war. Im unwirklichen Zwielicht der trügerischen Dämmerung gerannen die schmutzstarrenden Reste der Dritten Kompanie zu Gruppen und Zügen, um ihr Flankierungsmanöver zu beginnen. Nicht einer von ihnen war ohne Schrammen, Kratzer oder Prellungen, die er sich am Tag zuvor durch fortgesetztes heftiges Hinwerfen geholt hatte. Der Dreck klebte ihnen unter den Fingernägeln, vermischt mit dem Öl und Fett der Waffen. Sie hatten gestern insgesamt 48 Ausfälle gehabt, Tote, Verwundete und Kranke, mehr als ein Viertel der Kompanie. Niemand bezweifelte, daß es auch heute wieder Ausfälle geben würde. Die Frage war nur: wer?

Obwohl Oberst Tall beinahe ebenso schmutzig war wie seine Leute, wirkte er doch noch elegant, wie er da, den Bambusstock unter dem Arm und die Hand auf die tiefhängende Pistolentasche gestützt, zwischen den Männern umherging und ihnen Glück auf den Weg wünschte. Er schüttelte Hauptmann Stein und Oberleutnant Band die Hand. Dann marschierte die Kompanie im gespenstischen Dämmerlicht nach Osten, von Durst gequält, einem neuen Tag entgegen.

Noch ehe es licht geworden war, hatten sie die dritte Bodenwelle hinter sich – wo sie gestern solange von Schrecken gepeinigt gelegen hatten und das bekannte Gelände ihnen jetzt fremd vorkam – und waren am Rande des Dschungels angelangt, der sie verbarg, wohin Oberst Tall sie gestern hatte nicht gehen lassen wollen und wo kein einziger Japaner zu sehen war. Behutsam vorgehend, Späher voraus, fanden sie den Dschungel feindfrei. Hundert Meter im Wald gerieten sie auf einen stark ausgetretenen Pfad, auf dem unzählige Abdrücke japanischer Nagelstiefel zur Höhe 210 wiesen. Als sie in aller Ruhe und ohne auf Widerstand zu stoßen, den Pfad entlang gingen, vernahmen sie, wie das Gefecht um das Plateau begann, wo ihre ehemals vier und nun fünf Freiwilligen bei Hauptmann Gaff zurückgeblieben waren.

Tall hatte nicht lange gewartet. Die Schützenlöcher entlang der Böschung waren nun von Leuten der Zweiten Kompanie besetzt. Kaum war es hell genug, als Tall die Zweite bereits auf die Böschung vorrücken ließ und einen Zug vorschickte, der mit Front zum Bunker in Stellung gehen sollte. Dieser Zug wäre dann in der Lage gewesen, Gaff zu unterstützen.

Der Vorstoß in Zugstärke wurde allerdings abgewiesen. Der Zug geriet in schweres MG-Feuer vom Bunker her und wurde überdies von noch nicht erkannten Stellungen aus beschossen. Es gab vier Tote und mehrere Verwundete, und man mußte umkehren. Das war die Schießerei, die die Dritte vom Dschungel aus vernommen hatte. Dieser Fehlschlag hatte zur Folge, daß Gaff und seine nunmehr fünf Freiwilligen ohne Unterstützung blieben und den Bunker allein nehmen mußten. Tall ging jetzt zu ihnen.

Der fünfte Freiwillige war der Gefreite Cash, der ehemalige Taxifahrer mit den eiskalten Augen, der Mann aus Toledo mit dem gemeinen Gesicht, der in der Dritten als »Großer« oder »der Große« bekannt war. Ehe die Dritte abgerückt war, hatte der Große sich schwerfällig vor Tall aufgebaut und darum gebeten, Gaffs Stoßtrupp zugeteilt zu werden. Tall, der ganz und gar nicht gewohnt war, von einfachen, ihm nicht weiter bekannten Soldaten angesprochen zu werden, hatte geglaubt, er höre nicht recht. Er konnte sich nicht erinnern, diesen Menschen je zuvor gesehen zu haben. »Warum?« hatte er scharf gefragt.

»Wegen dem, was die Japse vor drei Tagen mit den Burschen vom Zweiten Bataillon auf der Höhe 209 gemacht haben«, war die Antwort gewesen. »Ich habe das nicht vergessen, und ich will mir ein paar von den Kerlen vornehmen, ehe ich eine verpaßt kriege und nicht mehr dazu komme, welche umzulegen. Und ich glaube, bei Hauptmann Gaffs Stoßtrupp hätte ich die beste Gelegenheit dazu.«

Tall kam der Gedanke, daß die Dritte sich mit ihm einen üblen Scherz erlaube, daß man diesen Affen mit seiner blöden Bitte, ihm die Gelegenheit zu geben, persönliche Rache zu nehmen, geschickt habe, um ihn, Tall, zu verhöhnen. Hauptfeldwebel Welsh war zum Beispiel ohne weiteres zuzutrauen, daß er sich eine so feinsinnige Bosheit ausdachte.

Als er aber zu dem Mann aufblickte (und das mußte er, obwohl Tall selbst durchaus nicht etwa klein war), als er in dieses Mördergesicht und die eiskalten, wenn auch nicht gerade intelligenten Augen sah, erkannte er trotz seiner Gereiztheit, daß der Mensch seine Bitte ehrlich meinte. Cash hielt sein Gewehr nicht in der Hand, sondern hatte es umgehängt; in der Hand trug er eine der abgesägten Schrotflinten samt einem Patronengürtel voller Schrotpatronen, die irgendein idiotischer Leutnant vom Stabe sinnvollerweise am Abend vor dem Angriff »zu Nahkampfzwecken« hatte verteilen lassen – und das bedeutete, daß Cash gestern den ganzen Tag über das Ding mit herumgeschleppt hatte. Tall war der Ansicht gewesen, daß diese Schießprügel längst weggeworfen worden seien. Plötzlich durchrieselte ihn ganz gegen seinen Willen ein wohliger Schauer. Dieses Vieh war ja wirklich enorm! Aber eben diese seine Reaktion machte ihn noch gereizter.

»Meinen Sie das im Ernst, Mann?« schnappte er scharf. »Wir spielen hier schließlich nicht Trapper und Indianer. Ich habe wichtigere Dinge zu tun.«

»Jawohl«, versetzte Cash. Dann besann er sich auf seine Manieren und setzte hinzu: »Sir. Jawohl, Sir, ich meine es ernst.«

Tall kniff die Lippen zusammen. Falls der Mann sich freiwillig melden wollte, so hatte er das auf dem Dienstweg zu tun, also über seinen Zugführer und den Kompaniechef, keinesfalls aber durfte er den Kommandeur damit behelligen, wenn der Kommandeur eine Schlacht zu schlagen hatte.

»Wissen Sie nicht . . .« begann er ärgerlich, gebot sich dann aber Einhalt. Es war Talls Stolz, Berufssoldat zu sein, und ein derartiges Verlangen nach persönlicher Rache am Feind beleidigte und langweilte ihn. Ein Berufssoldat ignorierte solche Dinge und ließ sich im Kampf einzig von sachlichen Gesichtspunkten leiten. Tall kannte Offiziere des Marinecorps, die lachend davon erzählten, daß ihre Leute ganze Behälter mit japanischen Goldzähnen herumschleppten, die sie im Lauf der Kämpfe gesammelt hatten, aber Tall wünschte nicht, mit derartigen Dingen zu tun zu haben. Außerdem hatten er und sein Schützling Gaff sich gestern darüber geeinigt, daß die Erfahrung und Geländekenntnis der Überlebenden den Verlust von zwei Mitgliedern des Stoßtrupps mehr als ausglichen, und daß zwei Neulinge eher eine Last als eine Hilfe bedeuten würden. Immerhin . . . Und da stand nun dieser Gorilla, wartete stur, als gebe es nichts anderes außer seinen persönlichen Wünschen, verbaute mit seiner Riesengestalt Tall die Aussicht, und Tall war überhaupt nicht imstande zu sehen, was in der Welt vorging!

Nachdem er sich auf die Unterlippe gebissen hatte, knurrte Tall: »Wenn Sie mit Hauptmann Gaff gehen wollen, dann müssen Sie sich bei ihm melden und ihn fragen. Ich habe zu tun. Sie können ihm sagen, daß ich nichts dagegen habe, wenn er Sie mitnimmt. Aber jetzt scheren Sie sich endlich weg!« Er wandte sich ab, und Cash stand mit seiner abgesägten Schrotflinte in der Hand da. »Jawohl, Sir!« rief er dem Oberst nach. »Jawohl, Sir, vielen Dank, Sir!« Und während Tall die Dritte auf den Weg brachte, war Cash auf die Suche nach Gaff gegangen.

Die lauten Dankesworte, die Cash hinter dem Oberst herrief, entbehrten nicht ganz des Sarkasmus. Ein erfahrener Taxifahrer, mag er nun klug sein oder dumm, merkt schließlich ganz gut, wenn ihn ein gesellschaftlich Höherstehender von oben herab behandelt. Was nun die Intelligenz betraf, so glaubte Cash fest, daß er es darin mit jedem hätte aufnehmen können, wenn er nicht immer der Ansicht gewesen wäre, daß Schule und Geschichte und Rechnen und Schreiben und Lesen und das Lernen von Wörtern langweiliger Mist sind und einen nur davon abhalten, zu vögeln oder Geld zu verdienen. Das hielt er immer noch für richtig, nicht nur soweit es ihn selbst, sondern auch soweit es seine eigenen Kinder anging. Er war immerhin ein Jahr auf die Mittelschule gegangen und konnte ebensogut Zeitung lesen wie irgendein anderer. Und was seine Intelligenz betraf, so war er klug genug zu wissen, daß die Erlaubnis des Obersten praktisch bedeutete, Gaff werde ihn mitnehmen. Tatsächlich hatte er die ganze Zeit über vorgehabt, Gaff auf jeden Fall zu sagen, daß der Oberst es erlaubt hätte. Nun brauchte er nicht mal zu lügen.

Gaff und seinen vier Freiwilligen bot sich also im ersten Morgenlicht das abschreckende Bild eines drohend über ihnen in die Dunkelheit hineinragenden Cash, der immer noch Schrotflinte samt Patronen umklammert hielt, die er gestern während des ganzen schrecklichen Tages in einem von der eigenen Artillerie hergestellten Trichter im Bereich des 1. Zuges nicht aus der Hand gelassen hatte. Stur und ohne jede Erregung machte Cash seine Meldung. Wie er erwartet hatte, nahm man ihn ohne weiteres auf – obwohl auch Gaff seine Schrotflinte mit Befremden beäugte. Nun brauchte er sich nur noch bei Bugger Stein abzumelden, und mit den anderen zu warten, bis die Zweite vorrückte, der mittlere Zug seinen kleinen Vorstoß machte, und dann war er an der Reihe. Das alles erledigte Cash mit ingrimmiger Zufriedenheit.

Es gab nicht viel anderes zu tun als zu schwätzen. Während der halben Stunde, die der mittlere Zug der Zweiten Kompanie benötigte, um vergeblich anzugreifen und dann Hals über Kopf mit verzerrten Gesichtern und weißen Augäpfeln keuchend hinter die Böschung zurückzutaumeln, lagen sie zu sechsen einige Meter hangabwärts am rechten Flügel der zweiten Kompanie hinter dem Zug, der hier die rechte Flanke hielt und überdies in Reserve lag. Es war überraschend festzustellen, wie viel weniger Sympathie man jetzt für jene aufbrachte, die ins feindliche Feuer gerieten, solange man nur selber in Sicherheit war. Manchmal ging es dabei nur um einen Unterschied von wenigen Metern, doch die Angst beschränkte sich mehr und mehr auf jene Augenblicke, da man selber in akuter Gefahr schwebte. Während also der mittlere Zug der Zweiten Kompanie nur 30 Meter vor der Böschung in ein wütendes Feuergefecht verwickelt war, plauderten Gaffs Leute. Der Neuankömmling Cash machte sich dabei recht bemerkbar.

Der Große sagte selbst nur wenig, nachdem er erklärt hatte, warum er am Stoßtrupp teilnehmen wollte, und doch machte seine Gegenwart sich sehr fühlbar. Er nahm das Gewehr ab, legte es neben der Schrotflinte sorgfältig auf den Boden und achtete darauf, daß kein Sand in die Schlösser geriet. Dann lag er stumm mit stierem, maskenhaftem Gesicht da, spielte mit dem Patronengürtel und schob die Patronen in ihren Schlaufen hin und her. Die Schrotflinte war eine funkelnagelneue, billig aussehende Büchse, deren Lauf kurz abgesägt war und deren Magazin fünf Patronen faßte. Die Schrotflinten enthielten nicht wirklich Schrotkugeln, sondern Vogeldunst, mit dem man einem Menschen auf kurze Entfernung ein klaffendes Loch beibringen konnte. Es war eine üble Waffe, und Cash sah ganz danach aus, als sei er der Mann, geschickt mit ihr umzugehen. In der Kompanie kannte ihn eigentlich niemand so recht. Er war vor sechs Monaten einberufen worden, hatte einige Bekanntschaften gemacht, aber keine Freundschaften geschlossen. Man fürchtete ihn allgemein. Er hielt sich zurück, trank auch fast immer allein, und obwohl er niemanden zu einer Prügelei herausforderte, war seinem grinsenden Gesicht doch deutlich anzusehen, daß er seinerseits jede Herausforderung mit Vergnügen angenommen hätte. Indessen tat ihm niemand den Gefallen. In dieser Einheit, in der Körperkraft der einzige Wertmaßstab war, fühlte niemand Lust, sich mit einem Mann anzulegen, der über zwei Meter groß und entsprechend breit war. Mit Ausnahme von Queen (der ihn zwar etwas überragte, obwohl er nicht soviel wog) war er der größte Mann in der Kompanie. Es gab zwar Leute, die sich verstohlen darum bemühten, diese beiden Riesen aufeinander zu hetzen, um zu sehen, wer von ihnen der Stärkere sei, und auf einen solchen Kampf wären auch viele Wetten abgeschlossen worden, doch kam es niemals dazu. Wenn Cash überhaupt so etwas wie einen Freund hatte, so war es merkwürdigerweise Witt aus Kentucky, der ihm kaum bis zum Nabel reichte, und mit dem er auszugehen pflegte, ehe Witt versetzt wurde. Es stellte sich heraus, daß Cash in Toledo jene Bewohner von Kentucky schätzen gelernt hatte, die nach Norden gezogen waren, um dort in den Fabriken zu arbeiten; ihm gefiel ihr dickköpfiges, stark ausgeprägtes Ehrgefühl, das sie immer wieder in Prügeleien um Frauen oder um besonders bevorzugte Plätze in den Bars verwickelte. Heute jedoch sprach er nicht einmal mit Witt, sondern kurrte ihm nur einen kurzen Gruß zu. Die anderen musterten ihn und seine Schrotflinte neugierig. Obwohl sie

hinsichtlich dieses besonderen Stoßtrupps nun schon Veteranen waren und daher auf Cash herabsehen konnten, verspürte doch keiner große Lust, es zu versuchen.
John Bell hatte übrigens bereits vergessen, daß die Japaner vor drei Tagen die beiden Leute von der Siebenten Kompanie massakriert hatten. Das war schon zu lange her, und seitdem hatte sich zuviel ereignet. Als Cash zu ihrer aller Überraschung davon zu reden begann, fand Bell, daß die Sache eigentlich nicht mehr besonders wichtig sei. Auf irgendeine Weise kam eben jeder einmal dran. Die einen wurden massakriert, andere bekamen einen Bauchschuß wie Tella, und wieder andere wurden schnell und säuberlich durch den Kopf geschossen. Wer wußte schon, was diese beiden Burschen wirklich erlitten hatten? Einzig sie selber, und sie waren nicht mehr da, um davon zu berichten. Und da sie nicht mehr vorhanden waren, war auch ihre Qual nicht mehr vorhanden und deshalb nicht mehr von Bedeutung. Was sollte das alles? Zwischen den Lebenden und den Toten befand sich eine Mauer, die nur auf eine einzige Weise überstiegen werden konnte. Nur das war von Bedeutung. Also wozu all das Gerede? Bell betrachtete Cash kühl und fragte sich, was er mit diesem närrischen Auftreten wirklich beabsichtige? Die anderen empfanden offenbar ähnlich, das erkannte Bell an den befremdeten Blicken, die sie ihm zuwarfen; niemand machte jedoch eine Bemerkung. Fünfunddreißig Meter weiter vorne war der Zug von der Zweiten Kompanie immer noch damit beschäftigt zu schießen, und gelegentlich hörte man Geschrei. Falls Bell sich nicht sehr irrte, so deutete der Lärm darauf hin, daß der Rest des Zuges ziemlich bald zurückkommen würde. Wenn er daran dachte, was dies für ihn zu bedeuten hatte, so fühlte er ein erregendes Prickeln im Magen. Plötzlich empfand er seine eigene Brutalität so deutlich, als hätte ihm jemand einen Eimer kalten Wassers über den Kopf geschüttet, und er entsetzte sich davor. Welches Vergnügen könnte Marty wohl daran haben, mit so einem Mann verheiratet zu sein, falls er je wieder zurückkehrte? Ah, Marty! Was ändert sich nicht alles! Darum betrachtete Bell die Leute des zurückgeschlagenen Zuges, als sie schließlich fluchend und schluchzend, mit glänzend weißen Augäpfeln und aufgerissenen Mündern über die Böschung zurückgetaumelt kamen, mit einer vielleicht übertriebenen Anteilnahme.

Was die anderen angesichts des zurückflutenden Zuges empfanden, hätte Bell nicht sagen können. Ihre Gesichter, das von Cash eingeschlossen, schienen sämtlich die gleiche kühle, zurückhaltende Ablehnung zu zeigen, die er selbst eben noch gefühlt hatte und von der er jetzt so verzweifelt wünschte, sie nicht zu fühlen. Die Leute der Zweiten lehnten sich gegen die Böschung, starrten ins Leere, sahen niemanden an und zogen in langen schmerzhaften Zügen die Luft durch ihre ausgedörrten Kehlen ein. Es gab kein Wasser für sie, und gerade Wasser brauchten sie notwendig. Obwohl es noch gar nicht richtig heiß war, schwitzten alle erheblich und verloren auf diese Weise noch mehr kostbare Flüssigkeit. Zwei von ihnen fingen plötzlich an zu quaken wie eine ganze Familie von Fröschen in einem Sumpf, verdrehten die Augen und wurden ohnmächtig. Keiner machte sich die Mühe, ihnen zu helfen. Ihre Kameraden waren nicht dazu in der Lage, und der Stoßtrupp lag einfach nur da und sah zu. Der Wassermangel wurde zu einem sehr ernsten Problem und mußte noch bedrohlicher werden, wenn die äquatoriale Sonne höher stieg. Obwohl es hinten reichlich Wasser gab, konnte aus unerklärlichen Gründen keines nach vorne gebracht werden. Merkwürdigerweise war es der abgestumpfte Charlie Dale und nicht etwa Bell oder Don Doll, der diese Sache zur Sprache brachte. Er hatte zwar keine Phantasie, aber er verstand, was ihm sein Bauch sagte, und ließ sich davon leiten. »Wenn hier nicht bald Wasser hergebracht wird«, sagte er so laut, daß es in der ganzen Umgebung zu hören war, »dann kommt keiner von uns den Berg da rauf.« Plötzlich rollte er sich herum, sah zu der hinter ihm aufragenden Höhe 209 zurück und begann die Faust zu schütteln. »Dreckige Schweine! Hurenböcke und Zuhälter! Ihr habt soviel Wasser wie ihr wollt und sauft alles alleine aus! Uns gönnt ihr nicht einen einzigen Tropfen! Seht lieber zu, daß ihr Wasser nach vorne bringt, sonst könnt ihr euch euren Scheißkrieg in den Arsch stecken und verlieren!« Das hatte er herausgebrüllt, und man hörte es entlang der ganzen Böschung, wo aber kein Mensch darauf achtete, am wenigsten die Leute des zurückgeschlagenen Zuges. Dann knurrte er noch was vor sich hin, versank aber, als Oberst Tall nun mit dem Stöckchen in der Hand zu ihnen herangeschlendert kam, in achtungsvolles, aufmerksames Schweigen.

Der Oberst, der gemächlich und hoch aufgerichtet daherkam – so hoch aufgerichtet wie irgend möglich – ließ sich herbei niederzuknien, während er leise und ernst mit Gaff sprach. Und schon waren sie aufgebrochen, gingen wieder geduckt die nun schon bekannte Böschung entlang – nicht nur bekannt, sondern geradezu vertraut, dachte John Bell, und wenn man sich darauf verließe, könnte das üble Folgen haben – und verschwanden mit Gaff an der Spitze um die Biegung des Hanges.
Bell ging an Charlie Dale vorbei, der als zweiter marschierte, und berührte den Hauptmann. »Lassen Sie mich lieber als ersten gehen, Sir«, sagte er respektvoll.
Gaff drehte sich um und warf ihm aus zusammengekniffenen Augen einen scharfen Blick zu. Eine Weile sahen sich diese beiden, der Offizier und der Exoffizier, ganz rückhaltlos an. Dann gab Gaff mit einer Handbewegung seinen Fehler zu und bedeutete Bell, an ihm vorbei zu gehen. Er ließ auch Dale noch vorbei und nahm dann den dritten Platz ein. Als Bell die Stelle erreichte, an der die Mulde begann und wo Leutnant Gray gefallen war, blieb er stehen und alle drängten sich um ihn.
Gaff verzichtete auf alle ermunternden Reden. Er hatte ihnen hinten bereits alles ausführlich erklärt. Er sagte jetzt nur: »Ihr wißt alle, was wir zu tun haben, ich brauche nichts weiter zu sagen. Ich glaube bestimmt, das schlimmste Stück ist der offene Geländestreifen zwischen dem Ende der Mulde und der Kuppe. Wenn wir den hinter uns haben, wird es besser. Vergeßt nicht, daß wir unterwegs auf getarnte Stellungen stoßen können. Wenn möglich, wollen wir ihnen aus dem Wege gehen, aber wenn wir nicht dran vorbeikommen, müssen wir sie unschädlich machen. Das ist alles jetzt.« Er brach ab und sah jeden einzelnen mit einem aufgeregten, jungenhaften, glücklichen, abenteuerlustigen Lächeln an, das nur ein wenig im Widerspruch zu dem angespannten Blick seiner zusammengekniffenen Augen stand.
»Wenn wir den Bunker erwischen«, schloß er, »sollte es eigentlich lustig werden.«
Das wurde von mattem Lächeln quittiert. Einzig Witt und Cash schienen ihr Grinsen aufrichtig zu meinen. Alle jedoch waren ihm dankbar. Seit gestern hatten sie, mit Ausnahme von Cash, eine große

Zuneigung zu ihm gefaßt. Den ganzen vergangenen Abend, die Nacht und auch die frühen Morgenstunden hatte er mit ihnen zusammen verbracht, soweit er nicht gerade zu einer Besprechung bei Oberst Tall war. Er scherzte mit ihnen, munterte sie auf, erzählte ihnen Weibergeschichten und Anekdoten von der Kriegsschule – kurz gesagt, er redete mit ihnen wie mit seinesgleichen. Selbst Bell, der ja ebenfalls Offizier gewesen war, hatte es als erregend und schmeichelhaft empfunden, von einem Offizier als Gleichgestellter behandelt zu werden; die anderen natürlich noch mehr. Sie wären Gaff willig überall hin gefolgt. Er hatte ihnen ein unerhörtes Saufgelage versprochen, sobald sie diese Sache hinter sich hätten und abgelöst wären, alles auf seine Kosten. Und auch dafür waren sie ihm dankbar, daß er dabei nicht von »Überlebenden« gesprochen hatte oder von »denen, die dann noch übrig sind«, sondern daß er stillschweigend zu verstehen gegeben hatte, sie würden allesamt an dem Gelage teilnehmen. Nun sah er sie noch einmal mit seinem jungenhaften, abenteuerlustigen Lächeln aus den gespannt blickenden, zusammengekniffenen Augen an.

»Von jetzt ab gehe ich vor«, sagte er, »denn ich will den Weg selber suchen. Falls mir was passiert, geht das Kommando an Bell, Bell geht also als letzter. Dale ist Bells Stellvertreter, beide wissen Bescheid. Und jetzt los.« Das war mehr ein Seufzer als ein herzhafter Befehl.

Dann begannen sie über die Böschung und in die schmale, vertraute, und doch so gefährliche Mulde zu kriechen, Gaff voran. Jeder war an jener Stelle besonders vorsichtig, wo die Mulde an die Böschung grenzte und Leutnant Gray, der Prediger, ein Opfer seiner Zerstreutheit geworden war. John Bell, der die anderen an sich vorbeikriechen ließ, fing einen verblüfften Blick Charlie Dales auf, der von Haß und Feindschaft sprach. Dale war wenigstens eine Stunde früher als Bell zum Unteroffizier befördert worden, und hätte daher als der Dienstältere behandelt werden müssen. Bell zwinkerte ihm zu, aber Dale blickte weg. Gleich darauf war Dale an der Reihe und er kroch in die Mulde, ohne noch einen Blick zurückzuwerfen. Nun war nur noch Witt vor ihm und dann kam Bell dran. Zum wievielten Mal kroch er nun schon durch das Gestrüpp in die Mulde hinaus? Zum dritten, vierten oder fünften Mal? Die Büsche sahen ziemlich bejammernswert aus, so hatte das MG-Feuer sie zerfetzt.

Weiter vorne in der Mulde brütete Charlie Dale wütend über dem Unrecht, das ihm angetan worden war. Aber etwas anderes war eben von diesen verdammten Offizieren nicht zu erwarten, sie hielten zusammen wie die Pferdediebe, degradiert oder nicht. Er hatte sich ihretwegen gestern zu Tode gerackert. Und er war von einem Offizier befördert worden, von Bugger Stein selbst, nicht von einem lächerlichen Sergeanten wie Keck. Und noch dazu eine Stunde früher. Und wem wurde der Befehl übertragen? Man konnte den Burschen eben einfach nicht über den Weg trauen, sie taten genauso wenig für einen wie die Regierung. Wütend und empört, mit sorgfältig niedergehaltenem Kopf, starrte er auf die unbeweglichen Füße von Doll, als wolle er hineinbeißen.
Weiter vorne hatte Gaff gewartet, bis alle sicher in der Mulde lagen. Nun gab es keinen Grund mehr, länger zu zögern. Er wandte den Kopf nach rechts in die Richtung zum Bunker, hob ihn aber nicht so hoch, daß er über das Gras hätte hinweg sehen können. Warteten sie dort? Beobachteten sie? Blickten sie vielleicht gerade hierher? Er konnte es nicht ahnen. Aber man durfte ihnen nicht die Freude machen, sich blicken zu lassen. Mit einem letzten Blick zurück, der Cash traf, welcher seinerseits mit einem harten, gemeinen, wachsamen Grinsen antwortete, das nicht gerade vertrauenerweckend war, sprang er auf, das Gewehr in der Hand, und lief entsetzlich langsam mit hochgezogenen Knien durch das verfilzte Kunaigras, wie ein Fußballspieler, der über endlose Reihen von ausrangierten Autoreifen springt. Das sah höchst lächerlich aus und war keine würdevolle Haltung dem Tode gegenüber, aber es fiel kein Schuß. Gaff gelangte in den Schutz der Kuppe und warf sich nieder. Nachdem er eine ganze Minute gewartet hatte, winkte er dem nächsten Mann, Cash, ihm zu folgen. Cash, der ebenso wie die anderen hinter ihm aufgerückt war, sprang sofort los, wobei das umgehängte Gewehr ihm gegen den Rücken schlug. In der Hand hielt er die Schrotflinte. Gerade ehe er den Schutz der Kuppe erreichte, eröffnete ein einzelnes MG das Feuer, doch brachte er sich rechtzeitig in Sicherheit. Das MG stellte das Feuer ein. Der dritte Mann, Doll, fiel hin. Er war erst etwa fünf Meter gelaufen, als mehrere MGs losballerten. Dieses Mal paßten sie auf. Der Streifen freies Gelände war nur etwa 25 Meter breit, schien aber viel breiter. Doll keuchte bereits nach wenigen Schritten, dann

geriet er mit einem Fuß in ein Loch unter dem vorjährigen, verfilzten Gras und stürzte. O nein! O nein! schrie es entsetzt in ihm. Nicht ich! Nicht nach allem, was mir schon zugestoßen ist! Da kriege ich ja nicht mal mehr meine Auszeichnung! Blind, Grassamen und Staub spuckend, kämpfte er sich in die Höhe und stolperte weiter. Er hatte nur noch zehn Meter vor sich, und die schaffte er. Er fiel auf die beiden anderen und lag, japsend nach Luft und dem Leben, da. Die blank gewaschene Sonne war gerade über den Hügeln im Osten aufgegangen.

Im frühen Sonnenlicht, das alle Schatten stark hervortreten ließ, nahmen nun sämtliche MG vom Bunker her das freie Gelände und die Mulde unter Feuer. Geschoßgarben zischten über die Köpfe von Charlie Dale, Witt und Bell hinweg und zausten die bedauernswerten kleinen Büsche. Dale war nun an der Reihe vorzulaufen, und Dale war immer noch wütend auf Bell. »He, warte!« brüllte Bell hinter ihm. »Warte doch! Ich habe eine Idee!« Dale warf ihm einen haßerfüllten, verächtlichen Blick zu und stand auf. Wortlos lief er los, schnaufte und stampfte wie eine kleine Lokomotive, ganz genauso, wie er gestern zur dritten Bodenwelle und wieder zurückgelaufen war. Jetzt war schon eine Art Pfad durch das Gras getreten, und er hatte es leichter. Er kam bei der Kuppe an und setzte sich hin, insgeheim immer noch wütend auf Bell, nach außen hin jedoch gänzlich unbewegt. Er hatte keinen Kratzer abbekommen.

»Sie sind verrückt, Mann!« brüllte Hauptmann Gaff ihn an.

»Wieso?« fragte Dale. Boshaft grinsend machte er sich bereit, mit anzusehen, was der elende Bell nun unternehmen würde. He, he. Nicht etwa, daß er gewünscht hätte, es möge Bell etwas zustoßen! O nein!

Es wurde sogleich deutlich, welchen Einfall Bell gehabt hatte. Als er und Witt bis zum Ende der Mulde gekrochen waren und die MGs immer noch wütend knapp über ihre Köpfe feuerten, zog Bell eine Handgranate ab und warf sie gegen den Bunker. Er warf sie aber nicht gerade hinüber, sondern so, daß sie auf der Seite und viel näher an der Böschung explodierte. Als die MGs gleich darauf sämtlich die Schußrichtung änderten, überquerten er und Witt ungefährdet das offene Gelände, ehe die Richtschützen die Gewehre herumreißen konnten. Ganz offenbar hätten sie mühelos alle drei so herübergelangen können, und als er sich grinsend am Fuß der Kuppe fallen ließ, blinzelte Bell Charlie Dale wieder zu. Dale beantwortete das Blinzeln mit einem finsteren Blick. »Sehr schlau«, lachte Gaff. Bell plinkerte Dale noch einmal zu. Hol ihn doch der Teufel. Für wen hielt er sich eigentlich? Nach diesem dritten Blinzeln fiel Bell plötzlich auf, daß er dieses Mal viel weniger, ja fast gar keine Angst empfunden hatte, nicht einmal, als die MG-Garben so dicht über ihm dahin schwirrten. War das auf die größere Erfahrung zurückzuführen, oder wurde er nur stumpfer und brutaler, so wie Dale? Dieser Gedanke klang in seinem Kopf noch nach wie der Widerhall eines Gongs, während er dasaß und ins Leere starrte; dann verstummte er langsam. Und wenn schon. Nächste Frage bitte. Hol es der Teufel. Wenn er doch nur einen Schluck Wasser hätte, dann würde er vor nichts haltmachen. Als der Stoßtrupp weiterzog, feuerten die MGs vom Bunker immer noch in die Mulde und mißhandelten die armen Büsche.

Gaff hatte gesagt, der Weg werde von hier an leichter sein, und er hatte recht. Das Gelände stieg hinter der Kuppe, die aus dem Plateau herausragte, steil an, und das Gras stand nicht mehr so dicht, aber nun mußten sie kriechen. Es war nämlich fast unmöglich, die getarnten Stellungen zu erkennen, ehe aus ihnen geschossen wurde, und sie durften nichts riskieren. Als sie im Schneckentempo, von der Hitze und der Anstrengung schwitzend und keuchend dahinkrochen, begann Bells Herz – ebenso wie das der anderen – schwerer zu schlagen, in einer Mischung aus Erregung und Furcht, die durchaus nicht nur unangenehm war. Von gestern her wußten alle, daß zwischen der Kuppe und der Felswand ein Sattel verlief, unter dem die Böschung endete. Und von diesem Sattel her mußten sie versuchen, ihre Handgranaten auf die Japaner hinunterzuwerfen. Den Sattel hatten alle gesehen, aber niemand wußte, was hinter der Kuppe war. Jetzt krochen sie also auf den Sattel zu und sahen ihn von innerhalb des japanischen Verteidigungsgürtels. Sie wurden nicht beschossen, bemerkten auch keine Stellungen. Links, nahe dem riesigen Felsen, von dem aus die sieben Japaner gestern früh ihren lächerlichen Gegenstoß gemacht hatten, konnten sie das japanische MG-Feuer hören, das der Zweiten Kompanie an der Böschung galt; auf sie jedoch feuerte niemand. Als sie an den Sattel kamen, schwitzend und halb tot vor Durst, bedeutete Gaff ihnen, anzuhalten.

Er mußte mehrmals schlucken, ehe er sprechen konnte. Es war mit Oberst Tall verabredet worden, daß der Zugführer des rechten Zuges der Zweiten Kompanie seine Leute die Böschung entlang noch über die Mulde hinaus vorschieben und auf Gaffs Pfeifsignal angreifen sollte. So nahm denn Gaff die Signalpfeife aus der Tasche. Der Sattel war etwa 35 Meter breit, und Gaff placierte seine Leute in einer Kette über die ganze Breite. Wegen des abfallenden Geländes war der tiefer liegende Bunker vom Sattel aus nicht zu sehen. »Also vergeßt nicht, wir müssen so nah wie möglich heran, ehe wir Handgranaten werfen.« Dann kroch Gaff ein Stück voraus und blickte zurück.

»Also Leute, hier scheiden wir die Knaben von den Männern«, sagte er zu ihnen, »und die Schafe von den Böcken. Kriecht los!« Er steckte die Pfeife zwischen die Zähne und begann zu kriechen, in einer Hand das Gewehr, in der anderen eine Handgranate.

Gaffs Freiwillige, die hinter ihm herkrochen, nahmen Gaffs »letzte Worte« nicht gut auf, obwohl er ihnen ein Saufgelage auf seine Kosten versprochen hatte. So eine Scheiße, dachte Doll und spuckte Grassamen aus, da hätte sogar ich mir was Besseres ausdenken können. Doll hatte bereits völlig vergessen, daß er mit genauer Not bei der Überquerung des freien Geländes davongekommen war, und ohne jeden Grund packte ihn ein wahnsinniger Zorn und wütete wie ein Waldbrand in ihm. Ohne jeden Grund – nur eben weil er Angst hatte – war er so wütend auf Gaff, daß er ihn kurzerhand hätte erschießen oder in die Luft sprengen mögen. Links von ihm kroch sein Konkurrent Charlie Dale mit zusammengekniffenen Augen vorwärts; der haßte ohnehin alle Offiziere, und so weit er in Betracht kam, waren Gaffs »letzte Worte« nur ein neuer Beweis für die Richtigkeit seiner Anschauung. Neben Dale bewegte schon Cash verachtungsvoll seinen mächtigen Körper durchs Gras, das Gewehr auf dem Rücken, die geladene Schrotflinte in der Hand; er war, weiß Gott, nicht mitgekommen, um sich dumme Redensarten von kindischen Offizieren anzuhören – Schafe und Böcke am Arsch, dachte er, und in seinem dickköpfigen Taxifahrerschädel war kein Zweifel, auf welcher Seite er am Ende stehen würde. Witt, der der linke Flügelmann war, hatte nur ausgespuckt, seinen dünnen Hals eingezogen und die Zähne zusammengebissen. Er war nicht hier, um sich heldische Sprüche von der Kriegsschule anzuhören, sondern weil er ein tapferer

Mann und ein sehr guter Soldat war, und weil sein alter Haufen, die Dritte Kompanie, ihn brauchte, ob sie es nun wußte oder nicht; und Gaff sollte ruhig das Gequatsche lassen. Während sie langsam vorwärts krochen, kam die linke Seite des Bunkers fünfzig Meter weiter vorne und zwanzig Meter tiefer ins Blickfeld.

Am rechten Flügel der kleinen Kette machte John Bell sich über den jungen Hauptmann Gaff nicht die geringsten Gedanken. Kaum hatte Gaff das ausgesprochen, was er für ein unsterbliches Wort halten mochte, als Bell diesen Versuch auch schon als blöden Einfall abgetan hatte. Stattdessen dachte Bell über Ehebruch nach. Wie er gerade jetzt auf einen derartigen Gedanken verfallen konnte, wußte er nicht, doch war es nun mal geschehen, und er vermochte ihn nicht loszuwerden. Bei ernsthaftem Nachdenken kam Bell zu dem Ergebnis, daß es in diesem Zusammenhang vier Grundsituationen gebe: jämmerlicher kleiner Gatte attackiert großen, starken Liebhaber; großer starker Liebhaber attackiert jämmerlichen kleinen Gatten; jämmerlicher kleiner Gatte attackiert große starke Gattin; große starke Gattin attackiert jämmerlichen kleinen Gatten. Doch immer war es ein jämmerlicher kleiner Gatte. Ein gewisser emotioneller Gehalt des Wortes drückte automatisch alle betrogenen Ehemänner zu jämmerlichen kleinen Gatten herab. Zweifellos waren auch vielen großen, starken Gatten zu ihrer Zeit Hörner aufgesetzt worden, aber auf sie paßte der emotionelle Gehalt des Wortes nicht unmittelbar. Das lag daran, daß das Wort Hahnrei wesentlich komisch wirkt. Bell sah sich selbst in allen vier Grundsituationen. Das war sehr schmerzlich, schmerzlich in einer ausgesucht unangenehmen, aber sehr sexuellen Weise. Und plötzlich wußte Bell – wußte er so gut wie er wußte, daß er hier auf dem grasbewachsenen Sattel auf Guadalcanar dahinkroch –, daß er Hörner trug, daß Marty fremd ging und mit jemand anderem schlief. Bei ihrem Charakter und in seiner Abwesenheit war nichts anderes zu erwarten. Dieser Gedanke hatte wohl schon lange in der Luft gelegen, doch hatte Bell sich nie erlaubt, ihn zur Kenntnis zu nehmen. Ging sie nur mit einem oder mit mehreren? Und was war da vorzuziehen? Einer, mit dem sie eine ernste Liebesaffäre hatte, oder mehrere, was auf Promiskuität schließen ließ? Was sollte er machen, wenn er nach Hause käme? Sie verprügeln? Sie verlassen? Jetzt war vor ihm der ganze Bunker zu sehen, die rechte Seite nur noch

fünfundzwanzig Meter entfernt, und nur wenige Schritte unter ihnen.
Und gerade jetzt wurden sie von den Japanern entdeckt.
Fünf dürre, schmutzig aussehende Japaner schossen plötzlich vor ihnen aus dem Boden, in den Händen runde, schwarze Gegenstände, die sie bergauf dem Stoßtrupp entgegenwarfen. Glücklicherweise krepierte nur eine der fünf Handgranaten. Sie fiel neben Dale nieder, der sich wegrollte und sich dann so nahe wie möglich mit abgewandtem Gesicht an den Boden preßte. Er wurde nicht von den Splittern getroffen, aber die Explosion dröhnte in seinen Ohren.
»Werft, Leute!« brüllte Gaff ihnen durch den Lärm der Explosion zu, und die sechs Handgranaten flogen fast gleichzeitig auf den Bunker zu. Die fünf Japaner waren wieder im Boden verschwunden, doch als die Handgranaten fielen, erhoben sich gerade zwei andere unglückliche Japaner, um selbst zu werfen. Dem einen fiel eine Handgranate vor die Beine, explodierte und riß ihm dabei einen Fuß ab. Den anderen trafen die Splitter. Von den amerikanischen Handgranaten explodierten alle.
Der Japaner, dem der Fuß abgerissen worden war, lag einen Augenblick regungslos, dann richtete er sich auf, und während das Blut aus seinem Beinstumpf quoll, packte er die nächste Handgranate. Doll erschoß ihn. Der Mann fiel zurück und ließ die gezündete Handgranate neben sich fallen. Sie ging aber nicht los.
»Noch mal! Noch mal!« brüllte Gaff, und wieder flogen sechs Handgranaten durch die Luft. Wieder explodierten alle. Dolls als letzte, denn weil er das Gewehr benutzt hatte, verspätete er sich ein wenig.
Dieses Mal standen vier Japaner aufrecht da, als die Handgranaten niedergingen, und einer von ihnen trug ein leichtes Maschinengewehr. Die explodierenden Granaten erledigten drei, einschließlich des MG-Schützen, der vierte besann sich eines besseren und verschwand in einem Loch. Es lagen nun fünf außer Gefecht gesetzte Japaner in der kleinen Senke.
»Los! Weiter!« rief Gaff und zugleich rannten alle vorwärts. Jetzt brauchten sie sich nicht länger den Kopf darüber zu zerbrechen, ob sie tapfer oder feige waren. Ihr Organismus war voll von Adrenalin, das die äußeren Blutgefäße zusammenzog, den Blutdruck erhöhte, das Herz schneller schlagen und das Blut leichter gerinnen ließ, und

so sehr, wie es lebendem Fleisch und Blut möglich ist, waren sie zu Automaten ohne Mut und ohne Angst geworden. Abgestumpft taten sie das Erforderliche.

Die Japaner hatten schlauerweise das Gelände so ausgenutzt, daß sie möglichst wenig hatten graben müssen. Hinter den Schützenlöchern befand sich ein natürlicher kleiner Kessel, wo sie sorglos sitzen konnten, wenn sie nicht gerade von Artillerie beschossen wurden, und dieser Kessel diente auch als Verbindungsgraben zwischen den einzelnen Stellungen. Hier nun erhoben sich die dürren schmutzigen Japaner mit Gewehren, Säbeln und Pistolen, um Gaff und seiner Mannschaft entgegenzutreten. Jedenfalls taten das einige. Andere wieder blieben in ihren Löchern. Drei versuchten wegzulaufen. Dale schoß einen ab und Bell einen anderen. Den dritten sah man mit einer kolossalen Flanke über den Rand der Klippen setzen, die mindestens zwanzig Meter steil zu den Wipfeln des Dschungels darunter abfielen. Ihn sah man nie wieder, und keiner erfuhr je, was aus ihm geworden war. Die anderen griffen an. Und Gaff und seine Leute stürmten ihnen entgegen, wobei der Hauptmann schrill auf seiner Pfeife blies; die Zweite Kompanie konnte sie von der Böschung aus ganz deutlich sehen, bis sie in dem kleinen Kessel verschwanden.

Cash erledigte fast auf der Stelle fünf Japaner. Seine Schrotflinte riß den ersten in Fetzen und verwundete auch einen zweiten und dritten außerordentlich schwer. Da die Flinte bei jedem Schuß höher rutschte, wurde dem vierten und fünften beinahe der Kopf weggeblasen. Cash schwang dann die leergeschossene Flinte wie ein Schlagholz, drosch einem sechsten Japaner, der gerade aus einem Loch auftauchte, das Gesicht ein, riß dann eine Handgranate aus dem Gürtel, zog den Stift und warf sie dem erschlagenen Japaner in das Loch nach, hinunter in ein Stimmengewirr, das in dem dumpfen Brüllen der gedämpften Explosion unterging. Während er sich noch mühte, das Gewehr vom Rücken zu zerren, wurde er von einem schreienden Offizier mit dem Säbel angegriffen. Gaff schoß den Offizier in den Bauch, und als er hingestürzt war, noch einmal in den Kopf, damit er auch gewiß tot sei. Bell hatte zwei erledigt, Charlie Dale ebenfalls zwei. Doll, der seine Pistole gezogen hatte, wurde von einem anderen Offizier angegriffen, der immer wieder »Banzai« schrie, und, den blitzenden Säbel über seinem Kopf wirbelnd, auf ihn losgelaufen kam. Doll schoß ihn durch die Brust. In einer höchst lächerlichen Weise fuhren seine Beine fort zu laufen, während der übrige Körper schon stürzte. Dann zuckten die Beine noch einmal mächtig, als der Offizier am Boden lag. Doll schoß ihn in den Kopf, und er wurde still. Witt seinerseits hatte drei Japaner erledigt; einer davon war ein mächtiger, fetter Feldwebel gewesen, der einen schwarzen Reitersäbel schwang, wie er vor dem Krieg in der amerikanischen Kavallerie benutzt wurde. Witt hatte den Säbelhieb mit dem Schaft des Gewehres aufgefangen und dem Japaner den Kolben ins Gesicht geschlagen. Nun erschoß er ihn dort, wo er hingefallen war. Plötzlich war es außerordentlich still, wenn man davon absah, daß drei Japaner, die ihre Waffen weggeworfen hatten, ununterbrochen klagend vor sich hin zeterten. Bis dahin war ein erheblicher Lärm zu hören gewesen, aber jetzt war nur das Ächzen der Sterbenden und Verwundeten zu vernehmen. Erstaunt sahen sie sich um und bemerkten, daß wunderbarerweise keiner von ihnen getötet oder auch nur ernstlich verletzt worden war. Gaffs Kiefer war geschwollen, weil er vergessen hatte, sein Gewehr fest genug gegen die Schulter zu pressen. Bells Helm war ihm vom Kopf geschossen worden, das Geschoß hatte das Metall durchschlagen, war innen um den Rand herumgewandert und hinten wieder herausgefahren. Bell hatte schreckliche Kopfschmerzen. Witt entdeckte, daß er von seinem abgebrochenen Gewehrschaft Splitter in den Händen hatte, und die Arme taten ihm weh. Dale hatte eine kleine Platzwunde am Schienbein aufzuweisen, die vom Bajonett eines erledigten Japaners stammte, der sich auf ihn gestürzt und den er erschossen hatte. Benommen starrten sie einander an, denn jeder hatte geglaubt, er sei als einziger übriggeblieben.

Jedem war es klar, daß der Sieg eigentlich Cash und seiner Schrotflinte zu verdanken war, die den Japanern den Mut genommen hatte, und auch bei späteren Erörterungen der Vorgänge blieben sie der gleichen Meinung. In der nun eingetretenen befremdlichen Stille näherte sich Cash, immer noch atemlos vom Kampf, den drei Japanern, die sich ergeben hatten. Er packte zwei von ihnen um die dürren Hälse, schüttelte sie, bis sie hilflos würgten und ihre Helme verloren, und dann begann er schrecklich grinsend ihre Köpfe aneinander zu schlagen. Das Krachen der brechenden Schädel war in der fast greifbaren Stille deutlich zu vernehmen. »Verfluchte Mörder«,

sagte er kühl zu ihnen. »Verfluchte gelbe Schweine. Hilflose Gefangene umzubringen! Verdammte Mörder! Gefangenenmörder!« Als er sie losließ, konnten seine Kameraden, die keuchend zugesehen hatten, nicht daran zweifeln, daß beide Japaner tot waren oder im Sterben lagen. Blut lief aus ihren Nasen und die Augen waren so verdreht, daß man nur das Weiße sah. »Ich werde ihnen schon beibringen, Gefangene abzuschlachten«, verkündete Cash und sah wild seine eigenen Kameraden an. Er ging nun auf den dritten los, der ihn nur verständnislos anglotzte. Diesmal sprang aber Gaff dazwischen. »Den brauchen wir, den brauchen wir«, sagte er immer noch schnaufend und keuchend. Cash wandte sich wortlos weg.
Jetzt hörten sie zum ersten Mal Geschrei von der anderen Seite, und es wurde ihnen bewußt, daß sie nicht die einzigen Lebewesen waren. Sie traten an den grasbewachsenen Abhang und sahen hinunter auf das gleiche Gelände, das sie am Abend zuvor zu überqueren versucht hatten. Ein Zug der Zweiten Kompanie rannte nun darüber hinweg in einem Frontalangriff auf den Bunker. Man konnte von hier aus deutlich sehen, wie die beiden anderen Züge der Zweiten Kompanie sich weiter hinten von der Böschung lösten und nach Oberst Talls Plan bergan vorgingen. Unterhalb von Gaff und seinen Leuten trat der Zug brüllend zum Angriff an.
Dieser Zug hatte sich etwas verspätet, warum, wußte hier oben niemand. Der Kampf war bereits vorüber, jedenfalls glaubten das alle. Vom ersten bis zum letzten Augenblick des Gefechtes hatte Gaff unaufhörlich auf der Signalpfeife geblasen, und nun kamen die Helden endlich heran. Gaffs Leute, die sich schon darauf vorbereitet hatten, ihre »Retter« mit ironischen Hurrarufen und boshaften, verächtlichen Sprüchen zu empfangen, wurden durch das Rattern eines Maschinengewehrs davon abgehalten. Unmittelbar unter ihnen eröffnete ein MG das Feuer auf den Zug der Zweiten Kompanie. Während Gaffs Leute noch ungläubig hinschauten, fielen zwei Männer von der Zweiten. Charlie Dale sprang mit verblüfftem Gesicht hin und warf eine Handgranate hinunter. Die Handgranate kam ohne Verzug zurückgeflogen. Mit unterdrückten Flüchen warfen sich alle hin. Glücklicherweise war die Handgranate zu weit geworfen worden; sie explodierte etwa da, wo der Japaner über die Klippen gesprungen war. Das MG fuhr fort zu feuern.

»Paß auf, du Idiot!« rief Witt Dale zu, und sprang auf die Füße. Er entsicherte eine Handgranate, ließ aber den Griff nicht los, packte sein Gewehr und lief auf die MG-Stellung zu. Er kauerte sich rechts von der Stellung hin, hielt das Gewehr wie eine Pistole in der linken Hand, den Schaft gegen das Bein gepreßt, und begann in das Loch zu schießen. Von innen erfolgte ein Gebrüll. Immer noch feuernd, warf Witt seine Handgranate und zog sich zurück. Dabei schoß er aber immer weiter, um die Besatzung der Stellung irrezuführen. Dann krepierte die Handgranate und damit hörte das Geschrei und auch das MG-Feuer auf.

Sogleich gingen die übrigen, ohne daß Gaff dazu den Befehl hätte geben müssen, daran, in der gleichen Art wie Witt die übrigen Löcher auszuräuchern. In jedes warfen sie Handgranaten, ganz gleich ob jemand darin saß oder nicht. Dann riefen sie dem Zug der Zweiten Kompanie zu, heranzukommen. Später stellte sich heraus, daß in der von Witt ausgeräucherten Stellung vier japanische Leichen lagen. Sie waren dem Tod entgegengetreten, vielleicht nicht besonders tapfer, aber doch in der Gewißheit, daß er unabwendbar war.

Damit war der Kampf um die Bunkerstellung vorüber, und alle ohne Ausnahme waren verändert. Man sah das in den lächelnden Gesichtern der Leute von der Zweiten Kompanie, als sie zur Bunkerstellung heraufkletterten, nachdem sie fünf ihrer Kameraden hinter sich im Gras hatten liegen lassen. Es war an Oberst Talls grinsendem Gesicht abzulesen, der, das Stöckchen unter dem Arm, hinter ihnen hergeschlendert kam. Es zeigte sich in dem wilden Übermut, mit dem Gaffs Leute die verlassenen Stellungen nach der Methode Witt ausräucherten: einer feuerte auf die Stellung, der andere warf Handgranaten. Es war ihnen ganz gleichgültig, ob die Stellungen besetzt waren oder nicht, aber sie hofften, auf diese Weise Hunderte von Feinden zu erlegen. So ungefährdet töten zu können, war herrlich. Sie klopften sich gegenseitig auf die Schulter und grinsten sich mordlustig an. Endlich hatten sie, wie Oberst Tall sich später Zeitungsleuten und Korrespondenten gegenüber ausdrückte, Blut geleckt. Sie hatten, wie Oberst Tall das später nennen sollte, den Geschmack des Sieges kennengelernt. Sie waren Frontsoldaten geworden, hatten erfahren, daß der Feind ebenso wie sie selber verwundbar und zu besiegen war.

Dieses Gefühl machte auf alle eine starke Wirkung. Das war auch an der Art zu erkennen, wie die beiden anderen Züge der Zweiten Kompanie ihren Angriff führten.
Oberst Tall wies darauf hin, als er zu Gaff trat, um ihm zu gratulieren.
»Sehen Sie nur, wie flott die Jungens vorgehen!« sagte er, nachdem er Gaff die Hand geschüttelt hatte. »Und das alles haben wir Ihnen zu danken, John. Als die gesehen haben, wie Sie hier angriffen, war es, als hätten sie ihren Mut wiedergefunden. Na, nun wollen wir uns hier mal umsehen.«
Eine endgültige Zählung ergab, daß 23 Japaner kampfunfähig gemacht worden waren. Sie lagen in den verschiedensten Haltungen da. Fünf waren durch die Handgranatensalven umgekommen, und zwei waren beim Rückzug erschossen worden. Von den 23 waren die meisten tot, einige waren im Begriff zu sterben, und einige wenige waren zwar schwer verletzt, schienen aber noch lebensfähig zu sein. Gaff und seinen Leuten, die dem Oberst auf seinem Rundgang folgten, kam es so vor, als müßten es viel mehr Japaner gewesen sein. Sie hatten geglaubt, Hunderte gesehen zu haben. Die Erörterung ergab dann, daß wenigstens vier Japaner zweimal und von verschiedenen Leuten »getötet« worden waren. Aber auch so war es ein schönes Ergebnis. Besonders, wenn man sich vor Augen führte, daß sie nur sechs gewesen waren, und wieder schien es unglaublich, daß sie selber keine Verluste zu beklagen hatten. Zum Teil lag dies daran, daß die Japaner ihre Abwehr nicht organisiert hatten, der große Erfolg wurde aber wiederum Cash zugeschrieben und seiner Schrotflinte, die nicht nur auf der Stelle fünf Japaner erledigt, sondern vor allem den übrigen einen furchtbaren Schrecken eingejagt hatte. Cash selbst machte sich – zunächst – gar nichts aus diesem neuen Ruhm, obwohl die Leute von der Zweiten Kompanie ihn bewundernd betrachteten. Statt dessen strich er immer wieder um den einzigen Gefangenen wie ein ruheloser Wolf, der versucht, an ein Opfer zu gelangen, das sich im Käfig befindet. Seine Schrotflinte war kaputt, aber nun hatte er das Gewehr in der Hand. Es schien, als warte er hoffnungsvoll darauf, daß der Japaner ihm einen Grund gebe, ihn zu erschießen.
Der Gefangene sah nicht so aus, als sei er imstande zu fliehen, auch wenn er nicht bewacht worden wäre. Verdreckt und verhungert,

hatte er überdies akuten Durchfall und bedeutete dem Posten von der Zweiten Kompanie immer wieder durch Gesten, daß er austreten müsse. Er hockte sich dann neben die Leichen seiner beiden Kameraden und krümmte sich, während ihn Cash keinen Moment aus den Augen ließ. Er hatte seine Kleidung schon beschmutzt, vermutlich während des Gefechtes, als er nicht austreten konnte, und er stank so übel, daß man ihn aus der Entfernung riechen konnte. Im ganzen bot er einen recht traurigen Anblick.

Falls jemand mit dieser traurigen Gestalt Erbarmen fühlte, so war das jedenfalls nicht Cash, auf dessen gemeinem Gesicht nichts dergleichen zu sehen war. Auch Oberst Tall ließ sich nichts Derartiges anmerken – der übrigens sogleich festgestellt hatte, daß die beiden anderen Gefangenen eines rätselhaften Todes gestorben waren.

Das war auch gar nicht zu übersehen. Die beiden lagen nebeneinander und bildeten mit dem überlebenden Dritten eine eigene kleine Gruppe. Ihre Helme lagen neben ihnen, und abgesehen davon, daß ihnen Blut aus der Nase gelaufen war, konnte man keine Verletzung an ihnen wahrnehmen.

»Was ist denn hier passiert?« murmelte Tall zu Gaff. Er hatte sich bereits angeekelt von dem stinkenden Überlebenden abgewandt.

Gaff zog nur die Brauen hoch, als wisse er es auch nicht. Einerseits wollte er seinen alten Chef nicht belügen, andererseits wollte er aber seinen Stoßtrupp nicht verraten. Er hatte für jeden von seinen Leuten eine Zuneigung gefaßt, die ihn geradezu rührselig stimmte.

Tall blickte wieder die Toten an. Sie sahen ebenso jämmerlich aus und rochen auch so wie der Lebende. Er erkannte sehr wohl, daß die beiden umgebracht worden waren, verstand aber nicht die Methode. Sie hätten eingeschlagene Köpfe, Bajonettwunden oder Einschüsse aufweisen müssen. Er schätzte derartige Dinge gar nicht, andererseits mußte man aber darauf Rücksicht nehmen, daß die Männer in der Hitze des Gefechts gehandelt hatten. Aber wie war es nur geschehen?

»Vielleicht durch eine Explosion?« fragte er Gaff, »ich sehe aber keine Splitterwunden.« Er hatte keine Antwort von Gaff erwartet, und Gaff zuckte auch nur stumm die Achseln. »Na schön«, sagte Tall lächelnd und so laut, daß man ihn überall verstehen konnte, »ein toter gelber Bruder ist ein gelber Bruder weniger.« Er würde schon noch erfahren, was sich hier abgespielt hatte, das bezweifelte er nicht.

»Paßt gut auf den anderen auf«, rief er dem Posten zu, »der wird hinten noch gebraucht. Es wird wohl bald jemand kommen und ihn abholen.«
»Jawohl, Sir«, grinste der Posten zurück, »wir werden gut auf ihn achtgeben.«
Er stieß den Gefangenen, der gerade wieder abprotzte, mit der Gewehrmündung an, so daß dieser hintenüber in seinen eigenen Dreck fiel. Alle Umstehenden lachten, und der Gefangene sprang auf und begann, sich geduldig mit Gras zu säubern. Es schien, als habe er keine andere Behandlung erwartet und als sei er darauf gefaßt, jederzeit erschossen zu werden. Tall wandte sich weg. Eine solche Reaktion hatte er nicht hervorrufen wollen, aber der Posten hatte seine Bemerkung über die gelben Brüder offenbar mißverstanden. Er entfernte sich, von Gaff gefolgt. Er sah nun, wie ein Mann von der Zweiten einem verwundeten Japaner immer wieder kräftig in die Rippen trat, was so klang, als trete er gegen einen weichen Fußball. Der verwundete Japaner starrte aus resignierten, schmerzumwölkten Tieraugen zurück.
»Hören Sie auf damit, Mann«, befahl Tall scharf.
»Jawohl, Sir«, antwortete der Mann gutmütig, »aber wenn er gekonnt hätte, hätte er mich umgebracht!«
Tall wußte, daß dies der Wahrheit entsprach, und sagte nichts weiter. Er wollte keinesfalls das rauhe, brutale Selbstbewußtsein schwächen, das der Erfolg hier oben seinen Leuten vermittelt hatte. Dieses Selbstvertrauen war unbezahlbar, und wenn es bewirkte, daß der eine oder andere japanische Gefangene mißhandelt oder umgelegt wurde, so durfte man das ohne weiteres in Kauf nehmen.
»Jetzt haben wir hier wohl genug Zeit vertrödelt, Leute«, sagte er und grinste seine Männer an.
»Sir«, ließ Gaff sich hinter ihm vernehmen. Tall drehte sich um. »Sir, ich möchte einige meiner Leute zu Auszeichnungen einreichen.«
»Na, gewiß doch«, versetzte Tall. »Wir werden versuchen, so viele Auszeichnungen wie möglich für sie herauszuschinden. Aber das hat noch Zeit. Übrigens können Sie ruhig wissen, daß ich auch Sie vorgeschlagen habe. Vielleicht«, und dabei neigte er sich vor und faßte Gaff leicht am Hemdaufschlag, »vielleicht sogar für das ganz große Halsband.«

»Vielen Dank, Sir, aber das habe ich bestimmt nicht verdient.«
»Oh, doch. Aber ob wir es bekommen, steht noch dahin. Es wäre für das Bataillon und fürs Regiment eine große Sache, wenn Sie diese Auszeichnung bekämen.« Er ließ Gaff los und richtete sich wieder auf. »Aber jetzt wollen wir uns wieder auf den Weg machen. Am besten gehen wir rauf, wo ihr runter gekommen seid und versuchen nicht, die Kuppe von links zu umgehen. Oben angekommen, können wir dann ja leicht Verbindung zu den anderen Zügen herstellen. Wollen Sie das Kommando übernehmen?«
»Jawohl, Sir.«
»Dann holen Sie sich Leutnant Achs, der muß hier irgendwo stecken.«
»Sir«, sagte Gaff zögernd. »Ich rede ja nicht gerne davon ... aber wie steht es mit Wasser? Wenn wir kein ...«
»Zerbrechen Sie sich nicht den Kopf über Wasser!« antwortete Tall scharf, lächelte dann aber. »Ich will nicht, daß der Angriff durch irgendwas aufgehalten wird, nachdem wir einen so guten Anfang gemacht haben. Für Wasser habe ich im übrigen gesorgt. Wir kriegen Wasser in ...«, er sah auf die Uhr und dann zum Himmel auf, » ... in etwa zwei Stunden. Ich habe das veranlaßt. Aber wir können nicht hier darauf warten.«
»Nein, Sir.«
»Wenn ein paar Leute umfallen, lassen Sie sie umfallen.«
»Jawohl, Sir.«
»Falls Sie nach Wasser gefragt werden, sagen Sie, was ich Ihnen eben gesagt habe. Aber fangen Sie nicht davon an, erwähnen Sie nichts, wenn Sie nicht müssen.«
»Nein, Sir. Nur ... man kann am Hitzschlag sterben.«
»Man kann auch an einer Schußwunde sterben.« Tall sah sich um. »Es sind alles harte Burschen.« Und wieder zu Gaff: »Na? Also los.«
Mit Leutnant Achs von der Zweiten begann Tall die Männer zu sammeln, die sich immer wieder mit den toten Japanern beschäftigten. »Ihr werdet noch eine ganze Menge davon zu sehen bekommen«, sagte er, »jedenfalls will ich das hoffen. Los jetzt.« Der größte Teil der Ausrüstung der Gefallenen, so stellte er fest, war bereits als »Souvenir« unters Volk gekommen, ebenso wie die Brieftaschen und der sonstige Tascheninhalt; Doll und Cash schleppten die Samurai-Säbel der beiden gefallenen Offiziere samt Scheiden. Tall hätte gerne

einen solchen Säbel gehabt, konnte sich aber jetzt nicht damit befassen. Er hatte zu viele andere Sorgen. Der Wassermangel bereitete ihm größeren Kummer als er vor Gaff zugegeben hatte. Es war schön und gut, zu sagen, daß die Leute ruhig am Hitzschlag sterben sollten – falls die Hitze und der Durst genügend Opfer fanden, konnte nichts mehr aus seinem Angriff werden! Und daran änderte auch das Selbstbewußtsein nichts, das ihr Erfolg ihnen verliehen hatte und auch nichts, was er selbst unternehmen mochte. Sie brauchten ganz einfach Wasser, und er hatte getan, was er konnte, um welches zu beschaffen.

Vor einer Stunde – als Gaff und seine Leute ihren Stoßtrupp machten – hatte Tall noch eine Patrouille ausgesandt. Ironischerweise allerdings eine Patrouille ins Hinterland. Auf Wassersuche. Da beide Telefonleitungen zerschnitten waren, hatte er eigentlich einen Melder nach hinten schicken und sagen lassen wollen, daß die Wasserversorgung zum kritischen Punkt geworden sei. Da er aber am Tag zuvor schon zwei Melder mit dem gleichen Auftrag losgeschickt und außerdem immer wieder vergeblich um Wasser telefoniert hatte, war ihm der Gedanke gekommen, heute lieber eine Patrouille auszuschicken. Und als er diesen Gedanken erst einmal gefaßt hatte, beschloß er auch gleich, ihn in die Tat umzusetzen. Er schickte seinen Feldwebel mit drei Meldern los, alle vier mit Pistolen bewaffnet. Sie hatten Befehl, so weit zurückzugehen bis sie Wasser fänden, und das Wasser nach vorne zu schaffen. Sie sollten sich gar nicht erst beim Regiment melden, sondern sofort auf die Suche nach Wasserkanistern gehen und diese, wenn es sein mußte, mit Gewalt wegnehmen. Jeder sollte zwei gefüllte Kanister tragen, beschloß Tall. Das würde zwar eine schwere Last bedeuten, doch mußte er das unter den gegebenen Umständen verlangen. Sie sollten so schnell sie irgend konnten zurückkommen und nur rasten, wenn es gar nicht mehr anders ginge. Falls jemand versuchen sollte, ihnen das Wasser wegzunehmen, sollten sie sich zur Wehr setzen. Das waren scharfe Anordnungen, und Tall grämte sich denn auch darüber, daß er gezwungen war, eine bewaffnete Patrouille ins eigene Hinterland zu schicken, mit dem Befehl, notwendigenfalls zu schießen. Er mußte es jedoch tun. Im übrigen, so glaubte er, würde es gewiß nicht zu einer Schießerei kommen; in der Etappe würde es niemand wagen, seinen

Männern entgegenzutreten, sobald sie die Pistole zogen; aber selbst wenn es dazu kommen sollte, wäre er nicht bereit, den Erfolg des Tages eines solchen Zwischenfalles wegen aufs Spiel zu setzen. Er war davon überzeugt, daß die japanische Stellung aufgebrochen worden war, daß es jetzt nur darauf ankam, nicht liegenzubleiben, und die Höhe 210 würde gegen Mittag genommen sein. Man mußte einfach den erstaunlichen Kampfgeist ausnutzen, der nach der Einnahme der Bunkerstellung in all seinen Leuten erwacht war, ehe ein anderes Ereignis eintrat, das sie wieder entmutigte. Tall hätte es nicht ertragen, wenn das Bataillon jetzt vor dem Sieg abgelöst, ja auch nur von Truppen der Regimentsreserve verstärkt worden wäre. Dieses war die Chance, auf die er sein Leben lang gewartet hatte. Er hatte gearbeitet, gepaukt, sich abgeplagt und eimerweise Scheiße gefressen, alles um dieser einen Gelegenheit willen. Er hatte nicht die Absicht, sie vorübergehen zu lassen.

Er hoffte, daß die Dritte Kompanie planmäßig vorrückte, und daß Stein ihn nun nicht im Stich ließe. und als er daran dachte und anfing, sich der Dritten wegen Sorgen zu machen, hatte er einen Einfall, ja, geradezu eine Inspiration.

»Ich brauche einen Melder!« rief er den antretenden Leuten plötzlich zu. Es wäre das Beste, so fiel ihm ein, einen von ihren eigenen Leuten zu schicken, und so wandte er sich den Freiwilligen der Dritten Kompanie zu, die, in der Zweiten Kompanie überzählig, ihren neuen väterlichen Helden, Hauptmann John Gaff, umdrängten.

»Einer von Ihnen muß zur Dritten Kompanie gehen . . .«

»Ich, Sir«, sagte Witt sogleich. »Lassen Sie mich gehen, Sir!«

»Gehen Sie zurück hinter die dritte Bodenwelle, und von da aus in den Dschungel, den gleichen Weg, den die Kompanie heute morgen genommen hat. Melden Sie Hauptmann Stein, daß der Bunker gefallen ist, und daß wir jetzt zur Höhe 210 vorrücken. Melden Sie ihm, daß wir die Höhe einnehmen werden und daß er uns oben treffen soll.«

»Jawohl, Sir!« sagte Witt.

»Ich weiß, daß die Dritte Kompanie kein Wasser hat«, fuhr Tall fort. »Sagen Sie Hauptmann Stein, daß er jede Menge Wasser für seine Leute bekommt, wenn er uns auf der Höhe 210 trifft.«

»Jawohl, Sir!«

Tall bemerkte, daß Gaff ihn mit erstaunten, ungläubigen Augen betrachtete. Tall sah starr zu ihm hinüber, bis Gaff zur Besinnung kam und seine Miene verstellte. Tall zuckte nicht mit der Wimper. »Jede Menge«, wiederholte er feierlich und starrte dabei Witt an, »das ist alles, gehen Sie los.«

Witt verschwand im Laufschritt.

»Und jetzt vorwärts, Leute!« rief Tall.

Die Schnelligkeit und Kraft, mit denen der Angriff vorgetragen wurde, übertrafen Talls kühnste Erwartungen. Innerhalb von zehn Minuten und bei nur zwei Ausfällen hatten sie Verbindung mit den beiden anderen Zügen der Zweiten Kompanie, und die Front schob sich gerade so rasch bergauf, wie Tall das für heute erhofft hatte. Die Japaner, die sie in den Stellungen vorfanden, die einzeln ausgeräuchert werden mußten und das Plateau buchstäblich in einen Bienenkorb verwandelt hatten, waren fast ausnahmslos ebenso krank, verhungert und abgemagert wie die, die den Bunker besetzt gehalten hatten; nur sehr selten trafen sie auf einen, der frisch und gesund aussah wie der fette Feldwebel, den Witt umgelegt hatte. Überlebende gab es nicht. Sie stellten fest, daß die Japaner selber nur wenig Wasser hatten und das, was gefunden wurde, wagten die Amerikaner aus Angst vor Verseuchung nicht zu trinken.

Das Wasser kam viel früher als Tall erwartet hatte, aber trotzdem schien es im allerletzten Augenblick einzutreffen. Die Zweite Kompanie samt Gaff und seinen Freiwilligen war etwa hundert Meter vor dem Ende des Plateaus zum Stehen gekommen, wo drei weit voneinander entfernt eingegrabene Maschinengewehre (von denen sie doch heute schon mühelos eine erhebliche Anzahl unschädlich gemacht hatten) die ganze Front aufhielten. Es war unmöglich, die Männer vorwärts zu bringen, einer nach dem anderen wurde ohnmächtig und lag unter der brennenden Vormittagssonne im trockenen Staub. Tall hatte ursprünglich beabsichtigt, seinen Gefechtsstand auf der Kuppe oberhalb der erstürmten Bunkerstellung einzurichten, und das auch getan. Die Geschwindigkeit, mit der die Front vorrückte, zwang ihn aber dazu, ebenso schnell zu folgen, falls er überhaupt noch etwas sehen und die Führung behalten wollte. Die Verwundeten blieben liegen, wo sie getroffen worden waren, und selbstverständlich die Toten auch, denen ja ohnehin niemand mehr helfen konnte. Nur von zwei Meldern unterstützt, verlegte Tall nach vorn in die Nähe des großen Felsens, von wo gestern der kleine japanische Gegenangriff ausgegangen war. Und von hier aus erblickte er die Leute seiner Wasserpatrouille, die mit ihren Behältern anrückten. Er winkte ihnen, sich zu beeilen, und lief ihnen selbst mit den beiden Meldern entgegen, um tragen zu helfen. Sein Feldwebel und die drei Leute waren vor Anstrengung fast ohnmächtig. Sie hatten nur einmal die Pistolen ziehen müssen, nämlich als sie sich in den Besitz der Kanister setzten; im übrigen hatte niemand sie belästigt. Tall munterte sie auf, feuerte sie an und half selbst mit tragen. Irgendwie gelangten sie nach oben. Das Wasser wurde hinter dem Felsen aufbewahrt und die Männer kamen schichtweise zurück. Nachdem jeder einen halben Becher Wasser getrunken und sich zehn Minuten ausgeruht hatte, wurden die drei Maschinengewehre bei nur fünf oder sechs eigenen Verlusten erledigt, und die Kompanie rückte weiter vor. Wieder war seine Front, seine höchst eigene, lebendige, geliebte Front in Bewegung. Das mußte ihm einfach eine Beförderung und ein Regiment eintragen! Wenn nur die Dritte Kompanie und Hauptmann Bugger Stein, wie seine Leute ihn nannten, ihren Teil des Plans erledigten!

Zunächst hatte Tall vier von den acht gefüllten Wasserkanistern zurückbehalten, dann zwei. Er hatte sein der Dritten Kompanie gegebenes Versprechen nicht vergessen, aber schließlich war ihm nur noch ein Kanister geblieben. Unsichere, zitternde Hände verspritzten Wasser über den Becherrand, als sie versuchten, das Wasser aus den Kanistern zu gießen. In der Aufregung bekam manch einer mehr als nur einen halben Becher, und am Ende war auch der achte Kanister leer. Tall bedauerte es aufrichtig, daß er der Dritten Kompanie, wenn sie sich auf der Höhe trafen, kein Wasser mitbringen konnte, aber es gab heute etwas, das wichtiger war als Wasser, den Sieg.

Trotzdem machte Tall noch einmal eine Anstrengung, auch der Dritten Wasser zu verschaffen. »Sergeant James«, rief er, als die Front über die eroberten MG-Stellungen vorwärts ging und er selbst sich zum Vorrücken fertigmachte, »Sergeant James, Sie müssen sich noch mal opfern, Sie müssen noch einmal zurückgehen.« Obwohl nichts Derartiges zu hören war, schien es, als stöhne der Feldwebel laut, doch Tall fuhr fort: »Sie kennen den Regimentskommandeur doch ganz gut. Gehen Sie zum Regimentsgefechtsstand auf die Höhe 209 zurück und machen Sie dem Kommandeur klar, daß wir unbedingt Wasser brauchen hier vorne. Lassen Sie ihn nicht aus den Augen und erinnern Sie ihn immer wieder daran. Falls Generale da sein sollten, um so besser. Gerade in deren Gegenwart müssen Sie das Maul richtig aufreißen. Er muß unbedingt wissen, wie dringend wir das Wasser benötigen, und ich will, daß es gleichzeitig mit uns auf der Höhe 210 ankommt. Sagen Sie dem Regimentskommandeur, daß wir die Höhe möglicherweise ohne Wasser nehmen, daß wir sie aber ohne Wasser keinesfalls halten können.«

Während dieser Ausführungen hatte das Gesicht des Feldwebels erst ein überraschtes Lächeln gezeigt, schließlich aber grinste er breit: er sollte also die nächsten unangenehmen Stunden damit verbringen dürfen, dem Regimentskommandeur in den Ohren zu liegen und zwar in der Etappe, wo es ganz gewiß nicht so gefährlich war wie hier. Er würde sich zwar vorsehen müssen, denn der Alte bekam gelegentlich Wutanfälle, aber James kannte den großen weißen Vater recht gut und traute sich zu, mit ihm fertig zu werden – was Tall sehr wohl bekannt war.

»Nun, es wird nicht einfach sein, Sir, aber ich werde mir die größte Mühe geben«, grinste der Feldwebel.

Tall sah ihm nach. Dann wandte er sich seinen Meldern zu. Er hatte den Standort für einen weiter vorne gelegenen Gefechtsstand auszuwählen. Mehr konnte er für die Dritte Kompanie jetzt nicht tun. Er hoffte, daß diese ihrerseits auch alles menschenmögliche für ihn tat.

Er hätte sich seine Sorgen indessen ruhig sparen können. Die Dritte Kompanie benötigte nicht einmal die aufmunternde Botschaft, die der Melder Witt überbrachte. Sie hatte selbst ein kleines Feuergefecht hinter sich, in dem sie eine mit vier Japanern bemannte sMG-Stellung bei nur einem einzigen Ausfall erstürmte, und kam flott voran. Ob es daran lag, daß etwas von der Erregung des Kampfes auf dem Plateau durch die feuchte Luft zu ihr gedrungen war, ob die bloße Tatsache, den gestrigen Tag überlebt zu haben, Veteranen aus den Leuten gemacht hatte, ob die zunehmende Benommenheit, die alle befallen hatte, schließlich ihre Angst verdrängte, ob ihr eigener kleiner Kampferfolg ihnen Mut gemacht hatte – sie zogen jetzt jedenfalls wachsam und schnell über den breit ausgetretenen Pfad dahin. Den

Mann, der bei dem Feuergefecht verwundet worden war, ließen sie auf dem Pfad zurück, wo Witt ihn später fand. Sie hatten zwar kein Wasser, aber im Dschungel war es schattig, und man hatte nicht unter der staubigen Hitze zu leiden wie auf dem Plateau; und es schien, als saugten die ausgedörrten Körper im feuchten Halbdunkel die Luftfeuchtigkeit durch alle Poren, selbst noch während sie schwitzten. Auch Witt, der behutsam hinter ihnen herlief, empfand diese unvorhergesehene Erleichterung.

Witt hatte den Abschiedsschmerz überwunden, den er bei der Trennung von Oberst Tall empfunden hatte. Während des langen Weges von der alten Stellung hinter der dritten Bodenwelle bis zum Rande des Dschungels dachte er gefühlvoll, was für großartige, wunderbare Kerle sie doch alle seien. Der Oberst, Hauptmann Gaff, der überhaupt nicht hochnäsig war und einen gemeinen Soldaten wie seinesgleichen behandelte, Bell, Doll, Dale, Cash, Keck (nun verstorben), Skinny Culn. Witt hatte den Oberst bis heute nicht leiden können. Er hatte ihn für einen fischblütigen intellektuellen Theoretiker gehalten, mußte nun aber zugeben, daß er sich geirrt hatte. Für Witt war ausschlaggebend, daß einem Offizier das Wohl seiner Leute am Herzen lag, und Tall hatte das heute bewiesen. Witt liebte sie alle, liebte sie leidenschaftlich mit einer Kameradschaftlichkeit, die geradezu etwas Sexuelles an sich hatte. Selbst Bugger Stein und Welsh profitierten heute von dieser großmütigen, warmen Zuneigung. Und überhaupt jeder, der zur Kompanie gehörte. Deshalb nämlich hatte er sich eben freiwillig zu diesem Meldegang erboten: vielleicht wurden seine Erfahrung und sein Wissen benötigt, und er konnte jemandem von Nutzen sein. So liefen seine Gedanken, während er sich dem Dschungel näherte und erst, als er diesen betreten und den Pfad gefunden hatte, regten sich die ersten Zweifel in ihm.

Er hatte mühelos die Stelle entdeckt, wo die Kompanie beim Betreten des Waldes das Unterholz heruntergetrampelt und weggeschlagen hatte. Als er auf den Pfad stieß, zögerte er jedoch. Er sah sich genau um, mußte sich aber dann entscheiden, ob er links oder rechts gehen sollte. Gewiß war die Kompanie nicht nach rechts, weg von der Höhe 210, gegangen. So wandte er sich denn vertrauensvoll, wenn auch aufmerksam, nach links. Das grüne Dämmerlicht unter den riesenhaften Dschungelbäumen war gespenstisch. Er rutschte im

Schlamm aus. Er wußte eigentlich nicht, was er zu finden erwartet hatte, doch hätte es ihn nicht überrascht, die Kompanie hier irgendwo eingegraben und in ein Gefecht verwickelt vorzufinden. Statt dessen hörte er in der Stille nichts weiter als das Rascheln, Krächzen und Pfeifen der verrückten Vögel. Er versuchte, mit zusammengebissenen Zähnen ein ängstliches Erschauern zu unterdrücken, und ging mit entsichertem Gewehr weiter, als ihm die ersten Zweifel kamen. Es fiel ihm ein, daß Bugger Stein gestern hier hatte vorgehen wollen, weil er vermutete, daß der Dschungel frei sei, und daß Oberst Tall dem widersprochen hatte. Seine Zweifel verstärkten sich noch, als er auf den Verwundeten stieß, einen Mann vom 3. Zug namens Ash, der neben dem Pfad saß und ihn angrinste.

»Wenn du ein Japs wärst, hätte ich dich längst abgeknallt!«

»Haben sie dich hier gelassen?«

»Ich hätte die anderen nur aufgehalten, und es macht mir gar nichts. Der Sanitäter hat mich verbunden, ich habe haufenweise Munition, und Welsh hat mir seine Pistole dagelassen. Es wird mich schon jemand holen.« Er schien dreiviertel betrunken vom Schock, vom Morphium und von seiner verbundenen Wunde, auf die er Witt hinwies. »Direkt ins Knie. Ich hab den Krieg hinter mir, Witt. Aber was machst du denn jetzt hier?«

Witt erklärte, daß er eine Meldung zu überbringen hätte und erwähnte auch das in Aussicht gestellte Wasser.

»Das ist gut«, sagte Ash. »Sie müssen sich aber beeilen, wenn sie die Dritte noch kriegen wollen.«

»Wie geht es denn bei der Kompanie?«

»Prima! Seitdem sie mich zurückgelassen haben, hat es nicht ein einziges Mal geknallt. Ich glaube, außer dem sMG da weiter vorne sind keine Japaner hier. Und das verdanken wir alles Bugger Stein. Er wollte uns hier schon gestern herumführen, und wenn er das getan hätte, dann lebten heute noch eine ganze Menge Leute.«

»Ich weiß.«

»Grüß schön, wenn du ankommst.«

»Wenn du willst, nehme ich dich mit.«

»Ach was, es ist so friedlich hier. Ich würde dich auch nur aufhalten. Es wird schon jemand nach mir sehen.«

»Ich werde sie noch mal erinnern.«

»Schön«, sagte Ash benommen.
Witt verließ ihn und machte sich weiter keine Gedanken um ihn. So etwas konnte jedem passieren. Er kam an dem zerstörten Maschinengewehr und den vier toten Japanern vorbei, die mehr Bündeln schmutziger Lumpen glichen als toten Menschen. Aber schließlich sahen alle Gefallenen so aus, wenn es sich nicht gerade um jemanden handelte, den man persönlich kannte. Er trat gegen den behelmten Kopf eines der Toten, der quer über dem Pfad lag, und der Kopf rollte hin und her. Als der Pfad eine Krümmung beschrieb, blieb er stehen und winkte. Ash sah ihn nicht, denn er grinste benommen die Bäume auf der anderen Seite des Pfades an. Später stellte sich heraus, daß er nach einem Jahr im Lazarett und nach mehreren Amputationen, die der Infektion nicht Einhalt tun konnten, gestorben war.
Nach einer weiteren Krümmung begann der Pfad merklich zu steigen und verlief jetzt in weitem Bogen nach rechts. Er führt nun wohl um die Höhe 210 herum und stößt dann auf die baumlose Schlucht, die den Rüssel des Elefanten darstellt, überlegte Witt. Der Rückzugsweg. Er stapfte weiter, rutschte gelegentlich im Schlamm aus und achtete dabei sorgfältig auf Baumschützen. Er bemerkte aber nichts, überhaupt nichts. Es war nirgendwo jemand zu sehen, und wieder fielen ihm Oberst Tall und der gestrige Tag ein. Ash hatte es ganz zutreffend ausgedrückt: falls Bugger sie gestern hier herumgeführt hätte, wären heute noch eine Menge Leute am Leben. Männer wie Keck, wie Tella, Männer wie Grove und Wynn und sein alter Freund Catch und Bead und Earl. Nicht einen davon hatte Witt vor dem Tode bewahren können. Und woran lag das? Nun, er konnte nicht überall zugleich sein! Was erwarteten Tall und die anderen denn von ihm? Er konnte schließlich nicht alles allein machen, oder? Von den beiden kindischen Leutnants gar nicht zu reden. Als es Witt klar wurde, daß nicht einmal er mit seinem Wissen und seiner Erfahrung imstande war, solchen Blödsinn zu verhindern, packte ihn bitterer Zorn. Dieser bittere Zorn saß so tief, daß er ihm nicht einmal in Gedanken Ausdruck verleihen konnte. Und er richtete sich gegen Oberst Tall. Witt schämte sich, weil er Tall noch vor kurzer Zeit aus der Hand gefressen hatte, es war ihm peinlich, an das zu denken, was er auf dem Weg hierher empfunden hatte, und das machte ihn nur noch zorniger. Wenn nicht Bugger Stein gewesen wäre, den er früher nicht gemocht

hatte, über den er jetzt aber anders dachte, dann wäre er nach Überbringung seiner Meldung ohne weiteres zur Geschützkompanie zurückgegangen. Schließlich war er ein freier, weißer, volljähriger Mann aus Kentucky und brauchte sich solchen Schwachsinn nicht bieten zu lassen. In dieser Geistesverfassung stieß er schließlich auf die Nachhut der Dritten Kompanie, und es kam ihm merkwürdig vor, daß er sich wiederum so munteren, aufgekratzten Männern gegenübersah. Jeder, mit dem Witt sprach, sagte das gleiche: es war eine Schande, daß man Bugger Stein gestern nicht erlaubt hatte, das Umgehungsmanöver durchzuführen. Aber keiner nahm das offenbar auch nur annähernd so ernst wie Witt. Und nichts konnte ihre Begeisterung über den augenblicklichen Erfolg dämpfen.

Stein hatte die Kompanie in drei Linien hintereinander in der Schlucht, die den Elefantenrüssel bildete, aufgestellt und war im Begriff, bergan vorzugehen. Der 3. Zug, der gestern die geringsten Ausfälle gehabt hatte, bildete die erste Linie, dann kam der 1. Zug, und der 2. Zug, der gestern am meisten gelitten hatte, bildete die dritte Linie. Es folgte der Kompanietrupp mit MacTae, Storm und den Köchen, und den Schluß machte die kleine Nachhut, auf die Witt zunächst gestoßen war. Bislang hatten sie noch kein Feuer erhalten und alle sahen munter drein. Sie hatten den Feind umgangen, befanden sich in seinem Rücken und hatten seinen Rückzugsweg abgeriegelt. Zum ersten Mal fühlten sie sich im Vorteil, und sie gedachten nicht, diesen so bald aus der Hand zu geben.

Im unteren Teil der langgezogenen, steinigen Schlucht, die jetzt jedermann als den »Rüssel« bezeichnete, waren die Seitenwände noch mäßig steil und leicht zu ersteigen, und der Dschungel schickte hier auch einige Ausläufer bis in die eigentliche Schlucht vor. Weiter oben jedoch wurden die Wände steiler, drängten den Dschungel zurück und verbreiterten so die baumlose Schlucht. Die gesamte Schlucht mochte gegen 300 Meter lang sein. Von der Hälfte an etwa säumten sie steile Felswände, die unpassierbar waren, und diese Enge war Steins erstes Ziel gewesen. Eine Front quer durch die Schlucht, an beiden Seiten auf den Fels gestützt, konnte von fliehenden Japanern nicht umgangen werden. Hier konnte man sich eingraben und jeden Angriff zurückweisen. Steins 3. Zug hatte diese Stelle im Augenblick der Ankunft Witts erreicht, ohne daß ein Schuß gefallen wäre. Die zweite Linie, vom 1. Zug gebildet, lag 50 Meter weiter zurück. Stein kam das Ganze unglaublich vor: offenbar hatten die Japaner überhaupt keine Posten aufgestellt. Er konnte die Bewegungen seiner Leute bequem verfolgen, sah nun, wie der 3. Zug weiter vorging, wie der 1. Zug folgte und wie alle gleich darauf im Gras verschwanden. Nicht weit vor sich sah er den dezimierten und ihm nun besonders ans Herz gewachsenen 2. Zug knien, so daß er notfalls den beiden vorderen Zügen hätte Feuerschutz geben können. Er erkannte seinen besten Ausbilder, Sergeant Beck, der den Zug führte, und winkte ihm, vorzugehen und die Lücke zu schließen. Noch eine solche Vorwärtsbewegung würde den 3. Zug über den Kamm bringen, und er wollte die beiden anderen Züge so dicht wie möglich aufschließen lassen, damit sie notfalls zu Hilfe kommen konnten. Er fühlte plötzlich, daß er alle seine Leute liebte, auch die, die er eigentlich nicht leiden mochte. Niemandem, so dachte er, dürfte zugemutet werden, was diesen Leuten zugemutet worden ist, nicht einmal jenen, die Spaß daran fanden. Es war einfach unnormal – oder war es in Wirklichkeit nur zu normal? Er sah zu, wie der 2. Zug vorstürzte, in jener geduckten Haltung, die das Gefühl eines gewissen Schutzes vermittelt und doch ganz und gar nutzlos ist. Dreißig Meter hinter dem 1. Zug verschwanden sie im Gras, und er selber ließ sich nun auch nieder und entdeckte dabei, daß Witt neben ihm kniete.

Als Witt gemeldet hatte, daß der Bunker genommen und Wasser unterwegs sei, erwog Stein, diese Neuigkeit, vor allem soweit sie das Wasser betraf, durch einen Melder nach vorne weiterzugeben. Das würde die Männer noch mehr anstacheln, ganz besonders die Aussicht auf Wasser. Seine Zunge fühlte sich an wie ein Stück Sandpapier. Er hatte seit ... seit wann nur? nicht mehr getrunken. Er entschied sich dafür, die Meldung vorzuschicken, winkte den letzten seiner Schreiber heran, einen schon ältlichen Mann namens Weld, und gab ihm außerdem folgenden Befehl an die drei Züge mit: Der 1. und 2. Zug sollten bis auf 20 Meter an den 3. Zug aufschließen und, wenn der 3. Zug weiter vorging, dicht hinter ihm bleiben. Dann wandte er sich Witt zu und grinste ihn aus seinem verschmutzten, unrasierten Gesicht an. »Es sieht so aus, als hätten wir Glück heute, Witt.« Witt hätte seinen Chef am liebsten umarmt, so sehr fühlte er sich ihm kameradschaftlich zugetan. Nur hätte das vielleicht nach warmen

Brüdern ausgesehen und falsch aufgefaßt werden können. Witt fühlte sich heute von Empfindungen durchpulst, von denen er bislang nichts geahnt hatte. Er entdeckte zu seiner Verblüffung, daß er ganz und gar glücklich war.

»Wie ist es denn mit dem Bunker gegangen?« erkundigte sich Stein, der ohnehin noch einige Minuten zu warten hatte.

Witt berichtete ihm kurz davon, von Cash und seiner Schrotbüchse, und sehr zurückhaltend von seinem eigenen fetten japanischen Feldwebel. Er zeigte Stein sein Gewehr.

»Wie viele Japaner habt ihr denn erledigt?«

»Oh, etwa fünfunddreißig«, sagte Witt mit niedergeschlagenen Augen, denn er fühlte sich verlegen werden.

»Fünfunddreißig!«

»Davon wurden aber zehn schon vorher im Bunker ausgeräuchert, sieben haben wir mit Handgranaten gekriegt und auf die Rechnung von Cash kommen alleine sechs. Es waren also nur neun übrig und davon habe ich drei erledigt.«

»Gute Arbeit, scheint mir. Bleiben Sie doch bei uns hier hinten und ruhen Sie sich ein bißchen aus.«

»Ich möchte lieber zur Kompanie, Sir«, sagte Witt und fügte dann hastig hinzu: »Ich will sagen, ich möchte zu einem der Züge. Ich habe immer das Gefühl, daß ich da vorne vielleicht jemandem helfen, vielleicht jemanden retten kann ...« Es war das erstemal, daß er von dieser seiner fixen Idee sprach.

Stein sah ihn prüfend an und Witt verfluchte sich. Er hatte längst gelernt, nie über seine Empfindungen zu sprechen – warum nur hatte er es gerade eben getan? Stein zuckte die Achseln. »Gut, melden Sie sich bei Beck. Sagen Sie ihm, daß ich Sie eben zum Unteroffizier ernannt habe, er braucht dringend welche.«

»Aber offiziell gehöre ich ja nicht mal zur Kompanie, Sir!«

»Darüber zerbrechen wir uns später den Kopf.«

»Jawohl, Sir.« Witt machte kehrt.

»Wenn Sie sich beeilen«, rief Stein ihm leise nach, »dann kommen Sie gerade noch hin, ehe wir vorrücken. Ich warte noch zwei Minuten, ehe ich das Zeichen gebe.« Dann winkte er dem Kompanietrupp und der Nachhut, aufzuschließen.

Doch kam er nicht dazu, das Signal zu geben, denn sie wurden entdeckt. Sie wurden aber auf eine geradezu wundervolle Weise entdeckt. Vierzehn oder fünfzehn nichtsahnende Japaner, die zerlegte Granatwerfer zurücktrugen, erschienen über dem Kamm. Selbstverständlich kam keiner mit dem Leben davon. Der 3. Zug nahm sie von rechts, von links und von der Mitte her unter Feuer. Stein war auf den Füßen, als der erste Schuß gefallen war, und sah die meisten stürzen.

Der schwere Zug war mit Ausnahme eines Maschinengewehrs bei Oberst Tall zurückgeblieben. Stein hatte das MG auf die linke Flanke des 3. Zuges befohlen und es angewiesen, erst zu feuern, wenn er viermal kurz in seine Signalpfeife blies. Als er nun mit offenem Mund und zurückgeworfenem Kopf dastand und die Pfeife an die Lippen setzte, hörte er aber schon, wie das MG das Feuer eröffnete. Er atmete auf und sah zu, wie es den Kamm unter Feuer nahm. Der 3. Zug unter Führung von Al Gore sprang auf und stürmte den Kamm. Es sah fast genauso aus wie der Angriff, den die Siebente Kompanie auf den Kamm der Höhe 209 gemacht und den Stein mit angesehen hatte, und Stein glaubte einen Moment, wieder der Siebenten zuzusehen und alles andere noch vor sich zu haben. Er plinkerte heftig mit den Augen, um diese Vorstellung abzuschütteln. Es war nicht die Siebente Kompanie, welche die Höhe 209 stürmte, sondern es waren seine Leute, es war seine Kompanie und es schien auch so, als sei der Angriff erfolgreich. Seinem MG antworteten nur vereinzelte Gewehrschüsse. Es feuerte so lange, bis es anfing, die eigenen Leute des 3. Zuges zu gefährden, und dann sah Stein, wie die Bedienung – ohne jeden Befehl – das MG aufnahm und Stellungswechsel machte. Zwei Männer schleppten das MG mitsamt dem Dreibein, und die anderen taumelten unter der Last der Munitionskästen hinterher. Es verschwand ebenso wie der 3. Zug hinter dem Kamm. Dann begann das MG wieder zu feuern. Der 1. Zug sprang vor und nahm die Stelle des 3. Zuges ein, der 2. Zug die des ersten. »Weiter! Weiter!« hörte Stein sich brüllen. »Nicht liegenbleiben!« Er wußte, daß ihn niemand hören konnte, und doch brüllte er und schwenkte die Arme. Aber ganz, als hätte er ihn verstanden, zögerte Feldwebel Culn mit dem 1. Zug nur einen Augenblick an der Stelle, wo zuvor der 3. Zug gelegen hatte, dann lief er weiter und verschwand über dem Kamm, hinter dem nun lebhaftes Feuer amerikanischer Infanteriewaffen, aber sehr wenig

Schüsse aus japanischen Waffen zu hören waren. »Gott verdamm mich! Gott verdamm mich!« brüllte Stein immer wieder. Der 2. Zug, der ein ganzes Stück weiter hangabwärts gewesen war, quälte sich immer noch bergauf zur früheren Position des 1. Zuges, die sich zwischen den steilen Felswänden befand, und Stein wurde plötzlich bewußt, daß er diesen Zug nicht auch noch über den Kamm lassen durfte. - »Los! Los!« rief er den Männern zu, die in seiner Nähe lagen. »Wir müssen da rauf!« und begann durchs Gras zu laufen.
In diesem Augenblick schlug die Granate eines leichten japanischen Werfers zwischen dem zerstreuten Kompanietrupp ein, und alle außer Stein warfen sich hin. Stein lief weiter, blieb dann aber lange genug stehen, um den Zurückgebliebenen etwas zuzubrüllen und die Arme zu schwenken, dann rannte er wieder los. Da keine Granaten mehr fielen, erhoben sich auch die anderen nach einer Weile. Einer von ihnen war verletzt worden, und zwar Storm, der Küchenbulle. Ein winziger Splitter war zwischen seine Handwurzelknochen eingedrungen und nicht wieder herausgekommen. Storm starrte das kleine blaugeränderte Loch an, aus dem es nicht blutete, machte eine Faust und hörte, wie etwas knirschte, dann lief er benommen den anderen nach, denen Stein bereits 30 Meter voraus war. Storm brachte es einfach nicht fertig, zwischen der Explosion und dieser Wunde eine Verbindung herzustellen. Sie schienen nichts miteinander zu tun zu haben. Finster rannte er den anderen nach. Es war, als laufe er auf ein Chaos zu; überall wurde geschossen, und es herrschte erheblicher Lärm.
Stein hatte den Kompanietrupp und die Nachhut bis auf 40 Meter an den 2. Zug heranrücken lassen, ehe das Gefecht so plötzlich begonnen hatte. Trotzdem erschien es ihm als ein Wunder, daß ein im Grunde so schwächlicher Mensch wie er, der weiß Gott nicht der geborene Läufer war, den 2. Zug noch rechtzeitig erreichte. Er holte ihn kurz hinter der früheren Stellung des 1. Zuges ein, lief durch ihn hindurch, machte kehrt und hielt ihn mit ausgebreiteten Armen auf. »Halt! Halt!« keuchte er. Als der Zug stehenblieb, rief er den Rest der Kompanie bis auf 20 Meter an die Höhe heran. Er wollte vermeiden, daß seine Reserve sich ohne Ordnung und atemlos über den Kamm stürzte, ehe er selbst gesehen, was da vorging, und beschließen konnte, ob er sie zurückhalten sollte, um einen eventuellen Rück-

zug zu decken. Das Kleingewehrfeuer hinter dem Kamm klang etwas gedämpfter, als hätten sich die Schießenden weiter entfernt, und es wurde auch weniger geschossen. Von den kläffenden Abschüssen japanischer Waffen war kaum etwas zu hören. Stein ging allein so weit vor, bis er über den Kamm sehen konnte, und das Bild, das sich ihm hier bot, vergaß er sein Leben lang nicht.

Seine beiden blutdürstigen Züge waren ganz offenbar auf ein japanisches Biwak gestoßen. Hohe Dschungelbäume wuchsen hier hinter dem Kamm, die gleichen Bäume, die man gestern vom Plateau aus hatte sehen können. Die Japaner hatten alle kleinen Bäume gefällt und das Unterholz beseitigt, so daß die Vorgänge sich hier im kühlen, von Sonnenkringeln durchsetzten Schatten der großen Bäume wie in einem Park abspielten. Das einzige, was nicht an einen Park erinnerte, war der klebrige Matsch, der überall den Boden bedeckte. Auf dieser hübschen, natürlichen Schaubühne räumten Steins Züge mit unerhörten Mengen von Japanern auf. Stein sah eine der Gruppen an einem kränklich aussehenden Japaner vorübergehen, der unbewaffnet mit erhobenen Händen dastand, aber als sie vorbei waren, die Arme sinken ließ und suchend in seine Bluse griff. Ein anderer Amerikaner erschoß ihn aus zehn Meter Entfernung. Als er stürzte, entrollte eine noch ungezündete Handgranate seinen Fingern. Stein sah, wie ein anderer (er sah aus wie Queen) auf einen Japaner zutrat, der grinsend die Hände in die Höhe hob, wie er das Gewehr Zentimeter vor dessen Gesicht hielt und ihm in die Nase schoß. Stein mußte lachen. Besonders bei dem Gedanken, wie die schreckgeweiteten Augen langsam zu schielen begonnen haben mußten, als sie verzweifelt auf die sich nähernde Gewehrmündung blickten. Harold Lloyd. Zelte waren nicht zu sehen, aber die Japaner hatten aus Ästen und Zweigen Hütten errichtet, und es gab auch in den Hang getriebene Unterstände. Die Hütten wurden mit dem Fuß oder dem Gewehrkolben zerstört, die Unterstände mit Handgranaten ausgeräuchert. Stein sah sogleich, daß man so bald keine Ordnung in die beiden Züge da vorne bringen konnte; andererseits befanden sie sich nicht in einer gefährlichen Situation, die verlangt hätte, daß er den 2. Zug in Reserve hielt. Sie hatten die Oberhand und genossen es. Eine irre Mordlust war über sie gekommen, ganz als hätten sie schulfrei von aller Moral und Ethik. Sie konnten straflos töten und taten

es auch. Der Angstschweiß und die Strapazen des gestrigen Tages, der Übermut, geweckt durch den unbeobachteten Vorstoß ins japanische Hinterland, die Massakrierung der fünfzehn ahnungslosen Japaner auf dem Kamm – das alles hatte zu der jetzt herrschenden überschäumenden Stimmung beigetragen, und man konnte ihnen nicht Einhalt gebieten, ehe diese Stimmung verraucht war – immerhin mußte mit einem japanischen Gegenangriff gerechnet werden. Das hieß nun nicht, daß es nicht auch Tote und Verwundete bei ihnen gab, es gab welche, und gar nicht so wenige. Doch wer nicht selbst verwundet wurde, achtete nicht darauf.
Links von diesem Tumult erblickte Stein das einzige Bild militärischer Vernunft. Sein Maschinengewehr, das er über den Kamm hatte laufen sehen, war hier in Stellung gegangen, wo es den Hinterhang unter Feuer nehmen und seinen beiden Zügen den notwendigen Schutz geben konnte. Einige vernünftige Gewehrschützen hatten auf ihre Beteiligung am Schützenfest verzichtet und sich um das Maschinengewehr verteilt. Diese Gruppe feuerte hangabwärts, wann immer die Japaner den Versuch machten, aus ihren Stellungen und ihren Kameraden zu Hilfe zu kommen; zwar waren solche Japaner nicht sehr zahlreich, doch sah Stein gleich, wie er hier sinnvoll den 2. Zug einsetzen konnte. Es war nämlich zu bedenken, daß sich Oberst Tall und die Zweite Kompanie immer noch vom Plateau her ihren Weg hier herauf erkämpften. Stein machte kehrt, um den 2. Zug zu holen. Dabei wurde er beinahe von einer brüllenden Gestalt umgerannt, die sich lange genug von dem Jahrmarktstrubel entfernt hatte, um Gewehr und Patronengürtel eines toten Kameraden aufzunehmen, dann aber immer noch brüllend zurück ins Getümmel stürzte. Das war selbstverständlich Queen. Blut tropfte von seinem mächtigen Oberarm, der in einem zerrissenen Ärmel steckte. Um den Arm war ein Taschentuch geknotet. Stein ging weiter.
Es war wirklich Queen gewesen, der vor Steins Augen den grinsenden Japaner in die Nase geschossen hatte. Das war sein siebenter gewesen. Gleich darauf hatte sein Gewehr eine irreparable Ladehemmung gehabt. Ganz abgesehen davon, daß es sehr gefährlich war, sich an einem solchen Kampf mit einem unbrauchbaren Gewehr zu beteiligen, versetzte der Gedanke, jetzt noch um allen Spaß gebracht zu werden, Queen in Wut, und er hatte sich nach einem herrenlos her-

umliegenden Gewehr umgesehen. Queen wußte, daß er einen schrecklichen Anblick bot: er sah aus wie ein bluttriefender wilder Bulle und wußte auch, daß er ein schönes Bild abgab. Queen hatte heute ein wunderbares Erlebnis gehabt, er hatte nämlich entdeckt, daß er nicht feige war. Gestern hatte er den ganzen Tag schreckensbleich und hilflos unter dem Granatwerferabschuß in seinem Trichter gelegen. Er hatte sich nicht gerührt, bis Hauptmann Gaff gekommen war und den 1. Zug zum Plateau geführt hatte. Er hatte sogar, und dessen schämte er sich ungemein, Doll befohlen, dazubleiben und seine Meldung Stein nicht zu überbringen. Wenn Doll das nun jemandem erzählte? Aber es war leider die Wahrheit, so stark und groß Queen auch war, denn Größe und Stärke nützen einem nichts gegen feindliche Granatwerfer. Dazu bedurfte es anderer Eigenschaften. Und Queen hatte erkannt, daß er sie nicht besaß. Im Grunde war er wieder der gleiche kleine Schwächling, der er als Kind gewesen war, als die Kinder in der Nachbarschaft ihn verdroschen, wenn er ihnen vor die Augen kam. Nachdem er größer und stärker geworden war, glaubte er, daß ihm so etwas nie wieder geschehen könne, und daher waren die Vorgänge gestern ein gräßlicher, unwahrscheinlicher Alptraum für ihn gewesen. Er hatte seither fast zu niemandem gesprochen, um sich nicht zu verraten.
Heute war das aber alles anders geworden. Die Erregung des geheimen Marsches ins japanische Hinterland, die erfolgreiche Liquidierung des MGs auf dem Dschungelpfad, dazu der unerkannte Vorstoß den Rüssel hinauf, und dann das muntere Schlachtfest unter der ahnungslosen japanischen Granatwerferbedienung hatten ihn in eine Stimmung versetzt, die ihm die volle Beherrschung über seinen Körper zurückgab. Und als er mit den anderen zum Kamm hinaufgestürmt war, hatte er keine Angst mehr gefühlt. Er hatte seine Gruppe geradezu übermütig geführt, und als er in das überraschte japanische Lager einbrach und sah, was da vor sich ging, wußte er hocherfreut, daß jetzt jedenfalls für das bezahlt werden würde, was diese Schweinehunde ihm angetan hatten. Er hatte in der Eile vergessen, sein Bajonett aufzupflanzen. Als er aber sah, wie Männer angeschossen wurden, während sie versuchten, ihre Bajonette aus den sich windenden, schmutzigen, aufgespießten Japanern herauszuziehen, fand er, es sei besser, das Bajonett nicht aufzupflanzen. Er war

sogleich nach Überquerung des Kammes getroffen worden. Es tat aber nicht weh. Das Geschoß war durch das Fleisch des Oberarmes gedrungen und hatte einen sauberen Ein- und Ausschuß hinterlassen. Er knotete mit Hilfe der Zähne sein Taschentuch darum und lief lachend und brüllend weiter. Ehe er Ladehemmung bekam, hatte er sieben Japaner erschossen, von denen vier die Hände gehoben hatten. Und als er nun zwischen den Leuten der beiden Züge wieder nach vorne rannte und sich Platz schaffte wie ein Tank aus Fleisch und Blut, kam er gerade rechtzeitig, um einen japanischen Offizier abzuschießen, der aus einem Loch herausgesprungen war und säbelschwingend verlangte, für seinen Kaiser zu sterben. Queen riß ihm die Säbelscheide ab, schob den Säbel rein und steckte beides ins Koppel. »Queen ist wieder da!« hörte er jemanden rufen. »Queen ist wieder da!« Er würde niemals beichten. Falls Doll ihn verriete, wollte er alles abstreiten.

»Wo sind denn die Japse?« brüllte Queen.

Stein fand seinen 2. Zug geduldig wartend genau da, wo er ihn verlassen hatte. Er ließ ihn noch länger warten und hielt unterdessen eine »Offiziersbesprechung« ab. Tatsächlich waren er und Band die einzigen Offiziere, aber er zog außerdem Beck, Welsh und Storm bei. Storm machte die Hand immer wieder auf und zu.

»Ich bin verwundet!« sagte er töricht grinsend. »Ich bin verwundet.«

»Na schön«, sagte Welsh mit höhnischem Grinsen. »Dann kriegst du eben das Verwundetenabzeichen.«

»Ganz recht, vergiß nur nicht, mich einzureichen.«

Als endlich Ruhe herrschte, erklärte Stein seinen Plan. Sie sollten gruppenweise über den Kamm vorrücken, sich links halten und den Hang hinuntergehen. Das MG sollte noch weiter nach links hinüberwechseln und ihnen Feuerschutz geben. Sie sollten dann alle noch nicht aufgegebene Unterstände ausräuchern. Unter keinen Umständen sollten sie am japanischen Lager haltmachen oder sich an den Vorgängen dort beteiligen. »Die ganze Stellung ist jetzt aufgebrochen«, sagte er. »Wir brauchen sie nur noch zu säubern. Irgend etwas hält aber offenbar Oberst Tall und die Zweite Kompanie da unten noch auf. Wir werden den Widerstand von oben her brechen. Irgendwelche Fragen?«

Niemand hatte Fragen. Alle nickten verstehend. Plötzlich sagte Storm:

»Wann kann ich zurückgehen, Sir?«
Die anderen vier sahen ihn an.
»Ich bin nämlich verwundet«, grinste Storm. Er hob die Hand und machte eine Faust. Alle blieben stumm.
»Wollen Sie etwa jetzt, in diesem Augenblick, zurückgehen?« fragte Stein.
»Klar!«
»Nun, welchen Weg ziehen Sie vor? Wollen Sie allein durch den Dschungel zurück oder hier über den Kamm und den Hang hinunter?«
Storm antwortete nicht; er schien nachzudenken. »Jetzt verstehe ich«, sagte er schließlich. Er hob wieder die Hand, machte eine Faust und betrachtete sie. »Ich warte wohl lieber so lange, bis wir die Stellungen zwischen uns und der Zweiten Kompanie erledigt haben, was?«
Stein sagte nichts, sondern grinste ihn nur an. Storm grinste zurück. »Ich hoffe bloß, daß ich jetzt nicht noch eine verpaßt kriege«, versetzte er. Dann sah er wieder auf seine Hand und machte die Faust. Es blutete immer noch nicht, und es tat ihm auch nicht weh, aber alle hörten es knirschen. »Ich hoffe sehr, daß eine unerhört komplizierte Operation notwendig ist, um den Splitter da heraus zu ziehen«, sagte er.
»Also gut. Weiß jeder, was er zu tun hat?« erkundigte Stein sich.
Alle gingen nickend zu ihren Gruppen zurück. Beck hatte, dem Beispiel seines Vorgängers Keck folgend, um die Erlaubnis gebeten, als erster mit der 1. Gruppe vorzugehen. Während das Maschinengewehr Stellungswechsel machte, ging Beck voran, und allmählich verstreuten sie sich über den grasbewachsenen Hang, der gestern von der Senke her so hoch und so weit entfernt und so unzugänglich ausgesehen hatte. Weit unter sich konnten sie die Böschung sehen, vor der sie die vergangene Nacht zugebracht hatten.
Es ging alles viel einfacher als erwartet. Überall am Hang stießen sie auf Schützenlöcher und MG-Stellungen, und es war offenbar die Absicht des japanischen Kommandanten gewesen, diesen Hang hartnäckig zu verteidigen. Da sie nun aber so starkes feindliches Feuer in ihrem Rücken vernommen hatten, begannen die Japaner, aus ihren Löchern hervorzukriechen und sich zu ergeben. Es waren kränklich, mager und erschöpft aussehende Männer, die offenbar mit Schrecken

der Behandlung entgegensahen, die sie sich von ihren Feinden erwarteten. Das MG und die Gewehrschützen nahmen sich alle diejenigen vor, die den Fehler machten, mit der Waffe in der Hand zum Vorschein zu kommen, wer aber waffenlos und mit erhobenen Händen herauskam, wurde zwar getreten, geschubst und mit den Kolben gestoßen, aber nur wenige wurden erschossen. Sympathien allerdings brachte ihnen niemand entgegen. Viele Löcher waren verlassen, da die Insassen zurückgelaufen waren, um sich am Kampf ums Biwak zu beteiligen. Falls die in den Löchern herrschende Stille verdächtig war, wurden Handgranaten hineingeworfen. Aber zu einem richtigen Gefecht kam es erst viel weiter unten. Von Beck und Witt geführt, griff der Zug zwei gut ausgebaute MG-Stellungen an, aus denen Talls Leute immer noch beschossen wurden, während sie versuchten, nahe genug heranzukriechen, um die MG-Nester zu liquidieren. Die MGs wurden schließlich von rückwärts zum Schweigen gebracht. Einige zum Schutz der MGs abkommandierte Gewehrschützen kämpften bis zur letzten Patrone. Die Zweite Kompanie rückte nun vor. Der eigentliche Kampf war vorüber und nur noch eine Säuberungsaktion erforderlich. Mehrere Japaner sprengten sich mit Handgranaten in die Luft, aber nicht viele. Der 2. Zug der Dritten hatte drei Verwundete und einen Toten.

Die Säuberungsaktion erwies sich aber doch als ein ausgedehntes Unternehmen. Es befanden sich immer noch zahlreiche besetzte Stellungen im Bereich der Höhe 210, und viele Japaner wollten lieber sterben als kapitulieren. Einige waren auch zu krank, um sich zu ergeben und blieben einfach schießend über ihr Gewehr gebeugt, bis sie fielen. Aber ehe man sich richtig an die Aufgabe machen konnte, mußte eine große Begrüßung abgehalten werden.

Stein stand neben Band, Beck und Welsh, als Oberst Tall hinter der Zweiten Kompanie herangeschlendert kam, strahlend, das Stöckchen in der Hand und so glücklich wie ein Politiker, der gerade erfahren hat, daß er gewählt worden ist. Witt, der in der Nähe stand, warf ihm nur einen Blick zu und zog sich dann zurück.

Kurz zuvor war ganz in Steins Nähe ein Mann unter angsterregenden Gurgellauten ohnmächtig vornüber aufs Gesicht gefallen. Er war weder der erste noch der letzte. Jemand hatte ihn umgedreht, ihm Gürtel und Hemd aufgemacht und zum Schutz vor der Sonne ein

dreckiges Taschentuch über sein Gesicht gebreitet. Der Mann lag noch immer dort, und gerade, als Tall auftauchte, war Stein ganz in den Gedanken an Wasser versunken. Sein Mund war so ausgetrocknet, daß er nicht schlucken konnte, und er hatte schon bemerkt, daß Talls Leute kein Wasser für die Dritte mitgebracht hatten, denn nirgends waren Kanister zu erblicken. Nichts beschäftigte ihn jetzt auch nur annähernd so wie die Frage nach Wasser, aber er drängte sie zurück, bis Tall ihm die Hand geschüttelt, ihm gratuliert und die in solchem Fall üblichen Worte gesprochen hatte. Später fragte er sich oft, warum er nicht sogleich den Mund aufgemacht hatte? Vielleicht, weil er nicht der Typ – nicht kaltschnäuzig genug für so was war? Es fiel ihm auf, daß sich Talls Gesicht, als er ihm die Hand schüttelte, unmerklich veränderte und nicht mehr ganz so freundlich wirkte. Auch John Gaff, der dem Oberst auf dem Fuß folgte, sah ihn merkwürdig an, als er ihn begrüßte.
»Na, da haben wir es ja geschafft, Stein, mein Sohn«, sagte Tall und klopfte ihm auf die Schulter – einigermaßen betrübt, fand Stein. Es war das erstemal, daß der Oberst »mein Sohn« zu ihm gesagt hatte.
Weiteres Händeschütteln mit Band und den Sergeanten. Als die Begrüßungen vorüber waren, fragte Stein endlich nach dem Wasser.
»Tut mir leid, Stein«, lächelte der Oberst, »aber ich konnte es nicht ändern. Ich habe vier Kanister für Sie zurückbehalten, die Hälfte des Wassers, das mir gebracht worden war. Aber meine Leute waren einfach nicht zu bremsen und ...« er spreizte die Finger. »Ein gut Teil haben sie auch noch verschüttet«, fügte er hinzu, und dabei sah er durchaus nicht schuldbewußt, sondern nur resigniert aus.
In der ganzen Gegend wurde noch munter geschossen, doch daran war man inzwischen gewöhnt.
»Aber Sie haben doch extra gesagt, daß wir hier oben jede Menge Wasser bekommen würden«, warf Stein viel zu zaghaft ein, jedenfalls kam es ihm so vor, als er sich sprechen hörte.
»Werden Sie auch«, lächelte Tall. »Wenn Sie da hinunter sehen, können Sie die Wasserträger schon erkennen. Ich habe nämlich James zurückgeschickt, um den Kommandeur und die Generale aufzuhetzen.«
Stein sah hinunter. Weit unter ihm, in der Senke, in der er und seine Leute gestern gelegen und solche Angst ausgestanden hatten, konnte

er eine Schlange von Trägern ausmachen, die sich langsam näherte. Wenn er direkt hinabsah, verschwand sie, er mußte sie aus den Augenwinkeln betrachten.
»Da haben wir das Ergebnis«, sagte Tall munter hinter ihm. »Und Verpflegung wird auch mit vorgebracht. Wir müssen uns nun aber darum kümmern, daß hier oben Ordnung gemacht wird. Die Säuberungsaktion muß ebenfalls etwas besser organisiert werden. Glauben Sie, daß die Japaner einen Gegenangriff unternehmen werden, Stein?«
Dieser letzte Satz klang merklich schärfer. Als Stein sich umwandte, sah er auf dem Gesicht des Obersten gerade noch diesen merkwürdigen Ausdruck, der halb Lächeln, aber eben doch kein Lächeln war. Gaff sah unglücklich zu.
»Auf dem Herweg haben wir keinerlei Feindberührung gehabt, Sir.« Er zwang sich dann aber zur Genauigkeit und setzte hinzu: »Wir sind einzig auf ein MG gestoßen. Das haben wir erledigt.« Er gab sich große Mühe, ganz sachlich zu sprechen, jeden Triumph aus seiner Stimme fernzuhalten und sich nichts anmerken zu lassen. »Was machen wir mit den Verwundeten, Sir? Haben Sie Sanitäter mitgebracht?«
»Mit den Wasserträgern müßten auch Krankenträger kommen«, sagte Tall gleichmütig. »Wo sind denn Ihre eigenen Sanitäter?«
»Wir haben nur noch einen, der andere ist gefallen.«
»Wir hatten drei bei uns«, bemerkte Tall, »aber sie haben zuviel mit unseren eigenen Verwundeten zu tun. Ich glaube, wir haben heute größere Ausfälle gehabt als Sie.« Er blickte Stein scharf an.
»Wollen Sie sich jetzt den Kamm ansehen, Sir?« erkundigte sich Stein.
»Machen Sie das allein, ich werde die Säuberung in die Hand nehmen.«
»Jawohl, Sir!« Stein salutierte. »Beck, Welsh!« Er ließ Band bei den anderen Offizieren zurück.
Der Schlag fiel am späten Nachmittag, und Stein konnte nicht behaupten, daß er unerwartet kam. Nachdem der 1. und 3. Zug der Dritten Kompanie den Bereich des japanischen Lagers gesäubert und dabei eine Anzahl schwerer Granatwerfer sowie einige leichte Feldgeschütze erbeutet hatten, wurde ihnen eine Stellung auf dem

Kamm zugewiesen, den sie erstürmt hatten und der den gefährlichen Elefantenrüssel beherrschte. Die Zweite Kompanie hatte, unterstützt vom 2. Zug der Dritten Kompanie, nach den Weisungen von Oberst Tall die Säuberung der japanischen Verteidigungsanlage fortgeführt. Das dauerte fast den ganzen Tag, und endlich bezog der 2. Zug Reservestellung hinter dem 1. und 3. Zug. Die Zweite Kompanie ging rechts von der Dritten in Stellung auf dem Kamm und legte ebenfalls einen ihrer Züge in Reserve. Diese Tätigkeit wurde für eine halbe Stunde durch die Ankunft des Wassers und der Verpflegung unterbrochen. Als nun alles geregelt war, als die glühende Hitze abnahm und die ersten Zeichen des nahenden Abends sich bemerkbar machten, rief Oberst Tall nach Stein und sprach im Bereich des ehemaligen japanischen Biwaks unterhalb des Kammes mit ihm.
»Ich enthebe Sie hiermit Ihres Kommandos, Stein«, sagte er ohne jede Vorbereitung. Sein Gesicht, dieses jugendlich-alte angelsächsische Gesicht, das soviel jünger und hübscher aussah als das von Stein, zeigte einen strengen Ausdruck.
Stein fühlte, wie ihm das Blut in den Ohren pochte, er sagte aber nichts. Er dachte daran, wie glatt er heute den Vormarsch den Rüssel hinauf geleitet hatte – aber da hatte er selbstverständlich Glück gehabt.
»Band übernimmt an Ihrer Stelle die Kompanie«, fuhr Tall fort, als Stein nicht antwortete. »Ich habe ihm schon Bescheid gesagt, das bleibt Ihnen also erspart.« Er wartete.
»Jawohl, Sir«, erwiderte Stein.
»Es ist das für mich auch keine einfache Sache«, fuhr Tall fort, »sondern ein sehr schwerwiegender Entschluß. Aber ich bin zu der Überzeugung gelangt, daß Sie kein guter Frontoffizier sind. Ich habe mir das alles sehr genau überlegt.«
»Ist es wegen der gestrigen Vorfälle?«
»Teilweise«, versetzte Tall, »teilweise. Aber es ist wohl noch etwas anderes. Sie sind einfach nicht hart genug. Sie sind zu weichherzig. Sie lassen sich von Ihren Gefühlen lenken. Ich habe es, wie gesagt, sehr ernsthaft überlegt.«
Stein mußte an den jungen Fife denken, an seinen Schreiber, der gestern verwundet worden war, an seine Zusammenstöße mit ihm und an das, was er selbst von Fife hielt. Er hatte den Personaloffizier

beim Regiment wissen lassen, daß ihm Fife zu neurotisch und zu labil für einen guten Frontoffizier erschien. So dachte Tall vielleicht auch von ihm. Das war alles sehr merkwürdig. Was aber würde sein Vater dazu sagen, der Ex-Major aus dem Ersten Weltkrieg? Er sagte immer noch nichts, und nun überkam ihn wieder das Gefühl, ein pflichtvergessener Schulknabe zu sein, der zur Rede gestellt wird. Er konnte das nicht abschütteln. Es war geradezu lächerlich.

»Im Krieg werden nun einmal Menschen getötet«, sagte Tall, »das läßt sich einfach nicht vermeiden, Stein. Ein guter Offizier muß diese Tatsache zur Kenntnis nehmen und muß dann berechnen, welcher Gewinn welche Verluste rechtfertigt. Ich glaube nicht, daß Sie das können.«

»Ich sehe es nicht gerne, wenn meine Leute fallen«, hörte Stein sich selbst hitzig vorbringen.

»Gewiß nicht. Das tut kein guter Offizier. Er muß sich aber damit abfinden können«, versetzte Tall, »und gelegentlich muß er es auch befehlen können.«

Stein gab keine Antwort.

»Wie dem auch sei«, fuhr Tall streng fort, »ich muß die Entscheidung treffen, und ich habe sie bereits getroffen.«

Stein prüfte seine eigene Reaktion. Er stellte fest, daß es ihn sehr drängte, dem Oberst zu schildern, welche Leistung er heute vollbracht hatte: der lange Marsch, die Besetzung des Rüssels, die Hilfsexpedition für Tall, die diesem den Weg freigemacht hatte; es drängte ihn, darauf hinzuweisen, daß er gestern zum ersten Mal im feindlichen Feuer gewesen war (als ob Tall das nicht wüßte!) es drängte ihn, darauf hinzuweisen, daß es ihm heute schon viel weniger ausgemacht hatte zu sehen, wie der eine oder der andere seiner Leute fiel. Vielleicht erwartete Tall, daß er so etwas sagte, um ihm dann doch die Kompanie zu lassen? Vielleicht wollte Tall ihn aber auf alle Fälle loswerden? Stein sagte also nichts von alledem. Statt dessen lächelte er plötzlich und sagte etwas ganz anderes. Allerdings merkte er selbst, daß es ein ziemlich verzerrtes Lächeln war. »Das ist dann also in gewisser Weise ein Kompliment, nicht wahr, Sir?«

Tall starrte ihn an, als habe er die Worte gar nicht gehört, oder als gingen sie ihn nichts an, und fuhr in seiner offenbar vorbereiteten Ansprache fort. Stein spürte keine Lust mehr, seine Bemerkung zu wiederholen. Er glaubte selbst nicht, daß es zutraf, was er da eben gesagt hatte, sondern er hielt ebenso wie Tall das Gegenteil für wahr. Es war ganz gewiß kein Kompliment.

»Es hat nun keinen Sinn, deshalb ein großes Geschrei zu machen«, fuhr Tall fort. »Ich wünsche nicht, daß in den Akten des Bataillons, solange ich es führe, ein derartiges Vorkommnis verzeichnet wird, und es besteht auch keine Notwendigkeit, es in Ihre Papiere zu bringen und Ihnen das Leben schwer zu machen. Mit Feigheit oder Unfähigkeit hat das gar nichts zu tun. Sie beantragen jetzt sofort Ihre Versetzung zum Obersten Gerichtsoffizier beim Kriegsministerium in Washington, und zwar aus Gesundheitsgründen. Sie sind ja Rechtsanwalt. Haben Sie schon Malaria gehabt?« – »Nein, Sir.«

»Nun, das spielt keine Rolle, ich kann das schon drehen. Übrigens bekommen Sie bestimmt noch Malaria. Ich reiche Sie überdies noch zum Silberstern ein. Ich werde die Begründung so abfassen, daß Sie die Auszeichnung ganz sicher bekommen.«

Stein verspürte den ärgerlichen Wunsch, gegen die Verleihung dieser Auszeichnung zu protestieren, und er hob bereits die Hand, dann ließ er sie jedoch fallen. Kam es denn wirklich darauf an? Washington. Stein fühlte sich in Washington wohl.

Tall, der ihn aufmerksam, streng und ausdruckslos ansah, war die halberhobene, protestierende Hand nicht entgangen. »Ich werde Sie auch noch zum Verwundetenabzeichen einreichen«, bemerkte er.

»Warum?«

Tall musterte ihn prüfend. »Zum ersten«, sagte er ausdruckslos, »bemerke ich da eine Schramme in Ihrer linken Wange, wo Sie sich gestern an dem verdammten Felsen gestoßen haben.« Er hob die Hand. »Und falls das nicht reichen sollte, sehe ich auch deutlich unter dem Dreck mehrere tiefe Kratzer an Ihrer Hand.« Er starrte Stein ausdruckslos an.

Stein hätte gerne geweint. Warum, wußte er nicht. Vielleicht deshalb, weil er nun nicht einmal mehr gegen Tall Abneigung fühlen konnte. Nicht einmal gegen Tall.

Und wenn man Tall nicht einmal mehr verabscheuen konnte . . .

»Jawohl, Sir«, sagte er tonlos und mit gespielter Gleichgültigkeit.

»Ich halte es für das beste, wenn Sie mit der nächsten Gruppe von Verwundeten und Gefangenen zurückgehen«, schloß Tall. »Es wäre

nicht gut, wenn Sie sich hier noch länger herumdrückten. Je weniger darüber geredet wird, um so besser für alle Beteiligten.«
»Jawohl, Sir«, sagte Stein, grüßte und machte kehrt. Er sah sich plötzlich, wie er mit Tränen in den Augen davontaumelte, ein gebrochener Mann. Aber das war der pure Kitsch. Seine Augen waren ganz trocken. Nach Washington also sollte er? Er konnte beim besten Willen nicht sagen, daß er was dagegen hatte. Großer Gott, was erzählte man sich nicht alles von Washington! Der Krieg hatte daraus die größte, lärmendste, reichste, aufregendste Stadt in ganz Amerika gemacht. Und alles nur, weil dort der Krieg auf dem Papier geführt wurde! Eine Gruppe von Krankenträgern bereitete sich auf den Abstieg vor, um den Jeeps entgegenzugehen, die jetzt bereits bis zum Fuß des kurzen Vorderhanges der Höhe 209 fuhren; Stein ging auf sie zu.
Lange starrte er auf den kurzen Vorderhang der Höhe 209. Von da waren sie erst gestern noch in das vom Feind besetzte Gelände vorgegangen, und nun konnte man dort ungefährdet umherspazieren. Es wimmelte da unten von Leuten. Nun war sie also vorüber, die lange erwartete, aufschlußreiche Erfahrung des Kampfes. Stein kam sie nicht sehr anders vor als die Arbeit in einem der großen Rechtsanwaltsbüros, in der Rechtsabteilung einer Gesellschaft oder in einer Behörde. Wie bei den Sowjets. Vielleicht ein wenig gefährlicher, aber die Wirkung auf die ehrgeizigen, den Abbau fürchtenden Angestellten war die gleiche. Als die Krankenträger bereit waren, gesellte er sich zu ihnen und half an schwierigen Stellen die Bahren zu tragen. Was hielt Tall nun wirklich von ihm? Oder hatte er etwa gar keine Meinung über ihn?
Die Neuigkeit verbreitete sich schnell. Entgegen Talls Wunsch, die Angelegenheit zu vertuschen, wußte die gesamte Dritte Kompanie – wußte übrigens das ganze Bataillon – fünfzehn Minuten nach Steins Abmarsch, daß der Kompaniechef der Dritten abgelöst worden war. Das machte in der Dritten Kompanie bei Unteroffizieren und Mannschaften viel böses Blut, aber es war Unteroffizier Witt, der zuerst auf die Idee verfiel, eine Deputation zusammenzubringen, die dagegen protestieren sollte. Dieser Gedanke wurde von vielen gut aufgenommen, doch wollte man wissen, an wen denn der Protest zu richten sei? An den neuen Kompanieführer Band oder an Tall selbst? Bei Band

zu protestieren, hätte bedeutet, ihm gleich zu Anfang eine Ohrfeige zu versetzen. Bei Tall zu protestieren war andererseits unvorstellbar, denn zweifellos würde er sie alle einsperren lassen, bloß weil sie auf einen derartigen Gedanken verfallen waren. Schließlich endete alles in einer erbitterten Nörgelei. Falls die anderen jedoch willens waren, ihr Gewissen auf diese billige Weise zu beruhigen, so glaubte der erzürnte Witt doch nicht, die Sache so hingehen lassen zu können.
Witt hatte heute bereits eine üble Auseinandersetzung hinter sich. Nachdem er sich so klug und taktvoll von dem Begrüßungsauftritt zwischen Tall und Stein zurückgezogen hatte (es war ihm nicht entgangen, daß kein Wasser mitgekommen war), hatte er sich verdrückt, um ein bißchen auszuruhen. Er war erschöpft und entsetzlich durstig. Als er benommen und ins Leere starrend dasaß, erschien der Exkoch Charlie Dale, der mit Gaff und den anderen Freiwilligen im Gefolge der Zweiten Kompanie die Höhe erstiegen hatte, um sich zu beschweren.
Der untersetzte Dale mit den stets hochgezogenen Schultern und den mächtigen, langen Armen trabte stur heran und baute sich schwerfällig vor Witt auf, um sein Sprüchlein loszuwerden. Das Gewehr hatte er dabei in der Hand.
»Hör mal zu, Witt«, knurrte er.
Witt, der im Augenblick völlig abwesend war, antwortete schlafwandlerisch: »Ja? Was denn?«
»Du hast nicht so mit mir zu reden, wie du das vorhin getan hast«, knurrte Dale befehlend, »und von jetzt an möchte ich so was nicht mehr hören. Das ist ein Befehl.«
»Was?« fragte Witt, der durch diesen merkwürdigen Ton aus seiner Zerstreutheit gerissen wurde. »Was? Wann?«
»Heute morgen am Bunker, du weißt schon.«
»Was hab ich denn da gesagt?«
»Du hast mich einen Idioten genannt, als ich meine Handgranate geworfen habe und der Japs sie gleich zurückgeschmissen hat. So kannst du mit mir nicht reden. Ich bin jetzt Unteroffizier, und das gehört sich nicht. Ich befehle dir mit sofortiger Wirkung« (diesen Ausdruck hatte er von Gaff und Stein aufgeschnappt und wiederholte ihn jetzt genüßlich) »von jetzt an nicht mehr so mit mir zu reden.«
Witt sah aus, als habe ihn eine Biene gestochen, nicht zornig, sondern

geradezu verrückt vor Wut. »Jetzt laß den Quatsch, Charlie. Ich kenne dich noch als Koch, und zwar als schlechten Koch. Du kannst mir nichts befehlen. Steck dir deine Tressen in den Arsch.«

»Du hast mich Idiot genannt.«

»Das bist du auch!« brüllte Witt und sprang auf die Füße. »Ein Idiot bist du. Ein Idiot! Ein Idiot! Du solltest wirklich mehr Verstand haben und nicht ... im übrigen bin ich selbst Unteroffizier! Stein hat mich heute morgen befördert! Und nun verdrück dich!« Er war immer noch wütend darüber, daß er sich heute morgen von Tall so hatte einwickeln lassen, und jetzt versuchte dieser Esel, ihm blödsinnige Befehle zu geben! »Idiot!« brüllte er ihn noch einmal an.

Der Umstand, daß sein Feind ebenfalls Unteroffizier war, verwirrte Dale vorübergehend. Dann sagte er aber gefaßt: »Ich bin kein Idiot, und als du mich so genannt hast, warst du kein Unteroffizier. Außerdem bin ich dienstälter als du, und Angst habe ich auch nicht vor dir.« Dann milderte er seinen Ton ein wenig, denn ihm war ein neuer Gedanke gekommen: »Wie sieht das denn auch aus, Witt – vor den Leuten«, sagte er, als seien sie beide Majore auf dem Weg zur Bar im Offiziersklub.

»Leute? Leute am Arsch!« brüllte Witt. Er bückte sich und ergriff sein Gewehr. »Dale, ich habe noch nie jemanden verprügelt, ohne ihn vorher zu warnen. Das tue ich nun mal nicht. Ich warne dich jetzt. Hau ab und laß mich in Ruhe. Falls du mich jemals wieder anredest, schlage ich dir die Nase ein. Und im übrigen kann ich dir jederzeit den Arsch versohlen.«

»Ich glaube eher, ich kann dir den Arsch versohlen«, versetzte Dale phlegmatisch.

»Dann versuch es doch! Versuch es doch!«

»Nein, es gibt noch zuviel anderes zu tun. Die Säuberungsaktion hat gerade erst angefangen, und da will ich dabei sein.«

»Du kannst es dir aussuchen!« schrie Witt. »Messer, Fäuste, Seitengewehr, Kolben oder Kugeln!«

»Fäuste reichen wohl«, sagte Dale scharf. »Schließlich will ich dich nicht umbringen.«

»Könntest du auch gar nicht!«

»Ich weiß, daß du mal geboxt hast«, fuhr Dale gleichmütig fort. »Trotzdem schlage ich dir jederzeit die Fresse ein.«

»So?« Witt ging mit erhobenem Gewehrkolben auf ihn los, als wolle er ihm den Schädel einschlagen, aber Dale wich zurück. Er hob abwehrend sein eigenes Gewehr.
»Vielleicht kriege ich dich nicht unter«, sagte er dann, »aber du würdest schon merken, daß du dich geprügelt hast, Freundchen!«
»Na los doch, los!« rief Witt. »Immer nur reden, reden, reden!«
»Es gibt jetzt Ernsteres zu tun«, schloß Dale. »Wir können es ja später mal versuchen.« Und damit machte er kehrt und ging fort.
»Jederzeit!« hatte Witt ihm nachgerufen und sich dann wieder, das Gewehr über den Knien, hingesetzt. Er zitterte vor kalter Wut. Ihn verhauen! Im ganzen Regiment gab es niemanden von seiner Größe, der ihn hätte verhauen können, und er glaubte auch nicht, daß irgend jemand im Regiment ihm im Bajonettfechten über war. Was nun das Schießen anging, so war er während der letzten sechs Jahre der beste Schütze in allen Regimentern gewesen, in denen er Dienst getan hatte. Nicht vor den Leuten! Was für ein Affe!
Jetzt gab es also schon zwei Männer im Bataillon, die er haßte: den Kommandeur und Charlie Dale.
Witt hatte seine Wut und seinen Ekel nicht den ganzen Nachmittag während der Säuberung auf dem Siedepunkt halten können, doch kaum hatte er von Steins schändlicher Ablösung erfahren, als er auch schon wieder zu kochen begann und den Protest zu organisieren versuchte. Aber er hatte es eben mit lauter Waschlappen zu tun; das Bataillon ging auf dem schnellsten Wege vor die Hunde. Band als Kompaniechef? Witt glaubte sehr wohl zu wissen, wie ein Kompaniechef aussieht, und Band war kein Kompaniechef. Stein war übrigens auch keiner gewesen, sondern war erst in den letzten beiden Tagen einer geworden, und da passierte nun so etwas! Jetzt schmissen sie ihn einfach raus. Als die Möglichkeit eines organisierten Protestes in der allgemeinen Meckerei unterging, wurde es Witt klar, was er zu tun hatte. Er wollte in diesem beschissenen Bataillon nicht mehr bleiben, nicht ohne Stein. Wild entschlossen, mit vorgestrecktem Kinn und gestrafften Schultern, meldete er sich kurz vor der Dämmerung beim neuen Kompaniechef auf dem Gefechtsstand.
Natürlich war der verdammte Welsh da. Zwei Meter weiter weg saß Band und aß gerade die letzten Löffel seiner aus Bohnen und Fleisch bestehenden Dosenmahlzeit.

»Schütze Witt bittet, den Kompaniechef sprechen zu dürfen«, sagte Witt zu Welsh. Band sah mit seinen eifrigen flackernden Augen von der Fleischdose auf, sagte aber nichts. Und Witt blickte stur den Hauptfeldwebel an.
Welsh starrte finster zurück, wandte sich dann zu Band und schnarrte: »Schütze Witt bittet, den Kompaniechef sprechen zu dürfen.«
»Schön, schön«, sagte Band und lächelte entgegenkommend. Er schluckte noch einmal, warf die Dose fort, leckte den Löffel ab und steckte ihn wieder in die Tasche. Er trug keinen Helm. Wie jeder in den beiden Kompanien wußte auch Witt, daß ein Japaner, der während der Säuberung aus einem Unterstand hervorgesprungen war, Band seinen Helm vom Kopf geschossen hatte. Die Kugel war links in der Schläfengegend eingedrungen, am hinteren Rand wieder herausgetreten und hatte dabei ein großes, gezacktes Loch gemacht. Band, den das nicht weiter angefochten hatte, war herumgewirbelt und hatte den Japaner erschossen. Der durchlöcherte Helm lag nun neben ihm auf dem Boden. Witt machte eine Ehrenbezeigung.
»Setzen Sie sich, Witt, machen Sie es sich bequem«, witzelte Band herablassend. »Sie sind jetzt übrigens nicht mehr Schütze Witt, sondern in dieser Kompanie sind Sie Unteroffizier. Ich habe gehört, wie Hauptmann Stein Sie heute früh befördert hat.« Er beugte sich vor und nahm den Helm auf. »Haben Sie meinen Helm schon gesehen, Witt?«
»Nein, Sir«, erwiderte Witt wahrheitsgemäß.
Band zeigte den Helm vor, steckte den Finger durch das Ausschußloch und wackelte damit. »Hübsch, was?« fragte er Witt.
»Jawohl, Sir.«
Band warf den Helm beiseite. »Ich habe nie geglaubt, daß so ein Helm Schutz bietet. Den schicke ich nach Hause, sobald ich einen anderen bekommen habe.«
Witt mußte an John Bell denken, dem beim Bunker genau das gleiche passiert war, und er empfand vorübergehend ein starkes Bedauern, weil er ihn und die anderen nicht mehr wiedersehen sollte. Ein feiner Haufen, dieser Stoßtrupp, bis auf Charlie Dale.
»Aber setzen Sie sich endlich, Witt«, lächelte Band.
»Ich möchte lieber stehen, Sir.«
»So?« Bands eifriges Lächeln verschwand. »Also, was wollen Sie, Witt?«

»Ich bitte Herrn Oberleutnant, mich zu meiner früheren Einheit, der Geschützkompanie des Regimentes, abmelden zu dürfen«, sagte Witt. »Ich tue das, damit Herr Oberleutnant wissen, wo ich bin, wenn Herr Oberleutnant mich hier nicht mehr sehen.«
»Nun, das ist wohl nicht erforderlich, Witt. Wir können Sie leicht zur Kompanie zurückversetzen lassen«, sagte Band freundlich. »Sie haben sich die letzten beiden Tage gut geschlagen, und ich würde mich freuen, Sie wieder in der Kompanie zu haben.«
»Jawohl, Sir.«
»Wir brauchen noch Unteroffiziere, und ich beabsichtige, morgen früh sämtliche vorläufigen Ernennungen und Beförderungen in dauernde umzuwandeln.«
Also Bestechung. Witt roch förmlich, wie Welsh angeekelt diesen Auftritt betrachtete. »Jawohl, Sir«, sagte er.
Band kniff jetzt die Augen zusammen, obgleich er immer noch mit dem Mund lächelte. »Sie wollen trotzdem weg«, seufzte er. »Gut, Witt, ich kann Sie nicht halten, ich will auch niemanden in der Kompanie haben, der nicht unter meiner Führung kämpfen will.«
»Das ist es nicht, Sir«, log Witt, denn gerade das war es, wenigstens zum Teil. »Ich möchte nur nicht in einem Bataillon bleiben« – er vermied absichtlich den Namen des Kommandeurs – »das sich so schäbig gegen Hauptmann Stein benommen hat.«
»Schön, Witt.« Band lächelte wieder. »Das können wir wohl nicht beurteilen. In der Armee gilt der Einzelne nichts.«
Jetzt predigte er. »Jawohl, Sir.«
»Das wäre alles, Witt.« Witt salutierte, Band erwiderte den Gruß, und Witt machte kehrt.
»Moment noch, Witt«, rief Band ihm gedämpft nach. »Es ist vielleicht besser, daß Sie einen Brief an ihren Kompaniechef mitnehmen, aus dem hervorgeht, wo sie die beiden letzten Tage verbracht haben. Ich lasse Ihnen gerne so einen Brief schreiben.«
»Vielen Dank, Sir«, erwiderte Witt gleichmütig.
»Hauptfeldwebel«, befahl Band, »setzen Sie einen entsprechenden Brief auf, erwähnen Sie auch, daß Witt fortgesetzt im Einsatz gewesen und zu Auszeichnungen vorgeschlagen worden ist.«
»Ich habe keine Schreibmaschine hier«, erwiderte Welsh angeekelt.

»Widersprechen Sie nicht!« brüllte Band. »Schreiben Sie den Brief! Hier, nehmen Sie dieses Blatt Papier und schreiben Sie gefälligst!«
»Jawohl, Sir«, sagte Welsh. Er nahm das Blatt, das Band dem hinterlassenen Gepäck von Stein entnommen hatte. »Weld!« Sogleich kam der ältliche Schreiber angerannt. »Nehmen Sie das Papier hier, gehen Sie an den Baumstumpf da und schreiben Sie mir einen Brief in Druckbuchstaben. Haben Sie einen Federhalter?«
»Jawohl, Sir.«
»Wissen Sie, was Sie zu schreiben haben?«
»Jawohl, Sir«, sagte Weld wieder.
»Na, dann los. Und nennen Sie mich nicht Sir, Sie arschgesichtiger Rekrut!«
Welsh kreuzte die Hände vor der Brust und sah alle beide an, Band und Witt. Plötzlich beglückte er sie mit seinem irren Grinsen. Ganz offenbar hatte er im Labyrinth seiner Gehirnwindungen entschieden, daß der eine nicht besser sei als der andere. Witt war das gleich, er konnte Band ebensowenig leiden wie Welsh es konnte, und übrigens ebensowenig wie er Welsh leiden mochte. Im Auftreten des Leutnants war etwas Obszönes, Weichliches zu spüren.
Als der Brief geschrieben und unterschrieben war – das dauerte nur wenige Minuten –, reichte Welsh ihn Witt. Witt griff zu, aber nun preßte Welsh Daumen und Zeigefinger zusammen und ließ nicht los. Witt zog, aber Welsh hielt fest und grinste ihn dabei schwachsinnig an. Als Witt nun aber losließ, ließ auch Welsh los und der Brief wäre beinahe zu Boden gefallen. Witt mußte ihn auffangen. Welsh sagte kein Wort. Witt machte kehrt.
»Sie brauchen nicht gleich zu gehen, Witt«, rief der Oberleutnant, »es ist ja schon fast dunkel! Warten Sie bis morgen.«
»Ich habe keine Angst vor der Dunkelheit, Sir«, erwiderte Witt, starrte dabei aber Welsh an. Dann ging er. Er ärgerte sich über sich selbst, darüber, daß er den Brief überhaupt genommen hatte. Er hätte ihn liegenlassen, ihn von Anfang an zurückweisen sollen. Er brauchte ihn ja gar nicht. Sollte sie alle der Teufel holen, diese Arschgeigen. Nicht einer hatte auch nur den Finger für den armen alten Stein krumm gemacht. Und falls Band glaubte, er könne Bob Witt mit einer Unteroffiziersstelle kaufen oder mit ungestörter Nachtruhe, die ebenso ungestörte Bedenkzeit bieten würde, dann hatte er sich

getäuscht. Was nun den Rückweg durch die Dunkelheit zur Höhe 209 betraf, so traute er sich zu, ihn mit verbundenen Augen zu finden. Er fand ihn auch.

Einige Minuten nachdem Witt den Gefechtsstand der Dritten verlassen hatte, schickte Oberst Tall den Tagesbefehl los, den er während der letzten beiden Stunden entworfen hatte. Er war noch immer nicht mit dem Text zufrieden, denn der Stil war einerseits zu gewunden und andererseits zu scharf, aber er wollte das Ding nun einmal loswerden und es noch vor Einbruch der Dunkelheit den Kompanien verlesen lassen. Er hätte lieber persönlich zum Bataillon gesprochen; da er nun aber einmal in Stellung lag, war das unmöglich. Er ließ also zwei Kopien für jede Kompanie ausfertigen. Selbstverständlich war in glühenden Ausdrücken vom Sieg die Rede, die größte Betonung legte er jedoch darauf, daß es ihm gelungen war, eine Woche Ruhe für das Bataillon herauszuschinden. (Kaum war die Telefonverbindung hergestellt, als er auch schon eine gute halbe Stunde damit verbrachte, erst das Regiment und dann die Division von der Notwendigkeit dieser Ablösung zu überzeugen.) Das Bataillon hatte innerhalb der Division die größten Ausfälle zu verzeichnen und das am heftigsten umkämpfte Ziel erreicht. Im Laufe des nächsten Tages sollte es von einem Bataillon der Divisionsreserve abgelöst werden. Tall hoffte, nach der Verlesung dieser Stelle einige Hurrarufe zu vernehmen, und als er bei sinkender Dunkelheit vor den Gefechtsstand trat, um sich ein wenig umzuhören, wurde er nicht enttäuscht. Weiter hatte er der Truppe mitzuteilen, daß der Divisionskommandeur morgen persönlich die Stellungen inspizieren wolle und daß die Truppe erst nach der Inspektion abgelöst werden könne. Tall erwartete, hierauf ein allgemeines Stöhnen zu hören, und wurde, wie er lächelnd feststellte, auch in dieser Hinsicht nicht enttäuscht. Es schmeichelte ihm, konstatieren zu können, daß er sich doch recht gut in der Seele seiner Leute auskannte – das sollte er wohl auch, nach fünfzehn Dienstjahren –, und daß er sich nicht geirrt hatte: die Aussicht auf Ablösung glich den Ärger über die bevorstehende Inspektion mehr als aus.

Die Inspektion begann um 10:30 Uhr, weil der Kommandeur zuvor mit seinem Stab das gestrige Schlachtfeld besichtigt hatte. Aber längst vorher war der Presseoffizier der Division vorne, prüfte, ordnete an,

legte die Schußwinkel der Kameras fest – und die ganze Zeit spähte er unruhig umher. Er war ein kräftiger, lauter, offenherziger Mann, ein Major, der während seiner Jahre auf der Kriegsakademie ein im ganzen Land bekannter Fußballspieler gewesen war. Er fand das, was er suchte, schließlich in der Person des Schützen Train, des Stotterers, dem der junge Korporal Fife nach seiner Verwundung sozusagen in den Schoß gefallen war.
Während der zweitägigen Kämpfe waren eine Anzahl von Samuraisäbeln erbeutet worden. Queen (zur Zeit im Lazarett), Doll und Cash besaßen jeder einen, und es gab in der Zweiten und Dritten Kompanie auch noch mehrere andere. Das Schicksal hatte es aber Train vorbehalten (man muß allerdings sagen, daß er selber nicht viel dazu getan hatte), den einzigen juwelenbesetzten Säbel zu finden, einen, der jenen Säbeln glich, von denen man so viel in den Zeitungen las. Train, der erschöpft gewesen war und sich hatte ausruhen wollen, war in eine der aus Zweigen errichteten Schutzhütten gestolpert und siehe: da lag der Säbel im Matsch auf der Erde.
Dieser Säbel besaß eine Art falschen Griff aus dunklem, mit Gold und Elfenbein eingelegtem Holz und dazu einen herrlich gearbeiteten Überzug aus Leder. Es war nicht die Rede von einem besonders geheimnisvollen Mechanismus; als Train den Säbel untersuchte, fand er ohne Mühe die kostbaren in den Stahl eingelassenen Steine, einige davon so groß wie sein Daumennagel: Rubine, Smaragde und einige kleine Diamanten. Der falsche hölzerne Griff war innen so wundervoll gearbeitet, daß er haarscharf auf die hervorstehenden Steine paßte. Der ganze Säbel war überhaupt ein herrliches Stück und hatte gewiß einem General gehört, wie Trains Kameraden mit weitaufgerissenen Augen versicherten – allerdings habe man auch schon festgestellt, daß solche Säbel von jungen Leutnants getragen wurden, wenn es sich bei den Waffen um Erbstücke aus der Familie handelte.
Dieser Säbel erregte im Bataillon großes Aufsehen, und man schätzte, daß sein Wert zwischen 500 und 2000 Dollars liege. Und nach diesem Säbel hatte der Presseoffizier der Division Ausschau gehalten, während er seinen anderen Aufgaben nachging. Er wußte nicht, wer der Eigentümer war, sondern nur, daß der Säbel sich bei der Dritten Kompanie befand. Gerüchtweise hatte man davon in der Etappe gehört, und dem Presseoffizier war dabei ein brillanter Einfall ge-

kommen. Er begab sich also zu Oberleutnant Band, und Band schickte ihn nach kurzem Überlegen weiter zu Train, da er glaubte, Train sei der Eigentümer. Er selbst habe den Säbel nicht gesehen, lege auch keinen Wert darauf, aber um den müsse es sich wohl handeln. Er hatte recht.

»Da ist er ja!« rief der Presseoffizier aufgeregt, als Train ihm den Säbel zeigte. »Das ist er! Junge, haben Sie aber Glück! Soll ich Ihnen mal sagen, was wir jetzt machen? Sie ganz persönlich werden diesen Säbel dem General anläßlich der Inspektion überreichen!«

»I . . . ich?« fragte Train.

»Ja, Sie! In allen Kinos wird Ihr Gesicht in der Wochenschau zu sehen sein! Stellen Sie sich das mal vor! Ihr Gesicht!«

Train schnappte nach Luft und verzog sein bepickeltes Antlitz. »I . . . ich möchte den . . . n S-Säbel a-aber l-lieber be-be-halten . . .«, sagte er schüchtern.

»Behalten!« brüllte der Major. »Wozu denn! Wozu denn bloß! Was wollen Sie denn anfangen damit!«

»Nnnnnnna nnnnnichts bebebesonderes, bbblos sssso«, versuchte Train zu erklären. »Aaaaals Aaaaandenken.«

»Reden Sie kein Blech, Mann!« bellte der Major. »Sie würden ihn bloß verlieren, ehe der Krieg vorbei ist! Oder verkaufen! Der General hat aber eine wunderbare Sammlung von exotischen und antiken Waffen! So ein Stück wie das hier gehört in seine Sammlung.«

»Ja, jjjja . . .«

»Und stellen Sie sich doch mal vor, wie das in der Wochenschau aussieht!« polterte der Major. »Der General kommt heran! Sie überreichen ihm den Säbel! Sie ziehen ihn aus der Scheide und zeigen ihm, wie man den falschen Griff abmacht! Dann geben Sie den Holzgriff zurück! Er steckt den Holzgriff wieder drauf! Er schüttelt Ihnen die Hand! General Bank schüttelt Ihnen die Hand! Und wir nehmen Ihre Stimme auf! Sie werden sagen: General Bank, ich möchte Ihnen gerne diesen von mir erbeuteten Säbel überreichen, oder irgend so was! Stellen Sie sich das doch mal vor! Ihr Gesicht und Ihre Stimme werden in jedem amerikanischen Kino zu sehen und zu hören sein. Vielleicht geht sogar Ihre Familie in die Wochenschau!«

»Ja, jjja«, stimmte Train mit schüchternem Bedauern zu, »wenn Sie wwwwirklich ggglauben, es ist das bbbbbeste . . .«

»Glauben!« trompetete der Major. »Glauben! Ich persönlich garantiere Ihnen dafür! Sie werden das niemals bereuen! Warten Sie nur, bis Ihre Leute Ihnen schreiben, daß sie Sie im Kino gesehen haben!« Er schüttelte Train die Hand. »Geben Sie mir den Säbel jetzt! Ich will ihn mir noch genauer ansehen! Ich muß mir überlegen, wie wir ihn am besten photographieren. Ich gebe ihn dann an Sie zurück, damit Sie ihn dem General überreichen können. Also vielen Dank, ah . . . ah . . . Train, nicht wahr?«

»Jawohl, Sir«, sagte Train. »Frank P.«

»So, dann machen Sie jetzt mal weiter hier, und wir sehen uns später«, rief der Major.

Der Presseoffizier kehrte mit dem Säbel auf den kleinen Kompaniegefechtsstand zurück, wo Welsh und Band mit der Aufstellung der Verlustlisten beschäftigt waren. Alle betrachteten den Säbel. Der Presseoffizier indessen kratzte sich am Kopf und sah durchaus nicht glücklich aus.

»Was für eine Visage«, sagte er. »Ich habe im ganzen Leben kein so unsoldatisches Gesicht gesehen. Diese Nase! Kinn hat er auch keins, und natürlich muß er stottern!« Er blickte auf. »Glauben Sie, daß ich einen etwas besser aussehenden Typ für den Akt der Übergabe des Säbels benutzen könnte?« Er blickte die beiden an.

»Wohl nicht«, antwortete er sich dann selber. »Aber was für ein Reinfall!« Dann heiterte er sich auf. »In gewisser Weise wird es allerdings besonders demokratisch aussehen, nicht wahr? Der Schütze Arsch aus dem letzten Glied und der General. Ja, so ist es sogar noch besser.«

Tatsächlich wurde das der Höhepunkt der gefilmten Inspektion: die Filmkameras surrten, der General schüttelte lächelnd Train die Hand, und auch Train lächelte. Die Fotoapparate begnügten sich mit einer Aufnahme, aber die Filmkameras mußten alles noch einmal aufnehmen, denn Train war so nervös, weil er einen General anreden sollte, daß er noch mehr als sonst stotterte. Beim zweiten Mal ging es aber schon besser.

In der Dritten Kompanie murrte man darüber, daß Train sich bereitgefunden hatte, sein Beutestück einfach aus der Hand zu geben. Mehrere seiner Kameraden erklärten ihn für blöde. Train versuchte ihnen klar zu machen, daß er gar keine Wahl gehabt hatte. Und

wenn der General nun schon einmal so auf den Säbel versessen war . . . seine Kameraden schüttelten angeekelt den Kopf.
Man vergaß die Sache aber bald, denn die Aufregung und Erleichterung über die bevorstehende Ablösung stellte alles andere in den Schatten. Kaum war der Divisionskommandeur in den Abschnitt der Zweiten Kompanie hinübergegangen, als sie auch schon begannen, sich marschfertig zu machen.
Der Rückmarsch durch Gelände, in dem sie die letzten beiden Tage so angsterfüllt und zitternd gelegen hatten und das jetzt so friedlich war, wirkte befremdlich, und alle waren ein wenig benommen.

Kapitel VI

Kaum hatten sie ihr Biwak bezogen, als auch schon das unaufhörliche Erzählen begann. Jeder wußte wenigstens von drei Begebenheiten zu berichten, bei denen er um Haaresbreite dem Tode entgangen war, und hatte mindestens zwei Japaner ins Jenseits befördert.
Erst während der beiden letzten Tage ihrer Ruhezeit, als der Gedanke, zum zweiten Mal an die Front gehen zu müssen, von ihnen Besitz ergriff, hörten sie auf, vom ersten Mal zu erzählen.
Es war interessant, das allmähliche Nachlassen jener Benommenheit zu beobachten, die über alle gekommen war. Bei den meisten dauerte es zwei Tage, ehe diese Lähmung sich ganz verflüchtigte. Am dritten Tage etwa waren alle wieder dieselben, die sie zuvor gewesen. John Bell jedoch – der diesen Prozeß mit größerer Aufmerksamkeit betrachtete als die anderen – wurde den Verdacht nicht los, daß keiner von ihnen je wieder werden würde wie zuvor. Er jedenfalls glaubte das nicht, glaubte nicht, daß es dabei ohne Lügen abgehen würde. Vielleicht würde es ihnen möglich sein, Jahre nach dem Ende des Krieges, wenn jeder sich die zu seiner Verteidigung benötigte Festung aus Lügen errichtet und lange genug jenen anderen Lügen gelauscht haben würde, die ihnen die nationale Propaganda bis dahin gewiß eingetrichtert hatte, in den Kriegerverein zu gehen und dort wie ihre Väter unter Beachtung ganz bestimmter Spielregeln zu sprechen, die ihnen erlaubten, ihre Selbstachtung zu behalten. Sie könnten dann voreinander so tun, als seien sie wirklich Menschen, und das Eingeständnis vermeiden, daß sie jemals in sich etwas erschreckend Animalisches wahrgenommen hatten. Die meisten verhielten sich aber jetzt schon so, er selbst eingeschlossen. Bell mußte lachen, erschrak aber gleich darüber. Jedenfalls waren es die beiden Tage der Benommenheit, die den Ablauf der gesamten Ruhezeit bestimmten. Ruhezeit?

Sie kamen die Hügel herab und aus dem Dschungel mit gehetzten Gesichtern und tiefliegenden, meerdunklen Augen; sie schleppten soviel Beute mit sich, wie sie nur tragen konnten und glichen mehr Lumpensammlern als Soldaten. Japanische Pistolen, Gewehre, Helme, Riemen, Taschen, Säbel und sogar ein Maschinengewehr: die Schützen Mazzi und Tills trugen nicht nur Bodenplatte und Rohr des Granatwerfers auf dem Rücken, sondern außer anderen Andenken schleppten sie zwischen sich auch noch ein schweres japanisches Maschinengewehr samt Dreibein, das den Leuten der Intendantur hauptsächlich darum entgangen war, weil Mazzi und Tills es versteckt hatten. Tills hatte es entdeckt, und Mazzi hatte sich erboten, gegen eine fünfzigprozentige Gewinnbeteiligung beim Transport behilflich zu sein. Auf diese Weise wurde auch ihre Freundschaft wieder hergestellt. Sie hofften im Austausch gegen eine so seltene Beute auf eine ganze Kiste australischen Whiskys, und sie erreichten das Lager gerade noch, ehe sie unter dieser Last zusammenbrachen.
Man hatte der Dritten Kompanie auf der Kuppe eines Hügels zwischen Bäumen am nördlichen Rand des Flugplatzes einen Platz zugewiesen. Infolgedessen konnte die Kompanie beinahe jeden Nachmittag mit bloßem Oberkörper in der Sonne liegen und zusehen, wie leichte japanische Bomber von Norden her den Flugplatz angriffen. Die Bombenschächte waren immer schon geöffnet, wenn die Bomber den Hügel der Dritten Kompanie erreichten, und einmal sahen sie sogar das Gesicht eines japanischen Piloten. Zweimal wurden die Bomben unmittelbar über ihren Köpfen ausgeklinkt, was ihnen einen angenehmen Schauer über den Rücken jagte und ganz ungefährlich war. Und immer, wenn die Bomber vorbei waren, sprangen sie auf und sahen sich den Schaden an, der auf dem Flugplatz entstanden war. Es war wie in der Loge im Theater. Der erste Angriff hatte allen einen höllischen Schrecken eingejagt: sollten sie jetzt, nach allem, was sie überstanden hatten, bei einem Luftangriff umkommen? Nachdem sie aber die Situation begriffen hatten, erwarteten sie die Luftangriffe wie eine tägliche Filmvorführung. Einige Male hatten sie Gelegenheit, amerikanische Flugzeuge in Flammen aufgehen, die Platzfeuerwehr Benzinbrände bekämpfen und Tote und Verwundete zu sehen; mindestens gab es Löcher in den Stahlmatten auf dem Rollfeld, die repariert werden mußten, ehe der Flugbetrieb aufge-

nommen werden konnte. Es war eine angenehme tägliche Zerstreuung. Die Nähe des Flugplatzes sorgte aber nicht nur für ein tägliches aufregendes Schauspiel, sondern sie bot noch einen viel gewichtigeren Vorteil: nämlich Gelegenheit zum Handel mit Andenken. Hierauf hatten sie sich gut vorbereitet, ehe sie von den Bergen herabgestiegen waren.

Nach dem täglichen Angriff pflegte die gesamte Dritte Kompanie über den Flugplatz herzufallen und in allen Ecken und Winkeln mit dem Handel zu beginnen. Die Preise lagen ziemlich fest, waren aber doch nicht so starr, daß man bei einem Artikel, der einen besonders begierigen Interessenten gefunden hatte, nicht einen höheren Preis herausschlagen konnte. Die Leute von der Luftwaffe konnten gut zahlen, denn sie waren es, die den Schnaps heranbrachten. Jeden Tag kam ein Flugzeug aus Australien, das Milch, Fleisch und Käse für den General brachte, und die Besatzung lud so viele Kisten Whisky ein, wie sie konnte. Es war infolgedessen sinnlos, mit irgend jemand anderem als mit den Leuten von der Luftwaffe Geschäfte abzuschließen, denn der Whisky stammte eben von der Luftwaffe, die sparsam damit umging, soweit sie ihn nicht selber trank.

Eine seidene Kriegsfahne, möglichst mit Blutflecken, brachte wenigstens drei Liter Whisky ein. Ein Gewehr war andererseits kaum einen Viertelliter wert. Ein guterhaltener Offiziershelm mit dem goldenen oder silbernen Stern brachte einen Liter. Besonders gefragt waren japanische Pistolen, von denen es zwei Modelle gab. Das billigere, leichte Modell glich der Beretta und brachte drei Liter; das schwerere, von besserer Qualität, war der deutschen Armeepistole nachgebaut und besaß den gleichen Verschluß. Diese war sehr selten, war offenbar den Offizieren vorbehalten und brachte vier, fünf, ja sogar sechs Liter Whisky. Der typische einfache Samuraisäbel brachte immer wenigstens fünf Liter und bessere, mit Gold und Elfenbein eingelegte, brachten bis zu neun Litern. Für einen juwelenbesetzten Säbel konnte man verlangen, was man wollte, doch waren keine am Markt. Neben diesen Standardartikeln gab es noch anderes. Zum Beispiel die dicken Ledergürtel mit den altmodischen ledernen Patronentaschen, welche die Leute von der Luftwaffe gerne als Pistolengürtel trugen. Es waren auch japanische Fotografien und Brieftaschen gefragt. Fotos mit japanischen Aufschriften brachten mehr als Fotos ohne Aufschriften,

und Porträts oder Gruppenaufnahmen von Soldaten waren mehr wert als Bilder von Ehefrauen oder Freundinnen – es sei denn, es handelte sich um pornographische Bilder. Eine gewisse Menge pornographischer Fotos tauchte von Zeit zu Zeit im Handel auf und war sehr gefragt. Mit Geld konnte selbstverständlich keiner etwas anfangen außer den Besatzungen der nach Australien fliegenden Flugzeuge, und wer keine Andenken zu tauschen hatte, gab bis zu 50 Dollar für eine Flasche Whisky aus.
Die Dritte Kompanie trat nun auf diesem schon vorhandenen Markt mit ihren hart erworbenen Waren in Erscheinung. Die drei anderen Kompanien des Bataillons waren aus nur der Armee bekannten, unverständlichen Gründen weit entfernt, unter den Kokoshainen nahe dem Roten Strand untergebracht worden. Für sie bedeutete der Weg zum Flugplatz und zurück eine ganze Tagestour, und auch das schafften sie nur, wenn sie sich bei Sonnenaufgang an die Straße stellten und gleich mitgenommen wurden. Es blieb ihnen also nichts übrig, als ihre Beute auf dem örtlichen Markt an Etappeneinheiten zu niedrigen Preisen zu verkaufen. Die Dritte hingegen wurde rasch wohlhabend.
Schon vor dem Frühstück begann man auf dem Hügel über dem Flugplatz mit dem Trinken. Die Männer pflegten unter ihren Moskitonetzen hervorzukriechen, einen guten Schluck australischen Whiskys zu nehmen, sich zu waschen, wieder einen Schluck zu trinken und sich dann mit dem Eßgeschirr am Küchenzelt einzufinden. In Abwesenheit des verwundeten Storm führte Erster Koch Land die Küche. Fast neben jedem Feldbett stand eine volle Flasche. Oberst Tall hatte befohlen, daß beim Frühstück ein Anwesenheitsappell durchgeführt werden mußte, das war aber auch die einzige Diensthandlung des Tages. Einige stiegen schon am Vormittag mit Beutestücken zum Flugplatz hinunter, aber die meisten saßen hemdenlos in der Sonne, sogen an ihren Flaschen und redeten endlos über die große Schlacht. Manchmal gab es Bier, um den Schnaps herunterzuspülen, das bei einer Marinebaukompanie eingehandelt wurde, die ebenfalls beim Flugplatz stationiert war und augenscheinlich über endlose Vorräte an Bier zu Tauschzwecken verfügte. Fast jeder leerte eine ganze Flasche Schnaps pro Tag, viele sogar noch einiges mehr. Sie waren alle jung, und abgesehen von der Malaria, die jetzt wohl

schon jeder hatte, in der denkbar besten körperlichen Verfassung. Ein bißchen Schnaps konnte ihnen nichts anhaben, und überdies waren sie ja nun schon alte Krieger, kampferprobte Soldaten. Das riefen sie sich selbst und allen anderen ständig wieder ins Gedächtnis. Falls jemand sich erbrechen mußte oder umfiel, blieb er liegen, wo er war, bis er aufwachte und Lust fühlte, von neuem anzufangen. Es kam auch zu Prügeleien zwischen Betrunkenen. Nach dem Mittagsmahl, zu dem sie puren Whisky tranken wie andere Leute Wein, tranken sie sich noch eins und erwarteten die Nachmittagsvorstellung: den Angriff der leichten Bomber. War dann die Gefahr am Flugplatz vorüber (wenn es vielleicht auch noch brannte), torkelten sie mit Andenken beladen hinunter, um ihren Geschäften nachzugehen. Ihre Kundschaft von der Luftwaffe haßte die Dritte gewiß ebenso, wie die Dritte die Luftwaffe haßte. Wenn sie abends eine aus getrockneten Kartoffeln und »Toter Mann« bestehende Mahlzeit heruntergeschlungen hatten, setzten sie sich ins Freie, tranken ein bißchen, rauchten hinter der vorgehaltenen Hand und sahen den Nachtangriffen der japanischen Bomber zu, die stets den Kokoshainen, aber nie ihrem Hügel galten.

Tatsache war, daß sie sich mit den stärksten Eindrücken ihres bisherigen Lebens auseinandersetzen mußten (wenn man von einigen absieht, die schwere Autounfälle überlebt hatten). Als die wohltätige Benommenheit sich verflüchtigte, stellte sich auch der Gedanke an den eigenen Tod wieder ein. Des Nachts redeten sie viel, wenn auch meist betrunken, während sie mit großer Schadenfreude den Nachtangriffen zusahen. Von den Gefallenen sprachen sie nur mit ehrfürchtigem Staunen. Wenn man überhaupt die Verwundeten erwähnte, dann einzig um Vermutungen darüber anzustellen, auf welcher Station der langen Reise von hier nach den USA sie wohl hängenbleiben würden: im örtlichen Feldlazarett, im Kriegslazarett auf Espiritu Santo, im Marinelazarett 3 auf Ephata Nouma, in Neu-Kaledonien, in Neuseeland, in Australien. Über den eigenen, nächste Woche zu erwartenden Tod sprach kaum jemand. Als Veteranen wußten sie, daß sich das nicht schickte, und sie mühten sich verzweifelt, diese Rolle glaubwürdig zu spielen – nicht nur, weil sie stolz darauf waren, dazu zu gehören, sondern weil es gar keine andere Rolle gab. Und während sich die Männer in dieser Gemütsverfassung befanden, tauchten Storm und Fife vor ihren unsicheren, betrunkenen Augen auf – auferstanden von den Toten, wie sie dachten, wenigstens aber zurückgekehrt von weit her, aus einer anderen, geborgenen Welt.

Da Storm und Fife die ersten zur Kompanie zurückkehrenden Verwundeten waren, wurde ihnen große Aufmerksamkeit zuteil. Man umringte sie, denn jeder, der nicht über die normalen Schrammen und Kratzer hinaus eine Verletzung davongetragen hatte, empfand das leichte, bohrende Schuldgefühl der Menschen, denen ohne Verdienst Leiden erspart geblieben sind. Sie drängten den Heimgekehrten volle Gläser auf und fragten sie aus. Fifes Kopfwunde hatte sich als harmlose Hautabschürfung erwiesen, und nach sechstägiger Beobachtung war er zur Front entlassen worden, obgleich er keine Brille mehr besaß. Der geschorene Teil seines Schädels war mit einem kleinen Wattebausch geschmückt, den er, wie man ihm gesagt hatte, nicht noch einmal zu erneuern brauchte. Storms Hand war von mehreren Ärzten untersucht worden, die ihn fragten, ob er sie gebrauchen könne. Als er das bejahte, wies man ihm ein Feldbett in einem der Zelte an, ließ ihn hier unbeachtet fünf Tage lang sitzen und ihm dann durch eine Ordonnanz bestellen, daß er zu seiner Einheit zurückgehen dürfe. Seine Hand war überhaupt nicht behandelt worden. Nicht mal ein Pflaster hatten sie daraufgetan, und jetzt war das blaugeränderte Loch mit Schorf bedeckt. Es knirschte noch, wenn er eine Faust machte, und die Hand tat ihm auch nach wie vor weh.

Das war es, und hier waren sie also wieder. Die Heimkehrer waren der Ansicht, daß es sich bei den Ärzten im Feldlazarett um ganz abgebrühte Klempner handelte. Sie wollten augenscheinlich nicht einen einzigen Mann entwischen lassen. Es war offenbar von der Division befohlen worden, jeden an die Front zurückzuschicken, der noch kriechen konnte, damit der Divisionskommandeur den Feldzug beenden und sich dabei seine Lorbeeren verdienen konnte. Selbst übelste Fälle von Malaria wurden nicht aufgenommen, sondern nur mit einer Handvoll Atebrintabletten zu ihren Einheiten zurückgeschickt. Die Scheiße, so sagten die Rückkehrer, sei offenbar am Dampfen.

Und das von Storm und Fife mitgebrachte Lazarettgeschwätz bewirkte, daß den kürzlich mit der Feuertaufe versehenen Veteranen der Dritten zum ersten Mal aufging, daß sie in diesem Feldzug gefangen waren wie in einer Falle. Storm und Fife hatten tagelang nichts anderes zu tun gehabt, als sich mit anderen Verwundeten in Grübeleien darüber zu verlieren, wer wohl zurückgeschafft werden würde und wer nicht. Diese Grübeleien setzten sie auch noch bei der Kompanie fort. Von einem ganz bestimmten Gesichtspunkt her gesehen, mußte sich die Erkenntnis aufdrängen, daß nicht alle Sträflinge hinter Gittern in einem Zellenblock saßen. Der Staat konnte seine Leute auch auf, sagen wir, einer mit Dschungel bewachsenen Insel in der Südsee aussetzen, bis sie die ihnen gestellte Aufgabe zur Zufriedenheit des Staates gelöst hatten. Und wenn man – wie alle Verwundeten dies getan hatten – die Frage einer Evakuierung ausführlich durchdachte, dann erkannte man, daß es dabei um Leben und Tod ging.

Ein neues Element also trübte noch die bereits trübe Stimmung: eine düstere, tief eingewurzelte Bitterkeit, die fortfahren würde zu wachsen, bis die Überlebenden zu den hartgesottenen, abgebrühten, kaltschnäuzigen Infanteristen geworden wären, für die ihre Führung sie aus sentimentalen Erwägungen heraus schon hielt; bis sie alle jene Eigenschaften aufwiesen, deretwegen die Japaner so gehaßt wurden. Und in dieser trüben Stimmung boten sie Storm und Fife, den beiden ersten Rückkehrern, immer wieder australischen Whisky an und fragten sie über die Verwundeten aus; und während Storm und Fife sich betranken, berichteten sie ausführlich, daß der und der zweifellos evakuiert werden, aber ebenso zweifellos sterben würde, daß die und die anderen mindestens nach Australien, vielleicht sogar bis in die Heimat zurückgeschafft werden würden, daß jene nicht einmal nach Nouma, und diese ebensowenig weiter als ins Feldlazarett kommen würden, wie sie selber. Das waren langatmige Erklärungen, doch dafür bekamen sie ja auch zu trinken.

Storm und Fife hatten sich im Lazarett eingehend miteinander unterhalten. Wenn die Ärzte einmal ihre Runde gemacht hatten, konnte man kaum etwas anderes tun als reden, und in der Verzweiflung, die Fife überkommen hatte, als er feststellen mußte, daß seine Kopfwunde ungefährlich war, hatte er sich um Trost an Storm gewandt wie an einen Vater oder einen älteren Bruder. Seine Wunde war nicht nur ungefährlich, sie war überhaupt nicht weiter beachtenswert und würde niemals seine Evakuierung zur Folge haben. Als Fife das erfuhr,

war er außer sich vor Schrecken und Enttäuschung. Er hätte sich am liebsten im Untersuchungszelt zu Boden geworfen und mit den Fäusten im Matsch getrommelt.
Als Fife heftig blutend zurückgegangen war, hatte er einzig wilde Freude darüber empfunden, daß er verwundet worden war und alles hinter sich hatte, und daneben das brennende Verlangen, hinter der Höhe 209 zu verschwinden, wo er nicht mehr getroffen und gar noch getötet werden konnte. An den Rückweg hatte er keine Erinnerung; erst auf dem Vorderhang der Höhe 209 wurde ihm ein bleibender Eindruck zuteil. Hier, zwischen weggeworfenen Ausrüstungsstücken, darunter zwei Gewehren, bemerkte er eine abgestellte Tragbahre. Darauf lag ein kindlich aussehender, toter Soldat. Seine Augen und sein Mund waren geschlossen, und ein Arm hing über den Rand der Bahre. Seine andere Hand lag in einem erstaunlich großen Tümpel trocknenden Blutes, der die Mulde ausfüllte, die durch das Gewicht seines Körpers in der Trage entstanden war. Fife, der wie ein Tölpel dastand und sprachlos dieses Bild betrachtete, wurde es klar, daß der Mann zum zweiten Mal getroffen worden war, als er zurückgetragen wurde. Aber es war die bis zum Gelenk in das eigene Blut getauchte Hand, die Fife den schrecklichsten Eindruck machte, und er empfand den Wunsch hinzugehen, sie herauszuziehen und abzuwischen. Er zögerte jedoch. Wenn die Hand nun schon festgeklebt war? Das wäre ja noch schrecklicher. Fife spürte plötzlich den Wunsch zu weinen, den Wunsch, der ganzen Menschheit zuzurufen: »Seht nur, was Menschen diesem Jungen angetan haben, der sehr wohl ich hätte sein können? Ja, ich, ihr Menschen!« Er kam erst wieder zur Besinnung, als ein Infanteriegeschoß an ihm vorübersurrte, einige Schritt von ihm entfernt auf Fels traf und als Querschläger abzwitscherte. Er wandte sich weg und versuchte zu laufen, doch war der Hang zu steil. Er konnte nur bergauf stapfen. Er glaubte, noch mehr Geschosse in der Nähe einschlagen zu sehen, doch war der Schaden nun schon angerichtet – durch den kindlich aussehenden Soldaten auf der Trage –, und als er zum vorgeschobenen Verbandplatz kam, schluchzte er.
Auf dem Verbandplatz wurde er gut behandelt. Aber es schien, als wimmelten Tausende von Menschen hier umher, die alle wild durcheinander schrien. Er saß in einer Reihe von verdreckten, blutenden,

stöhnenden Männern am Hang und wischte sich das Blut ab, sobald es wieder zu quellen begann. Fife hatte nur den einen Wunsch, nie wieder an die Front zurück zu müssen. Er hatte nichts Heldenhaftes getan, nicht mal landläufige Tapferkeit bewiesen, doch diese Leute hier hielten ihn für einen Helden. Er hatte ja nicht einmal seine Pflicht getan, doch das wollte er niemandem erzählen.

Als er schließlich vor einen Arzt kam, wischte der die Wunde aus, und schüttelte den Kopf. »Bei solchen Verwundungen kann man gar nichts sagen.« Er bandagierte Fifes Kopf. »Laufen Sie nicht herum, bewegen Sie sich nicht unnötig. Warten Sie, bis die Krankenträger Sie zurücktragen«, sagte er, und ein Gehilfe befestigte einen farbigen Anhänger an Fifes Jacke.

»Haben Sie verstanden?« fragte der Arzt. »Gehen Sie nicht herum. Antworten Sie.« Er sah Fife in die Augen und schnalzte mit den Fingern vor seinem Gesicht. »Ich habe gesagt, daß Sie sich nicht unnötig bewegen sollen!«

»Jawohl, Sir«, sagte Fife. Er war weit weg gewesen, hatte sich ganz darauf konzentriert, herauszubekommen, ob er sich sterben fühlen könne. Und überdies hielt er es nicht für erforderlich, eine so simple Anordnung noch zu bestätigen.

»Gut«, sagte der Arzt. »Vergessen Sie es nicht.« Dann ging er weiter.

Fife wurde von vier abgekämpft aussehenden Krankenträgern fortgetragen. Obwohl es heiß war, war ihm die Decke angenehm, denn er fror. Wenn er nicht einmal gehen konnte, würde man ihn doch gewiß nach Australien zurückschaffen. Als die Träger vor dem letzten, steilsten Abstieg, an dessen Ende die Jeeps warteten, noch einmal absetzten, richtete er sich auf und sagte: »Hört zu, Freunde, ich kann gut selber gehen. Ihr solltet eure Kräfte für Leute sparen, die schlimmer verwundet sind als ich.« Er wurde von einer rauhen, aber freundlichen Hand niedergedrückt. »Quatsch nicht, Mensch, zerbrich dir nicht den Kopf über unsere Arbeit.« Gute Leute, gute Leute. Er entspannte sich wohlig. Es war ihm eben bestimmt, heil davonzukommen, das hatte er immer gewußt. Er brauchte nicht zur Front zurück – so übel war es da übrigens gar nicht gewesen. Es war ihm viel besser ergangen als Keck und McCron, als Jacques und dem kleinen Bead.

Auf dem Hauptverbandplatz mußte er jedoch entdecken, daß es

nicht ganz so einfach sein würde, wie er vermutet hatte. Nachdem der Jeep ihn und drei andere Schwerverwundete zurückgebracht hatte, wurde er in das Zelt getragen, wo vier Ärzte an vier Operationstischen arbeiteten. Neben jedem Arzt stand noch ein zweiter Operationstisch, auf dem schon ein Mann wartete, so daß insgesamt acht Tische im Zelt standen. Fife wurde auf den einzigen freien Tisch gelegt und sah gleich, daß er an Dr. Haines geraten war, den Chefchirurgen des Regimentes. Der rotgesichtige, glatzköpfige, dickbäuchige Dr. Haines mit dem grauen Haarkranz hielt bei der Arbeit einen erloschenen Zigarrenstummel im Mund und grunzte gelegentlich vor sich hin. Vor der Abstellung hatte Fife bei seinen Besuchen des Krankenreviers ebenso wie viele andere aus dem alten Dr. Haines eine Vaterfigur gemacht, und als er ihn jetzt sah, stiegen ihm wieder die Tränen in die Augen. Der alte Chirurg hatte gerade einen jungen, schlanken, gutaussehenden Mann unter dem Messer, dessen muskulöser Rücken nur den Fehler hatte, daß ein Loch von etwa zehn Zentimeter Durchmesser unter dem rechten Schulterblatt klaffte. Er saß auf dem Rande des Tisches, während der Arzt auf seinem Zigarrenstummel kaute und lose Fleischfetzen mit einer Pinzette aus dem Loch fischte. Die Wunde faszinierte Fife, und er konnte die Augen nicht abwenden. Ganz langsam quoll Blut hervor, füllte die Wunde und lief dickflüssig und dunkel den Rücken hinunter. Wenn es fast die Hüfte erreicht hatte, wurde es von Dr. Haines mit einem Wattebausch lässig aufgefangen und wieder hinaufbefördert; dann fuhr der Arzt fort zu schneiden. Das Blut machte sich unterdessen hartnäckig wieder daran, hinunter zu laufen. Als er die Wunde schließlich zu seiner Zufriedenheit gesäubert hatte, verband er sie und klopfte dem Soldaten leicht auf die gesunde Schulter.

»Gut, mein Sohn. Leg dich hin, bis sie dich holen kommen. Falls noch was drin sein sollte, wird das später rausgeholt. Krankenträger!« bellte er mit heiserer Stimme hinter seinem Zigarrenstummel hervor. Der Verwundete grinste ein törichtes Morphiumgrinsen, als er sich niederlegte, sagte aber nichts. Fife fühlte plötzlich, daß er in die Welt der Menschen zurückgekehrt war, aber als ein Fremder. Dr. Haines trat an seinen Tisch.

»Moment mal, sagen Sie nichts . . . Sie sind Fife, nicht wahr? Dritte Kompanie.«

»Jawohl, Sir«, lächelte Fife.
»Ich erinnere mich an Sie von Ihrer Blinddarmoperation her. Ist alles gut verheilt?« Er ließ Fife aber keine Zeit zu antworten. »Was haben wir denn jetzt? Kopfverletzung, was? Können Sie sich aufrichten?«
Fife wollte ihm zurufen, daß er ein anderer Fife und daß dies eine andere Sache sei, nicht mehr eine Blinddarmoperation, aber er schluckte es herunter. »Der Fife bin ich nicht«, sagte er statt dessen schwach.
»Haha, wir sind alle nicht mehr dieselben«, grinste der Arzt, »können Sie sich aufrichten?«
»Klar!« sagte Fife eifrig. »Klar!« und dabei richtete er sich auf, fühlte sich aber sogleich schwindelig werden.
»Nur ruhig, ruhig. Sie haben wohl etwas Blut verloren. Na, dann wollen wir mal nachsehen«, und Haines schob den Zigarrenstummel mit der Zunge vom rechten in den linken Mundwinkel.
Er machte sich sachkundig an die Arbeit, löste den Verband und betastete behutsam die Verletzung. »Jetzt wird es etwas weh tun«, bemerkte er, und bunte Lichter tanzten vor Fifes Augen, als der Arzt eine Sonde in das Loch einführte.
Dr. Haines sagte milde: »Noch einmal«, und wieder tanzten schimmernde Lichter vor Fifes Augen.
»Sie haben Glück, es ist kein Bruch. Sie haben möglicherweise einen Riß in der Schädeldecke, aber es ist nichts gebrochen. Fremdkörper sind auch nicht in der Wunde. In einer Woche ungefähr können Sie wieder zu Ihrer Einheit zurück.« Nachdem er diese Ansicht ausgesprochen hatte, ging er um den Tisch und stellte sich vor Fife.
»Dann werde ich also nicht evakuiert?«
»Glaube ich kaum«, versetzte der alte Arzt. Plötzlich verschwand das Lächeln um seinen Zigarrenstummel, sein Blick wurde flach, als sei ein Schleier vor seine Augen gefallen.
»Dann kann ich also ohne weiteres gehen«, sagte Fife verzweifelt.
»Sie können alles tun«, versetzte Haines, »nur müssen Sie sich ein oder zwei Tage ausruhen.«
»Vielen Dank, Sir«, sagte Fife bitter.
»Die Schlacht wird in ein oder zwei Tagen vorbei sein«, versetzte Dr. Haines. Ohne den Blick wegzuwenden, hob er die Hände und

fuhr sich mit seinen plumpen Fingern durch den grauen Haarkranz. Fife stieg vom Tisch herab. Irgendwo hatte er genau gewußt, daß es so kommen werde, und alles, was er sich vorgemacht hatte (daß es ihm nicht bestimmt sei zu fallen usw.) war sentimentaler Mist. Er fühlte sich etwas schwach in den Knien. »Na ja, und wenn diese vorbei ist, dann fängt die nächste an.« Er verzog sein blutverschmiertes Gesicht zu einem Grinsen und wußte dabei, daß er das Urbild des verwundeten Kriegers war.

Dr. Haines betrachtete ihn jetzt kühl. »Ich habe die Regeln nicht gemacht, mein Junge, ich versuche bloß danach zu leben.«

»Haben Sie schon mal versucht, danach zu sterben?« erkundigte sich Fife. Dann schämte er sich jedoch, und als Dr. Haines nicht antwortete, sagte er schnell: »Es ist ja auch nicht Ihre Sache. Wenn jemand nicht schwer genug verwundet ist, können Sie ihn nicht evakuieren lassen.« Das klang jedoch bitter, und er verstummte und schämte sich wieder. »Ich gehe jetzt lieber, Sie haben zu tun.« Auf dem anderen Tisch, auf dem vorhin der Mann mit dem Loch im Rücken gelegen hatte, stöhnte jetzt jemand mit geschlossenen Augen, dessen Arm und Schulter blutig und übel zugerichtet waren. Der ganze Wortwechsel war nicht lang gewesen, und Fife's wegen hatte niemand warten müssen. Er stolperte an Dr. Haines vorüber, stolperte vielleicht etwas mehr als nötig war. »Mach's gut, Junge«, rief der Arzt hinter ihm her, und Fife hob die Hand, ohne sich umzudrehen. Er fühlte sich jetzt sehr verwundet und war mit seinem Verhalten recht zufrieden.

Auf der Fahrt im Jeep zum Feldlazarett sah Fife nach langer Zeit den jungen Hauptmann wieder, den Personaloffizier des Regimentes, der Fifes Bewerbung für die Offizierslaufbahn zurückgeschickt hatte. Er stand mit mehreren Stabsoffizieren am Straßenrand und winkte Fife zu, sonst hätte Fife ihn nicht bemerkt. Natürlich wußte er Fife's Namen nicht, aber er erkannte das Gesicht trotz der Bandagen und dem getrockneten Blut, und Fife mußte zugeben, daß das eine beachtliche Leistung für einen Offizier vom Regimentsstab war. Schließlich konnte man nicht erwarten, daß einen jeder bei Namen kannte.

Fife saß neben dem Fahrer, denn er war als »gehfähig« entlassen worden, und hinter ihm hingen vier Tragen mit Schwerverwundeten auf dem Jeep. Der junge Hauptmann, dessen Namen Fife wußte –

und den er sein Leben lang nicht vergessen würde (wie lange das auch dauern mochte) verließ die Gruppe und ging neben dem Jeep her.

»He! Sind Sie nicht von der Dritten Kompanie?«

»Jawohl, Sir.« Gefühle brachen plötzlich in Fife auf wie eine Explosion, vielleicht wie ein genaues Abbild jener Explosion, die seine Verwundung bewirkt hatte. »Jawohl, Sir! Ich bin von der Dritten!« Er war sich bewußt, wie ein Schwerverwundeter auszusehen und der Hauptmann konnte schließlich nicht wissen, daß er es nicht war. Die Hügel lagen hinter ihnen, sie waren im Schlamm des Dschungels, wenn auch noch nicht jenseits des Flusses, und der Jeep kroch so langsam dahin, daß der Hauptmann neben dem Wagen hergehen konnte.

»Wie geht es denn da vorne?«

»Schrecklich!« rief Fife. »Einfach schrecklich!«

»Soso.« Das war offenbar nicht die Antwort, die der Offizier erwartet hatte.

»Sie machen Hackfleisch aus uns!« rief Fife boshaft.

»Wie geht es denn Leutnant Whyte?«

»Tot ist er!«

Der junge Hauptmann wich mit verstörten Augen ein wenig zurück, als habe man ihn geschlagen. »Und was macht Leutnant Blane?«

»Auch tot!«

Der Hauptmann hatte sich gerade nach den beiden einzigen gefallenen Offizieren erkundigt, ganz wie Fife das erwartet hatte, denn er wußte, daß die drei befreundet waren. Der Hauptmann war stehengeblieben, und rührte sich nicht. Die anderen Offiziere in der Gruppe hatten sich umgewandt und hörten zu.

»Keck ist tot!« schrie Fife. »Grove ist gefallen! Und Spain ist verwundet!«

»Und was macht mein Freund Stein?«

Fife drehte sich auf dem Sitz um und schrie zurück: »Als ich verwundet wurde, lebte er noch, aber jetzt ist er wahrscheinlich auch schon tot.«

Der Hauptmann erwiderte nichts. Fife setzte sich aufrecht hin, merkwürdig zufrieden – in einer zähneknirschenden, unbefriedigenden, jämmerlichen Weise. Diese Armleuchter, niemals hörten sie einen

Schuß fallen und taten immer so, als wären sie Mitglieder eines exklusiven Klubs – das hatten sie mit Mühe und Not den dreifach beschissenen Engländern abgeguckt. Natürlich fragten sie immer nur nach Offizieren.

Auf der Rückfahrt erlebte Fife noch weitere kleine Triumphe: wenn die Etappenhengste ihre Tätigkeit unterbrachen, um den Jeep und seine Fracht mit weitaufgerissenen Augen anzustarren, fletschte Fife aus seinem blutverkrusteten Gesicht die Zähne gegen sie. Aber obwohl ihm das ein gewisses Vergnügen bereitete, wurde er doch das bedrückende Bewußtsein nicht los, daß dies alles nur gespielt war, daß er in Wirklichkeit nicht der vor der Evakuierung stehende Verwundete war, als den die erstaunten Etappenhengste ihn beneideten. Ohne ersichtlichen Grund fing er plötzlich wieder an zu weinen. Der Fahrer sah schuldbewußt starr auf die Straße und sagte Gott sei Dank nichts zu ihm. Schließlich konnte er sein Schluchzen unterdrücken. Im Feldlazarett wurde er zusammen mit drei anderen, die er nicht kannte und die alle dumpf vor sich hinstöhnten, in ein schnell errichtetes Achterzelt eingewiesen. Das Zelt füllte sich allmählich, und schließlich wurden noch zwei weitere Feldbetten hineingestellt, so daß nun zehn Betten im Zelt standen. An diesem Abend bekam keiner mehr einen Arzt zu Gesicht, allerdings waren ihnen zahlreiche Sanitäter behilflich, und als es Zeit zum Abendbrot war, stellten sich die Gehfähigen unter den vertrauten Kokospalmen auf, um sich ihre Mahlzeit aus getrockneten Kartoffeln und gebratenem Büchsenfleisch in den mehrteiligen Eßgeschirren des Lazarettes abzuholen. Nach dem Abendessen entstand ein großes Gedränge, weil jeder nach Kameraden aus seiner Einheit Ausschau hielt. Fife fand vier Leute von der Dritten, die aber auch nicht mehr vom Schicksal der Kompanie wußten als er selber. Sie saßen im Dunkeln, rauchten hinter der vorgehaltenen Hand und warteten auf die Luftangriffe. Als sie schließlich, längst nach dem letzten Angriff, von den Mücken in die Zelte gejagt wurden, machte Fife nicht einmal den Versuch einzuschlafen, sondern lag grübelnd da und verwünschte sein Pech, das ihm so eine Kopfverletzung eingetragen hatte. Es hätte sowieso schwer gehalten zu schlafen, denn irgendwo schrie immer jemand im Schlaf. Als er einmal eindöste, erwachte auch er schreiend.

Die am folgenden Tag stattfindende Untersuchung war recht kurz.

Nachdem der Arzt Fifes Wunde geprüft und ihm dabei Sterne vor die Augen gezaubert hatte, stellte er sich vor ihn hin und ließ ihn breit lächelnd wissen, daß es sich nicht nur um keinen Schädelbruch und auch um keinen Riß, sondern schlicht um eine tiefe Schramme in Fifes amerikanischem Dickschädel handele. Er erwartete anscheinend, daß Fife seine Freude hierüber teile; die Zähigkeit amerikanischer Schädeldecken schien für ihn besondere Bedeutung zu besitzen. Oberstabsarzt Roth (so redeten die Sanitäter ihn an) war ein hochgewachsener, gut gepolsterter Mann mit wundervoll gewelltem Silberhaar (von der gleichen Farbe wie sein silbernes Rangabzeichen) und dem schweren fleischigen Kopf des erfolgreichen Großstadtarztes. Er sprach mit tiefer, dicker, befehlsgewohnter Stimme und besaß Augen so kalt und blau wie Stahl – Fife hätte diese »stählernen Augen« gerne mal auf die Spitze eines feindlichen Bajonetts blicken sehen mögen. Er hatte inbrünstig gehofft, in Wirklichkeit schwerer verletzt zu sein als Doktor Haines gesagt hatte, und seine Enttäuschung und Verzweiflung waren ihm wohl anzusehen, wenn er auch versuchte, sie vor diesem Mann zu verbergen.

»Da bin ich aber froh, Sir«, sagte er. »Nur . . . ich habe meine Brille verloren.«

»Wie?« fragte der Oberstabsarzt und riß seine stählernen Augen auf, wodurch sie noch stählerner wirkten. »Was haben Sie verloren?«

»Meine Brille. Als ich verwundet wurde.« Fife wußte, daß er schuldbewußt dreinsah. Immerhin hatte er seit dem fünften Lebensjahr eine Brille getragen und wollte jetzt nicht einfach damit aufhören. Er konnte auf drei Meter Entfernung niemand mehr erkennen. »Ohne Brille kann ich nichts sehen.« Er unterließ es absichtlich »Sir« anzufügen.

Oberstabsarzt Roth gab sich keine Mühe, seine Verachtung zu verbergen. Er rief zwar nicht »Feigling«, aber er sah aus, als hätte er große Lust dazu. »Hören Sie mal, Mann, hier sind Schwerverwundete, die im Sterben liegen. Was, glauben Sie wohl, soll ich Ihrer Brille wegen unternehmen?«

»Ohne Brille kann ich nichts sehen«, wiederholte Fife.

Der Arzt stand jetzt hinter ihm und befestigte ziemlich grob ein Pflaster auf seinem Kopf. »Wie war doch Ihr Name, Mann?« fragte er drohend.

»Fife, Sir, Korporal Fife«, antwortete Fife, überzeugt davon, daß er nun in irgendeinen langwierigen bürokratischen Vernichtungsprozeß hineingeraten sei – und dieser Eindruck war ja von Stahlauge auch beabsichtigt.
Der Arzt trat nun wieder vor ihn hin und ließ seine Verachtung deutlich merken. »Sie können sich jetzt ein paar Tage Ruhe gönnen, ehe Sie zu Ihrer Einheit zurückgehen. Sie wissen ebensogut wie ich, daß wir Ihnen hier keine Brille verpassen können. Ich kann Drückeberger nicht leiden, aber wir brauchen jeden Soldaten, auch die übelste Sorte. Wenn Zeit genug bleibt, werden wir Ihre Augen untersuchen und eine Brille aus Australien für Sie kommen lassen. Das kann aber ein Weilchen dauern.« Er lächelte angeekelt. »Das ist alles. Abtreten.«
Fife begriff, daß er jetzt die Wahl hatte. Er konnte entweder weiterhin behaupten, ohne Brille nichts sehen zu können, und hatte dann die Folgen zu tragen, oder er mußte den Mund halten und die Beleidigung herunterschlucken. Etwas in der selbstzufriedenen, gewichtigen Miene des Stahläugigen warnte ihn davor, hartnäckig zu bleiben. »Jawohl, Sir«, sagte er und versuchte all seinen Haß in seinen Blick zu legen. Er ging hinaus ohne zu grüßen. Erst als er draußen war, kam ihm der Gedanke, daß der Arzt ihn hätte evakuieren lassen müssen, wäre er nur stur geblieben, und daß er sich einfach hatte dumm machen lassen. Später am gleichen Tage, als er auf der Suche nach Gesellschaft und Neuigkeiten im Lazarett umherwanderte, stieß er auf Storm, der auf einem Feldbett saß und trübe auf ein bläulich gerändertes Loch in seinem Handrücken starrte.
Das Feldlazarett war an einer Stelle errichtet worden, wo zwei der morastigen Schlitterbahnen im Schatten der Kokospalmen zusammenflossen, damit es bequemer für Jeeps und Ambulanzen erreichbar war. Unglücklicherweise hatte niemand bedacht oder sich daran gestoßen, daß diese Weggabel nur wenige hundert Meter vom Flugplatz entfernt lag, der ja das Hauptziel der japanischen Luftangriffe war. Zwar wurde das Lazarett nicht ein einziges Mal getroffen, und das schien den Planern recht zu geben, aber niemand machte sich die Mühe festzustellen, wie diese Luftangriffe an der Nervenkraft von Männern zehrten, die bereits einmal verwundet worden waren. Wenn man von diesem stets vorhandenen Grund zur Beschwerde absah, so mußte man zugeben, daß das Lazarett sehr gut arbeitete und

übrigens auch tadellos ausgerüstet war. Es bestand aus zwei großen, zirkusähnlichen Dreimastzelten, die jedes mehr als hundert Patienten aufnehmen konnten, aus kleineren Behandlungs- und Operationszelten und einer Anzahl von Achterzelten, die, des unerwartet hohen Anfalles von Verwundeten wegen, behelfsmäßig aufgestellt worden waren. Fife, der es in seinem schief stehenden Notzelt nicht aushielt, traf Storm in einem der Zirkuszelte an.
Fife war außer sich vor Freude, als er Storm erblickte, obwohl er doch eigentlich große Sorgen hatte. Da er dem Kompanietrupp angehörte, war Fife mit Storm und den Köchen mehr zusammen gewesen als mit den Leuten aus den Zügen. Überdies glaubte Fife, daß Storm ihn gut leiden könne – jedenfalls hatte Storm ihn bei mehreren Gelegenheiten vor Welsh geschützt.
Auch Storm freute sich, Fife zu sehen. Zum einen war Storm, als er Fife blutüberströmt davontaumeln sah, überzeugt gewesen, daß Fife sehr bald tot sein werde, daß es sich bei seinem torkelnden Abgang nur noch um einen Reflex handele, wie er auch an Hühnern zu beobachten ist, denen man den Kopf abgeschnitten hat. Auch war Fife der erste Mann aus der Dritten Kompanie, den Storm getroffen hatte, seitdem er in diese elende, stöhnende Hölle der Verdammten geraten war, welche die Armee als Lazarett bezeichnete. Eben jetzt war ihm jedes bekannte Gesicht an diesem aufgeregt summenden, überfüllten, geisterhaften Ort willkommen. Er hatte sich nie etwas aus Fife gemacht, auch nichts gegen ihn gehabt, kurz, er hatte ihn gar nicht beachtet, aber jetzt teilte er bereitwillig alles über die Kompanie mit, was Fife zu wissen wünschte; er berichtete von den Geschehnissen, die sich seit Fifes Weggang bis zum Ende des zweiten Tages abgespielt hatten. Als Storm aber sagte, daß sie am Vormittag des zweiten, also des heutigen Tages den Kopf des Elefanten genommen hatten, sah er, daß Fife das einfach nicht glauben wollte. So verhielt es sich auch. Fife selbst konnte sich nur an den Untergang und die Vernichtung erinnern und hatte erwartet, daß alle, oder wenigstens neunzig Prozent fallen würden, ehe sie diese Höhe erreichten. Das sagte er auch. Trotzdem sei es wahr, wiederholte Storm und betrachtete düster seine Hand; die Verluste des zweiten Tages zusammen mit den fünfundzwanzig Prozent des ersten Tages machten jedoch nur ein Drittel der Kompanie aus. Der Grund dafür war, nach Ansicht von

Storm und der meisten anderen, daß Bugger Stein sein Umgehungsmanöver ausgeführt und die japanische Stellung überraschend vom Rücken her angegriffen hatte.

»Aber das wollte er doch schon am ersten Tag!« sagte Fife, dem mit Schrecken die dritte Bodenwelle und das Feldtelefon wieder einfielen, das er für Stein getragen hatte.

»Weiß ich.« Storm berichtete dann, wie Stein auf Talls Befehl abgelöst worden war.

Fife war darüber wütend oder versuchte es jedenfalls zu sein. Er beobachtete Storm, hörte ihm zu, plinkerte mit den Augen und nickte an den richtigen Stellen, aber es war Storm klar, daß er in Wirklichkeit kaum etwas aufnahm. Vielleicht war er noch zu sehr von seiner eigenen Verwundung in Anspruch genommen. Storm konnte das begreifen, doch war ihm, als unterhalte er sich mit einem Toten.

Storm selbst hatte einige Erschütterungen und ein rauhes Erwachen hinter sich, die Verwundung gehörte aber ebensowenig dazu wie die Ablösung Steins. Die hatte Storm haargenau vorausgesehen. Was seine Verwundung anging, so war die so geringfügig, daß sie ihn nicht beeindruckte. Die Granate war nicht nahe genug eingeschlagen, um ihn ernsthaft zu erschrecken, und die Verwundung hatte ihm keinerlei Schmerz verursacht. Storms Trauma schrieb sich von anderen Dingen her, hauptsächlich von dem Gefühl, daß er die Kompanie im Stich gelassen hatte, indem er seiner Hand wegen ins Lazarett gegangen war. Der zweite Grund war die Art und Weise, wie er und die anderen, mit denen er heruntergekommen war, die mitgeführten japanischen Gefangenen behandelt hatten. Sein rauhes Erwachen bezog sich auf die Tatsache, daß er mit dem Krieg niemals und nirgends mehr etwas zu tun haben wollte.

Storm hatte nach dem Durchbruch zu Tall und der anschließenden Säuberung dort oben mit dem größten Vergnügen vier Japaner erschossen. Nur einer von den vieren hatte überhaupt die geringste Chance, sich zu wehren, und das war Storm sehr recht. Aber die Erledigung dieser vier Japaner, an die er sich ganz genau erinnerte, war das einzig vergnügliche Ereignis in den vier Tagen, welche die Dritte Kompanie an der Front zugebracht hatte. Die ganze übrige Zeit war ihm vor Angst schwach gewesen. Das Spektakuläre, Aufregende und Abenteuerliche des Krieges sollten sie sich seinetwegen in den Arsch stecken! Das mochte ja für Stabsoffiziere schön und gut sein, die alles planten und Entscheidungen trafen, aber alle anderen waren einfach Werkzeuge mit aufgeprägter Fabriknummer. Storm schätzte es gar nicht, ein Werkzeug zu sein, besonders nicht, wenn man dadurch zu Tode kommen konnte. Und scheiß doch auf Organisation. Sollten doch die Stoppelhopser den Krieg führen, er war Küchenbulle. Es tat ihm leid und er fühlte sich auch ein wenig schuldig, weil er die Kompanie verlassen hatte und mit seiner verwundeten Hand ins Lazarett gegangen war, aber ein vernünftiger Mensch konnte in diesem Fall gar nichts anderes tun. Wenn seine Verwundung nicht ausreichte, ihn von dieser verflixten Insel herunterzubefördern, dann würde er eben wieder Küchenbulle spielen. Er würde das Essen für die Kompanie herrichten und es nach vorne schaffen lassen – falls das möglich wäre. Selbst würde er es nicht vorbringen, das konnten Träger tun. Diesen Krieg würde die Mehrheit der Menschheit überleben, und er wollte schon zusehen, daß er zur Mehrheit gehörte. Selbst der Spaß an dem Weg hier herunter, der ja nun ein einziges Vergnügen hätte sein sollen, war ihm durch die japanischen Gefangenen verdorben worden, die mitgenommen werden mußten.

Er war bei der Gruppe gewesen, die gleich nach Stein und dessen Gruppe abgestiegen war. Steins Leute nahmen die letzten Krankentragen mit; die gehfähigen Verwundeten waren schon vorher losgegangen. Einige, darunter er selber und Queen, waren freiwillig zurückgeblieben, bis die Säuberung beendet war. Insgesamt waren sie sieben, vier von der Zweiten und drei von der Dritten Kompanie, und zusammen mit vier Unverwundeten wurden sie als Bewachung für die acht Gefangenen eingeteilt – im ganzen waren sechzehn Gefangene gemacht worden. Auf diese Weise hatte Tall mehr Männer zur Verfügung, um den erwarteten japanischen Nachtangriff zurückzuschlagen.

Es war sehr angenehm, diesem erwarteten Gegenangriff zu entgehen (Storm empfand allerdings deshalb ein flüchtiges Schuldgefühl), und zunächst ließ sich auch alles gut an. Queens Fleischwunde im linken Oberarm fing an zu schwellen, und er war nicht mehr so übermütig und energisch, wie er es während des Gefechtes da oben gewesen war.

Doch kurz vor dem Abmarsch zwang er sich noch einmal zu seiner alten Munterkeit: »Ich komme zurück!« brüllte er mit seinem bulligen Organ. »Ich komme zurück! So ein kleiner Kratzer hält mich nicht hinten! Es ist mir egal, wohin sie mich schicken! Ich komme wieder!« Einige Leute von der Dritten, die dem Abmarsch zusahen, grinsten, winkten und riefen ihm zu. Oberleutnant Band ging sogar zu Queen und schüttelte ihm die Hand – eine höchst peinliche Geste, wie Storm fand. Storm begriff nicht ganz, warum Queen für die Säuberung zurückgeblieben war, da er doch schon vorher hätte ins Lazarett gehen können. Er selber war oben geblieben, weil er bereits plante, auf Grund dieser Handverwundung so weit weg von der Insel zu kommen wie möglich, und er wollte bei seinem Haufen einen guten Eindruck hinterlassen, da er möglicherweise nicht wiederkommen würde.

Die acht japanischen Gefangenen boten einen jämmerlichen, kränklichen Anblick. Sie stolperten unsicher dahin, schienen von ihren Erlebnissen völlig benommen und wirkten so, als hätten sie weder Lust noch Kraft zu fliehen, auch wenn sie nur von einem einzigen Posten bewacht worden wären. Allesamt litten sie an Durchfall, Gelbsucht und Malaria. Zwei davon gingen, warum wußte man nicht, mit entblößtem Hinterteil und einer von diesen brach schließlich zusammen und verursachte all den Ärger. Als Queen versuchte, ihn durch Fußtritte auf die Beine zu bringen, blieb er liegen, hatte Durchfall und übergab sich, und während er bei jedem Tritt ein Stück weiter den Pfad hinunterrutschte, ließ er zwei gelbliche Schleimspuren hinter sich. Er war halb verhungert, seine Rippen und Schulterblätter stachen förmlich durch seine kränklich aussehende gelbliche Haut, er wirkte wie ein Tier einer niederen Gattung und durchaus nicht erhaltenswert. Die anderen sieben übrigens auch nicht, wenn sie sich geduldig, stumpf und resigniert unter den Augen ihrer Bewacher niederhockten. Ein Leutnant, der etwas japanisch sprach, hatte herausbekommen, daß sie sich in den letzten beiden Wochen von Eidechsen und Baumrinde ernährt hatten. Oberst Tall hatte strikten Befehl gegeben, alle acht lebendig zum Verhör zum Regiment zu bringen.

Queen war trotz seiner geschwollenen Wunde und des Blutverlustes noch munter genug, um sich daran zu vergnügen, seine Schützlinge unter hysterischem Jubel zu prügeln und zu treten, wenn sie zurück-

blieben, und die übrigen beteiligten sich an diesem Spaß. Jetzt äußerte Queen seine Meinung.
»Knallt doch den Kerl ab«, knurrte er grinsend. »Wie der aussieht!«
»Du weißt doch, daß Tall befohlen hat, alle lebendig zurückzubringen«, warf ein anderer ein.
»Dann sagen wir eben, daß er einen Fluchtversuch gemacht hat.«
»Der? Sieh ihn dir doch an.«
»Na, wer soll schon was sagen?«
»Ich bin für Queen, vergeßt nicht, was die Japse mit unseren Leuten auf dem Todesmarsch nach Bataan gemacht haben.«
»Aber der Alte hat uns das persönlich befohlen«, widersprach der Korporal, der die vier unverwundeten Bewacher führte. »Ihr wißt genau, daß er keine Ruhe läßt, wenn einer fehlt. Wenn er nun die anderen fragt, was mit dem da passiert ist? Ich will keinen Ärger haben.«
»Ja, also entweder legen wir ihn um, oder wir müssen ihn tragen«, sagte Queen endgültig. »Und ich jedenfalls schleppe keinen verfluchten Japs den ganzen Weg bis zur Höhe 209. Du etwa? Außerdem bin ich Unteroffizier und du nur Korporal, und ich sage: legt ihn um. Seht ihn euch doch an, wir tun ihm damit ja einen Gefallen.« Er blickte die anderen an.
»Der Korporal hat recht«, ließ Storm sich nun zum ersten Mal vernehmen. Er hatte alles sorgfältig durchdacht. »Wenn einer fehlt, kriegt der Alte heraus, was passiert ist. Wenn wir ihn erschießen oder ihn einfach liegenlassen, haben wir keinen ruhigen Tag mehr, er bringt uns vielleicht sogar vors Kriegsgericht.« Er sagte nichts davon, daß er als Sergeant Queens Vorgesetzter war.
Queen starrte den Japaner an und zuckte dann reumütig lächelnd die Achseln. »Okay, ihr habt recht. Dann müssen wir ihn wohl tragen.« Er spuckte in seine riesigen Hände. »Los Leute! Ich nehme ein Bein, wer nimmt das übrige?«
Storm, der auch diese Frage bereits erwogen und sich gegen Fäkalien und für Erbrochenes entschieden hatte, ergriff einen Arm. Zwei der anderen Verwundeten packten das andere Bein und den anderen Arm, und Queen, der das Kommando übernommen hatte, gab den Takt an wie der Steuermann beim Rudern. So setzte sich die Gruppe wieder bergab in Bewegung. Queens gutmütige Kapitulation vor der

Besonnenheit und die komischen Kommandos, mit denen er den Transport des kranken Japaners leitete, hatten alle wieder in die rosige Stimmung versetzt, die am Beginn des Marsches geherrscht hatte. Mit Juhu und Heissa brachten sie den steilen Abstieg in hysterischer Ausgelassenheit hinter sich, rutschten und glitten aus, fielen von Zeit zu Zeit hin, und mit Ausnahme der vier Träger, die alle Hände voll zu tun hatten, stießen und traten sie ihre sieben Gefangenen vor sich her. »He, Japs«, rief einer. »Sag die Wahrheit! Bist du nicht froh, daß du nicht mehr kämpfen mußt. Was?« Der Japaner, den er angeredet hatte und der offensichtlich kein Wort verstand, verbeugte sich und nickte lächelnd und benommen. »Seht ihr!« rief der Mann. »Ich hab' es doch gesagt! Die haben genauso wenig Lust zu kämpfen wie wir! Das ist alles bloß Propaganda!« »Gib ihm mal dein geladenes Gewehr«, lachte ein anderer. »Dann wirst du ja sehen, ob er kämpfen will.« Queen kam bald dahinter, daß er mit der Wahl des Beines einen Irrtum begangen hatte. Die beiden Träger, die die Beine des Kranken hielten, mußten aufpassen, daß sie nicht in den gelblichen Schleim gerieten, der von dem nackten Japaner troff, während sie ihn den steilen Hang hinunterschleppten, und Queen schimpfte gutmütig auf Storm, weil der schlau genug gewesen war, einen Arm zu packen, ohne zu erklären, warum er das tat. Dann kam ihm ein Einfall. »Wir können ihn ja mal etwas aufprallen lassen«, sagte er, als sie an einen Felsen kamen. »Vielleicht läuft dann die Scheiße aus ihm raus. Oder jedenfalls so viel, daß er aufhört, bis wir ihn unten haben.« Sie schwenkten ihn an Armen und Beinen, ließen ihn mit dem Gesäß gegen den Fels prallen und lachten schallend dabei. Auch die anderen Japaner grinsten, denn sie hatten nun verstanden, was gemeint war. Es half allerdings nichts. Der Kranke war noch so weit bei Bewußtsein, daß er von Zeit zu Zeit die Augen öffnen konnte, aber doch schon zu schwach, um seinen Durchfall zu bremsen, und wenn er gelegentlich mit dem Kopf auf den Boden schlug, zuckte er nicht einmal mehr zusammen. Sie ließen ihn auf jeden Stein fallen, an dem sie vorbeikamen, und als sie ihn beim Regiment ablieferten, wurde er sofort einem Arzt übergeben. Es ist berichtenswert, daß Queen zwei Minuten später selber ohnmächtig wurde, den Hang bis zum Verbandplatz hinunterrollte und dadurch großes Erstaunen hervorrief.

Auf seinem Feldbett im Lazarett erinnerte Storm sich aller dieser Vorgänge (er hatte den Kopf in die Hand gestützt und es aufgegeben, in das tote Gesicht von Fife hineinzureden), und dabei empfand er eine schmerzhafte Benommenheit, die er beim besten Willen nicht vertreiben konnte. Es schien, als sei seine Seele von einer übergroßen Injektion mit einer starken Droge betäubt. Das machte ihm Angst, und er konnte diese Angst nicht abschütteln. Wie lange war das jetzt her? Nur ein paar Stunden. Gelacht hatten sie, alle hatten gelacht. Storm war es egal, was den Japanern zustieß, das mochte so schlimm sein wie es wollte, sie hatten es verdient. Das machte ihm keine Skrupel. Aber alles war in diesem Zustand der Betäubung geschehen, das begriff er jetzt. Und nicht nur er war in dieser Verfassung gewesen, sondern die anderen ebenfalls und vielleicht sogar auch die Japaner. Storm hatte sich immer für einen anständigen Menschen gehalten. Gewiß war er gelegentlich grob mit dem Küchenpersonal umgesprungen, und den einen oder anderen hatte er wohl auch mal verprügelt, wenn es nicht anders ging. Er gehörte aber nicht zu denen, die einen hilflosen Menschen treten, die Schwachen ausnutzen und die Armen berauben. Das ließ sein Ehrgefühl nicht zu, nach dem er sich stets gerichtet hatte. Jetzt mußte er einsehen, daß er vielleicht gar nicht so anständig war, wie er geglaubt hatte, und nicht nur das – er, der sich zum Prinzip gemacht hatte, nie einen Freund im Stich zu lassen, war willens, seine Verwundung dazu zu benutzen, sich aus der Kompanie, aus dem Bataillon und aus dem ganzen verfluchten Kriegsgebiet zu verdrücken. Und dabei wußte er genau, daß dies das einzig Vernünftige war.

»Na, und was macht deine Hand?« fragte Fife hohl. Sie hatten lange geschwiegen, und Fife hatte wieder über sein eigenes Los nachgedacht. Was hatte er doch alles durchgemacht: die Explosion, die Ohnmacht, den Schmerz, das Blut, die Angst – und alles das sollte nutzlos gewesen sein! Er hatte die Furcht, den Schrecken und die Pein dessen durchlitten, der im Gefecht fällt und nichts davon profitiert. Fife drängte es, mit jemand darüber zu sprechen, er sah aber keine Möglichkeit, rund heraus zuzugeben, daß er ein Feigling war.

Storm hatte den Kopf gehoben und blickte Fife aus dunklen, gehetzten Augen an. »Du bist ja kein Arzt, und da kann ich dir wohl die Wahrheit sagen«, und dabei sah er die in seinem Schoß liegende Hand trübe an. Er hob den Arm, machte eine Faust, und beide konnten es knirschen hören. »Das reicht nicht, damit komme ich nicht weg.«

»Mir haben sie schon gesagt, daß meine Kopfwunde auch nicht reicht«, versetzte Fife.

In der heißen Nachmittagsluft, im großen düsteren Zelt bewegten sich Lazarettgehilfen leise über den schlammigen Fußboden, und hier und dort hörte man Verwundete unter ihren Verbänden stöhnen.

»Ich kann sie bewegen, und es tut auch nicht allzu weh«, sagte Storm niedergeschlagen, »aber ich habe keine Kraft drin.«

Zwei Sanitäter und ein Arzt gingen eilig zwischen den Feldbetten hindurch an ihnen vorüber, und einer der Sanitäter sagte dabei sachlich: »Ich glaube mit dem ist es aus, Sir.« Acht Betten weiter blieben sie stehen.

»Aber du hast doch nie geglaubt, daß du sterben mußt?« fragte Fife, »oder?«

Storm sah zu ihm auf. »Nein, nein, das habe ich nie.«

»Aber ich.«

Der Arzt beugte sich über den Mann auf dem Feldbett. Dann richtete er sich auf und sagte merkwürdig ärgerlich zu den Sanitätern: »Bringen Sie eine Trage und Decken und schaffen Sie ihn weg. Wir brauchen die Betten. Was ist mit 33?« Ein Sanitäter antwortete: »Vielleicht noch zwanzig Minuten oder eine halbe Stunde, Sir.« Der Arzt sagte knapp: »Rufen Sie mich dann.« Alle gingen durch das stickige, hohe, halbdunkle Zelt zurück.

»Das hab ich wirklich«, sagte Fife.

»Ja, ich weiß noch, ich lag ja ganz in der Nähe. Du hast ziemlich übel ausgesehen.«

»Und alles für nichts«, sagte Fife bitter. »Nichts, überhaupt nichts! Nicht mal einen Schädelbruch.«

»Das ist wirklich Pech«, bestätigte Storm mitfühlend.

»Und dann hab ich auch meine Brille verloren! Ohne Brille kann ich kaum was sehen.«

»Hast du das denen gesagt?«

»Ausgelacht haben sie mich.«

Nach einem Weilchen sagte Storm: »Eins will ich dir sagen, Fife: ob ich mit diesem Ding wegkomme (er hob die Hand) oder nicht –

ich brauche nicht bei der Kompanie vorne zu sein und ich tue es auch nicht wieder. Ich bin schließlich Küchenunteroffizier. Ich habe da vorne nichts zu suchen. Ich und meine Köche werden die Küche so nahe der Front aufstellen wie möglich, und ich werde so gut es geht immer warme Mahlzeiten kochen, aber mit allem anderen sollen sie mich am Arsch lecken. Sie können warmes Essen haben – wenn sie es sich holen. Mehr aber nicht. Freiwillig melde ich mich zu nichts mehr.«

»Aber ich, ich muß vorne sein beim Kompanietrupp.«

»Tut mir leid.«

»Jaja.« Etwas anderes gab es dazu nicht zu sagen. Fife war immer noch nicht losgeworden, was ihm auf der Seele lag, ja, er war ebensoweit davon entfernt wie je. Wie sollte man einem anderen klarmachen, daß man ein Feigling ist? Daß man es nie für möglich gehalten hat, und daß es doch so ist?

»Ich bin ein Feigling«, sagte Fife.

»Ich auch«, erwiderte Storm, ohne zu zögern. »Das ist jeder, der für fünf Pfennige Grips hat.«

»Aber nicht alle. Witt zum Beispiel nicht und Bell nicht und Doll. Auch Charlie Dale nicht.«

»Dann sind sie Idioten«, behauptete Storm.

»Du verstehst nicht, was ich meine«, begann Fife, doch jetzt schrie neben ihnen ein Verwundeter im Schlaf. Fife lief zu ihm, packte ihn an der Schulter, und der Mann stöhnte: »O Jerry, Jerry!« dann wachte er auf, sah Fife an und murmelte: »Schon gut.« Fife kam wieder zurück.

»Ich meine, ein richtiger Feigling«, sagte er.

»Ja, was denkst du denn, wovon ich rede?«

»Bei dir ist es aber doch was anderes.«

»Nee.«

»Ja . . . ich will aber gar kein Feigling sein!«

»Vermutlich will ich auch keiner sein«, gab Storm zu, »ich bin es aber.« Er machte eine Faust, und es knirschte. »Ich bin nur froh, daß ich nicht wieder nach vorne muß.«

»Ich muß aber«, stöhnte Fife.

»Tut mir leid«, wiederholte Storm, und man sah ihm an, daß es ihm wirklich leid tat. Doch war seinem Tonfall auch zu entnehmen, daß es ihm im Grunde gleichgültig war. Immerhin fühlte Fife sich jetzt besser. Storm fand sich so selbstverständlich damit ab, ein Feigling zu sein, daß Fife sich nicht mehr ganz so unmännlich vorkam. Auch eine andere Erfahrung hatte Fife bei dieser Gelegenheit gemacht: Storm bedauerte ihn zwar ehrlich, doch änderte das nichts an Fifes Elend, und er begriff, daß er nichts dabei gewinnen konnte, wenn er anderen sein Leid klagte.

»Ich könnte mich vielleicht zu dir in die Küche versetzen lassen«, schlug Fife nun vor. »Dale wird ja bestimmt befördert und bleibt beim Zug, und dann hast du doch eine Stelle frei?«

»Ja, hab ich wohl. Kannst du kochen?«

»Nein, aber ich kann es ja lernen.«

»Tja . . . es sind aber eine Menge Leute in der Kompanie, die kochen können. Immerhin – wenn der Alte dich in die Küche versetzt, hab ich nichts dagegen.«

»Band? Der läßt mich nicht gehen, und den würde ich auch nie bitten.«

»Mehr kann ich nicht tun.«

»Jaja«, sagte Fife und verrenkte sich fast den Hals bei dem Versuch, sich gründlich im Zelt umzusehen, »ich weiß.«

Das war wirklich ein blöder Einfall gewesen, und er erwähnte ihn nicht wieder. Er würde niemals einen Koch abgeben, das war einfach der Wunschtraum eines Feiglings, und Fife nahm es Storm nicht übel, daß er sich für den Gedanken nicht begeisterte. Er beneidete Storm ganz ungeheuerlich darum, daß der es, ohne Ausreden gebrauchen zu müssen, vermeiden konnte, sich je wieder an der Front blicken zu lassen, aber er besuchte Storm doch jeden Tag, und sie verbrachten viel Zeit miteinander. Das war immer noch besser, als allein und verzweifelt auf dem Feldbett im stickigen, schiefstehenden Zelt zu liegen. Sie trieben noch sechs andere Verwundete von der Kompanie auf von denen fünf Gehfähige waren. Diese kleine Gruppe versammelte sich täglich an Storms Bett, um zu schwatzen oder den bettlägrigen Kameraden einen Besuch zu machen; dann suchten sie sich ein hübsches Fleckchen unter den Palmen, zogen die Hemden aus und erörterten endlos ihre Aussichten, von der Insel evakuiert zu werden. Zu trinken gab es absolut gar nichts, doch lief jeden Abend im Freien ein Film, den sie sich ansahen. Sehnsüchtig betrachteten sie da das glitzernde, freie, hochzivilisierte Leben von Manhattan, Washington oder Kalifornien, wo keiner von ihnen je gewesen war. Die Vorstellung wurde stets durch Luftangriffe unterbrochen, und in diesen fünf Tagen sahen Storm und Fife Teile von fünf Filmen, ohne sie jemals bis zu Ende zu sehen. Das machte aber nichts, denn diese Filme hatte man schon vor Jahren gesehen. Nach dem Angriff saßen sie rauchend herum und redeten wieder von ihrer Evakuierung. Zur Kompanie wollte keiner zurück.

Storm war es, der den Besuch bei Bugger Stein organisierte. Die Quartiere des Regimentsstabes lagen ganz in der Nähe, und Storm hatte erfahren, daß Stein bis zu seiner Abfahrt dort wohnte. Nach eingehender Beratung machte sich also die Gruppe unter Storms Führung auf den Weg, um ihrem ehemaligen Kompaniechef einen Höflichkeitsbesuch abzustatten und sich dabei zu verabschieden – von diesem Kompaniechef, den sie so gehaßt hatten und den sie nun bewunderten. Es waren weder die für ein Lazarett übliche Einzäunung noch eine Torwache vorhanden, und so marschierten sie denn munter in den glühend heißen Nachmittag hinaus. Wachen waren überflüssig, denn wohin sollte man auf dieser verfluchten Insel schon ausreißen?

Stein war in seinem Zelt damit beschäftigt, die wenigen ihm noch verbliebenen Papiere zu sortieren, als seine Gäste so überraschend eintrafen. Eben erst hatte er erfahren, daß er am folgenden Tage nach Neuseeland ausgeflogen werden sollte. Er besaß eine blutgetränkte Kriegsflagge, eine japanische Pistole, zwei Offiziersabzeichen und zahllose Photographien und Ledersachen, um zu beweisen, daß er wirklich hier gewesen war. Sein Gepäck stand neben ihm auf dem Fußboden. Drei Tage lang war Stein seinem Gepäck nachgejagt. Der Regimentskommandeur hatte ihm einen Jeep zur Verfügung gestellt, allerdings ohne Fahrer, da man niemanden entbehren konnte, und Stein war mit großem Vergnügen allein kreuz und quer über die Insel gefahren. Auf dem alten Lagerplatz der Kompanie nahe dem Rollfeld, wo sie ihr Sturmgepäck zurechtgemacht hatten, fand er eine andere Einheit vor, fremde Zelte in einer ihn fremd anmutenden Weise angeordnet. Von der Dritten war nichts zurückgeblieben. Danach war er zweimal den ganzen Weg von Matanikau über Lunga Point, an den geschäftigen Nachschublagern vorbei, bis zum Ende des

Roten Strandes gefahren und hatte überall nach dem Gepäck von der Dritten gefragt. Schließlich fand er es nicht weit vom ersten Lager der Kompanie entfernt, halb im Dschungel und halb außerhalb. Stein konnte sich gar nicht vorstellen, wer die Zelte abgebrochen und wieder aufgestellt und all die Gepäckstücke ein- und wieder ausgeladen haben mochte – die Arbeitskompanien hatten wohl während der fünf Kampftage ununterbrochen geschuftet. Einen ganzen Nachmittag verbrachte er in der stickigen, schweißtreibenden Hitze der Zelte und im feuchten Schatten des Dschungels auf der Suche nach seinen eigenen Packtaschen, und das machte ihm Spaß – hauptsächlich darum, weil er allein war. Jetzt war er auf Abruf bereit.

Der Wunsch, allein zu sein, war in den vier Tagen seit seiner Rückkehr von der Höhe 210 immer stärker in ihm geworden. Am zweiten Abend – nach dem ersten, ganz hier unten verbrachten Tag – hatte er beschlossen, den anderen die Stirne zu bieten und auf ein Gläschen ins Kasino zu gehen. Schließlich war er kein Gezeichneter, jedenfalls hatte Tall ihm die Sache nicht so dargestellt.

Das Kasino (ein Einfall des Kommandeurs) bestand aus einem Sonnensegel, seitlich angebrachten Moskitonetzen und einer aus Kisten gezimmerten Bar, hinter der die Ordonnanz des Kommandeurs als Barkeeper amtierte. Außerdem gab es Feldstühle und einen Kartentisch, an dem Poker gespielt wurde. Nach Einbruch der Dunkelheit begab man sich nach nebenan in ein Verdunklungszelt. Normalerweise waren hier nur Offiziere vom Stab und von den rückwärtigen Diensten anzutreffen, aber heute waren beinahe alle Offiziere des Ersten Bataillons da, weil Oberst Tall dem Bataillon eine Woche Ruhe verschafft hatte. Sie hielten eine freundliche, nichtssagende Unterhaltung über taktische Fragen im Gang, mit deren Hilfe sie sich einen Anstrich von Vernunft zu geben imstande waren. Stein hätte es aber besser wissen sollen, und er ging nach diesem Abend auch nicht wieder hin. Es lohnte nicht: Der Gewinn an Gesicht war den Verlust an Energie nicht wert. Und als er dann allein blieb, stellte er zu seiner Überraschung fest, daß er gerne allein war.

Nicht, daß man ihn unfreundlich behandelt hätte. Niemand ließ ihn abfahren, niemand weigerte sich, mit ihm zu reden. Nur wußte niemand etwas zu sagen, solange er nicht selber die Unterhaltung begann. Und das war eine Kraftvergeudung für beide Seiten. Als er

durch das Moskitonetz schlüpfte, sah Stein mehrere Grüppchen im Kasino sitzen. Er hatte deutlich den Eindruck, daß in wenigstens einer dieser Gruppen eben noch über ihn geredet worden war.
Oberst Tall bildete den Mittelpunkt einer anderen Gruppe, die, das spürte Stein sehr deutlich, ganz gewiß nicht über ihn gesprochen hatte. Tall nickte und lächelte freundlich mit seinem faltigen, jugendlich hübschen Gesicht, ließ gleichzeitig aber sehr unmißverständlich merken, daß er Steins Auftauchen für einen Fehler hielt. Stein war, Begrüßungen nickend, schnurstraks zur Bar gegangen. Hier stützte er sich auf die zusammengenagelten Kisten und bestellte etwas zu trinken. Er leerte sein Glas allein an der Bar. Als er aber das zweite Glas bestellt hatte, stand sein alter Kasinofreund, der Personaloffizier des Regimentes, von seinem Tisch auf und trat mit verlegenem Gesicht zu Stein. Da sie sich seit Beginn der Schlacht nicht mehr gesehen hatten, schüttelten sie einander die Hände und unterhielten sich ein Weilchen, wobei hauptsächlich von dem merkwürdigen Zusammentreffen des Personaloffiziers mit dem jungen Korporal Fife die Rede war (obwohl jenem Fifes Name entfallen war, erkannte Stein ihn doch nach der Beschreibung). Der Personaloffizier sprach gehetzt und nervös, trotz allem aber schätzte Stein seine Geste durchaus nach Verdienst. Bald darauf erschien Hauptmann John Gaff, der einen recht betrunkenen Eindruck machte (niemand schien aber Anstoß daran zu nehmen), und auch Gaff wechselte mit Stein an der Bar einige Worte, in der Hauptsache über den günstigen Verlauf der gestrigen Säuberungsaktion. Auch er blickte unglücklich drein, entschuldigte sich schließlich und gesellte sich zu Oberst Tall. Stein, der mittlerweile vier Gläser getrunken hatte, zeichnete die Rechnung ab und verließ das Kasino. (Die Einnahmen des Kasinos wurden auf Befehl des Kommandeurs einem Regimentsfonds der Offiziere überwiesen.) Später kaufte er dann eine Flasche Whisky, die er auf den kleinen Kartentisch in seinem Zelt stellte. Er saß gerne in diesem Zelt, dessen Wände aufgerollt und mit Moskitonetzen verhängt waren, und sah zu, wie die Nacht über die Kokoshaine hereinbrach. Er machte sich nie die Mühe, die Zeltwände herabzulassen und Licht anzuzünden, und wenn die japanischen Bomber kamen, saß er ruhig und furchtlos im Dunkeln, lauschte den Detonationen und nahm von Zeit zu Zeit einen kleinen Schluck. Er verspürte überhaupt keine

Angst. Selbstverständlich tat der Whisky das seine dazu, aber er betrank sich nie, wenn auch die Flasche immer auf dem Tisch stand. Sie stand auch da, als die sieben Verwundeten der Dritten Kompanie sich in das Zelt drängten, um sich von ihm zu verabschieden, und Stein bot allen ein Gläschen an, wobei ihm einfiel, daß er das noch vor kurzem nicht gewagt haben würde, weil er davon ein Nachlassen der Disziplin befürchtet hätte.

Da nur ein Glas vorhanden war, tranken sie alle aus der Flasche. An ihrer Gier erkannte Stein, daß man ihnen im Lazarett wohl alle möglichen Medikamente, doch gewiß keinen Whisky verabreicht hatte. Er beugte sich über seinen Kleiderbeutel und zog drei Flaschen heraus, die er eigentlich hatte mitnehmen wollen, und schenkte sie ihnen. Er konnte sich vor der Abreise mühelos neue verschaffen. Als sie ihm danken wollten, lächelte er nur etwas traurig und winkte ab.

Sie redeten aufgeregt alle durcheinander, und Stein fühlte sich merkwürdig weit weg. Sie waren gekommen, um ihm dafür zu danken, daß er durch sein Umgehungsmanöver die Kompanie gerettet hatte, um ihm zu sagen, wie leid es ihnen tat, ihn abfahren zu sehen, und um ihm zu versichern, daß sie der Ansicht waren, er sei schlecht behandelt worden. Er wußte selbst nicht genau, ob sie damit recht hatten. Es kam ja auch gar nicht darauf an. Im Grunde war er froh, fortzukommen.

»Wir müßten allesamt dagegen protestieren!« rief Fife, dem beinahe die Tränen kamen. »Alle zusammen und . . .«

»Wozu?« lächelte Stein. »Was sollte das nützen? Und außerdem gehe ich sehr gerne. Ihr wollt mir doch nicht etwa meine Aussichten verderben?«

Nein, riefen sie einstimmig, nein, bei Gott nicht, das wollten sie nicht.

»Also rührt nicht dran, laßt alles, wie es ist.«

Als sie gegangen waren, stand er im Zelteingang und sah ihnen traurig nach, wie sie mit ihren Whiskyflaschen abzogen, schmutzig, unrasiert, noch in den verdreckten Kampfanzügen und jeder irgendwo mit einem sauberen weißen Verband geschmückt – ausgenommen Storm und McCron: Storms Hand war niemals verbunden worden, und McCrons Wunde saß innen. Dann trat er ins Zelt zurück und goß sich sein Glas voll.

Er würde es niemals wissen. Das war die Wahrheit. Und das war auch das Unerträgliche. Vielleicht hatten die Japaner während des ersten Tages den Dschungel besetzt gehabt, und ihre Leute erst nachts zurückgezogen. Selbst wenn der Dschungel feindfrei gewesen wäre, hätte ein Spähtrupp in Zugstärke, so wie er ihn vorgeschlagen hatte, nichts genützt. Ein Zug hätte niemals das japanische Lager auf der Höhe nehmen können. Und um eine ganze Kompanie loszuschicken, war es wirklich zu spät gewesen. Gewiß hätte man die rechte Flanke gründlich erkunden müssen, ehe man einen Frontalangriff befahl, doch diesen Vorschlag hatte auch er nicht gemacht, ebensowenig wie Tall oder jemand anderes. Was war nun daraus zu entnehmen?

Darum handelte es sich im Grunde aber nicht. Es war übereilt gewesen, Talls Angriffsbefehl zurückzuweisen; er hätte statt dessen den Angriff hinauszögern und warten sollen, bis er wußte, was Beck da vorne zu tun imstande war. In Wirklichkeit ging es um etwas anderes, um eine Frage, die Stein ebenfalls nicht beantworten konnte: hatte Stein den Befehl von Tall deshalb nicht befolgt, weil er für seine Kompanie fürchtete, weil so viele seiner Leute schon gefallen waren? Oder hatte er deshalb den Gehorsam verweigert, weil er für sich selbst gefürchtet, Angst davor gehabt hatte, zu fallen? Niemand hatte das je ausgesprochen oder auch nur angedeutet, aber Stein konnte sich darüber nicht klarwerden. Während der Nächte, die er allein in seinem kleinen Zelt verbrachte, hatte er sich diese Frage wieder und wieder gestellt. Vielleicht hatte beides eine Rolle gespielt, doch welcher Impuls war dann der stärkere gewesen? Welcher hatte wirklich den Ausschlag gegeben? Er wußte es einfach nicht. Und wenn er es jetzt schon nicht wußte, dann würde er es auch später nie wissen. Die Frage würde ihn ungelöst immer begleiten. Damit mußte er sich abfinden. Immerhin stellte Stein fest, daß er sich aus dem, was sein Vater, der Major aus dem Ersten Weltkrieg, dachte, überhaupt nichts mehr machte. Der Krieg, in dem man gekämpft hatte, nahm im Lauf der Jahre einfach andere Formen an. Es war die alte Geschichte: »Ich will dir deine Lügen glauben, wenn du mir meine Lügen glaubst.« Also wirklich Geschichte. Stein wußte, daß sein Vater gelogen hatte, und falls nicht gelogen, dann doch sehr dick aufgetragen. Stein hoffte, daß er selbst es niemals tun werde. Sicher wußte er es nicht, aber er hoffte es.

Im übrigen ließ ihn alles andere gleichgültig. Diesen Krieg würden viel mehr Leute überleben als in ihm fielen, und Stein beabsichtigte, zu überleben. Washington, Weiber. Mit seinen Auszeichnungen müßte er eigentlich gute Aussichten haben, jedenfalls könnte alles sehr viel schlechter sein. Und selbst wenn ihm Gerüchte folgen sollten, würde niemand ihm ins Gesicht etwas sagen, das gehörte zu der großen Verschwörung. Und solange man sich an die Regeln der großen Verschwörung hielt ... der großen Verschwörung der Geschichte ...

Stein wußte noch etwas, das er der Delegation der Dritten Kompanie vorenthalten hatte: Hauptmann Johnny Gaff würde nicht wieder mit dem Bataillon an die Front gehen. Gaff war zur großen Tapferkeitsmedaille eingereicht und jetzt bereits viel zu wertvoll, um an der Front verwendet zu werden. Oberst Tall hatte dafür gesorgt, daß der Antrag schon vom Divisionskommandeur unterzeichnet und nach Washington gekabelt worden war. Die Bestätigung konnte in vier Wochen etwa zurückerwartet werden, und bis dahin sollte Johnny Gaff in Espirito Santo als Gehilfe des Adjutanten des Kommandierenden Generals Dienst tun. Stein erwartete, Gaff in Washington zu begegnen, wo er gewiß Kriegsanleihe unter die Leute bringen würde. Vielleicht würden sie sich zusammen besaufen. Gaffs Ausspruch: »Hier scheiden wir die Männer von den Knaben und die Schafe von den Böcken« war jedenfalls in vollem Wortlaut gekabelt worden.

Während die Verwundeten in lächerlicher, kindischer, idiotisch idealistischer Weise »Gerechtigkeit für Stein« gefordert hatten, hatte Stein seinerseits mit dem wortkargen Storm einen Blick getauscht, in dem einer des anderen geheimes Wissen erkannte. Stein war schockiert gewesen. Man durfte das nicht laut zugeben, auch nicht unter vier Augen eingestehen, aber der Blick zeugte von vollem Verständnis. Storm wußte ebenso wie Stein selbst, daß es bei diesem Krieg viel mehr Überlebende als Tote geben würde, und daß gleich nach dem Ende des Krieges alle Beteiligten einander helfen und wieder freundlich miteinander verkehren würden – ausgenommen die Toten. Und Storm beabsichtigte, ebenso wie Stein, wenn möglich am Leben zu bleiben, und ebensowenig wie Stein fühlte Storm sich deshalb schuldbewußt. Stein trank sein Glas leer und setzte sich hin, um zu warten – auf morgen und das Flugzeug. Wie er so dasaß, überkamen ihn die Frost- und Fieberschauer seines ersten Malariaanfalles,

und die Krankheit begann, auf seinem Körper zu spielen wie auf einem Musikinstrument. Er genoß diese physischen Empfindungen und lächelte vor sich hin.
Auf dem Weg zum Lazarett, in Gesellschaft der anderen sechs Verwundeten und der drei Flaschen Whiskey, hatte McCron einen seiner Anfälle. Seit dem Abschied von Stein war er sehr still gewesen, was für gewöhnlich auf das Bevorstehen eines Anfalles hindeutete, doch hatte niemand darauf geachtet, weil alle an die drei Flaschen Whisky dachten und ihrer sentimentalen Unterhaltung mit Stein nachhingen. Es war also niemand vorbereitet, als McCron sich plötzlich am Straßenrand in den Matsch warf, winselte, heulte, jaulte, sich die Knöchel biß und die anderen mit den gehetzten Augen eines tollwütigen Tieres ansah, während er sich ganz zusammenrollte. Sie liefen zu ihm, versuchten, ihn zu beruhigen, aber er winselte teils unverständliches Zeug, teils ganz vernünftige Sätze. Als sie aufgesprungen waren, schrie Wynn ›Oh, mein Gott!‹ da ihm eine schreckliche Erkenntnis kam, während das Blut aus seiner Kehle schoß. Dann stürzte er hin. Neunzehn Jahre. Erst neunzehn Jahre. Earl fiel neben ihm stumm aufs Gesicht, sein Kopf eine einzige, butrote Masse. Er war zwanzig. Weiter links hatten Darl und Gwenne geschrien ›Ich sterbe! Ich sterbe!‹ und waren beide gefallen. Alle zur gleichen Zeit, innerhalb von Sekunden. Und dann all die anderen. Er hatte versucht, ihnen zu helfen, hatte versucht, sie zu schützen. ›Ich hab es versucht. Ich hab es versucht.‹
Schließlich brachten sie es fertig, daß er zu schreien aufhörte und sich lang ausstreckte, denn gerade das, so hatten sie herausbekommen, trug mehr als alles andere dazu bei, ihn zu beschwichtigen. Aber immer noch weinte und winselte er und biß seine nun schon blutigen Knöchel, und sie wußten ebenfalls aus Erfahrung, daß dieser Zustand noch lange anhalten konnte. Sie mußten ihn entweder tragen oder bei ihm bleiben, und das hätte bedeutet, das Abendbrot zu versäumen. Sie trugen ihn also. Das Schluchzen und Knöchelbeißen hörte langsam auf, und bald keuchte er nur noch gelegentlich hinter den Fäusten, die er vor den Mund hielt. Als sie das Lazarett fast erreicht hatten, war er schon so weit, daß er mit belegter Stimme einen Schluck Whisky forderte. Sie blieben stehen, gaben ihm zu trinken, tranken selber und gingen dann zum Essen. Keiner zweifelte daran,

daß McCron jetzt bald evakuiert würde, und angesichts seiner verfallenen Züge und der gehetzten Augen bezweifelte auch niemand, daß er den Rest seines Lebens schuldbeladen herumlaufen würde, obwohl das keiner recht begriff. Er wurde wirklich am nächsten Tage evakuiert, und zwei Tage darauf schickte man Fife und Storm zusammen zu ihrer Einheit zurück.

Das erste, was ihnen auffiel, während sie am Abend ihrer Ankunft den Kameraden erklärten, wie es mit der Evakuierung vor sich ging, war, daß alle einen Bart trugen. Im Lazarett war jeder rasiert. Fast sogleich nach der Einlieferung brachten die Lazarettgehilfen Rasierapparate und bestanden darauf, daß jeder sich rasierte. Wer das nicht selber konnte, wurde rasiert. Für Fife und Storm, die glatt rasiert waren, waren die Bärte also das auffälligste. Offenbar trug mit Ausnahme der Offiziere jeder in der Kompanie einen Bart, nicht gerade einen Vollbart, denn schließlich waren sie erst vor elf Tagen an die Front gekommen, und die meisten waren viel zu jung, um überhaupt einen starken Bartwuchs zu haben, doch nahmen es alle sehr wichtig. Als Storm und Fife sich nach dem Grund dafür erkundigten, wußte niemand ihn anzugeben. Es war eben einfach so über sie gekommen, das gleiche war übrigens im ganzen Bataillon geschehen. Der Bart sollte nicht ein Protest sein, man hatte auch keinen Schwur geleistet, sich nicht mehr zu rasieren, bis die Insel erobert war. Es hatte auch nichts mit einer Zurschaustellung von Männlichkeit zu tun. Es war einfach so, daß der Bart, ob nun zu Recht oder zu Unrecht (John Bell trug zwar einen Bart, glaubte aber, zu Unrecht) das Gefühl bewirkte, ein anderer Mensch zu sein als der, der vor zehn Tagen an die Front gegangen war; die Bärte schienen diese Veränderung zu symbolisieren, schienen sie zu verdinglichen. Storm und Fife hörten selbstverständlich gleich auf, sich zu rasieren.

Außer den Bärten gab es auch noch andere Veränderungen in der Kompanie – was besonders Fife bald genug zu spüren bekam. An diesem Abend wurde endlos getrunken und geredet, und Fife und Storm schliefen in irgendeinem fremden Zelt, in geborgte Decken eingerollt. Als Fife sich am nächsten Morgen in der Schreibstube meldete, stellte er fest, daß er seinen Posten verloren hatte.

Es waren in der Kompanie ziemlich viele Beförderungen ausgesprochen worden: Skinny Culn war an Stelle von Grove zum Führer des

1. Zuges aufgerückt; Beck war an Stelle von Keck Führer des 2. Zuges; Sergeant Field, Dolls alter Gruppenführer, war Führer des 3. Zuges geworden. So ging es immer weiter: Charlie Dale war Gruppenführer; Doll war Gruppenführer; John Bell war Gruppenführer und noch etliche andere. Was die Schreibstube anging, so war der ältliche Weld Korporal und Kompanieschreiber geworden. Ihm halfen zwei Gefreite, wie sie auch Fife zur Seite gestanden hatten. Einer davon erwies sich als der Gefreite Train, der Stotterer, dem Fife nach seiner Verwundung in den Schoß gefallen war und der den edelsteinbesetzten Säbel erst gefunden und dann weggegeben hatte.
Es war merkwürdig zu sehen, wie ein bißchen Autorität und zwei Winkel einen Menschen verändern konnten. Als Fife eintrat, saß Weld an Fifes altem Tisch, ließ Fifes alte Schreibmaschine rattern, trug einen Bleistift hinterm Ohr und hetzte seine beiden Gehilfen umher, als sei man beim Stab eines Armeecorps. Fife hatte den kleinen alten Joe Weld immer für eine Maus gehalten. Jetzt sah Weld ihn kühl und mit einem halben Lächeln auf seinem ältlichen Gesicht an und bemerkte ungerührt: »Sieh da, Fife.« Ganz offenbar hatte er nicht die Absicht, seine neuerworbene Stellung aufzugeben.
Die beiden Hilfsschreiber, Train und der andere – ein Jüngling namens Crown –, sahen Fife tief schuldbewußt an und schwiegen. Der verrückte Welsh saß selbstverständlich hinter seinem Tisch und arbeitete. Er ließ sich auch gar nicht durch Fife stören. Schließlich sah er auf. Er wußte zweifellos schon, daß Fife und Storm aus dem Lazarett zurück waren, aber sein verrücktes, schwarzes Walisergesicht zeigte weder Freude noch Überraschung, weder Wärme noch die geringste Spur von Freundlichkeit.
»Also, was willst du noch, Bubi?« fragte er barsch, ganz als sei Fife nie weggewesen. Gleich darauf lächelte er sein verrücktes, tückisches, sadistisches Lächeln.
»Ich war im Lazarett und muß mich schließlich zurückmelden«, sagte Fife wütend, doch vermochte diese Wut nichts über seine Verlorenheit, seine schreckliche Einsamkeit und seine Angst. Die Schreibstube war bislang sein Zufluchtsort gewesen.
»Schön«, versetzte Welsh. »Dann hast du dich also zurückgemeldet.«
»Was macht denn Weld an meinem Tisch und mit meiner Schreibmaschine?« wollte Fife wissen.

»Korporal Weld ist mein Kompanieschreiber. Die beiden anderen Armleuchter da sind seine Gehilfen. He, du Nachtwächter«, bellte Welsh und reichte Weld einen Zettel. »Bring das MacTae.«
»Jawoll, Spieß!« bellte Weld seinerseits. Er stand auf, nahm den Zettel, drehte sich um und streckte seine kümmerliche Brust heraus. »Train! Hierher!«
»Ich hab' gesagt, bring das rüber!« donnerte Welsh.
»Jawoll, Spieß!« brüllte Weld und ging hinaus.
»Ist er nicht ein Arschloch?« grinste Welsh Fife an.
»Aber du wußtest doch genau, daß ich aus dem Lazarett zurückkomme!« sagte Fife. »Du wußtest doch ganz gut . . .«
»Wieso denn! Woher denn? Woher sollte ich das wohl wissen? Schließlich habe ich hier die Kompanie am Hals! Glaubst du, daß ich da auf dich warten kann? Wenn du auch nur einen Funken Verstand und Schneid hättest, dann wärest du mit so einer Verwundung nie wieder hergekommen, sondern gleich in die Heimat abgedampft. Wenn mir das . . .«
»Das kannst du doch nicht machen, Welsh!« rief Fife. »Das kannst du mir doch nicht antun! Du kannst doch nicht . . .«
»Kann ich nicht? Kann ich nicht?« brüllte Welsh. Er stand auf und stützte sich mit den Fäusten auf die Tischplatte. »Sieh dich doch mal um! Da siehst du, daß ich kann. Das haben wir arrangiert, während du im Lazarett warst und darauf gewartet hast, daß sie dich nach Hause schicken.« Er grinste unter seinen pelzigen Brauen. »Was kann ich dafür, daß du nicht den Mumm und die Grütze hast, dich zu verdrücken . . .«
»Hol dich doch der Teufel . . . hast du etwa auch einen neuen Küchenbullen an Stelle von Storm ernannt?«
»Storm hat mich extra gebeten zu warten, weil er dachte, er würde zurückkommen«, sagte Welsh höhnisch grinsend. Er setzte sich wieder. Korporal Weld war unterdessen verstohlen zurückgekehrt, hatte sich an Fifes ehemaligem Tisch niedergelassen und hörte zu.
Sein Streit mit Welsh verlief wie hundert andere Zänkereien seit eh und je verlaufen waren, und Fife verlor vorübergehend den Anlaß der Auseinandersetzung ganz und gar aus den Augen. Dann wurde ihm aber nur zu klar: er war nicht länger mehr Kompanieschreiber. Obwohl sie sich bis aufs Blut zu streiten pflegten, hätte Fife niemals

geglaubt, daß Welsh ihn einfach im Stich lassen würde, wenn es um seinen Schreiberposten ging. Aber offenbar hatte er sich getäuscht: Welsh hatte sich nicht gerührt.

»Du Hund, du falscher! Die Katze soll dich fressen, du miserabler Lump!« brachte Fife vor Wut stotternd heraus.

Glücklicherweise kam gerade in diesem Augenblick Band ins Zelt; Welsh sprang auf und rief »Achtung!« so laut er konnte. Alle nahmen Haltung an.

»Sie brauchen nicht jedesmal Achtung zu rufen, wenn ich reinkomme, Sergeant«, sagte Band liebenswürdig. »Das habe ich Ihnen doch schon mehrfach gesagt.« Welsh glotzte ihn nur stumm an. Band erblickte Fife. »Na, sieh mal, da ist ja auch Fife! Wieder da, was? Gut, sehr gut, freut mich, Sie wiederzusehen. Rühren, rühren, Mann! Haben Sie übrigens schon meinen Helm gesehen?«

Fife traute seinen Ohren nicht. Er war noch ganz besessen von seiner Wut auf Welsh. Band bückte sich hinter seinen Tisch und reichte Fife den Helm, den die japanische Kugel durchschlagen hatte. Fife hörte sich mit steigender Verwunderung und Entrüstung Bands Bericht an. Er glaubte, als gewesener Verwundeter immerhin einen gewissen Anspruch auf Beachtung zu haben. Schließlich war keiner von den Anwesenden je verwundet worden. Aber statt dessen erzählte ihm dieser blöde Esel von einem Vorfall, bei dem er nicht mal verletzt worden war! Als Band mit seinem abenteuerlichen Bericht zu Ende war, wagte Fife nicht den Mund aufzumachen, so wütend war er.

Welsh hatte sich derweil mit einem tiefen Seufzer wieder an die Arbeit gemacht. Welsh war ebenfalls froh, daß Band hereingekommen war, sonst wäre ihm vielleicht wirklich der Kragen geplatzt. Er hatte es satt, diesen Muttersöhnchen immer wieder zu erklären, daß sie weder für die Welt, noch für den Krieg, die Nation, die Kompanie oder sonstwen von der geringsten Bedeutung waren; daß sie verausgabbar waren wie Geldscheine, und daß niemand auch nur den Finger heben würde, wenn sie Tag um Tag einer um den anderen starben, solange es Ersatz gab. Für wen hielt Fife sich eigentlich? Glaubte er, er sei von Bedeutung für die Kompanie? Welsh stieß einen neuen Seufzer voller Selbstmitleid aus. Er wurde nun langsam wütend. Der gekränkte Ausdruck auf dem Gesicht von Fife, als er beim Eintritt ins

Zelt Weld hinter seinem Tisch erblickt hatte, versetzte Welsh noch hinterher in einen unsinnigen Zorn. Was, glaubte Fife denn, könnte er für ihn tun? Die Säuglinge sammelten jetzt ihre erste Lebenserfahrung – und man konnte sie vor Schmerz geradezu brüllen hören. Diese Woche der Ruhe beförderte den Prozeß ungemein. Gute Idee von Tall. Da konnten sie sich ausgiebig betrinken, unaufhörlich quasseln und sich endlich mal über sich selbst und ihre ausweglose Lage klar werden. Jetzt hatten sie Zeit, darüber nachzudenken, daß der Krieg eben erst begonnen hatte, daß hinter jeder Frontkompanie von hier bis Washington noch viele, viele andere Kompanien standen, denen allen daran lag, sie, die ersten, vorne zu halten, um nicht selber nach vorne zu müssen. Oh, ja, sie fingen an, ihre Erfahrungen zu sammeln! Sie erfuhren endlich, aber ohne es richtig zu würdigen, was Welsh seit je gewußt und richtig gewürdigt hatte. Selbst Storm hatte das nicht gewußt. Welsh jedoch hatte es gewußt. Hauptfeldwebel Welsh war an der Spitze seiner Kompanie mit dem gleichen, müden, gehetzten Gesicht und den Fältchen um die hellen Augen von der Höhe 210 zurückgekommen wie die anderen, aber im Gegensatz zu ihnen war er im Triumph herabgestiegen, im Triumph und ohne jegliches Andenken, nur beherrscht von einer eisigen Verachtung für den Trödelkram, den alle anderen mitschleppten. Er kam im Triumph herab, weil alles sich ganz genau nach seinen Erwartungen abgespielt hatte, und ihm daher keine schreckliche Überraschung zugestoßen war. Soldaten verloren ihr Leben hauptsächlich aus statistischen Gründen, ganz wie erwartet; sie kämpften ebenso gut oder schlecht, wie sie um eine Frau oder einen anderen Besitz gekämpft hätten, ganz wie erwartet. Das einzige, was ihm nachging, war dieser idiotische Säugling Tella. Er hatte gründlich darüber nachgedacht und war zu dem Schluß gekommen, daß irgendein opferwilliges, selbstzerstörerisches Agens, das ihn getrieben hatte, zu Tella zu laufen, ihn vermutlich auch in Zukunft zu derartigen Handlungen treiben würde, und hatte sich damit abgefunden. Was seine Verachtung für die Andenken betraf, so hatte er es nie nötig gehabt, sich derartig kindischer Methoden zu bedienen, um an Schnaps zu kommen, und er beabsichtigte nicht, jetzt damit anzufangen. Zunächst einmal zog er Gin vor und überließ den Whiskey gerne den Säuglingen. Wenn es nicht anders ging, trank er auch

Whisky, aber er zog Gin vor, und falls seine alte Ginquelle versiegt sein sollte, so würde er eben eine neue anschlagen – und dazu bedurfte er keiner Andenken. Er war lässig durch Staub, Hitze und Matsch zur Begleitung seines Liedchens vom Privateigentum dahingeschlendert, während ihm die Kompanie, bepackt wie die Esel, keuchend folgte. Er hielt sich für den einzigen vernünftigen Menschen in der ganzen Einheit. Und damit hatte er in diesem Augenblick auch ganz recht. Im Lager angekommen, hatte er sich jeden Tag rasiert und gar nicht daran gedacht, sich einen blöden Bart wachsen zu lassen, und niemand hatte deshalb eine Bemerkung zu machen gewagt. Er trug ja schon seit Jahren einen Schnurrbart.

Von nun an mochten die Säuglinge selber sehen, wo sie blieben.

Hinter sich hörte er Fife mit dickaufgetragener Ironie wütend sagen: »Das ist ja äußerst bemerkenswert, Sir! Ich wünschte, Sie hätten meinen Helm sehen können! Der war bestimmt noch mehr beschädigt als Ihrer! Ich wurde nämlich in den Kopf getroffen, aber den Helm habe ich gar nicht mehr gesehen.«

Fifes Stimme zitterte vor Wut, und Welsh grinste still in sich hinein. Jeder in der Kompanie hatte Bands Helm bis zum Erbrechen satt, aber als Fife ihn hilfesuchend anblickte, sah Welsh eisig durch ihn hindurch. Welsh hatte selber zahlreiche Zusammenstöße mit Band gehabt, seitdem dieser die Kompanie übernommen hatte, doch war er allein damit fertig geworden, und der Säugling sollte das gefälligst auch tun.

Band stellte den Helm sorgfältig weg. »Ja, schade, daß Sie Ihren Helm nicht aufbewahrt haben, sonst hätten Sie ihn auch als Andenken nach Hause schicken können, so wie ich.«

»Ich habe an anderes zu denken gehabt, Sir«, entgegnete Fife.

Band hatte sich aufgerichtet und lächelte immer noch, aber nicht mehr so eifrig wie zuvor. »Tja, das kann ich mir denken.« Dann zu Welsh gewandt: »Nun, Hauptfeldwebel?«

»Es gibt nicht viel Neues, Sir.« Welsh's eigene Zänkereien mit Band hatten zwei Tage zuvor ihren Höhepunkt erreicht, als Welsh auf den Vorwurf, er benehme sich den Offizieren der Kompanie gegenüber nicht mit dem gehörigen Respekt, ruhig erwidert hatte: »Ich stelle Ihnen jederzeit gerne meine Tressen und meinen Posten zur Verfügung, Sir.« Es war ihm Ernst damit gewesen, und Band hatte das auch gewußt. »Glauben Sie nur nicht, daß Sie unersetzbar sind«, hatte Band scharf gesagt. »Niemand weiß besser als ich, Sir, wie leicht jeder einzelne Angehörige der Kompanie zu ersetzen ist«, war Welshs Erwiderung gewesen, womit die Auseinandersetzung zu Ende war. Band hatte ihn dann ermahnt, das niemals zu vergessen, ihn aber nicht beim Wort genommen.

Jetzt sagte Band: »Nun, das sind ja gute Neuigkeiten.« Plötzlich lächelte er wieder eifrig, klatschte in die Hände, rieb die Handflächen aneinander und sagte mit seiner besten Schullehrerstimme: »Nun denn! Korporal Fife! Dann wollen wir mal überlegen, was wir mit Ihnen machen, Fife, wie?« Und ohne eine Antwort abzuwarten: »Da Weld nun einmal Korporal und Schreiber geworden ist, können wir ihn ja nicht gut degradieren. Zwei Kompanieschreiber können wir uns aber auch nicht leisten, und da Weld erheblich älter und in weniger guter körperlicher Verfassung ist als Fife, außerdem auch nur eine kürzere Ausbildung erhalten hat, sehe ich keine Möglichkeit, ihn irgendwo als stellvertretenden Gruppenführer zu verwenden ...«

Als Fife erkannte, wohin Band zielte, floß all sein Ärger aus ihm ab wie Wasser, und er begriff zu spät, daß er die Geschichte von Bands Helm doch mit größerer Anteilnahme hätte anhören sollen. Als er das schrecklich exponierte Kampfgelände, die Einschläge der Granaten und den Toten auf der Trage wieder vor sich sah, packte ihn die nackte Angst.

»... tja, was hielten Sie denn davon, wenn Sie stellvertretender Führer einer ganz hervorragenden Schützengruppe würden, Fife?« fuhr Band munter fort. »In der Gruppe von Sergeant Jenks fehlt ein Korporal.«

Trotz seiner Angst sah Fife keine andere Möglichkeit als dieser Aufforderung freudig zuzustimmen. Welsh jedoch ersparte ihm das.

»Sir, Sergeant Dranno vom Troß liegt mir dauernd in den Ohren, weil er Hilfe braucht. Seit dem Gefecht hat er einen Haufen Arbeit durch die Verwundeten und Gefallenen, und er wird wohl bald noch mehr Arbeit bekommen.« Welsh starrte Band an. »Fife versteht mehr von dem Papierkram als irgend jemand außer Dranno.«

»Na, wunderbar! Das paßt ja gut!« Band lächelte Fife auf seine merkwürdig leere Weise an. »Nun haben Sie sogar die Wahl, Fife, was möchten Sie lieber?«

»Dann gehe ich zu Dranno, Sir«, brachte Fife lahm heraus.
»Sehr schön«, sagte Band fröhlich, immer mit dem gleichen Lächeln. Er drehte sich im Stuhl herum und sah Welsh an. »Wann soll er abrücken, Welsh?« – »Sofort, natürlich«, sagte Welsh.
»Na bitte, Korporal«, lächelte Band. »Sie können gleich gehen.«
Fife kam nicht weiter als bis zum Packen. Packen? Er brauchte nichts weiter zu tun, als in eine Tasche den Löffel, in die andere Tasche ein Paar frische Socken zu stecken, umzuschnallen und sein neues Gewehr um den Hals zu hängen. Die Flasche Whisky, die er dem frisch beförderten Feldwebel Doll (den er haßte) abgeschwätzt hatte, konnte er in die Hand nehmen. Aber dann rebellierte es in ihm. Sein ganzer Zorn kehrte zurück, sein Zorn auf Band, sein Zorn auf Welsh, sein Zorn auf die ganze Welt. Sollten sie ihn doch allesamt am Arsche lecken! Gleichzeitig stellte sich die tragische Stimmung von Trauer und Verlust wieder ein, die an jenem Abend im Dschungel über ihn gekommen war, ehe die Kompanie an die Front ging; er war allein. Niemand auf der Welt scherte sich darum, ob er lebte oder starb. Mochte es denn sein. Er würde einsam sterben. Er wußte, daß er sich etwas vormachte, er wußte, daß er sogleich alles bereuen werde, er zweifelte nicht daran, daß er sich sein eigenes Todesurteil schrieb, aber trotz der Angst und des Schreckens, die er gleichzeitig neben Zorn und Trauer verspürte, wollte er nicht zum Troß zurück. Er wollte es diesen Lumpen schon zeigen, wollte es ihnen allen beweisen. Mit einem peinigenden Haß gegen die ganze Welt, am meisten aber gegen sich selber, wies er Welshs verfluchte Wohltätigkeit von sich. Er packte wieder aus. Hatte Welsh etwa versucht, ihm seinen Schreiberposten zu halten? Hatte Welsh versucht, ihn auf die Schreibstube zurückzuholen? Er ging zurück, um anzukündigen, daß er es sich anders überlegt habe, daß er bleiben wolle. Als Welsh das hörte, lief er so rot an, daß es schien, sein Kopf wolle vor Wut zerspringen, doch sagte er in Gegenwart von Band nichts. Band warf Fife einen merkwürdig scharfen und gar nicht besonders erfreuten Blick zu, und als Fife das Zelt verlassen hatte, kam ihm das Gefühl, er sei verführt worden. Jetzt war es aber zu spät. Er meldete sich bei Jenks Gruppe. Wie erwartet, ergriff ihn sogleich tiefe Reue; der Anblick von Welshs rotem Gesicht war der einzige Lustgewinn, den diese Affäre ihm eingetragen hatte.

Sergeant Jenks – der sich früher, als Korporal, einmal mit dem Gefreiten Doll geprügelt hatte – war erst nach der Schlacht zum Sergeanten befördert worden, da sein Gruppenführer im Kampf um das japanische Lager gefallen war. Er war ein düsterer, magerer Mensch mit langem Oberkörper und kurzen Beinen, stammte aus Georgia, sprach wenig und nahm seinen Posten und seine Aufgabe sehr ernst. Er begrüßte Fife mit wenigen Worten und machte sich gleich wieder an die Arbeit, die in diesem Augenblick darin bestand, sich gründlich zu betrinken. In dieser Nacht betrank sich Fife mit der Gruppe von Jenks, mit den Leuten vom 3. Zug, und nicht mit Storm und dem Kompanietrupp; er fühlte sich aber nicht dazugehörig.

In diese Nacht fiel auch der Besuch des zornmütigen, betrunkenen Witt. Und von Witt, dessen Geschützkompanie in der Nähe der Quartiere des Regimentes lag, erfuhr die Dritte Kompanie, daß Hauptmann Gaff zur großen Tapferkeitsmedaille eingereicht und nach Espirito Santo geschickt worden war, damit ihm nichts zustoße. Witt suchte natürlich erst seine alten Kameraden aus Gaffs Stoßtrupp auf, mit denen er ein Gläschen trank und denen er die Geschichte erzählte. Sie verbreitete sich jedoch schnell in der ganzen Kompanie und löste wildes Gelächter aus. Denn selbstverständlich wußte jeder, daß Gaff seinen kleinen Stoßtrupp niemals besucht und die versprochenen Runden niemals geschmissen hatte. Es war ein bitteres Gelächter. Witt verbreitete sich in seiner Betrunkenheit ausführlich über den Verrat, den Gaff an ihnen begangen hatte: erst hatte er sie ausgenutzt und dann weggeworfen wie ein abgetragenes Hemd. Witt war der Ansicht, daß Gaff alle schwer angeschissen habe und daß sie es ruhig zugeben sollten. Die anderen aber versuchten darüber zu lachen, wie der Rest der Kompanie darüber gelacht hatte. Gaff war die bittere Sauce zu dem bitteren Fleisch, an dem die Dritte Kompanie appetitlos den größten Teil der vergangenen Woche hindurch herumgekaut hatte. Soweit festzustellen war, hatte Gaff auch Doll nicht zur Tapferkeitsmedaille vorgeschlagen, wie er das doch ausdrücklich versprochen hatte. Sergeant Doll – der sich jetzt genau daran erinnerte, auf raffinierte Weise den Stoßtrupp dadurch gerettet zu haben, daß er das japanische Feuer auf sich zog, weil er genau wußte, daß die Böschung nur zehn Meter rechts hinter ihm war – versuchte sich ebenfalls lachend darüber hinwegzusetzen, doch fiel ihm das etwas schwerer als den anderen. Was die Auszeichnungen anging, war, soweit man wußte, niemand von der Dritten bislang eingereicht worden, ausgenommen selbstverständlich Gaff.

»Wenn man ihn überhaupt mitzählen kann!« lachte John Bell betrunken. »Schließlich war er Bataillonsadjutant und gehörte nicht zur Dritten Kompanie.« Bell fand das Ganze bitter, unverdaulich und doch vergnüglich: der bittere, kalte Hackbraten der Erkenntnis; der Versuch, ihn zu kauen; die sauere Sauce in Gestalt von Gaff und den Auszeichnungen.

Das war aber auch das einzige, was Bell lustig fand. Nur einmal war während der letzten Woche Post verteilt worden, und Bell hatte sechs Briefe von seiner Frau erhalten. Es war der erste Postempfang seit der Verschiffung, und Bell fand sechs Briefe nicht übermäßig viel. Selbstverständlich konnten welche verlorengegangen sein oder später kommen. Oder etwa nicht? Wie dem auch sei, im Lichte der neuen Erkenntnis, die ihm da vorne oberhalb der japanischen Bunkerstellung gekommen war, bemühte sich Bell, zwischen den Zeilen nach Zeichen Ausschau zu halten. Klangen diese Briefe kühler? Oder las er das nur hinein? Wie immer, wenn er in solche Stimmung verfiel, stand er auf, packte die Flasche und ging von den anderen weg. Betrunken saß er am Hang und betrachtete den dunklen Schatten der Insel, der sich im schwachen Mondlicht vom Meer abhob. Die Fliegerangriffe waren schon vorüber, es brannte aber nirgends. Zu Hause ... zu Hause ... da gab es natürlich viel mehr Gelegenheit, einen – wie nannte man es doch in den Lehrbüchern? – geeigneten Sexualpartner zu finden, als hier auf dieser schönen, gottverlassenen Insel. Aber er durfte den Glauben an sie nicht verlieren. Wenn er nicht an Marty glaubte, konnte er an gar nichts mehr glauben. Gedankenverloren stand er auf und kam noch recht, um zu hören, wie Witt von neuem bitter, wenn auch unter viel Gelächter über Gaff herzog.

»Warum läßt du dich nicht wieder zur Kompanie versetzen?« fragte er Witt. »Du möchtest es doch gerne. Du müßtest es morgen machen.«

»Ich? Ich nicht!« schrillte Witt. »Solange Tall das Bataillon kommandiert, seht ihr mich nicht wieder. So gerne ich auch möchte. Wenn Tall befördert oder versetzt wird ... aber jetzt nicht. Ich muß mich übrigens auf die Strümpfe machen, ich bin nämlich blau«, rief er und erhob sich taumelnd. Plötzlich sprang er in Riesensätzen hangabwärts, in jeder Hand eine volle Flasche, und seine Stimme verklang dabei wie die Dampfpfeife eines sich entfernenden Zuges: »Luftangriff vorbei, werde mal sehen, ob was passiert ist, und dann langsam . . .« Er war schon nicht mehr zu sehen, aber seine Stimme drang noch zu ihnen: dann ertönte ein Krach, gefolgt von einem lauten: »Auauauauauau!«

Einige, die ihm hatten folgen und ihn zurückhalten wollen, waren schon auf den Füßen. Als sie ihn fanden, lag er blöde grinsend auf der Seite.

»Ich bin ausgerutscht«, sagte Witt und blinzelte wie eine Eule. Er hatte sich die Wange an einem Stein aufgerissen, und obwohl er die beiden Flaschenhälse fest umklammert hielt, war nur eine Flasche heil geblieben. Die andere war zerbrochen, und er hielt nur noch den abgesplitterten Hals in der Hand.

»Du kannst sowieso heute nacht nicht zurückgehen!« rief Bell ihm zu. »Irgendein fickriger Posten schießt dir doch bloß in den Arsch!«

»Du hast wohl recht«, sagte Witt und ließ sich friedfertig von den anderen nach Hause führen. »Aber der verfluchte Tall soll sich lieber nicht blicken lassen, sonst schlage ich ihm die Fresse ein!« rief er einmal und versuchte, sich freizumachen. Dann wurde er aber ruhig.

Am nächsten Morgen ging er sehr viel nüchterner, mit einem Pflaster auf der Backe und augenscheinlich unwillig weg. Aber man konnte ihn einfach nicht dazu überreden, bei der Kompanie zu bleiben, jedenfalls nicht, solange Tall Kommandeur war. In dieser Nacht, der letzten, betranken sie sich also ohne Witt.

Es war ziemlich viel Whisky übrig, und die meisten trugen nun drei Feldflaschen statt zwei: zwei mit Wasser und eine mit Whisky gefüllt. Der Whisky, den sie nicht mitnehmen konnten, blieb mit den unverkauften Andenken beim Kammerunteroffizier MacTae oder bei Storm und seinen Leuten zurück. Von denen hatte sich dieses Mal keiner freiwillig nach vorne gemeldet, und sie versprachen, bis zur Rückkehr der Kompanie auf den Schnaps aufzupassen. Das letzte, was Storm von der Kompanie sah, war der letzte Mann des letzten Zuges, der, ehe er hinter dem Hügel verschwand, stehenblieb und weinerlich rief: »Paßt bloß auf meinen Whisky auf, ihr Schufte!«

Als sie den langen Marsch nach vorne begannen, redeten die Schützen Mazzi und Tills wieder einmal nicht miteinander. Sie hatten das erbeutete Maschinengewehr zu einem guten Preis verkauft und sich den Erlös geteilt, aber eines Nachts hatte Tills betrunken kichernd geschildert, welche Angst Mazzi trotz all seiner forschen Redensarten unter der Granatwerferbeschießung ausgestanden hatte. Mazzi war aus dem Zelt gestürmt und zu seinen städtischen Freunden im 1. Zug zurückgekehrt, denen er sagte, daß er alles von Tills bekommen habe, was er gewünscht hätte, nämlich die Hälfte des Maschinengewehrs. Später behauptete er dann, daß er sich aus dem schweren Zug hätte versetzen lassen, wenn es in den Schützenzügen nicht so gefährlich gewesen wäre. Jetzt marschierten sie wieder ins Gefecht, Seite an Seite, der eine mit der Bodenplatte, der andere mit dem Rohr, starrten vor sich hin und sprachen nicht miteinander. Wie viele andere, hatten auch diese beiden während der Woche der Ruhe den ersten schweren Malariaanfall gehabt.

Kapitel VII

Alles sah nun verändert aus. Hinter der Höhe 209 hatte man das Gelände gesäubert, und es machte jetzt einen zivilisierten Eindruck. Überall erhoben sich ausgerichtete Zeltreihen, und die alte Fahrspur war zu einer passablen Straße ausgebaut worden, auf der auch schwere Fahrzeuge verkehren konnten. Die vormarschierende Dritte Kompanie betrachtete dies alles mit Interesse. Hinter der Höhe 209, wo sie noch vor einer Woche gekämpft und Angst geschwitzt hatten, standen Zweierzelte. Dort, wo Keck seine drei Gruppen durchs Gras vorgezogen und später seine eigene Unvorsichtigkeit mit dem Leben bezahlt hatte, biwakierten lachende Soldaten. In der von Büschen bestandenen Senke, wo am ersten Tag das Zweite Bataillon von Granatwerferfeuer aufgerieben worden war, befand sich ein geschäftiger Meldekopf. Die neue, für Jeeps vorgesehene Straße, an der die Pioniere noch arbeiteten, verlief zwischen den beiden grasbewachsenen Tribünen die Kegelbahn hinauf zur Höhe 210, dem Kopf des Elefanten. Als sie im aufwirbelnden Staub darauf entlang marschierten, schon atemlos, aber doch forsch, weil sie von Leuten beobachtet wurden, die sie jetzt bei sich als Etappenschweine bezeichneten, bildete die Dritte Kompanie die Spitze des Bataillons und war sich stolz bewußt, alle diese nun sichtbaren Veränderungen herbeigeführt zu haben. Sie hatte zwar nicht die Arbeit verrichtet, aber doch das Töten besorgt.

Dieser Triumph hielt nicht lange vor. Die Ablösung ging im Schatten der hohen Dschungelbäume glatt vonstatten. Die Stellung verlief auf dem Kamm der Höhe 210. Die Kompanie, die abgelöst wurde, hatte in der vergangenen Woche bei Spähtrupps zwei Tote und fünf Verwundete gehabt. Sie hatte aber noch kein größeres Gefecht mitgemacht wie jenes um den tanzenden Elefanten und sah deshalb mit

Bewunderung auf ihre Ablösung. Die Dritte Kompanie erwiderte diese Blicke finster. Sie erfuhr sogleich von ihrer Vorgängerin, daß für den Nachmittag ein Spähtrupp angesetzt war und daß der Angriff in den Morgenstunden des folgenden Tages beginnen sollte.
Der Marsch hierher war ganz lustig gewesen, doch wurde ihnen sogleich klar, daß sie nun wieder dort waren, wo es um Tod und Leben ging.
Oberst Tall befand sich heute nicht beim Bataillon. Oberst Tall, so wußten vielmehr die Gerüchte, war im Begriff, befördert zu werden. Das Bataillon hatte ihn beim Abmarsch am Morgen nicht zu Gesicht bekommen, und er war auch nicht an der Stelle beim Fluß gewesen, an der die vier Kompanien sich trafen. Auf geheimnisvolle, unerklärliche Weise hatte sich das Gerücht verbreitet, Tall sei das Kommando eines Regimentes übertragen worden, das im Gebirge kämpfte und dessen Kommandeur so heftig an Malaria litt, daß er das Regiment nicht mehr führen konnte (auf die gleiche Weise erfuhr man von allen bevorstehenden Ereignissen im Regiment und sogar in der Division). Die Malariakranken im Bataillon, die meistens während der Angriffe hohes Fieber hatten, nahmen diese Neuigkeit bitter lächelnd auf. Die Leute nahmen ebenso bitter lachend zur Kenntnis, daß Tall wegen der Leistungen befördert wurde, die sie vollbracht und wegen des Blutes, das sie vergossen hatten, und daß der Ruf, den sie ihm eingetragen hatten, seine Beförderung, über den Kopf des Stellvertreters des Kommandeurs jenes Regimentes hinweg, bewirkte. Niemand weinte ihm eine Träne nach. Man stellte vielmehr Vermutungen darüber an, welche Eigenschaften sein Nachfolger haben und wie die nachmittägliche Patrouille verlaufen werde.
Fünfhundert Meter vor der Front befand sich ein weiterer kleiner Hügel, eigentlich mehr ein langgestreckter hoher Hügelrücken, dessen nackter Grat sich einsam aus dem Dschungel erhob. Er war auf den Namen Seegurke getauft worden. Seitdem es dem gescheiten jungen Stabsoffizier gelungen war, den tanzenden Elefanten zu taufen, war eine Flut von Namensvorschlägen für jeden einzelnen noch zu besetzenden Hügel von allen jungen Stabsoffizieren eingegangen, die Gelegenheit hatten, Luftaufnahmen anzusehen. Es war ein Hauptspaß geworden, Namen für Hügel zu erfinden. Die Seegurke war so genannt worden, weil ihr dem Land zugekehrtes Ende

eine Anzahl von fächerförmig talabwärts verlaufenden Schluchten aufwies, die den Fühlern ähnelten, welche vom Kopf einer Seegurke abstehen. Die Seegurke war zweimal von Patrouillen des Dritten Bataillons vom meerabwärts gelegenen Ende her erkundet worden, das leichter zugänglich war; beide Male waren die Spähtrupps jedoch vor schwerem MG- und Granatwerferfeuer zurückgewichen. Offenbar war der Hügelrücken stark befestigt. Die Patrouille der Dritten sollte durch die fächerförmig auslaufenden Schluchten vorgehen und feststellen, ob der Hügel dort wegen des schwerer begehbaren Geländes weniger befestigt war. Die Patrouille sollte auch, falls dafür Zeit blieb, den Pfad aushauen, der für den morgigen Angriff benutzt werden mußte. Oberleutnant Band, der sein etwas indezentes, wirres Lächeln lächelte, beschloß, die Erkundung vom 1. Zug unter Skinny Culn vornehmen zu lassen.
Man erklärte den Leuten, daß die Seegurke strategisch unbedeutend und nur als Ausgangsstellung für den Vorstoß gegen die nächste große Hügelgruppe von Nutzen sei: die Höhen 250, 251, 252 und 253, die in der Operationsabteilung der Division die gekochte Riesengarnele hießen. Der Divisionskommandeur und der Kommandierende General wünschten die Seegurke zu besetzen, da sie genau in der Angriffsrichtung auf die Riesengarnele hin verlief. Culns Patrouille wurde, ebenso wie die vorangegangenen, von einem Funker mit einem Funksprechgerät begleitet, der der Artillerie und den Granatwerfern die Ziele bezeichnen sollte.
Zunächst wurde gegessen; jeder nahm sich aus den offen da stehenden Kartons die ihm am meisten zusagende Konserve und ließ sich auf der Erde oder auf Wasserkanistern nieder. Sie füllten dann die Feldflaschen und zogen langsam und fast widerstrebend durch das offene Gelände des Elefantenrüssels dem gleichen Dschungelpfad entgegen, auf dem sie eine Woche zuvor hier heraufgekommen waren. Unten angelangt verschwanden sie zwischen den Blättern der Bäume.
Der oben zurückgebliebene Rest der Kompanie sah hinter ihnen her. Trotz all ihrer sonstigen Kampferfahrung hatte die Dritte Kompanie noch keine Patrouille im Dschungel unternommen. Im offenen Gelände konnte man die dafür erforderlichen Kenntnisse nicht sammeln. Alle waren bereits oft genug im Dschungel gewesen, um zu wissen, was sie erwartete. Der Dschungel war unheimlich. Es tropfte von den

Bäumen, aufgescheuchte Vögel kreischten, der eigene Atem war in der grünen Luft zu hören, die Füße schmatzten im Morast, es herrschte Düsternis. Sie gelangten an eine Abzweigung. Der linke Pfad, den sie einschlagen mußten, verengte sich bald so sehr, daß man nur noch hintereinander gehen konnte. Dieser Pfad führte in Richtung Seegurke. Von wilden Bananensträuchern, Papajas und riesigen, verschlungenen Lianen bedrängt, versuchten sie sich lautlos den Pfad entlang zu bewegen, doch die kreischenden Vögel verrieten jeden ihrer Schritte. Sie kämpften gegen Klaustrophobie und blieben immer wieder stehen, während Culn und der neue, unerfahrene Leutnant den Kompaß befragten. Die beiden hinteren Gruppen, die so weit zurück waren, daß man sie nicht mehr hören konnte, machten lustlose Versuche, den Pfad mit Macheten zu verbreitern, doch richteten sie nichts aus. Vier Stunden darauf waren sie mit einem Toten und zwei Verwundeten zurück und sahen um zwanzig Jahre gealtert aus.
Der Tote war ein kleiner Mann namens Griggs, der wenig Umgang und keine Freunde gehabt hatte. Er kam gleich hinter dem Leutnant und Culn, von vier Männern getragen. Seine Arme, seine Beine und sein Kopf baumelten schlaff herab. Er war von Granatsplittern in die Brust getroffen worden. Man legte ihn abseits nieder und wartete darauf, daß die Sanitäter ihn abholten. Alle verspürten heftige Abneigung gegen ihn, weil er sie daran mahnte, daß sie sehr wohl an seiner Stelle hätten sein können. Von den beiden Verwundeten, die ihm folgten, war das Bein des einen ebenfalls von einem Splitter aufgerissen worden; er humpelte zwischen zwei anderen auf einem Bein daher, ächzte, stöhnte und weinte gelegentlich. Dem anderen war ein Splitter durch den Hals gefahren, und er kam mit einem hohen weißen Kragen aus Verbandmull daher, den Arm um die Schulter eines Kameraden gelegt. Ausgeruhte Leute von der Kompanie übernahmen die Begleitung der Verwundeten zum Verbandplatz, und der Rest der Patrouille sank müde und zitternd zu Boden. Sie sahen aus wie Männer, die ihre Tagesarbeit geleistet und Ruhe verdient zu haben glauben, gleichzeitig aber wütend sind, weil sie unterbezahlt werden und keine Aussicht auf Lohnerhöhung haben. Nur Culn und der Leutnant setzten sich nicht hin, sondern gingen, nachdem sie sich davon überzeugt hatten, daß die Patrouille vollzählig eingetroffen war, zu Band und nahmen ihn mit, um dem Bataillon zu berichten.

Der Leutnant hätte sich lieber hingesetzt, glaubte das aber solange nicht tun zu dürfen, als Culn sich nicht setzte. Immer wieder warf er ihm einen verstohlenen Blick zu. Culn war der einzige, der sich an diesem Nachmittag in seiner normalen Verfassung zeigte, also strahlend, glücklich und lächelnd. Der Leutnant, dessen Name Payne war und der noch stumm und bleich aussah, hätte das Culns größerer Erfahrung zugeschrieben, hätte er nicht bemerken müssen, daß alle anderen eine Reaktion zeigten, die der seinen mehr ähnelte als der von Culn. Als sie jetzt den Hang hinuntergingen, pfiff Culn sich ein Liedchen, das Payne bekannt vorkam, und das er für *Sankt Antonio Rose* hielt. Culn unterbrach das Pfeifen einmal lange genug, um Payne einen aufmunternden Blick zuzuwerfen und ihm zuzublinzeln. Schließlich hielt Payne es nicht länger mehr aus.

»Hören Sie doch endlich mit diesem blöden Gepfeife auf, Sergeant«, sagte er viel schärfer, als er ursprünglich beabsichtigt hatte.

»Gerne, Sir«, sagte Culn freundlich.

Und er hörte wirklich auf, doch summte er nun die Melodie fast lautlos vor sich hin. Er hatte es durchaus nicht böse gemeint, er pfiff finfach, weil er sich dazu aufgelegt fühlte. Skinny Culn war ein ereundlicher Mensch, mit dem sich gut auskommen ließ, einer, der lebte und leben ließ, der meistens lachte, aber auch ein umsichtiger, vorzüglich ausgebildeter Soldat mit neun Dienstjahren war. In dieser Art hatte er auch die Patrouille geführt und den neuen Leutnant freundlich behandelt – der, um die Wahrheit zu sagen, von dieser Art Patrouille ebensoviel verstand wie Culn, nämlich nichts. Culn hatte vier Jahre gewartet und sich dann von neuem verpflichtet, um endlich Führer dieses Zuges zu werden – um welchen Zuges willen sein gefallener Vorgänger und Saufkumpan Grove sich ebenfalls neu verpflichtet und damit Culn einen Strich durch die Rechnung gemacht hatte. Damit mußte man aber in diesem Beruf rechnen. Schließlich hatte Culn nur durch Groves Tod und den Krieg das Kommando bekommen. Skinny, ein guter irischer Katholik, wenn auch nicht gerade besonders fromm, sah darin ohne jedes Schuldgefühl eine Art persönliches Vermächtnis, das Grove ihm hinterlassen hatte. Culn hatte nicht die Absicht, den Zug jetzt zu verlieren, weder dadurch, daß er seine Leute abschießen ließ, noch dadurch, daß er sich durch unüberlegte Waghalsigkeit um das Kommando

brachte, und auch nicht dadurch, daß er sich den Offizier zum Feind machte, der nominell den Zug kommandierte. Er fühlte sich deshalb so wohl, weil er am Leben und unverletzt war und einen ganzen Nachmittag und Abend vor sich sah, den er sich durch träges Geschwätz und vielleicht ein paar Schnäpse vertreiben konnte. Es war damit zu rechnen, daß Band jedem von ihnen einen guten Schluck anbot, wenn sie sich bei ihm meldeten. Es war Culn aufgefallen, daß Band sich ausgiebig mit Alkohol versorgt hatte, was ihm leichter fiel als anderen, da sein Gepäck von seinem Putzer getragen wurde. Nun ertappte er sich dabei, daß er wieder im Begriff war, die Lippen zum Pfeifen zu spitzen und hinderte sich noch rechtzeitig daran.
»Wie war Ihnen denn zu Mute da draußen?« fragte Payne ihn schließlich, der nach einem weiteren verstohlenen Blick auf Culn nun starr geradeaus sah.
»Och . . .«, sagte Skinny. »Ich habe wohl Angst gehabt, jedenfalls während des Feuerüberfalls.« Er lächelte Payne aufmunternd an, ganz als wisse er nun, was Payne drückte, und das ärgerte den Leutnant.
»Angesehen hat man es Ihnen aber nicht, Sergeant«, versetzte Payne.
»Sie kennen mich noch nicht sehr gut, Sir«, grinste Culn. Aber er war jetzt wütend. Er fand, daß Payne ihm zu nahe getreten war. Er hatte eine Menge Empfindungen, aber das ging doch niemanden etwas an. Er war kein Rädchen im Getriebe, ganz gleich wie Payne darüber dachte.
»Aber immerhin wurden ja Leute getroffen.« sagte Payne. »Einer sogar tödlich. Schließlich gehörten die zu Ihrem Zug.« Jetzt, da er den Toten nicht mehr vor Augen hatte, war er weniger blaß, doch war sein Gesicht noch verzerrt.
Culn lächelte ihn abweisend an. Payne tat ja, als kenne er diesen Zug seit Jahren! »Ich finde, wir haben uns ganz gut geschlagen und sind glimpflich weggekommen. Wenn man bedenkt, daß sie Baumkrepierer verschossen haben, hätte es viel schlimmer werden können. Und was meine Gefühle angeht, so zahlt mir die Armee keine ›Gefühlszulagen‹, wie sie den Piloten Fliegerzulagen zahlt. Ich bin also nicht verpflichtet, etwas zu fühlen. Ich will auch nicht mehr fühlen als unbedingt notwendig, sozusagen das Minimum. Morgen kriegen wir Zunder, ist Ihnen das klar, Sir?«

Payne antwortete nicht. Er sah aus wie eine Gewitterwolke, noch steifer als zuvor, und Culn befürchtete, zu weit gegangen zu sein. Nervös (warum ihn gegen sich aufbringen?) und in der Absicht, das Gesagte abzuschwächen, kicherte er und sah grinsend den Leutnant an. Jetzt bemerkte er dankbar, daß Band erschien, der den Gefechtsstand verlassen hatte und zu ihrer Begrüßung herankam. Auch Payne sah ihn und versuchte, eine gleichmütigere Miene anzunehmen. Der Gefechtsstand war in einer der alten japanischen Laubhütten im Schatten der großen Bäume gerade hinter dem Kamm errichtet worden. Band stand davor und lächelte ihnen stolz entgegen.
Er bot ihnen auch einen Schnaps an, und zwar einen kräftigen. Sie tranken gleich aus der Flasche. Dann nahm auch Band einen Schluck. George Band sah keinen Grund dafür, sich nicht gelegentlich diesen oder jenen Luxus zu leisten, wenn es möglich war, denn schließlich war er nun Kompanieführer. Bugger Stein hätte das für sehr unmoralisch gehalten, Band tat das aber ganz und gar nicht. Er hatte seinem neuen Schreiber Korporal Weld und dessen Gehilfen Train befohlen, sein Gepäck zu tragen, und hatte in seine Decken noch sechs Flaschen vom Besten gepackt. Nun hatte es sich herausgestellt, daß man schon morgen vorgehen würde, und daß er seine Decken und seinen Schnaps zurücklassen mußte, doch hätte man ja auch eine ganze Woche hier oben vor dem nächsten Angriff verbringen können. Jedenfalls würde er noch einmal gut schlafen, und soviel Mühe hatte es seinen Schreibern wohl auch nicht bereitet, das Zeug heraufzuschleppen. Wenn Hauptfeldwebel Welsh diese Leute als seine Sklaven benutzte, so durfte es der Kompanieführer schon allemal. Ebenso wie seine Leute hatte Band sich seit Beginn der Ruhewoche ziemlich stark ans Trinken gemacht. Jetzt nahm er noch einen Schluck aus der Flasche, ehe er sie wegstellte, und schenkte dann seine Aufmerksamkeit Payne, dem neuen Leutnant.
Er beobachtete Paynes bleiches, steifes Gesicht, während die beiden ihre Meldung machten, und fand, daß sich alles nicht so übel anlasse. Als er die Meldung entgegengenommen hatte, sagte er: »Nun, dann wollen wir mal zum Bataillon gehen. Ich glaube, der neue Kommandeur ist inzwischen gekommen.« Insgeheim hoffte Band, daß der Kommandeur sie alle zu einem Gläschen einladen würde, und Culn hatte den gleichen Gedanken. »Sie haben doch für die Verwundeten

gesorgt, ja?« setzte Band mit frommer Miene hinzu. Beide Männer nickten.

In Wirklichkeit konnte man für die Verwundeten nicht viel tun, und das wußte jeder. Sie waren in das andere Land hinübergewechselt. Sie hatten Sulfonamid geschluckt, und der den Zug begleitende Sanitäter hatte jedem eine Morphiumspritze gemacht. Diejenigen, die die Verwundeten zum Verbandplatz geleiteten, konnten nichts weiter tun, als ihnen Wasser und Whisky zu trinken geben. Der Mann mit der Beinverwundung ächzte, stöhnte und greinte immer wieder mit der Stimme eines Kindes: »Es tut so weh!« Die Verwundeten wurden von zahlreichen Kameraden begleitet, es gingen viel mehr mit als notwendig war. Es war, als gedächten sie den beiden Verwundeten den Trost der großen Zahl zu gewähren und gleichzeitig ihre Neugier zu befriedigen. Es war auch ein willkommener Anlaß, sich auf ein Weilchen aus der langweiligen Stellung zu entfernen. Die Gesunden standen auf dem Verbandplatz herum und sahen zu, wie die Ärzte sich die beiden vornahmen und sie gleich darauf mit einem Jeep zurückbefördern ließen. Keiner von beiden kehrte zur Kompanie zurück, und man war der Ansicht, daß beide großes Glück gehabt hatten. Als der Arzt die Wunde des Beinverletzten bloßlegte, schrie dieser vor Schmerz auf. Er hieß Wills. Der Kehlkopf des anderen war beschädigt, und er konnte überhaupt nicht sprechen. Ein kleiner Splitter hatte seinen Hals durchschlagen und war auf der anderen Seite herausgetreten, ohne Blutgefäße und Nerven zu beschädigen. Nachdem die beiden noch vom Jeep her schwach gewinkt hatten und dann verschwunden waren, hatten die anderen keinen Grund mehr, sich hier aufzuhalten und gingen zurück in die Stellung. Unter ihnen befanden sich Korporal Fife, seit neuestem dem 3. Zuge zugeteilt, und Sergeant Doll.

Fife hatte nichts getan, um den Verwundeten zu helfen, ja, er hatte sich nicht einmal in ihre Nähe getraut. Und doch drängte es ihn, mitzugehen, und vom Rande der Gruppe mit obszöner Neugier zwischen den Köpfen der Zuschauer hindurchzusehen. Er erinnerte sich noch genau an seinen eigenen Rückweg zum Verbandplatz; diese Erinnerung verließ ihn ebensowenig wie das Bewußtsein, daß er damals noch einmal, und zwar tödlich hätte getroffen werden können. Er konnte auch die Fahrt im Jeep nicht vergessen, als er den

Eindruck eines Schwerverwundeten gemacht und doch gewußt hatte, daß alles nicht so schlimm war, wie er es sich wünschte. Fife träumte nun jede Nacht von dieser Fahrt, Alpträume, aus denen er gelegentlich schreiend erwachte und die ihm stets den kalten Angstschweiß heraustrieben, wobei die Angst im wesentlichen von dem Gefühl herrührte, hilflos in einer Falle zu sitzen. Er war in der Falle, umstellt von patriotischen Ärzten, langgesichtigen, kurzhaarigen Obersten der Infanterie, die von ihm verlangten, daß er willig sterbe, von den territorialen Ambitionen der Japaner, von eleganten, grinsenden Personaloffizieren, die sich gänzlich ungefährdet des Vorrechtes erfreuten, nur für andere Offiziere Interesse aufbringen zu müssen, von seiner eigenen Regierung und ihren gesichtlosen, namenlosen Beauftragten, von Stein und seinem immer trauriger werdenden Gesicht, von dem verrückten Hauptfeldwebel Welsh, der sich nur wünschte, ihn kräftig auslachen zu können. In seinem Alptraum stürmten alle diese Elemente in einem höllischen Durcheinander von Gebrüll und Beschuldigungen auf ihn ein, alle in der festen Erwartung, daß er sich als Feigling erweisen und ihnen damit recht geben würde. Selbst als er sich nach seiner Entlassung aus dem Lazarett während der Ruhetage in den Schlaf trinken konnte, wurde er von diesem Alptraum oder von Abwandlungen dieses Traumes heimgesucht. Manchmal waren es Bomber und vielsprachige Gesichter, die ihn aus Bombenschächten angrinsten und ihre Ladung auf ihn abwarfen: ihre Falle trug den Namen Tapferkeit und war tödlich. Er war auf jeden Fall verloren. Selbstverständlich regte es ihn auf zuzusehen, wie die beiden Verwundeten verbunden wurden, und doch konnte er nicht zusehen. Das schlimmste war, daß alles so vom Zufall abhing. Der am besten ausgebildete, der tüchtigste Soldat konnte nichts tun, um den Zufall auszuschließen. Als er wieder hinaufstieg, traute Fife sich nicht, den Mund aufzumachen. Er wollte mit niemandem sprechen. Und gerade diesen Augenblick mußte der frischbeförderte Doll sich aussuchen, um ihn anzusprechen.

Doll glaubte den schmerzlichen Ausdruck auf Fifes Gesicht richtig ausgelegt zu haben, und deshalb ging er zu ihm. Seitdem er Sergeant geworden, war in Doll ein starkes, väterliches Verantwortungsbewußtsein entstanden. Dieses richtete sich in erster Linie auf die Leute seiner Gruppe, konnte aber auch jedem Mann in der Kompanie zuteil werden, der im Rang unter Doll stand. Vor seiner Beförderung hatte Doll nicht geahnt, wie herrlich es sein konnte, anderen zu helfen, ja, welchen Genuß es einem bereitete. Früher hatte er nur Aufgeblasenheit darin gesehen, wenn Unteroffiziere sich erboten hatten, ihm behilflich zu sein, und er hatte sie verabscheut. Jetzt begriff er ihr Motiv. Fife war der einzige, der verwundet worden und zur Kompanie zurückgekommen war, wenn man von Storm in der Küche absah, der eigentlich nicht dazu gehörte. Doll glaubte zu verstehen, in welchen Schreck es einen versetzen mußte, wenn man verwundet wurde und dabei begriff, daß man nicht unverletzlich war. Doch was half besser dagegen als neues Selbstvertrauen? Und das glaubte Doll spenden zu können. Er besaß genug Selbstvertrauen, um die ganze Kompanie damit zu versorgen. Er besaß es deshalb, weil er nie daran dachte, verwundet werden zu können oder zu fallen. Zum Beispiel morgen: morgen um diese Zeit würden sie schon bis zum Hals in der Scheiße stehen; aber dachte er etwa daran? Was hätte das wohl genützt?

Nach seiner Beförderung hatte Doll um Versetzung in den 2. Zug und um das Kommando über eine Gruppe des 2. Zuges gebeten. Sein eigener früherer Gruppenführer im 1. Zug, Sergeant Field, war zwar befördert und zum Feldwebel des 3. Zuges gemacht worden, doch hatte Doll ausdrücklich gebeten, nicht seine alte Gruppe zu bekommen. Er erklärte dem Kompanieführer, daß er es nicht für gut halte, vor aller Augen über den Kopf des Korporals hinweg vom Gefreiten zum Sergeanten befördert zu werden, da jener doch einen Anspruch auf Beförderung habe. (Er wurde denn auch befördert.) Doll sagte ferner, daß er mit den Leuten des alten Stoßtrupps zusammen sein wolle, die mit Ausnahme von Witt jetzt alle als Sergeanten im 2. Zuge waren. Das klang sehr einleuchtend, und Band erfüllte ihm auch seinen Wunsch. Der wirkliche Grund, der Doll bestimmte, auf die Führung seiner alten Gruppe zu verzichten, war die Befürchtung, daß seine Autorität nicht anerkannt werden und daß man über ihn lachen könnte. Darüber vermochte er nun zu lächeln, aber vor einer Woche noch wäre ihm das nicht so leicht gefallen.

Zu Anfang seiner Laufbahn als Unteroffizier hatte es ein paar böse Momente gegeben. Eines Morgens zum Beispiel, während des Anwesenheitsappells, war der Zug nachlässig angetreten, und Doll hatte sich beinahe die Kehle aus dem Hals gebrüllt, um Ordnung in diesen Haufen zu bringen. Obwohl die Leute ihm zu gehorchen schienen, war es ihm nicht gelungen. So ging es weiter, er brüllte lauter und lauter, bis schließlich einer der alten Gruppenführer – ein Mann, der diesen Posten schon lange innehatte, aber nie weiter befördert werden würde – herangekommen war und den Zug hatte stillstehen und ausrichten lassen. Gleich darauf war die Formation perfekt, und der ganze Zug grinste Doll an, der mit offenem Munde dastand. Es blieb ihm nichts anderes übrig, als in ihr Lachen auf seine Kosten einzustimmen, und das tat Doll auch. Aber noch Stunden später brannten ihm die Ohren, wenn er daran dachte. Solche Mißgeschicke waren aber sehr selten, und andererseits hatte er vom Stoßtrupp her einen unerschütterlichen Ruf. Seine Gruppe bewunderte ihn deshalb. Er hatte auch noch anderes getan – hatte mehr als seinen Anteil an unangenehmen Pflichten übernommen statt sie seinen Leuten aufzubürden. Es war erstaunlich, wie stark sein Beschützergefühl gewachsen war, seitdem die Gruppe ihn als Führer anerkannte. Und als er nun zur Stellung zurückging, empfand Doll dieses überwältigende, alles durchdringende Beschützergefühl auch für den armen Fife. Früher hatten sie sich oft vor der Kantine oder auf der Schreibstube unterhalten.

Er trat nun breit lächelnd auf Fife zu.

»Ziemlich übel, Fife, was? Die beiden haben wirklich Pech gehabt.«

»Jaja«, brachte Fife mit Mühe heraus. Diese kühne Persönlichkeit da neben sich konnte er mit dem Doll, den er aus Friedenszeiten her kannte, nicht in Zusammenhang bringen. Er mochte ja ein Armleuchter sein, doch hatte er schließlich wirklich alle diese Heldentaten vollbracht. Und das entfernte ihn so weit von Fife, als hätte Fife ihn nie zuvor gesehen oder als wäre Doll von einem anderen Planeten gekommen.

»Ich weiß gar nicht, wer von den beiden schlimmer dran war«, sagte Doll. »Die Beinwunde tut jetzt im Augenblick wahrscheinlich mehr weh, aber der andere wird mit seiner Halsverletzung länger zu tun haben. Na, jedenfalls haben es beide hinter sich.«

»Ja«, stimmte Fife düster zu, »wenn sie nicht am Wundbrand sterben oder bei einem Luftangriff, ehe sie hier wegkommen.«

»Na, du klingst ja recht trübe! Natürlich ist so etwas immer möglich.« Doll machte eine Pause. »Wie geht's dir denn bei Jenks?« Beide erinnerten sich der langen, denkwürdigen Prügelei zwischen Jenks und Doll.
»Ganz gut«, sagte Fife zurückhaltend.
Doll hob die Brauen wie in alten Zeiten. »Du siehst aber nicht sehr glücklich aus.«
»So glücklich, wie man unter diesen Umständen erwarten kann.«
»Jenks ist ein kalter Fisch, jedenfalls finde ich das«, grinste Doll, »nicht gerade sehr verständnisvoll.«
»Er ist sicher ein guter Gruppenführer«, antwortete Fife vorsichtig. Er wünschte sehr, daß Doll ginge und ihn in Ruhe ließe.
»Dann bist du da also zufrieden?«
»Es kommt ja wohl nicht so sehr darauf an, oder?«
»In meiner Gruppe fehlt ein Korporal«, fuhr Doll fort. »Mein Vertreter ist ein Gefreiter, den Band aus irgendeinem Grunde nicht befördert. Vielleicht kann er ihn nicht leiden. Aber wie auch immer, ich dachte nur, falls es dir bei Jenks nicht gefällt, könnte ich Band bitten, daß er dich in meine Gruppe versetzt. Ich habe lauter gute Leute, und zu Anfang könnte ich dir unter die Arme greifen. Welsh hat dich übel reingelegt.« Er fühlte den Wunsch, den Arm um Fifes Schulter zu legen, unterdrückte ihn aber. »Allerdings konnte er wohl nichts anderes tun, denn er hat nicht geglaubt, daß du zurückkommst.«
Jetzt leuchteten Fifes Augen auf. »Könntest du das machen? Würdest du das tun?«
»Na klar«, antwortete Doll. Er war etwas überrascht von der Wendung, die das Gespräch genommen hatte, aber er konnte es selbstverständlich tun, ja, jetzt hatte er auch bereits die Absicht, es zu tun. »Willst du?«
»Ja«, sagte Fife heiser, und seine Augen strahlten plötzlich aus seinem von Angst zerquälten Gesicht, »ja, bitte.«
»Gut. Ich gehe gleich zum Alten und . . .« Doll zögerte. Er hatte sagen wollen: und dann werden wir ja sehen, was er dazu meint. Aber das klang zu unbestimmt, klang so, als müsse er Band bitten. Er sagte also: ». . . und hole dich dann hier ab.« Und damit klopfte er Fife auf die Schulter.

Sie waren jetzt auf dem Kamm angelangt, wo der Rest der Kompanie, teils in der Stellung, teils außerhalb, auf Nachrichten vom Verbandplatz wartete. Fife sah Doll nach, der zum Kompaniegefechtsstand ging, und wandte sich dann dem 3. Zug und seiner eigenen Gruppe zu, deren stellvertretender Führer er, wie er sich ins Gedächtnis rief, immerhin noch war. Von tiefem Pessimismus überkommen, ermahnte er sich, seine Hoffnungen nicht zu hoch zu schrauben. Aber er unterdrückte diesen Pessimismus bis zu einem gewissen Grade. Es wäre schon sehr schön, wenn sich jemand seiner annähme und sich ein bißchen um ihn kümmerte, jemand, dem er als einem Freund vertrauen könnte. Von solch einem Menschen wollte er sich auch gerne befehlen lassen. Und schließlich hatte Doll ja wirklich alle diese Heldentaten vollführt, war jetzt ein erfahrener Feldsoldat und konnte Fife alles Notwendige beibringen. Mehr noch lockte es Fife aber, einen Mentor, einen Beschützer, einen Freund zu finden, auf den Verlaß war. Fife fragte sich plötzlich, was Doll wohl sagen würde, wenn er erführe, was zwischen ihm, Fife, und dem kleinen Bead vorgegangen war. Es schauderte ihn. Nun, er würde niemals ein Wort darüber verlauten lassen, nicht einmal seiner Frau wollte er davon erzählen, falls er sich mal verheiratete.

Der Abend näherte sich. Fife saß auf dem Rande seines Deckungsloches und wartete darauf, daß Doll ihn abhole. Selbstverständlich sprach er zu niemandem von dem bevorstehenden Wechsel – er war abergläubisch und ein Mißlingen hätte ihm ja auch peinlich sein müssen. Nicht weit entfernt reinigte der wortkarge Jenks gewissenhaft und mit ausdruckslosem Gesicht sein Gewehr. Fife blieb stumm. Als es ganz dunkel geworden war und nur der tropische Sternenhimmel sein schwaches Licht verbreitete, wußte er, daß Doll nicht kommen würde. Nach Einbruch der Dunkelheit durfte niemand mehr seine Stellung verlassen. Der tief eingefressene Pessimismus meldete sich wieder, und Fife lächelte bitter. Wer konnte wissen warum? Vielleicht hatte Band abgelehnt, vielleicht war Doll nicht mal hingegangen zum Alten.

Fife suchte sich auf dem schlammigen Boden des Loches einen Platz. In gewisser Weise war dieser Fehlschlag ein Glück. Wann immer die Kompanie eine besonders unangenehme Aufgabe zu erledigen hatte, war der 2. Zug als erster dran. Den morgigen Angriff zum Beispiel würde auch wieder der 2. Zug eröffnen. Wollte er denn wirklich bei der Spitze sein? Er schätzte eben nur den wortkargen Jenks nicht besonders. Fife schlief wenig in dieser Nacht. Einmal weckte ihn sein Alptraum, doch hielt er einen Schrei noch rechtzeitig zurück.

Fife war nicht der einzige, der wenig schlief. Überall in der Stellung lagen Männer, die im Magen ein aushöhlendes Angstgefühl spürten, und zwischen den Schützenlöchern gingen gedämpfte Worte hin und her, und Zigaretten glimmten verstohlen hinter schützenden Händen. Sie wußten bereits, daß es immer so ist in der Nacht vor dem Angriff. Skinny Culn hatte es sich nicht verkneifen können, von seinem kleinen Zusammenstoß mit Leutnant Payne zu berichten. Besonders beliebter Gesprächsgegenstand war die Bemerkung Skinnys, daß er keine der Fliegerzulage vergleichbare ›Gefühlszulage‹ bekomme. Recht betrachtet, war das ein brauchbarer philosophischer Leitsatz, der gut auf das Leben anzuwenden war, wie sie es hier führten, und so machte man sich ihn zu eigen. Auch Culns anderer Leitsatz wurde beifällig aufgenommen: sollen sie sagen, was sie wollen, ich bin kein Rädchen im Getriebe. Das war nur ein Gedanke gewesen und war Leutnant Payne gegenüber nicht laut ausgesprochen worden, drückte aber genau das aus, was alle besonders stark empfanden und glauben wollten. Sie wandten das auf sich an, und glaubten daran. Sie waren keine Rädchen im Getriebe, ganz gleich was irgend jemand sagen mochte. Einzig einer von ihnen hätte da tiefer sehen können, aber der machte sich nicht die Mühe, denn er hatte andere Sorgen.

Sergeant Bell litt wieder unter Malaria und stand im Begriff, einem Alptraum zum Opfer zu fallen. Es war dies nicht wie im Falle Fifes ein immer wiederkehrender Traum. Er hatte ihn nie zuvor geträumt und hoffte von Herzen, ihn nie wieder zu träumen. Der Malariaanfall war kurz vor Dunkelwerden über ihn gekommen. Eine Stunde lang etwa war es erträglich, als dann aber der Schüttelfrost und das Fieber begannen, und mit der Regelmäßigkeit eines Uhrwerks in genauen Abständen immer stärker zurückkehrten, hatte er angefangen, über seine Frau und ihren Liebhaber nachzudenken. Er stellte Vermutungen darüber an, um was für eine Sorte Kerl es sich handeln mochte. Denn seitdem er damals durch die Mulde auf den japanischen Bunker zu gekrochen war, bezweifelte er nicht mehr, daß sie einen hatte. In den sechs von Wärme und Zuneigung zeugenden

Briefen hatte nichts gestanden, was ihn in dieser Überzeugung erschüttert hätte. Gewiß sprach Zuneigung aus ihren Briefen, aber die Gier, mit der er zwischen den Zeilen nach Ausdrücken ihres sexuellen Hungers nach ihm gesucht hatte, war unbefriedigt geblieben.
Was mochte es aber für ein Kerl sein? Ein Zivilist? Würde sie sich mit einem Burschen aus der Nachbarschaft einlassen, den beide seit eh und je kannten? Oder mit einem Soldaten? Es gab gleich zwei Kasernen vor der Stadt. Ein Offizier? Ein Gemeiner? Es mußten sich ja Tausende von geilen Soldaten in der Stadt herumtreiben. Gewiß würde es ein empfindsamer Bursche sein, jemand, der es ihr nachfühlen konnte, wenn sie sich Gewissensbisse machte, weil sie ihren Mann betrog. Nun hörte Bell, wie sein Name in den hohen, leeren Korridoren der Frauenklinik wiederhallte, und er befand sich im Kreißsaal. Woher er wußte, daß dies der Kreißsaal war, ahnte er nicht. Vielleicht aus Filmen. Er erkannte viele Gegenstände. Er trug einen weißen Arztkittel, weiße Kappe und Gesichtsmaske. Nun wurde Marty hereingerollt. »Pressen müssen Sie«, sagte der Arzt freundlich und teilnehmend wie zu einem Kind, und Marty rief mit kindlicher, tapferer Stimme: »Ich presse ja, ich gebe mir ja alle Mühe!« Und das tat sie auch. Ihr Rektum stand heraus wie ein Krapfen. Bell liebte sie. »Aber nur, wenn Sie getroffen werden«, lächelte der Arzt. Eigentlich langweilte ihn das. Nun wandte er sich an Bell und sprach mit erhobenen Händen durch seine Gesichtsmaske: »Wir werden ihr eine Narkose geben. Es geht nicht weiter, und ich werde das Kind holen müssen.« Bell sah, daß er hinter der Maske lächelte. »Kein Grund zur Sorge.« Er trat an den Tisch, auf dem Marty nun festgeschnallt lag und wo die Narkoseärzte sich ihrer angenommen hatten. Bell setzte sich etwas weiter weg vom Tisch auf einen Schemel, und auch der Arzt setzte sich. Merkwürdigerweise ging es Bell hauptsächlich darum, dem Arzt zu beweisen, daß er zusehen könne, ohne ohnmächtig zu werden. Auch wußte er, daß er träumte.
Zuerst kam der Kopf, mit dem Gesicht nach unten. Der Arzt reinigte ihm geschickt die Nasenlöcher. Dann zog er die Schultern heraus, wobei er den Körper zur Seite drehte. Als das Kind bis zur Hälfte da war, begann es mit schwacher Stimme zu schreien, der Arzt wischte es wieder sauber, und jetzt erkannte Bell, daß es schwarz war, kohlschwarz. Der Arzt fuhr munter mit der Entbindung fort, jetzt kamen

die Hüften des Babys heraus. Die junge Krankenschwester mit dem aufgesteckten Haar lächelte selig angesichts dieses neuen Lebens, während Bell stumm, erschreckt, verlegen, ungläubig und seltsam resigniert zusah, wie das kohlschwarze Kind langsam und genüßlich aus dem schönen, weißen Körper seiner Frau herauskam.
Der Farbgegensatz wirkte merkwürdig lustvoll, befriedigend und erregte die Sinne. Er rief auch einen stärkeren Schmerz in Bell hervor als alles, was er bis dahin erlebt hatte.
Jetzt wird es gleich aufhören, dachte er, und ich kann aufwachen. Das tat es aber nicht, sondern er mußte dort bleiben, zuschauen und weiter vergeblich versuchen aufzuwachen. Wie sollte er sich benehmen? Bell sah immer noch den Säugling an, der sich vergeblich mühte, aus der kalten, kalten Welt wieder hinaus zu gelangen. Als er aufblickte, bemerkte er, daß Arzt und Krankenschwester ihn erwartungsvoll ansahen. Marty lag immer noch ohne Bewußtsein auf dem Tisch. Sie konnte es also noch nicht wissen. Hatte sie einen Verdacht gehabt? Der Arzt tat die letzten Handgriffe an ihr. Die Krankenschwester lächelte Bell unablässig an. Auch der Narkosearzt lächelte hinter seinen Flaschen zu ihm her. Ein neues Leben war entstanden. Was sollte er nun tun und sagen? Hatte denn niemand gemerkt, daß der Säugling schwarz war? Oder war es ihnen gleich? Sollte er auch so tun, als sei es ihm gleich? Es war ihm peinlich. Als er nun aber wieder hinblickte, gewahrte er, daß das Kind nicht schwarz, sondern gelb, ein kleiner Japaner war. Das sah er daran, daß es eine winzige Feldmütze der kaiserlich japanischen Armee trug, an der ein ebenso winziger eiserner Stern befestigt war.
Bell wachte schreiend auf, denn er hatte es noch nicht wie Fife gelernt, seinen Schrei zu unterdrücken, da er fast niemals von Alpträumen geplagt wurde.
»Ich sehe nichts! Ich sehe nichts!« rief der Posten im Loch nebenan erschrocken. »Ich sehe nichts!«
»Nicht schießen«, rief Beck, der etwas weiter weg lag. »Nicht schießen! Abwarten! Keiner schießt!«
»Ich war es, ich war es«, brummelte Bell mit hochroten Ohren. Er war von kaltem Schweiß bedeckt, nun aber schon wieder in hohem Fieber. Er strich mit der Hand übers Gesicht: »Ich hab einen Alptraum gehabt.«

»Behalt bloß deine Träume für dich, Mann«, schimpfte der Posten. »Du hast mich ja fast zu Tode erschreckt.«
Bell murmelte etwas vor sich hin, rutschte noch mehr in seinem Deckungsloch zusammen und versuchte, eine Schlaflage zu finden. Jeder Knochen in seinem Leib tat ihm entsetzlich weh. Sein Kopf fühlte sich an, als wolle er gleich dazu übergehen, das Blut, das ihn durchpulste, zum Kochen zu bringen. Seine Hände waren so schwach, daß er um nichts in der Welt hätte eine Faust machen können, und vor seinen Augen tanzten hellrote, geometrische Figuren. Das machte das Fieber. Aber auch das andere wollte nicht weichen, und auch nicht die Angst, die es mit sich gebracht hatte. Mit großer Mühe, denn sein erhitztes Gehirn verweigerte die Arbeit, versuchte Bell zu deuten, was da vorging. Das Japanische an diesem Traum konnte er leicht genug begreifen, warum aber ein schwarzes Baby? Weder er noch Marty hatten Rassenvorurteile.
Als er fieberhaft in seinem Gedächtnis wühlte, stieß Bell auf einen Satz, den Marty ausgesprochen hatte, ehe sie verheiratet waren. Sie hatten sich damals in der Wohnung verheirateter Freunde getroffen, die diese ihnen am Nachmittag zur Verfügung stellten, und waren auf dem Heimweg durchs Universitätsgelände in Columbus. Es war Frühherbst. Die Blätter hatten sich in jenem Jahr schnell gefärbt und begannen jetzt zu fallen. Er und Marty hatten sich im Gehen bei den Händen gehalten. Marty hatte ihn kokett angelächelt und war sogar etwas rot geworden, als sie bekannte: »Ich hätte gerne irgendwann einmal ein schwarzes Baby.« Diese Bemerkung hatte Bell angenehm erregt. Er begriff intuitiv, was sie damit sagen wollte, und warum sie es gesagt hatte, obwohl er es ebensowenig wie sie hätte erklären können. Zunächst einmal war es ein Schlag ins Gesicht der Konvention, die ihnen beiden verhaßt war. Ferner war es ein Kompliment an ihn, daß sie ihn an dieser besonderen Wunschvorstellung teilnehmen ließ. Aber es bedeutete noch mehr, und das Mehr konnte er nur als Sexualästhetik bezeichnen. Daß sie ihm so etwas mitteilte, hatte ihn gleichzeitig gefreut und wütend gemacht. Er hatte ihre Hand gepreßt und gesagt: »Da will ich aber zusehen, wenn du es empfängst.« Und auch sie hatte intuitiv begriffen, was er meinte. Sie war dunkelrot geworden und hatte gesagt: »Aber zufällig liebe ich ja dich.« Sie waren sogleich umgekehrt und gerade noch in die

Wohnung und auf den Wohnzimmerteppich gekommen, und beide hatten eine Vorlesung versäumt. Wie er sich erinnerte, hatten sie noch im gleichen Jahr geheiratet. Oder war es im Jahr darauf gewesen? Ja, es war im Jahr darauf.
Bell rutschte in dem feuchten Deckungsloch hin und her, und das Fieber brannte in ihm. War dieser alte Wortwechsel, der in den Tiefen des Gedächtnisses begraben gewesen war, nun zurückgekehrt, um ihn zu quälen? Warum aber gerade jetzt und nicht schon viel früher? Mit trüben, halbgeschlossenen Augen starrte er den vorderen Rand des Splittergrabens an, der sich kaum von der umgebenden Schwärze abhob. Er hätte alles getan um den Schlaf und damit die Möglichkeit zu vermeiden, noch einmal diesen Traum zu träumen. Das Ganze war ihm noch so deutlich und so greifbar vor Augen, als habe es sich wirklich vor Minuten ereignet. Warum aber hatte ihn das so erregt? Warum? Etwas rührte sanft wie eine Welle an seinem Gedächtnis, und er faßte zu. Da war die Wollust der Gewißheit, des schlüssigen Beweises. Vielleicht haßten deshalb so viele Männer im Gedanken an ihre Frauen andersrassige Menschen. Denn niemandem lag an der Gewißheit, daß er Hörner trug. Jeder zog den schmerzenden Zweifel der luxuriösen Wollust der Gewißheit vor. Wenn aber das Baby eine andere Hautfarbe hatte, dann ... Bell versank in einen bedrückenden Tagtraum, in dem er zusah, wie das Baby empfangen wurde, und weckte sich gerade noch rechtzeitig und tief erschrocken.
So war er denn froh, als ihn sein Nebenmann anrief und ihm die Geschichte von Skinny Culn und dem Leutnant erzählte. Die Unterhaltung hielt ihn nicht nur wach und ersparte es ihm, seinen Alptraum zu träumen, sie hinderte ihn auch am Denken: Skinnys Maxime, nach der man Gefühle nur gegen besondere Bezahlung zu haben hatte, war wundervoll. Bell schnaufte ebenso anerkennend wie die übrigen und nahm sich den Satz zu Herzen. Als er aber den anderen Satz vernahm, weigerte er sich, ihn für bare Münze zu nehmen. »Gewiß, ja doch«, erwiderte er zwar automatisch. Keine Rädchen im Getriebe? Keine Rädchen im Getriebe? Wofür hielten sie sich denn sonst? Daß sie einer solchen Versicherung bedurften, an eine solche Behauptung glauben mußten, war rührend und mitleiderregend und veranlaßte ihn nun dazu, auch Culns andere Maxime

unter die Lupe zu nehmen. Und da entdeckte er, daß er sie von einer ganz anderen Seite ansah. Kein Gefühl? Nichts fühlen, wenn man nicht dafür bezahlt wurde? Was ging eigentlich mit ihnen vor? Und mit ihm selber? Bells Uhr zeigte 3:05, er hatte also noch zwei Stunden vor sich.

Die Artillerie eröffnete fast genau bei Sonnenaufgang die Beschießung. Sie dauerte länger als zwei Stunden. 10,5-cm-Geschütze bepflasterten die gesamte Seegurke und den sie umgebenden Dschungel. Die 15,5-cm-Geschütze nahmen sich die weiter vorne gelegenen, von hier nicht mehr sichtbaren Hügel vor, die Riesengarnele. Ihre Geschosse fuhren winselnd in hohem Bogen über die Männer weg, aus unsichtbaren Rohren zu unsichtbaren Zielen hin. Bei jedem Einschlag der leichteren Kaliber auf der Seegurke stoben weiße Wolken verängstigt kreischender Vögel auf. Das Erste Bataillon stand aufrecht im Vorfeld, beobachtete die Beschießung und erwartete nicht gerade begierig den Angriffsbefehl. Als er eintraf, machten sie sich auf den gleichen Weg, den die Patrouille gestern gegangen war. Auf besonderen Wunsch von Oberleutnant Band marschierte die Dritte Kompanie vorne, und deren Spitze wiederum war der 2. Zug.

Im Dschungel herrschte beinahe noch schwarze Nacht. Erst als sie in die Nähe der Seegurke und in Gelände kamen, das von der Artillerie beschossen worden war, sickerte schwaches Licht durch die Blätter. Der 1. Zug hatte gestern mit den Macheten nichts ausgerichtet. Heute war es aber unmöglich, das Bataillon in Reihe marschieren zu lassen, und so plagten sich denn die Männer rechts und links vom Pfad mit Lianen, Wurzeln und Dornen, ließen sich Gesicht und Hände zerkratzen und bahnten sich notfalls mit der Machete den Weg. Schon nach hundert Metern waren alle so erschöpft, daß man rasten mußte.

Noch ehe sie das von der Artillerie beschossene Gelände erreichten, erhielten sie Feuer. Es war erstaunlich, wie wenig ein so konzentrierter Beschuß dem Dschungel anhaben konnte. Er war nur etwas weniger dicht, es war etwas heller und man konnte ein wenig weiter sehen, und es lagen mehr Blätter und Zweige herum als sonst. Das war aber auch alles. Sergeant Beck hatte Dolls Gruppe an die Spitze des 2. Zuges beordert, und Doll hatte sogleich beschlossen, selbst die Gruppe anzuführen. Doll also ließ halten, als er die ersten Wirkungen des Artilleriefeuers zu Gesicht bekam.

Doll war Fifes wegen am Abend zuvor nicht bei Oberleutnant Band gewesen. Auf dem Weg zum Gefechtsstand hatte ihn plötzlich die Wut auf Fife gepackt, weil Fife ihn irgendwie dazu verleitet hatte, ihm anzubieten, sich zu seiner Gruppe versetzen zu lassen. Eine derartige Absicht hatte ihm ganz und gar ferngelegen, aber Fife hatte ihn dazu verleitet, ihm dieses Angebot zu machen. Er hatte ihn düpiert. Und wenn Doll etwas nicht leiden konnte, dann war es, düpiert zu werden. Er hatte es lieber, wenn man ehrlich mit ihm sprach. In seiner Wut war Doll stehengeblieben und hatte sich mit Skinny Culn unterhalten, selbstverständlich ohne Fife zu erwähnen. Als er Culn verlassen hatte, war sein Entschluß gefaßt gewesen.
Und er dachte auch noch ebenso, als er jetzt vor seiner Gruppe herging, zwei Handgranaten im Gürtel. Es wäre schließlich seinem Stellvertreter gegenüber eine Gemeinheit gewesen, und in erster Linie mußte Doll Rücksicht auf seine Gruppe nehmen. Eben deshalb tat er mehr als seinen Anteil an der Dreckarbeit, wie z. B. heute, als er selbst die Spitze der Gruppe übernommen hatte: das sollten ruhig alle wissen. Als er jetzt stehenblieb und zu Beck durchsagen ließ, daß die Spitze fast ihr Ziel erreicht habe, grinste Doll seiner Gruppe beruhigend zu. Und gerade in diesem Augenblick ratterte vor ihnen ein MG los.
Die Gruppe verschwand mit einem Satz zu beiden Seiten des Pfades im Gebüsch. Doll selbst, der bei seinem blinden Sprung in die Blätter gegen einen Baumstamm geprallt war, stellte fest, daß er auf dem jungen Gefreiten Carol Arbre lag. Arbre, der schon flach lag, als Doll erst gegen den Baumstamm prallte, war nicht darauf gefaßt, daß jemand auf ihn fallen würde. Nun jedoch lag Doll in der klassischen Position des Päderasten auf ihm. Arbre war ein mädchenhaft gewachsener und mädchenhaft aussehender junger Mann, der stets im Spaß oder auch nicht im Spaß in den Hintern gekniffen wurde, und während seiner Dienstzeit hatte er sich immer wieder wütend derartige Beleidigungen verbitten müssen. Angesichts seines mädchenhaften Äußeren konnten die anderen einfach nicht glauben, daß er nicht schwul sei. Jetzt sah er, rot vor Verlegenheit und Wut, über die Schulter zu Doll hin und sagte mit erstickter Stimme: »Mach endlich, daß du da runter kommst!«
Doll, der noch von seinem Zusammenstoß mit dem Baum benommen

war, brauchte einige Sekunden, um seine Gedanken zu sammeln. Trotz aller Benommenheit jedoch entging ihm seine Lage auf Arbre nicht. Er schüttelte einige Male den Kopf, ließ sich herunterrollen und achtete dabei darauf, die Gewehrmündung sauber zu halten. Und jetzt vernahmen sie das kurze mörderische Fauchen, mit dem die wohlbekannten Werfergranaten um sie herum und zwischen ihnen einschlugen. Trotzdem konnte Doll den Gedanken an das aufreizende Hinterteil von Carrie Arbre (selbstverständlich wurde er Carrie genannt) nicht loswerden.

Der Beschuß hielt an. Doll hörte, wie hinter ihm jemand schrie. Immer noch außer Atem und benommen von seinem Zusammenstoß mit dem Baum, überlegte er, was zu tun war. Er stellte plötzlich erfreut fest, daß sich die Starrheit, die er in den letzten Stadien des Gefechtes um den Elefantenkopf empfunden hatte, schon wieder einstellte – daß sie schon unbemerkt seit dem Abmarsch von der Höhe 210 in ihm gewachsen war. Sein Hirn blieb klar und kühl und blutdürstig. Die Starrheit breitete sich in ihm aus, legte sich wie eine undurchdringliche Isolierschicht über die atemberaubende Angst, die es ihm nicht einmal erlaubt hätte, zu schlucken. Er konnte nicht feststellen, wie weit das MG (das nun auch noch Gesellschaft erhalten hatte) entfernt war. Er überlegte, ob es sich lohnte, mit ein oder zwei Leuten vorzukriechen und zu sehen, ob man auf Handgranatenwurfweite herankommen konnte. Aus diesen Überlegungen riß ihn Sergeant Beck, der herangekrochen war und ihn am linken Fuß schüttelte.

Als Doll die Kolonne zum Stehen gebracht hatte, hatte Beck sogleich seinen Kompaß abgelesen und seinem neuen Leutnant Tomms gestattet, so zu tun, als sei er dabei behilflich: das kostete schließlich nichts. Die vorhandenen Karten waren ungenau und daher unzuverlässig. Man kannte zwar die von Culn und Payne gegebene Beschreibung, aber Beck mißtraute instinktiv den Erklärungen anderer Leute. Er zog es vor, mit eigenen Augen zu sehen, und war schon, ehe Dolls Meldung ihn erreichte (das tat sie des MG-Feuers wegen übrigens nicht) ziemlich sicher, daß sie in die Nähe der Seegurke gelangt waren. Als der Granatwerferbeschuß einsetzte, hatte er beschlossen, vorzugehen und festzustellen, warum Doll angehalten hatte, ehe das MG sein Feuer eröffnete.

Auch Beck stellte ebenso wie Doll überrascht fest, daß die bekannte

seltsame Starrheit sich schon wieder eingestellt, ganz von ihm Besitz ergriffen und ihm im übrigen volle Bewegungsfreiheit gelassen hatte. Das war gut. Offenbar trat sie jetzt immer schneller ein. Keine Gefühle ohne Gefühlszulage! Auch er war mordlüstern und blutdürstig. Sollen sie zahlen, sagte er laut. Sollen sie dafür zahlen! Jeder wußte, daß die Granatwerfer irgendwo auf der Hügelmasse der Riesengarnele standen, und als Beck vorwärts ging, hielt er bei dem Funker an, den Band ihm vorsorglich mitgegeben hatte, und befahl ihm, Feuer auf die Garnele anzufordern.
»Sie sollen aus allen Rohren feuern«, sagte er barsch. »Scheißegal, was das kostet. Sie sollen die ganze verfluchte Gegend zudecken! Die Granatwerfer kaputt schießen!«
Beck hörte, wie hinter ihm jemand beim Einschlag einer Granate aufschrie. Es war nicht so sehr ein Schrei als vielmehr ein überraschtes, wütendes Gurgeln. Beck kroch weiter über Schlingpflanzen und Leute seines eigenen Zuges. Nun, jetzt war es soweit, jetzt hatten sie die Bescherung. Er stellte mit Vergnügen fest, daß er nicht ängstlich war, sondern nur vorsichtig. Was für ein beschissener Krieg! Natürlich bekam er erst seinen Zug, nachdem der Krieg angefangen hatte. Früher war das ein angenehmer Posten gewesen.
Als Doll sich danach umsah, wer ihn eigentlich am Fuß packte, lächelte Beck ihn an. »Na, was ist los?«
Doll schien überrascht, ihn hier zu sehen. »Ich weiß nicht, wahrscheinlich gar nichts.«
»Warum bist du denn nicht weitergegangen?«
Doll wies auf den Boden. »Von hier ab wird es steiler, und bis hierher hat unsere Ari geschossen.«
»Tja . . . na, da hast du wohl recht, und wenn wir weitergegangen wären, hätte das MG wahrscheinlich jemanden erwischt.« Er verstummte und sagte gleich darauf: »Und was machen wir nun? Warum zum Teufel kommt denn Band nicht nach vorne!« Eigentlich war es mehr ein Selbstgespräch, das Beck da führte, und Doll zögerte deshalb, ehe er sich vernehmen ließ. »Scheiß doch auf Band! Hör mal zu, Milly«, sagte er und bediente sich damit einer vertraulichen Anrede unter Feldwebeln (Beck hieß mit Vornamen Millard). »Das MG erledigen wir selber. Siehst du, wie hoch der Idiot über unsere Köpfe weg feuert?«

Beck ärgerte sich nicht über die intime Anrede. Er blinzelte durch den zunehmenden Qualm hangaufwärts. »Meinst du, daß du das schaffst?«
»Wir liegen hier im toten Winkel. Wenn ich mit zwei Leuten so nahe rankrieche, daß wir ihn mit Handgranaten erledigen können, kommen wir hier aus dieser Scheiße raus und können weiter vorgehen. Wenn nicht gerade Granaten einschlagen«, klang seine Stimme unnatürlich laut.
Milly Beck ging mit sich zu Rate. Band hätte längst hier sein müssen. »Gut. Warte aber, bis ich den Zug in Stellung gebracht habe. Nimm dir zwei Leute mit. Die Gruppen müßten längst vorgegangen sein, auch ohne daß ich was sage.« Beck drehte sich um, schwenkte den rechten Arm und brüllte. Er glaubte zwar nicht, daß seine Leute ihn sehen konnten, aber es versetzte ihn in bessere Laune, den Arm zu schwenken. »Gruppe Bell nach rechts, Gruppe Dale nach links! Los, ihr Arschlöcher, auf, durchladen und sichern, Feuerschutz sollt ihr geben, ihr Stinkstiefel!«
Hinter ihm wurde jemand getroffen und schrie vor Schmerz und Überraschung. Während Beck noch weiter brüllte, sah Doll sich grinsend unter seiner Gruppe um. Sein Blutdurst war zu einem dumpfen Brausen in den Ohren angeschwollen und übertönte jetzt fast die Einschläge der Granaten. »Du«, sagte er und deutete mit dem Finger, »und du!« Als er aber sah, daß er den rehäugigen Arbre ausgesucht hatte, sagte er: »Nein, nicht du, sondern du da«, und wählte einen anderen. Das geschah ganz instinktiv und ohne Nachdenken, und es erstaunte Doll, denn Arbre war schließlich ein guter Soldat. »Jeder nimmt fünf Handgranaten mit.« Arbre sah ihn seltsam an. Doll grinste zurück. Rechts und links von der Gruppe Doll erschienen jetzt die beiden anderen Gruppen; die vierte blieb in Reserve.
»Fertig?« fragte Doll.
»Fertig«, erwiderte Beck heiser. »Sieh bloß zu, daß wir hier endlich wegkommen.«
Doll war gar nicht davon überzeugt, daß er und seine Leute im toten Winkel waren. Vermutlich brauchte der MG-Schütze nur seine Spritze tiefer zu halten. Er riskierte es aber, und ließ sie aufrecht vorgehen statt mit ihnen zu kriechen. Sie hatten aber noch nicht zehn Schritte getan, als vorne Geschrei ertönte, Handgranaten explodier-

ten und das MG verstummte. Dann brüllte jemand: »Nicht schießen! Hier ist das Dritte Bataillon!« Doll fühlte sich plötzlich betrogen, und eine hoffnungslose Wut kam über ihn. Er biß sich in die Unterlippe, bis ihm die Tränen kamen. Er war ganz vorbereitet gewesen, und nun wurde nichts daraus. Adrenalin und Gefühle tobten in ihm, ohne ein Ventil zu finden, und ihm wurde ein wenig schwindlig. Sekunden später stellten auch die Werfer das Feuer ein. Es herrschte eine unirdische, tödliche Stille, mit der man nicht sogleich fertigwerden konnte. Es war vorüber – jedenfalls bis auf weiteres. Es fiel schwer, sich an die Stille und an den Gedanken zu gewöhnen, daß man noch ein Weilchen am Leben bleiben sollte. Die Verwundeten hielten sich überraschend ruhig, nur gelegentlich hörte man sie leise stöhnen. Die beiden Sanitäter der Kompanie, die niemals ganz so beliebt wurden wie ihre Vorgänger, bewegten sich von einem zum anderen. Lauter alte Kriegssoldaten, dachte Beck stolz.

»Na, dann wollen wir wohl mal wieder«, sagte er und stand auf. Auch andere folgten seinem Beispiel, und eben jetzt erschien auch Oberleutnant Band; er bahnte sich einen Weg zwischen den Männern hindurch, die noch am Boden lagen.

»Wie ist die Lage, Beck?« erkundigte er sich.

»Das Dritte Bataillon hat offenbar die Seegurke besetzt, Sir.«

»Wieso schießen die Werfer nicht mehr?«

»Weiß ich nicht, Sir. Vielleicht haben sie Dunst gekriegt. Ich hatte nämlich Ariunterstützung angefordert, Sir.«

»Gut. Alsdann, gehen wir rauf und sehen uns mal um.« Band rückte seine stahlgerahmte Brille zurecht und ging, ohne sich weiter umzublicken, auf Doll und dessen zwei Begleiter los, die noch ihre unbenutzten Handgranaten bei sich trugen. Beck sah ihm wuterfüllt nach, aber Band ahnte nichts davon. »Ihr seid ja beladen wie die Weihnachtsmänner!« rief er Doll und den Seinen scherzend zu, »wo wollt ihr denn hin mit all dem Plunder?« Das war ein Fehler. Vielleicht sogar ein sehr ernster Fehler. Band jedoch merkte nichts. Er stapfte an Doll vorüber und drängte sich durchs Unterholz, in das die Artillerie Löcher gerissen hatte. Einer nach dem anderen folgte ihm die Kompanie – bis auf Beck, der zurückblieb, um nach seinen Verwundeten zu sehen, was er kaum getan hätte, wäre Band nicht einfach an ihm vorbeigegangen.

Was veranlaßte Band dazu? Niemand wußte es. Niemand hätte auch zu sagen vermocht, warum alle dies als einen Fehler betrachteten. Ein anderer hätte ebenso reden und handeln können wie Band, ohne daß man ihm das übel genommen hätte. Aber Band nahm man es übel. Alle Anwesenden reagierten sauer auf sein Auftreten, und wer nicht dabei war, aber davon hörte, vermerkte dieses Ereignis mit dem gleichen Mißfallen. Hauptmann Stein war durchaus noch nicht vergessen, im Gegenteil: sein Andenken hatte sich über jedes vernünftige Maß hinaus verklärt. Jetzt waren alle fest davon überzeugt, Buggers Herz besessen zu haben. Band jedoch war ein Ignorant, er ahnte nicht einmal, was vorging.
George Band hatte – ähnlich wie Doll – bei dem Feuerüberfall durch die Werfer eine angenehme Erregung empfunden. Er lag mit dem Rest der Kompanie außerhalb des Feuerbereiches, und jedesmal, wenn er einen Verwundeten schreien hörte, kamen ihm die Tränen. Er war nicht nach vorne, ins Feuer, gegangen, weil sein Platz hier hinten war, von wo aus er die anderen Züge im Bedarfsfalle dirigieren konnte. Er wäre nur zu gerne vorne gewesen, aber er wußte, daß er da nicht hingehörte. Das hinderte ihn aber nicht, die Empfindungen zu teilen, die, wie er wußte, Beck und Doll und die anderen jetzt hatten.
Band hatte sich auch am Abend zuvor mit dem neuen Bataillonskommandeur köstlich amüsiert. Es ließ sich geradezu sagen, daß seine Fähigkeit, sich köstlich zu amüsieren, ganz außerordentlich zugenommen hatte, seitdem er Kompaniechef geworden war. Er hatte es ja immer gewußt, daß er es schaffen würde, und nachdem Payne und Culn gestern abend ihre Meldung gemacht, ihren Schnaps bekommen und den Rückweg angetreten hatten, war Band auf Verlangen des Obersten noch ein bißchen geblieben. Der neue Oberst hatte den Vortag in Gesellschaft eines Berichterstatters verbracht und es fertig bekommen, ihm auf Kosten von TIME und LIFE zwei Flaschen Whisky aus der Nase zu ziehen, deren eine er nun zur Feier des Tages aufmachte: Grand MacNeish! Er und Band hatten mehrere gute Schlucke getan. Der neue Oberst war ganz entzückt vom Ergebnis der Patrouille, besonders von Culn, der sich freiwillig dem Granatwerferfeuer ausgesetzt hatte, um die MG-Stellungen auf der Seegurke seinerseits unter Feuer zu nehmen. »Das sollte die Japse nachdenklich stimmen«, bemerkte er. »Wenn sie nur für einen

Fünfer Grips haben und die Grundbegriffe der Taktik kennen, dann werden sie sich zurückziehen.« Nun lächelte er wieder. »Es kann sich da nur um eine vorgeschobene Stellung handeln, denn ihre eigentliche Verteidigungslinie muß das Hügelmassiv der Riesengarnele sein.« Darauf hatten er und Band sich noch einen genehmigt, und bei dieser Gelegenheit hatte Band sich erboten, beim Angriff mit seiner Kompanie die Spitze zu machen. Der neue Oberst nahm das dankend an und nickte anerkennend lächelnd mit seinem angenehm anzusehenden grauen Kopf; er hatte bereits von der Dritten Kompanie gehört. Band wußte nicht, wie lange es her war, seit er so guten Whisky getrunken hatte. Er traf gerade bei Einbruch der Dunkelheit in selbstzufriedener Gemütsverfassung bei der Kompanie ein. Band hatte immer gewußt, daß er eines Tages die Kompanie übernehmen werde, und als er sich in seiner kleinen japanischen Hütte zur Ruhe legte, gingen ihm alle möglichen diesbezüglichen Gedanken durch den Kopf.

Er würde so für die Kompanie sorgen, wie Stein das niemals fertiggebracht hatte, denn er liebte seine Leute wirklich. Nicht auf sentimentale Weise wie Stein, sondern in einem tieferen Sinn, im vollen, tragischen Bewußtsein der freiwilligen Opfer, die sie und auch er selber bringen mußten. Man durfte die Soldaten nicht wie gleichberechtigte Wesen behandeln, wie Stein es versucht hatte, vielmehr bedurfte es strenger, väterlicher Zucht, denn die Soldaten waren wie Kinder und wußten weder was sie wollten, noch, was gut für sie war. Sie bedurften der strengen Hand und des befehlenden Mundes. Band besaß selber zwei Kinder, und seine Schüler hatte er ebenfalls in dieser Weise behandelt. Aber für jene Kinder – also seine eigenen und die, welche seine Schüler gewesen waren – empfand er bei weitem nicht das, was er für diese Kinder hier empfand. Wie hätte das auch sein können, hatte er doch mit jenen nicht die gräßlichen, schauerlich kühnen Erfahrungen geteilt, die ihn mit diesen Kindern hier verbanden! Eine große, warme, väterliche, zur Umarmung drängende Liebe wallte in ihm auf. In der Gewißheit, daß er und sie, gestärkt durch diese ungeschlechtliche Liebesbeziehung große Dinge vollbringen würden, schlief Band glückselig ein, ohne sich im geringsten an den Steinen und Wurzeln zu stören, die von unten her durch seine Decken drückten, ja – er genoß das geradezu.

Das war vergangene Nacht gewesen. Als er jetzt um 7:40 Uhr zur Seegurke aufstieg um sich mit dem Dritten Bataillon zu treffen, nach einem Granatwerferüberfall, der ihn in seinem besten Zug vier Verwundete gekostet hatte, dachte er immer noch so. Er wollte das menschenmögliche für diese seine Kinder tun. Die ihm folgten, betrachteten interessiert das Gelände, das sie zum ersten Male zu Gesicht bekamen, und scherten sich einen Dreck um alles, was ihr Kompaniechef in ferner Zukunft zu ihrem Wohl zu unternehmen beabsichtigte.
»Jesus«, sagte Doll zu Beck, »was bin ich froh, daß das Dritte Bataillon zuerst hier war!«
»Ja«, keuchte Beck, »ich auch.«
Was sie sahen, war eine Anzahl fingerartiger Geländeeinschnitte etwa zehn bis zwölf Meter tief, felsig, steil, völlig kahl und durch ebenso kahle, nicht mehr als drei bis sechs Meter breite Grate getrennt. Diese lagen links. Der Gedanke, dort unter feindlichem Feuer vorgehen zu sollen, war äußerst abschreckend. Rechts stieg ein langer, steiler, schwach mit Gras bewachsener Hang an, der auf den ersten fünfzig Metern keinerlei Deckung bot. Dort gegen MG-Feuer bergauf anzugreifen, hätte bedeutet, wie ein Kornfeld niedergemäht zu werden. Die Japaner hatten sogar an einigen Stellen das Gras geschnitten, um freies Schußfeld zu kriegen. Da hatte die Kompanie mal wirklich Schwein gehabt.
Band begrüßte den Chef der Zwölften, mit dem er und Stein früher gelegentlich ein Gläschen getrunken hatten. Er hatte die japanischen Stellungen gestürmt, und seine Leute standen noch nach Luft japsend herum. Nach und nach mischten sich die Leute der Dritten rauchend und schwatzend unter sie. Dieses Mal betrachteten sie sich nicht als Konkurrenten, und es wurde auch nicht darüber gewitzelt, daß die einen zu früh, die anderen aber zu spät dran gewesen seien.
Die Verluste der Zwölften Kompanie waren gering: ein Toter und vier Verwundete. Diese waren einem MG und den Granatwerfern zum Opfer gefallen, in deren Feuer die Zwölfte und die Dritte gleichzeitig geraten waren. Auf der gesamten Seegurke waren nur zwei MG-Stellungen zu entdecken gewesen, beide von Bedienungen besetzt, die offenbar Befehl hatten, den feindlichen Vormarsch mit allen Mitteln aufzuhalten. Keiner hatte sich ergeben. Es war aber deutlich

zu sehen, daß viel mehr Japaner hier gewesen waren, die sich offenbar im Laufe der Nacht abgesetzt hatten.
Was sollte das nun bedeuten? Weder Band noch der Chef der Zwölften hatten eine Ahnung. Beide hatten viel härteren Widerstand erwartet. Sie beschlossen, ihre Bataillone über Funk zu informieren und das Unternehmen wie vorgesehen weiterzuführen, falls kein Gegenbefehl erteilt wurde. Diese Absicht wurde höheren Ortes denn auch gebilligt. Die Zwölfte Kompanie hatte Befehl, sofort nach der Einnahme der Seegurke durch relativ offenes Gelände auf die Hügel der Garnele vorzustoßen. Die Dritte Kompanie sollte sich indessen auf der Seegurke zur Verteidigung einrichten und sie gegen jeden Gegenangriff halten. Es war noch nicht einmal acht Uhr früh. »Ich bin gar nicht davon überzeugt, daß Sie die leichtere Aufgabe haben«, sagte der Chef der Zwölften, als er sich von Band verabschiedete. »Wenn die Herren da drüben nämlich herausbekommen, daß wir diesen Kamm hier als Ausgangsstellung für unseren nächsten Angriff benutzen, dann legen sie vermutlich wieder mit ihren Werfern los.« Die Leute von der Dritten, die das hörten, konnten sich nur allzugut vorstellen, daß er mit seiner Vermutung recht hatte.
Band ließ sogleich mit der Arbeit beginnen. Die Kompanie richtete sich auf dem am weitesten vorgeschobenen, verwundbarsten Teil der Seegurke zur Verteidigung ein. Inzwischen waren die Erste und Zweite Kompanie eingetroffen und bezogen weiter hinten zu beiden Seiten der Dritten Stellung. Während die Männer sich eingruben, zogen die Zehnte und Elfte Kompanie vorüber. Die Zehnte sollte die linke Flanke beim Angriff auf die Garnele übernehmen, ein Terrain, das im ganzen doppelt so groß war wie Der tanzende Elefant. Die Elfte sollte in Reserve bleiben. Falls das Dritte Bataillon beim Angriff Erfolg hatte, sollte auch das Zweite Bataillon sich daran beteiligen. So spielten sich die Dinge dann aber doch nicht ab.
Hauptfeldwebel Welsh, der ungeachtet der steigenden Hitze ingrimmig und schwitzend gegraben hatte, war als erster mit seinem Dekkungsloch fertig. Dabei waren ihm seine drei Schreiber fast gar nicht behilflich gewesen, denn sie mußten die Löcher für Band und seinen Stellvertreter graben, ehe sie mit ihren eigenen Löchern beginnen konnten. Welsh ruhte sich nun aus und blickte zur Höhe 210 zurück, von wo man gekommen war. Sein Deckungsloch erinnerte ihn an eine

jener Badewannen aus dem 16. Jahrhundert, die er irgendwo abgebildet gesehen hatte. Da es in den Hang gegraben war, reichte ihm die Rückwand bis über die Ohren, die vordere Wand jedoch nur bis zum Knie. (Sehr viel niedriger also als die vorgeschriebenen zwei Meter, aber Welsh hatte eben gemogelt, wen ging das schon was an!). Welsh sah sich plötzlich hier sitzen, eine dicke Zigarre im Gesicht, in einer Hand einen Schwamm, in der anderen eine langstielige Bürste, wie er sich an dem wirklich herrlichen Ausblick erfreute. Andere Interessenten an dieser Aussicht sollten, PENG, abgeknallt werden. Welsh konnte Zigarren und Zigarrenraucher nicht leiden, aber zu diesem Bild paßte einfach nichts anderes als eine Zigarre. Er würde sich wieder und wieder abseifen, sich wieder und wieder striegeln. Nicht so sehr, um sauber zu werden, denn der Schmutz störte ihn wenig, sondern weil der Ausblick und die Badewanne dies verlangten. Hinter ihm schnatterten seine drei Schreiber, während sie sich eingruben, wie aufgeregte Gänse, und Welsh fühlte sich versucht, alle drei kräftig in den Arsch zu treten.

Welsh war gestern, vor dem Abmarsch aus der Ruhestellung, ein enormes Risiko eingegangen. Er hatte nur eine seiner drei Feldflaschen mit Wasser gefüllt, die anderen beiden jedoch mit Gin. Das war ein starkes Stück, hehe, aber jetzt machte es sich bezahlt! Scheiß auf Wasser! Er konnte sich auch ohne Wasser behelfen. Und nachdem er nun zwei tiefe Schlucke getan hatte, wollte er sich die Welt von neuem anschauen. Sie ist wirklich schön, dachte er, als er die ferne Majestät des Elefantenkopfes betrachtete, wo so viele Männer gefallen und so viele andere vor Angst krank geworden waren. Doch was machte das! Ein herrlicher Anblick, besonders aus einer vollen Badewanne aus dem 16. Jahrhundert. Er wackelte mit den Zehen in den schweißfeuchten Socken. Es wäre gut, die Socken zu wechseln, doch die anderen, die er in der Tasche trug, waren steif wie Bretter. Gemächlich paffte er an seiner imaginären Zigarre.

He, ihr Kerle! wollte Welsh rufen, als er seinen drei Schreibern zuhörte, die hinter ihm brabbelten wie die Japse. Ihr habt auch keine Ahnung vom Leben! Er, davon war er überzeugt, war der einzige, der überhaupt noch etwas davon begriff. Weib und Kind, Vaterland und Fahne, Freiheit, Demokratie und die Ehre des Präsidenten – darauf wollte er mit Vergnügen scheißen, daran lag ihm nichts. Und doch war er hier, oder etwa nicht? Und nicht einmal gezwungenermaßen, sondern frei – aus eigenem Willen, denn er hätte sich mühelos heraushalten können. Er wenigstens verstand sich selber. In Wahrheit gefiel ihm dieser Mist hier, gefiel es ihm, daß auf ihn geschossen wurde, daß man ihn erschreckte, daß er zu Tode geängstigt in einem Loch hockte und die Finger in die Erde grub, gefiel es ihm, auf fremde Leute zu schießen und zu sehen, wie sie umfielen, und es gefiel ihm auch, verschwitzte Füße in verschwitzten Socken zu haben. Jedenfalls einem Teil von ihm gefiel das. Übrigens – der junge Fife tat ihm eigentlich leid – was hatte Fife schon in einem Schützenzug zu suchen?

Von der ganzen Kompanie, einschließlich der Offiziere, war Welsh, soweit er wußte, der einzige, der nichts von der Starrheit verspürt hatte, die die anderen im Gefecht überkam. Er hatte sie während der Ruhetage davon reden gehört und aufmerksam gelauscht. Er begriff, daß diese Benommenheit lebensnotwendig war, und er ahnte auch, daß sie in den anderen eine viehische Brutalität weckte. Er selbst hatte bislang nichts Derartiges verspürt. Er wußte nicht, ob es daran lag, daß das Leben ihn schon vor Jahren, ohne daß er es bemerkt hätte, fühllos gemacht hatte, ob seine ungewöhnliche, angeborene Klugheit, hehe, zusammen mit der Kenntnis des Bevorstehenden ihn immun gemacht oder ob es daran lag, daß die Kämpfe noch nicht jenen Grad von Härte erreicht hatten, der imstande gewesen wäre, Welshs Persönlichkeit auszulöschen. Es gab Augenblicke, in denen Welsh sehr wohl wußte, daß er verrückt war. Zum Beispiel: Drei Kirschen an einem Stiel = George Washington. Zwei nicht. Niemals. Drei, ja immer. Wer würde ihn verstehen, wenn er so etwas sagte? Wenn er so was zu sagen wagte? Immer noch verabscheute er Kirschen, konnte sie nicht essen, obwohl er ihren Geschmack liebte. Es war auch ganz typisch, daß seine Malaria sich während der Ruhetage verschlimmert hatte, aber davon hatte er niemandem etwas gesagt, sondern diese Tatsache mit einer geheimen Freude vor allen verborgen gehalten. Er wußte gar nicht, warum. Es gehörte eben alles zu diesem blöden Spiel, einem Spiel, das von angeblich erwachsenen, reifen Menschen gespielt wurde. Nun, er würde weitermachen, bis er umfiel oder von einem dämlichen Japaner abgeknallt wurde. Sollten sie ihn doch einbuddeln – er wollte schon darüber

lachen. Fife tat ihm übrigens leid, nicht gerade übermäßig allerdings, denn wer so blöde war, daß er mit einer solchen Kopfverletzung wieder an die Front kam, dem war einfach nicht zu helfen.
Welsh machte es sich in seinem Loch gemütlich. Eine Ahnung sagte ihm, daß der heutige Tag recht geruhsam verlaufen werde. Wie um ihm seinen Irrtum unter die Nase zu reiben, rief in diesem Augenblick der Funker, es sei ein Befehl vom neuen Obersten an Band ergangen: die Dritte Kompanie solle das Dritte Bataillon beim Angriff auf die Garnele unterstützen. Band sprang auf und Welsh erhob sich schwerfällig. Er begriff, daß er sich wieder einmal ganz gewaltig verhauen hatte. Wenn er doch nur eine halbe Stunde gewartet hätte statt sich so abzustrampeln, dann hätte er sich die ganze Arbeit sparen können. Er grinste freudlos.
Die meisten waren noch nicht mit Graben fertig. Zu diesen zählte auch der junge Korporal Fife, der am weniger steilen Vorderhang gearbeitet hatte. Aber auch hier war es nicht einfach, ein ausreichend tiefes Loch zu graben. Fife hatte sich mutlos mit seinem kleinen, unzulänglichen Spaten daran gemacht. Es schien eine undurchführbare Aufgabe, aber Fife wußte, daß er ein tiefes Loch brauchte, denn jeder japanische Gegenangriff mußte sich zuerst gegen die Stellung des 3. Zuges richten. Während des Grabens dachte Fife über Fife in etwa der gleichen Weise nach wie Welsh – nur wußte Fife eben genau, und zwar ganz genau, daß er seine Evakuierung durch nichts hätte bewerkstelligen können, nicht einmal, wenn er seiner Brille wegen keine Ruhe gegeben hätte. Er hielt in der Arbeit ein und blinzelte zu dem (für ihn) verschwommenen Umriß der Höhe 210, um herauszubekommen, wie schlecht seine Augen wirklich waren. Er ahnte nicht, ob er sehen konnte, was er sehen mußte, um am Leben zu bleiben. Vermutlich nicht. Während er mißmutig weitergrub, blinzelte er immer wieder besorgt zum Elefantenkopf und prüfte seine Sehschärfe. Als der Befehl kam, mit Graben aufzuhören, warf er den Spaten erleichtert seufzend weg. Erst dann begriff er, was dieser Befehl wirklich bedeutete, und da packte ihn entsetzliche Angst.
Als der 2. Zug heute früh in den Feuerüberfall geraten war, hatte Fife mit dem 3. Zug außerhalb des Feuerbereichs gelegen. Eine oder zwei Granaten waren nicht weit entfernt eingeschlagen. Wie sehr Fife von der Angst vor Werfergranaten besessen war, hätte er nicht annähernd

zu beschreiben vermocht. Bei jedem Abschuß glaubte er, daß die Granate ihn genau dort treffen werde, wo der Hals in die Schultern übergeht. Nach dem Feuerüberfall bekam er gräßliche Nackenschmerzen, die länger als eine Stunde anhielten. Die entsetzliche, grauenerregende Vorstellung, die Seegurke verlassen und vorgehen zu müssen, ließ ihn daran zweifeln, daß er überhaupt imstande war, auf einen Menschen zu schießen, auch wenn es um Kopf und Kragen ginge. Er fürchtete, getötet zu werden, selbst wenn er das fertigbringen sollte. Getötet! Tot! Nicht mehr am Leben sein! Das konnte doch nicht sein. Er war doch bereits einmal verwundet worden, was wollten sie denn immer noch von ihm? Er hätte sich hinsetzen und weinen mögen, doch das ging nicht. Nicht vor der gesamten Kompanie.

Die Kompanie hätte allerdings nichts davon bemerkt. Während die Gruppen und Züge antraten, waren sie viel zu sehr mit dem Gedanken an ihr sprichwörtliches Pech beschäftigt. Man konnte nicht einmal jemandem die Schuld daran geben! Wie Band über Funk und die Kompanie gleich darauf durch Gerüchte erfuhr, wurde vorne Unterstützung gebraucht, und die Dritte lag einfach am nächsten. Das Erste Bataillon trat eben immer in die Scheiße, da war nichts zu machen. Müde – allerdings nicht eigentlich körperlich ermüdet – nahmen sie ihr Gerät auf und bereiteten sich darauf vor, wieder einmal zu tun, was nötig war.

Gerade in diesem Augenblick hatte die Kompanie noch einen Verwundeten. Es war dies ein langaufgeschossener, wortkarger Unteroffizier aus Pennsylvania namens Potts, Gruppenführer im 3. Zug. Die Gruppe Potts stellte die Verbindung vom 3. zum 2. Zug über die Gruppe Bell her. Potts und Bell standen mit zwei anderen vor ihren Löchern und blickten über den Dschungel weg, der die Riesengarnele von der Seegurke trennte. Sie besprachen den Angriff, rätselten darüber, was ihnen bevorstehen mochte und versuchten Einzelheiten der Garnele zu erkennen, die von hier aus aber nur eine braune verschwommene Masse war. Bell, der gerade der Garnele den Rücken zukehrte und Potts ansah, entging keine Einzelheit des folgenden Vorfalles: Eben noch hatte Potts geredet, da hörte man ein weiches ›Platsch‹ und das Jaulen eines Querschlägers. Potts, der keinen Helm trug, brach mitten im Wort ab und schielte nachdenklich, als habe etwas auf seiner eigenen Nasenspitze seine Aufmerksamkeit erregt. Dann fiel er hin. Auf seiner Stirne erschien ein roter Fleck. Potts richtete sich sogleich wieder auf, schielte und sank unverzüglich wieder um. Jetzt war Bell neben ihm, aber Potts hatte bereits das Bewußtsein verloren, und seine schielenden Augen waren zum Glück unter den Lidern verborgen. Bell sah, daß auf seiner Stirne eine mehrere Zentimeter lange Rille eingeschnitten oder besser, eingebrannt war, denn Blut war nicht zu sehen. Am Grunde der Rille wurde der weiße, unbeschädigte Knochen sichtbar. Ein lahmer, verirrter Querschläger war haarscharf an Bell vorbei und Potts zwischen die Augen gegangen. Wie sehr Bell sich auch wehrte – ein Lachkrampf schüttelte ihn, und das Kichern stieg ihm in die Kehle, während er Potts mit sanften Backpfeifen und Händereiben ins Leben zurückrief. Potts fehlte gar nichts. Die drei, die neben Potts gestanden hatten, lachten jetzt, daß ihnen die Tränen kamen, und so halfen sie ihm zum Verbandplatz, der gerade eben auf der Seegurke eingerichtet wurde, wo ein ebenfalls lachender Arzt Potts ein Pflaster auf den Schädel klebte und ihm eine Handvoll Aspirintabletten gab. Bis die Kompanie abrückte, blieb er im Schatten liegen, den Helm ins Gesicht geschoben – denn der Kopf tat ihm weh – und seines Verwundetenabzeichens sicher. Potts fand das alles gar nicht komisch und beklagte sich den ganzen Tag bitter über Kopfschmerzen. Jeder, der davon hörte, brach in brüllendes Gelächter aus. So begann die Kompanie ahnungslos und in guter Stimmung den unglaublichen Marsch, der vor ihr lag.

In die Annalen der Division und des Regimentes ging dieser Marsch als »Das Rennen« oder »Grand Prix« ein. Manchmal nannte man ihn auch den Endspurt. »Langer Endspurt.« Der Dritten war es bestimmt, an führender Stelle daran teilzunehmen.

Auf den der Divisionsgeschichte beigegebenen Karten erschien (sehr viel später) der Lange Endspurt in Gestalt von roten und blauen Pfeilen als die logische Ausnutzung einer vorgefundenen Lage. Damals wußte in Wahrheit kein Mensch, wie die Lage beschaffen war. Als das Erste Bataillon mit der Dritten an der Spitze aus dem Dschungel herauskam und nach links einschwenkte, deutete außer einer sehr gut getarnten, verlassenen Stellung, in die einige Soldaten versehentlich hineinfielen, nichts auf die Anwesenheit des Feindes. Jeder begriff, daß hier eigentlich ein hartes Gefecht hätte stattfinden müssen.

Wo aber steckten die Japaner? Warum waren sie zurückgegangen? Behutsam und ohne Eile entwickelte sich die Kompanie auf der linken Flanke des Dritten Bataillons und stieß durch flaches, offenes Gelände vor. Zwei Stunden später und zweitausend Schritte weiter erreichten sie erschöpft und ohne Wasser, aber auch ohne eigene Verluste, den Fuß der Höhe 253 – das war der Kopf der Garnele.

Ganz so einfach war es allerdings nicht gewesen. Auf dem rechten Flügel war die Zwölfte Kompanie in ein Gefecht mit etwa zwanzig oder dreißig Japanern verwickelt worden, die sich auf der Höhe 251 festgesetzt hatten, einem langen schmalen Kamm, der in den Dschungel hineinragte und eines der Beine der Garnele darstellte. Die Zwölfte hatte den Feind schließlich mit Werfern ausgeräuchert. Die Dritte, die unterdessen auf tiefer gelegenem Terrain vorrückte, konnte dabei zusehen. Man sah deutlich, wie die Vierte Kompanie auf der Höhe 250 die schweren Werfer in Stellung brachte. Es war sehr still, und die Sonne brannte heiß vom Himmel. Im hüfthohen Gras kam man nur schwer voran, aber wenigstens war es nicht notwendig, zu kriechen. Hier und da richtete sich einer der Männer auf und reckte die Schultern, wie um zu sagen: gar so übel ist es eigentlich nicht! Aber niemand wagte, diese Ansicht laut zu äußern aus abergläubischer Furcht davor, daß sich nach einer solchen Äußerung spornstreichs die Tore der Hölle vor ihnen öffnen müßten. Band hatte wieder den 2. Zug an die Spitze beordert. Beck hatte sich darüber bei seinen Gruppenführern beschwert, die Gruppenführer hatten zugestimmt, doch Beck hatte dem Oberleutnant gegenüber bislang noch Stillschweigen bewahrt. Er hatte seinerseits der Gruppe Bell die Führung übertragen und, als die Kompanie Schützenkette bildete, der Gruppe Doll den sichersten Platz rechts von Bell angewiesen, während die übrigen Gruppen, die von Thorne und Dale, die ungeschützte linke Flanke bildeten. Während sie so durchs hohe Gras vorgingen, das Gewehr in der Armbeuge, verließ der Gefreite Carrie Arbre seinen Platz und schob sich solange immer weiter nach links, bis er neben Doll war. Es hatte Doll so geschienen, als sei Arbre ihm seit des Vorfalles von heute morgen aus dem Weg gegangen. Nun wartete er ab.

»Kann ich mal mit dir reden, Doll?«

»Na sicher doch, Carrie.«

Während sie miteinander sprachen, ließen beide unablässig die

Augen umherwandern auf der Suche nach dem Feind, nach Anzeichen seiner Gegenwart.

Arbre runzelte die Stirn, aber er hatte es längst aufgegeben, jemanden daran hindern zu wollen, ihn Carrie zu nennen. »Ich wollte bloß mal fragen, warum du mich heute früh nicht mitgenommen hast.«

»Tja . . . ich weiß nicht recht, Carrie«, zögerte Doll. »Es war wohl nur so eine Eingebung, ein plötzlicher Einfall.«

»Ich wollte bloß sagen, ich will das nicht, du brauchst so was nicht zu machen, ich erledige meinen Kram ebensogut wie die anderen, und Angst habe ich auch nicht mehr als die.«

»Weiß ich doch, weiß ich doch!« Doll verspürte den Wunsch, den Arm um Arbres schmale Schultern zu legen, die unter der Dusche immer so viel weniger breit wirkten als seine breiten, fettlosen Frauenhüften, aber er tat es nicht, weil er beide Hände für sein Gewehr brauchte. Sie stapften durch das hohe Gras. »Genaugenommen wollte ich wohl bloß, daß dir nichts passiert.«

Doll fühlte bei diesem Einfall heftiges Herzklopfen.

»Ich will aber nicht, daß wer auf mich aufpaßt, ich brauche keine Hilfe«, versetzte Arbre verdrossen.

»Jeder braucht Hilfe, Carrie«, belehrte ihn Doll. Er wandte den Kopf, um Arbre anzulächeln, und Arbre warf ihm einen rätselhaften Blick zu, so, als wisse er etwas, was er nicht aussprechen wolle, oder als wisse er etwas, was Doll nicht aussprechen wollte, ja vielleicht nicht einmal ahnte. Beide wandten die Blicke gleich wieder weg und suchten aufmerksam das Gelände ab.

»Ich habe ebensowenig Lust, in diesem Krieg zu verrecken, wie andere Leute«, sagte Arbre. »Ich wollte heute morgen auch gar nicht mit.« Er bewegte sich mit seinen abfallenden Schultern und dem engen Brustkorb dahin und hatte einen merkwürdigen, aus Weichheit, Härte und Schuldgefühl gemischten Gesichtsausdruck. »Wahrscheinlich braucht man wirklich Hilfe«, sagte er kleinlaut und ging an seinen Platz zurück, aber es schien immer noch so, als wisse er etwas ganz Besonderes.

Doll schickte ihm einen Blick nach und überlegte, was das nun wohl bedeuten sollte? Dabei betrachtete er die mädchenhaften, reizenden Hüften. Dann wandte er sich wieder seiner eigentlichen Aufgabe zu, schob das Gewehr zurecht und fragte sich, wie lange es wohl noch so

weitergehen würde? Ob jemand ihn und Carrie beobachtet hatte? Na, wenn schon, jeder wußte, daß Doll ein Schürzenjäger war. Wann würde es nur endlich knallen?
Gerade in diesem Augenblick tauchten links von ihnen drei vogelscheuchenähnliche zerlumpte Japaner auf und stolperten mit erhobenen Händen durch das Gras auf sie zu. Doll riß das Gewehr hoch und schoß. Die anderen taten das gleiche, und ehe die Japaner zwanzig Schritte gelaufen waren, lagen sie schon tot am Boden. Die Stille des Vormittags kehrte zurück. Der vorderste Zug stand beobachtend und lauschend still. Dann ging es weiter. Nicht mehr weit vor ihnen erhob sich der Hügel, der den Kopf der Garnele bildete. Die Männer, die ihnen folgten, gingen an den drei Toten vorüber, ohne sie weiter zu beachten. Ihre Taschen waren ohnehin schon ausgeleert.
Ebenso wie Doll hatte auch Gruppenführer Dale sofort geschossen und auch mit Sicherheit einen Japaner getroffen. Dale hielt nichts davon, den Japanern eine Chance zu geben, schon gar nicht nach den Erfahrungen der letzten Tage. Hatte nicht ein kapitulierender Japs Queen noch um ein Haar mit einer Handgranate erledigt? Diese Kerle wußten eben nichts von Ehre und Anstand. Selbstzufrieden grinsend lief Dale durchs Gras zu seinem Opfer. Dessen Brieftasche enthielt nur das Bild eines japanischen Mädchens – also nichts von Wert. Nicht mal nackt war die Dame. Doch behielt er das Bild, da er beschlossen hatte, sich eine Sammlung anzulegen. Die Brieftasche warf er weg, sie hatte in der Feuchtigkeit bereits begonnen zu schimmeln. Doll fand bei seinem Opfer eine der kleinen Kriegsflaggen, wie sie einzelne Soldaten bei sich trugen. Dales Toter besaß gar nichts. Pech. Als Dale ihm den Mund öffnete, entdeckte er nicht mal Goldzähne.
Dale hatte sich während der Ruhezeit gegen einige Beutestücke eine gute Kombizange eingetauscht. Diese trug er mitsamt einigen leeren Tabakbeuteln in der Tasche. Wenn die verdammten Marineinfanteristen sich Goldzahnsammlungen im Werte von tausend Dollar zulegten, dann konnte er das wohl auch! Und jetzt wäre die erste Gelegenheit gewesen, die Zange zu gebrauchen, aber natürlich hatte der Lump keine Goldzähne. Und ehe er noch die beiden anderen Leichen untersuchen konnte, hieß es weitergehen, und Dale gehorch-

te eilfertig, denn das Arschloch Band war ganz in der Nähe, und Doll wollte nicht, daß seine Pläne durchkreuzt wurden. Ausgiebig fluchend führte er seine Gruppe weiter.

Dales Pläne waren recht einfach. Er wollte Zugführer werden. Er hatte sich die Beförderungslisten ganz genau angesehen; er wußte, daß dieser blöde Arschpauker Band etwas für ihn übrig hatte; er war davon überzeugt, daß Dolls ehemaliger Gruppenführer Field nur befördert worden war, um Platz für ihn, Dale, zu schaffen. Sollte Skinny Culn jetzt was passieren, so überlegte Dale, dann wäre es nicht schwer, den Steißtrommler dazu zu bringen, ihm den 1. Zug zu geben. Überdies waren mindestens noch zwei Sergeantenstellen mit unfähigen Leuten besetzt, und Dale rechnete sich da ganz gute Chancen aus. Schließlich war er auch Unteroffizier und Gruppenführer geworden, ganz wie er es sich vorgenommen hatte, warum also nicht Zugführer? Bei der ersten passenden Gelegenheit wollte er unter den Augen des Kompaniechefs zwei oder drei Gruppen zugleich im Gefecht führen, er ganz allein. Jetzt stieg das Gelände an, Dale hob sein Gewehr etwas und änderte den Schritt. Er ging jetzt aufmerksamer und leiser und kniff die Augen zusammen. Er bezweifelte nicht, daß Band ihn über die Köpfe aller anderen Kandidaten hinweg bei erster Gelegenheit befördern würde.

Und damit hatte er recht. Band hätte es getan. Band hatte mit angesehen, wie die drei Japaner erschossen worden waren. Er wußte sehr wohl, daß Dale nicht der klügste Mann in der Kompanie war, und daß sein physischer Mut gelegentlich in puren Irrsinn umschlagen konnte. Er hatte, so dachte er lächelnd, persönlich auch nicht viel für jene sadistische Grausamkeit übrig, die Dale bei Gelegenheit an den Tag legte. Im Kriege jedoch mußte man von allem Gebrauch machen, was brauchbar war. Anläßlich der letzten Beförderungswelle hätte er Dale beinahe den 3. Zug gegeben, und er fragte sich, ob er nicht übervorsichtig, ob es nicht ein Fehler gewesen war, das nicht zu tun.

Während des langen Marsches von der Höhe 250 durch die Ebene waren Band und der Kompanietrupp vorne bei der Kompanie marschiert. Er glaubte darauf rechnen zu können, daß in der Ebene nicht viel passieren werde, und es lag ihm daran, die Spitze der Kompanie und alle denkbaren Entwicklungen der Lage im Auge zu behalten. Als man sich nun der Höhe 253 – dem Garnelenkopf – näherte, ließ er den 2. Zug in Doppelreihe vorgehen, was den Leuten die Ersteigung des steilen Hanges erleichterte, und befahl dem 1. und 3. Zug, durch den Kompanietrupp hindurch aufzuschließen. Noch immer war nicht auf sie geschossen worden. Die Zwölfte Kompanie war nach ihrem kleinen Scharmützel wieder auf der rechten Flanke erschienen, und es wurde vereinbart, die Zwölfte rechts und die Dritte links die Höhe umgehen zu lassen. Das war Band nur recht. Er blieb mit dem Kompanietrupp und dem schweren Zug am Fuße des Hügels zurück, während seine Schützenzüge vorfühlten. Er ahnte nicht, daß seine beiden besten Zugführer, Culn und Beck, ihn insgeheim verfluchten, weil er nicht mit ihnen vorging, sondern immer, wenn es gefährlich wurde, zurückblieb. Nach einer halben Stunde etwa trafen beide Kompanien am Vorderhang zusammen, ohne daß ein Schuß gefallen war, und Band zog jetzt, ebenso wie der Chef der Zwölften, seinen Kompanietrupp und den schweren Zug vor.

Daß Band seinen Kompanietrupp zurückgehalten hatte, war ganz in der Ordnung – der Chef der Zwölften hatte es ebenso gemacht. Aber Beck und Culn fragten sich, warum Band wohl zuvor, als es ungefährlich gewesen war, mit dem Kompanietrupp vorne marschiert war? Doch wohl eine ganz billige Prahlerei! Vielleicht waren die beiden überempfindlich. Beck hatte immer noch die Wut auf den Alten, weil er den 2. Zug trotz der auf der Seegurke erlittenen Verluste wieder an die Spitze dirigiert hatte, und beide erinnerten sich noch sehr genau daran, daß Band heute morgen erst nach vorne gekommen war, als die Granatwerfer das Feuer eingestellt hatten. Während Band und der Chef der Zwölften einander wieder mal die Hand schüttelten, verzeichneten Culn und Beck diese Minuspunkte still im Gedächtnis.

Niemand konnte den Umstand ignorieren, daß die Kompanien durch ihren schnellen Vorstoß in Gefahr gerieten, völlig isoliert zu werden. Vor diesem Problem stand man einigermaßen ratlos, und die Männer warteten gespannt auf die Entscheidung ihrer Offiziere. Das Wasser war beinahe zu Ende. Die Zehnte und die Zweite, denen es ebenfalls an Wasser mangelte, waren am Hinterhang des hohen Hügels geblieben, während ihre Offiziere sich ebenfalls hier zur Besprechung eingefunden hatten. Noch weiter hinten sicherten die Erste und die

Elfte nach beiden Seiten, aber diese Sicherung erstreckte sich kaum über ein Drittel des zurückgelegten Weges. Ein mit starken Kräften geführter Gegenangriff hätte beide Bataillone abschneiden können. Es war nun 11:30 Uhr. Keiner wollte die Verantwortung übernehmen, einen weiteren Vormarsch oder einen Halt zu befehlen. Man beschloß, über Funk neue Befehle einzuholen.

Als Band schließlich Verbindung bekam, stellte er fest, daß hinten ebensoviel Verwirrung herrschte wie hier vorne. Der ranghöchste anwesende Offizier war der Adjutant (Ersatz für Hauptmann Gaff). Der neue Bataillоner, Oberst Spine, befand sich zur Kommandeurbesprechung beim Regiment. Der Divisionskommandeur war auf dem Weg von der Höhe 214 nach vorne, um selber das Kommando zu übernehmen. Band hörte trotz der atmosphärischen Störungen deutlich die gleiche hoffnungsvolle Erregung in der Stimme des Adjutanten, die er selbst empfunden hatte, als die Kompanie, ohne auf Widerstand zu stoßen, über die ganze Seegurke vorgegangen war. Wasser? Ein Wassertransport gehe diesen Augenblick ab, versicherte der Adjutant, er müsse in einer halben bis dreiviertel Stunde eintreffen. Das Zweite Bataillon sei bereits auf dem Weg von der Höhe 250 nach vorne und habe Befehl, die Erste und Elfte Kompanie im Rücken zu decken. Der verrückte Welsh bestätigte die Richtigkeit dieser Auskunft, denn er sah die Bewegung des Zweiten Bataillons durch das hübsche Fernglas des gefallenen Leutnants Whyte, das Band ihm reichte. Überdies, so fuhr der Adjutant fort, gehe das andere Regiment bataillonsweise vom tanzenden Elefanten aus vor: die Front dort werde auf Befehl des Divisionskommandeurs und des Kommandierenden Generals ganz einfach geräumt, und es finde ein ganz großer Vormarsch statt. Das könne sehr wohl eine einmalige Gelegenheit sein: ein entscheidender Durchbruch in Ausnutzung eines Rückzuges. Es könne allerdings auch eine Falle sein.

»Ist mir klar«, sagte Band knapp.

Wenn er nur sehen könne, was hinten vorgehe! Dann: Tun? Was sie tun sollten? Großes Schweigen. Auch der Adjutant wollte in diesem Fall keine Verantwortung übernehmen. Er wisse auch nicht, was da zu tun sei, sagte er lahm. Er erwarte den Oberst in längstens einer Stunde mit neuen Weisungen zurück.

»Wir verlieren Zeit«, sagte Band. Er fühlte die gutartige Verachtung des Frontsoldaten für den Etappenhengst. Er hörte herablassend zu, wie der Adjutant ihn bat zu warten, während er versuchen wolle, den Oberst ans Gerät zu bekommen. Die Besprechung finde ganz in der Nähe statt. Band wartete, und während er wartete, fühlte er, wie seine Augen sich verengten, wie sein Hals länger wurde, als er sich aufreckte, wie sein Mund sich schloß und der Kiefer sich vorschob. Er starrte nach hinten, wo die hohen Offiziere berieten.

Der Befehl kam schließlich durch den Bataillonsadjutanten, der ihn aber unmittelbar vom Regimentskommandeur hatte. Dieser weißhaarige alte Säufer mit dem stockfleckigen Gesicht und dem dicken Bauch hatte es auf sich genommen, beiden Bataillonen den weiteren Vormarsch zu befehlen. Der Divisionskommandeur hatte bereits vom Kommandierenden General Erlaubnis erhalten, die rechte Grenze des Divisionsbereiches zu verlegen. Es war geplant, das Dritte Bataillon vom Garnelenkopf aus im Bogen nach rechts durch hügeliges, aber zumeist offenes Gelände in Richtung auf das Meer hin angreifen zu lassen. Ziel war das am Strand gelegene Bunabala (wohin das Oberkommando erst Wochen, wenn nicht Monate später zu gelangen erwartet hatte). Auf diese Weise sollten ein Keil durch die japanische Armee getrieben und alle jene Feindkräfte abgeschnitten werden, die sich noch gegen die Stranddivision verteidigten. Band pfiff still vor sich hin. Das war ein toller Auftrag für ein Bataillon – selbst für zwei Bataillone. Wie in Beantwortung dieser Überlegung teilte der Adjutant mit, daß sie selbstverständlich so bald wie möglich durch das Zweite Bataillon und das andere Regiment verstärkt werden sollten.

Das Erste Bataillon solle, so fuhr der Adjutant fort, ebenfalls nach rechts vorgehen (Band nickte, denn er glaubte zu wissen, was nun kommen werde), aber in einem weiteren Bogen, um die Flanke des Dritten Bataillons zu sichern. Es würde dabei kein offenes Terrain vor sich haben. Die Karte zeige vielmehr eine Anzahl weit auseinander liegender kleinerer Hügel links vom Vormarschweg des Dritten Bataillons. Diese Hügel, die in den Kokospalmenhainen links von Bunabala endeten, seien ihr Angriffsziel. Sie sollten diese Hügel nehmen und auf jedem einzelnen genug Leute zurücklassen, um ihn zu halten, dann weiter vorgehen bis Bunabala, dort nach links einschwenken und den Rücken des Dritten Bataillons decken, das rechts von ihnen auf den Feind stoßen würde. Abmarsch, sobald Wasser, Verpflegung und Krankenträger eingetroffen seien. Die Karte zeige entlang des Weges mehrere Bäche und Wasserlöcher, und sie hätten doch wohl auch ihre Entseuchungstabletten? Band bestätigte das. Schön, das wäre also alles. Viel Glück auf den Weg wünschte der Adjutant aufgeregt. Band wollte bereits seinerseits die Taste drücken und sich bedanken, als der Adjutant noch mal rief.

Es sei noch was. »Was? Wie bitte, Sir?« hörte Band ihn undeutlich sagen und dann: »Der Regimentskommandeur sagt, daß Sie möglicherweise isoliert werden. Selbstverständlich wird zwischen dem Ersten und Dritten Bataillon keine Verbindung bestehen, aber es kann sein, daß auch die Kompanien innerhalb des Bataillons die Verbindung verlieren.« Der Adjutant sprach langsam, so, als sage ihm jemand Satz um Satz vor. »Sie haben sich daher, wenn es Ihnen unmöglich ist, mit dem Bataillon Verbindung herzustellen, als selbständig operierende Einheit zu betrachten. Klar? Kommen!«

Band wurde der Mund vor Erregung ganz trocken. »Verstanden«, antwortete er ruhig, »Ende.« Als er das Gerät losließ, glänzten seine Augen hinter den Brillengläsern stärker als je. Selbständig operierende Einheit!

Der Adjutant hatte zuvor gesagt, daß Oberst Spine den Kompanien so nahe bleiben wolle wie möglich, aber Band wußte, was das bedeutete. Es bedeutete, daß Spine mindestens soweit zurückbleiben würde wie die Front des aufrückenden Zweiten Bataillons und die des anderen Regimentes.

Der Chef der Zwölften hatte im wesentlichen die gleichen Anweisungen erhalten, nur ging sein Oberst selber mit den Kompanien vor. Band und er schüttelten einander wieder die Hand.

Die Dritte sah zu, wie die Zwölfte abrückte. Es lag eine nervöse, ungewohnte Spannung in der Luft. Unmöglich ließ sich sagen, welchem Bataillon die angenehmere Aufgabe zugefallen war. Die letzte Gruppe der Zwölften verschwand im Dschungel, und die Dritte sah ihr nach.

Band berief eine Besprechung seiner Offiziere und Feldwebel. Selbständig operierende Einheit! Er lächelte sein dünnes Lächeln und sagte: »Es sieht so aus, als hätten die Japaner sich zurückgezogen. In unserem Abschnitt jedenfalls ist von der kaiserlichen Armee nichts zu sehen. Wir haben Befehl, vorzurücken, bis wir auf den Feind stoßen, ihn anzugreifen und festzustellen, wie stark er ist. Falls möglich haben wir das Dritte Bataillon bei der Einnahme von Bunabala zu unterstützen. Möglicherweise gelingt es, einen Keil durch die feindliche Front zu treiben und Teile der japanischen Armee zu isolieren. Und jetzt los, wir haben einen weiten Weg vor uns.« Er entließ die Sergeanten, die zu ihren Zügen zurückkehrten. Er war sehr zufrieden mit seiner Ansprache. Es freute ihn, daß er hier stehen und eine solche Rede halten durfte, hier, in der Gluthitze eines wolkenlosen Vormittages auf einem staubigen Hang auf der Insel Guadalcanar im südlichen Pazifik. Selbständig operierende Einheit! Band bezweifelte keinen Augenblick, daß seine Kompanie an der Einnahme von Bunabala beteiligt sein werde.

Die Kompanie hatte diesen Namen kaum je gehört. Hin und wieder einmal, damals, als sie noch am Strand gelegen hatten, war er gefallen. Die Marineinfanterie hatte einmal vergeblich versucht, das Dorf zu nehmen. Der Name Bunabala verbreitete sich nun mit Windeseile in der Kompanie und verwandelte sich dabei selbstverständlich zu Bula-Bula. Man wußte, daß es sich um ein zwischen Kokospalmenhainen am Meer gelegenes Dorf handelte. Bis heute war Bula-Bula eine Fata Morgana gewesen, ein weit in der Zukunft gelegener Ort, den man eines Tages anzugreifen und einzunehmen haben würde. Nun aber war es das nächste Angriffsziel geworden.

Krankenträger, Verpflegung und Wasser begannen einzutreffen. Niemand schleppte mehr sein Sturmgepäck, man verstaute in jeder Tasche eine Konservendose. Beinahe alle trennten sich jetzt von ihrem Whisky – tranken ihn aus, verschenkten ihn, gossen ihn weg, und füllten alle verfügbaren Flaschen mit Wasser. Welsh gehörte zu den wenigen Ausnahmen, er behielt seine mit Gin gefüllten Feldflaschen.

Eben jetzt, da alle ihr Gerät aufnahmen und unruhig umherstampften, trat der vorbildliche Ausbilder und jetzige Zugführer Beck mit finsterem Gesicht vor seinen Kompaniechef und verlangte, daß sein Zug endlich an der Spitze abgelöst werde. »Meine Leute haben mehr mitgemacht als irgendein anderer Zug der Kompanie, Sir, wir haben die meisten Verluste gehabt und sind jetzt der schwächste Zug. Meine Leute brauchen unbedingt mal eine Pause.«

»Haben Sie das mit Leutnant Thompson besprochen?« fragte Band und rückte dabei die Brille zurecht.
»Mit dem?« erkundigte sich Beck in seiner sturen Weise, »nein. Was versteht denn der schon!«
»Stimmt«, sagte Band. Derartige Bitten schätzte er indessen gar nicht. Allerdings forderte Beck nicht mehr als ihm zukam, und er war ein ausgezeichneter Zugführer. Band dachte schweigend nach und schob den Brillensteg höher auf die Nase. »Es ist nicht gerecht, daß meine Leute immerzu vornedran sind«, fügte Beck hinzu, so als müsse dies den Ausschlag geben.
Band glaubte später, er hätte Beck seine Bitte erfüllt, wären nicht gerade in diesem Augenblick diese Worte gefallen. So blickte er denn ruckartig auf und starrte Beck an. »Gerecht? Was soll denn das jetzt! Nein, Sergeant, ich kann Ihrer Bitte nicht stattgeben. Ihr Zug ist der beste, hat die meiste Erfahrung und bewegt sich am besten im Gelände. Er gehört an die Spitze.«
»Ist das ein Befehl, Sir?« knurrte Beck.
»Ganz recht, Sergeant.«
»Das heißt also ... der eine Teil meiner Leute geht beim Sammeln von Erfahrung drauf, und der andere bei der Anwendung dieser Erfahrungen ...« Band hielt den Augenblick für gekommen, den Vorgesetzten herauszukehren, aber doch behutsam. »Ich sage Ihnen ja, daß dies nichts mit Gerechtigkeit zu tun hat, Beck. Leider. Im Kriege muß von allem Brauchbaren Gebrauch gemacht werden. Und in dieser Kompanie bestimme ich, wer wo am brauchbarsten ist.« Er versuchte, seinen Augen hinter der stählernen Brille einen stählernen Ausdruck zu geben. »Sonst noch Fragen, Sergeant?«
»Nein, Sir«, schnarrte Beck wütend.
»Gut. Abtreten.«
Beck salutierte, machte eine korrekte Kehrtwendung und stelzte hochaufgerichtet davon. Anders konnte er sein Mißfallen nicht zum Ausdruck bringen. »Zweiter Zug, auf!« brüllte er. Armer Kerl, dachte Band und lächelte sein dünnes Lächeln. Beck tat ihm leid. Aber er (Band) hatte die Situation doch wohl recht gut gemeistert, fand er.
»Sergeant!« rief er, einem plötzlichen Einfall nachgebend.
Beck drehte sich um. Er war nur etwa fünf Meter entfernt, und es befand sich sonst niemand in Hörweite. »Ich will Ihnen mal was

sagen, Sergeant«, begann Band und lächelte hinter seinen Brillengläsern.
»Sir?«
»Wissen Sie, wie es kommt, daß gerade unsere Kompanie beim heutigen Angriff die Spitze hat? Weil ich es dem neuen Kommandeur angeboten habe, deshalb.«
»Was?!« rief Beck ungläubig, und es sah aus, als wolle er sich auf seinen Chef stürzen.
Band hob die Brauen, und Beck war lange genug dabei, um zu wissen, was das heißen sollte. »Sir«, brachte er halb erstickt heraus.
»Ganz recht«, lächelte Band. »Und wissen Sie auch warum? Weil so die überlegene Kampferfahrung der Kompanie, wie ich glaube, zum besten des Bataillons und des Regimentes genutzt wird.« Er lächelte immer noch, in der Hoffnung, daß seine Worte richtig verstanden würden.
Beck nahm langsam Achtungstellung ein; vor seinen Augen lag es wie ein Schleier. »Sonst noch etwas, Sir?« fragte er kalt und mit Würde.
»Nein, Sergeant.«
Beck salutierte wieder, machte kehrt und entfernte sich. »Zweiter Zug – folgen!« brüllte er.
Band blickte ihm bekümmert nach.
Beck schickte jetzt Dales Gruppe an die Spitze. Er sah jedenfalls nicht ein, warum er sich wie ein überdrehter Lamettahengst benehmen sollte, bloß weil der Ober das getan hatte. Im Zug wurde darüber gemault, daß man wieder die Spitze hatte. Wo Beck etwas Derartiges hörte, schiß er seine Leute kräftig zusammen. Er duldete im Zug kein Gemecker. Die Gruppe Dale verschwand als erste im Dschungel, die anderen folgten. Danach kamen der 3. Zug, der Kompanietrupp, der 1. Zug und zuletzt der Schwere Zug. Zur gleichen Zeit, in der die Dritte so Zug um Zug verschwand, rückte die Zweite um den Hügel herum und machte sich bereit, der Dritten zu folgen.
Während die Dritte den ersten Abschnitt ihres Dschungelmarsches unter die Füße nahm (unbeachtet von der Zweiten, die nur an sich dachte und froh war, erst an zweiter Stelle marschieren zu müssen), waren zwei Männer aus Leibeskräften bemüht, sie einzuholen. Es waren dies der Küchenbulle Storm und der Gefreite Witt, die, ohne

einer vom anderen zu wissen und aus ganz unterschiedlichen Gründen, alles daransetzten, die Kompanie zu finden.
Wenn die Dritte auch nicht mehr an Witt gedacht hatte, seitdem er sich betrunken kopfüber den Hügel hinabgestürzt hatte, so war Witt der Gedanke an die Dritte doch nie aus dem Kopf gegangen. Es schmerzte sein braves Herz, als er hören mußte, daß die Kompanie am Morgen zum Angriff angetreten war, und als er sich klarmachte, daß sein Schwur ihn hinderte, dabei zu sein. Da befand er sich gerade auf der Höhe 209, wohin er Wasser und Verpflegung getragen hatte. Die Geschützkompanie – nach wie vor als ein Haufen von Tunichtguten, Tagedieben und Herumtreibern angesehen – hatte von Krankenträgern auf Verpflegungsschlepper umgesattelt und trabte zwischen den Höhen 209 und 214 hin und her. Daher hatte Witt noch nichts von Oberst Talls Versetzung erfahren. Als er von einem Gang zur Höhe 214 zurückkehrte, wurde er zufällig Zeuge einer Unterhaltung zwischen zwei Schreibern, bei der auch von Talls Gehaltserhöhung die Rede war. Er schnappte sich sogleich ein Gewehr und etliche Patronengürtel und machte sich auf der neuen, für die Jeeps angelegten Straße davon. Erst vor zwei Tagen war er bei der Geschützkompanie zum Gefreiten befördert worden und würde nun gewiß seinen Winkel verlieren – andererseits war er bei der Dritten aber schon zwei Tage lang Unteroffizier gewesen. Strahlend legte er den Weg von der Höhe 214 bis zur Seegurke zurück und traf etwa zu eben dem Zeitpunkt auf Storm und seine Küche, die sich auf der Seegurke eingerichtet hatten, als die Kompanie die erste unverteidigte Hügelkuppe besetzte, die sich aus dem Meer des Dschungels erhob.
Storm war bekümmert. Er hatte sich zwar im Lazarett geschworen, mit dem Posten des Küchenbullen vorlieb zu nehmen und sich nie wieder an der Front blicken zu lassen, gleichzeitig aber auch gelobt, dem bedauernswerten Häuflein da vorne täglich wenigstens eine warme Mahlzeit zu verschaffen. In dieser Absicht hatte Storm, der mit dem Kammerbullen McTae zurückgeblieben war, die beiden kompanieeigenen Jeeps mit seinen Köchen und ihrem Gerät beladen, sich im Morgengrauen auf den Weg zur Kompanie gemacht, diese aber nicht mehr vorgefunden. Die Kompanie sei Regimentsreserve und auf der Seegurke in Stellung gegangen, hieß es. Storm fuhr

geduldig zurück und erreichte (nach längeren Auseinandersetzungen mit der Militärpolizei, die hier den Verkehr regelte) über die neue Straße die Seegurke, nur um hier festzustellen, daß die Kompanie wiederum aufgebrochen war. Dies war das Ende, weiter konnte Storm nicht. Selbst für Jeeps war das Gelände von hier aus nicht passierbar, solange die Pioniere keine Straße angelegt hatten. Aller Nachschub wurde durch eingeborene Träger befördert. Und auch wenn die Straße fertig wäre, so sagte man ihm, würde sie doch für wichtigere Transporte reserviert bleiben – Munition, Wasser etc. Der moderne Krieg hatte Storm bereits eine Verwundung eingebracht, und nun begann er auch, ihn bei der Arbeit zu stören. Der moderne Krieg scherte sich den Teufel darum, ob Storm seiner Kompanie warmes Essen bringen wollte oder nicht. Dem modernen Krieg lag gar nichts an dieser einen Feldküche, die da versuchte, zu ihrer Kompanie zu gelangen und dabei den ganzen Betrieb durcheinander brachte. Keine Hand rührte sich zu Storms Unterstützung. Storm jedoch war von dem Gedanken besessen, seinen Leuten eine warme Mahlzeit zukommen zu lassen. Nur auf diese Weise konnte er das Schuldgefühl loswerden, das ihn plagte, weil er selbst nicht an der Front war. Und nun sollte er nichts weiter tun als dasitzen, einen Daumen im Arsch und einen im Mund wie ein Säugling? Ein geringerer Mann wäre weinend zusammengebrochen, Storm jedoch erging sich in Flüchen, wenn auch tränenden Auges.
Storms Köche hingegen freuten sich wie die Schneekönige. Keiner von ihnen hatte an Storms blödsinnigem Einfall Geschmack gefunden – man wäre nur wieder ins Feuer geraten. Aber er hatte sie trotz ihres einhelligen Widerspruches gezwungen, herzukommen und ihm bei der Verwirklichung seiner Wahnvorstellungen zu helfen. Nicht einmal Küchenhelfer waren vorhanden, um ihnen die Dreckarbeit abzunehmen! Jetzt betrachteten sie boshaft ihr beinahe weinendes Oberhaupt und tuschelten triumphierend untereinander: jetzt muß er uns endlich in Frieden zurückgehen lassen! Als aber einer von ihnen kühn genug war, Storm diesen Gedanken zu unterbreiten, wurde er dafür mit einem so heftig gegen die linke Kopfseite geführten Schwinger belohnt, daß er lang hinschlug und ihm die Rübe noch etliche Stunden hindurch dröhnte. Und das während der Arbeit! Denn Storm hatte ihnen allen sofort zu tun gegeben.

Er wußte nicht zu sagen, wann ihm der Einfall gekommen war, aber er lag ja sozusagen in der Luft. Überall standen Männer herum, die gerne etwas Warmes gegessen hätten, und da war nun Storm mit seinen Vorräten gerade am richtigen Platz. Er hatte also seine Küche eröffnet, die Herde abgeladen und angezündet, die Köche eingeteilt, die großen Pfannen aufs Feuer gestellt. Er hatte genug Lebensmittel, um die Kompanie eine Woche lang mit drei Mahlzeiten täglich zu versorgen, denn wer wußte schließlich, wie lange die Schlacht dauern würde? Dieser Vorrat reichte, sechs Kompanien zweimal täglich eine warme Mahlzeit . . . oder . . . er hörte auf zu rechnen und machte sich wieder über die Arbeit her. Als Witt ankam, hatte Storm an die beiden Kompanien des Zweiten Bataillons auf der Seegurke eine warme Mahlzeit ausgegeben, bevor diese abrückten, und überdies an eine Kompanie des Schwesterregimentes, die zur Ablösung eingetroffen war. Als dann eine ganz fremde Einheit Richtung Garnele vorüberkam, hatte er einen noch besseren Einfall.
Beim Anblick der fremden Feldküche, des brutzelnden Fleisches und der dampfenden Pfannen traten den vorbeimarschierenden Männern die Augen aus dem Kopfe. Einige kamen gelaufen, um sich was zu holen, verbrannten sich aber am heißen Büchsenfleisch die Finger. Storm hatte viele Laibe Brot mitgebracht, und die holte er nun hervor. Er stellte auch einen Posten ans Ende der Dschungelstraße, und auf ein Signal dieses Mannes hin begannen die Köche vom Dienst ganze Pfannen voll Büchsenfleisch zu braten, während die dienstfreien Köche Brot aufschnitten und zur Begleitung von Storms anfeuerndem Händeklatschen heiße Fleischbrote an die vorüberziehenden Soldaten verteilten. Natürlich bekam nicht jeder was, dazu war die Zeit zu knapp, aber gelegentlich legte doch ein verständnisvoller Kompaniechef zehn Minuten Rast auf der Seegurke ein. Es zogen jetzt so viele Einheiten vorüber, daß Storm alle Hände voll zu tun hatte. Dann mußte ja auch für die fremde Kompanie, welche die Seegurke besetzt hielt, das Abendbrot bereitet werden. Seine Köche sahen ihn an, als sei er verrückt geworden, doch das war ihm gleichgültig. Jetzt hieß es einfach, Soldaten zu verpflegen.
Gelegentlich jedoch dachte Storm wieder an die eigene Kompanie, und dann zogen die wohlbekannten Gesichter eines ums andere an ihm vorbei. Es wurde ihm bewußt, wie nutzlos, überflüssig und ohne

Wert für ihn selbst war, was er hier tat. Dann trat wieder jener aus Wut, Schuldbewußtsein, Schmerz und Verzweiflung gemischte Ausdruck auf sein Gesicht. Moderner Krieg. Man konnte nicht einmal so tun, als sei was Menschliches dran. Und Storm stürzte sich wieder in die Arbeit.

Als Witt herankam, war Storm ganz in diese etwas lächerliche Routine, diesen Rhythmus und Gegenrhythmus verfallen. Witt erschien als eine einsame Gestalt auf der Straße, gebeugt unter dem Marschgepäck, dem Gewehr und den Patronengürteln, mager und geradezu zerbrechlich. Sein Erdnußkopf verschwand fast in seinem Helm. Das war er – Witt aus Kentucky, Witt, der die Neger haßte, weil sie das Wahlrecht für sich verlangten, der auch jene Neger haßte, die behaupteten, gar nicht wählen zu wollen, denn diesen glaubte er nicht. Sie logen selbstverständlich. Unter dem Schatten des Helmrandes gingen seine unversöhnlichen Augen hin und her wie die eines Wiesels.

Es gab eine ausgedehnte Begrüßung. Das Küchenpersonal hatte Witt nicht mehr gesehen, seitdem er damals den Hang hinuntergefallen war. Es wurde eine große Mahlzeit für ihn gerichtet, und Storm stopfte ihn voll mit gebratenem Büchsenfleisch, mit Brei aus getrockneten Kartoffeln, und mit Kompott aus getrockneten Äpfeln. Dann brachte er sogar eine Flasche Whiskey zum Vorschein.

»Was machst du denn ganz alleine hier vorn?«

»Ich bin auf dem Weg zur Kompanie«, antwortete Witt und wischte mit dem Handrücken über seinen Mund.

»Was?«

Witt grinste. »Ich gehe zur Kompanie zurück. Tall ist gestern versetzt worden.«

»Du mußt doch verrückt sein!« sagte Storm.

Witt ließ seine vom Helmrand beschatteten Augen langsam in den Höhlen rollen und starrte Storm an. »Nein, ich bin durchaus nicht verrückt.«

»Aber kein Mensch weiß, wo die Kompanie steckt! Sie ist irgendwo im Gelände verschwunden, ist nicht mal mehr da vorne auf der Garnele!«

Witt nickte. »Ich finde sie schon, es wird schon jemand wissen, wo sie steckt.«

»Nach dem, was wir zuletzt gehört haben, sollen alle Kompanien Erlaubnis haben, als selbständige Einheiten zu operieren – du weißt ja, was das heißt.«
»Tja . . . da haben sie eben keine Verbindung zum Bataillon.«
»Na und da willst du trotzdem . . . du bist doch total bekloppt!«
»Warum? Unser Haufen kann ja nicht spurlos verschwunden sein. Und Tall ist versetzt – endlich!« Er sah Storm aus seinen schwarzen Augen an.
Storm starrte zurück. »Trink noch was.«
»Ich bin so frei«, sagte Witt höflich. Dann lächelte er sein scheues Lächeln. »Freut mich, daß ich dich mal wieder zu Gesicht kriege, Storm, aber wie kommst du denn dazu, für lauter Fremde zu kochen?«
»Ich hab versucht, die Kompanie zu erreichen, aber es ist nichts daraus geworden. Da bin ich hier geblieben, denn diese Kerle hier müssen schließlich auch mal was fressen«, schloß Storm lahm.
»Da tust du eine gute Tat«, tröstete ihn Witt, »mir jedenfalls hat das Essen gut getan.«
»Ach was«, sagte Storm achselzuckend. Er sah sich um und fügte hinzu: »Am liebsten ginge ich mit dir.«
Witt stand auf. »Gut, dann komm.«
»Ich weiß bloß nicht, was diese Idioten hier ohne mich anfangen würden«, zögerte Storm.
»Es wird da vorne bestimmt ganz lustig.«
»Ja . . . bloß Spaß macht es mir eigentlich nicht, wenn die Hunde auf mich schießen . . .«
»Jeder wie er mag«, grinste Witt. »Ich glaube fast, mir gefällt es, aber wenn es nicht meine alte Kompanie wäre, würde ich mich nicht so drängeln.«
Damit verließen sie das Thema. Witt sah wohl, daß seine Odyssee großen Eindruck machte und ließ sich auch anmerken, daß er stolz darauf war. Er trieb sich noch eine Weile herum, trank ein paar Gläschen und setzte erst gegen 15 Uhr in erhabener Einsamkeit seinen Weg fort, zur gleichen Zeit etwa, als die Dritte ohne fremde Unterstützung den zweiten vom Feind nicht besetzten Hugel eroberte.
Storm sah Witt nach, der hinter einer Kolonne eingeborener Träger

hergehend im Dschungel verschwand. Witt wußte das nicht, denn er war zu stolz, um sich umzudrehen, er fragte sich aber doch, ob nicht der eine oder andere hinter ihm dreinschaue? Da er so oft bei Leuten Erkundigungen einziehen mußte, die auch nichts Genaues wußten, gelangte er erst anderthalb Stunden später an den Garnelenkopf, wo man ihm den Pfad wies, den das Erste Bataillon eingeschlagen hatte. Zur gleichen Zeit machte sich die Dritte an den vierten Hügel, die Höhe 279, die vom Gegner in Zugstärke gehalten wurde.

Es kam zu einem hartnäckigen Gefecht, das, merkwürdig genug, ungemein langweilig war oder den meisten doch langweilig zu sein schien. Für einen Mann allerdings nicht, nämlich Korporal Fife, seit kurzem in der 2. Gruppe des 3. Zuges. In diesem Gefecht tötete er seinen ersten Japaner.

Die meisten wußten gar nicht, wie viele Hügel sie schon angegangen und hinter sich gelassen hatten. Alles verschwamm ihnen zu einer schwankenden Kulisse aus grünen Blättern und seildicken Lianen, in der gelegentlich nackte, in glühenden Sonnenschein getauchte Hügelkuppen und nach Staub riechende Meere von Kunaigras auftauchten. Obwohl Band nichts Derartiges äußerte, war es immer noch seine Absicht, an der Einnahme von Bula-Bula teilzunehmen (so nannte er es jetzt ebenfalls) und er hatte die Kompanie so gehetzt, daß sie sich, als der dritte unbesetzte Hügel erstiegen war, nicht, wie vorgesehen 200, sondern eher schon 700 Meter vor der Zweiten befand. Die gesamte Kompanie, Band nicht ausgenommen, war in einem Zustand der Benommenheit, der von Erschöpfung herrührte und nicht mehr vom Whisky, den sie zuvor getrunken hatten – der war längst ausgeschwitzt. Zweimal war ihnen das Wasser ausgegangen, und sie hatten nach den auf der Karte verzeichneten Wasserlöchern suchen müssen. Beim zweiten dieser Wasserlöcher war Cash das Opfer eines leichten japanischen MG geworden. So vergaßen sie später zwar die Hügel, nicht jedoch dieses besondere Wasserloch.

Es lag abseits vom Hauptweg und war über einen kleinen Nebenpfad zu erreichen, den der Feind sehr geschickt getarnt hatte. Sie suchten lange danach und begannen bereits an der Karte und an ihrer Fähigkeit, die Karte richtig zu lesen, zu zweifeln. Das Wasserloch wurde von fünf halbverhungerten Japanern verteidigt, die außer ihren Gewehren auch noch das leichte Nambu-MG besaßen. Das

Loch befand sich zwischen dem zweiten und dem dritten unbesetzten Hügel und wurde schließlich entdeckt, nachdem zufällig jemand auf den Nebenpfad geraten war. Dieser führte bergab in eine Senke, wo Quellen einen schlammigen, stinkenden Tümpel gebildet hatten. Der Dschungel schirmte den Tümpel gegen das Tageslicht ab, und auf seiner Oberfläche schwamm grünlicher Belag. Trotzdem bot das Wasser einen willkommenen Anblick. Die Gruppe Thorne vom 2. Zug hatte die Spitze, und Cash (seit dem Gefecht um den tanzenden Elefanten Korporal), ging als Thornes Stellvertreter vorne. So war er denn erster Mann des vordersten Zuges.

Die Japaner, die sich der Aussichtslosigkeit ihrer Lage sichtlich bewußt waren, hatten sich doch geschickt plaziert: sie lagen hinter einigen gefällten Bäumen seitlich vom Pfad, den sie also in seiner ganzen Länge bestreichen konnten. Offensichtlich waren sie ein verlorener Haufe mit dem Auftrag, so viele Feinde wie möglich mit sich in den Tod zu nehmen. Aber sie erwischten nur Cash. Er ging wohl zehn Schritte vor den anderen her und fiel mit dem Gesicht in den Morast, da der erste Feuerstoß ihn im Unterleib, im Bauch und den Hüften getroffen hatte. Die anderen schwärmten aus, die Gruppen Dale und Bell arbeiteten sich von links und von rechts an die Japaner heran und deckten sie mit Handgranaten zu, während unter Dolls Leitung zwei Leute mit Maschinenpistolen die Japaner daran hinderten, den Kopf über die Deckung zu heben. Zwei Überlebende, die sich ergeben wollten, wurden erschossen und fielen in den Tümpel. Die beiden Gruppen trafen sich in der japanischen Stellung und überzeugten sich davon, daß niemand mehr lebte. Dann gingen sie zu Cash. Er war bei Bewußtsein und hatte es fertiggebracht, sich umzudrehen und den Schmutz wenigstens zum Teil von seinem Gesicht zu wischen.

Das Blut der beiden Toten, das rosa in den Tümpel rann, hinderte niemanden, die Feldflaschen darin zu füllen. Es löste sich im Wasser beinahe sofort auf. »Irgendwann im Leben muß jeder mal vom Blut seines Feindes trinken«, bemerkte Charlie Dale munter dazu, worauf zwei Leute sich erbrachen, ihre Feldflaschen aber trotzdem füllten. »Man sieht's zwar nicht, doch ist es da . . .«, sang Dale. Man zwang ihn, sein Maul zu halten und fuhr fort, die Flaschen zu füllen. Während die beiden Sanitäter Cash nach Kräften beistanden, gingen die

anderen auf und ab und schüttelten heftig die Flaschen, um die hineingeworfenen Entseuchungstabletten aufzulösen.
Dann inspizierte eine kleine Gruppe das Biwak der Japaner und fand hier die ersten Beweise von Kannibalismus. Alle hatten gerüchtweise davon gehört, aber hier ging es nicht um ein Gerücht. Ein toter Japaner, offenbar an Granatsplitterverletzungen gestorben, hing kopfunter an einem Baum, und von seinem Hinterteil und den Schenkeln war das Fleisch säuberlich in Streifen abgetrennt worden. Man hatte ihn offenbar hergetragen, ehe er gestorben war. Etwas entfernt waren die Überreste eines kleinen Lagerfeuers zu sehen. Die fünf Leichen waren schmutzig und abgerissen, sie sahen verhungert aus und besaßen keine Schuhe. Es schien, als hätten sie überhaupt keine Verpflegung mehr bekommen. Merkwürdigerweise war niemand von den Betrachtern entsetzt. Kannibalismus erschien eher normal als abnormal in dieser irren Welt des Dschungels, der Moräste, der unablässigen Feuchtigkeit und Düsternis, der grünen Luft und des glitschigen animalischen Lebens. Carrie Arbre stocherte mit dem Bajonett in den Rillen herum, aus denen das Fleisch herausgeschnitten worden war, und kicherte. »Er sieht noch ganz frisch aus!« »Hat vielleicht ganz gut geschmeckt«, grinste Doll. »Möchte jemand mal versuchen?« überbot ihn ein anderer. Als er davon hörte, kam Band in Begleitung seines neuen Vertreters heran, eines langnasigen, tückisch aussehenden Italieners, Oberleutnant Creo mit Namen. Charlie Dale fand im Kiefer eines der Toten zwei Goldzähne. Er gelangte zu der Erkenntnis, daß längst nicht so viele Japaner Goldzähne besaßen, wie man ihn glauben gemacht hatte.
Die beiden Sanitäter hatten Cash gegen einen Baumstamm gelehnt, wo er nun saß, den Kopf zurückgelehnt und die Hände zwischen den Beinen. Thorne und Bell war stillschweigend die Aufgabe zugefallen, bei ihm zu sitzen. Thorne als sein Gruppenführer gehörte auch durchaus dahin, aber John Bell wußte beim besten Willen nicht, wie er eigentlich dazu kam, dort zu sitzen. Cash verblutete innerlich, und jeder wußte das. Er benötigte dazu etwa eine Viertelstunde.
»Vergeßt nicht, meiner Alten zu schreiben«, murmelte er und blickte dabei erst den einen, dann den anderen an. »Sie soll wissen, daß ich wie ein Mann gestorben bin.«
»Klar doch, Cash, klar«, beschwichtigte ihn Thorne, »aber wahr-

scheinlich braucht kein Mensch deiner Alten zu schreiben. Was soll dir schon passieren – die Krankenträger sind bei uns und der Verbandplatz ist dicht hinter uns. Wir lassen dich zurückschaffen.«
Cash legte den Kopf zurück. »Red keinen Quatsch, Mann.« Und dann: »Ich friere.«
Die anderen betrachteten ihn, und der Schweiß lief ihnen von der Stirne. »Immer mit der Ruhe«, sagte Bell.
»Vergeßt also nicht meiner Alten zu schreiben, daß ich wie ein Mann gestorben bin«, wiederholte Cash. Dann seufzte er tief, und die erste Blutung kündigte sich an. »Wer hätte gedacht, daß da welche liegen? Wo doch bei den andern Hügeln überhaupt keiner war? Was hat Keck damals gesagt . . . wie ein verdammter Rekrut.« Er hob einen Arm und fuhr sich mit dem Ärmel über das Gesicht. »Der verdammte Dreck in meinem Gesicht, der verfluchte Dreck«, klagte er.
Bell opferte eines der ihm verbliebenen Taschentücher, feuchtete es im Tümpel an und wusch ihm das Gesicht. Danach schien es Cash wohler zu sein. »Vergeßt bloß nicht meiner Alten zu schreiben, daß ich wie ein Mann gestorben bin.«
»Na, na, nu red nicht solchen Blödsinn! Du brauchst noch lange nicht das Kochgeschirr wegzustellen.«
Cash blickte sie wieder an. »Quatsch«, sagte er kurz. »Ich verblute mich innerlich.« Er sah einen der Sanitäter an. »Stimmts?«
Der Sani nickte stumm.
»Na also . . . vielleicht ist es auch gar nicht so verkehrt . . . ich bin ja doch kaputtgeschossen. Vögeln könnte ich bestimmt nicht mehr. Vergeßt bloß nicht meiner Alten zu schreiben.«
»Ja doch, ja, Mann, ich schreib ihr ja«, sagte Thorne, »aber reg dich doch bloß nicht so auf.«
Als ihm die Luft knapp wurde, wußten sie, daß es nicht lange mehr dauern konnte. »Jesus, ich friere«, ächzte Cash, »mir ist so kalt!« Dann stammelte er noch: » . . . vergessen, . . . meiner Al . . . Mann . . . gestor . . .«, keuchte noch einmal und lag dann still. Die vier erhoben sich.
»Schreibst du seiner Frau?« fragte Bell.
»Ich bin doch nicht beschissen im Kopf, Mann«, verwahrte sich Thorne, »ich kenne sie doch gar nicht! Das muß der Alte machen. Ich kann auch gar keine Briefe schreiben.«

»Aber du hast es ihm versprochen«, sagte Bell und blickte auf den hinunter, der nicht mehr Cash war, der jetzt gar nichts mehr war.
»Wenn einer am Abkratzen ist, verspreche ich ihm alles.«
»Aber irgendwer sollte ihr schreiben.«
»Dann schreib du ihr doch.«
»Ich hab's ihm nicht versprochen.«
Jetzt trat Charlie Dale heran. »Aus?« fragte er. Thorne nickte. »Ja.«
Sie begruben ihn am Rande des Hauptweges, stießen sein Gewehr in den Boden, stülpten seinen Helm darauf und befestigten eine Hälfte der Erkennungsmarke am Abzugsbügel. Niemand hatte eine Decke, in die man ihn hätte wickeln können, aber immerhin war er in der Erde, geschützt vor dem Ungeziefer, das im Unterholz lebte. Nachdem sie Erde auf sein nacktes Gesicht und seine Hände gehäuft hatten, war das übrige ganz einfach.
Das Wasserloch bezeichneten sie für die nachfolgende Kompanie mit einem Pfeil, setzten ihren Weg fort und fanden den dritten Hügel (wenn es der dritte war) ebenfalls frei vom Feinde. Nicht aber den vierten (wenn es der vierte war).
Band hatte beschlossen, weiter vorzugehen und nicht auf die Zweite zu warten. Er war immer noch darauf versessen, anderen Tages Bula-Bula zu erreichen, und nach der Karte war der nächste Hügel nur 400 Meter entfernt. Tatsächlich waren es 600 Meter, und um hinzugelangen, mußten sie sich einen Pfad aushauen. Bislang hatten sie stets ausgetretene Pfade gefunden. Diese neue Anstrengung forderte ebenso ihre Opfer, wie die durch den schnellen Vormarsch bewirkte Erschöpfung, und als sie die Höhe 279 erreichten, fehlten acht Leute, die in verschiedenen Stadien des Zusammenbruches unterwegs liegengeblieben waren. Sie sollten nachkommen, sobald es ihnen besser ginge, oder sich von der Patrouille aufgreifen lassen, die Band auf dem dritten Hügel zurückgelassen hatte (wenn es der dritte Hügel war).
Kurz vor dem Abrücken vom Tümpel hatte Beck den Kompaniechef noch einmal ersucht, einen anderen Zug die Spitze nehmen zu lassen. Band hatte das wiederum abgelehnt, aber versprochen, daß Becks Zug morgen – am Morgen, hatte er sich schnell verbessert – Reservezug sein sollte. Also hatte wieder der 2. Zug die Spitze, als die Kompanie Feuer erhielt. Dieses Mal ging die Gruppe Bell vorne.

Es war das langweiligste – oder besser, das erste langweilige Gefecht. Erstaunlich aber war, daß es so was überhaupt gab.
Während sie ihren Pfad aushauten, hatten sie besonders scharf aufgepaßt und inbrünstig gehofft, daß es heute nicht mehr zu einer Feindberührung kommen möge. Es war auch weder etwas zu hören noch etwas zu sehen gewesen. Dann war einer von Bells Leuten mit einem erstickten Warnruf zu Boden gestürzt, während gleichzeitig MG und Gewehre das Feuer auf sie eröffneten. Die kahle Kuppe der Höhe 279 war noch etwa 50 Meter entfernt. Die Gruppe Bell zog sich auseinander, und die 2. Gruppe ging links von ihr in Stellung. Das MG verstummte, doch folgte fast sogleich ein neuer Feuerstoß. Der Verwundete stöhnte und wimmerte. Die 3. Gruppe ging rechts von der 1. Gruppe in Stellung. Die Männer sahen einander gespannt an und dann hinauf zur Kuppe. Der Zug hatte diese Bewegungen ausgeführt, ohne daß ein Befehl erteilt, ein Wort gesprochen worden wäre. Jeder wußte, was zu tun war. Sergeant Beck (gefolgt von Tomms, dem neuen Leutnant) ging mit der 4. Gruppe, der von Thorne, in der jetzt der stellvertretende Gruppenführer fehlte, vor. Beck bedeutete Thorne durch eine Handbewegung, als Reserve an Ort und Stelle zu bleiben. Ein Sanitäter drängte sich an Beck vorüber zu dem Verwundeten, der sich stöhnend am Boden wälzte – ein erbarmungswürdiger Anblick. Hinter ihnen bewegte sich bereits der 3. Zug auf Befehl von Band durchs Unterholz, um links vom 2. Zug in Stellung zu gehen. Der 1. Zug unter Culn und seinem neuen Leutnant Payne blieb in Reserve. Die beiden MG des schweren Zuges waren unterwegs nach vorne, und die Bedienungen der Granatwerfer lagen auf dem Bauch. Etwa 45 Sekunden waren seit dem ersten Schuß vergangen. Selbstredend hatten alle Angst, aber sie waren auch alle sehr müde.
Ausgerechnet jetzt, am Ende des Tages, mußte so was passieren. Die Starrheit war seit dem frühen Morgen in ihnen gewachsen, keiner regte sich auf, und das nun folgende, eine halbe Stunde währende Gefecht war ebenfalls nicht aufregend.
Die Dinge entwickelten sich nun so, daß die Kompanie, in dem Bestreben, die weiche Stelle in der Verteidigung des Feindes zu finden, immer weiter nach links vorfühlte, und in dieser Form spielte sich dann auch das Gefecht ab. Es war schnell erkennbar, daß mit einem

japanischen Ausfall nicht gerechnet zu werden brauchte. Band überschätzte die Stärke des Feindes jedoch auf eine volle Kompanie. Er schickte den 1. Zug links vom 3. Zug vor, doch war auch hier keine weiche Stelle zu entdecken. Alle drei Züge gingen hinter Baumstämmen und riesigen Wurzeln in Deckung und schossen ohne sichtbare Wirkung zurück. Das war nun eine ermüdende, langweilige, nervös machende Angelegenheit, die alle so schnell wie möglich hinter sich bringen wollten. Indessen verteidigten die Japaner ihren kleinen Hügel hartnäckig und geschickt. Es waren zwei weitere Leute der Kompanie verwundet worden, deren Stöhnen und Winseln einen zwar kleinen, aber nicht unwichtigen Beitrag zu dem allgemeinen Lärm leistete. Endlich beschloß Band einen Frontalangriff. Die Granatwerfer konnten aus dem Wald heraus nicht schießen, und etwas anderes fiel ihm nicht ein.

Vor dem 3. Zug stieg das Gelände am wenigsten steil an und hier schien daher der für den Angriff geeignetste Ausgangspunkt zu sein. Dem 3. Zug wurde also die zweifelhafte Ehre zuteil, frontal angreifen zu dürfen. Natürlich sollte es damit nicht sein Bewenden haben. Der 3. Zug sollte so weit wie möglich in Deckung vorgehen und erst nach der Handgranatensalve loslaufen. Die MG- und Gewehrschützen der anderen beiden Züge würden ihm dabei Feuerschutz geben und selbst zur Unterstützung vorgehen, sobald der 3. Zug auf der Kuppe angelangt wäre. Leutnant Al Gore, ein magerer, hohlwangiger, sorgenvoll aussehender junger Mensch und Sergeant Fox, ein ebenfalls hohlwangiger, sorgenvoll dreinblickender, wenn auch untersetzter Mann, krochen nach vorne, um die Lage zu peilen. Sie wollten nacheinander mit je zwei Gruppen stürmen.

Korporal Fife gehörte zur Gruppe Jenks, die mit der ersten Welle vorgehen sollte, und er konnte es nicht fassen, daß ihm dies wirklich geschah. Er hatte immer geglaubt, daß ihm diese Erfahrung erspart bleiben, daß ihn stets etwas davor bewahren würde, dem Feind mit dem blanken Bajonett gegenübertreten zu müssen. Er bezweifelte stark, daß er überhaupt jemanden umbringen könnte, der ihm in die Augen sah. Während sie das Feuer unterliefen, das die beiden anderen Züge von ihnen abzuziehen versuchten, klapperte Fife mit den Zähnen und zitterte vor Angst am ganzen Leibe.

Als der erste Schuß gefallen war, jener Schuß, der den Mann aus der

Gruppe Bell traf, war Fifes Gruppe unmittelbar hinter dem 2. Zug gewesen. Während die anderen gleich nach links hinüber gelaufen waren, war Fife wie zur Salzsäule erstarrt mitten auf dem Weg stehengeblieben, unfähig, sich zu rühren, bis Jenks ihm zugebrüllt hatte: »Nun mach endlich! Laufschritt!« Danach konnte er sich zwar wieder bewegen, doch versagte der Verstand ihm den Dienst, und er vermochte keinen Gedanken zu fassen. Er wußte sehr wohl, daß diese Lähmung lebensgefährlich werden konnte, aber das half nichts. Überdies gab es ja noch unzählige andere Wege, auf denen man zu Tode kommen konnte. Das Bewußtsein hiervon hatte ihn seit seiner Verwundung nicht wieder verlassen, und das Unberechenbare daran benahm ihm den Mut. Warum konnte er denn bloß nie das Maul halten? Für ihn war das hier etwas anderes als für Jenks, durchaus nichts Alltägliches. Jenks war ja auch niemals verwundet worden, und erst wenn man verwundet gewesen war, begriff man, daß ...
Er hatte sich nach Kräften bemüht, Jenks bei der Führung der Gruppe behilflich zu sein, hatte so getan, als fehle es ihm nicht an Mut, als denke er nicht immer an alle die zahllosen Möglichkeiten, getötet zu werden. Das war ihm aber nicht besonders gut gelungen. Seine größte Angst war, daß er unfähig sein würde, einen Japaner zu töten, dem er sich gegenüber sähe, und der daher ihn töten würde.
Und daran dachte er auch jetzt. Plötzlich, aus keinem erkennbaren Grunde, erinnerte er sich des jungen, törichten, unschuldigen, beeinflußbaren Korporals Fife, dieses völlig Fremden, der im Morgengrauen auf der Höhe 209 gestanden und die Arme ausgebreitet hatte – willens, aus Liebe zur Menschheit zu sterben. Scheiß auf die Menschheit, etwas anderes verdiente sie nicht.
Noch ehe ihre Handgranaten krepierten, waren sie auf den Füßen und rannten brüllend bergan. Fife taumelte keuchend und schwitzend mit den anderen vorwärts. Er bekam keinen Kratzer ab. Rechts von ihm ließ der sonst so wortkarge Jenks ein langgezogenes, schrilles Kriegsgeschrei ertönen. Drei Männer fielen brüllend zu Boden. Fife passierte nichts. Dann waren sie in der feindlichen Stellung, dicht gefolgt von den beiden anderen Gruppen. Fife fiel es gar nicht schwer, zu schießen. Als er diese klapprigen, zerlumpten, gelben kleinen Vogelscheuchen sah, die ihre Gewehre und MGs verbissen bedienten, konnte er seinen Augen kaum glauben und war nur erstaunt. Als er

sah, daß ein Japaner sich mit erhobener Handgranate gegen ihn wandte, schoß er ihn durch die Brust und schaute zu, wie er hinfiel. Er wiederholte immer wieder jubelnd bei sich: Ich kann das auch, ich kann auch töten! Dann hielt er nach weiteren Zielen Ausschau und erblickte einen Japaner, der rennend versuchte, den Dschungel zu erreichen. Mit gesenktem Kopf und wild arbeitenden Armen rannte er verzweifelt dahin wie ein Mann auf einer Tretmühle, die sich zu schnell dreht und ihn rückwärts befördert. Fife hielt etwas vor und traf ihn oberhalb der Armbeuge in die Brust. Er jubelte laut, als der Mann schreiend, nur wenige Meter vor dem Waldrand und fast schon in Sicherheit hinstürzte. Dann war alles vorüber. Rechts und links von ihnen ergossen sich der 1. und der 2. Zug in die Stellung. Etwa die Hälfte der Japaner war in den Dschungel entkommen, war ins eigene Hinterland geflohen, falls man in diesem verrückten Feldzug überhaupt von Hinterland reden konnte. Die übrigen, einschließlich der wenigen, die sich ergeben wollten, wurden kurzerhand von Männern mit verkrampften Gesichtern erschossen, die am Ende ihrer Nervenkraft waren und nicht lange fackelten. Das Ganze hatte kaum eine halbe Stunde gedauert. Alle waren am Rande ihrer Kräfte, völlig erledigt vom Aushauen des Pfades, dem mühsamen Marsch durch den dichten Dschungel und dem Gefecht. Sobald sie zu Atem gekommen waren, schafften sie die Leichen weg und gruben für die Nacht eine Igelstellung. Die Kompanie hatte zwei Tote und acht Verwundete zu verzeichnen, auf japanischer Seite waren es 23 Tote. Verwundete Japaner waren nicht zu sehen, sie mochten mit den anderen geflohen sein.

Korporal Geoffrey Fife, vormals Kompanieschreiber und nun stellvertretender Gruppenführer, konnte sich vor Verwunderung darüber, daß er persönlich zwei Japaner getötet hatte, kaum fassen, als er nun schwer atmend und schwitzend bei den Leuten seiner Gruppe stand, die erst langsam wieder zu sich kamen. Er beteiligte sich nicht wie die meisten anderen an der Plünderung der Leichen – dabei wäre ihm gewiß übel geworden. Aber er sah zu. Hatten sie es auf dem Elefantenkopf auch so gemacht? Als dann Charlie Dale Zange und Tabakbeutel zum Vorschein brachte und anfing, Goldzähne herauszureißen, wandte Fife sich ab. Auch einige andere schienen diese Tätigkeit Dales mit Ekel zu betrachten, doch sagte niemand etwas,

und niemand sah so verstört aus wie Fife. Und das verstörte Fife noch mehr. Doll zum Beispiel sah Dale grinsend zu. Was war nur verkehrt mit ihm? Wenn die anderen so abgebrüht sein konnten, weshalb dann nicht auch er? Er hatte doch gerade erst zwei erledigt, und einer von diesen hatte ihn sogar angeblickt!
Er riß sich zusammen und zwang sich, wieder hinzusehen. Er grinste sogar ein wenig. Doll grinste, also grinste auch Fife. Lässig, viel lässiger als ihm zumute war, trat er zu einer der Leichen, um sie zu betrachten. Er überlegte, ob er mit dem Bajonett hineinstechen solle, um zu zeigen, daß auch er abgebrüht sei, glaubte aber, daß dies affektiert wirken könne. Statt dessen hockte er sich nieder, ergriff das Kinn mit den schmutzigen Bartstoppeln und drehte den Kopf so, daß er ihm in die Augen sehen konnte. Diese waren noch geöffnet und aus dem verstümmelten Mund, den Dale bereits in Arbeit gehabt hatte, rann ein dünner Faden Blutes. Fife stieß den Kopf zurück, stand auf und schlenderte davon. Er wollte es ihnen schon zeigen! Er fühlte sich stark versucht, die Hand an der Hose abzuwischen, widerstand aber. Statt dessen machte er sein Schanzzeug los, denn eines war klar: es hieß mal wieder sich eingraben.
Fife irrte sich hierin nicht. Die letzte anstrengende Arbeit, die zu erledigen blieb, ehe man ans Ausruhen denken konnte, war das Graben, das nie endende Graben. Schwitzend und vor Anstrengung keuchend mußten sie sich beinahe jede Nacht und während des Tages manchmal zwei- oder dreimal mit dem Spaten ein Ruheplätzchen buddeln. Einen Meter lang, einen Meter breit und zwei Meter tief. Nur ganz Glückliche erbten Löcher von ihren Vorgängern. Da es hier keine Tanks gab, brauchten die tiefen, runden Panzerdeckungslöcher nicht angelegt zu werden, statt dessen lebte man im Splittergraben. John Bell dachte: dieser blöde katholische Pfaffe hat mit seinem berühmt gewordenen Ausspruch ganz recht: *In Panzerdeckungslöchern sitzen keine Atheisten.* Dafür sitzen aber eine Menge in Splittergräben, und es werden täglich mehr!
Etwa eine halbe Stunde nach Einbruch der Dunkelheit – als beide Patrouillen und alle Maroden sicher in der Igelstellung waren, wurden die Männer, die in den dem Pfad zugekehrten Löchern saßen, von einer Stimme angerufen, die unverkennbar im Dialekt von Kentucky sprach.

»He, Dritte Kompanie! Dritte Kompanie! Nicht schießen! Hier ist Witt, Gefreiter Witt! Von der Geschützkompanie!« fügte er mit unfreiwilligem Humor hinzu.

Es war wirklich Witt. Die letzten 600 Meter hatte er in der Dunkelheit zurückgelegt. Er kam von der Zweiten Kompanie, die auf dem weiter zurückgelegenen Hügel kampierte. Zuerst war er auf die Erste Kompanie gestoßen, war weitergegangen, war stehengeblieben, um die Erkennungsmarke am Abzugsbügel von Cashs Gewehr zu lesen, hatte die Zweite erreicht, wo man ihm die Parole bekanntgegeben hatte, und beschlossen, trotz aller Gegenvorstellungen weiterzugehen. Nun war er hier. Da noch niemand schlief, gab es viel Schulterklopfen, Gelächter und Händeschütteln. Zuallererst wollte er wissen, was für eine Type der neue Batailloner sei? Jeder freute sich, ihn zu sehen – das galt auch für den dünn lächelnden Band, der gerade eben beschlossen hatte, eine Sperre außerhalb der Stellung über den Pfad zu legen.

Witt meldete sich selbstredend freiwillig dazu. Man hatte sich ganz allgemein gefragt, warum die Japaner die Höhe 279, nicht aber die anderen Hügel verteidigt hatten? Die Antwort auf diese Frage, die man, wäre man nur darauf gekommen, schon der Karte hätte entnehmen können, war auf der anderen Seite des Hügels zu finden. Dem Bett eines ausgetrockneten Flusses in Richtung Strand und Kokoshaine folgend, verlief einer der beiden Pfade, welche die Insel von Norden nach Süden querten, unterhalb der Schulter des Hügels 279. Der viel weiter vorne verlaufende Beaufort-Pfad und dieser hier, der den Namen Dini-Danu trug, von den Amerikanern aber sofort Ding-Dong-Pfad getauft wurde, waren die einzigen Verbindungslinien quer über die Insel. Es war bekannt, daß die Japaner auf diesen Pfaden die kümmerlichen Verstärkungen heranführten, die von schnellen Zerstörern an Land gesetzt wurden, und eben deshalb hatte Band beschlossen, den Pfad zu sperren. Er wollte die Japaner daran hindern, für die morgen zu erwartende Schlacht um Bula-Bula Verstärkungen heranzuführen. Er hatte zwar weder vom Regiment noch vom Bataillon entsprechende Befehle erhalten, doch glaubte er, sich auf solche Weise nützlich machen zu können.

Witt meldete sich als erster freiwillig, obwohl er, wie er sagte, große Bedenken gegen diesen Plan hatte. John Bell war der zweite, hätte aber nicht sagen können, warum er sich meldete. Der dritte war Charlie Dale, der es immer noch auf einen Zug abgesehen hatte und sich durch die dramatische Rückkehr von Witt aus dem Rampenlicht gedrängt sah. Band wies Dale ab, und vermutlich rettete er ihm dadurch das Leben, denn außer Bell und Witt kam von diesem Auftrag keiner lebend zurück.

Die übrigen Freiwilligen waren Schützen und Gefreite. Aus Bells Gruppe meldeten sich zwei, weil Bell mit dabei war. Ein Mann namens Gooch, ein altgedienter Soldat und Boxfreund von Witt ging mit, weil er sich mal ausgiebig mit Witt unterhalten wollte. Band wünschte, zwei leichte MG dabei zu haben, und darauf meldeten sich auch die Schützen Eins von Bell und Dale. Insgesamt waren es zwölf Gefreite und Schützen, die ausnahmslos fielen.

Ursprünglich hatte Band seinen kampferprobten 2. Zug einsetzen wollen, doch waren ihm noch rechtzeitig Becks Proteste eingefallen, und so hatte er nach Freiwilligen verlangt. Das war in gewisser Weise ein Glücksfall, denn die späteren Ereignisse zeigten, daß ein ganzer Zug auch nicht mehr ausgerichtet hätte als die vierzehn Leute, die Band tatsächlich losschickte, wenn vielleicht auch mehr am Leben geblieben wären. Band wußte noch nicht, daß die Kompanie ihm den Namen »Ordensjäger« angehängt hatte, und daß die Mehrzahl der Unteroffiziere durch Beck davon unterrichtet war, daß die Kompanie auf seinen speziellen Wunsch hin an der Spitze des Bataillons marschierte. Aber auch wenn er das gewußt hätte, wäre seine Entscheidung nicht anders ausgefallen. Witt ahnte von allen diesen Dingen noch nichts, denn sonst hätte er schärfer gegen die Sperre protestiert. Auch so staunte Band bereits über die Entschiedenheit seiner Einwände.

»Ich melde mich freiwillig«, sagte Witt, »möchte aber deutlich sagen, daß ich von der Sache nichts halte. Wenn die Japse in größerer Zahl hier entlangkommen, machen sie die Sperre im Handumdrehen zur Sau, auch wenn ein ganzer Zug dahinter liegt. Aufhalten können wir sie nicht. Trotzdem gehe ich mit.«

Band starrte ihn verblüfft durch die Brille an. Gerade eben erst hatte er ihn wieder zum Unteroffizier gemacht. »Sie brauchen nicht, Unteroffizier Witt«, sagte er scharf. »Es gibt genug andere Freiwillige, falls Sie keine Lust haben.«

»Nein, ich gehe mit. Wenn es unangenehm wird, kann ich vielleicht jemandem helfen. Kann ja auch sein, daß gar nichts passiert.«
Es stellte sich dann aber heraus, daß auch er nicht helfen konnte, er nicht und niemand sonst. Sie waren verraten und verkauft. Sie wurden schlichtweg in die Pfanne gehauen. Ihn selber rettete nur, daß er ganz links saß, zusammen mit Gooch, der später lautlos in seinen Armen starb, um ihn nicht zu verraten. Sie hatten gerade über die letzte Boxmeisterschaft des Regimentes gesprochen, bei der Gooch um Haaresbreite den Titel im Bantamgewicht erboxt hätte, und er war eben dabei, Witt zu erklären, weshalb er es nicht geschafft hatte, als er getroffen wurde.
Da waren sie also, zwölf Mannschaften und zwei Unteroffiziere, lauter gewöhnliche Männer, die einen gewöhnlichen Auftrag übernommen hatten und auf gewöhnliche Weise vom Tode überrascht wurden – nur ist eben der Tod für niemanden etwas Gewöhnliches. Eben das Gewöhnliche daran erschien den beiden Überlebenden hinterher so grausig. Der Tod kam über sie in Gestalt eines schweren Maschinengewehrs, das auf dem Rücken eines ganz gewöhnlichen japanischen Soldaten festgeschnallt war.
Die Sache ließ sich gar nicht einmal übel an. Sie waren im schwachen Mondlicht vom Hügel herabgestiegen, hatten (unter großer Gefahr für alle Beteiligten) den Pfad mehrere hundert Schritte weit erkundet und, nach einer Besprechung zwischen Witt und Bell, den besten Platz gewählt, nämlich eine Stelle, vor der sich das sandige Flußbett zu einem Durchlaß verengte, der nur für jeweils einen, höchstens aber zwei Menschen nebeneinander Platz bot. Etwa dreißig Schritte von diesem Durchlaß entfernt legten sie sich hinter mehrere gefällte, dünne Stämme, die allerdings keine rechte Deckung boten. Beide MG-Schützen waren deutlich zu erkennen. Sie stellten einen Posten auf, der zum Meer hin sichern sollte, doch wußten alle, daß, falls überhaupt Japaner kamen, sie vom Innern der Insel zu erwarten waren. Witt lag ganz links und Bell ganz rechts, wenn auch nicht ganz so dicht an der etwa drei Meter hohen Böschung wie Witt.
Was sie schließlich im schwachen Mondlicht zu sehen bekamen, war ein einzelner Mann, der mit einer schweren Last auf dem Rücken daherstapfte. Er hatte sie wohl ebenfalls gesehen, denn als er sich in den schmalen Durchlaß zwängte, ließ er sich auf Hände und Knie

nieder. Die eigenen lMG trafen wenigstens einen der hinter ihm Gehenden, aber das nützte gar nichts, denn diesem ersten folgten noch viele, die alle an dem Abzug des MG auf dem Rücken des Knienden ziehen konnten, mit dem er das sich vor ihm erweiternde Flußbett unter Feuer nahm. Es war, als werde man in einem leeren Schwimmbassin beschossen, und die Japaner konnten so bequem verfahren, als hätten sie Fische in einem Faß vor sich. Kugeln, die auf dem Hinweg ihr Ziel verfehlten, sprangen jaulend als Querschläger von den Steinen ab und rissen gräßliche Wunden.

John Bell verdankte seine Rettung dem Umstand, daß er ganz genau begriff, was vorging, und drei Sekunden eher als alle anderen mit dem Ruf »Haut ab, haut ab!« auf den Beinen und die steile Böschung hinauf war. Überdies hatte er Glück. Es gelang ihm, über die Böschung hinweg in den Dschungel zu flüchten. Zwei Männer, die ihm auf den Fersen waren, fielen mit krampfhaft zuckenden Fingern von der Böschung, von oben bis unten durchlöchert wie die Siebe. Von den anderen gelangte niemand auch nur bis zum Fuße der Böschung. Und alles nur wegen eines einzigen MG, das sich ein einziger gewitzter japanischer Soldat auf den Rücken geschnallt hatte!

Witt, der auf der anderen Seite lag, hatte überhaupt nichts bemerkt, sondern einfach nur Glück gehabt. Als Gooch sozusagen mitten im Wort abgeschossen wurde, war Witt in blindem Schrecken die Böschung hinaufgerannt. Gerade in diesem Augenblick schwenkte das MG von ihm weg. Pures Glück. Da lag er nun also. Instinktiv hatte er sein Gewehr festgehalten, aber er konnte nicht schießen, denn das Mündungsfeuer hätte ihn verraten. Er zählte einhundertdreißig Japaner und zerbiß sich dabei weinend die Knöchel – vor Wut darüber, daß er keine Handgranaten bei sich hatte. Mit einer einzigen Handgranate hätte er da unten eine ganz schöne Panik anrichten können. Aber an die Geschützkompanie waren keine Handgranaten verteilt worden, und vorhin hatte er vergessen, sich welche geben zu lassen. Er sah die Japaner im fahlen Mondlicht vorbeiziehen und erblickte nicht die gehetzten, verhungerten Gesichter der Hügelbesatzung, sondern ganz offenbar eine kampferfahrene, ausgeruhte Truppe, die erst kürzlich an Land gegangen war.

Wie Gooch es fertigbringen konnte, in seiner Verfassung die Böschung zu erklettern und ihn aufzuspüren, begriff Witt nicht. Gooch erklärte es auch nicht. Er flüsterte nur »Bitte, bitte«, und dann legte Witt ihm den Finger auf die Lippen. Der schwerverwundete Gooch verstand und nickte. Er gab keinen Laut von sich. Witt legte den Arm um ihn, um ihm zu zeigen, wie sehr er ihn bemitleidete, und so starb der beste Bantamgewichtler des Regimentes in Witts Armen, während Witt zusah, wie die japanische Kompanie vorbeizog. Einige Verwundete der Dritten hatten stöhnend im Flußbett gelegen, waren aber von den vordersten Japanern mit Pistolenschüssen getötet worden. Witt dachte unablässig: Nur eine Handgranate, nur eine Handgranate!

Lauter gewöhnliche Soldaten mit einem ganz gewöhnlichen Auftrag, und nun alle tot.

John Bell, auf der anderen Seite des Flußbettes, hatte ebenfalls keine Handgranaten. Bis auf einen Patronengürtel und seine Flinte hatte er alles weggeworfen, um beweglicher zu sein, aber er machte sich auch nichts vor: selbst wenn er Handgranaten gehabt hätte, hätte er keine geworfen. Zum ersten Mal in diesem Krieg hatte die Angst ihn übermannt. Auch er empfand das Gewöhnliche an dieser Situation grotesk. Er kroch wie ein verängstigtes Tier durchs Gestrüpp, immer bergauf, bergauf, der Kompanie und der Geborgenheit entgegen. Es war ihm einerlei, ob da unten noch jemand lebte oder nicht. Später verfolgte ihn deshalb immer wieder das schlechte Gewissen. Er brauchte länger als eine halbe Stunde für diesen Aufstieg von sonst fünf Minuten. Niemand, auch Witt nicht, machte ihm aus seiner Haltung in dieser Angelegenheit jemals einen Vorwurf. Gewisse Dinge – leider aber meist nur die extremsten – verstand jeder.

Am Morgen gingen sie, um die Toten einzusammeln, doch war Witt bereits vorher zur Geschützkompanie zurückgekehrt.

Witt war erst eine Stunde nach dem Überfall bei der Kompanie aufgetaucht. Eine halbe Stunde lang hatte er den Japanern zugesehen (sie marschierten in Reihe), und da er keine Eile hatte, denn Gooch war tot, blieb er noch eine halbe Stunde, um festzustellen, ob die Japaner eine Nachhut zurücklassen oder den Pfad verminen würden. Beides hatten sie nicht getan. Er fürchtete sich beinahe, den Pfad entlang zu sehen. Schließlich setzte er durchs Flußbett, vorbei an den Gefallenen, hinauf ans andere Ufer. Als er bei der Kompanie anlangte, ging er unverzüglich zu Band, der neben Bell kauerte und ihn ausfragte.

»Umbringen müßte man Sie«, rief Witt schrill.
Der langnasige, tückisch aussehende Oberleutnant Creo, der neben Band stand, nahm den Karabiner ab und richtete ihn auf Witt. Witt lachte ihn aus.
»Nur keine Angst!« Und dann zu Band: »Sie sind ein verblödetes, hundsgemeines, scheißefressendes Stinktier! Gerade eben haben Sie für nichts und wieder nichts zwölf Leute umgebracht! Hoffentlich sind Sie nun zufrieden! Ich würde zwar gerne bei der Kompanie bleiben, aber nicht, solange ein Arschloch wie Sie Kompaniechef ist. Vielleicht komme ich zurück, wenn Sie versetzt sind oder die Kompanie Sie abgeknallt hat!«
Damit hängte er sein Gewehr um, wandte beiden Offizieren verächtlich den Rücken, nahm sein Zeug auf und verschwand. Er ging in der Dunkelheit durch den stockfinsteren Dschungel bis zur Zweiten Kompanie zurück, den gleichen Weg, den er vor nicht langer Zeit gekommen war. Bei der Zweiten ließ er sich Wasser geben und berichtete von dem Fiasko an der Straßensperre. Dann ging er weiter. Es geschah ihm nichts. Noch vor Tagesanbruch war er wieder bei der Geschützkompanie, die ihrerseits inzwischen mit Wasser und Verpflegung bis zum Garnelenkopf vorgerückt war. Als er sich bei seinem Sergeanten zurückmeldete, sagte der bloß verschlafen: »Was denn – du? Ich dachte, du wärst längst hops gegangen!« drehte sich um und schlief weiter.
Nachdem Witt gegangen war, sagte der langnasige, tückisch aussehende Creo: »Ich hätte allen Grund und auch das Recht gehabt, den Kerl abzuknallen wie einen Hund!«
»Nein, es war schon richtig, daß Sie nichts dergleichen getan haben«, murmelte Band. »Er war wohl nicht ganz bei sich.« Band hatte sich noch nicht gerührt, er kauerte immer noch neben Bell und blinzelte hinter seinen stahlgerahmten Brillengläsern.
»Ich hätte ihn doch erschießen sollen«, wiederholte Creo erbittert. »Er hat seinen Kompaniechef bedroht!«
»Nein, nein, es ist schon recht so«, murmelte Band blinzelnd.
In einem anderen Teil der Stellung sahen die Sergeanten Culn und Beck einander an.
»Na?« fragte Culn.
Beck hob die Schulter. »Er ist immer noch der Kompaniechef.«

Bell hatte den Offizieren mittlerweile die ganze Geschichte wiederholt. »Wir warten wohl lieber bis zum Morgen«, sagte Band immer noch blinzelnd.

Es war ein trauriger Anblick. Zwei der Toten lagen mit Genickschüssen im Sand. Es sah aus, als seien über das ganze Flußbett Leichen verstreut. Einem war es ebenso wie Gooch gelungen, ungesehen die Böschung hinaufzukriechen, und im Unterholz versteckt, war er einsam gestorben. Sie schafften die Gefallenen auf den Hügel und begruben sie neben den beiden Toten vom Vortage. Es wurde ein richtiger kleiner Friedhof. Alles geschah schon im allerersten Morgengrauen, und man beeilte sich dabei nach Kräften. Band, der immer noch blinzelte, wenn er mit jemandem sprach, drängte nach wie vor darauf, so schnell wie möglich Buia-Bula zu erreichen.

Die Japaner hatten alle Waffen und alle Munition, die sie auf dem Pfad fanden, mitgenommen, doch hatte glücklicherweise einer der MG-Schützen, der unmittelbar hinter Bell gewesen war, seine Spritze vor sich her über die Böschung geworfen, ehe er tödlich getroffen wurde. Dieses MG fand man noch im Gebüsch. Als sie nun weiter nach Bula-Bula marschierten, gerade als die Sonne schön und strahlend aus dem Meer stieg, fehlten ihnen ein MG und zwölf Soldaten. Andererseits hatten sie nun den Ding-Dong-Pfad bis Bula-Bula vor sich und brauchten den Weg nicht mehr auszuhauen – abgesehen von den Pfaden zu jenen Hügeln, die sie auf ihrem Vormarsch noch besetzen mußten. Als sie abrücken wollten, traf die Zweite Kompanie mit Ersatz für die Krankenträger ein. Dann verschwand die Dritte wieder für Stunden im Dschungel und in der Hitze.

Sie nahmen zwei unverteidigte Hügel in Besitz und ließen auf jedem eine Gruppe zurück, die auf die Erste und Zweite Kompanie warten sollten. Gegen Mittag, gerade als das Dritte Bataillon rechts von ihnen mit zwei Kompanien Bula-Bula angriff, verließen sie den Dschungel und gelangten in die Kokospalmenhaine. Band ließ die Kompanie sogleich zugweise gegen Bula-Bula vorgehen.

Er hätte ihnen eine Ruhepause geben müssen. Sie sahen wie der wahre Zorn Gottes aus, wie Heuschrecken und Nattern, die sich über eine unglückliche Landschaft ergießen, und das waren sie ja auch. Und überdies waren sie völlig erledigt. Ein Marsch durch den Dschungel schwächt den Körper mehr als jede andere physische Anstrengung. Die Palmenhaine, in denen sie sich jetzt befanden, sahen genauso aus wie die, in denen sie vor mehreren Zeitaltern auf der anderen Seite der Insel biwakiert hatten. Und doch sahen sie wiederum ganz anders aus, denn diese hier waren Feindesland. Band gönnte der Kompanie keine Ruhe. Der Kampflärm vom Dritten Bataillon her wurde lauter. Ehe sie hingelangten, wurden sie erkannt und unter Feuer genommen. Dieses Mal hatten sie schwere Granatwerfer vor sich. Die Männer mit den erschöpften Gesichtern preßten sich an die Erde und sahen einander mit weißen Augen aus verschwitzten Gesichtern an. Aber Band trieb sie gruppenweise voran. In den Augen hinter den Brillengläsern glomm ein halb irres, schulmeisterliches Funkeln, und er hatte nur einen einzigen Gedanken: An der Schlacht um Bula-Bula beteiligt zu sein. Das Werferfeuer war übrigens nicht so schlimm und wurde niemals zu einem eigentlichen Sperrfeuer wie am tanzenden Elefanten. Die Japaner schmolzen schnell zusammen. Trotzdem wurden Männer verwundet. Endlich gelangten sie an den Feind.

Band hatte den Chef der Zweiten, Hauptmann Task, in der Frühe wissen lassen, daß er schnell vorzustoßen gedenke, und tatsächlich befand er sich mehr als eine halbe Meile vor der Zweiten Kompanie, die noch im Dschungel war. Hauptmann Task hatte Band seinerseits mitgeteilt, daß man der Dritten wegen beim Bataillon in Unruhe sei, da man nichts von ihr gehört habe. Das Bataillon sei bereits über die Katastrophe an der Straßensperre im Bilde und mache sich Sorgen wegen der Verluste. Band hatte Task angeblinzelt (was Task möglicherweise aufgefallen war – Band wußte es nicht) und geantwortet, seine Verluste seien angesichts seiner Erfolge ganz unbeachtlich, betrügen im ganzen 12 Leute. Als er sich nun dieser befremdlichen Unterhaltung wieder entsann, trieb er seine Leute noch schärfer an. Er wußte gut, daß im Kriege wie überall nur der Erfolg zählt. Er liebte seine Kompanie leidenschaftlich und verzweifelt.

Er hatte den beiden auf den Hügeln zurückgebliebenen Gruppen befohlen, nach ihrer Ablösung so schnell wie möglich nachzukommen. Das taten sie selbstverständlich nicht, sondern trafen erst mit der Zweiten Kompanie ein, zu spät, um noch zu Schaden zu kommen.

Aber trotz ihres Fehlens und der zwölf Toten von der Sperre hatte die Kompanie Erfolg.

Die Japaner hatten zwei Verteidigungsgürtel um Bula-Bula gelegt. Diese Stellungen waren etwa hundert Meter voneinander entfernt, gut ausgebaut und deutlich erkennbar. Offensichtlich war der Feind entschlossen, sich hier zum Kampf zu stellen. Band griff den Gürtel von links her an, während das Dritte Bataillon rechts angriff. Da beabsichtigt war, einen Keil durch die japanischen Stellungen zu treiben, hatte sich das Dritte Bataillon geteilt, und zwei seiner Kompanien gingen gegen die starken Feindkräfte rechts vor, während gegen das Dorf selbst nur eine Kompanie angesetzt war, mehr um einen Gegenstoß der Japaner zu verhindern, als um das Dorf zu nehmen. Davon wußte Band natürlich nichts. Während sein 2. und 3. Zug, verstärkt durch zwei sMG vorfühlten, um eine schwache Stelle in der Abwehr des Feindes zu finden, zog er seine Granatwerfer so weit zurück, daß sie beide Gürtel unter Feuer nehmen konnten. Die Werfer wurden zwar von versprengten japanischen Infanteristen belästigt, doch lag ihr Feuer gut im Ziel.
Dies dauerte so lange, bis die Werfer ihre Munition verschossen hatten. Doch da war der Kompanie ein Einbruch gelungen; die Männer rannten schwerfällig und doch aufmerksam über das kurze Gras an den langen Reihen der Kokospalmen entlang, sprangen über Gräben, die denen glichen, die sie früher einmal mit Ehrfurcht und Staunen betrachtet hatten, sie ächzten, wimmerten und manche starben auch. Niemand wußte, daß dieser Einbruch nur möglich war, weil die Japaner rechts von ihnen vor der angreifenden Elften Kompanie zurückgewichen waren. Es hätte auch niemanden gekümmert. Korporal Fife lief mit den Leuten der Gruppe Jenks dahin, er schoß auf jeden Japaner, der ihm vor die Augen kam, und war so von Angst und Euphorie zugleich erfüllt, daß er das eine nicht vom anderen zu unterscheiden vermochte. Dann fiel Jenks laut gurgelnd mit einem Schuß durch den Hals, und Fife führte jetzt die Gruppe, trug die Verantwortung und merkte, daß er sie liebte, wie er alle seine Leute liebte. John Bell, der die panische Angst der letzten Nacht überwunden hatte, trieb seine Gruppe brüllend vorwärts, hielt aber auf alles ein wachsames Auge, um möglichst wenig Verluste zu erleiden. Don Doll stürmte grinsend dahin, in einer Hand das Gewehr, in der anderen die Pistole, und als die Pistole leergeschossen war, ließ er sie los (sie baumelte an ihrer langen Schnur) und benutzte sein Gewehr.

Sie waren drin! Sie waren eingebrochen! Als sie ins eigentliche Dorf gelangten, sahen sie, daß die Japaner mit Handgranaten, Messern und Pistolen Selbstmord verübten, und das war gut so, denn wer es nicht tat, wurde erschossen oder abgestochen. Insgesamt machte man nur achtzehn Gefangene.

Als alles vorüber war, begrüßten sie die Leute von der Elften Kompanie und grinsten einander aus verschmutzten, geschwärzten Gesichtern an. Einige wenige setzten sich und weinten. Charlie Dale sammelte viele Goldzähne und erbeutete eine erstklassige Uhr, die er später für einhundert Dollar verkaufte. Er war auf einen Japaner gestoßen, der verzweifelt, den Kopf in die Hände gestützt, auf einer Türschwelle saß und an dessen Handgelenk diese Uhr blitzte wie ein Brillant. Dale schoß ihn durch den Kopf und nahm die Uhr an sich. Dies war fast die gesamte Beute, denn im Handumdrehen erschienen bereits Leute von der Intendantur und belegten alles mit Beschlag. Es hatte auch niemand mehr Lust und Kraft, sich nach Beute umzusehen. Später wurde das selbstverständlich tief bedauert.

Am Tag danach wurde der Angriff den Strand hinauf fortgesetzt und am übernächsten Tag wurde die Dritte abgelöst. An ihre Stelle traten frische, saubere, glattgesichtige, munter wirkende Männer einer ganz neu eingetroffenen Division, die den Angriff bis Kokumbona fortsetzten. Es hieß, daß die kaiserlich japanische Armee in vollem Rückzuge begriffen sei. Mindestens ebensolchen Jubel löste allerdings die Nachricht aus, daß man dieses Mal nicht zurückzumarschieren brauchte, sondern auf Lkw verladen werden sollte. So rollten sie denn über die Küstenstraße dahin, starrten einander benommen in die Gesichter und auf die friedlichen, sonnengesprenkelten Schatten der vorüberhuschenden Haine, und die glitzernde See und das Brausen der Brandung waren nur wenige Meter von ihnen entfernt.

Kapitel VIII

Drei Tage darauf wurde Band abgelöst.

Ehe es dazu kam, hatte die Dritte jedoch ein wildes Gelage veranstaltet, das 28 Stunden lang währte und den letzten Tropfen Whisky kostete, und Band hatte endlich erfahren – das war zu einem guten Teil eben dieser Betrunkenheit zuzuschreiben –, was diese Einheit, die er so liebte, wirklich von ihm dachte. Und ausgerechnet der kleine gewitzte Gefreite Mazzi aus der Bronx, Mazzi vom Granatwerferzug, durfte sich das Verdienst daran zuschreiben, daß es dazu gekommen war.

Die Orgie selbst nahm unglaubliche Formen an. Sie hörte erst auf, als man mit trunkenem Entsetzen merkte, daß in der gesamten Kompanie nicht nur keine volle Flasche, sondern nicht einmal ein einziger Tropfen Whisky mehr vorhanden war. Das war ein geradezu grauenhafter Schock.

Alle diese Vorgänge fanden unter den Palmen statt, unter denen diesmal die Zelte standen. Die Männer waren kaum von den Lkw gesprungen, als auch schon die Flaschen zum Vorschein kamen, die zurückgeblieben und von Storm gewissenhaft bewacht worden waren. In einer Anwandlung von schuldbewußter Liebe und mit Hilfe Storms und seiner mürrischen Köche, die von der Seegurke zurückgekehrt waren, als ihnen die Vorräte ausgingen, hatten McTae und sein Schreiber persönlich die Mannschaftszelte errichtet und sogar die Feldbetten mitsamt Decken und Moskitonetzen aufgestellt. Über der Küche flatterte das Sonnensegel, und die Herde fauchten. Die müden Krieger hatten weiter nichts zu tun als sich ernsthaft ans Trinken zu machen, sobald sie die gekennzeichneten Flaschen aus Storms verschlossenen Behältern bekommen hatten.

Alle waren ein wenig verrückt. Die Benommenheit, die sie im Gefecht

überkam, die ihnen die Gesichter verzerrte und den Augen den starrenden Blick verlieh, war noch nicht gewichen und sollte dieses Mal auch langsamer weichen als zuvor. Dies führte John Bell dazu, folgende Theorie aufzustellen: Wenn man oft genug ins Gefecht mußte und wenn es jedesmal ein bißchen länger währte, bis die Starrheit wich, dann könnte sie schließlich zum Dauerzustand werden. Während des Bacchanals erbrach sich beinahe jeder mehrere Male. Etliche Männer ließen sich auf Hände und Knie nieder, und in den in stilles Mondlicht getauchten, wenn auch tödlichen Kokoshainen heulten sie den Mond an wie Wölfe oder Hunde. Andere wieder rissen sich alle Klamotten vom Leibe und trippelten splitterfasernackt wie Schüler von Martha Graham über die Ebene neben dem Lager, um bei Mondschein im Matanikau zu schwimmen. Es waren mindestens neun Prügeleien zu verzeichnen. Der Höhepunkt war erreicht, als der kleine Mazzi beschloß, den langen George Band aus seiner Höhle hervorzulocken und ihm die Meinung zu sagen, ihn wissen zu lassen, was diese seine Einheit von ihm hielt.
Angestachelt wurde er dazu von Carni, Suss, Gluk, Tassi und den anderen New Yorkern. Sie saßen trinkend in Carnis Zelt, Carni lag, ebenfalls trinkend, auf seinem Bett, Opfer eines besonders schweren Malariaanfalles, der ihn auf dem Rücktransport heimgesucht hatte. Selbstverständlich wurde über den Feldzug gesprochen. Band hatte Schindluder mit ihnen getrieben. Band hatte sie ohne jede Notwendigkeit einem Risiko nach dem anderen ausgesetzt. Band hatte sie überflüssigerweise auf Bula-Bula gehetzt, wo sie nicht gebraucht wurden und dessen Einnahme nicht zu ihrem Auftrag gehörte. Und selbstverständlich hätte der Ordensjäger niemals versuchen dürfen, jene verhängnisvolle Sperre zu errichten. Während so alle nach Herzenslust über Band herzogen, knurrte Mazzi sie an und verlangte, daß sie Band dies alles ins Gesicht sagen sollten – was nütze es schon, hier herumzusitzen und sich das Maul über ihn zu zerreißen! Der vom Fieber schlaffgesichtige Carni, der Anführer dieser kleinen Horde, wenn man da von Anführer überhaupt reden konnte, fragte ihn mit von Fieber und Zynismus dumpfer Stimme, warum denn er, zum Teufel, das nicht selber tue? Ja, sagte jemand anders, warum tust du es nicht selbst? Ganz recht, so fügte Suss hinzu, du riskierst doch nichts dabei als deinen Winkel, und den kannst du immer

wiederbekommen, wenn vielleicht auch nicht so bald, denn im Granatwerferzug ist es zwar sicherer, aber daher sind die Aussichten auf Beförderung geringer! Mazzi erhob sich betrunken und richtete sich zu seiner vollen Höhe von 161 Zentimetern auf. »Bei Gott, ich gehe!« verkündete er.

Er marschierte aus dem Zelt, taumelte durch den Hain zum Zelt des Alten und fiel dabei nur einmal auf die Nase. Die anderen folgten ihm selig kichernd in größerem Abstand, höchst zufrieden darüber, daß er diese gefährliche Mission alleine übernommen hatte.

Mazzi hätte das, was er tat, vielleicht nicht getan, wäre er nicht betrunken und wäre jener Vorfall in Bula-Bula nicht gewesen. So aber war er von solcher Verzweiflung, solchem Haß und einem so unsagbaren Jammer gequält, und überdies vom Alkohol derart enthemmt, daß es ihm einerlei war, was er tat, und je übler er sich aufführte, desto wohler wurde ihm zumute. Natürlich mußte es wieder dieser gottverdammte Tills sein! Bislang hatte Tills noch niemandem etwas erzählt, doch bedeutete das nicht, daß er es nicht noch tun würde. Mazzi war sogar fest davon überzeugt, daß er es tun würde. Wenn einen jemand so haßte, wie Tills ihn haßte, dann mußte er es einfach erzählen. Um so mehr, da man ihn ja selbst als das hingestellt hatte, was ohnehin alle ihr Leben lang waren. Immer wenn er daran dachte, kniff Mazzi den Arsch ein und fühlte ein Brennen im Magen. Als der Granatwerferzug vor Bula-Bula von versprengten Japanern belästigt worden war, kam das für alle als eine recht unangenehme Überraschung. Schließlich waren die Bedienungen gezwungen gewesen, Reißaus zu nehmen. Es war nicht ihre Aufgabe, sich mit versprengten Japanern in ein Feuergefecht einzulassen, sondern Bula-Bula zu beschießen. Die Japaner, die an den Reihen der Palmen entlang schossen, zeigten keine Neigung, näher zu kommen, und sich in ein Handgemenge zu stürzen, sondern schienen sich damit begnügen zu wollen, aus sicherer Entfernung einen ihrer Gegner nach dem anderen abzuschießen. Nicht weit entfernt schob sich ein schmaler Dschungelausläufer in die Ebene vor. Die Bedienungen hatten bereits zwei Leichtverwundete, und da der Qualm, der Lärm und das Durcheinander unablässig zunahmen, befahl Leutnant Culp schließlich erregt Stellungswechsel auf die andere Seite des Dschungelausläufers. Und bei dieser Gelegenheit war es geschehen.

In einer Hand die Bodenplatte, in der anderen den Karabiner, so drängte sich Frankie Mazzi auf dem rechten Flügel des Zuges rückwärts in das dichte Unterholz. Einmal drinnen, drehte er sich um und fühlte dabei, daß etwas nach ihm schnappte und ihn festhielt. Er wußte, was es war, doch war er so verstört, daß er nichts unternehmen konnte. Irgendein *Ding* hatte seinen Patronengürtel über der rechten Hüfte gepackt. Er wollte es nicht glauben, er strampelte sich fluchend ab und hörte, wie Gewehrkugeln rechts und links von ihm durch die Büsche zwitscherten, und doch kam und kam er nicht von der Stelle, strampelte an Ort, in einer Hand die Bodenplatte, in der anderen den Karabiner. Hätte er seinen Schießprügel fallenlassen, so wäre es ihm möglich gewesen, sich zu befreien und ihn dann wieder aufzuheben, aber auf diesen Gedanken kam er nicht. Die Augen tellergroß, der Mund eine gähnende Höhle voller Zähne – so stieß und zerrte er, strampelte in einer zeitlosen Welt, in der die einzigen meßbaren Augenblicke lebendiger Zeit, die wie flüchtige rote Lichtsignale eines Leuchtturmes auf nächtlicher See zu ihm drangen, durch die in unregelmäßigen Abständen ins Gezweig einschlagenden Geschosse bezeichnet wurden. Und dort verblieb er, Bodenplatte und Karabiner sinnlos umklammert haltend. Und er wußte: so würde er immer noch dastehen, wenn ihn die Japaner holten, um ihn abzumurksen, zu kochen und zu verspeisen.
Zwei Männer des Zuges waren eilig und ohne auf ihn zu achten vorbeigelaufen und er hatte kläglich, dümmlich und leise zu rufen begonnen: »Hilfe!« Selbst in seinen eigenen Ohren hatte das einen lächerlichen und hoffnungslosen Klang. »Hilfe, Hilfe«, hatte er wimmernd gerufen, »Hilfe, Hilfe.«
Es war Tills, der ihm zu Hilfe kam. Auch seine Augen funkelten wild, als er nun hastig und geduckt herangelaufen kam, die Lage überblickte und Mazzi befreite. Mazzi hatte die ganze Zeit über vorwärts gedrängt. Tills nun schob ihn einfach zwei Schritte zurück und der Ast, der Mazzi gefangenhielt, gab ihn frei. Dann waren beide geduckt losgerannt, und die Geschosse waren sirrend neben ihnen ins Laub geschlagen. Einmal hatte Tills ihm einen höhnischen Blick zugeworfen und braunen Tabaksaft ausgespuckt. Als das Licht durch die Bäume zu schimmern begann, hörte der Beschuß auf. Nachdem ihre Augen sich an das grelle Sonnenlicht im Freien gewöhnt hatten, sahen

sie, daß die anderen dreißig Meter weiter vorne dabei waren, die Werfer aufzubauen. Tills und Mazzi gingen langsamer, Tills mit dem Karabiner auf dem Rücken, das Rohr wie einen Säugling auf beiden Armen, Mazzi mit der Bodenplatte in der einen und dem Karabiner in der anderen Hand. Man winkte ihnen, sich zu beeilen.
»Glaub bloß nicht, daß du mir jetzt besser gefällst!« hatte Mazzi verdrossen geknurrt.
»Denkst du vielleicht du mir?« war Tills' höhnische Antwort gewesen. Mazzi hatte keinen Augenblick bezweifelt, daß Tills diese Geschichte bei erster Gelegenheit zum Besten geben werde.
Und auch jetzt zweifelte er nicht daran, als er betrunken vor dem Zelt des Ordensjägers Band stand. Jeder würde es erfahren und über seine Schande lachen. Und bei diesem Gedanken krampfte sich ihm der Bauch zusammen.
»Komm raus, du muttervögelnder Hurenhund!« brüllte er wild zur Eröffnung. Aus dem verdunkelten Zelt drang ganz ganz schwacher Lichtschein nach draußen. Drinnen rührte sich nichts.
»Komm raus, du feiger Kinderschänder! Komm raus, damit du erfährst, was anständige Leute von dir denken, Band. Das möchtest du doch bestimmt gerne wissen, was? Ordensjäger Band nennen sie dich. Komm raus und schick die Kompanie mal wieder in die Scheiße! Komm raus und laß noch ein paar von uns abknallen! Du denkst wohl, du wirst befördert, weil du uns auf Bula-Bula gehetzt hast? Wie viele Orden kriegst du denn für die Sperre, was, du Schwein!!«
Jetzt hatten sich zahlreiche Männer gesammelt, und in ihren grinsenden Gesichtern schimmerten die Zähne weiß im Mondlicht. Das Bewußtsein, ein Publikum zu haben, stachelte Mazzi an, er stolzierte hin und her, schwenkte die dürren Arme und errichtete einen wahren Kunstbau aus Beleidigungen und Flüchen, die bis zum Himmel aufstiegen. Zweimal dröhnte dumpfer Beifall aus der Menge. Doch niemand gesellte sich zu ihm. Gelegentlich hörte man das Gluckern, das entsteht, wenn jemand aus der Flasche trinkt.
»Du bist eine Arschgeige, Band, ein Schmock! Komm raus, daß ich dir die Fresse einschlage, alle möchten dir die Fresse einschlagen, daß du es nur weißt. Das ist wohl eine Überraschung, he?«
Schließlich ging das Licht im Zelt aus, und Band kam zum Vorschein. Er schwankte ein wenig, stützte sich gegen die Zeltwand und hielt

eine Flasche in der Hand. Er war ebenso betrunken wie alle anderen. Auf seinem Hinterkopf thronte der beschädigte Helm mit dem großen Loch, den er seit dem Gefecht um den tanzenden Elefanten aufbewahrt und jedem Mann in der Kompanie persönlich vorgeführt hatte. Grelles Mondlicht fiel auf sein Gesicht, blinkte auf dem stählernen Rahmen seiner Brille, hinter der die durch die Linsen vergrößerten Augen merkwürdig zögernd blinzelten. Er sagte nichts. Hinter ihm erschien der dunkle, tückisch aussehende, gurkennäsige Creo, wieder einmal mit dem Karabiner in der Hand.

»Du glaubst wohl, dieser Scheißhelm da reißt dich raus, was?« kreischte Mazzi. »Du glaubst wohl, damit kannst du Eindruck schinden, wie?«

Band sagte immer noch nichts. Er sah Mazzi scharf an und blickte dann jedem einzelnen in die Augen, doch immer noch mit diesem seltsam zögernden Blinzeln, das er sich unlängst angewöhnt hatte, und das dem Blinzeln eines Somnambulen glich.

Langsam und verlegen zogen die Männer sich zurück. Der Spaß war vorüber. »Gehen wir lieber noch was trinken«, murmelte jemand. Bald war niemand mehr zurückgeblieben bis auf die kleine Gruppe der loyalen New Yorker. Mazzi wütete weiter. »Was ist schon dein Dreckshelm im Vergleich zu den Leuten, die du auf dem Gewissen hast?« schrillte er.

»Komm weg hier, Frankie«, mahnte Suss.

Mazzi riß sich los. »Jetzt weißt du, was wir von dir denken«, schloß er kreischend. »Und jetzt kannst du mich wegen mir vors Kriegsgericht bringen!« Damit stolzierte er von dannen.

Seine kleine Gefolgschaft aus New York beglückwünschte ihn stürmisch, klopfte ihm auf die Schulter, drückte seine Hand. Sie glich einem Kometenschwanz, dessen harter Kern Mazzi war. Mazzi kicherte unablässig selig vor sich hin. »Jetzt hab ichs ihm aber mal gegeben«, sagte er zu jedem, der ihm in den Weg lief. »Jetzt hab ichs ihm aber mal gesagt.« Auch andere kamen jetzt aus den Schatten hervor, Flaschen in der Hand, um betrunken Beifall zu spenden. Da sie Bands stummes Gesicht mit den blinzelnden Augen nicht mehr vor sich hatten, fanden sie wieder Geschmack an der Sache. »Und kein einziges Wort hat er gesagt«, kicherte Mazzi. Plötzlich aber bemerkte er Tills höhnisch grinsendes Gesicht unmittelbar vor sich,

und da kam das heulende Elend wieder über ihn.
»Ich habs ihm gegeben«, kicherte er noch einmal hohl.
»Das hast du wirklich«, bestätigte sein neuer Gefolgsmann Gluk. Tills spuckte braunen Tabaksaft. Auch er hatte sich in der Zwischenzeit etwas verändert. »Gar nichts hast du«, knurrte er höhnisch, »das weißt du auch ganz gut.« Daraufhin fühlte Mazzi sich wiederum gräßlich deprimiert.
Das war aber überflüssig. Tills erzählte Mazzis Geschichte, erzählte sie im Laufe jener bacchantischen Nacht und an dem trunkenen Tage, der darauf folgte, erzählte sie jedem, der sie hören wollte. Alle lachten darüber, aber in diesem Lachen war keine Schadenfreude, und man fand Mazzi nicht lächerlich, sondern sah in ihm einen Helden. Als ihm das im Laufe der nächsten beiden Tage langsam klar wurde, vergaß er seine Niedergeschlagenheit, und es gelang ihm sogar, von neuem herablassend und arrogant aufzutreten, selbst Tills gegenüber.
Das Gelage hatte noch andere Folgen. Am schlimmsten war selbstverständlich, daß aller Whisky ausgetrunken wurde und sich bei fortschreitender Ernüchterung die Erkenntnis breitmachte, daß man sich auch keinen Schnaps mehr beschaffen konnte, da niemand die dazu erforderlichen Beutestücke aus Bula-Bula herangeschleppt hatte. Dieses Mal war die Kompanie nicht unter der Last japanischer Waffen, Ausrüstungsstücke und anderer Gegenstände fast zusammenbrechend vom Schlachtfeld abgerückt. Wie also sollte man sich Whisky beschaffen? Es sah nach einer Katastrophe aus. Selbstverständlich gab es in der Kompanie auch einige Abstinenzler, zwei ungebildete Baptistenprediger aus den Südstaaten beispielsweise, und zwei sture Bücherrevisoren, die versehentlich zur Infanterie geraten waren. Diese und noch einige andere waren aber schlau genug, sich jeglicher schadenfroher Äußerung zu enthalten, als die Katastrophe eintrat, denn keinen von ihnen verlangte es nach einer Tracht Prügel.
Die 28stündige Orgie hatte aber auch Auswirkungen persönlicherer Art, z. B. auf Korporal Fife. Korporal Fife war nun Sergeant Fife, Führer der 2. Gruppe des 3. Zuges. Jenks war tot, durch den Hals geschossen und ebenso schweigsam gestorben wie er gelebt hatte – dies mochte allerdings auch der Art seiner Verletzung zuzuschreiben

gewesen sein –, und Fife war durch den Ordensjäger noch auf dem Schlachtfeld befördert worden. Wichtiger noch war, daß Fife sich nunmehr für einen richtigen Soldaten hielt. Er wußte noch nicht, daß er nach dem Weichen der mehrfach erwähnten Starrheit seine Meinung wieder ändern würde. Eine der neun Prügeleien jener Nacht kam auf Fifes Konto.

Fife hatte den Abend damit eröffnet, daß er in Gesellschaft von Doll und Leuten der eigenen und Dolls Gruppe zu trinken begann. Nach anderer Gesellschaft verlangte es ihn nicht. Seitdem er zum Führer seiner Gruppe geworden war, empfand er für jeden seiner Leute eine starke, väterliche, beschützerhafte Liebe, und da Jenks nicht mehr vorhanden war, erwiderte seine Gruppe Fifes Neigung mit der Liebe von Söhnen für ihren Vater. Es war, so dachte Fife, eine Binsenweisheit, daß jedermann im Kriege einer Vater-Sohn-Beziehung samt gegenseitiger Bewunderung bedurfte, andernfalls hätte man den Krieg gleich abbrechen können. Fehlte sie, so war es nicht möglich, Krieg zu führen. Als der Whisky sich in ihm ausbreitete und seine strapazierten Nerven beruhigte, fühlte Fife sich recht kregel. Wenigstens zwei seiner Leute hatte er vor Mißgeschick bewahrt, und dreimal wenigstens hatten sie ihn geschützt. Bei der Einnahme von Bula-Bula hatte er acht Japaner erledigt, davon vier Unbewaffnete, die keinerlei Widerstand leisteten. Zweimal hatten ihn detonierende Werfergranaten zu Boden geschleudert. Er hatte festgestellt, daß er viel tapferer war als er geglaubt hatte, und darüber aufrichtige Freude empfunden. Es war also gar nicht so schwer, ein richtiger Soldat zu werden, es war sogar ziemlich einfach. Man mußte nur immer alles tun, was verlangt wurde. Er konnte Doll jetzt als Gleichgestellten behandeln, ob diesem das nun paßte oder nicht, und es paßte Doll. Fife hegte keinen Groll mehr gegen Doll, weil dieser ihn früher nicht zu seinem Stellvertreter gemacht hatte.

Dafür aber nagte etwas anderes an ihm: die Erinnerung daran, wie der leibarme Gurkenhund Weld ihn damals in der Schreibstube abgefertigt hatte, als er mit Storm aus dem Lazarett zurückgekommen war. Fife hatte weder vergeben noch vergessen, daß Weld ihm seinen Posten abgejagt und sich überdies auch noch herablassend gegen ihn betragen hatte. So brodelte denn außer den Whiskydämpfen auch noch der Zorn in ihm.

Sie hatten sich eine hübsche Stelle nicht weit von ihrem Zelt gewählt, unmittelbar am Rande des Haines, wo dieser in die Ebene überging, die zum Fluß führte. Es war dies eine der wenigen grasbewachsenen, glatten Stellen, und als sie da unter den hohen wispernden Palmen im Mondlicht saßen, konnten sie hinter der Ebene am anderen Ufer des Flusses die Bäume erkennen. Sie tranken und schwatzten über alles, was sich im Verlauf der dreitägigen Kämpfe um das Dorf ereignet hatte. Alle waren wenigstens einmal während der langen, anstrengenden Märsche umgefallen. Die Folgen davon fingen jetzt erst an sich bemerkbar zu machen.
Nicht weit entfernt stand das Zelt des Kompanietrupps, und auch davor saß eine Gruppe im Freien. Als das Gespräch im besten Gange war, erhob sich Fife unvermittelt und machte sich, ohne eine Erklärung zu geben, auf den Weg zu jenem Zelt. Hier saßen Joe Weld, Eddie Train, der Stotterer, dem Fife einmal buchstäblich in den Schoß gefallen war, der junge Hilfsschreiber Crown und zwei Köche trinkend beieinander. Sie besprachen, was sie für den anstrengendsten Marsch hielten, nämlich den von der Seegurke zur Höhe 279. So war es richtig! Die Schreiber berichteten den Köchen von ihren Kriegstaten! Fife schlenderte mit hängenden Armen auf sie zu und fuhr sich mit der Zunge über die Zähne. Er stellte sich einen Meter vor Weld auf und blieb schweigend da stehen. Es dauerte fast eine Minute, ehe man auf ihn und seine schweigsame Gegenwart aufmerksam wurde. »Ah, sieh da, Fife!« sagte Weld in dem herablassenden Ton, den er sich Fife gegenüber angewöhnt hatte. Und dabei war er ursprünglich so ein schüchternes Lamm gewesen! »Wir sprachen gerade . . .«
»Sergeant Fife, wenn ich bitten darf, Korporal!« schnarrte Fife. »Eine andere Anrede wünsche ich nicht zu hören!«
Weld plinkerte erschreckt hinter seiner Brille. Dann lächelte er jedoch beschwichtigend. »Ja, du hast dir die Streifen redlich verdient, Fife«, sagte er ölig. »Redlich verdient. Ich für mein Teil . . .«
»Versuch ja nicht, mir in den Arsch zu kriechen, du Wanze«, sagte Fife.
»Na, hör mal«, protestierte Weld und stand auf. »Was hab ich denn . . .«
Diesen Satz beendete er nicht, denn Fife trat stumm einen Schritt vor und schlug ihn nieder, ohne etwas zu sagen – ohne ein anderes

Geräusch von sich zu geben als den Knall, mit dem seine Faust Welds Wangenknochen traf.

»He ... he ...«, klagte dieser vom Boden her, »was soll denn das heißen ...? Ich hab doch bloß ...«

»Steh auf, Arschkriecher! Hoch mit dir, Speckjäger! Auf!« schrie Fife. »Steh auf, daß ich dir wieder eine knallen kann!« Jetzt erklang überall der erfreute Ruf: »Da prügeln sich welche, da prügeln sich welche, schnell!« und dazu das Stampfen näherkommender Schritte.

»Das glaub ich«, sagte Weld bitter. Er kniete immer noch. »Das glaub ich, denn das dürfte dir nicht schwerfallen. Ich bin schließlich 20 Jahre älter als du, ich könnte dein ...«

»Das bist du nicht! Du bist nur 15 Jahre älter!« schrie Fife ganz außer sich. »Ich hab's in deinen Akten gesehen! Du bist ein Mann in den besten Jahren!«

»Der halb so groß ist wie du«, ergänzte Weld. Er hatte die Brille abgenommen und hielt sie von sich weg, während er Fife anblinzelte. »Du hättest mir die Brille zerschlagen können«, sagte er vorwurfsvoll, »und wo soll ich eine neue herbekommen?« Dann zu Train: »Hier, halt mal meine Brille.«

»Ich m ... muß m ... mich um m ... meine eigene kümmern«, stotterte Train, der bei den ersten Anzeichen drohender Gewalt bereits seine Brille abgenommen und umsichtig in einem Behälter verwahrt hatte. Jetzt blickte er wie eine besorgte Eule um sich, nahm aber Welds Brille.

»Ich will mich nicht mit dir prügeln«, sagte Weld. »Ich hab dir deinen Posten nicht geklaut, Band und der verrückte Welsh haben ihn mir aufgehängt. Es wußte ja auch keiner, daß du zurückkommen würdest. Ich will mich nicht mit dir prügeln, Fife«, wiederholte er tückisch. »Ich will nur ...«, und dabei machte er einen Satz nach vorne und versuchte Fife zu umklammern.

Das gelang nicht. Hocherfreut über dieses unsportliche Vorgehen des Schreibers Weld, das ihm dessen schlechten Charakter nur noch deutlicher herauszustreichen schien, ging Fife auf ihn los und versetzte ihm einen linken Haken. Dieses Mal traf er besser, nämlich auf den Unterkiefer. Weld ging zu Boden, stützte sich auf die Ellenbogen und schüttelte den Kopf. Dann setzte er sich auf, und Fife fiel über ihn her. Es war, als habe ihm ein Blitz den Schädel gespalten, Licht in sein

Hirn gelassen und ihm die ganze Herrlichkeit eines Männerdaseins grell vor Augen geführt. Fife hockte auf dem benommenen Weld und drosch auf ihn ein. Er knurrte, kreischte und schrie immer wieder: »Speckjäger, verfluchter!« und knallte dabei ohne jede Hemmung beide Fäuste in das Gesicht auf der Erde. Weld winselte und rang nach Luft, er rollte sich herum und versuchte Fife auszuweichen. Schließlich zerrten die anderen Fife von seinem Opfer weg.
»Laßt mich los! Laßt mich los!« schrie Fife wild. Man stellte Weld auf die Füße. Seine Nase war gebrochen und blutete, beide Augen waren fast zugeschwollen. Blut rann aus den geplatzten Lippen, doch war es nicht möglich festzustellen, ob ihm Zähne fehlten. Später stellte sich heraus, daß ihm keine fehlten. Er war immer noch benommen und sah grenzenlos verblüfft drein.
Fife war nun wieder zu sich gekommen, er rang zwar noch nach Luft, mußte aber nicht mehr festgehalten werden. Er betrachtete gleichzeitig überrascht und beglückt die Zerstörung, die er da angerichtet hatte. Er war stolz auf sein Werk, hatte eigentlich aber niemandem wehtun wollen.
»Und nächstes Mal zeige ich es dir wieder«, sagte er sinnlos und streichelte seine Faust.
Train und Crown ergriffen den taumelnden Weld, um ihn wegzuführen.
»He!« rief Fife ihnen zu, »wo wollt ihr denn hin? Laßt uns einen zusammen trinken und keine Feindschaft nicht!«
Weld blieb stehen und sah Fife an. Er schluchzte und versuchte gleichzeitig, das Weinen zu unterdrücken. »Du . . . du . . .«, keuchte er, ganz offenbar auf der Suche nach der denkbar schwersten Beleidigung. »Du *Schreiber*, du!« brüllte er schließlich. Dann wandte er sich ab und alle drei zogen davon.
Fife starrte ihm gekränkt nach, tief betroffen davon, daß Weld nach langem Überlegen gerade dieses Wort als das stärkste Schimpfwort ausgewählt hatte: Schreiber – eben das, was er selbst war. Doch war Fife immer noch stolz auf sich. »Na, schön«, sagte er zu den beiden Köchen, die ein wenig zurückgewichen waren, »will vielleicht noch einer von euch was?« Obwohl jeder von ihnen größer war als Fife, schüttelten beide verneinend den Kopf.
Fife verließ den Kampfplatz in Gesellschaft von Doll, seinem alten

Kriegskameraden, der allerdings nur den letzten Stadien der Prügelei beigewohnt hatte. Nun, da diese vorüber war, begannen die Umstehenden sich zu zerstreuen, doch schon kurze Zeit später hörte man aus einer anderen Richtung wiederum Schreie: »Prügelei! He, da prügeln sich welche!« und die Zuschauer rannten dorthin. Fife und Doll liefen nicht mit, Fife weil er bereits als Hauptakteur an einer Schlägerei teilgenommen und für den Augenblick gesättigt war, Doll aus Gründen, die nur ihm bekannt waren. Sie gingen zu dem mit Gras bewachsenen Platz durch die vom Mondlicht beschienenen Palmenhaine zurück. Fife rieb sich die Knöchel und Doll gratulierte ihm. Fife, der im Augenblick mit sich selbst beschäftigt war, bemerkte weder den befremdlich verzerrten Gesichtsausdruck von Doll, noch fiel ihm auf, wie verhalten Doll sprach. Aber auch wenn er darauf geachtet hätte, hätte Fife die Ursache dafür nicht geahnt. Doll hatte soeben – vor einigen Minuten erst – erfahren, daß wenigstens ein Angehöriger der Dritten des Glaubens war, er, Don Doll, sei ein aktiver Homosexueller, ein richtiger Schwuler. Dieser Mann war Carrie Arbre.

Als Fife sich erhoben hatte und so unvermittelt weggegangen war, war das einigen in der kleinen Gruppe aufgefallen, und irgend jemand hatte gesagt, Fife sähe aus als wolle er was unternehmen. Als vom Schreibstubenzelt die Schreie »Prügelei! Hier prügeln sich welche!« herüberdrangen, hatte ein Mann aus Fife's neuer Gruppe gekichert: »Ich wette, das ist Fife!«, und die anderen waren aufgesprungen und hinübergerannt. Doll jedoch war geblieben und auch Carrie Arbre war geblieben, und Doll hatte plötzlich bemerkt, daß sein Herz mächtig klopfte. Sie waren miteinander allein.

»Willst du nicht gehen und zusehen, Carrie?« fragte Doll.

»Ich habe mir nie was aus Schlägereien gemacht«, erwiderte Arbre in seiner gedehnten Sprechweise. »Aber warum gehst du nicht?«

»Ich bin zu müde. Und ich fühle mich hier auch ganz wohl«, sagte Doll. Das Blut pochte so heftig in seiner Kehle, daß er Mühe hatte, nicht halb erstickt zu klingen. Er lehnte sich bequemer gegen den Baumstamm. Arbre lag zu seiner Rechten, lang ausgestreckt und auf einen Ellenbogen gestützt. Doll war sich seiner Nähe sehr bewußt.

Während der Kämpfe um Bula-Bula war Doll etwas Merkwürdiges

widerfahren. Zu seiner großen Überraschung hatte er bemerkt, daß es ihn drängte, Carrie Arbre zu begatten, richtiggehend zu begatten. Das war zu Beginn des Angriffes gewesen, als die Kompanie noch gegen die beiden Verteidigungsringe in den Palmenhainen vorfühlte, zu einer Zeit, als sie noch unter schwerem Granatwerferbeschuß lagen. Doll war von seiner Gruppe dorthin zurück gekrochen, wo Band, Beck und Leutnant Tomms eine Beratung abhielten, denn er wollte herausbekommen, was eigentlich vorging. Er war dann wieder zu seiner Gruppe zurückgekrochen, hatte sie fast erreicht, als die Werfergranaten, die das Gelände abstreuten, wieder in seine Nähe kamen. Er warf sich hin und preßte sich schwitzend so dicht wie möglich an den Boden. Die Intensität, mit der seine Ohren in diesem höllischen Lärm auf das leise, sekundenlange, flatternde schschschsch der nahe einschlagenden Granaten achteten, war geradezu unglaublich. Zweimal wurde er von nahen Einschlägen hochgeschleudert. Mit offenen Augen lag er da, knirschte mit den Zähnen und versuchte an nichts zu denken. Er sah Arbre, der zehn Meter vor ihm in der gleichen Stellung hinter einer kleinen Bodenwelle lag, die sich durch die ebenen Palmenhaine zog, und mit der gleichen intensiven Konzentration, mit der seine Ohren auf die Einschläge achteten, hefteten sich seine Augen auf jenen wunderhübschen Arsch. Diesen wunderhübschen Mädchenarsch. Blut schwitzend, oder jedenfalls mit dem Gefühl er schwitze Blut, lag Doll da und starrte darauf, bis der schließlich sein Eigentum, sein Besitz wurde. Und aus einer bislang unerreichten Tiefe seines Wesens kam ihm die Überzeugung, daß er diesen Arsch begatten wollte, zärtlich, streichelnd, an ihm den sexuellen Liebesakt vollziehen wollte. Schließlich wanderten die Einschläge weiter, doch was Doll zugestoßen war, wanderte nicht mit.

Und warum sollte er schließlich nicht? Er kannte eine Menge alte Soldaten, die sich in Friedenszeiten ihre Burschen, ihre »Knaben« gehalten hatten. Er konnte eine Menge für Arbre tun. Konnte ihn davor bewahren, zu den gefährlichsten Einsätzen kommandiert zu werden. Konnte dafür sorgen, daß Arbre Korporal wurde. Er konnte es sogar so drehen, daß Arbre Gruppenführer wurde, sobald er, Doll, Zugfeldwebel war. Nun fiel ihm die Marine ein. Dort nannte man Zuckerzeug nicht umsonst »Arschköder«. Daß er den

Wunsch hatte, Arbre zu ködern, für ihn zu sorgen, ihn zu adoptieren, machte *ihn* nicht zum Homosexuellen. Das machte nur Arbre zum Homosexuellen, falls der sich darauf einließe – und Doll zweifelte nicht daran, daß Arbre das tun würde. Warum sonst hätte Arbre auf dem Weg zum Garnelenkopf so merkwürdige Sachen gesagt? Arbre hatte zweifellos damals ein Angebot gemacht. Als Doll nun, nachdem der Beschuß aufgehört hatte, zu seiner Gruppe zurückkroch, erinnerte er sich voller Wonne daran, wie er damals, am Rande der Seegurke, versehentlich auf Arbre draufgefallen war. Und als er jetzt in dem spinnwebfeinen Mondlicht gegen die Palme gelehnt saß, Arbre keinen Meter von ihm entfernt, erinnerte er sich wieder daran.

Ihn würde das nicht zum Schwulen stempeln, der Schwule wäre einzig Arbre. Und dagegen hatte Doll nichts, ihm machte das nichts aus, er war ein liberaler Mensch. Was Doll sich wünschte, war eine Beziehung. Überall auf der Insel gab es haufenweise Schwule, Köche, Bäcker und so weiter, und jeder wußte, daß sie schwul waren. Wenn man was von ihnen wollte, mußte man sich aber anstellen. Das war genauso, als wenn man sich vor den Puffs in Honolulu anstellen mußte, wenn die Division in der Stadt war. Und dazu hatte Doll keine Lust. Er wollte ein Mädchen ganz für sich allein.

Nachdem er sich mit einem mächtigen Schluck gestärkt hatte, setzte er die Flasche ab und ließ seine Hand behutsam auf Arbres Fußgelenk ruhen. Er wartete und versuchte dabei, ein Keuchen zu unterdrücken. Arbre rührte sich nicht und sagte nichts.

»Schöne Nacht, was?« sagte Doll etwas heiser.

»Stimmt«, sagte Arbre mit seiner süßen Mädchenstimme. Doll liebte ihn plötzlich. Der arme Junge brauchte wirklich jemanden, der sich um ihn kümmerte und für ihn sorgte.

Plötzlich, unversehens, und ohne daß Doll etwas davon bemerkt hätte, hatte sich seine Hand unter Arbres Hosenbein am unbehaarten Schenkel bis zu dessen unbehaartem Knie heraufgetastet. Er ließ sie dort liegen »Schöne Nacht für die Liebe«, sagte er erstickt. »Jedenfalls zu Hause.«

»Stimmt«, sagte Arbre lieblich. Plötzlich rührte er sich. Er zog die Hände hinter dem Kopf hervor und fing an, seinen Hosenschlitz aufzuknöpfen. »Na los«, sagte er.

Doll war entsetzt. Arbre hatte alles falsch aufgefaßt. Doll war ziemlich gewiß, daß Arbre sein Gesicht nicht sehen konnte, er selber fühlte es aber von innen und wußte, daß es zu einer gequälten Miene erstarrt war. Er brauchte einige Sekunden dazu, um sich ein kränkliches Lächeln abzuzwingen. Er riß die Hand weg, als habe er sich verbrannt.

Arbre machte weiter. »Na los doch«, sagte er leise, »mach schon, ich sage nichts.«

Doll zwang sich dazu, laut zu lachen und stand auf.

»Nun mach schon«, sagte Arbre. »Sieh ruhig hin. Ich weiß ja, was du willst. Ich schwöre dir, daß ich keinem Menschen was davon sage.«

»Hör mal, vergiß nicht, daß ich immer noch dein Gruppenführer bin«, knurrte Doll mit tiefer, wahrhaft mörderischer Stimme. »Sieh dich vor.« Und dann in normalem Ton, einem Ton, der, wie er empfand, unter den Umständen viel zu normal klang, sagte er: »Ich glaube, ich gehe mal rüber und sehe mir die Prügelei an.«

Arbre antwortete ihm nicht. Vielleicht begriff er jetzt erst, was Doll wirklich beabsichtigt hatte. Und nach einem Augenblick sagte Arbre: »Du Schwein, du elendiges!« Doll hörte es, aber er war schon weg. Soll sich das Aas doch draufsetzen, dachte er wütend. Sein Kopf war in solche Brandröte getaucht, daß er das Gefühl hatte, es müsse im Mondlicht geradezu schwarz aussehen. Das also hatte Arbre mit seinen zweideutigen Bemerkungen auf dem Garnelenkopf gemeint! Er hatte doch wirklich geglaubt, daß Doll Lust hätte ... und daß Doll ihn zum Korporal machen und ... lieber Himmel! dachte Doll gequält, wie konnte nur jemand so etwas denken ...

Und als er nun nach der Prügelei mit Fife zurückging, errötete er wieder bei der Erinnerung daran. Kein Wunder, daß seine Stimme gequetscht klang. Als sie an ihren alten Platz kamen, war Arbre immer noch da. »Na, Carrie«, sagte Doll tonlos und kalt.

»Da bist du ja wieder, Doll«, antwortete Arbre ebenso. »Die Prügelei war wirklich sehenswert«, bemerkte Doll von oben herab. Und dann setzten sie sich wieder hin, um sich ernsthaft dem Trinken zu widmen, wobei Doll diese Tätigkeit wohl zielbewußter betrieb als die anderen.

Wenn Doll auch in diesem Augenblick der verbissenste Trinker war, so übertrafen ihn doch andere noch in dieser Nacht und an dem trunkenen Tag, der darauf folgte. Und als am Nachmittag um vier Uhr kein Whisky mehr da war, herrschte überall die größte Bestürzung, denn man hatte aus Bula Bula nicht das kleinste Beutestück mitgebracht, für das man bei der Luftwaffe Whisky hätte einhandeln können.
Als Band anderthalb Tage später abgelöst wurde, war die Schnapsnot immer noch nicht behoben und beschäftigte die Kompanie weit stärker als Bands Versetzung. Man hatte mehrere Lösungen vorgeschlagen, von denen keine durchführbar war: Nächtlichen Diebstahl, bewaffneten Raubüberfall auf den Flugplatz, den Verkauf von Heeresbeständen wie Waffen, Küchenherden und Decken, und eine kompanieeigene Versorgungsgesellschaft, die einige zur Kompanie gehörende Schwarzbrenner aus Kentucky und Tennessee mit dem erforderlichen Rohmaterial beliefern sollte. Nichts davon war ausführbar. Nächtlicher Diebstahl ließ keine genügend große Ausbeute erwarten; bewaffneter Raubüberfall und das Verhandeln von Heeresbeständen würde alle Beteiligten mit Sicherheit vors Kriegsgericht bringen. Und eine Schwarzbrennerei konnte nicht eröffnet werden, weil es an der dazu erforderlichen technischen Ausrüstung fehlte. Als der langnasige, tückisch aussehende Creo in einer längeren Ansprache ankündigte, daß er die Kompanie auf Vordermann bringen wolle und daß die in den letzten Tagen eingerissene Schlamperei ein Ende haben müsse, hörte ihm niemand zu. Man hatte an Wichtigeres zu denken und wußte überdies genau, daß ein so grüner Junge wie Creo nicht lange Kompanieführer bleiben konnte.
Niemand interessierte sich im geringsten dafür, wie und mit welcher Begründung der Ordensjäger schließlich abgesägt wurde. Tatsächlich war es der Regimentskommandeur selbst, der große, weiße Häuptling, der sich Band eigenhändig vornahm, nicht der Bataillоner, Oberst Spine, wie es im Falle Stein contra Tall der Fall gewesen war. Band sah in diesem Umstand immerhin einen kleinen Fortschritt.
Er trat geschniegelt und gebügelt in strammer Haltung vor den weißhaarigen Säufer, und seine Brillengläser funkelten ebenso stark wie die stählernen Bügel. Er trug eine saubere Uniform, Stiefel und Rangabzeichen waren auf Hochglanz poliert. Band hätte nicht sagen

können, woher er Bescheid wußte, aber er wußte Bescheid. Es schwirrte ständig von Gerüchten, und schließlich konnte man auch in den Gesichtern der Herren Kameraden lesen. Er war immer noch von der Richtigkeit aller seiner Handlungen überzeugt, war unbeirrbar der Ansicht, daß er nicht nur keinen Fehler begangen, sondern im Gegenteil ganz erheblich zum Erfolg der Operationen beigetragen habe. Was seine Leute darüber dachten, war unbeachtlich, denen fehlte jeglicher Überblick. Hier ging es um ganz andere Dinge.
Der alte Oberst räusperte sich und wollte nicht recht mit der Sprache heraus. Es ging das Gerücht, daß er für seine Verdienste um diesen Feldzug zum Brigadegeneral ernannt werden sollte. Anwesend waren der distinguiert aussehende Oberstleutnant Spine, der Regimentsadjutant Grubbe (ein Neuengländer aus Newport, der dem tückisch aussehenden, gurkennasigen Creo verblüffend ähnelte) und die anderen Bataillonskommandeure. Dem Greis im Silberhaar jedoch blieb es überlassen, das Urteil zu verkünden.
Man warf Band zwei Mißgriffe vor, beide so folgenschwer, daß sie geeignet schienen, den Feldzug auf Guadalcanar um mindestens eine Woche zu verlängern. Den ersten erblickte man darin, daß er es hartnäckig vermieden hatte, das Bataillon anzurufen; in seiner, wie der Greis sich ausdrückte, vorsätzlichen, verstockten Weigerung also, mit seinen Vorgesetzten in Verbindung zu treten. Dies allein war bereits unentschuldbar. Der zweite Fehler war strategischer Art und konnte ihm nicht in vollem Umfang angelastet werden: er hätte beim Verlassen des Dschungels mit der Kompanie links einschwenken, Bula-Bula (auf das die Elfte Kompanie angesetzt war) rechts liegen lassen und den Versuch machen müssen, die japanischen Linien am Strand aufzurollen, da nämlich zu jenem Zeitpunkt beim Feind totale Verwirrung geherrscht hatte. Hätte er dies getan, so wären die Zweite und Elfte Kompanie ihm gefolgt und im Verein mit den von der Höhe 279 nachrückenden Truppen imstande gewesen, allen Geländegewinn zu halten. In diesem Fall wären jetzt bereits Kokumbona und Tassafaronga mitsamt den Resten der japanischen Armee auf Guadalcanar in amerikanischer Hand. Hätte Band die vorgeschriebene Funkverbindung zum Bataillon gehalten, so wäre er entsprechend unterrichtet worden. Sowohl vom Bataillon als auch vom Regiment aus habe man den ganzen Vormittag über versucht, ihn zu erreichen.

Band nahm das hin wie ein Mann. Es war ihm klar, daß fast alles zutraf, was der alte Trunkenbold da vorbrachte. Die vorgetragene Strategie stammte indessen wohl von einem größeren Hirn als es das seine war. Band versagte es sich, darauf hinzuweisen, daß man der Zweiten Kompanie (mit der ja Funkverbindung bestand) hätte befehlen können, links einzuschwenken, während die Dritte ruhig und ungestört – wenn auch planwidrig – Bula-Bula angriff. Er beschränkte sich vielmehr auf den Einwand, daß man ihm befohlen habe, seine Kompanie als selbständig operierende Einheit zu betrachten.
»Ah!« lächelte der Oberst durch seine verfärbten Raucherzähne, und stürzte sich auf Band wie ein Falke, »ja! ja! *Falls es unmöglich werden sollte, Verbindung zu halten!* Das waren doch wohl meine Worte. In Ihrem Falle aber war es nicht nur möglich, Funkverbindung zu halten, es war sogar ein Kinderspiel! Nein, für Sie gibt es keine Entschuldigung.«
Man verurteilte ihn dazu, fortgeführt, einem anderen Regiment übergeben zu werden und dort bis an sein Lebensende zu verbleiben. Eine Kompanie werde er nie wieder bekommen, doch solle er sich nicht mit dem Posten eines Zugführers begnügen müssen, sondern dürfe stellvertretender Kompaniechef sein. Keinesfalls aber, so ächzte der Greis, dürfe er hoffen, auf Grund hoher Ausfälle doch wieder ein Kommando übertragen zu bekommen: man werde ein wachsames Auge auf ihn haben, was nun wieder nicht heißen solle, daß er im Verschiß sei. Der Krieg verlange nun einmal unbedingte Zusammenarbeit, und dabei klopfte der Silbergreis mit der gepolsterten Faust in die Fläche der anderen Hand, Zusammenarbeit. Eine Armee gleiche einem *Team.* Ein Regiment sei ein *Team,* ebenso seien Kompanie, Zug und Gruppe jeweils ein *Team.* Niemand besitze im Kriege das Recht auf eine individuelle Handlungsweise. Zusammenarbeit! Unbedingt! Band brauche übrigens nicht mehr zur Kompanie zurückzukehren, sein früherer Putzer packe vermutlich in diesem Augenblick auf Befehl des Oberleutnants und Kompanieführers Creo seine Sachen zusammen. So schied auch George Band aus dem Dasein der Dritten Kompanie, und man hörte und sah nie wieder etwas von ihm. Er grüßte, machte kehrt und ging hochaufgerichtet aus dem Stabszelt – fest davon überzeugt, auch nicht den kleinsten Fehler gemacht zu haben, seitdem er die Kompanie über-

nommen hatte, und sein Gewissen peinigte ihn nicht im geringsten. Ironischerweise war er der Auffassung, daß seine Truppe, die ihn so mißverstand, wenigstens doppelt so viele Ausfälle zu verzeichnen gehabt hätte, wäre er entsprechend den Absichten des Silbergreises nach links eingeschwenkt.

Die Dritte zerbrach sich derweilen den Kopf darüber, wie dem Schnapsmangel abzuhelfen sei. Beinahe alle sahen im Schnaps ihre letzte Zuflucht. Mit jedem Tag wurden die Verhältnisse, die bei ihrer Ablösung noch recht chaotisch gewesen waren, geordneter. Es wurden bereits Arbeitskommandos eingeteilt, und das schränkte jene Zeit ein, die bisher für die Suche nach einer neuen Schnapsquelle zur Verfügung gestanden hatte. Es konnte nicht mehr lange dauern, bis auch die letzte Stunde des Tages durch Freiübungen, Waffendienst und Gefechtsausbildung in Anspruch genommen werden würde. Man befand sich in der Klemme. Niemand konnte die ersehnte Quelle anschlagen. Die wenigen Flaschen Rasierwasser, die gelegentlich als Marketenderware verkauft wurden, gaben nichts her. Niemand hatte Geld genug, um mehr als eine oder zwei Flaschen zu kaufen. Einzig der verrückte Welsh litt keinen Mangel, denn seine private Ginquelle war anscheinend unversieglich. Und als sei dies alles nicht genug, bemerkten sie nun, daß auch die vom Gefecht her noch andauernde Starrheit wich, und daß damit die Angst vor Luftangriffen zurückkehrte.

John Bell berechnete, daß dieser merkwürdige Zustand im Durchschnitt noch sechs Tage nach den letzten Kämpfen angehalten hatte, während es das vorige Mal nur zwei Tage gewesen waren. Dabei war dieser zweite Vorstoß zwar länger gewesen, doch war bei weitem nicht so erbittert gekämpft worden, waren die Verluste geringer und der Beschuß weniger schwer gewesen als am tanzenden Elefanten. Es drängte sich ihm der Schluß auf, daß es sich hier um ein Phänomen der Häufung handelte. Aber was es nun auch sein mochte, die Furcht vor den Luftangriffen stellte sich jedenfalls wieder ein. Dabei waren diese Angriffe jetzt viel weniger gefährlich, und der Standort der Kompanie war verhältnismäßig ungefährdet. Hier, nördlich von Matanikau, befanden sie sich mehr als zwei Meilen vom Rollfeld entfernt. Und doch machte das keinen Unterschied. Allerdings griffen die Japaner jetzt nicht mehr so oft den Flugplatz an, sondern

warfen statt dessen Splitterbomben auf Truppenansammlungen. Man mußte also überall auf der Insel damit rechnen, etwas aufs Dach zu bekommen.
Nicht ein Mann von der Dritten hatte es für möglich gehalten, daß er sich je wieder vor diesen läppischen Luftangriffen fürchten könnte, doch als in der Nachbarkompanie einem Mann von einem Flaksplitter der Unterkiefer abgerissen wurde, machten sich auch bei der Dritten einige Herren verschämt daran, Splittergräben auszuheben. Sollten sie jetzt etwa einem dieser lächerlichen Luftangriffe zum Opfer fallen, nachdem sie gerade die Kämpfe heil überstanden hatten? Das konnte doch wohl nicht Gottes Wille sein! Es war unbedingt erforderlich, Schnaps aufzutreiben, denn sehr bald schon würde man zu jener langweiligen, morastigen, durch Luftangriffe verängstigten Existenz zurückkehren, die man vor dem Fronteinsatz geführt hatte.
Dann, eines Tages beim Frühappell, fiel der Kartenkünstler Nellie Coombs zweimal um – total betrunken. Als sich das wiederholte, bildete sich eine Gruppe von Spähern, die ihm behutsam zu seiner Quelle folgten. Diese bestand aus einer mit Gaze bedeckten alten Blechdose, die, von Millionen Insekten umschwirrt, nahe beim Lager im Dschungel versteckt war. Wie viele andere altgediente Soldaten war Nellie vor dem Kriege sowohl auf Hawaii als auch auf den Philippinen stationiert gewesen, wo die Löhnung des gemeinen Soldaten nur für den Fruchtschnaps reichte, den die Eingeborenen illegal herstellten. Coombs hatte sich der dabei angewandten Methoden entsonnen, hatte aus der Küche mehrere große Dosen Kirschen und Pfirsiche gestohlen und sie mit Wasser und Hefe zum Gären der Sonne ausgesetzt. Der Späher vom Dienst, in diesem Falle Sergeant Beck, kam völlig betrunken mit der Nachricht zurück, daß das Zeug zwar grauenhaft schmecke, aber außerordentlich stark sei. Was nun Nellie Coombs veranlaßt hatte, sein Wissen für sich zu behalten, erfuhr man nicht – das war so seine Eigenheit. Man organisierte sogleich Fouragezüge gegen die Verpflegungslager, in denen es Obstkonserven in unvorstellbaren Mengen gab. Endlich war eine brauchbare Quelle gefunden worden, eine Quelle, die nie versiegen würde. Endlich floß der Schnaps wieder, konnte man abends vor dem Zelt sitzen und trinken und im Suff über die Luftangriffe lachen.
Oberleutnant Creo ahnte natürlich nicht, welche Entdeckung da

gemacht worden war, und woher der Schnaps plötzlich kam. Es sagte ihm auch niemand was, die Verschwörer hielten allesamt dicht.
Die Nachricht verbreitete sich wie ein Lauffeuer. Die Nachbarkompanien begannen ebenfalls mit der Herstellung von Schnaps, und teilten wiederum ihren Nachbarn das Rezept mit, denn es gab ja schließlich genug für alle, und es hatte keinen Sinn, den Herstellungsprozeß geheimzuhalten. Obstkonserven waren ein Artikel, den es in der US-Armee stets geben würde. Wie es im Verlauf der Menschheitsgeschichte bei Vorliegen eines dringenden Bedürfnisses oft der Fall gewesen ist, war die gleiche Entdeckung fast im gleichen Augenblick von mehreren Forschern gemacht worden, die an entlegenen Punkten der Insel und ganz unabhängig voneinander arbeiteten. So verbreiteten sich die neugewonnenen Kenntnisse von diesen Punkten in alle Richtungen wie Wellen auf einem Teich, bis sie einander durchdrangen und jeder alles wußte. Als zwei Trinker durch eine den Blechbehältern zuzuschreibende Bleivergiftung blind und lahm wurden, ging man ganz allgemein zu hölzernen Gurkenfäßlein über und setzte mutig das Experiment fort. Es stellte sich dann heraus, daß unausgewaschene Gurkenfäßlein dank der im Holze verbliebenen Bitterkeit den Übelkeit erregenden süßlichen Geschmack des Fruchtschnapses dämpften.
Um diese Zeit etwa – als die Dritte die ersten Holzabfüllungen ausprobierte – zeigte sich wieder einmal der Gefreite Witt von der Geschützkompanie. Er kam, um seine Zurückversetzung zur Kompanie zu betreiben, denn er hatte gehört, daß Band abgelöst worden war. Auch er betrank sich gleich am ersten Abend am selbstgebrauten Schnaps.
Selbstverständlich wünschte Creo nicht, ihn zu sehen, und Witt erfuhr niemals, daß er seine Rückversetzung dem alten Fußballer Culp verdankte. Als Culp hörte, daß Creo sich weigerte, Witt anzufordern, setzte er sich zu Creo in die Schreibstube, nachdem er die Schreiber rausgeschickt hatte, darunter Weld mit der immer noch verpflasterten Nase.
»Jetzt hör mal zu, Johnny«, sagte er ernst. »Ich bin länger bei der Kompanie als du, und ich kenne die Kerle auch besser. Wenn du jemals wieder mit ihnen nach vorne mußt, dann wirst du dir wünschen, Witt dabei zu haben.«

Creo preßte die dünnen Lippen unter seiner Gurkennase aufeinander.
»Ich habe doch selber gehört, wie er seinen Kompaniechef bedroht hat«!
»Das ist doch Blödsinn!« sagte Culp scharf. »Klar hat er das getan, und ich mache ihm daraus nicht mal einen Vorwurf. Du verstehst die Burschen nicht. Vergiß nicht, daß ich länger mit ihnen im Einsatz war als du, daß ich auch auf dem Elefanten dabei war und Witt damals beim Stoßtrupp gesehen habe. Ich sage dir, es ist ein schwerer Fehler, wenn du ihn nicht anforderst. Du bringst dich damit um einen erstklassigen Zugführer.«
»Ich will solche Kerle wie ihn nicht in meiner Einheit«, sagte Creo verstockt.
Culp lachte höhnisch. »Nächstens wirst du noch sagen, als Liberaler könntest du niemand in der Einheit dulden, der einen Haß gegen Neger hat! Wir sind im Krieg, Mann! Im Krieg! Ich weiß sehr wohl, daß du mein Vorgesetzter bist und dir das nicht anzuhören brauchst, aber es ist mir gleich, du mußt ganz einfach Vernunft annehmen!«
Und er brachte ihn zur Vernunft. Er redete mit der gleichen Ausdauer und skandalösen Zungenfertigkeit auf ihn ein, mit der er vor langer Zeit Jim Stein dazu überredet hatte, die Marineinfanterie ihrer Maschinenpistolen zu berauben, und am Ende brachte seine Hartnäckigkeit ihm auch hier den Sieg. Creo gab sich geschlagen. Das war das letzte, was Culp für die Kompanie tun konnte, denn zwei Tage darauf riß er sich beim Fischfang die rechte Hand zur Hälfte ab.
Es war nicht der erste Fischzug im Matanikau, der in der Absicht unternommen wurde, die eintönige Diät von Büchsenfleisch, Kartoffelbrei und Dosenfrüchten aufzubessern. Während der drei Wochen seit ihrer Ablösung hatten sie dreimal Fisch geholt, und jedesmal hatte Storm eine so heimatlich anmutende Fischbraterei veranstaltet, daß die sentimental Gestimmten Tränen des Heimwehs vergossen hatten. Dieses Mal nahmen sie nur drei Handgranaten mit, das würde gut reichen. Selbstverständlich war diese Art Fischfang verboten, und man brach dazu im Morgengrauen auf. Gewisse hohe Offiziere hatten vorsorglich ihr Angelgerät mit nach Guadalcanar gebracht. Culp und seinen Jungen lag aber nichts am Angelsport, sie wünschten nur in kürzester Zeit möglichst viel Fisch zu bekommen,

und das ging mit Handgranaten am besten. Skinny Culn warf die erste. Drei Schwimmer warteten bereits nackt am Ufer, um die Fische einzusammeln, ehe sie von der Strömung davongeschwemmt würden. Kurz nach der Unterwasserexplosion trieben etwa 50 Fische mit dem Bauch nach oben in der trägen Strömung dahin.
»Zwei reichen! Ich werfe die nächste!« rief Culp aufgeregt. »Weiter stromauf!« Er ging ein paar Meter flußaufwärts, zog den Sicherungsstift und warf die Handgranate. Kaum hatte er sie losgelassen, als sie auch schon explodierte. Irgendeine kesse Dame in blue jeans, die in einem Rüstungsbetrieb arbeitete, hatte wohl mit ihrer Nachbarin über ein neues Kleid oder über einen neuen Liebhaber geschwätzt und dabei die Zündschnur zu kurz bemessen.
Culp hatte Glück, daß er nicht tot war. Selbstverständlich war er bewußtlos. Zwei Finger der rechten Hand fehlten, und zwei andere baumelten an Hautresten. Im ersten rosigen Licht schnürten sie ihm den Arm ab und banden die ganze Hand in ein Taschentuch, um nicht einen der beiden Finger zu verlieren. Dann fertigten sie aus Ästen und Hemden eine Trage, legten ihn drauf und machten sich auf den Weg zum Lazarett. Zwei der Schwimmer blieben zurück, um die Fische einzusammeln. Unterwegs griffen sie sich einen Jeep. Im Lazarett teilte der Arzt ihnen mit, daß durch ihr promptes Eingreifen vielleicht zwei Finger gerettet werden könnten. Als er schließlich zu sich kam, sah Culp sie benommen an. »Überhaupt nichts gemerkt hab ich«, verkündete er stolz. »Es hat gar nicht weh getan.« Seine Hand war bereits in einem Drahtgestell, das wie ein großer Handschuh aussah. Am Tage darauf wurde er nach Neuseeland ausgeflogen.
Vor seinem Abgang erzählte er Beck und Culn, was er Witts wegen veranlaßt hatte. »Ihr müßt Creo aber dazu bringen, daß er Witt zum Sergeanten befördert. Von sich aus tut er das bestimmt nicht. Ich hatte mir das noch für später aufgehoben.«
»Es kann jetzt keiner mehr befördert oder herabgestuft werden«, belehrte ihn Culn. »Ich hab einen Freund beim Regiment, und der hat mir gesagt, daß Änderungen der Dienstgrade erst durch unseren neuen Kompaniechef vorgenommen werden können.«
»Sieh mal an, Sie sind ja gut orientiert! Na, dann dauert es eben ein bißchen länger mit ihm.« Er seufzte. »Vielleicht sehen wir uns mal

in irgendeinem Lazarett wieder.« So war denn auch Culp, der ewige Fußballer, draußen. Sein freundliches, aufrichtiges Wesen und seine vernünftige Art, die Dinge in die Hand zu nehmen, würde man sehr vermissen.

Es dauerte drei Wochen, ehe Witts Versetzung durch war. Dann tauchte der kleine Mann aus Kentucky mit seinen Wäschebeuteln und all seiner sonstigen irdischen Habe grinsend bei der Kompanie auf. Hauptmann Bosche, der neue Kompaniechef, hatte ihm eine Sergeantenstelle offengehalten und beförderte ihn sofort.

Bosche war nicht das einzige gewesen, was der Kompanie inzwischen zugestoßen war, wenn auch vielleicht das Bedeutendste. Mindestens ebenso einschneidend war der neue Ausbildungsplan. Der Ausbildungsplan kam noch vor Bosche an, und sah im wesentlichen amphibische Ausbildung vor.

Gerüchte hatten wissen wollen, daß die Division, ebenso wie die 1. Division der Marineinfanterie, zur Neuaufstellung nach Australien verlegt werden sollte. Doch selbst die größten Optimisten gaben diese Hoffnung auf, nachdem sie den ersten Ausflug in Landungsbooten und den ersten Tag der amphibischen Ausbildung hinter sich hatten. Ihr nächster Bestimmungsort war kein anderer als die nördlich gelegene Insel New Georgia, und als das allen klar geworden war, stieg der Konsum von Fruchtschnaps bedeutend.

Die Ausbildung ging ohne Pause weiter, und als Bosche eintraf, nahm er die Leute noch schärfer heran. Man hatte auf der Insel Schießplätze angelegt, und hier lagen sie nun Tag um Tag in der prallen Sonne und schossen. Alle zwei bis drei Tage wurden Übungsmärsche gemacht. Granatwerfer und sMG – unter dem Kommando eines neuen Leutnants, der Culps Platz eingenommen hatte – übten mit scharfer Munition. Auf Sparsamkeit wurde nicht gesehen. Nur in den Nächten saß man wie gewohnt im Mondlicht, trank den widerlich schmeckenden Schnaps, redete über alles mögliche und dachte an Frauen.

Als Bosche die Kompanie von Creo übernahm, hielt er eine Ansprache, die hauptsächlich vom Fruchtschnaps handelte. Bosche war ein bulliger kleiner Bursche von etwa 35 Jahren, der prall in seiner maßgeschneiderten Uniform steckte. Er trug einen kleinen Bauch vor sich her, der aber allem Anschein nach ebenso hart und fest war wie die flachen Bäuche der Berufssportler. Seine Gürtelschnalle glit-

zerte wie eine Sonne. Auf der linken Brust trug er reichhaltigen Obstsalat, worunter ein Silberstern und das Verwundetenabzeichen mit Eichenlaub sogleich auffielen. Er war zweimal verwundet worden. Er hatte in Pearl Harbour gekämpft. Er war nicht auf der Kriegsschule West Point gewesen. Statt dessen hatte er sich seine Kenntnis des Kriegshandwerkes auf dem bitteren Wege der Erfahrung angeeignet. Er kam von einem der Regimenter der Division Amerika. Er war zuvor noch nie Hauptmann und Kompaniechef gewesen.
»Ich habe mindestens ebensoviel, wenn nicht mehr vom Kriege gesehen als ihr. Ich habe nichts für den Krieg übrig, aber er ist nun einmal da. Ich kann übrigens auch nicht sagen, daß ich alles am Kriege verabscheue.«
»Ich weiß sehr gut, daß ihr diesen verfluchten Fruchtschnaps braut. Ich habe nichts dagegen. Jeder Mann in meiner Kompanie kann sich von mir aus jeden Abend so vollaufen lassen wie er will, solange er imstande ist, am nächsten Morgen zum Appell zu erscheinen und zu tun, was ihm befohlen wird. Kann er das nicht, dann bekommt er es mit mir persönlich zu tun.« Er verstummte und sah der Reihe nach seine Leute an, die sich um den Jeep drängten, auf den er geklettert war.
»Ich habe nichts für das Wort Team übrig, das sich jetzt überall breitmacht. Man redet nicht mehr vom Regiment, sondern von einem Kampfteam in Regimentsstärke. Na schön. Ich habe, wie gesagt, dafür nichts übrig, werde den Ausdruck aber wohl gelegentlich benutzen müssen. Wir sind also ein *Team.*«
Nach diesem Zugeständnis legte er wieder eine Pause ein, um dem Folgenden die gewünschte Wirkung zu geben.
»Ich ziehe es aber vor, in der Kategorie der Familie zu denken. Das sind wir nämlich hier, ob wir wollen oder nicht. Eine Familie. Ich bin der Vater, und –« er unterbrach sich wieder – »und folglich ist Hauptfeldwebel Welsh die Mutter.« Gelächter. »Und ihr, ihr seid mithin die Kinder, ob euch das nun paßt oder nicht. Eine Familie kann nur ein einziges Oberhaupt haben, den Vater – mich also. Vater ist der Chef, und Mutter sorgt für die Kinder. Und so wird es auch hier sein. Wenn jemand mich sprechen will, so stehe ich zur Verfügung, aber da ich arbeiten muß, um die Familie zusammenzuhalten, tut ihr gut daran, unwichtigere Dinge eurer Mutter vorzutragen. So, das wäre alles . . . bis auf eines.

Ihr wißt, daß wir wieder mit der Ausbildung begonnen haben, und ihr wißt auch, um was es sich dabei handelt. Ich werde jeden einzelnen, mich eingeschlossen, so scharf rannehmen wie es geht. Vergeßt nicht: so schwer ich euch die Ausbildung auch mache, im Gefecht wird es noch viel schlimmer. Ihr wißt also, was ihr zu erwarten habt. Und noch etwas:
Solange ich auf euch zählen kann, könnt ihr auch auf mich zählen, ganz gleich, worum es sich handelt, ob die japanische Armee euch am Arsch kriegt oder die eigene. Darauf dürft ihr euch verlassen. Und das ist nun wirklich alles.«
Der kleine Bursche hatte dabei nicht gelächelt, nicht mal über seine eigenen Witze. Alle schienen ihn zu mögen, selbst Welsh. Oder wenn er ihn nicht mochte, dann achtete er ihn doch. Und das wollte bei Welsh schon was heißen. Jedenfalls war er nach Band und Creo eine große Verbesserung. Dies war also der Mann, der sie nach New Georgia führen sollte. Nur Bell, der sich etwas abseits hielt, verspürte einiges Mißtrauen, und er hätte nicht einmal sagen können, wogegen sich das eigentlich richtete. Was konnte man denn von einem Menschen verlangen? Gewiß nicht mehr als Bosche angeboten hatte. Falls er sein Versprechen hielt, wäre das schon reichlich viel. Bell jedoch fühlte sich gedrängt, in ein irres Gelächter auszubrechen und aus vollem Halse zu schreien: Ja, schön, aber was soll das alles bedeuten?!
Er konnte sich gerade noch beherrschen. Bell hatte im Laufe der vergangenen drei Wochen siebzehn Briefe von seiner Frau erhalten, lauter liebevolle Briefe, und doch konnte er sich des Gefühls nicht erwehren, daß sie alle diese Briefe am gleichen Tag in einem Anfall wilder Energie geschrieben, adressiert und vor sich auf den Tisch gestellt hatte, damit sie ja nicht vergaß, jeden zweiten Tag einen abzuschicken. Er selbst hatte das einmal so mit Briefen an seine Eltern gemacht, als er noch auf die Universität ging. Nun, auf alle Fälle war es angenehmer, Bosche anzuhören als jene Ansprache, die ihnen zwei Tage später gehalten wurde.
Zwei Tage nach Bosches Ankunft endete der Feldzug auf Guadalcanar. Die letzten Japaner waren entweder eingefangen, umgebracht oder von ihren eigenen Leuten abgeholt worden, und die Insel befand sich in amerikanischer Hand. Am gleichen Tage wurde der Regimentskommandeur zum General befördert, und aus beiden Anlässen

erhielt die Truppe einen Tag dienstfrei und zur Feier des Tages vom Kommandeur gestiftetes Freibier. Unglücklicherweise war das Bier warm, und es gab nur so wenig, daß nicht einmal eine ganze Dose auf den einzelnen kam. Vielleicht beeinflußte dieser Umstand die Stimmung, in der die Rede des Alten aufgenommen wurde.
Selbstverständlich war er bereits ziemlich angetrunken, und das gleiche galt für das gesamte höhere Offizierskorps, das sich auf der aus Brettern und Sägeböcken errichteten Tribüne niedergelassen hatte. Die Beförderung war eben schon begossen worden. Der große weiße Vater war im übrigen nie ein bemerkenswerter Festredner gewesen. Nachdem er eingeführt worden war, erhob er sich leicht schwankend und sagte mit seiner besten Kommandostimme: »Leute, ihr habt mir diesen Stern hier besorgt.« Er berührte den Generalsstern auf seinem Kragen. »Jetzt seht gefälligst zu, daß ihr auch Oberst Grubbe einen verschafft!« Dann setzte er sich. Der Beifall blieb aus. Oberst Grubbe, zwar ein Neuengländer, aber trotzdem dem langnasigen Creo sehr ähnlich, begnügte sich damit, die Hoffnung auszusprechen, er werde ein ebenso guter Kommandeur sein wie sein Vorgänger, und brachte ein Hoch auf den frischgebackenen General aus. In dieses Hoch stimmten einige wenige Männer höhnisch ein. John Bell fühlte Lust, sich zu übergeben – ob aber wegen des warmen Bieres oder aus Ärger und Wut blieb ungewiß. Am Tage darauf machte Bosche ihn zum Zugführer.
Beförderungen regneten auf die Männer herab wie Propagandaflugblätter. Nachdem Bosche die Kompanie übernommen hatte, fiel die Beförderungssperre, und er konnte befördern, wen er wollte, um die durch die letzten Kämpfe gerissenen Lücken zu füllen. Ganz in Übereinstimmung mit dem Bild, das er bei seiner Antrittsrede von sich entworfen hatte, fragte er dabei seine Zugführer um Rat. Die Ausfälle waren dieses Mal viel geringer gewesen als am tanzenden Elefanten. Außer den Gefallenen von der Sperre hatte die Kompanie nur sieben Tote zu beklagen, insgesamt also neunzehn. Achtzehn Verwundete waren auch nicht übermäßig viel. Sieben davon waren Sergeanten gewesen. Für die Statistiker war der Umstand von Interesse, daß bei den Gefechten um Bula-Bula eine unverhältnismäßig hohe Anzahl von Beinverwundungen festzustellen war. Dies wurde auf den Umstand zurückgeführt, daß die Japaner bereits so schwach

und ausgehungert waren, und ihre Gewehre nicht höher heben konnten. Ob das nun richtig war oder nicht – mehr als die Hälfte der Verwundeten hatte Beinwunden davongetragen. Einer davon war Sergeant Fox vom 3. Zug, und diesen Zug übergab Bosche nun Bell. Die andere Zugführerstelle war nicht durch einen Ausfall freigeworden, sondern durch ein Ereignis, das für alle überraschend kam. Auf Befehl des Divisionskommandeurs (vermutlich auf Empfehlung des Regimentes) wurde Sergeant Skinny Culn zum Leutnant befördert. Bis dahin hatte noch niemand (ausgenommen John Bell) erlebt, daß der Kastengeist des Offizierskorps auf derartige Weise mißachtet wurde. Die Friedensarmee zerbröckelte unter dem Druck des Krieges. Verlegen und erfreut lächelnd, packte Culn seine Sachen und ging zu einem anderen Regiment ab. Der 1. Zug wurde dem ehemaligen Zweiten Koch Dale anvertraut, der nun ein großes Einmachglas voller Goldzähne besaß, die den Grundstock seiner Sammlung bildeten. Beck behielt selbstverständlich den 2. Zug. Sein Stellvertreter war bei Bula-Bula verwundet worden, und diesen Platz nahm Don Doll ein, der ebenfalls befördert wurde. Und auf die Plätze der Beförderten wurden wiederum andere befördert.

Diese Ereignisse hinderten aber nicht, daß die Ausbildung konsequent fortgesetzt wurde. Ersatz traf auf der Insel ein und wurde an die einzelnen Kompanien weitergeleitet. Zum ersten Mal seit langer Zeit besaß die Dritte Kompanie wieder Kriegsstärke. Die Neuen wurden den Gruppen zugeteilt, standen auf den Schießplätzen, nahmen an den taktischen Übungen im kleinen Verband und an den Landemanövern teil. »Kanonenfutter« wurden sie genannt, so, wie auch die Dritte früher einmal genannt worden war, und sie betrachteten Männer wie Beck, Doll und Fife mit der gleichen Ehrfurcht, mit der die nun vollbärtigen Beck, Doll und Fife früher die bärtigen Marineinfanteristen betrachtet hatten. Die Vollbärte jedoch fielen nur zu bald.

In gewisser Weise war das traurig. Diese Bärte, die sie sich seit den Ruhetagen nach dem tanzenden Elefanten hatten stehen lassen, waren kostbare Statussymbole. Sie kennzeichneten die relative Ungezwungenheit in der Frontkompanie gegenüber dem disziplinierten, garnisonähnlichen Leben der Truppen im rückwärtigen Gebiet. Selbst der kümmerliche Bart eines Neunzehnjährigen wurde mit Stolz

als das Abzeichen des alten Kriegers getragen. Auf Befehl des Divisionskommandeurs hatten diese Vollbärte nun zu verschwinden. In dem Maße, in dem die Erregung und Hysterie der Kämpfe wich – dieser Kämpfe, auf die sie so stolz waren und auf die sie glaubten, sich etwas zugute halten zu dürfen – wurden sie wieder der strengen Disziplin des militärischen Alltages unterworfen, ganz als wären sie wirklich eine Friedensgarnison und hätten niemals einen scharfen Schuß gehört. Es war wirklich so wie in der Kaserne: Am Samstag Appell, an jedem Wochentag Ausbildung und Arbeitsdienst, sonntags frei. Jeder wußte, daß dies zum größten Teil Blödsinn war, daß auch im nächsten Einsatz nichts so geschehen werde wie das in der Felddienstordnung vorgesehen war, und daß die ganze beschissene Ausbildung sich als nutzlos erweisen würde. Sinnvoll war einzig die Schießausbildung, bei der dem unglaublich nachlässig ausgebildeten Ersatz gezeigt werden konnte, wie man mit der Flinte umgeht. Das übrige jedoch war schlichter Bockmist. Und nun sollten auch noch die Bärte fallen! Nach ausgedehnten nächtlichen Zusammenkünften, auf denen leidenschaftlich gemeckert wurde, beschloß man, bei Hauptmann Bosche einen förmlichen Protest anzubringen. Millie Beck wurde als ältester Zugführer mit dieser Mission betraut. Jetzt würde man ja sehen, was von Bosche und seinem solange-ich-auf-euch-zählen-kann-könnt-ihr-auf-mich-zählen zu halten war.
»Die ganze Ausbildung ist doch ziemlicher Blödsinn, Sir«, vertraute Millie dem Hauptmann allen Ernstes an. »Die nützt uns doch einen Scheißdreck, wenn wir wieder . . .«
»Nein, Sergeant«, unterbrach ihn Bosche und strich über sein stets säuberlich rasiertes, fettes, glattes kleines Kinn. »Ich möchte Sie nicht im Zweifel darüber lassen, daß ich da ganz anderer Ansicht bin.«
»Na gut, Sir, Sie haben, wie Sie sagen, größere Kampferfahrung als wir. Wir glauben nach wie vor, daß es Blödsinn ist, ausgenommen natürlich die Schießausbildung. Aber wir haben trotzdem alles gemacht, was verlangt wurde, keiner hat sich gedrückt und keiner hat sich beschwert. Wir haben Ihnen in jeder Weise die Stange gehalten, Sir.«
»Weiß ich sehr gut, Sergeant.«
»Na, und dafür sollen wir jetzt unsere Bärte loswerden. Das ist einfach eine hundsgemeine Schikane ist das . . .«

»Unglücklicherweise gibt es in der Heeresdienstvorschrift einen Absatz, der das Tragen von Vollbärten verbietet. Ich glaube, daß diese Vorschrift noch aus den Tagen der Kavallerie und der Indianerkriege stammt. Der Divisionskommandeur hat es jedoch für erforderlich gehalten, auf diese Bestimmung hinzuweisen, und daran kann ich nicht das geringste ändern.«
»Würden Sie vielleicht in unserem Namen einen Protestbrief an ihn richten?« fragte Beck ernst. »Wir . . .«
»Sie wissen doch selbst, daß das nicht geht, Beck«, sagte Bosche kühl. »Wenn ein Vorgesetzter mir einen Befehl erteilt, dann muß ich den genauso befolgen wie Sie.«
»Aha«, sagte Beck. »Dann wollen Sie also diesen Brief nicht für uns schreiben!«
»Ich kann es nicht.«
»Tjaa . . .« Beck strich nachdenklich seinen sprießenden Vollbart. »Und wie steht es mit Schnurrbärten, Sir?«
»In dem betreffenden Befehl sind Schnurrbärte nicht erwähnt. Soweit ich weiß, steht in der Dienstvorschrift nirgends, daß ein Soldat keinen Schnurrbart tragen darf, ich glaube vielmehr, daß es irgendwo ausdrücklich erlaubt wird.«
»Ich weiß«, sagte Millie Beck, »vielmehr . . . ich wollte sagen, ich glaube, es gibt so eine Vorschrift, ich hab sie selbst mal gesehen. Sie wollen also unseren Brief nicht schreiben, wollen dem Kommandeur nicht erklären, wie wichtig diese Bärte für uns sind?«
»Ich würde es wirklich gerne tun«, sagte Bosche einfach, »aber ich sehe keine Möglichkeit dazu. Mir sind die Hände gebunden.«
»Jawohl, Sir«, sagte Beck und machte eine Ehrenbezeigung.
Und das war der ganze Trost, den Beck mit zurückbrachte. Man war der Ansicht, daß Bosche sich in dem ersten Probefall, in dem es um sein Versprechen ging, nicht übermäßig gut gehalten habe. Es schien, daß er ein Mensch war wie alle anderen, durchaus kein Riese. Wenn nur ein Offizier, ein einziger Kompaniechef es gewagt hätte, den Kommandeur über die wahre Bedeutung der Bärte aufzuklären, dann hätte der Divisionär seinen Befehl vielleicht zurückgenommen, doch nahm kein Kompaniechef das Wagnis auf sich. Über Nacht verschwanden die Vollbärte von Guadalcanar mit Ausnahme jener der neuseeländischen Pioniere und der einiger Marineinfanteristen, die

jedoch noch kein Pulver gerochen hatten. Die Schnurrbärte blieben, denn in ihnen sah man die einzige Möglichkeit, gegen die Wegnahme der Vollbärte zu protestieren. Wer über den dazu erforderlichen Bartwuchs verfügte, ließ sich einen möglichst lächerlich und fremdartig aussehenden Schnurrbart stehen. Die Ausbildung ging ohne Unterlaß weiter.

Die Untergangsstimmung nahm zu. Niemand, nicht einmal die lautesten Prahlhänse, hatten Appetit auf New Georgia. Doll und Fife waren seit Fifes Prügelei Busenfreunde geworden und erörterten die Lage unter vier Augen. Besonders Fife war von der Untergangsstimmung niedergedrückt, die sich überall in der Division ausbreitete. Doll seinerseits war davon nicht im geringsten betroffen; er gab zwar zu, daß auch er keine besondere Lust auf einen Vorstoß nach New Georgia verspüre, ließ aber merken, daß er sich trotz allem eine ganz anregende Abwechslung davon versprach.

»Es ist nun mal so«, sagte er. »Ändern kann man nichts daran, also muß man es sich gefallen lassen. Außerdem finde ich manches am Kriege ganz amüsant.« Und nach kurzem Schweigen: »Glaubst du, daß es ein Leben nach dem Tode gibt?«

»Weiß ich nicht«, murmelte Fife. »Bestimmt keins von der Sorte wie es alle Pfaffen predigen. Die Japaner glauben, daß der auf dem Schlachtfeld gefallene Soldat schnurstraks in den Himmel kommt. Kann man sich was Primitiveres vorstellen? Nee, ich weiß nicht, was ich davon halten soll.«

»Ich auch nicht, aber manchmal muß ich darüber nachdenken. Na, dann wollen wir noch mal einen kleinen Einkaufsbummel machen.«

Das Organisieren von Konserven war zu einem beliebten Zeitvertreib geworden, seit man begonnen hatte Schnaps zu brauen, und Doll und Fife waren zu Konservenlieferanten für die Kompanie avanciert. Fife war sich dessen bewußt, daß diesen Raubzügen etwas Lebensgefährliches anhaftete. Er war anders als Doll. Trotzdem ging er immer mit. Es war für ihn so, als risse er jedesmal eine alte Wunde wieder auf.

Sie pflegten heranzustolzieren, die Hände auf den Pistolengriffen, zwei richtige Gockelhähne. Auch Fife trug jetzt eine Pistole; er hatte sie einem toten Amerikaner in Bula-Bula abgenommen, der mit dem Gesicht auf der Erde dalag, die Füße einwärts verdreht – oder auswärts? Sie traten auf wie zwei Gladiatoren, und Fife fand daran großes Gefallen. In solchen Augenblicken konnte er nämlich glauben, daß er wirklich der war, für den das Kanonenfutter ihn hielt. Ein Soldat? Ein Freibeuter? Nun, jedenfalls ein Prahlhans. Als der Kommandierende General von der Schnapsbrennerei unter seiner Truppe erfahren hatte, ließ er sämtliche Verpflegungslager durch Posten unter Gewehr bewachen, die Befehl hatten, gegebenenfalls rücksichtslos von der Waffe Gebrauch zu machen. Darum waren diese Einkaufsbummel so aufregend.

So pflegten sie denn heranzuschlendern. Der bewaffnete Posten, stets ein Mann vom Ersatz, saß irgendwo, das Gewehr in der Hand. »Was willst du denn mit der Knarre, Freund?« sagte dann einer von den beiden. »Mich vielleicht abknallen?« Für gewöhnlich begann dann das Kanonenfutter zu brüllen und bedrohlich zu gestikulieren. Doll und Fife blieben dann einfach stehen und starrten den Posten an, die Hand lässig an der Pistole. Dann nahmen sie sich, was sie brauchten und gingen, dem Posten verächtlich den Rücken kehrend, davon. Keiner von ihnen wurde jemals beschossen, doch Fife empfand dabei anders als Doll, und er wußte es.

Er hatte es begriffen, nachdem die Starrheit von ihm gewichen war und es noch keinen Schnaps gab. Er hatte geglaubt, daß die läppischen Luftangriffe ihm nichts mehr ausmachen könnten, und doch empfand er von neuem Angst. Doll hingegen fürchtete sich augenscheinlich nicht. Fife hatte die Benommenheit für einen permanenten Gemütszustand gehalten und war nicht darauf vorbereitet, daß sie verschwinden und ihn wiederum als nichts als ein Bündel Angst zurücklassen werde. Er war gezwungen, wieder der bekannten Tatsache ins Auge zu sehen, daß er kein Soldat war. Er stand wieder am Anfang. Es kostete ihn die größte Anstrengung, während der Luftangriffe trinkend unter den Palmen sitzen zu bleiben und sich nicht kopfüber in den nächsten Splittergraben zu werfen. Er brachte es fertig, aber es kostete ihn mehr als andere, als Doll zum Beispiel. Es war also alles wie früher: er war eben ein Feigling.

Vielleicht war es diese Einsicht, die ihn dazu brachte, von dem Schlupfloch Gebrauch zu machen, als es sich zeigte und als McTae, der Kammerbulle, ihn ausdrücklich darauf hinwies. Selbstredend bediente sich jeder, der irgend konnte, dieses Schlupfloches. Sogar Doll pro-

bierte es, doch war er so ekelhaft gesund, daß er nicht durchschlüpfte. Es ging, kurz gesagt darum, daß die Ärzte jetzt eher geneigt waren, Soldaten zu evakuieren als während der Kämpfe.
Den Anfang machte Carni vom 1. Zug, Busenfreund des kleinen Mazzi. Beinahe jeder in der Kompanie, ausgenommen Leute wie Doll, litt jetzt an Malaria. Carni jedoch war so schwer krank, daß er sich nicht auf den Beinen halten konnte. Tag um Tag meldete er sich krank, bekam seine Handvoll Tabletten und verbrachte den Tag auf seinem Feldbett liegend. Und jetzt hatte das Atebrin ihm auch noch eine Gelbsucht eingetragen. Eines Tages kam er nicht mehr vom Revier zurück und zwei Tage später hieß es, er sei evakuiert worden. Er also war der erste. Sogleich meldeten sich alle Malariafälle krank. Unglücklicherweise erreichte damit niemand etwas. Doch nach und nach, im Laufe der Wochen, verschwand einer nach dem anderen von den wirklich schweren Fällen. Gerüchtweise verlautete, daß diese Kranken ins Marinelazarett 3 auf den Neuhebriden oder nach Neuseeland verschickt würden. Neuseeland war selbstverständlich vorzuziehen, und in allen Einheiten herrschte neiderfüllte Trauer bei dem Gedanken an Freunde, die sich bereits in Auckland vollaufen ließen und die Mädchen umlegten. Auf den Neuhebriden hingegen gab es nur Eingeborene, die sich, da es an Touristen mangelte, gegenseitig holzgeschnitzte Andenken verkauften.
Als aber Storm abrückte, gab es kein Halten mehr. Storm war der erste, der nicht einer schweren Krankheit wegen evakuiert wurde. Storm besaß nur seine Handverletzung. Da er sonst gar nichts hatte und überdies zu jenen gehörte, die nie und nirgends krank werden, die bleiben und zusehen müssen, wie ein Freund nach dem anderen verschwindet, hatte Storm beschlossen, es noch einmal mit seiner Hand zu versuchen, weil jetzt offenbar großzügigere Maßstäbe angelegt wurden. Zur allgemeinen Verwunderung untersuchte ihn der gleiche Arzt, der ihn zuvor an die Front zurückgeschickt hatte, dieses Mal mit einem ganz anderen Resultat. Storm wurde evakuiert. Der Arzt hatte ihn nicht wiedererkannt. Als Storm ihm seine Geschichte erzählte und mit der Hand knirschte, schüttelte der Arzt bedenklich den Kopf und meinte, es sei ein großer Fehler gewesen, Storm wieder an die Front zurückzuschicken. Die Hand müsse operiert werden, und das könne nur in Neuseeland geschehen. Es könne sogar passie-

ren, daß Storm in die Heimat geschickt würde. Jedenfalls hätte man ihn niemals von neuem an die Front gehen lassen dürfen. Storm verriet selbstverständlich nicht, wer das damals befohlen hatte. Fast alle Kameraden besuchten ihn zum Abschied im Lazarett, wo er Zigarren rauchte, gut zu essen bekam und sich pudelwohl fühlte, denn krank war er ja nicht.

Nach diesem Erfolg Storms versuchten fast alle ihr Glück auf ähnliche Weise. Sechs Wochen nach Carnis Abgang war es mehr als einem Drittel der alten Leute der Kompanie gelungen, aus dem einen oder anderen Grunde abtransportiert zu werden. Viele andere hatten sich vergeblich gemüht und nur einige wenige, die genau wußten, daß bei ihnen alles umsonst war, hatten gar nicht erst den Versuch gemacht. Und einer, dem man angeboten hatte, ihn zu evakuieren, hatte sich geweigert. Wer konnte das anders sein als der verrückte Welsh? Welsh, der Hauptfeldwebel? Seine Malaria hatte sich nicht wie die von Bell in einem mäßig schweren Stadium beruhigt, sondern sich ständig verschlechtert, ganz wie die von Carni. Als man ihn eines Tages ohnmächtig über seinem Schreibtisch fand, den Kopierstift noch in der Hand, wurde er ins Lazarett geschafft und auf die nächste Transportliste gesetzt. Als er zu sich kam, lag er neben Storm auf einem Feldbett in einem für Feldwebel reservierten Zelt. Der farbige Anhänger, der ihn als transportfähigen Kranken kennzeichnete, baumelte schon an seinem Bett. »Also du Lump hast mich hierherschleppen lassen!« brüllte Welsh. Seine fiebrigen Augen glänzten irre. Storm wußte nicht recht was da glitzerte: das Fieber oder einfach nur Welshs Bösartigkeit.

»Beruhige dich, Spieß«, sagte Storm, der bedächtig an einer Zigarre sog. »Ich bin hier auch bloß Patient und warte ebenso wie du auf den Abtransport!«

»Glaub ja nicht, daß dir das durchgeht, du Schuft!« schrie Welsh wieder. »Mir nimmst du meine Stelle nicht weg, Storm! Dazu bin ich zu schlau! In der Küche magst du ja was taugen, aber für die Schreibstube bist du zu dumm!«

Storm, der ihn ja kannte, vermochte einfach nicht zu glauben, daß Welsh delirierte. Der junge Unterarzt, der die Station leitete, eilte, von einem Lazarettgehilfen begleitet, herzu.

»Nun mal friedlich, Sergeant«, sagte er. »Sie haben hohes Fieber.«

»Sie stecken mit dem Kerl da unter einer Decke!« röhrte Welsh. Statt jeder Antwort drückte der Unterarzt ihn auf seine Kissen und schob ihm ein Thermometer in den Mund. Welsh zerbiß das Thermometer, warf es auf die Erde, sprang aus dem Bett, stürzte aus dem Zelt und lief zur Kompanie zurück. Anders als der Unterarzt prophezeit hatte, starb er nicht, sondern fuhr fort, jeden, der zuhören wollte, verschlagen und irre lächelnd aufzufordern, die Zeit zu nutzen und sich evakuieren zu lassen.

In diesem Trubel tauchte unversehens wie ein Geist aus dem Jenseits Unteroffizier Queen auf. Getreu seinem Versprechen war er als blinder Passagier nach Guadalcanar zurückgekehrt. Auf Grund eines Versehens hatte man ihn nach Neukaledonien geschickt, was bedeutete, daß er nach seiner Ausheilung nicht wieder seiner alten Einheit, sondern einer Division auf Neuguinea zugeteilt worden wäre. Da ihm ein ziemlich großes Stück vom Oberarmknochen weggeschossen worden war, hatte man ihm angeboten, ihn als Ausbilder in die Heimat zurückzuschicken. Dieses Angebot hatte Queen abgelehnt, hatte sich schließlich unerlaubt entfernt und sich an Bord eines Schiffes verborgen, wo man ihn, nachdem er zum Vorschein gekommen war und seine Geschichte erzählt hatte, den Rest der Fahrt über wie einen Fürsten behandelte. Als er jetzt aber merkte, wohin er da zurückgekehrt war, blieb ihm vor Schreck der Mund offen stehen. Das war doch nicht sein alter Haufen! Culn versetzt und Offizier. Charlie Dale (ein ehemaliger Koch!), Führer des 1. Zuges. Fox nicht mehr da. Jenks gefallen. Stein abgelöst. Schütze Bell Zugführer! Der Schreiber Fife Gruppenführer! Gefreiter Doll stellvertretender Zugführer! Queen, der ja inzwischen nicht befördert worden und also immer noch Unteroffizier war, konnte sich damit nicht befreunden. Das war zuviel für ihn. Nachdem er zwei Tage lang herumgesoffen und alte Erinnerungen aufgefrischt hatte, meldete er sich wieder krank und wurde auf der Stelle nach Neuseeland verschifft.

Niemand verstand, warum die Ärzte sich so entgegenkommend zeigten, waren sie doch während des Feldzuges ganz und gar unerbittlich gewesen. Jetzt berichteten jedoch Leute, die aus dem Lazarett zurückkamen, von liebenswürdig lächelnden Ärzten, die sich nach dem werten Befinden erkundigten und den Ungeschickten sogar dabei halfen, ihre Symptome zu beschreiben. Sie richteten sich dabei ganz offenbar nicht nach einer Anweisung der Division, sondern hatten wohl bei sich entschieden, daß die Veteranen dieses Feldzuges genug gelitten hätten, und aus eigener Machtvollkommenheit beschlossen, jedem alten Krieger davonzuhelfen, wenn es medizinisch nur irgend vertretbar war. Evakuiert wurden fast ausnahmslos alte Soldaten, kaum einmal jemand vom Ersatz.

Als Fife an der Reihe war, sein Glück zu versuchen, hatte er keine großen Hoffnungen. Ja, McTae mußte ihn dazu überreden, sich krank zu melden. Fife litt schon von der Schulzeit her unter einem schwachen Fußgelenk, der Folge eines Bänderrisses. Er hatte gelernt, mit diesem Gelenk zu leben, hatte gelernt, im allerletzten Augenblick vor dem Umknicken sein Körpergewicht auf den anderen Fuß zu verlegen, und das gelang auch fast immer. Auf Märschen und während der Gefechte trug er den Knöchel bandagiert. Er verschwendete kaum mehr einen Gedanken daran, das schwache Gelenk war ebenso zum Bestandteil seines Daseins geworden wie etwa schlechte Zähne und schwache Augen. Als er eines Tages McTae zum Essen begleitete, trat er unterwegs in eine verdeckte Kule und knickte um. Er machte noch einen Luftsprung, um das Schlimmste zu vermeiden, doch gelang es nicht ganz. Der Schmerz war ganz unbeschreiblich.

»Was ist denn los?« erkundigte sich McTae, »du bist ja weiß wie ein Bettlaken!«

Fife erklärte es ihm achselzuckend. Es tat nicht länger als eine Minute weh, wenn er darauf achtete, danach richtig aufzutreten.

McTae sah ihn aufgeregt an. »Warst du denn damit beim Arzt? Nein? Mann, du mußt doch wahnsinnig sein! Damit schicken sie dich doch weg!«

»Glaubst du wirklich?« Das war Fife noch gar nicht eingefallen.

»Bestimmt! Ich kenne Leute, die sind noch für viel kleinere Sachen evakuiert worden.«

»Und wenn sie mich rausschmeißen?«

»Ja, was dann? Dann bist du auch nicht schlechter dran als jetzt, oder?«

»Stimmt.«

»Mann, wenn ich so was hätte, könntest du mal einen flitzen sehen! Aber ich bin so erbärmlich gesund, daß ich nie und nimmer nach Hause geschickt werde.«

»Glaubst du wirklich, ich soll . . .«

»An deiner Stelle ginge ich jetzt gleich.«
Fife machte sich auf den Weg, hauptsächlich weil McTae ihm so zugeredet hatte. In den meisten Dingen war Fife noch ebenso unsicher wie zuvor, weil er erkannt hatte, daß er doch ein Feigling war. In anderen Dingen hatte er sich aber verändert. Prügeleien waren ihm zum Beispiel stets zuwider gewesen, hauptsächlich weil er fürchtete, versohlt zu werden. Jetzt aber liebte Fife Prügeleien geradezu, und seitdem er Korporal Weld die Nase eingeschlagen hatte, war er in wenigstens fünf weitere Schlägereien verwickelt gewesen. Jede Beule, die er einem anderen beibrachte, und jede Schramme im eigenen Gesicht machten ihn freier. Er hatte vor niemandem Angst. Das war deutlich bei seinem ersten Zusammentreffen mit Witt zu bemerken, nachdem dessen Rückversetzung genehmigt worden war. Witt war seit zwei Tagen bei der Kompanie, war zwei Nächte betrunken gewesen, und Fife hatte sich schon wieder geprügelt, ehe sie einander zufällig begegneten. Bei dieser Gelegenheit ging Fife lächelnd auf Witt zu und streckte ihm die Hand hin. Er kniff die Augen zusammen, legte den Kopf ein wenig auf die Seite und sagte grinsend: »Tag, Witt. Oder redest du immer noch nicht mit mir?«
Witt hatte ebenfalls gegrinst und Fifes Hand ergriffen. Er bemerkte wohl die Veränderung zum besseren.
»Blödsinn, das ist doch längst vergessen.«
»Sonst hätten wir es nämlich gleich hier an Ort und Stelle bereinigen können«, meinte Fife. Witt nickte anerkennend. Ganz offenbar hatte er Fifes letzte Vorstellung mit angesehen.
»Das könnten wir natürlich, und die Aussichten wären dabei für mich gar nicht so übel. Aber deine Rechte ist ziemlich gut, und wenn du mich damit erwischst – wenn du mich erwischst! – bin ich erledigt.«
»Naja, es muß ja nicht sein«, versetzte Fife.
»Nein, muß es wohl nicht«, bestätigte Witt. »Vielleicht trinken wir lieber was.« Das taten sie denn auch. In diesem kampflustigen Gemütszustand begab Fife sich zur Vorstellung ins Lazarett.
Als er zur Untersuchung hineingerufen wurde, geriet er an Oberstabsarzt Roth – den gleichen großen fleischigen, aufgeblasenen Oberstabsarzt mit den Silberlocken, der seine Kopfwunde untersucht und so verächtlich auf Fifes Bitte um eine neue Brille reagiert

hatte. Fife nahm an, daß er damit erledigt sei, der Arzt empfing ihn jedoch mit einem geradezu verschwörerischen Lächeln und den Worten: »Na mein Junge, was fehlt uns denn?« Augenscheinlich erkannte er Fife nicht, und Fife beschloß, sich das zunutze zu machen.
Der eigentliche Höhepunkt dieser Untersuchung ließ auf sich warten. Fife trug seine Beschwerden vor und zeigte sein Fußgelenk. Das Gelenk war noch geschwollen. Der Oberstabsarzt untersuchte es gewissenhaft, drehte es einwärts und wieder auswärts, bis Fife vor Schmerz zusammenzuckte. Zweifellos ein sehr schwaches Gelenk, sagte er. Unmöglich, mit solchem Gelenk auf unebenem Gelände zu marschieren, geschweige denn zu kämpfen. Seit wann leide Fife daran? Fife sagte ihm die Wahrheit und setzte hinzu, daß er stets eine Kreuzbandage mit sich führe. Der Arzt pfiff anerkennend, warf Fife dann aber einen scharfen Blick zu. »Warum melden Sie sich erst jetzt krank?« fragte er.
Dies war der Wendepunkt, und Fife empfand das sehr deutlich. Er reagierte ganz instinktiv. Er blickte weder flehend noch schuldbewußt drein, sondern er warf dem Arzt ein zynisches, wissendes Lächeln zu. »Ich habe erst in letzter Zeit wirklich starke Beschwerden gefühlt«, sagte er.
Roth verzog die Lippen, es funkelte in seinen Augen, und nun ging flüchtig ein ebenso zynisches, wissendes Lächeln über sein Gesicht. Er beugte sich wieder über den Fuß und tastete das Gelenk ab. Eine Operation sei ohne Zweifel geboten, und das bedeute monatelange Gipsverbände. Ob Fife willens sei, diese Unbequemlichkeit auf sich zu nehmen?
Wieder lächelte Fife wissend. »Wenn das die Sache bessert, Sir, bin ich dazu bereit.«
Der Arzt betrachtete noch einmal den Fuß. Eine komplette Ausheilung sei nicht zu garantieren, vielleicht aber eine Besserung. Derartige Operationen seien eine sehr kitzlige Angelegenheit. Jedoch befinde sich im Marinelazarett 3 eine Kapazität, ein Orthopäde, dessen Spezialität derartige Operationen seien. Fife werde dann mitsamt seinem Gipsverband nach Neuseeland verlegt werden. Und später . . . Roth zuckte die Achseln, und wieder trat das Funkeln in seine Augen. »Schreiben Sie diesen Mann in die Transportliste ein«, befahl er seinem Schreiber.

Fife wagte noch nicht daran zu glauben – die Enttäuschung wäre unerträglich gewesen. So einfach! So einfach! Jetzt hatte er es geschafft. Stumm bückte er sich, um Socken und Stiefel anzuziehen.
Als er im Begriff war hinauszugehen, rief der Arzt ihn zurück. »Ich sehe, daß Sie inzwischen Sergeant geworden sind.«
»Sir?« fragte Fife.
Roth grinste. »Sie waren doch Korporal, nicht wahr? Haben Sie inzwischen eine Brille bekommen? Nein? Dann lassen Sie sich in Neuseeland eine verpassen.«
Fife verstand kein Wort. Wie kam es nur, daß der Arzt das eine Mal so und dann wieder ganz anders sein konnte? War denn dies der Oberstabsarzt Roth, der über das Schicksal zahlloser einfacher Infanteristen entschied? Durfte sich solch ein Mann denn wirklich derartig von seinen augenblicklichen Empfindungen beherrschen lassen? So wie ein ganz gewöhnlicher Mensch? Dieser Gedanke war schrecklich. Drei Tage lang mußte Fife bis zur Abfahrt des nächsten Lazarettschiffes warten. (Nur kritische Fälle wurden ausgeflogen.) Diese drei Tage waren traurig und jammervoll. Denn als er sich nun unwiderruflich in Sicherheit wußte, fragte er sich, ob er denn tatsächlich gehen sollte? Sollte er sich nicht lieber ebenso aus dem Lazarett verdrücken und zur Kompanie zurückkehren wie Welsh? Er versuchte, sich an die vernünftigen Ratschläge von McTae zu halten, und doch stellte er sich diese Frage immer wieder.
Schließlich besprach er es mit Welsh selbst, als der Hauptfeldwebel ins Lazarett gekommen war, um irgend jemandem seine Klamotten hinterher zu tragen.
»Na, da hast du's ja endlich geschafft, Bubi«, grinste Welsh, als er ihn sah, und seine schwarzen Augen glitzerten verächtlich.
»Ja«, sagte Fife bekümmert, denn er konnte sich seiner Melancholie nicht erwehren. »Aber ich werde den Gedanken nicht los – soll ich nicht lieber hierbleiben, Spieß?«
»Wie? Was?« knurrte Welsh.
»Ach, du verstehst schon. Die Kompanie wird mir fehlen. Es sieht ja auch ein bißchen so aus, als wollte ich mich drücken.«
Welsh betrachtete ihn schweigend mit glitzernden Augen. »Tja, Bubi, wenn du das Gefühl hast, du möchtest lieber bleiben, dann mußt du das tun.«

»Meinst du? Ich könnte heute nacht verschwinden.«
»Unbedingt«, nickte Welsh. Dann setzte er sein verschlagenes Grinsen auf. »Soll ich dir mal was sagen, Bubi?« fragte er leise, »willst du wirklich wissen, warum ich dir deinen Schreibstubenposten weggenommen habe? Du denkst wohl, wir hätten damals geglaubt, du kämest nicht wieder, was?« Ehe Fife noch antworten konnte, fuhr Welsh fort: »Das war der Grund nicht, Bubi, der Grund war, daß du ein hundsmiserabler Schreiber warst, so schlecht, daß ich dich einfach rausschmeißen mußte!«
Fife war so wütend, daß er Welsh am liebsten geprügelt hätte. Er wußte, daß er kein schlechter Schreiber gewesen war. Aber er lag auf seinem Bett, und ehe er aufstehen konnte, war Welsh schon den Gang hinunter und aus dem Zelt verschwunden. Fife machte sich nicht während der Nacht davon, und am Tage darauf lief das Lazarettschiff aus. Als die Landungsboote die Kranken zum Schiff transportierten, empfand Fife kein Schuldgefühl mehr. Er war froh, von diesen Menschen fortzukommen, die so voller Haß waren. Es war ein schöner, sonniger Tag.
Es war der gleiche Tag, an dem Sergeant John Bell den erwarteten Brief von seiner Frau bekam. Als der Vormittagsdienst vorüber war, verteilte Korporal Weld die Post. Bell erhielt drei Briefe und ordnete sie wie stets nach dem Datum. Den ältesten Brief öffnete er zuerst. Als er den letzten entfaltete, und die Anrede las (Lieber John), wußte er, was er zu erwarten hatte, und daß es sich hier um einen der üblichen *Lieber-John-Briefe* handelte. In einer Hand den Brief, in der anderen das auseinandergeklappte Eßgeschirr, so suchte er sich einen einsamen Platz. Lieber John. Die anderen Briefe hatten begonnen wie stets: Liebster, Geliebtester oder mit einem ähnlich verlogenen Quark. Also hatte sie es wirklich getan, hatte es die ganze Zeit über getan. Und er hatte keine andere angerührt, seit er von ihr fort war, abergläubischer Narr, der er war! Als ob das irgendeinen Unterschied machen könnte! Er war vom Vormittagsdienst unbändig hungrig, aber er wußte, daß er jetzt nichts essen konnte. Ihm war ganz einfach übel. Arme und Beine zitterten, und er ließ sich mit dem Brief in der Hand auf einem Baumstamm nieder.
Als er den Brief dann schließlich las, tat er es bedächtig und nüchtern, ebenso bedächtig und nüchtern wie der Brief abgefaßt worden war.

Er enthielt alle erforderlichen Erläuterungen. Der Kerl war ein Hauptmann der Luftwaffe aus dem nahegelegenen Fliegerhorst. Sie hatte sich offenbar regelrecht in ihn verliebt. Er war mit aerodynamischen Forschungsarbeiten beschäftigt und daher unabkömmlich. Sie wünschte die Scheidung, um ihn heiraten zu können. Sie wisse, so schrieb sie, daß er, Bell, sich weigern werde, doch bitte sie ihn trotzdem um die Scheidung im Gedenken an alles, was sie einst verbunden habe. Es scheine ja, als solle der Krieg ewig dauern, und allein Gott wisse, wie die Welt hinterher aussehen werde. Sie liebe von ganzem Herzen und wolle diese Liebe genießen, solange dies möglich sei. Das verstehe er gewiß. Und dazwischen immer wieder Bitten um Verzeihung und Verständnis. O ja, es fehlte nichts. Alles war mit Bedacht, mit Vernunft und sogar mit einem gewissen Bedauern formuliert worden, ganz wie es sich gehört. Der Brief war geradezu ehrbar. Das einzige, was fehlte, waren alle Auskünfte über die gemeinsame Tätigkeit der Bittsteller. Ob sie miteinander ins Bett gingen und wie. Was sie etwa sonst noch trieben. Kein Wort darüber, wie der Kerl im Vergleich zu Bell abschnitt. Das ging ihn selbstverständlich nichts mehr an, war einzig dessen Sache und die ihre. Davon durfte Bell nichts erfahren. Aber er konnte es sich vorstellen! Schlimmer noch, er erinnerte sich daran. Der Brief klang gerade so, als spiele das Sexuelle zwischen diesen beiden Engeln keine Rolle, so fein und gewunden und distanziert hörte sich das alles an. Na, mach schon auf das Maul, Baby, schließlich habe ich dich ja lange genug gevögelt! Da saß er nun und zitterte am ganzen Leibe, bereit, als Soldat zu sterben. O Marty, Marty!

Essen mochte er nicht, und am Nachmittag war er während des Dienstes so abwesend, daß Witt, jetzt einer seiner Gruppenführer, ihn fragte: »Was ist denn los mit dir, Mann?« Nach dem Dienst verzog er sich in den schmalen Dschungelausläufer und versuchte hier, sich wieder das leuchtende, lebensnahe Bild seiner Frau vor Augen zu rufen, das er so oft und an so vielen Stellen der Insel vor sich gesehen hatte. Es war ihm unmöglich. Da ging er mit dem Brief zu Hauptmann Bosche.

»Ja, was wollen Sie, Bell?« begrüßte ihn der Kompaniechef. Sein fester kleiner Kugelbauch preßte sich gegen die Kante der Tischplatte, wenn Bosche über seiner Arbeit saß. Bell gab ihm wortlos den

Brief. Der Brief war schließlich so formell und unpersönlich, daß jeder ihn lesen durfte, sogar seiner Mutter hätte er ihn zeigen können. Bosches Reaktion auf diesen Brief überraschte selbst den verzweifelten Bell. Der Hauptmann begann beim Lesen mit den Händen zu zittern, bis der Brief förmlich raschelte. Sein Gesicht wurde weiß wie das Papier, auf dem er zu schreiben pflegte, und im Zorn schien sein festes kleines Gesicht noch mehr zusammenzuschrumpfen und endlich so hart zu werden, daß man hätte glauben mögen, damit wie mit einer Stahlkugel Mauerwerk zertrümmern zu können. Der Hauptmann faßte sich schnell, wenn es auch so aussah, als geschehe dies nur mühsam und schubweise. Bell ahnte nicht, warum dieser Brief Bosche so rasend machte.

»Sie wissen vermutlich, daß Sie dieser Aufforderung nicht nachzukommen brauchen«, sagte er mit scharfer, dünner Stimme. »Ihre Frau kann dann ohne Ihre Zustimmung keine Scheidung erwirken.«

»Ja, ich weiß«, antwortete Bell.

»Das ist aber noch nicht alles. Mit diesem Brief in der Hand haben Sie die Möglichkeit, den Teil Ihrer Bezüge, der an Ihre Frau geht, sperren zu lassen.« Das kam noch schärfer.

»Das wußte ich nicht«, sagte Bell.

»Das ist aber so«, und dabei schob Bosche sein kleines festes Kinn noch weiter vor.

»Aber ich bin ja bereit, mich scheiden zu lassen. Ich wollte Sie bitten, einen zustimmenden Brief für mich aufzusetzen.«

Der Hauptmann blieb stumm, gänzlich verblüfft. Dann fragte er: »Ich verstehe Sie nicht. Warum wollen Sie das tun?«

»Das ist nicht so leicht zu sagen.« Wie sollte er es dem Hauptmann erklären? »Ich finde, daß es keinen Sinn hat, auf der Ehe mit einer Frau zu bestehen, die diese Ehe nicht mehr wünscht.«

Bosche starrte Bell aus Augen an, die zu Schlitzen zusammengekniffen waren. »Tja . . . da hat wohl jeder so seine eigenen Ansichten.«

»Wollen Sie den Brief für mich aufsetzen, Sir?«

»Ganz gewiß«, sagte Bosche, und Bell wollte gehen.

»Oh, Bell!« sagte der Hauptmann und hatte einen Stoß Papiere in der Hand, als Bell sich umwandte. »Dies Zeug hier betrifft Sie. Ich habe es erst mal hierbehalten, weil ich noch meine Bestätigung schreiben mußte. Das habe ich eben erledigt. Es ist vielleicht der

richtige Augenblick, Ihnen diese Urkunde auszuhändigen. Es ist Ihr Offizierspatent als Oberleutnant der Infanterie.« Er sagte das alles gleichmütig und ohne Betonung, trotzdem ließ sich eine leichte Hervorhebung der Vorsilbe *Ober* nicht überhören.
»Ach, wirklich?« fragte Bell und kam sich sehr töricht vor. Bosche grinste. »Ja, wirklich. Ich nehme an, daß Sie einverstanden sind und habe mich dementsprechend positiv geäußert.«
»Kann ich ein Weilchen darüber nachdenken?«
»Selbstverständlich«, erwiderte Bosche, ohne zu zögern. »Nehmen Sie sich soviel Zeit, wie Sie wollen. Und wenn Sie es sich in der anderen Sache doch noch anders überlegen, so bin ich gerne bereit, Ihnen zur Hand zu gehen.«
»Vielen Dank, Sir.«
Er ließ sich wieder auf dem gleichen Baumstamm nieder. Oder war es vielleicht ein anderer? Das war schwer zu sagen. Hatte sie es wirklich so genau berechnet? Den Brief so abgefaßt, daß ein Mensch wie er in der von ihr gewünschten Weise darauf reagieren mußte? Vermutlich. Sie kannte ihn gut genug dafür. Ebenso wie er sie gut genug kannte, um zu wissen, daß das mit ihr geschehen mußte, was geschehen war. Es war ja auch geschehen. Man war nicht so lange miteinander verheiratet, ohne einander recht gut kennenzulernen. Oder kannten sie einander überhaupt nicht? Bosche wäre gewiß nicht auf ein derartiges Ansinnen eingegangen. Warum hatte er nur so merkwürdig reagiert? War ihm vielleicht das gleiche geschehen? Es bereitete Bell unsagbare Pein, sich an seiner Stelle einen anderen Liebhaber in Martys Armen zu denken. Er machte sich von dieser Vorstellung los.
Das Offizierspatent! Oberleutnant der Infanterie. Traurig lächelnd kam Bell zu der Überzeugung, er werde in der Infanterie ebensowenig Schaden anrichten als anderswo. Bei Einbruch der Dunkelheit sagte er dem Hauptmann Bescheid. Am Tage darauf packte er seine Sachen und wurde, mit einer positiven Antwort auf Martys Scheidungsbegehren in der Tasche, zu einem anderen Regiment versetzt. Wieder schied einer der alten Leute aus der Dritten Kompanie. Als Bosche ihn bat, einen Nachfolger zu empfehlen, nannte Bell Sergeant Thorne vom 2. Zug, weil er fürchtete, daß Witt nicht über ausreichende Selbstbeherrschung verfügte.

Da waren sie nun also. Der Rest, fast vollständig aufgefüllt durch jungen Ersatz, glich ganz und gar nicht mehr jener Dritten Kompanie, die einmal auf dieser Insel gelandet war. Es war eine ganz andere Einheit, in der auch eine völlig andere Atmosphäre herrschte. Drei Tage nach Bells Weggang trafen die neuen Weisungen ein, und von nun an gab es weder Beförderungen noch Versetzungen nach außerhalb der Division. In den *Streng Geheim* überschriebenen Befehlen, deren Inhalt jedermann kurz nach ihrem Eintreffen kannte, wurde Marschbereitschaft angeordnet. Die Ausbildung war sofort abzubrechen und der Abmarsch vorzubereiten. Der Bestimmungsort der Division war nicht erwähnt.

Das war auch überflüssig, denn jeder kannte ihn. Don Doll hatte sich nach dem Verschwinden von Fife mit seinem unmittelbaren Vorgesetzten Millie Beck angefreundet, und sie erörterten nun die Aussichten für New Georgia. Doll galt allgemein als der beste Zugspäher der Kompanie und war ohne Zweifel der Favorit im Rennen um die nächste freiwerdende Zugführerstelle. Carrie Arbre hatte Dolls frühere Gruppe übernommen.

Kurz ehe sie abrückten, trafen die Gaben einer dankbaren Nation bei ihnen ein. Die Auszeichnungen. Nachdem bislang nichts davon verlautet hatte, war die Angelegenheit in Vergessenheit geraten, aber hier waren sie nun, mitsamt den Verleihungsurkunden. Die Orden wurden feierlich überreicht. Wer den Stoßtrupp auf den tanzenden Elefanten unter Hauptmann Gaff mitgemacht hatte, erhielt mindestens den Bronzestern (Cash postum, Bell mit der Feldpost). Skinny Culn erhielt auf Vorschlag von Bugger Stein ebenfalls einen. Don Doll, den Hauptmann Gaff wirklich zur Tapferkeitsmedaille vorgeschlagen hatte, bekam immerhin einen Silberstern. Charlie Dale, sowohl von Stein als auch von Band wegen außergewöhnlicher Tapferkeit vor dem Feind zur Tapferkeitsmedaille eingereicht, erhielt diese tatsächlich – die erste im gesamten Bataillon. Das rief natürlich längere Erörterungen hervor, doch wies ein Witzbold darauf hin, daß die Medaille bei Dale am besten aufgehoben sei, da sie zu seiner Sammlung von Goldzähnen passe. Jeder tat, als mache er sich nichts aus den Auszeichnungen, doch wer eine bekommen hatte, war insgeheim stolz darauf.

Zwei Tage vor ihrem Abmarsch erreichten sie auch noch Neuigkeiten von dem legendären Hauptmann Gaff. In die Hände eines Mannes von der Dritten fiel eine relativ neue Ausgabe der Soldatenzeitung *Yank*, und darin befand sich eine ganzseitige Aufnahme des ehemaligen Bataillonsadjutanten. Der Hauptmann, in maßgeschneidertem Tuchanzug (zu Hause war Winter) um den Hals die große Tapferkeitsmedaille, war von einem Reporter des *Yank* photographiert worden, als er für den Kauf von Kriegsanleihe warb. Die Bildunterschrift besagte, daß seine nun bereits weltberühmte Ansprache an die kleine Gruppe erschöpfter, aber ungeschlagener Freiwilliger auf Guadalcanar (*Hier scheiden wir die Schafe von den Böcken und die Männer von den Knaben*) zur Nationalparole geworden war und im ganzen Lande in großen roten Buchstaben von allen Mauern leuchtete. Zwei Musikverlage hatten unter dieser Überschrift patriotische Lieder herausgebracht, von denen eines bereits ein Schlager geworden war.

Zum Strand mußten sie marschieren, denn für die Dritte waren selbstverständlich wieder mal keine Lkw greifbar. Der Weg führte sie an dem frisch angelegten Friedhof vorüber. Der Friedhof kam ihnen, die da mühsam und keuchend in der sauerstoffarmen Feuchtigkeit durch Matsch und über Grasbüschel dahinstapften, sehr grün und kühl vor. Das Areal war entwässert und mit Riedgras bepflanzt worden. Mächtige Rasensprenger warfen tropfende Schleier durch die Luft und über die Gräber, und die langen Reihen weißer Kreuze sahen sehr schön aus. Leute vom rückwärtigen Dienst machten sich hier und dort zu schaffen und hielten die Anlage in Ordnung.

Eine halbe Meile weiter kamen sie an einem zerstörten, verrostenden Leichter vorbei und sahen einen Mann, der einen Apfel aß. Hoch auf dem Wrack sitzend, konnte er bequem auf sie herabsehen, während er seelenruhig an seinem Apfel kaute. Ein Apfel. Irgendwie, durch ein unvorstellbares Versehen beim Ausfüllen der fünffachen Ladepapiere, durch einen groben Fehler, begangen von einem namenlosen, aber sonst sehr zuverlässigen Funktionär, war ein einziger, frischer, roter Apfel zwischen all die Dosen, Fässer, Kisten und Behälter mit vorgekochten, getrockneten Lebensmitteln geraten und als blinder Passagier in seinem Schlupfwinkel hierher nach Übersee gelangt. Ein unglaublicher Glücksfall hatte ihn diesem Mann in die Hände gespielt, und der durfte nun hoch oben auf dem Wrack des japanischen Leichters sitzen und ihn essen, während sie hier unten vorüberkeuchten. Hätte er sie gekannt, dieser Fremde, dann hätte er sie bei Namen nennen können, als sie, wie auf einer makabren Parade, da unter ihm vorbeizogen, die Gesichter zu ihm erhoben, die Augen gierig auf den Apfel gerichtet. Hauptmann Bosche und seine Offiziere, Hauptfeldwebel Eddie Welsh, die Sergeanten Thorne, Millie Beck, Charlie Dale, Don Doll, Korporal Weld, Unteroffizier Arbre, Gefreiter Train, Schütze Crown, die Schützen Tills und Mazzi – und alle drehten sich nach seinem Apfel herum, als sie vorüber waren. Aber er kannte sie nicht, für ihn waren sie Fremde.

Der verrückte Welsh, der hinter dem kleinen, untersetzten Bosche marschierte, machte sich einen Dreck aus Äpfeln. Zwei seiner Feldflaschen waren mit Gin gefüllt, mehr konnte er dieses Mal nicht tragen, und tastend überzeugte er sich von ihrem Vorhandensein. Im Gehen murmelte er immer wieder seine alte Beschwörungsformel vor sich hin: Privateigentum, Privateigentum, ganz wie er es auch damals, noch in einer gewissen Ahnungslosigkeit befangen, bei der Ankunft auf der Insel getan hatte. Schließlich war das hier ja ein ganz hübscher Grundbesitz, nicht wahr? Er hatte die Starrheit, die den Soldaten im Gefecht überkommt, nun auch kennengelernt – in Bula-Bula – und rechnete sehr darauf, daß sie zu einem Dauerzustand werde, wenn man ihr nur oft und lange genug ausgesetzt wurde. Mehr verlangte er nicht.

Am Strand warteten die Boote, um sie an Bord zu bringen. Langsam stiegen sie ein, um dann bedächtig über die großen Netze wieder auf die dicken Schiffe zu klettern. Einer von ihnen sollte eines Tages dies alles in einem Buch schildern, aber dann würde keiner die Schilderung für zutreffend halten, denn alle würden eine andere Erinnerung daran bewahren.

James Jones

Verdammt in alle Ewigkeit

Roman

Aus dem Amerikanischen
von Otto Schrag

Band 11808

Erzählt wird die Geschichte des Soldaten Prewitt, der kurz vor dem japanischen Angriff auf Pearl Harbour nach Hawaii kommt und brutal geschunden wird, weil er glaubt, auch als Soldat noch gewisse Rechte zu haben, nach einer Messerstecherei verwundet bei einer Freundin untertaucht und schließlich, mehr aus Versehen, erschossen wird. Die erzählerischen Qualitäten von *Verdammt in alle Ewigkeit* verhalfen dem Buch zu seinem Siegeszug um die Welt, auf dem ihm wenig später der Film folgte. Heute zählt der Roman zu den Klassikern der amerikanischen Nachkriegsliteratur.

Fischer Taschenbuch Verlag

fi 748 / 12